古典文獻研究輯刊

三　編

潘美月・杜潔祥　主編

第 25 冊

《康熙字典》及其引用《說文》與歸部之探究(下)

李淑萍　著

國家圖書館出版品預行編目資料

《康熙字典》及其引用《說文》與歸部之探究（下）／李淑萍著
— 初版 — 台北縣永和市：花木蘭文化出版社，2006〔民95〕
序 1+ 目 4+398 面；19×26 公分（古典文獻研究輯刊 三編；第
25 冊）

ISBN：978-986-7128-55-3（精裝）
ISBN：986-7128-55-9（精裝）
1. 康熙字典 – 研究與考訂
2. 中國語言 – 字典，辭典 – 研究與考訂
　802.31　　　　　　　　　　　　　　　　　95015558

ISBN 986712855-9

古典文獻研究輯刊　　　　　　　　ISBN：978-986-7128-55-3
三　編　第二五冊　　　　　　　　ISBN：986-7128-55-9

《康熙字典》及其引用《說文》與歸部之探究（下）

作　　者　李淑萍
主　　編　潘美月　杜潔祥
企劃出版　北京大學文化資源研究中心
出　　版　花木蘭文化出版社
發 行 所　花木蘭文化出版社
發 行 人　高小娟
聯絡地址　台北縣永和市中正路五九五號七樓之三
　　　　　電話：02-2923-1455／傳眞：02-2923-1452
電子信箱　sut81518@ms59.hinet.net
初　　版　2006 年 9 月
定　　價　三編 30 冊（精裝）新台幣 46,500 元

《康熙字典》及其引用《說文》與歸部之探究（下）

李淑萍　著

目錄

上 冊

附　錄

字 表 說 明

一、本表採徐鉉校定《說文》爲本，共分十四卷，以五百四十部首「始一終亥」爲
序，部中字序亦從之。新附字列於各部之末。

二、本表之字例，以引用《說文》析釋形義之字體爲原則，或有兼採隸定與隸變形
體者，則補註說明於後。

三、本表「引用《說文》之釋語」，乃據《康熙字典》實際內容而引，其內容偶與今
本《說文》相異者，不加刪訂，以求如實呈現。引錄自《說文》下，至次一書
證前爲起迄。

四、本表「引用情形」係指《康熙字典》引用《說文》之概況，分成「採爲首義」、
「採爲次義」、「採爲首義及次義」、「採爲首義又補釋之」、「採爲次義又補釋
之」、「列於字末補釋形義」及「不採其說」，如有補充，則隨表附記於後。

五、本表所謂「首義」，係指正音下之首要義項。至於正音下之其他義項，或他音他
義，則列爲「次義」。

六、本表針對《康熙字典》引用《說文》註語，而未詳註何家之說者，亦補註說明
於後。

徐鉉校定《說文》卷一

說文部首	字例	《康熙字典》				備　註
		歸部	引用《說文》之釋語	引用情形	頁碼	
一部	一	一部	《說文》惟初大始，道立於一，造分天地，化成萬物。（一畫）	採爲首義	1	與《說文》「惟初太始」異文。
	元	儿部	無。	不採其說	51	採《精薀》爲首義。釋形「從二從人」，與《說文》異。
	天	大部	《說文》顛也，至高在上，從一大也。（三畫）	採爲首義	176	
	丕	一部	無。	不採其說	5	以「大也」爲首義。
	吏	口部	《說文》吏，治人者也，從一從史。〈徐鍇曰〉吏之治人心主於一，故從一。（五畫）	採爲首義	104	
丄部	上	一部	◎《說文》上、高也，指事，時掌切。（二畫）	列於字末補釋形義	4	以「在上之上，對下之稱、崇也、尊也」爲首義。
	帝	巾部	《說文》諦也，王天下之號也。（八畫）	採爲首義	258	
	旁	方部	無。	不採其說	410	採《博雅》爲首義。隸定字「㫄」則採爲首義。
	丅	一部	又《說文》底也。（二畫）	採爲次義	4	以「在下之下，對上之稱」爲首義。
示部	示	示部	又《說文》天垂象，見吉凶，所以示人也。從二，三垂、日月星也。觀乎天文以察時變，示、神事也。〈徐曰〉二、古上字。左畫爲日，右爲月，中爲星。畫縱者，取其光下垂也。示、神事也。故凡宗廟社神祇皆從示。（一畫）	採爲次義	767	採《周禮》爲首義。徐鍇語。
	祜	示部	《說文》福也。（五畫）	採爲首義	769	
	禮	示部	《說文》禮，履也，所以事神致福也。（十三畫）	採爲首義	775	
	禧	示部	無。		774	以「福也、吉也」爲首義。
	禎	示部	《說文》以眞受福也。（十畫）	採爲首義	773	
	祿	示部	《說文》福也。（八畫）	採爲首義	772	
	禠	示部	無。	不採其說	774	採《爾雅》爲首義。
	禎		《說文》祥也，休也。〈徐曰〉禎者，貞也。貞，正也，人有善，天以符瑞正告之。（九畫）	採爲首義	773	徐鍇語。

示部	祥	示部	《說文》福也，一云善也。又凡吉凶之兆皆曰祥。〈徐鉉曰〉祥，詳也。天欲降以禍福，先以吉凶之兆詳審告悟之也。（六畫）	採爲首義	770	應改作徐鍇語。
	祉	示部	《說文》福也。〈徐曰〉祉之言止也，福所止不移也。（四畫）	採爲首義	768	
	福	示部	無。	不採其說	773	以「祐也、休也、善也、祥也」爲首義。
	祐	示部	無。	不採其說	769	以「神助也」爲首義。
	祺	示部	《說文》吉也。（八畫）	採爲首義	771	
	祇	示部	無。	不採其說	769	採《爾雅》爲首義。
	禔	示部	無。	不採其說	773	以「福也、安也」爲首義。
	神	示部	《說文》天神引出萬物者也。〈徐曰〉申即引也，天主降氣以感萬物，故言引出萬物。（五畫）	採爲首義	770	徐鍇語。
	祇	示部	《說文》地祇提出萬物者也。（四畫）	採爲首義	768	
	祕	示部	《說文》神也。〈徐曰〉祕之言閉，祕不可宣也。（五畫）	採爲首義	769	徐鍇語。
	齋	齊部	無。	不採其說	1459	採《正韻》爲首義。
	禋	示部	《說文》潔祀也。一曰精意以享爲禋。（九畫）	採爲首義	772	
	祭	示部	《說文》祭祀也，从示，右手持肉。（六畫）	採爲首義	771	
	祀	示部	無。	不採其說	768	以「祭也」爲首義。
	祡	示部	《說文》燒柴焚燎以祭天神。又同柴。《說文》引《書》作祡。（五畫）	採爲首義及次義	770	
	禷	示部	《說文》以事類祭天神。（十九畫）	採爲首義	775	
	祪	示部	無。	不採其說	771	採《爾雅》爲首義。
	祔	示部	《說文》後死者合食於先祖。（五畫）	採爲首義	769	
	祖	示部	又《說文》始廟也。（五畫）	採爲次義	769	採《玉篇》爲首義。
	祊	示部	《說文》祊本字。（十二畫）	採爲首義	774	祊字亦採《說文》爲首義。
	祰	示部	無。	不採其說	771	以「禱也、告祭也」爲首義。
	祏	示部	《說文》周禮有郊宗石室。一曰大夫以石爲主。（五畫）	採爲首義	769	

示部	祂	示部	《說文》以豚祠司命，漢律曰：祠祂司命。（四畫）	採爲首義	768	
	祠	示部	無。	不採其說	770	以「祭也」爲首義。
	礿	示部	無。	不採其說	767	以「祭名」爲首義。
	禘	示部	無。	不採其說	773	以「王者大祭名」爲首義。
	祫	示部	《說文》大合祭先祖親疏遠近也。（六畫）	採爲首義	771	
	祼	示部	無。	不採其說	772	以「祭酌鬯以灌地」爲首義。
	禷	示部	又《說文》數祭也。讀若春麥爲麷之麷。〈徐鉉曰〉春麥爲麷，今無此語。（十二畫）	採爲次義	774	採《博雅》爲首義。
	祝	示部	《說文》祝祭主贊詞者，从人口从示。一曰从兌省，《易》曰：兌爲口爲巫。〈徐曰〉按《易》兌，悅也，巫所以悅神也。（五畫）	採爲首義	770	徐鍇語。
	禧	示部	《說文》祝禧也。（十畫）	採爲首義	773	
	祓	示部	無。	不採其說	769	以「除災求福也」爲首義。
	祈	示部	《說文》求福也。（四畫）	採爲首義	768	
	禱	示部	《說文》告事求福也。（十四畫）	採爲首義	775	
	禜	示部	又《說文》設緜蕝爲營以禳之。（十畫）	採爲次義	773	以「祭名」爲首義。
	禳	示部	《說文》磔禳祀除癘殃也。〈徐曰〉禳之爲言攘也。（十七畫）	採爲首義	775	徐鍇語。
	禬	示部	又《說文》會福祭也。（十三畫）	採爲次義	775	以「祭也」爲首義。
	禪	示部	無。	不採其說	774	以「封禪」爲首義。
	禦	示部	又《說文》祀也。	採爲次義	774	以「扞也、拒也」爲首義。
	祜	示部	《說文》祀也，本作祜，从示昏聲。（六畫）	採爲首義	771	
	禖	示部	無。	不採其說	773	以「天子求子祭名」爲首義。
	禰	示部	《說文》祭具。（九畫）	採爲首義	773	
	祳	示部	《說文》社肉盛以蜃，故謂之祳。天子所以親遺同姓。《春秋傳》曰：石尚來歸祳。（七畫）	採爲首義	771	

示部	祴	示部	無。	不採其說	771	以「祴夏，古樂章名」為首義。
	禂	示部	無。	不採其說	774	以「師旅所止地祭名」為首義。
	禍	示部	《說文》禱牲馬祭也。（八畫）	採為首義	772	
	社	示部	無。	不採其說	767	以「土地神主也」為首義。
	禓	示部	《說文》道上祭也。一曰道神。（九畫）	採為首義	773	
	祲	示部	《說文》精氣感祥，又曰旁氣。（七畫）	採為首義	771	
	禍	示部	《說文》害也，神不福也。（九畫）	採為首義	772	
	祟	示部	《說文》神禍也。〈徐曰〉禍者，人之所召神，因而附之。祟者，神自出之以警人。（五畫）	採為首義	770	
	祅	示部	《說文》地反物為祅，通省作妖。（八畫）	採為首義	772	
	祘	示部	《說文》明視以算之，从二示，《逸周書》曰：士分民之祘，均分以祘之也。讀若算。（五畫）	採為首義	769	
	禁	示部	又《說文》吉凶之忌。（八畫）	採為次義	772	以「制也、勝也、戒也、謹也、止也」為首義。
	禫	示部	無。	不採其說	774	以「除服祭名」為首義。
	禰	示部	《說文》親廟也。（十四畫）	採為首義	775	
	祧	示部	《說文》遷廟也。（六畫）	採為首義	770	
	祆	示部	《說文》關中謂天為祆。（四畫）	採為首義	768	
	祚	示部	無。	不採其說	769	以「福也、祿也、位也」為首義。
三部	三	一部	《說文》三、天地人之道也，謂以陽之一，始於一，終於十，成於三。（二畫）	採為首義	4	
王部	王	玉部	無。	不採其說	655	採《廣韻》為首義。
	閏	門部	《說文》餘分之月，五歲再閏，告朔之禮，天子居宗廟，閏月居門中，从王在門中，《周禮》閏月王居門中，終月也。（四畫）	採為首義	1259	
	皇	自部	《說文》大也。◎《說文》本从自，始也。〈徐曰〉自，從也，故為始也。今省作白。（四畫）	採為首義又補釋之	928	「皇」歸入白部，亦採為首義。徐鍇語。

玉部	玉	玉部	《說文》石之美者，玉有五德，潤澤以溫，仁之方也。鰓理自外，可以知中義之方也，其聲舒楊，專以遠聞智之方也，不撓而折，勇之方也，銳廉而不技，絜之方也。 ◎《說文》王象三玉之道，丨其貫也。〈註〉徐曰：王中畫近上，王三畫均，李陽冰曰：三畫正均，如貫玉也。（一畫）	採爲首義又補釋之	654	徐鉉語。
	璙	玉部	《說文》玉也。（十二畫）	採爲首義	670	
	瓘	玉部	《說文》玉名也。（十八畫）	採爲首義	673	
	璥	玉部	《說文》玉名也。（十三畫）	採爲首義	670	
	琠	玉部	《說文》玉名。（八畫）	採爲首義	662	
	瓔	玉部	《說文》石之次玉者。（十七畫）	採爲首義	673	
	璧	玉部	《說文》玉名。（十三畫）	採爲首義	671	
	璠	玉部	《說文》璵璠，魯之寶玉。孔子曰：美哉璠璵，遠而望之奐若也，近而視之瑟若也，一則理勝，二則孚勝。（十二畫）	採爲首義	670	
	璵	玉部	《說文》璵璠也，詳前璠字註。（十四畫）	採爲首義	672	
	瑾	玉部	《說文》瑾瑜，美玉也。（三畫）	採爲首義	668	
	瑜	玉部	《說文》瑾瑜，美玉也。〈徐曰〉瑜亦玉之光采也。（九畫）	採爲首義	666	徐鍇語。
	玒	玉部	《說文》玉名也。（三畫）	採爲首義	655	
	璆	玉部	《說文》球本字。（八畫）	採爲首義	664	
	瓊	玉部	《說文》赤玉也。（十五畫）	採爲首義	672	
	珣	玉部	《說文》玉名。（六畫）	採爲首義	659	
	瑠	玉部	《說文》玉屬也。（九畫）	採爲首義	664	
	珣	玉部	《說文》玉名。〈徐曰〉醫無閭，幽州之鎮在遼東。 又《說文徐註》玉器。（六畫）	採爲首義及次義	659	徐鍇語。
	璐	玉部	《說文》玉名也。（十二畫）	採爲首義	669	
	瓚	玉部	《說文》三玉，二石也。《禮》天子用全，純玉也；上公用駹，四玉、一石；侯用瓚，伯用埒，玉石半相埒也。〈徐曰〉瓚亦圭也。圭狀剡上，邪銳之，于其首爲勺形，謂之瓚；于其柄爲注水道，所以灌。瓚之言贊，進也，以進于神也。（十九畫）	採爲首義	673	徐鍇語。
	瑛	玉部	《說文》玉光也。（九畫）	採爲首義	666	

玉部	璊	玉部	《說文》三采玉也。〈徐曰〉三采，朱蒼白也。（十二畫）	採爲首義	669	二徐俱無此語。鍇本僅作「三采有三色也」。
	玽	玉部	《說文》朽玉也。（六畫）	採爲首義	658	
	璿	玉部	《說文》美玉也。（十四畫）	採爲首義	672	
	球	玉部	《說文》玉磬也。（七畫）	採爲首義	660	
	琳	玉部	《說文》美玉也。（八畫）	採爲首義	663	
	璧	玉部	《說文》瑞玉圜器也。（十三畫）	採爲首義	670	
	瑗	玉部	《說文》大孔璧，人君上除陛，以璧瑗相引。（九畫）	採爲首義	665	
	環	玉部	《說文》璧屬也。（十三畫）	採爲首義	671	
	璜	玉部	《說文》半璧也。（十二畫）	採爲首義	670	
	琮	玉部	《說文》瑞玉大八寸，似車釭。〈徐曰〉謂其狀外八角而中圓也。（八畫）	採爲首義	663	徐鍇語。
	琥	玉部	《說文》發兵瑞玉爲虎文。（八畫）	採爲首義	662	
	瓏	玉部	《說文》禱旱玉龍文，从玉从龍，會意，龍亦聲。（十六畫）	採爲首義	673	
	琬	玉部	《說文》圭有琬者〈徐曰〉琬謂宛然窊也，琬之言婉也。窊然象柔婉也。（八畫）	採爲首義	663	徐鍇語。
	璋	玉部	《說文》剡上爲圭半，圭半爲璋，禮六幣：圭以馬，璋以皮，璧以帛，琮以錦，琥以繡，璜以黼。〈徐曰〉剡削之也。（十一畫）	採爲首義	669	
	琰	玉部	《說文》璧上起美色也，从玉炎意兼聲。（八畫）	採爲首義	663	
	玠	玉部	《說文》玉佩也。大圭也。引《書·顧命》稱奉玠玉。（四畫）	採爲首義	656	
	瑒	玉部	《說文》圭尺二寸，有瓚，以祠宗廟者。〈徐曰〉瓚亦杓也。（九畫）	採爲首義	665	徐鍇語。
	瓛	玉部	《說文》桓圭公所執，从玉獻會意。（二十畫）	採爲首義	673	
	珽	玉部	無。	不採其說	660	採《廣韻》爲首義。
	瑁	玉部	《說文》諸候執圭朝天子，天子執玉以冒之，似犁冠。〈徐曰〉冒上有物冒之也，犁冠即犁鑱也。今字書作犁錧，音義同。（九畫）	採爲首義	664	徐鍇語。
	璲	玉部	《說文》玉佩也。（十三畫）	採爲首義	671	
	珩	玉部	《說文》佩上玉也，所以節行止也。（六畫）	採爲首義	659	

玉部	玦	玉部	《說文》玉佩也。（四畫）	採爲首義	656	
	瑞	玉部	《說文》以玉爲信也。（九畫）	採爲首義	666	
	珥	玉部	《說文》瑱也。〈徐曰〉瑱之狀，首直而末銳，以塞耳。（六畫）	採爲首義	659	徐鍇語。
	瑱	玉部	《說文》玉聲也。　◎《說文》或作顛。（十畫）	採爲首義又補釋之	668	
	琫	玉部	《說文》佩刀下飾，天子以玉，諸候以金。从玉奉意兼聲。〈徐曰〉刀削上飾也。琫之言捧也，若捧持之也，上謂首也。（八畫）	採爲首義	663	徐鍇語。
	珌	玉部	《說文》佩刀下飾天子以玉。（五畫）	採爲首義	658	
	璏	玉部	《說文》劒鼻玉飾也。（十二畫）	採爲首義	669	
	瑵	玉部	《說文》車蓋玉瑵。（十畫）	採爲首義	668	
	瑑	玉部	《說文》圭璧上起兆瑑也。〈徐曰〉瑑謂起爲攏，若篆文之形。（九畫）	採爲首義	665	徐鍇語。鍇本「攏」字作「壠」。
	珇	玉部	《說文》琮玉之瑑。（五畫）	採爲首義	657	
	璪	玉部	《說文》弁飾往往冒玉也。〈徐曰〉謂綴玉於武冠，若綦子之列布也。（十四畫）	採爲首義	672	徐鍇語。
	璪	玉部	《說文》玉飾如水藻之文，引《虞書》曰：「璪火黺米」。（十三畫）	採爲首義	671	
	瑬	玉部	《說文》垂玉也，冕飾。（十畫）	採爲首義	667	
	璹	玉部	無。	不採其說	672	以「玉名」爲首義。
	瓃	玉部	《說文》玉器也。（十五畫）	採爲首義	672	
	瑳	玉部	《說文》玉色鮮白也。（十畫）	採爲首義	668	
	玼	玉部	《說文》玉色鮮也。引《詩》新臺有玼。（五畫）	採爲首義	657	
	瑮	玉部	《說文》玉英華相帶如瑟弦。《詩》曰：瑮彼玉瓚。（十三畫）	採爲首義	671	
	瓅	玉部	《說文》本作瓅，玉英華羅列秩秩也。（十畫）	採爲首義	667	
	瑩	玉部	無。	不採其說	667	採《廣韻》爲首義。
	璊	玉部	《說文》玉經色也，禾之赤曲謂之虋，言璊玉色如之。（十一畫）	採爲首義	669	
	瑕	玉部	《說文》玉小赤也。（九畫）	採爲首義	665	
	琢	玉部	《說文》治玉也。（八畫）	採爲首義	662	
	琱	玉部	《說文》治玉也。一曰石似玉。（八畫）	採爲首義	663	

玉部	理	玉部	《說文》治玉也。〈徐曰〉物之脈理，惟玉最密，故从玉。　又《說文徐註》治玉、治民皆曰理。（七畫）	採爲首義及次義	661	徐鍇語。惟二徐俱無「治玉、治民皆曰理」之語。
	珍	玉部	《說文》寶也。（五畫）	採爲首義	658	
	玩	玉部	《說文》弄也。（四畫）	採爲首義	656	
	玲	玉部	《說文》玉聲。（五畫）	採爲首義	656	
	瑲	玉部	《說文》玉聲也。（十畫）	採爲首義	668	
	玎	玉部	《說文》玉聲也。　又《說文》齊太公子伋，諡曰玎公。（二畫）	採爲首義及次義	655	
	玽	玉部	《說文》玉聲。（八畫）	採爲首義	662	
	瑣	玉部	《說文》玉聲。（十畫）	採爲首義	666	
	瑝	玉部	《說文》玉聲也。（九畫）	採爲首義	666	
	瑀	玉部	《說文》石之似玉者。〈徐曰〉按《詩傳》佩玉瑀瑀，以納其閒。（九畫）	採爲首義	664	徐鍇語。
	玤	玉部	《說文》石之次玉者，以爲系璧，讀若蚌。〈徐曰〉系璧飾玉系也。◎《說文》本作玤。（四畫）	採爲首義又補釋之	656	徐鍇語。
	玪	玉部	《說文》玪璗，石之次玉者。（四畫）	採爲首義	656	
	璓	玉部	《說文》本作璗，玪璗也。（十一畫）	採爲首義	668	璗字下云「《說文》璓本字」。
	琚	玉部	《說文》瓊琚。（八畫）	採爲首義	662	
	璏	玉部	《說文》石之次玉者。（十二畫）	採爲首義	669	
	玖	玉部	《說文》石之次玉，黑色者。（三畫）	採爲首義	655	
	珢	玉部	《說文》石之似玉者。（六畫）	採爲首義	658	
	珢	玉部	《說文》石之似玉者。（六畫）	採爲首義	659	
	玼	玉部	《說文》石之似玉者。（六畫）	採爲首義	659	
	璅	玉部	《說文》石之似玉者。（十一畫）	採爲首義	669	
	璒	玉部	《說文》石之似玉者。（十二畫）	採爲首義	670	
	瑨	玉部	《說文》石之似玉者。（十二畫）	採爲首義	670	
	璁	玉部	《說文》石之似玉者。（十一畫）	採爲首義	668	
	璔	玉部	《說文》石之似玉者。（十三畫）	採爲首義	671	
	璿	玉部	《說文》石之似玉者。（十四畫）	採爲首義	672	
	堅	玉部	《說文》石之似玉者。（十畫）	採爲首義	667	
	瓗	玉部	《說文》石之次名者。（十八畫）	採爲首義	673	
	玽	玉部	《說文》石次玉者（五畫）	採爲首義	657	

玉部	琝	玉部	《說文》石之似玉者。(七畫)	採爲首義	660	
	瓃	玉部	《說文》石之似玉者。(十四畫)	採爲首義	672	
	瑃	玉部	《說文》石似玉者,讀若維。(八畫)	採爲首義	662	
	瑦	玉部	《說文》石之似玉者。(十畫)	採爲首義	667	
	瑂	玉部	《說文》石之似玉者。(九畫)	採爲首義	664	
	璒	玉部	《說文》石之似玉者。(十二畫)	採爲首義	669	
	玖	玉部	《說文》石之似玉者。(二畫)	採爲首義	655	
	玗	玉部	《說文》本作玗。石之似玉者。(三畫)	採爲首義	655	
	玟	玉部	《說文》本作玟,玉屬。(四畫)	採爲首義	656	
	瑎	玉部	《說文》黑石似玉者。(九畫)	採爲首義	665	
	碧	石部	《說文》石之青美者。(九畫)	採爲首義	761	
	琨	玉部	《說文》石之美者。(八畫)	採爲首義	662	
	珉	玉部	《說文》石之美者。(五畫)	採爲首義	657	
	瑤	玉部	《說文》玉之美者。(十畫)	採爲首義	667	
	珠	玉部	《說文》蚌之陰精,《春秋》《國語》曰:珠以禦火災,是也。(六畫)	採爲首義	658	
	玓	玉部	《說文》玓瓅明珠色。(三畫)	採爲首義	655	
	瓅	玉部	《說文》玓瓅。(十五畫)	採爲首義	672	
	玭	玉部	《說文》珠也。宋弘云:淮水中出玭珠,玭珠之有聲者。(四畫)	採爲首義	656	
	珧	玉部	《說文》蜃屬。(六畫)	採爲首義	658	
	珧	玉部	《說文》蜃甲也。(六畫)	採爲首義	659	
	玫	玉部	《說文》火齊玫瑰也。一曰石之美者。(四畫)	採爲首義	656	
	瑰	玉部	《說文》玫瑰也。一曰圓好珠也。(十畫)	採爲首義	667	徐鍇語。
	璣	玉部	《說文》珠不圓者。 又鏡名。《說文徐註》按符瑞圖有璣鏡。〈註〉大珠而璒有光曜,可爲鏡。(十二畫)	採爲首義及次義	670	
	琅	玉部	《說文》琅玕似珠者。(七畫)	採爲首義	661	
	玕	玉部	《說文》琅玕也。(三畫)	採爲首義	655	
	珊	玉部	《說文》珊瑚生於海,或生於山。〈徐曰〉珊瑚石也,或青或紅,高一二尺,裹以繒帛,燒之不熱,蓋生海島之,根亦可刻琢爲器,爲樹者乃交柯可愛。(五畫)	採爲首義	657	徐鍇語。

玉部	瑚	玉部	《說文》珊瑚。詳前珊字註。（九畫）	採爲首義	666	
	珋	玉部	《說文》石之有光璧珋也，出西胡中。（七畫）	採爲首義	660	
	玲	玉部	《說文》賵、賻、玲襚，皆贈喪之物，珠玉曰玲。（七畫）	採爲首義	660	
	璺	玉部	《說文》遺玉也。（十四畫）	採爲首義	672	
	鐕	玉部	《說文》金之美者，與玉同色。（十二畫）	採爲首義	669	
	靈	玉部	《說文》靈巫以玉事神。（十七畫）	採爲首義	673	
	珈	玉部	《說文》婦人首飾。（五畫）	採爲首義	657	
	璩	玉部	《說文》環屬見山海經。（十三畫）	採爲首義	671	
	琖	玉部	《說文》玉爵也。夏曰琖，殷曰斝，周曰爵。 ◎《說文》或作盞。（八畫）	採爲首義又補釋之	662	
	琛	玉部	無。	不採其說	662	採《爾雅》爲首義。
	璔	玉部	《說文》華飾也。（十三畫）	採爲首義	671	
	琲	玉部	《說文》珠五百枚也。（八畫）	採爲首義	663	
	珂	玉部	《說文》玉名。（五畫）	採爲首義	657	
	玘	玉部	《說文》玉名。（三畫）	採爲首義	655	
	珝	玉部	《說文》玉名也。（六畫）	採爲首義	658	
	璀	玉部	《說文》璀璨玉光也。（十一畫）	採爲首義	668	
	璨	玉部	《說文》玉光也。（十三畫）	採爲首義	670	
	琡	玉部	《說文》玉名。（八畫）	採爲首義	662	
	瑄	玉部	《說文》璧六寸也。 又《說文》通作宣。（九畫）	採爲首義及次義	664	
	珙	玉部	《說文》玉名也。（六畫）	採爲首義	658	
玨部	玨	玉部	《說文》二玉相合爲一玨。〈徐鍇曰〉雙玉曰玨。（四畫）	採爲首義	656	徐鍇引《爾雅》之語。
	班	玉部	《說文》班本字，分瑞玉，从玨从刀。〈徐曰〉刀以割剖之也。（六畫）	採爲首義	659	徐鍇語。班字則不採其說。
	瑆	車部	無。	不採其說	1172	以「車笭閒皮篋也」爲首義。
气部	气	气部	《說文》雲气也，象形。一曰息也，或作氣、炁。又與人物也。今作乞。（一畫）	採爲首義	527	
	氛	气部	《說文》或从雨作雰。（四畫）	採爲首義	527	

士部	士	士部	◎《說文》士,事也。數始于一,終于十,从一从十。(一畫)	列於字末補釋形義	170	採《詩經》爲首義。
	壻	士部	◎《說文》从士胥聲,或从女作婿,義通。〈徐曰〉胥有才智之稱。又長也,壻者,女之長也。別作偦、智、壻、壻。(十畫)	列於字末補釋形義	171	以「女之夫曰壻,妻之夫亦曰壻」爲首義。二徐俱無此語。
	壯	士部	《說文》大也,又彊也,盛也。(四畫)	採爲首義	171	
	壿	士部	《說文》舞也,引《詩》壿壿舞我。(十二畫)	採爲首義	172	
丨部	丨	丨部	《說文》上下通也;引而上行,讀若囟;引而下行,讀若退。(一畫)	採爲首義	6	
	中	丨部	無。	不採其說	7	採《書經》爲首義。
	㫃	方部	《說文》旌旗杠貌,从丨从放。(三畫)	採爲首義	409	
屮部	屮	屮部	《說文》艸木初生也,象丨出形,有枝莖也。〈徐鉉曰〉中上下通也,象艸木萌芽通徹地上也。(一畫)	採爲首義	232	
	屯	屮部	《說文》難也,象艸木之初生,屯然而難,从屮貫一。一,地也,尾曲。(一畫)	採爲首義	232	
	每	毋部	◎《說文》作𡴋,草盛上出也,从屮母聲。〈徐鉉曰〉中則象上出也。隸省作每,今書作每。(三畫)	列於字末補釋形義	517	採《增韻》爲首義。
	毒	毋部	◎《說文》𡲬,厚也,害人之草往往而生,从屮从毒。(四畫)	列於字末補釋形義	517	採《博雅》爲首義。隸定作𡴋,則採爲首義。
	芬	屮部	《說文》艸初生香分布也。〈徐曰〉初生孚甲也。又香也。重文从艸作芬。(四畫)	採爲首義	233	徐鍇語。
	𡴋	屮部	《說文》菌𡴋地蕈叢生田中。(四畫)	採爲首義	233	
	熏	火部	《說文》本作𤎅。《說文》火煙上出也,从屮从黑,中黑熏象也。(十畫)	採爲首義	607	
艸部	艸	艸部	《說文》从二屮,凡艸之屬皆从艸。(一畫)	採爲首義	945	
	莊	艸部	《說文》作壯。(七畫)	採爲首義	961	
	蓏	艸部	無。	不採其說	979	採《易經》爲首義。
	芝	艸部	《說文》神草也。(四畫)	採爲首義	947	
	蓮	艸部	無。	不採其說	969	以「蓮荷,瑞草」爲首義。

艸部	莆	艸部	無。	不採其說	961	以「蓮莆，堯時瑞草」為首義。
	虋	艸部	又《說文》虋赤苗嘉穀也。（二十五畫）	採為次義	1000	採《爾雅》為首義。
	荅	艸部	《說文》小尗也。（六畫）	採為首義	958	
	萁	艸部	《說文》豆莖也。（八畫）	採為首義	968	
	虉	艸部	《說文》虉本字。（二十四畫）	採為首義	1000	
	菣	艸部	又《說文》敕久切，音丑。（七畫）	採為次義	963	採《爾雅》為首義。
	蓈	艸部	《說文》禾粟之米生而不成者，謂之薑蓈。（十畫）	採為首義	979	
	莠	艸部	無。	不採其說	962	採《詩經》為首義。
	萉	艸部	《說文》枲屬。（八畫）	採為首義	968	
	芊	艸部	《說文》草盛丰丰也。（四畫）	採為首義	948	
	萯	艸部	又《說文》芌也。（十二畫）	採為次義	984	以「連翹別名」為首義。
	蘇	艸部	《說文》桂荏也。（十六畫）	採為首義	996	
	荏	艸部	無。	不採其說	959	採《詩經》為首義。
	芺	艸部	又《說文》菜也。	採為次義	953	採《玉篇》為首義。
	薑	艸部	無。	不採其說	978	採《玉篇》為首義。
	葵	艸部	《說文》葵菜也，傾葉向日，不令照其根。（九畫）	採為首義	974	
	薑	艸部	《說文》禦濕之菜。（十六畫）	採為首義	995	
	蓼	艸部	《說文》辛菜。（十一畫）	採為首義	981	
	菹	艸部	《說文》菜也。（十畫）	採為首義	977	
	薞	艸部	無。	不採其說	987	以「菜也，似蘇」為首義。
	薇	艸部	《說文》似藿菜之微者也。（十三畫）	採為首義	988	
	蓶	艸部	《說文》菜也。（十一畫）	採為首義	980	
	莐	艸部	《說文》菜類蒿，《周禮》有莐菹。（八畫）	採為首義	966	
	虇	艸部	《說文》菜也。（二十四畫）	採為首義	1000	
	莧	艸部	《說文》莧菜也。（七畫）	採為首義	963	
	芋	艸部	《說文》大葉實根駭人，故謂之芋也。（三畫）	採為首義	946	
	莒	艸部	《說文》齊謂芌為莒。（七畫）	採為首義	962	
	蘧	艸部	無。	不採其說	997	以「蘧麥也」為首義。

艸部	菊	艸部	《說文》蘜，治牆也〈郭註〉今之秋華菊。（八畫）	採爲首義	965	《康熙字典》以菊古作蘜，遂以蘜義訓菊，反不錄「大菊蘧麥」之義。
	葷	艸部	《徐鉉說文註》葷，臭菜也。通謂芸臺椿韭蔥蒜阿魏之屬，方術家所禁，謂氣不潔也。（九畫）	採爲首義	974	
	蘘	艸部	《說文》蘘荷也。一名葍蒩。（十七畫）	採爲首義	997	
	菁	艸部	《說文》韭華也。（八畫）	採爲首義	964	
	蕧	艸部	《說文》蕧葔也。一曰薺根。（十六畫）	採爲首義	996	
	葔	艸部	無。	不採其說	965	以「蕧葔也」爲首義。
	苹	艸部	無。	不採其說	953	採《爾雅》爲首義。
	茬	艸部	《說文》草名。（六畫）	採爲首義	955	
	蕡	艸部	無。	不採其說	990	採《唐韻》爲首義。
	藍	艸部	又《說文》瓜苴也。（十四畫）	採爲次義	992	以「染青草也」爲首義。
	蕙	艸部	無。	不採其說	995	採《集韻》爲首義。
	菅	艸部	《說文》菅蔚香草，亦作芎。詳芎字註。（十畫）	採爲首義	975	
	蔚	艸部	《說文》菅蔚也，詳芎字註。（十五畫）	採爲首義	994	
	蘭	艸部	《說文》香草也。（十七畫）	採爲首義	998	
	葰	艸部	無。	不採其說	972	採《山海經》爲首義。
	荌	艸部	《說文》薑屬，可以香口。（九畫）	採爲首義	974	
	芄	艸部	《說文》芄蘭莞也。（三畫）	採爲首義	945	
	蘺	艸部	《說文》楚謂之蘺，晉謂之虋，齊謂之茝。（二十一畫）	採爲首義	1000	
	蘼	艸部	《說文》江蘺蘼蕪也。（十九畫）	採爲首義	999	
	茝	艸部	《說文》草名。（六畫）	採爲首義	955	
	蕪	艸部	《說文》蘼蕪也。（十七畫）	採爲首義	998	
	薰	艸部	《說文》香草也。（十四畫）	採爲首義	990	
	蒲	艸部	《說文》水篇苀也。（十二畫）	採爲首義	984	
	蒲	艸部	無。	不採其說	971	以「蒲竹，草名」爲首義。
	苨	艸部	無。	不採其說	957	採《玉篇》爲首義。
	蕅	艸部	無。	不採其說	992	採《爾雅》爲首義。

艸部	苅	艸部	《說文》苅輿也。（四畫）	採爲首義	947	
	苺	艸部	《說文》馬苺也。（五畫）	採爲首義	953	
	茖	艸部	無。	不採其說	955	採《爾雅》爲首義。
	苷	艸部	《說文》甘草也。（五畫）	採爲首義	953	
	芋	艸部	無。	不採其說	952	以「草名，可以爲繩」爲首義。
	蓋	艸部	無。	不採其說	992	採《本草》爲首義。
	蓰	艸部	《說文》草也。（九畫）	採爲首義	975	
	茈	艸部	《說文》茈冬草。（七畫）	採爲首義	960	
	葚	艸部	無。	不採其說	968	採《詩經》爲首義。
	薊	艸部	《說文》芙也。（十三畫）	採爲首義	988	
	菫	艸部	又《說文》陵之切，讀若釐，草也。（七畫）	採爲次義	959	採《博雅》爲首義。
	藭	艸部	《說文》釐草也。（十四畫）	採爲首義	992	
	芨	艸部	無。	不採其說	948	採《玉篇》爲首義。
	菥	艸部	《說文》山莓也。　◎《說文》作莃。（九畫）	採爲首義又補釋之	973	
	蓎	艸部	《說文》毒草也。（十二畫）	採爲首義	984	
	荔	艸部	無。	不採其說	980	以「卷耳也」爲首義。
	薆	艸部	《說文》人薆藥草。（十三畫）	採爲首義	989	
	蘿	艸部	《說文》蘮葵也。（二十三畫）	採爲首義	1000	
	薁	艸部	《說文》草也，可以染留黃。（八畫）	採爲首義	967	
	苵	艸部	無。	不採其說	959	採《詩經》爲首義。
	茈	艸部	《說文》蒿也。（九畫）	採爲首義	971	
	萬	艸部	《說文》草也。（九畫）	採爲首義	970	
	羨	艸部	無。	不採其說	959	採《玉篇》爲首義。
	薛	艸部	《說文》薛本字。（十五畫）	採爲首義	994	薛字則不採其說。
	苦	艸部	《說文》大苦苓也。（五畫）	採爲首義	951	
	菩	艸部	《說文》草也。（八畫）	採爲首義	966	
	蕙	艸部	無。	不採其說	989	採《爾雅》爲首義。
	茅	艸部	《說文》管也。（五畫）	採爲首義	954	
	菅	艸部	無。	不採其說	964	採《玉篇》爲首義。
	蘄	艸部	無。	不採其說	995	採《玉篇》爲首義。

艸部	莞	艸部	《說文》草也，可爲席。（七畫）	採爲首義	962	
	蘭	艸部	《說文》莞屬。（十六畫）	採爲首義	995	
	蒢	艸部	無。	不採其說	976	採《爾雅》爲首義。
	蒲	艸部	無。	不採其說	977	採《禮記》爲首義。
	蒻	艸部	《說文》蒲子可以爲平席。〈徐曰〉按蒻蒲下入泥白處，即根上初生萌葉時殼也。（十畫）	採爲首義	978	徐鍇語。
	藻	艸部	《說文》蒲蒻之類也。（十一畫）	採爲首義	980	
	蓷	艸部	《說文》萑也。（十一畫）	採爲首義	980	
	萑	艸部	《說文》草多貌。　又《說文》蓷也。（八畫）	採爲首義及次義	969	
	荲	艸部	又《說文》苦圭切，音暌，義同。（六畫）	採爲次義	956	採《爾雅》爲首義。
	藇	艸部	《說文》牛藻也。（七畫）	採爲首義	962	
	蔬	艸部	無。	不採其說	984	採《玉篇》爲首義。
	蕎	艸部	無。	不採其說	976	採《爾雅》爲首義。
	苡	艸部	無。	不採其說	951	採《玉篇》爲首義。隸定作苢。
	蕁	艸部	《說文》芫藩。（十二畫）	採爲首義	984	
	藼	艸部	無。	不採其說	988	以「草也」爲首義。
	薀	艸部	無。	不採其說	980	採《玉篇》爲首義。
	茵	艸部	《說文》草也。（八畫）	採爲首義	969	
	蕛	艸部	又《說文》艸也。（十四畫）	採爲次義	991	以「禾莖」爲首義。
	藷	艸部	《說文》藷蔗也。（十六畫）	採爲首義	995	
	蔗	艸部	無。	不採其說	982	採《玉篇》爲首義。
	蘡	艸部	《說文》女庚切，音鬡，牂蘡可以作縻絣。（十五畫）	採爲首義	994	
	虉	艸部	無。	不採其說	993	以「草也」爲首義。
	芏	艸部	《說文》草也。（四畫）	採爲首義	947	
	蕢	艸部	無。	不採其說	970	採《禮記》爲首義。
	芙	艸部	《說文》苦芙草也，味苦，江南食以下氣。（四畫）	採爲首義	949	
	苰	艸部	《說文》草也。（八畫）	採爲首義	967	
	蘺	艸部	無。	不採其說	1000	採《集韻》爲首義。

艸部	荸	艸部	無。	不採其說	963	採《前漢書》爲首義。
	蕢	艸部	無。	不採其說	983	採《爾雅》爲首義。
	茾	艸部	無。	不採其說	966	以「草名」爲首義。
	蕕	艸部	《說文》水邊草也，即《爾雅》蕕蔓于。（十二畫）	採爲首義	985	
	荽	艸部	《說文》草也。（六畫）	採爲首義	959	
	藄	艸部	無。	不採其說	991	採《爾雅》爲首義。
	莃	艸部	無。	不採其說	961	採《爾雅》爲首義。
	蔢	艸部	《說文》灌渝也。（十四畫增）	採爲首義	992	
	葠	艸部	《說文》盜庚也。（十二畫）	採爲首義	986	
	苓	艸部	《說文》卷耳也。（五畫）	採爲首義	950	
	蘏	艸部	《說文》草也。（二十四畫）	採爲首義	1000	
	蘡	艸部	無。	不採其說	998	採《正字通》爲首義。
	蓋	艸部	《說文》蔔也。（十二畫）	採爲首義	984	
	蔔	艸部	《說文》蓋也。（九畫）	採爲首義	972	
	蓨	艸部	又《說文》徒聊切，音迢，義同。（十一畫）	採爲次義	980	以「蓧蓨」爲首義。
	苗	艸部	無。	不採其說	950	採《爾雅》爲首義。
	蒚	艸部	《說文》草名，枝枝相値，葉葉相當。（九畫）	採爲首義	973	
	薁	艸部	無。	不採其說	988	採《詩經》爲首義。
	蒧	艸部	無。	不採其說	974	採《爾雅》爲首義。
	蕃	艸部	無。	不採其說	993	以「草也，可以束」爲首義。
	蔽	艸部	《說文》與蒯同。（九畫）	採爲首義	971	
	蘡	艸部	無。	不採其說	982	採《玉篇》爲首義。
	藟	艸部	無。	不採其說	993	採《唐韻》爲首義。
	蒬	艸部	《說文》棘蒬也。（十畫）	採爲首義	977	
	茈	艸部	《說文》茈草也。（五畫）	採爲首義	954	
	藐	艸部	無。	不採其說	992	採《博雅》爲首義。
	萴	艸部	無。	不採其說	970	採《玉篇》爲首義。
	蒐	艸部	《說文》茅蒐也。〈徐曰〉今人謂蒐爲地血，食之補血，故从鬼。（十畫）	採爲首義	975	徐鍇語。鍇本「今人」作「今醫方家」
	茜	艸部	《說文》茅蒐也。（六畫）	採爲首義	955	
	葏	艸部	《說文》赤葏也。（十三畫）	採爲首義	987	

艸部	薜	艸部	《說文》牡贊也。即薜荔。（十三畫）	採爲首義	989	
	蔕	艸部	無。	不採其說	963	採《爾雅》爲首義。
	苞	艸部	《說文》草也。南陽以爲䴏履。（五畫）	採爲首義	951	
	艾	艸部	無。	不採其說	945	採《玉篇》爲首義。
	葦	艸部	《說文》草也。（十一畫）	採爲首義	981	
	芹	艸部	《說文》楚葵也。（四畫）	採爲首義	949	
	薽	艸部	無。	不採其說	991	採《爾雅》爲首義。
	蔦	艸部	◎《說文》或从木作樢。（十一畫）	列於字末補釋形義	983	以「寄生也」爲首義。
	芸	艸部	《說文》草也，似目宿。（四畫）	採爲首義	949	
	蔽	艸部	《說文》草也。（十二畫）	採爲首義	984	
	葎	艸部	無。	不採其說	972	以「蔓艸」爲首義。
	茦	艸部	《說文》莿也。（六畫）	採爲首義	956	
	苦	艸部	無。	不採其說	956	採《玉篇》爲首義。
	苬	艸部	無。	不採其說	972	以「茱名」爲首義。
	薺	艸部	無。	不採其說	991	以「甘茱」爲首義。
	莿	艸部	《說文》茦也。（八畫）	採爲首義	964	
	董	艸部	又《說文》杜林曰：蕅根也。（十二畫）	採爲次義	987	採《爾雅》爲首義。
	蘩	艸部	《說文》草名。（十九畫）	採爲首義	999	
	薆	艸部	無。	不採其說	984	採《爾雅》爲首義。
	芐	艸部	《說文》地黃也。（三畫）	採爲首義	946	
	薇	艸部	《說文》白薇也。或从斂。見薂字註。（十三畫）	採爲首義	989	
	莶	艸部	無。	不採其說	967	以「草名，似蒿，莶荃也」爲首義。
	芩	艸部	《說文》草也。（四畫）	採爲首義	948	
	薦	艸部	《說文》草名。鹿薷也。（十五畫）	採爲首義	994	
	蘻	艸部	無。	不採其說	1000	採《正字通》爲首義。
	薐	艸部	《說文》芰也。（十一畫）	採爲首義	981	
	芰	艸部	《說文》薐也。（四畫）	採爲首義	948	
	薜	艸部	無。	不採其說	989	以「薜茗，藥名」爲首義。
	茗	艸部	無。	不採其說	956	以「薜茗，藥名」爲首義。

艸部	芡	艸部	《說文》雞頭也。（四畫）	採為首義	947	
	蘜	艸部	無。	不採其說	996	採《類篇》為首義。
	蕭	艸部	又《說文》蘢，天蕭。見蘢字註。（十七畫）	採為次義	997	採《玉篇》為首義。
	薍	艸部	《說文》牡茅。（十五畫）	採為首義	993	
	茢	艸部	《說文》茅秀也。（七畫）	採為首義	960	
	蒹	艸部	《說文》萑之未秀者。（十畫）	採為首義	978	
	薍	艸部	無。	不採其說	988	採《玉篇》為首義。
	菥	艸部	無。	不採其說	977	採《集韻》為首義。
	薕	艸部	無。	不採其說	989	採《爾雅》為首義。
	蕇	艸部	《說文》青蕇似莎者。（十三畫）	採為首義	989	
	茆	艸部	《說文》菖蒲也。（七畫）	採為首義	949	
	荺	艸部	《說文》茆荺也。（七畫）	採為首義	961	
	芛	艸部	《說文》葦華也。（二畫）	採為首義	945	
	茢	艸部	《說文》芛也。（六畫）	採為首義	956	
	菡	艸部	《說文》菡萏。〈徐曰〉菡，猶含也，未吐之意。（八畫）	採為首義	966	徐鍇語。
	萏	艸部	無。	不採其說	969	採《博雅》為首義。
	蓮	艸部	又《說文》芙蕖之實也。（十一畫）	採為次義	980	採《爾雅》為首義。
	茄	艸部	無。	不採其說	954	採《爾雅》為首義。
	荷	艸部	無。	不採其說	960	採《爾雅》為首義。
	蔤	艸部	無。	不採其說	983	以「荷本也」為首義。
	藕	艸部	《說文》張弨曰：此正淩藕字，俗謁作藕。（十二畫）	採為首義	985	
	蘢	艸部	《說文》天蕭也。（十七畫）	採為首義	997	
	蓍	艸部	《說文》蒿屬。《易》以為數。天子蓍九尺，諸侯七尺，大夫五尺，士三尺。（十畫）	採為首義	979	
	菣	艸部	無。	不採其說	966	採《爾雅》為首義。
	莪	艸部	無。	不採其說	963	採《玉篇》為首義。
	蘿	艸部	《說文》莪也。（十九畫）	採為首義	999	
	菻	艸部	無。	不採其說	968	採《廣韻》為首義。
	蔚	艸部	《說文》牡蒿也。（十一畫）	採為首義	982	

艸部	蕭	艸部	又斧名。《說文註》蕭斧，芟艾之斧也。（十二畫）	採爲次義	987	以「艾蒿也」爲首義。徐鍇語。
	萩	艸部	《說文》蕭也。（九畫）	採爲首義	970	
	芍	艸部	無。	不採其說	946	採《詩經》爲首義。
	蕳	艸部	又《說文》作蕅，昨先切，音前，義亦同蕳。（十二畫）	採爲次義	984	採《廣韻》爲首義。
	蒍	艸部	《說文》晉大夫蒍伯。（十二畫）	採爲首義	984	
	芫	艸部	無。	不採其說	947	採《唐韻》爲首義。
	蘜	艸部	無。	不採其說	997	採《集韻》爲首義。
	蘪	艸部	《說文》蘪蕪。（十七畫）	採爲首義	997	
	芪	艸部	無。	不採其說	948	以「黃芪，藥名」爲首義。
	菀	艸部	《說文》茈菀，出漢中房陵。（八畫）	採爲首義	964	
	茵	艸部	無。	不採其說	962	採《爾雅》、《玉篇》爲首義。
	芘	艸部	無。	不採其說	952	採《唐韻》爲首義。
	蓂	艸部	無。	不採其說	978	以「蓂莢，瑞草」爲首義。
	茮	艸部	《說文》莖藸也。（八畫）	採爲首義	965	
	莖	艸部	無。	不採其說	959	採《爾雅》爲首義。
	藸	艸部	無。	不採其說	995	採《玉篇》爲首義。
	葛	艸部	又《說文》絺綌草也。（九畫）	採爲次義	973	採《玉篇》爲首義。
	蔓	艸部	《說文》葛屬。（十一畫）	採爲首義	982	
	蕈	艸部	《說文》葛屬。（十二畫）	採爲首義	984	
	荂	艸部	《說文》同荂。詳荂字註。（七畫）	採爲首義	962	
	葽	艸部	無。	不採其說	966	採《玉篇》爲首義。
	萴	艸部	《說文》莨本字，或作蒫。（四畫）	採爲首義	998	
	芫	艸部	《說文》魚毒也。（四畫）	採爲首義	948	
	蘦	艸部	《說文》大苦也。（十七畫）	採爲首義	997	
	蔆	艸部	無。	不採其說	986	採《爾雅》爲首義。
	芺	艸部	又《說文》茮也。（五畫）	採爲次義	953	採《玉篇》爲首義。
	芌	艸部	《說文》芌獎蒔也。（二畫）	採爲首義	945	
	蔣	艸部	《說文》苽蔣。（十一畫）	採爲首義	983	
	苽	艸部	《說文》彫胡也。（五畫）	採爲首義	953	
	菁	艸部	《說文》草也。（八畫）	採爲首義	967	

艸部	蘢	艸部	《說文》草也。（十五畫）	採爲首義	993	
	蘿	艸部	《說文》草也。（十九畫）	採爲首義	999	
	莨	艸部	《說文》草也。（七畫）	採爲首義	963	
	蔞	艸部	無。	不採其說	975	採《詩經》爲首義。
	薍	艸部	《說文》草也。（十三畫）	採爲首義	989	
	菌	艸部	《說文》地蕈也。（八畫）	採爲首義	965	
	蕈	艸部	無。	不採其說	985	以「菌生木上」爲首義。
	蒬	艸部	無。	不採其說	973	採《齊民要術》爲首義。
	菫	艸部	無。	不採其說	973	採《玉篇》爲首義。
	蒟	艸部	《說文》果也。（十畫）	採爲首義	976	
	芘	艸部	《說文》草也。（四畫）	採爲首義	947	
	蕣	艸部	◎《說文》作蕣。（十二畫）	列於字末補釋形義	986	採《韻會》爲首義。蕣字下云「《說文》蕣本字」。
	萸	艸部	《說文》茱萸也。（六畫）	採爲首義	956	
	茱	艸部	無。	不採其說	956	以「茱萸，藥名」爲首義。
	茶	艸部	《說文》菜也，似茱萸。註詳椒字。（六畫）	採爲首義	956	
	莍	艸部	《說文》茮樧實裏如表者。（七畫）	採爲首義	961	
	荆	艸部	《說文》楚木也。（六畫）	採爲首義	958	
	菩	艸部	《說文》菩藹草名。（八畫）	採爲首義	967	
	芽	艸部	《說文》萌芽也。（四畫）	採爲首義	949	
	萌	艸部	《說文》草芽也。（八畫）	採爲首義	969	
	茁	艸部	無。	不採其說	953	採《玉篇》爲首義。
	莖	艸部	《說文》草木榦也。（七畫）	採爲首義	962	
	荄	艸部	《說文》莖也。（七畫）	採爲首義	962	
	葉	艸部	《說文》草木之葉。（九畫）	採爲首義	972	
	蕝	艸部	《說文》草之小者。（十二畫）	採爲首義	986	
	茉	艸部	無。	不採其說	947	採《玉篇》爲首義。
	葩	艸部	《說文》華也。（九畫）	採爲首義	973	
	芛	艸部	《說文》羊捶切。（四畫）	不採其義	947	只取《說文》音切。採《爾雅》爲首義。
	蘤	艸部	《說文》黃華也。（十八畫）	採爲首義	998	
	蔈	艸部	無。	不採其說	981	採《玉篇》爲首義。

艸部	英	艸部	無。	不採其說	952	採《爾雅》為首義。
	蕛	艸部	《說文》華盛也，《詩》彼蕛維何。（十四畫）	採為首義	991	
	萋	艸部	無。	不採其說	969	採《玉篇》為首義。
	莑	艸部	《說文》草盛貌。（八畫）	採為首義	968	
	薿	艸部	《說文》茂也。（十四畫）	採為首義	991	
	蘤	艸部	《說文》草木華垂貌。（十二畫）	採為首義	986	
	葽	艸部	《說文》木細枝也。（九畫）	採為首義	975	
	蓩	艸部	無。	不採其說	983	以「草蔢蓩也」為首義。
	蓎	艸部	無。	不採其說	976	採《玉篇》為首義。
	莢	艸部	《說文》草實。（七畫）	採為首義	963	
	芒	艸部	《說文》芒，草端也。（三畫）	採為首義	946	
	蔏	艸部	《說文》藍蓼秀也。（十二畫）	採為首義	985	
	蔕	艸部	《說文》瓜當也。（十一畫）	採為首義	982	
	荄	艸部	《說文》草根也。（六畫）	採為首義	958	
	芶	艸部	無。	不採其說	960	採《爾雅》為首義。
	茇	艸部	《說文》草根也。春草根枯，引之而發土為撥，故謂之茇。（五畫）	採為首義	954	
	芄	艸部	《說文》草盛也。（三畫）	採為首義	945	
	薄	艸部	《說文》華葉布也。（十二畫）	採為首義	984	
	蓻	艸部	無。	不採其說	981	以「草生多貌」為首義。
	莽	艸部	《說文》草多貌。（七畫）	採為首義	960	
	茂	艸部	《說文》草豐盛。（五畫）	採為首義	953	
	薚	艸部	《說文》作薚。（十四畫）	採為首義	992	
	蔭	艸部	《說文》草陰地。〈徐曰〉草所庇也。（十一畫）	採為首義	983	徐鍇語。
	蓮	艸部	又《說文》草貌。（十一畫）	採為次義	980	採《玉篇》為首義。
	茲	艸部	《說文》草木多益也。（六畫）	採為首義	956	
	薇	艸部	《說文》草旱盡也。《詩》薇薇山川。或作濈。（十畫）	採為首義	976	
	蔽	艸部	無。	不採其說	991	以「草貌」為首義。
	薿	艸部	《說文》草多貌。（十一畫）	採為首義	981	
	薋	艸部	《說文》草多貌。（十三畫）	採為首義	988	

艸部	蓁	艸部	《說文》草盛貌。（十畫）	採爲首義	978	
	菑	艸部	《說文》惡草貌。（七畫）	採爲首義	963	
	芮	艸部	《說文》芮芮，草生貌。（四畫）	採爲首義	948	
	茬	艸部	《說文》草貌。（六畫）	採爲首義	956	
	薈	艸部	無。	不採其說	988	採《爾雅》爲首義。
	菽	艸部	《說文》細草叢生也。（九畫）	採爲首義	970	
	芼	艸部	《說文》草覆蔓也。（四畫）	採爲首義	949	
	蒼	艸部	《說文》草色也。（十畫）	採爲首義	978	
	蘆	艸部	《說文》草得風貌。　又《說文》灌渝也。（九畫）	採爲首義及次義	975	
	萃	艸部	《說文》草貌。（八畫）	採爲首義	968	
	蒔	艸部	無。	不採其說	976	採《博雅》爲首義。
	苗	艸部	《說文》草生于田者，穀曰苗，凡草初生亦曰苗。（五畫）	採爲首義	950	
	苛	艸部	《說文》小草也。（五畫）	採爲首義	950	
	蕪	艸部	《說文》薉也。（十二畫）	採爲首義	987	
	薉	艸部	《說文》蕪也。（十三畫）	採爲首義	988	
	荒	艸部	《說文》蕪也。一曰草掩地也。（六畫）	採爲首義	959	
	薋	艸部	《說文》茻薋，草亂貌也。（十四畫）	採爲首義	990	《說文》作摑。
	茻	艸部	無。	不採其說	968	以「茻薋，草亂貌」爲首義。
	落	艸部	無。	不採其說	971	採《禮記》爲首義。
	蔽	艸部	《說文》小草也。（十二畫）	採爲首義	984	
	擇	艸部	《說文》草木凡皮葉落陊地爲擇。（十六畫）	採爲首義	995	
	蕰	艸部	無。	不採其說	987	以「水草」爲首義。
	蔫	艸部	《說文》菸也。（十一畫）	採爲首義	983	
	菸	艸部	《說文》殘也。（八畫）	採爲首義	968	
	蘽	艸部	《說文》草旋貌。引《詩》葛藟蘽之。今文通作縈。（十四畫）	採爲首義	991	
	蔡	艸部	《說文》草也。（十一畫）	採爲首義	983	
	茷	艸部	無。	不採其說	957	以「草葉多也」爲首義。
	茱	艸部	《說文》草之可食者。（八畫）	採爲首義	966	

艸部	葂	艸部	又《說文》沛城有楊葂亭。（六畫）	採爲次義	959	以「草多貌」爲首義。
	芝	艸部	《說文》草浮水中貌。（五畫）	採爲首義	950	
	薄	艸部	無。	不採其說	988	以「林薄也」爲首義。
	苑	艸部	《說文》所以養禽獸也。（五畫）	採爲首義	950	
	藪	艸部	無。	不採其說	994	採《爾雅》爲首義。
	畱	艸部	《說文》从艸从巜从田。（九畫）	採爲首義	973	
	薻	艸部	《說文》草盛貌，通作繇。（十七畫）	採爲首義	998	
	薙	艸部	《說文》除草也。（十三畫）	採爲首義	989	
	茉	艸部	《說文》耕多草。（六畫）	採爲首義	958	
	蔋	艸部	《說文》草大也。（九畫）	採爲首義	973	
	蔪	艸部	《說文》草相蔪苞也。（十一畫）	採爲首義	983	
	茀	艸部	《說文》道多草不可行。（五畫）	採爲首義	953	
	苾	艸部	《說文》馨香也。（五畫）	採爲首義	953	
	菱	艸部	無。	不採其說	981	以「香草」爲首義。
	芳	艸部	《說文》香草也。（四畫）	採爲首義	949	
	蕡	艸部	又《說文》雜香草也。（十二畫）	採爲次義	986	採《玉篇》爲首義。
	藥	艸部	《說文》治病草。（十五畫）	採爲首義	993	
	麗	艸部	《說文》草木附麗地而生也。（十九畫）	採爲首義	999	
	蓆	艸部	《說文》廣多也。（十畫）	採爲首義	979	
	艾	艸部	《說文》刈草也。（四畫）	採爲首義	947	
	荐	艸部	《說文》荐薦席也。（六畫）	採爲首義	959	
	藉	艸部	《說文》祭藉也。（十四畫）	採爲首義	991	
	菹	艸部	無。	不採其說	977	採《周禮》爲首義。
	蒩	艸部	無。	不採其說	986	採《晉語》爲首義。
	茨	艸部	《說文》以茅蓋屋。（六畫）	採爲首義	956	
	葺	艸部	《說文》茨也。（九畫）	採爲首義	975	
	蓋	艸部	無。	不採其說	979	以「苫也」爲首義。
	苫	艸部	無。	不採其說	952	採《玉篇》爲首義。
	蒚	艸部	《說文》蓋也。（十二畫）	採爲首義	986	
	苙	艸部	《說文》刷也。（八畫）	採爲首義	966	
	藩	艸部	無。	不採其說	994	以「籬也」爲首義。

艸部	菹	艸部	《說文》酢菜也。（八畫）	採爲首義	968	
	荃	艸部	《說文》芥脃也，亦香草也。（六畫）	採爲首義	958	《說文》本作「芥脃也」。
	蒩	艸部	《說文》韭鬱也。（十二畫）	採爲首義	984	
	灆	艸部	《說文》瓜葅也。一曰水清。（十七畫）	採爲首義	998	
	莀	艸部	無。	不採其說	966	採《玉篇》爲首義。
	蔝	艸部	《說文》乾梅之屬。（十六畫）	採爲首義	995	
	虆	艸部	《說文》即藬字。（二十三畫）	採爲首義	1000	
	莘	艸部	《說文》羹菜也。（十畫）	採爲首義	977	
	若	艸部	《說文》若，擇菜也。（五畫）	採爲首義	951	
	蒱	艸部	又《說文》蒲叢也。（十一畫）	採爲次義	980	採《類篇》爲首義。
	茵	艸部	《說文》以草補缺，或以爲綴。一曰約空也。（六畫）	採爲首義	955	
	蕁	艸部	《說文》叢草也（十二畫）	採爲首義	987	
	莜	艸部	《說文》今从條。（七畫）	採爲首義	962	
	草	艸部	無。	不採其說	968	採《類篇》爲首義。
	莛	艸部	《說文》草也。（九畫）	採爲首義	973	
	苴	艸部	無。	不採其說	952	採《玉篇》爲首義。
	蘿	艸部	《說文》草履也。（二十五畫）	採爲首義	1000	
	蕢	艸部	《說文》草器。（十二畫）	採爲首義	986	
	蓑	艸部	◎《說文》作衰。（七畫）	列於字末補釋形義	962	採《博雅》爲首義。十畫「蓑」字亦不採《說文》形義。
	茵	艸部	《說文》車重席。（六畫）	採爲首義	957	
	芻	艸部	《說文》刈草也。（四畫）	採爲首義	949	
	茭	艸部	《說文》乾芻也。（六畫）	採爲首義	956	
	莎	艸部	無。	不採其說	960	採《玉篇》爲首義。
	茹	艸部	又《說文》茹飯牛也。（六畫）	採爲次義	957	採《易經》爲首義。
	莝	艸部	《說文》斬芻也。（七畫）	採爲首義	962	
	萎	艸部	無。	不採其說	969	採《詩經》爲首義。
	薇	艸部	《說文》以穀餧馬置莝中。（十畫）	採爲首義	976	
	苗	艸部	《說文》蠿薄也。（六畫）	採爲首義	958	
	蔟	艸部	《說文》行蠿蓐。（十一畫）	採爲首義	982	

艸部	苣	艸部	《說文》束葦燒也，今俗別作炬，非是。(五畫)	採爲首義	951	
	蕘	艸部	《說文》草薪也。(十二畫)	採爲首義	986	
	薪	艸部	《說文》蕘也。又柴也。(十三畫)	採爲首義	990	
	蒸	艸部	《說文》折麻中榦也。(十畫)	採爲首義	978	
	蕉	艸部	無。	不採其說	985	採《玉篇》爲首義。
	蓾	艸部	《說文》蓾或从鹵。(十一畫)	採爲首義	981	
	薶	艸部	無。	不採其說	990	採《博雅》爲首義。
	葠	艸部	《說文》喪藉草也。(十二畫)	採爲首義	986	
	折	手部	◎《說文》作斵，从斤斷艸，籒文作𣂚，从艸在仌中，冰寒故折。隸从手从斤。(四畫)	列於字末補釋形義	350	以「拗折也」爲首義。
	卉	十部	《說文》草之總名。(三畫)	採爲首義	84	
	艽	艸部	《說文》遠荒也。(二畫)	採爲首義	945	
	蒜	艸部	無。	不採其說	976	採《韻會》爲首義。
	芥	艸部	《說文》菜也。(四畫)	採爲首義	947	
	蔥	艸部	《說文》菜也。(九畫)	採爲首義	974	
	萑	艸部	無。	不採其說	977	採《爾雅》爲首義。
	蕈	艸部	無。	不採其說	985	採《爾雅》爲首義。
	苟	艸部	《說文》草也。(五畫)	採爲首義	951	
	蕨	艸部	無。	不採其說	986	採《玉篇》爲首義。
	莎	艸部	《說文》薃侯也。一名侯莎。(七畫)	採爲首義	961	
	蓱	艸部	無。	不採其說	980	採《玉篇》爲首義。
	蓳	艸部	無。	不採其說	980	採《正字通》爲首義。
	菲	艸部	《說文》芴也。(八畫)	採爲首義	967	
	芴	艸部	無。	不採其說	949	以「土瓜也」爲首義。
	䕭	艸部	無。	不採其說	1000	採《集韻》爲首義。
	雈	艸部	無。	不採其說	987	採《集韻》爲首義。
	葦	艸部	《說文》大葭也。(九畫)	採爲首義	973	
	葭	艸部	《說文》葦之未秀者。(九畫)	採爲首義	974	
	萊	艸部	《說文》蔓華也。(八畫)	採爲首義	969	
	荔	艸部	《說文》草也，似蒲而小，根可作刷。(六畫)	採爲首義	955	茘字下云「《說文》同荔」。

艸部	蒙	艸部	無。	不採其說	976	採《爾雅》爲首義。
	藻	艸部	《說文》从水巢聲。（十四畫）	採爲首義	991	藻本字。
	菉	艸部	無。	不採其說	965	採《爾雅》爲首義。
	蓸	艸部	《說文》草也。（十一畫）	採爲首義	980	
	蔥	艸部	《說文》草也。（十畫）	採爲首義	977	
	菭	艸部	《說文》草也。（八畫）	採爲首義	967	
	菩	艸部	無。	不採其說	961	採《集韻》爲首義。
	范	艸部	《說文》草也。（五畫）	採爲首義	954	
	芀	艸部	無。	不採其說	945	以「謂陳根草不芟，新草又生，相因仍也」爲首義。
	苴	艸部	無。	不採其說	957	採《玉篇》爲首義。
	萄	艸部	無。	不採其說	968	採《玉篇》爲首義。
	芑	艸部	《說文》白苗嘉穀。（三畫）	採爲首義	946	
	虋	艸部	《說文》木舃也。（十五畫）	採爲首義	993	
	苓	艸部	《說文》草也。（五畫）	採爲首義	952	
	薔	艸部	無。	不採其說	989	採《爾雅》爲首義。
	苕	艸部	無。	不採其說	950	採《詩經》爲首義。
	蘈	艸部	無。	不採其說	987	以「草也」爲首義。
	蕁	艸部	《說文》草也。（九畫）	採爲首義	971	
	茢	艸部	又與茅通，《說文》《玉篇》苂音柳，註詳菲字。（九畫）	採爲次義	954	採《韻會》爲首義。七畫菲字下只云：「茢本字」。
	茶	艸部	無。	不採其說	960	採《詩經》爲首義。
	蘮	艸部	無。	不採其說	991	採《集韻》爲首義。
	蒿	艸部	《說文》菣也。（十畫）	採爲首義	978	
	蓬	艸部	無。	不採其說	980	採《詩經》爲首義。
	藜	艸部	無。	不採其說	993	採《禮記》爲首義。
	薺	艸部	又《說文》薺實也。（十七畫）	採爲次義	998	採《玉篇》爲首義。
	葆	艸部	無。	不採其說	971	採《前漢書》爲首義。
	蕃	艸部	《說文》草茂也。（十二畫）	採爲首義	984	
	茸	艸部	《說文》草茸茸貌。（六畫）	採爲首義	957	
	薄	艸部	無。	不採其說	972	以「草茂貌」爲首義。
	叢	艸部	《說文》草叢生貌。（十九畫）	採爲首義	998	

艸部	草	艸部	《說文》作草。詳草字註。又作菜，斗櫟實也。（七畫）	採爲首義	963	
	菣	艸部	又《說文》麻蒸也。（八畫）	採爲次義	965	採《玉篇》爲首義。
	蓄	艸部	無。	不採其說	979	以「積也」爲首義。
	薈	艸部	《說文》草名。（八畫）	採爲首義	968	
	菰	艸部	《說文》草多貌。（八畫）	採爲首義	967	
	菿	艸部	《說文》草木倒也。（八畫）	採爲首義	968	
	芙	艸部	《說文》芙蓉也。（四畫）	採爲首義	947	
	蓉	艸部	《說文》芙蓉也。（十畫）	採爲首義	979	
	蓮	艸部	《說文》草也。（十四畫）	採爲首義	990	
	荀	艸部	《說文》草也。（六畫）	採爲首義	957	
	苲	艸部	無。	不採其說	961	採《玉篇》爲首義。
	蔗	艸部	無。	不採其說	978	採《玉篇》爲首義。
	蔬	艸部	《說文》菜也。（十一畫）	採爲首義	983	
	芊	艸部	《說文》芊芊，草盛貌。（三畫）	採爲首義	946	
	茗	艸部	無。	不採其說	955	採《玉篇》爲首義。
	薌	艸部	《說文》穀氣也。（十三畫）	採爲首義	988	
	藏	艸部	《說文》匿也。 ◎《說文》漢書通用臧。（十四畫）	採爲首義又補釋之	992	
	蔵	艸部	無。	不採其說	985	採《博雅》爲首義。
	蘸	艸部	《說文》以物投水也。此蓋俗語。（十九畫）	採爲首義	999	
蓐部	蓐	艸部	《說文》陳草復生繁縟也。（十畫）	採爲首義	979	
	薅	艸部	《說文》拔去田草也。 ◎《說文》亦作茠。（十三畫）	採爲首義又補釋之	988	
茻部	茻	艸部	《說文》眾草也，从四屮，凡茻之屬皆从茻，讀與冈同，自爲部。（六畫）	採爲首義	957	
	莫	艸部	又《說文》莫故切，同暮。（七畫）	採爲次義	963	採《韻會》爲首義。
	莽	艸部	《說文》南昌謂犬善逐兔草中爲莽。（八畫）	採爲首義	964	
	葬	艸部	《說文》从死在茻中，一其中所以薦之。（九畫）	採爲首義	974	

徐鉉校定《說文》卷二

說文部首	字例	《康熙字典》				備　註
		歸部	引用《說文》之釋語	引用情形	頁碼	
小部	小	小部	《說文》物之微也，从八，从丨見而分之。〈徐曰〉丨始見也，八、分也。始可分別也。（一畫）	採爲首義	224	徐鍇語。
	少	小部	《說文》不多也，从小丿聲。〈徐曰〉丿音夭。（一畫）	採爲首義	224	徐鍇語。
	尐	小部	《說文》少也，从小乁聲。讀若輟。（一畫）	採爲首義	224	
八部	八	八部	《說文》別也，象分別相背之形。〈徐曰〉數之八，兩兩相背，是別也。少陰數，木數也。（一畫）	採爲首義	54	徐鍇語。
	分	刀部	《說文》別也，从八刀，刀以分別物也。（二畫）	採爲首義	64	
	尒	小部	《說文》辭之必然也，从入丨八，八象气之分散。〈徐曰〉言之助也，指事。篆作尒，今文作尒，通作爾。尒、汝也，爾而兦通，稱人曰尒。（二畫）	採爲首義	224	徐鍇語。
	曾	日部	《說文》詞之舒也，从八从曰，囪聲。（八畫）	採爲首義	431	
	尙	小部	《說文》曾也，庶幾也，从八向聲。（五畫）	採爲首義	225	
	家	八部	無。	不採其說	56	採《玉篇》爲首義。
	詹	言部	《說文》多言也。（六畫）	採爲首義	1087	
	介	人部	◎《說文》作尒，从人介于八之中。（二畫）	列於字末補釋形義	19	以「際也」爲首義。
	仈	八部	無。	不採其說	55	採《玉篇》爲首義。段玉裁云「即今之兆字也」。
	公	八部	《說文》平分也，从八，从厶。八猶背也。（二畫）	採爲首義	54	
	必	心部	《說文》分極也，从八弋，弋亦聲。（一畫）	採爲首義	303	
	余	人部	語之舒也。（五畫）	採爲首義	27	

釆部	釆	釆部	《說文》辨別也，象獸指爪分別也。（一畫）	採爲首義	1218	
	番	田部	《說文》獸足謂之番，从釆，田象其掌。或作蹞、蹯。（七畫）	採爲首義	691	
	宷	宀部	《說文》悉也，知宷諟也，从宀，从釆。〈徐曰〉宀、覆也。釆，別也。包覆而深別之曰宷。篆作審。詳審字註。（七畫）	採爲首義	215	徐鍇語。
	悉	心部	無。	不採其說	314	以「詳盡也、諳究也、知也」爲首義。
	釋	釆部	《說文》解也，从釆，釆取其分別物也。（十三畫）	採爲首義	1218	
半部	半	十部	《說文》物中分也，从八，从牛，牛爲物大可以分也。（三畫）	採爲首義	84	
	胖	肉部	《說文》半體肉。（五畫）	採爲首義	906	
	叛	又部	《說文》半也，从半反聲。〈徐曰〉離叛也。（七畫）	採爲首義	94	
牛部	牛	牛部	《說文》木牲也。牛，件也。件，事理也。象角，頭、三封尾之形。〈註〉徐鍇曰：件若言物，一件二件也。封、高起也。（一畫）	採爲首義	625	
	牡	牛部	《說文》畜父也，从牛土聲。（三畫）	採爲首義	625	
	犅	牛部	《說文》特牛也。（八畫）	採爲首義	630	
	特	牛部	《說文》朴特牛父也。（六畫）	採爲首義	628	
	牝	牛部	《說文》畜母也，从牛匕聲。（二畫）	採爲首義	625	
	犢	牛部	《說文》牛子也，从牛賣聲。（十四畫）	採爲首義	632	
	牭	牛部	《說文》二歲牛，从牛巿聲。（四畫）	採爲首義	626	
	犙	牛部	《說文》三歲牛，从牛參聲。（十畫）	採爲首義	631	
	牭	牛部	《說文》四歲牛，从牛从四，四亦聲。◎《說文》籀作䮻。（五畫）	採爲首義又補釋之	627	
	犃	牛部	《說文》驍牛也。（十畫）	採爲首義	631	
	牻	牛部	《說文》白黑雜毛牛。（七畫）	採爲首義	628	
	㹁	牛部	《說文》牻牛也，从牛京聲。《說文》引《春秋傳》曰：牻㹁。（八畫）	採爲首義	630	
	犥	牛部	《說文》牛白脊也。（十四畫）	採爲首義	632	
	㹃	牛部	《說文》黃牛虎文。（七畫）	採爲首義	628	
	犖	牛部	《說文》駁牛也，从牛勞省聲。（十畫）	採爲首義	631	
	犅	牛部	《說文》牛白脊也，从牛㢌聲。（七畫）	採爲首義	628	

牛部	枰	牛部	《說文》牛駁如星，从牛平聲。（五畫）	採爲首義	627	
	犥	牛部	《說文》牛黃白色。（十四畫）	採爲首義	633	
	㹞	牛部	無。	不採其說	630	採《爾雅》爲首義。
	犖	牛部	《說文》白牛也，从牛崔聲。（十畫）	採爲首義	631	
	犝	牛部	《說文》牛長脊也。（十三畫）	採爲首義	632	
	牧	牛部	《說文》牛徐行也，从牛㚈聲。（五畫）	採爲首義	627	
	犨	牛部	《說文》牛息聲。（十六畫）	採爲首義	633	
	牟	牛部	《說文》牛鳴也，从牛，象其聲气从口出。（二畫）	採爲首義	625	
	犢	牛部	《說文》畜牲也，从牛產聲。（十一畫）		631	
	牲	牛部	《說文》牛全完，从牛生聲。（五畫）	採爲首義	628	
	牷	牛部	《說文》牛純色，从牛全聲。（六畫）	採爲首義	628	
	牽	牛部	《說文》引前也，从牛，象引牛之縻也。（七畫）	採爲首義	629	
	牿	牛部	《說文》牛馬牢也。（七畫）	採爲首義	629	
	牢	牛部	《說文》閑養牛馬圈也，从牛多省，取其四周帀也。（三畫）	採爲首義	626	
	犓	牛部	《說文》以芻莝養牛也，从牛芻，芻亦聲。《春秋》《國語》曰：犓豢幾何。（十畫）	採爲首義	631	
	㹇	牛部	《說文》牛柔謹也。（十八畫）	採爲首義	633	
	犕	牛部	《說文》本作犕。　又通作服。《說文》易曰：犕牛乘馬。（十三畫）	採爲首義及次義	631	
	犂	牛部	《說文》耕也，从牛黎聲，與犁同，詳犁字註。（十五畫增）	採爲首義	633	
	輩	牛部	《說文》兩壁耕也，从牛非聲。一曰覆耕種也。讀若匪。（八畫）	採爲首義	630	
	犝	牛部	《說文》牛羊無子也。（十一畫）	採爲首義	632	
	牴	牛部	《說文》觸也，从牛氐聲。（五畫）	採爲首義	628	
	犟	牛部	《說文》牛踶犟也。（十六畫）	採爲首義	633	
	堅	牛部	《說文》牛很不從引也，从牛从臤，臤亦聲。　又《說文》一曰大貌。（八畫）	採爲首義及次義	630	
	牼	牛部	《說文》牛膝下骨也。（七畫）	採爲首義	628	
	牞	牛部	《說文》牛舌病。（四畫）	採爲首義	627	

牛部	犀	牛部	《說文》南徼外牛一角在鼻，一角在頂似豕，从牛尾聲。（七畫）	採爲首義	629	
	牣	牛部	《說文》滿也。（三畫）	採爲首義	626	
	物	牛部	《說文》萬物也，牛爲大物，天地之數起於牽牛，故从牛勿聲。（四畫）	採爲首義	627	
	犧	牛部	《說文》宗廟之牲也。（十六畫）	採爲首義	633	
	犍	牛部	《說文》犗牛也。（九畫）	採爲首義	630	
	犝	牛部	《說文》無角牛也。（十二畫）	採爲首義	632	
犛部	犛	牛部	《說文》本作犛，長髦牛也，从牛𠩺聲。（十一畫）	採爲首義	632	
	氂	毛部	《說文》氂，牛尾也。（十一畫）	採爲首義	523	
	斄	攴部	無。	不採其說	404	採《前漢書》爲首義。
告部	告	口部	《說文》牛觸人，角著橫木，所以告也，从口从牛。（四畫）	採爲首義	108	
	嚳	口部	《說文》急告之甚也。（十七畫）	採爲首義	142	
口部	口	口部	《說文》人所以言食也，象形。（一畫）	採爲首義	99	
	噭	口部	《說文》吼也。一曰噭呼也。（十三畫）	採爲首義	138	
	喗	口部	《說文》喙也。（十三畫）	採爲首義	137	
	喙	口部	《說文》口也。（九畫）	採爲首義	126	
	吻	口部	《說文》口邊也。（四畫）	採爲首義	107	
	嚨	口部	《說文》喉也。（十六畫）	採爲首義	141	
	喉	口部	《說文》咽也。（九畫）	採爲首義	125	
	嗌	口部	《說文》咽也。（十三畫）	採爲首義	139	
	吞	口部	《說文》咽也。（四畫）	採爲首義	105	
	咽	口部	《說文》嗌也。（六畫）	採爲首義	116	
	嗌	口部	《說文》咽也。（十畫）	採爲首義	130	
	哼	口部	《說文》大口也。（九畫）	採爲首義	126	
	哆	口部	《說文》張口也。（六畫）	採爲首義	117	
	呱	口部	《說文》小兒嗁聲。（五畫）	採爲首義	110	
	啾	口部	《說文》小兒聲也。（九畫）	採爲首義	125	
	喤	口部	《說文》小兒聲。（九畫）	採爲首義	127	
	咺	口部	無。	不採其說	115	採《揚子·方言》爲首義。

口部	唴	口部	《說文》秦晉謂小兒泣不止曰唴。（八畫）	採爲首義	121	
	咷	口部	《說文》楚謂兒泣不止曰噭咷。（六畫）	採爲首義	115	
	喑	口部	《說文》宋齊謂兒泣不止曰喑。（九畫）	採爲首義	126	
	嶷	口部	《說文》小兒有知也。（十四畫）	採爲首義	140	
	咳	口部	《說文》小兒笑也。（六畫）	採爲首義	115	
	嗛	口部	《說文》口有所銜也。（十畫）	採爲首義	131	
	咀	口部	《說文》含味也。（五畫）	採爲首義	112	
	啜	口部	《說文》嘗也。（八畫）	採爲首義	124	
	噍	口部	《說文》齧也。（十二畫）	採爲首義	134	
	嚌	口部	《說文》嘗也。（十四畫）	採爲首義	140	
	噍	口部	《說文》䶢也。（十二畫）	採爲首義	136	
	吮	口部	《說文》敕也。（四畫）	採爲首義	106	
	啐	口部	《說文》小歠也。（十一畫）	採爲首義	132	
	嚽	口部	《說文》小啐也。（十九畫增）	採爲首義	143	
	噬	口部	《說文》啗也，喙也。（十三畫）	採爲首義	138	
	啗	口部	《說文》食也。（八畫）	採爲首義	124	
	嘰	口部	《說文》小食也。（十二畫）	採爲首義	135	
	哺	口部	《說文》噍貌。（十畫）	採爲首義	131	
	含	口部	《說文》嗛也。（四畫）	採爲首義	106	
	哺	口部	《說文》哺咀也。（七畫）	採爲首義	119	
	味	口部	《說文》滋味也。（五畫）	採爲首義	110	
	嚛	口部	《說文》食辛嚛也。（十五畫）	採爲首義	141	
	窞	口部	《說文》口滿食也。（十三畫）	採爲首義	138	
	噫	口部	《說文》飽食息也。（十三畫）	採爲首義	138	
	喘	口部	《說文》喘息也。（十二畫）	採爲首義	135	
	唾	口部	《說文》口液也。（八畫）	採爲首義	122	
	咦	口部	《說文》南陽謂大呼曰咦。（六畫）	採爲首義	114	
	呬	口部	《說文》東夷謂息爲呬。引《詩·大雅》昆夷呬矣。（五畫）	採爲首義	110	
	喘	口部	《說文》疾息也。（九畫）	採爲首義	126	
	呼	口部	《說文》外息也。（五畫）	採爲首義	111	

口部	吸	口部	《說文》內息也，从口及聲。（四畫）	採為首義	107	
	噓	口部	《說文》吹也。（十一畫）	採為首義	134	
	吹	口部	《說文》噓也。（四畫）	採為首義	107	
	喟	口部	《說文》大息也。（九畫）	採為首義	127	
	哼	口部	《說文》口氣也。（八畫）	採為首義	123	
	噫	口部	《說文》悟解气也。（十五畫）	採為首義	140	
	噴	口部	《說文》野人之言也。（十五畫）	採為首義	140	
	唅	口部	《說文》口急也。（八畫）	採為首義	121	
	噤	口部	《說文》口閉也，从口禁聲。（十三畫）	採為首義	137	
	名	口部	《說文》自命也，从口从夕。夕者，冥也。冥不相見，故以口自名。（三畫）	採為首義	103	
	吾	口部	《說文》我自稱也。（四畫）	採為首義	108	
	哲	口部	◎《說文》或作悊。（七畫）	列於字末補釋形義	119	採《爾雅》為首義。
	君	口部	《說文》尊也，从尹。發號，故从口。（四畫）	採為首義	105	
	命	口部	《說文》使也。（五畫）	採為首義	111	
	咨	口部	《說文》謀事曰咨。（六畫）	採為首義	114	
	召	口部	《說文》評也。（二畫）	採為首義	100	
	問	口部	《說文》訊也。（八畫）	採為首義	123	
	唯	口部	《說文》諾也。（八畫）	採為首義	121	
	唱	口部	《說文》導也。（八畫）	採為首義	121	
	和	口部	無。	不採其說	113	採《廣韻》為首義。
	咥	口部	《說文》大笑也。（六畫）	採為首義	114	
	啞	口部	《說文》笑也。（八畫）	採為首義	124	
	噱	口部	《說文》大笑也。（十三畫）	採為首義	138	
	唏	口部	《說文》本作唏，笑也，从口稀省聲。（七畫）	採為首義	120	
	听	口部	《說文》笑貌。（四畫）	採為首義	106	
	呭	口部	《說文》多言也。引《詩·大雅》無然呭呭。（五畫）	採為首義	110	
	嗃	口部	《說文》聲嗃嗃也。（十一畫）	採為首義	132	
	咄	口部	《說文》相謂也。（五畫）	採為首義	112	

口部	唉	口部	《說文》膺也。（七畫）	採為首義	120	
	哉	口部	《說文》言之閒也。〈註〉《論語》君子哉若人，是為閒隔之辭也。　◎《說文》本作𢦏。（六畫）	採為首義又補釋之	117	
	噂	口部	《說文》聚語也。（十二畫）	採為首義	136	
	咠	口部	《說文》聶語也。（六畫）	採為首義	113	
	呷	口部	《說文》吸呷也。（五畫）	採為首義	111	
	嘖	口部	《說文》小聲也。（十一畫）	採為首義	133	
	噰	口部	《說文》語聲也。（十二畫）	採為首義	134	
	唪	口部	《說文》大笑也。讀若《詩》瓜瓞菶菶之菶。（八畫）	採為首義	121	
	嗔	口部	《說文》盛氣也。（十畫）	採為首義	130	
	嚖	口部	《說文》嘌本字，疾也。引《詩》匪車嚖兮。（十八畫增）	採為首義	143	嘌字則採《詩經》為首義。
	嘑	口部	《說文》唬也。（十一畫）	採為首義	133	
	喑	口部	《說文》音聲喑喑然。（九畫）	採為首義	125	
	嘯	口部	《說文》吹聲也。（十二畫）	採為首義	134	
	台	口部	又《說文》悅也。（二畫）	採為次義	100	採《爾雅》為首義。
	嗂	口部	《說文》喜也。（十畫）	採為首義	129	
	启	口部	《說文》開也，从戶从口。（四畫）	採為首義	106	
	嘄	口部	《說文》聲也。（十一畫）	採為首義	132	
	咸	口部	《說文》皆也。（六畫）	採為首義	115	
	呈	口部	無。	不採其說	109	採《集韻》為首義。
	右	口部	《說文》助也。　◎《說文》本作𠮩，从口从又。〈徐鍇曰〉言不足以左復手助之。（二畫）	採為首義又補釋之	101	
	啻	口部	《說文》語時不啻也。一曰諟也。（九畫）	採為首義	124	
	吉	口部	《說文》善也。（三畫）	採為首義	103	
	周	口部	又《說文》密也。（五畫）	採為次義	109	採《廣韻》為首義。
	唐	口部	《說文》大言也，从口庚聲。（七畫）	採為首義	120	
	喁	口部	《說文》誰也，从口琊，又聲。（十二畫）	採為首義	137	
	嘾	口部	《說文》本作嘾，含深也，从口覃聲。（十二畫）	採為首義	136	

口部	噎	口部	《說文》飯窒。（十二畫）	採爲首義	136	
	嘔	口部	《說文》咽也。（十畫）	採爲首義	131	
	哯	口部	《說文》不歐而吐也。（七畫）	採爲首義	118	
	吐	口部	《說文》寫也。（三畫）	採爲首義	104	
	噫	口部	《說文》气牾也。（十三畫）	採爲首義	137	
	咈	口部	《說文》違也。（五畫）	採爲首義	112	
	嚘	口部	《說文》語未定貌。（十五畫）	採爲首義	140	
	吃	口部	《說文》言蹇難也。（三畫）	採爲首義	102	
	嗜	口部	《說文》嗜欲喜之也。（十畫）	採爲首義	131	
	啖	口部	《說文》噍啖也。（八畫）	採爲首義	124	
	哽	口部	《說文》本作嗄，語爲舌所介也。（七畫）	採爲首義	119	
	嘐	口部	《說文》誇語也。（十一畫）	採爲首義	133	
	啁	口部	《說文》啁嘐也。（八畫）	採爲首義	122	
	哇	口部	《說文》諂聲也。（六畫）	採爲首義	117	
	啐	口部	《說文》本作啻，語相訶距也，從口距辛，辛、惡聲也。讀若櫱。（七畫）	採爲首義	119	《說文》本作「啻，語相訶距也，從口距辛，辛、惡聲也。讀若櫱。」
	哛	口部	《說文》讄哛多言也，從口投省聲。（四畫）	採爲首義	107	
	呧	口部	《說文》苛也。（五畫）	採爲首義	109	
	呰	口部	《說文》苛也。（五畫）	採爲首義	110	
	嗻	口部	《說文》遮也。（十一畫）	採爲首義	132	
	呶	口部	《說文》妄語也。（七畫）	採爲首義	120	
	嗑	口部	《說文》多言也，從口盍聲。讀若甲。（十畫）	採爲首義	130	
	嗃	口部	《說文》本作嗃，謼聲，嗃喻也。司馬相如說：淮南宋蔡舞嗃喻也。（十畫）	採爲首義	130	
	嘖	口部	《說文》高气多言也，從口蕢省聲。《春秋傳》曰：嘖言。（十三畫）	採爲首義	137	
	叴	口部	《說文》高氣也，今之泗州。（二畫）	採爲首義	101	
	嘮	口部	《說文》嘮呶讙也。（十二畫）	採爲首義	134	
	呼	口部	《說文》讙聲也。（五畫）	採爲首義	111	
	叱	口部	《說文》訶也。（二畫）	採爲首義	101	

口部	噴	口部	《說文》叱也。（十三畫）	採爲首義	139	
	吒	口部	《說文》噴也，叱怒也。（三畫）	採爲首義	104	
	噛	口部	無。	不採其說	136	採《爾雅》爲首義。
	啐	口部	《說文》驚也。（八畫）	採爲首義	123	
	唇	口部	《說文》驚也。（七畫）	採爲首義	119	
	吁	口部	《說文》驚也。（三畫）	採爲首義	102	
	嘵	口部	《說文》懼也。（十二畫）	採爲首義	135	
	嘖	口部	《說文》大呼也。（十一畫）	採爲首義	134	
	嗷	口部	《說文》本作嗸，眾口愁也。（十一畫）	採爲首義	132	
	唸	口部	《說文》吚也。《詩》曰：民之方唸吚。（八畫）	採爲首義	122	
	吚	口部	《說文》唸吚呻也。（三畫）	採爲首義	103	
	嚘	口部	《說文》呻也。（二十畫）	採爲首義	143	
	呻	口部	《說文》吟也。（五畫）	採爲首義	111	
	吟	口部	《說文》呻也。（五畫）	採爲首義	105	
	嗞	口部	《說文》嗟也。（十畫）	採爲首義	131	
	咙	口部	《說文》咙異之言。一曰雜語。（七畫）	採爲首義	118	
	叫	口部	《說文》嘑也。（二畫）	採爲首義	100	
	嘅	口部	《說文》嘆也。（十一畫）	採爲首義	133	
	唌	口部	《說文》語唌歎也。（七畫）	採爲首義	120	
	嘆	口部	《說文》吞歎也。一曰太息也。與歎同。（十一畫）		133	
	喝	口部	《說文》潵也。（九畫）	採爲首義	127	
	哨	口部	《說文》不容也。（七畫）	採爲首義	118	
	吪	口部	《說文》動也。（四畫）	採爲首義	106	
	嗛	口部	《說文》口兼也。（十二畫）	採爲首義	136	
	吝	口部	《說文》恨也。（四畫）	採爲首義	105	
	各	口部	《說文》異辭也，从口从夊。夊者，有行而止之，不相聽也。（三畫）	採爲首義	102	
	否	口部	《說文》不也。〈徐鍇曰〉不可之意見於言，故从口。（四畫）	採爲首義	106	
	唁	口部	《說文》弔生也。（七畫）	採爲首義	119	
	哀	口部	《說文》閔也。（六畫）	採爲首義	116	

口部	唬	口部	《說文》號也。（十畫）	採爲首義	129	
	嗀	口部	《說文》歐貌，从口哉聲。（十畫）	採爲首義	129	
	咼	口部	《說文》口戾不正也。（六畫）	採爲首義	116	
	啾	口部	《說文》啾嘆也。（八畫）	採爲首義	121	
	嘆	口部	《說文》啾嘆也。（十一畫）	採爲首義	132	
	呧	口部	《說文》塞口也，从口氐省聲。氐音厥。（四畫）	採爲首義	106	
	嗾	口部	《說文》使犬聲。（十一畫）	採爲首義	132	
	吠	口部	《說文》犬吠鳴也。（四畫）	採爲首義	105	
	咆	口部	《說文》嘷也。（五畫）	採爲首義	112	
	嘷	口部	《說文》本作嗥，咆也。 ◎《說文》譚長說：从犬作獋。（十二畫）	採爲首義又補釋之	135	
	喈	口部	《說文》鳥鳴聲。（九畫）	採爲首義	125	
	哮	口部	《說文》豕驚聲。（七畫）	採爲首義	118	
	喔	口部	《說文》雞聲也。（九畫）	採爲首義	126	
	呝	口部	《說文》喔也。（五畫）	採爲首義	109	
	咮	口部	《說文》鳥口也。（六畫）	採爲首義	114	
	嚶	口部	《說文》鳥鳴也。（十七畫）	採爲首義	142	
	啄	口部	《說文》鳥食也。（八畫）	採爲首義	122	
	唬	口部	《說文》嗁聲也。 又《說文》一曰虎聲也。（八畫）	採爲首義及次義	121	
	呦	口部	《說文》鹿鳴聲也。 ◎《說文》或作㕧。（五畫）	採爲首義又補釋之	109	
	嚪	口部	《說文》麋鹿群口相聚貌。（十三畫）	採爲首義	138	
	喁	口部	《說文》魚口上見。（九畫）	採爲首義	125	
	局	尸部	《說文》促也，从口在尺下，復局之。一曰：博，所以行棋。博局外有垠堮，周限可用，故謂人材爲幹局。（四畫）	採爲首義	228	
	凹	口部	《說文》山閒陷泥地，从口，从水，敗貌，讀若沇州之沇，九州之渥地也，故以沇名焉。〈徐鉉曰〉口象山門，八半水，象土上有少水也。（二畫）	採爲首義	100	
	哦	口部	《說文》吟也。（七畫）	採爲首義	118	
	嗃	口部	《說文》嗃嗃嚴酷貌。（十畫）	採爲首義	129	

口部	售	口部	《說文》賣去手也，从口雔省聲。（八畫）	採爲首義	121	
	噞	口部	《說文》噞喁，魚口上見也。（十三畫）	採爲首義	137	
	唳	口部	《說文》鶴鳴也。（八畫）	採爲首義	121	
	喫	口部	《說文》食也。（九畫）	採爲首義	128	
	喚	口部	《說文》呼也。　◎《說文》古通用奐。（九畫）	採爲首義又補釋之	127	
	咍	口部	《說文》蚩笑也。（五畫）	採爲首義	113	
	嘲	口部	《說文》謔也。（十二畫）	採爲首義	135	
	呀	口部	《說文》張口貌。（四畫）	採爲首義	108	
凵部	凵	凵部	《說文》張口也，象形。（一畫）	採爲首義	62	
吅部	吅	口部	《說文》驚嘑也，讀若讙。（三畫）	採爲首義	102	
	嚣	爻部	《說文》亂也，从爻工交吅。一曰窒嚣。〈註〉徐鍇曰：二口噂沓也，爻相交貿也，工人所作也，己象交構形。又《說文》讀作樓。（十一畫）	採爲首義及次義	619	
	嚴	口部	《說文》本作嚴，教命急也。（十七畫）	採爲首義	142	
	咢	口部	◎《說文》本作㖾。（六畫）	列於字末補釋形義	114	採《玉篇》爲首義。
	單	口部	《說文》大也。（九畫）	採爲首義	128	
	喌	口部	《說文》呼雞重言之，从吅州聲。讀若祝。（九畫）	採爲首義	126	
哭部	哭	口部	《說文》哀聲也，从吅獄省聲。〈徐鍇曰〉哭聲繁，故从二口。大聲曰哭，細聲有涕曰泣。（七畫）	採爲首義	118	
	喪	口部	《說文》本作㗱。（九畫）	採爲首義	128	
走部	走	走部	《說文》趨也，从夭从止。〈註〉徐鍇曰：夭則足屈，故从夭。（一畫）	採爲首義	1143	
	趨	走部	《說文》走也。（十畫）	採爲首義	1147	
	赴	走部	《說文》趨也。（二畫）	採爲首義	1143	
	趣	走部	《說文》疾也。（八畫）	採爲首義	1146	
	超	走部	《說文》跳也。（五畫）	採爲首義	1144	
	趫	走部	《說文》善緣木走之才。（十二畫）	採爲首義	1148	
	赳	走部	《說文》輕勁有才力也。（二畫）	採爲首義	1143	

走部	赴	走部	《說文》緣大木也。一曰行貌。（四畫）	探為首義	1143	
	趲	走部	《說文》疾也。（十三畫）	探為首義	1148	
	趯	走部	《說文》踊也。（十四畫）	探為首義	1148	
	趬	走部	《說文》趬趯也。（十二畫）	探為首義	1148	
	越	走部	《說文》度也。（五畫）	探為首義	1144	
	趁	走部	《說文》趨也。〈註〉徐曰：自後及之也。（五畫）	探為首義	1144	徐鍇語。
	趕	走部	《說文》趁也。（十三畫）	探為首義	1148	
	趙	走部	《說文》趙趙也。一曰行貌。（八畫）	探為首義	1146	
	趫	走部	《說文》行輕貌。一曰趬舉足也。（十二畫）	探為首義	1148	
	趍	走部	《說文》急走。（八畫）	探為首義	1146	
	趑	走部	《說文》作趑，倉卒也。讀若資（五畫）	探為首義	1143	
	趨	走部	《說文》輕行也。（十一畫）	探為首義	1147	
	赿	走部	《說文》行貌。（八畫）	探為首義	1146	
	趄	走部	《說文》行貌。（九畫）	探為首義	1147	
	趔	走部	《說文》行貌。（十三畫）	探為首義	1148	
	赺	走部	《說文》行貌。（六畫）	探為首義	1145	
	趯	走部	《說文》走意。（十七畫）	探為首義	1149	
	趲	走部	《說文》走意。（十七畫）	探為首義	1149	
	趉	走部	《說文》走急。（八畫）	探為首義	1146	
	赲	走部	《說文》走意。（七畫）	探為首義	1145	
	趬	走部	《說文》走意。（十六畫）	探為首義	1149	
	趬	走部	《說文》走意。（十五畫）	探為首義	1148	
	趢	走部	《說文》走也。（十三畫）	探為首義	1148	
	赹	走部	《說文》走也。（六畫）	探為首義	1144	
	趩	走部	《說文》走輕也。（十畫）	探為首義	1147	
	趲	走部	《說文》走顧貌。（十八畫）	探為首義	1149	
	騫	走部	《說文》走貌。（十畫）	探為首義	1147	
	赻	走部	《說文》疑之等赻而去也。（三畫）	探為首義	1143	
	趏	走部	《說文》淺渡也。（五畫）	探為首義	1144	
	趐	走部	《說文》獨行也。讀若榮。（四畫）	探為首義	1143	

走部	趖	走部	《說文》安行也。（十四畫）	採爲首義	1148	
	起	走部	《說文》能立也。（三畫）	採爲首義	1143	
	趌	走部	《說文》留意也。（七畫）	採爲首義	1145	
	趑	走部	《說文》行也。（十畫）	採爲首義	1147	
	趄	走部	《說文》低頭疾行也。（八畫）	採爲首義	1146	
	趌	走部	《說文》趌趌怒走也。（六畫）	採爲首義	1144	
	趔	走部	《說文》趌趔也。（九畫）	採爲首義	1146	
	趮	走部	《說文》疾也。（十三畫）	採爲首義	1148	
	赺	走部	《說文》作赺，直行也。（四畫）	採爲首義	1143	
	趯	走部	《說文》趯進趯如也。（十八畫）	採爲首義	1149	
	趹	走部	《說文》踶也。（四畫）	採爲首義	1143	
	趡	走部	《說文》行聲也。一曰不行貌。（十二畫）	採爲首義	1148	
	赿	走部	《說文》趋也。（五畫）	採爲首義	1144	
	趏	走部	《說文》趏趍久也。（六畫）	採爲首義	1145	
	趍	走部	《說文》趏趍也。（七畫）	採爲首義	1145	
	赾	走部	《說文》行難也。（四畫）	採爲首義	1143	
	趣	走部	《說文》走意。（十五畫）	採爲首義	1149	
	趠	走部	《說文》遠也。（八畫）	採爲首義	1146	
	趫	走部	《說文》趠趫也。（十七畫）	採爲首義	1149	
	趭	走部	《說文》大步也。（二十畫）	採爲首義	1149	
	趒	走部	《說文》超特也。（九畫）	採爲首義	1146	
	趱	走部	《說文》走也。（十三畫）	採爲首義	1148	
	赿	走部	《說文》走也。（八畫）	採爲首義	1146	
	趟	走部	《說文》狂走也。（十二畫）	採爲首義	1148	
	趆	走部	《說文》行遲也。（十一畫）	採爲首義	1147	
	赹	走部	《說文》走也。（五畫）	採爲首義	1144	
	趉	走部	《說文》窮也。（八畫）	採爲首義	1146	
	赾	走部	《說文》赹趄行不進也。（六畫）	採爲首義	1145	
	趄	走部	《說文》赹趄也。（五畫）	採爲首義	1144	
	趑	走部	《說文》蹇行趑趑也。（十畫）	採爲首義	1147	
	趦	走部	《說文》行趦趑也。一曰行曲脊貌。（十八畫）	採爲首義	1149	
	趢	走部	《說文》趢趢也。（八畫）	採爲首義	1146	

走部	趨	走部	《說文》行趨趨也。(七畫)	採爲首義	1145	
	趑	走部	《說文》側行也。《詩》曰：不敢不趑。(六畫)	採爲首義	1145	
	趌	走部	《說文》半步也。(六畫)	採爲首義	1145	
	趮	走部	《說文》趮驚輕薄也。(十畫)	採爲首義	1147	
	趄	走部	《說文》僵也。(八畫)	採爲首義	1146	
	赾	走部	《說文》距也。漢令赾張百人。(五畫)	採爲首義	1144	
	趲	走部	《說文》動也。(十五畫)	採爲首義	1149	
	趏	走部	《說文》動也。(八畫)	採爲首義	1146	
	趄	走部	《說文》趄田易居也。(六畫)	採爲首義	1145	
	趑	走部	《說文》走頓也。(十畫)	採爲首義	1147	
	趌	走部	《說文》喪辟趌也。(七畫)	採爲首義	1145	
	趬	走部	《說文》止行也。一曰竈上祭名。(十一畫)	採爲首義	1148	
	趰	走部	無。	不採其說	1148	採《玉篇》爲首義。
	趖	走部	《說文》趖婁四夷之舞，各自有由。(九畫)	採爲首義	1147	
	趒	走部	《說文》雀行也。(六畫)	採爲首義	1145	
	赶	走部	《說文》舉尾走也。(三畫)	採爲首義	1143	
止部	止	止部	《說文》下基也，象艸木出有址，故以止爲足。〈徐曰〉初生根幹也。(一畫)	採爲首義	501	徐鍇語。
	踵	止部	《說文》跟也。(九畫)	採爲首義	505	
	歫	止部	《說文》距也。(八畫)	採爲首義	504	
	峙	止部	《說文》躇也，峙躇不前也。通作跱踟。(六畫)	採爲首義	504	
	歫	止部	《說文》止也，从止巨聲。一曰搶也。〈徐曰〉搶頭撞地也。一曰超歫。(五畫)	採爲首義	504	徐鍇語。
	前	止部	《說文》从止在舟上。(六畫)	採爲首義	504	
	歷	止部	《說文》過也。一曰經歷。 又爰歷書名。《說文序》趙高作爰歷篇，所謂小篆。(十二畫)	採爲首義及次義	505	
	歸	止部	《說文》至也。(八畫)	採爲首義	504	
	躄	止部	《說文》人不能行也，與跛躄之躄同。(十三畫)	採爲首義	506	

疋部	歸	止部	又《說文》女嫁也。（十四畫）	採為次義	506	以「還也、入也」為首義。
	疌	疋部	《說文》疾葉切，音截，疾也，从止从又。又，手也。止，足也。手足疌用。會意。屮聲。別作捷。（四畫）	採為首義	695	
	疌	疋部	《說文》尼輒切，音聂。機下足所履者。（三畫）	採為首義	695	
	㞢	止部	《說文》蹈也，从反止，轉注。本作㞢。（一畫）	採為首義	502	
	澁	止部	《說文》不滑也。◎《說文》从四止。〈徐鉉曰〉四皆止故為澁，當作澀，經典作澁。（九畫）	採為首義又補釋之	504	
癶部	癶	癶部	《說文》足剌癶也。（一畫）	採為首義	711	
	登	癶部	又《說文》作覴㲋。◎《說文》上車也，从癶豆，象登車形。（七畫）	採為次義又補釋之	712	採《爾雅》為首義。
	癹	癶部	《說文》以足蹋夷艸也。（四畫）	採為首義	712	
	步	止部	《說文》行也。（三畫）	採為首義	502	
	歲	止部	◎《說文》「从步，戌聲。律歷書名五行為五步。」一說从步者，躔度之行，可推步也；从戌者，木星之精，生於亥，自亥至戌而周天。戌與歲亦諧聲。別作歳、歲，丛非。（九畫）	列於字末補釋形義	505	採《釋名》為首義。
此部	此	止部	《說文》止也，从止，从匕，匕相比次也。〈徐曰〉匕，近也，近在此也。（二畫）	採為首義	502	徐鍇語。
	呰	口部	《說文》𥦗也。（八畫）	採為首義	124	
	紫	木部	《說文》遵誅切，音娵，識也。一曰藏也。（七畫）	採為首義	457	
	些	二部	無。	不採其說	15	採《廣韻》為首義。
正部	正	止部	《說文》是也，从止一以止。〈註〉守一以止也。（一畫）	採為首義	502	徐鍇語。
	乏	丿部	《說文》反止為之，反正為乏。〈徐鉉曰〉尚書惟正之供，反正不供，故曰乏。（四畫）	採為首義	10	
是部	是	日部	《說文》作昰，直也，从日正。（五畫）	採為首義	421	
	韙	韋部	《說文》是也，从是韋聲。（九畫）	採為首義	1322	
	尟	小部	《說文》少也，从是少。〈徐曰〉是亦正也，正者，少則尟也。今人借用鮮字，經傳丛從鮮。（十畫）	採為首義	225	徐鍇語。

辵部	辵	辵部	《說文》乍行乍止也。（一畫）	採為首義	1181	
	迹	辵部	《說文》步處也。（六畫）	採為首義	1183	
	遳	辵部	《說文》無違也。（十四畫）	採為首義	1195	
	達	辵部	無。	不採其說	1191	採《玉篇》為首義。
	邁	辵部	《說文》遠行也。 ◎《說文》作邁。（十三畫）	採為首義 又補釋之	1194	
	巡	巛部	《說文》巡視行貌。（四畫）	採為首義	252	
	邀	辵部	《說文》恭謹行也。（十一畫）	採為首義	1192	
	辻	辵部	無。	不採其說	1181	採《廣韻》「古文徒字」為首義。彳部七畫「徒」字則採《說文》為首義。
	邎	辵部	無。	不採其說	1195	以「疾行也」為首義。
	証	辵部	無。	不採其說	1183	採《玉篇》為首義。
	隨	阜部	無。	不採其說	1289	採《廣韻》為首義。
	述	辵部	又《說文》行貌。（四畫）	採為次義	1181	採《玉篇》為首義。
	迂	辵部	《說文》往也。（四畫）	採為首義	1181	
	逝	辵部	《說文》往也。（七畫）	採為首義	1186	
	退	辵部	無。	不採其說	1182	以「往也」為首義。
	述	辵部	《說文》循也。（五畫）	採為首義	1183	
	遵	辵部	《說文》循也。（十二畫）	採為首義	1193	
	適	辵部	《說文》之也。（十一畫）	採為首義	1191	
	過	辵部	無。	不採其說	1189	採《玉篇》為首義。
	遺	辵部	《說文》習也。（十一畫）	採為首義	1191	
	遭	辵部	無。	不採其說	1195	採《玉篇》為首義。
	進	辵部	《說文》登也。（八畫）	採為首義	1187	
	造	辵部	又《說文》就也。（七畫）	採為次義	1186	採《增韻》為首義。
	逾	辵部	無。	不採其說	1188	採《玉篇》為首義。
	遷	辵部	無。	不採其說	1191	採《正韻》為首義。
	迨	辵部	《說文》迨遝。（六畫）	採為首義	1184	
	迮	辵部	《說文》迮迮起也。（五畫）	採為首義	1183	
	遺	辵部	《說文》逡遺也。（八畫）	採為首義	1187	
	遄	辵部	《說文》往來數也。（九畫）	採為首義	1189	

辵部	速	辵部	《說文》疾也。（七畫）	採爲首義	1186	
	迅	辵部	《說文》疾也。（三畫）	採爲首義	1181	
	适	辵部	◎《說文》本作逜，今通用适。（六畫）	列於字末補釋形義	1184	採《廣韻》爲首義。
	逆	辵部	又《說文》迎也。（六畫）	採爲次義	1185	採《增韻》爲首義。
	迎	辵部	《說文》逢也。（四畫）	採爲首義	1182	
	逅	辵部	無。	不採其說	1183	採《正字通》爲首義。
	遇	辵部	無。	不採其說	1189	採《玉篇》爲首義。
	遭	辵部	《說文》遇也。　又《說文》遭行也。〈徐曰〉遭猶匝也，行復相值也。（十一畫）	採爲首義及次義	1192	徐鍇語。鍇本作「直也，遭猶帀也，若物帀相值也。」
	遘	辵部	《說文》遇也。（十畫）	採爲首義	1190	
	逢	辵部	《說文》遇也，从辵峰省聲。（七畫）	採爲首義	1186	
	遻	辵部	無。	不採其說	1189	採《廣韻》爲首義。
	迪	阜部	又《說文》道也。（五畫）	採爲次義	1183	採《廣韻》爲首義。
	遰	辵部	《說文》更易也。（十畫）	採爲首義	1191	
	通	辵部	《說文》達也。（七畫）	採爲首義	1186	
	迻	辵部	無。	不採其說	1183	以「迻也」爲首義。今通用「徙」。彳部八畫「徙」字則採《說文》爲首義。
	迻	辵部	《說文》遷徙也。（六畫）	採爲首義	1184	
	遷	辵部	《說文》登也。（十二畫）	採爲首義	1193	
	運	辵部	又《說文》移徙也。（九畫）	採爲次義	1189	採《玉篇》爲首義。
	遁	辵部	《說文》遷也。（九畫）	採爲首義	1188	
	遜	辵部	《說文》遁也。（十畫）	採爲首義	1191	
	返	辵部	《說文》還也。（四畫）	採爲首義	1182	
	還	辵部	《說文》復也。（十三畫）	採爲首義	1194	
	選	辵部	◎《說文》本作𢔻，俗作選。（十二畫）	列於字末補釋形義	1193	採《玉篇》爲首義。
	送	辵部	《說文》遣也。（六畫）	採爲首義	1184	
	遣	辵部	《說文》縱也。（十畫）	採爲首義	1191	
	邐	辵部	《說文》行邐邐也。（十九畫）	採爲首義	1195	
	逮	阜部	《說文》及也。（八畫）	採爲首義	1187	

辵部	遲	辵部	《說文》徐行也。（十一畫）	採為首義	1192	
	邌	辵部	《說文》徐也。（十五畫）	採為首義	1195	
	遭	辵部	《說文》去也。（十一畫）	採為首義	1192	
	逃	辵部	《說文》行貌。（八畫）	採為首義	1187	
	遭	辵部	《說文》不行也。（十八畫）	採為首義	1195	
	逗	辵部	《說文》止也。（七畫）	採為首義	1185	
	迟	辵部	無。	不採其說	1182	以「曲行也」為首義。
	逶	辵部	《說文》逶迆衺去貌。（八畫）	採為首義	1188	
	迆	辵部	《說文》邪行也。（三畫）	採為首義	1181	
	遹	辵部	無。	不採其說	1193	採《玉篇》為首義。
	避	辵部	無。	不採其說	1194	採《玉篇》為首義。
	違	辵部	《說文》離也。（九畫）	採為首義	1190	
	遴	辵部	《說文》行難也。（十二畫）	採為首義	1192	
	返	辵部	《說文》復也。（七畫）	採為首義	1186	
	阺	阜部	《說文》都禮切，怒不進也。（五畫）	採為首義	1183	
	達	辵部	無。	不採其說	1190	採《玉篇》為首義。
	逡	辵部	《說文》行謹逡逡也。（八畫）	採為首義	1187	
	迴	辵部	無。	不採其說	1183	採《廣韻》為首義。
	迭	辵部	《說文》更迭也。（五畫）	採為首義	1183	
	迷	辵部	《說文》惑也。（六畫）	採為首義	1183	
	連	辵部	《說文》員連也。（七畫）	採為首義	1187	
	逑	辵部	《說文》聚斂也。（七畫）	採為首義	1185	
	退	辵部	《說文》壞也。（七畫）	採為首義	1185	
	逌	辵部	《說文》逃也。（八畫）	採為首義	1187	
	遯	辵部	無。	不採其說	1192	採《集韻》為首義。
	逋	辵部	《說文》亡也。（七畫）	採為首義	1185	
	遺	辵部	《說文》亡也。（十二畫）	採為首義	1193	
	遂	辵部	無。	不採其說	1188	採《廣韻》為首義。
	逃	辵部	《說文》亡也。（六畫）	採為首義	1184	
	追	阜部	又《說文》逐也。（六畫）	採為次義	1184	採《廣韻》為首義。
	逐	辵部	《說文》追也。（七畫）	採為首義	1185	
	迺	辵部	無。	不採其說	1185	採《集韻》為首義。

辵部	近	辵部	《說文》附也。（四畫）	採爲首義	1182	
	邁	辵部	《說文》擖也。（十五畫）	採爲首義	1195	
	迫	辵部	無。	不採其說	1183	採《玉篇》爲首義。
	邇	辵部	《說文》古文邇字，註詳十四畫。（十二畫）	採爲首義	1193	「邇」字亦採《說文》爲首義。
	邇	辵部	《說文》近也。　◎《說文》別作邇，俗省作迩、迩。（十四畫）	採爲首義又補釋之	1195	
	遏	辵部	無。	不採其說	1189	採《爾雅》爲首義。
	遮	辵部	《說文》遏也。（十一畫）	採爲首義	1192	
	遨	辵部	無。	不採其說	1194	採《廣韻》爲首義。
	迣	辵部	《說文》迣晉趙曰迣。（五畫）	採爲首義	1182	
	迾	辵部	無。	不採其說	1184	採《廣韻》爲首義。
	迂	辵部	《說文》進也。（三畫）	採爲首義	1181	
	迉	辵部	無。	不採其說	1187	採《集韻》爲首義。
	遳	辵部	《說文》連遳也。（十一畫）	採爲首義	1192	
	迡	辵部	又《說文》行貌。（四畫）	採爲次義	1181	採《玉篇》爲首義。
	迦	辵部	《說文》迦互，令不得行也。〈徐鍇曰〉迦互，猶犬牙左右相制也。（九畫）	採爲首義	1189	
	述	辵部	《說文》踰也。（五畫）	採爲首義	1183	
	逞	辵部	《說文》通也。（七畫）	採爲首義	1186	
	遼	辵部	《說文》遠也。（十二畫）	採爲首義	1193	
	遠	辵部	《說文》遼也。（十畫）	採爲首義	1191	
	逖	辵部	《說文》遠也。（七畫）	採爲首義	1185	
	迥	辵部	無。	不採其說	1182	採《增韻》爲首義。
	逴	辵部	《說文》遠也。（八畫）	採爲首義	1188	
	迀	辵部	又《說文》避也。（三畫）	採爲次義	1181	採《玉篇》爲首義。
	逮	辵部	《說文》自進極也。（九畫）	採爲首義	1189	
	邍	辵部	《說文》廣平之野，人所登也。（十六畫）	採爲首義	1195	
	道	辵部	《說文》所行道也。（九畫）	採爲首義	1190	
	遽	辵部	又《說文》傳也，驛車也。（十三畫）	採爲次義	1194	採《玉篇》爲首義。
	迒	辵部	《說文》獸跡也。（四畫）	採爲首義	1182	
	迂	辵部	《說文》至也。（四畫）	採爲首義	1181	

辵部	邊	辵部	《說文》邊字。（十五畫增）	採爲首義	1195	邊字則採《玉篇》爲首義。
	邂	辵部	無。	不採其說	1194	採《玉篇》爲首義。
	逅	辵部	《說文》邂逅，相遇也。（六畫）	採爲首義	1184	
	遑	辵部	無。	不採其說	1190	採《玉篇》爲首義。
	逼	辵部	《說文》近也。（九畫）	採爲首義	1188	
	邀	辵部	《說文》邀字。（十六畫）	採爲首義	1195	
	遐	辵部	《說文》遠也。（九畫）	採爲首義	1189	
	迄	辵部	《說文》至也。（三畫）	採爲首義	1181	
	迸	辵部	《說文》走散也。（八畫）	採爲首義	1187	
	透	辵部	《說文》跳也，過也。（七畫）	採爲首義	1185	
	邏	辵部	《說文》巡也。（十九畫）	採爲首義	1195	
	迢	辵部	《說文》迢遰也。（五畫）	採爲首義	1182	
	逍	辵部	《說文》逍遙，猶翱翔也。（七畫）	採爲首義	1185	
	遙	辵部	《說文》遠也。（十畫）	採爲首義	1190	
彳部	彳	彳部	《說文》小步也，象人脛三屬相連也。（一畫）	採爲首義	293	
	德	彳部	《說文》升也。（十二畫）	採爲首義	299	
	徑	彳部	《說文》步道也。〈徐鍇曰〉道不容車，故曰步道。（七畫）	採爲首義	295	
	復	彳部	《說文》往來也。（九畫）	採爲首義	297	
	徠	彳部	《說文》柔復也。（九畫）	採爲首義	297	
	徎	彳部	《說文》徑行也。（七畫）	採爲首義	295	
	往	彳部	《說文》之也。（五畫）	採爲首義	292	
	瞿	彳部	無。	不採其說	300	以「行貌」爲首義。
	彼	彳部	《說文》往有所加也。（五畫）	採爲首義	293	
	徼	彳部	《說文》循也。（十三畫）	採爲首義	299	
	循	彳部	《說文》行順也。（九畫）	採爲首義	297	
	彶	彳部	《說文》急行也。（四畫）	採爲首義	292	
	徻	彳部	《說文》行貌。（十二畫）	採爲首義	299	
	微	彳部	《說文》隱行也。（十畫）	採爲首義	298	
	徥	彳部	《說文》徥徥行貌。（九畫）	採爲首義	297	
	徐	彳部	《說文》安行也。（七畫）	採爲首義	295	

彳部	㣤	彳部	《說文》行平易也。（六畫）	採爲首義	294	
	徸	彳部	《說文》使也。（十四畫）	採爲首義	300	
	役	彳部	《說文》使也。（七畫）	採爲首義	295	
	後	彳部	《說文》跡也。（八畫）	採爲首義	296	
	徬	彳部	《說文》附行也。（十畫）	採爲首義	298	
	徯	彳部	無。	不採其說	298	採《爾雅》爲首義。
	待	彳部	《說文》竢也。（六畫）	採爲首義	294	
	𢌿	彳部	《說文》行徐徐也。（五畫）	採爲首義	292	
	徧	彳部	《說文》帀也。（九畫）	採爲首義	297	
	徦	彳部	《說文》至也。（九畫）	採爲首義	297	
	復	彳部	無。	不採其說	295	採《玉篇》爲首義。
	後	彳部	《說文》遲也，从彳、幺、夊者，後也。〈徐鍇曰〉幺、猶繾纒之。（六畫）	採爲首義	294	
	㣔	彳部	《說文》久也。（十一畫）	採爲首義	298	
	很	彳部	《說文》不聽從也。一曰行難也。（六畫）	採爲首義	294	
	徔	彳部	《說文》相跡也。（九畫）	採爲首義	297	
	得	彳部	《說文》行有所得也。（八畫）	採爲首義	295	
	徛	彳部	《說文》舉足以渡也。（八畫）	採爲首義	296	
	彴	彳部	《說文》行示也。（四畫）	採爲首義	293	
	律	彳部	《說文》均布也。十二律均布節氣，故有六律六均。（六畫）	採爲首義	294	
	御	彳部	《說文》使馬也。〈徐鍇曰〉卸解車馬也，从彳，从卸，皆御者之職。（八畫）	採爲首義	296	
	亍	二部	無。	不採其說	14	以「小步也」爲首義。
夊部	夊	夊部	《說文》夊長行也，从彳引之。（一畫）	採爲首義	280	
	廷	夊部	《說文》朝中也。（四畫）	採爲首義	281	
	延	夊部	《說文》行也。（四畫）	採爲首義	281	
	建	夊部	《說文》立朝律也。（六畫）	採爲首義	281	
延部	延	延部	《說文》安步延延也。（三畫）	採爲首義	280	
	延	延部	《說文》長行也。（四畫）	採爲首義	280	
行部	行	行部	《說文》人之步趨也。（一畫）	採爲首義	1036	
	術	行部	無。	不採其說	1037	採《廣韻》爲首義。

行部	街	行部	無。	不採其說	1037	採《玉篇》爲首義。
	衢	行部	無。	不採其說	1038	採《玉篇》爲首義。
	衝	行部	《說文》通道也。　◎《說文》本作衕。徐曰：南北東西各有道相衕也。（九畫）	採爲首義又補釋之	1038	徐鍇語。
	衙	行部	無。	不採其說	1037	採《玉篇》爲首義。
	衡	行部	無。	不採其說	1037	採《玉篇》爲首義。
	衚	行部	無。	不採其說	1037	採《廣韻》爲首義。
	衎	行部	《說文》行喜也。（三畫）	採爲首義	1037	
	衒	行部	《說文》行且賣也。（七畫）	採爲首義	1037	
	衛	行部	《說文》將衛也。（十一畫）	採爲首義	1038	
	衞	行部	無。	不採其說	1038	採《篇海》爲首義。
齒部	齒	齒部	《說文》口齗骨也。象口齒之形。牙，牡齒也。（一畫）	採爲首義	1460	
	齗	齒部	《說文》齒本也。（四畫）	採爲首義	1460	
	齔	齒部	《說文》毀齒也。男八月生齒，八歲而齔，女七月生齒，七歲而齔。（二畫）	採爲首義	1460	
	齺	齒部	《說文》齒相值也。一曰齧也。引《春秋傳》哲齺。（十一畫）	採爲首義	1464	
	齟	齒部	《說文》齒相齟也。一曰開口見齒貌。（五畫）	採爲首義	1461	
	齘	齒部	《說文》齒相切也。（四畫）	採爲首義	1461	
	齞	齒部	《說文》張口齒見。（五畫）	採爲首義	1461	
	齹	齒部	《說文》齒差也。（九畫）	採爲首義	1463	
	齴	齒部	《說文》齒擽也。一曰齰也。一曰馬口中橛也。（九畫）	採爲首義	1463	
	齵	齒部	《說文》齒不正也。（九畫）	採爲首義	1463	
	齱	齒部	《說文》齵齒也。（十一畫）	採爲首義	1463	
	齲	齒部	《說文》齱也。（八畫）	採爲首義	1463	
	齯	齒部	《說文》齒參差。（九畫）	採爲首義	1463	
	齝	齒部	《說文》齒差跌貌。《春秋傳》曰：鄭有子齝。（七畫）	採爲首義	1462	
	齾	齒部	《說文》缺齒也。一曰曲齒。一曰笑而見齒貌。（六畫）	採爲首義	1461	
	齳	齒部	《說文》無齒也。（九畫）	採爲首義	1463	

齒部	齾	齒部	《說文》缺齒也。（二十畫）	採爲首義	1464	
	齟	齒部	《說文》齗腫也。（五畫）	採爲首義	1461	
	齯	齒部	《說文》老人齒。（八畫）	採爲首義	1462	
	齮	齒部	《說文》齧也。（八畫）	採爲首義	1462	
	齜	齒部	《說文》酢齒也。（五畫）	採爲首義	1461	
	齰	齒部	《說文》齧也。（八畫）	採爲首義	1462	
	齸	齒部	《說文》作齘，齧也。（九畫）	採爲首義	1463	
	齦	齒部	《說文》齧也。（六畫）	採爲首義	1462	
	齼	齒部	《說文》齒見貌。（三畫）	採爲首義	1460	
	齭	齒部	《說文》齚齗也。（八畫）	採爲首義	1462	
	齣	齒部	無。	不採其說	1462	採《玉篇》爲首義。
	齩	齒部	《說文》齧骨也。（六畫）	採爲首義	1462	
	齟	齒部	《說文》齒差也。（九畫）	採爲首義	1463	同部中另有「齟」字，其下云「《字彙補》同齟」。
	齚	齒部	《說文》齒堅聲。（六畫）	採爲首義	1462	
	齞	齒部	《說文》齟牙也。（十畫）	採爲首義	1463	
	齝	齒部	《說文》吐而噍也。（五畫）	採爲首義	1461	
	齕	齒部	《說文》齧也。（三畫）	採爲首義	1460	
	齾	齒部	《說文》齒見貌。（十七畫）	採爲首義	1464	
	齧	齒部	《說文》噬也。（六畫）	採爲首義	1462	
	齘	齒部	《說文》齒傷酢也。（八畫）	採爲首義	1462	
	齨	齒部	《說文》老人齒如臼也。一曰馬八歲齒臼也。（六畫）	採爲首義	1462	
	齬	齒部	《說文》齒不相值也。（七畫）	採爲首義	1462	
	齝	齒部	又《說文》羊糞也。（五畫）	採爲次義	1461	以「齝也」爲首義。
	齥	齒部	《說文》鹿麛粻。（十畫）	採爲首義	1463	
	齚	齒部	《說文》齒堅也。（六畫）	採爲首義	1461	
	齻	骨部	無。	不採其說	1379	《康熙字典》改作「體」。採《篇海》爲首義。
	齛	齒部	《說文》作齕，噍聲。（六畫）	採爲首義	1462	
	齤	齒部	《說文》噍堅也。（九畫）	採爲首義	1463	
	齢	齒部	無。	不採其說	1461	採《廣雅》爲首義。

牙部	牙	牙部	《說文》牡齒也。象上下相錯之形。（一畫）	採爲首義	623	
	犄	牙部	《說文》虎牙也。（十畫）	採爲首義	623	
	㹟	牙部	《說文》齒蠹也，或作齲。（九畫）	採爲首義	623	
足部	足	足部	《說文》人之足也在下，从止口。〈註〉徐鍇曰：口象股脛之形。（一畫）	採爲首義	1149	
	蹏	足部	《說文》足也。（十畫）	採爲首義	1159	
	跟	足部	《說文》足踵也，或从止作䟍。（六畫）	採爲首義	1152	
	踝	足部	《說文》足踝也。（八畫）	採爲首義	1156	
	跖	足部	《說文》足下。（五畫）	採爲首義	1151	
	踦	足部	《說文》一足也。（八畫）	採爲首義	1156	
	跪	足部	《說文》拜也。（六畫）	採爲首義	1153	
	跽	足部	《說文》長跪也。（七畫）	採爲首義	1154	
	踧	足部	《說文》行平易也。（八畫）	採爲首義	1157	
	躍	足部	《說文》行貌。（十八畫）	採爲首義	1164	
	踖	足部	《說文》長脛行也。一曰踧踖也。（八畫）	採爲首義	1155	
	踽	足部	《說文》疏行貌。（九畫）	採爲首義	1158	
	蹁	足部	《說文》作躄，行貌。（十一畫）	採爲首義	1160	
	躕	足部	無。	不採其說	1163	以「踐處也」爲首義。
	趴	足部	《說文》趣越貌。（二畫）	採爲首義	1149	
	踰	足部	《說文》越也。（九畫）	採爲首義	1157	
	跋	足部	《說文》輕也。（五畫）	採爲首義	1150	
	蹻	足部	《說文》舉足行高也。（十二畫）	採爲首義	1162	
	逢	足部	《說文》疾也。（七畫）	採爲首義	1154	
	蹡	足部	《說文》動也。（十畫）	採爲首義	1159	
	踊	足部	《說文》跳也。（七畫）	採爲首義	1155	
	躋	足部	《說文》登也。（十四畫）	採爲首義	1163	
	躍	足部	《說文》迅也。（十四畫）	採爲首義	1163	
	跧	足部	《說文》蹴也。一曰卑也，絭也。（六畫）	採爲首義	1152	
	蹴	足部	《說文》躡也。（十二畫）	採爲首義	1161	

足部	躐	足部	《說文》蹈也。（十八畫）	採爲首義	1164	
	跨	足部	《說文》渡也。（六畫）	採爲首義	1153	
	蹋	足部	《說文》踐也。（十畫）	採爲首義	1159	
	跰	足部	《說文》跰蹈也。（七畫）	採爲首義	1154	
	蹈	足部	《說文》踐也。（十畫）	採爲首義	1159	
	躔	足部	《說文》踐也。〈徐曰〉星之躔次，星所履行也。（十五畫）	採爲首義	1163	徐鍇語。
	踐	足部	《說文》履也。（八畫）	採爲首義	1155	
	踵	足部	《說文》追也。一曰往來之貌。（九畫）	採爲首義	1157	
	踔	足部	《說文》踶也。〈註〉徐曰：踶亦當蹋意。（八畫）	採爲首義	1155	徐鍇語。
	踸	足部	《說文》踶也。（十一畫）	採爲首義	1160	
	蹩	足部	《說文》踶也。一曰跰。（十二畫）	採爲首義	1161	
	踶	足部	《說文》躛也。（九畫）	採爲首義	1157	
	躛	足部	《說文》衛也。（十六畫）	採爲首義	1164	
	蹙	足部	《說文》蹙足也。（十一畫）	採爲首義	1160	
	趾	足部	《說文》尌也。（四畫）	採爲首義	1149	
	蹢	足部	《說文》住足也。一曰蹢躅。賈待中說：足垢也。（十一畫）	採爲首義	1160	
	躅	足部	《說文》蹢躅。詳蹢字註。（十三畫）	採爲首義	1162	
	踤	足部	《說文》觸也。　又《說文》蒼踤也。又《說文》駭也。（八畫）	採爲首義及次義	1156	
	蹶	足部	《說文》僵也。一曰跳也。（十二畫）	採爲首義	1161	
	跳	足部	《說文》蹶也。一曰躍也。（六畫）	採爲首義	1154	
	踸	足部	《說文》動也。（七畫）	採爲首義	1154	
	躇	足部	《說文》踌躇不前也。（十二畫）	採爲首義	1161	
	踊	足部	《說文》跳也。（五畫）	採爲首義	1151	
	蹠	足部	《說文》楚人謂跳躍曰蹠。（十一畫）	採爲首義	1160	
	踏	足部	《說文》跋也。（十畫）	採爲首義	1159	
	踣	足部	《說文》跳也。（十畫）	採爲首義	1159	
	跋	足部	《說文》進足有所擷取也。（四畫）	採爲首義	1150	
	跟	足部	《說文》步行躐跋也，或作跰、跋。通作狈。（七畫）	採爲首義	1154	
	躓	足部	《說文》跲也。（十五畫）	採爲首義	1163	

足部	跲	足部	《說文》躓也。（六畫）	採爲首義	1154	
	跐	足部	《說文》述也。（五畫）	採爲首義	1150	
	蹎	足部	《說文》跋也。（十畫）	採爲首義	1159	
	跋	足部	《說文》蹎跋也。（五畫）	採爲首義	1151	
	蹢	足部	《說文》小步也。（十畫）	採爲首義	1159	
	跌	足部	《說文》踼也。一曰越也。（五畫）	採爲首義	1151	
	踼	足部	《說文》跌踼也。一曰搶也。（九畫）	採爲首義	1157	
	蹲	足部	《說文》踞也。（十二畫）	採爲首義	1161	
	踞	足部	《說文》蹲也。（八畫）	採爲首義	1156	
	跨	足部	《說文》踞也。（十畫）	採爲首義	1158	
	躍	足部	無。	不採其說	1164	採《論語》爲首義。
	踣	足部	《說文》僵也。（八畫）	採爲首義	1156	
	跛	足部	《說文》行不正也。一曰足排之。（五畫）	採爲首義	1152	
	蹇	足部	《說文》跛也。（十畫）	採爲首義	1158	
	䟰	足部	《說文》足不正也。一曰拖後足馬。或曰讀若徧。（九畫）	採爲首義	1158	
	踜	足部	《說文》脛肉也。一曰曲脛。（七畫）	採爲首義	1154	
	踒	足部	《說文》足跌也。（八畫）	採爲首義	1155	
	跣	足部	《說文》足親地也。（六畫）	採爲首義	1152	
	跔	足部	《說文》天寒足跔也。（五畫）	採爲首義	1151	
	踸	足部	《說文》瘃足也。（八畫）	採爲首義	1156	
	距	足部	《說文》雞距也。（五畫）	採爲首義	1152	
	躩	足部	《說文》舞履也。（十九畫）	採爲首義	1164	
	踹	足部	《說文》足所履。（九畫）	採爲首義	1157	
	踦	足部	《說文》蹄也。（八畫）	採爲首義	1156	
	跀	足部	《說文》斷足也。（四畫）	採爲首義	1150	
	跁	足部	《說文》曲脛馬也。（四畫）	採爲首義	1150	
	趹	足部	《說文》馬行貌。（四畫）	採爲首義	1149	
	跱	足部	《說文》獸足企也。（六畫）	採爲首義	1153	
	路	足部	《說文》道也。〈註〉徐鉉曰：道路人各有適也。（六畫）	採爲首義	1153	
	蹡	足部	《說文》轢也。（十二畫）	採爲首義	1162	

足部	跂	足部	《說文》足多指也。（四畫）	採爲首義	1150	
	躍	足部	《說文》蹁躍旋行貌。（十二畫）	採爲首義	1161	
	蹭	足部	《說文》蹭蹬失道也。互詳蹬字註。（十二畫）	採爲首義	1161	
	蹬	足部	《說文》蹭蹬也。（十二畫）	採爲首義	1161	
	蹉	足部	《說文》蹉跎失時也。〈註〉徐鉉曰：按經史通作差、蹉。（十畫）	採爲首義	1159	
	跎	足部	《說文》蹉跎也。（五畫）	採爲首義	1151	
	蹙	足部	《說文》迫也。（十一畫）	採爲首義	1160	
	踽	足部	《說文》踽踽，行無常貌。詳踔字註。（九畫）	採爲首義	1157	
疋部	疋	疋部	《說文》足也。〈弟子職問〉疋何止。（一畫）	採爲首義	695	
	䟽	疋部	《說文》門戶疏窗也。（七畫）	採爲首義	695	
	延	爻部	《說文》道也，从爻从疋，疋亦聲。（五畫）	採爲首義	618	
品部	品	口部	《說文》眾庶也。（六畫）	採爲首義	116	
	喦	口部	《說文》多言也，从品相連，《春秋傳》次于喦北。（九畫）	採爲首義	128	
	喿	口部	《說文》鳥群鳴也，从品在木上。（十畫）	採爲首義	129	
龠部	龠	龠部	《說文》樂之竹管，三孔以和眾聲也，从品侖。侖，理也。（一畫）	採爲首義	1466	
	籥	龠部	無。	不採其說	1466	採《玉篇》爲首義。
	龤	龠部	《說文》管樂也。（十畫）	採爲首義	1466	
	龢	龠部	《說文》調也。（五畫）	採爲首義	1466	
	龤	龠部	《說文》樂和龤也。《虞書》曰八音克龤，今作諧。註詳言部。（九畫）	採爲首義	1466	
冊部	冊	冂部	《說文》符命也。諸侯進受於王者也。象其札一長一短，中有二編之形。（四畫）	採爲首義	57	
	嗣	口部	《說文》諸侯嗣國也，从冊从口司聲。〈註〉徐鍇曰：冊必於廟史讀其冊，故从口。（十畫）	採爲首義	131	
	扁	戶部	《說文》署也，从戶冊。戶冊者，署門戶之文也。會意。其餘皆借義。凡器物不圓者曰扁。（五畫）	採爲首義	343	

徐鉉校定《說文》卷三

說文部首	字例	《康熙字典》				備註
		歸部	引用《說文》之釋語	引用情形	頁碼	
品部	品	口部	《說文》眾口也,从四口。讀若戢。(九畫)	採為首義	128	
	嚚	口部	《說文》語聲。(十五畫)	採為首義	140	
	嚻	口部	《說文》聲也,气出頭上,从品从頁。頁,首也。(十八畫)	採為首義	142	
	喌	口部	《說文》高聲也。一曰大呼也,从品丩聲。《公羊傳》曰:昭公喌然而哭。(十一畫)	採為首義	132	
	嚣	口部	《說文》呼也,从品莧聲。(二十一畫)	採為首義	143	
	器	口部	《說文》眾器之口,犬所以守之。(十三畫)	採為首義	138	
舌部	舌	舌部	《說文》舌在口,所以言也,別味者也。〈徐曰〉凡物入口必干於舌。(一畫)	採為首義	934	徐鍇語。
	舑	口部	《說文》歠也。(八畫)	採為首義	935	
	舓	舌部	《說文》以舌取物也。今作舐,或作舐、䑛。(八畫)	採為首義	935	
干部	干	干部	《說文》干犯也。(一畫)	採為首義	267	
	芉	干部	《說文》羊,撤也。言稍甚也。(二畫)	採為首義	267	
	屰	屮部	《說文》不順也,从干下凵逆之也。(三畫)	採為首義	233	
谷部	谷	谷部	《說文》口上阿也。(一畫)	採為首義	1117	
	㕦	一部	《說文》舌貌,从谷省,象形。(五畫)	採為首義	6	
只部	只	口部	《說文》語已詞也。(二畫)	採為首義	100	
	嘄	口部	《說文》聲也。(九畫)	採為首義	128	
㕯部	㕯	口部	《說文》言之訥也。(四畫)	採為首義	107	
	矞	矛部	《說文》以錐有所穿也,从矛从㕯。一曰滿有所出也。(七畫)	採為首義	750	
	商	口部	《說文》从外知內也,从㕯章省聲。又《說文》行賈也。(八畫)	採為首義及次義	122	

句部	句	口部	又《說文》曲也。　◎《說文》本作㽛。（二畫）	採爲次義又補釋之	99	採《玉篇》爲首義。
	拘	手部	《說文》止也。〈徐曰〉物去手能止之也。（五畫）	採爲首義	354	徐鍇語。
	笱	口部	《說文》曲竹捕魚笱也。（五畫）	採爲首義	809	
	鉤	金部	無。	不採其說	1230	採《玉篇》爲首義。
丩部	丩	｜部	無。	不採其說	6	以「延蔓也」爲首義。
	茻	艸部	無。	不採其說	969	採《韻學集成》爲首義。
	糾	糸部	《說文》繩三合也。（二畫）	採爲首義	843	
古部	古	古部	《說文》从十口，識前言者也。〈徐鉉曰〉十口所傳是前言也。（二畫）	採爲首義	99	
	嘏	口部	又《說文》大遠也。（十一畫）	採爲次義	133	採《爾雅》爲首義。
十部	十	十部	《說文》十，數之具也，一爲東西，｜爲南北，則四方中央具矣。《易》：數生于一成于十。（一畫）	採爲首義	83	
	丈	一部	◎《說文》从又持十，俗加點，非。（二畫）	列於字末補釋形義	4	以「十尺曰丈」爲首義。
	千	十部	《說文》十百也。（一畫）	採爲首義	83	
	肸	肉部	《說文》響布也，从十从肸。〈徐曰〉肸，振肸也。（四畫）	採爲首義	904	徐鉉語。
	卙	十部	《說文》卙卙，盛也。汝南名蠶盛曰卙。（九畫）	採爲首義	85	
	博	十部	《說文》大通也，从十尃。尃，布也，亦聲。〈徐曰〉十者成數也。（十畫）	採爲首義	85	徐鍇語。
	朸	十部	《說文》材十人也，从十力聲。（二畫）	採爲首義	83	
	廿	十部	《說文》廿，二十并也。古文省。〈徐曰〉自古以來，書二十字，从省併爲廿字也。（一畫）	採爲首義	83	徐鍇語。
	卙	十部	《說文》詞之集也。（九畫）	採爲首義	85	
	卅	十部	《說文》三，三十也，今作卅，十并也。（二畫）	採爲首義	84	
	世	一部	無。	不採其說	5	以「代也」爲首義。
言部	言	言部	《說文》直言曰言，論難曰語。　◎《說文》本作䇂，从口䇂聲。䇂，辠也，犯法也。（一畫）	採爲首義又補釋之	1074	
	譻	言部	《說文》聲也。（十四畫）	採爲首義	1113	
	謦	言部	《說文》欬也。（十一畫）	採爲首義	1105	

言部	語	言部	《說文》論也。〈徐曰〉論難曰語。語者，午也，言交午也。吾言爲語，吾語辭也。言者直言，語者相應答。（七畫）	採爲首義	1091	徐鍇語。鍇本僅作「論難曰語也」。
	談	言部	《說文》語也。〈徐曰〉談者，和懌而悅言之。（八畫）	採爲首義	1095	徐鍇語。
	謂	言部	《說文》報也。〈徐曰〉謂之是報之也。　◎《說文》本作䛔。（九畫）	採爲首義又補釋之	1101	徐鍇語。
	諒	言部	《說文》信也。（八畫）	採爲首義	1096	
	詵	言部	《說文》致言也。〈徐曰〉先致其言也。（六畫）	採爲首義	1087	徐鍇語。
	請	言部	《說文》謁也。　又《說文》義同。（八畫）	採爲首義及次義	1095	
	謁	言部	《說文》白也。（九畫）	採爲首義	1101	
	許	言部	《說文》聽也。（四畫）	採爲首義	1079	
	諾	言部	《說文》䚻也。（九畫）	採爲首義	1101	
	應	言部	《說文》以言對也。　◎《說文》本作應（十二畫）	採爲首義又補釋之	1108	
	讎	言部	《說文》猶應也。（十六畫）	採爲首義	1114	
	諸	言部	《說文》辯也。〈徐曰〉別異之辭。（九畫）	採爲首義	1100	徐鍇語。
	詩	言部	《說文》志也。（六畫）	採爲首義	1085	
	讖	言部	《說文》驗也。〈徐曰〉凡讖緯皆言將來之驗也。（十七畫）	採爲首義	1115	徐鍇語。
	諷	言部	《說文》誦也。（九畫）	採爲首義	1100	
	誦	言部	《說文》諷也。〈徐曰〉臨文爲誦。誦，從也，以口從其文也。（七畫）	採爲首義	1092	徐鍇語。
	讀	言部	《說文》誦書也。〈徐鍇曰〉讀猶瀆也，若四瀆之引水也。（十五畫）	採爲首義	1113	
	訲	言部	《說文》本作音。快也，从言从中。（四畫增）	採爲首義	1080	口部「音」字則採《玉篇》爲首義。
	訓	言部	《說文》說教也。〈徐曰〉訓者順其意訓之也。（三畫）	採爲首義	1076	徐鍇語。
	誨	言部	《說文》曉教也。〈徐曰〉丁寧誨之若決晦昧也。（七畫）	採爲首義	1092	徐鍇語。
	譔	言部	《說文》專教也。（十二畫）	採爲首義	1109	

言部	譬	言部	《說文》諭也。〈徐曰〉猶匹也，匹而諭之也。（十三畫）	採爲首義	1111	徐鍇語。
	諛	言部	《說文》徐語也。引《孟子》故諛諛而來。今本作源。（十畫）	採爲首義	1104	
	詄	言部	《說文》早知也。（五畫）	採爲首義	1082	
	諭	言部	《說文》告也。（九畫）	採爲首義	1099	
	詖	言部	《說文》辯論也。（五畫）	採爲首義	1083	
	諄	言部	《說文》告曉之熟也。（八畫）	採爲首義	1094	
	諅	言部	《說文》語諄諄也。（十畫）	採爲首義	1103	
	詻	言部	《說文》論訟也。（六畫）	採爲首義	1087	
	誾	言部	《說文》和悅而諍也。（八畫）	採爲首義	1093	
	謀	言部	《說文》慮難曰謀。（九畫）	採爲首義	1101	
	謨	言部	《說文》議謀也。〈徐曰〉慮一事、畫一計爲謀。汎議將定，其謀曰謨。（十一畫）	採爲首義	1105	徐鍇語。
	訪	言部	《說文》汎謀曰訪。〈徐曰〉此言汎謀謂廣問於人也。（四畫）	採爲首義	1078	徐鍇語。
	諏	言部	《說文》聚謀也。（八畫）	採爲首義	1096	
	論	言部	《說文》議也。（八畫）	採爲首義	1096	
	議	言部	《說文》語也。〈徐曰〉定事之宜也。◎《說文》本作議。（十三畫）	採爲首義又補釋之	1111	徐鍇語。
	訂	言部	《說文》平議也。（二畫）	採爲首義	1074	
	詳	言部	《說文》審議也。（六畫）	採爲首義	1086	
	諟	言部	《說文》理也。（九畫）	採爲首義	1097	
	諦	言部	《說文》審也。（九畫）	採爲首義	1098	
	識	言部	《說文》常也。一曰知也。（十二畫）	採爲首義	1109	
	訊	言部	又音濬。《說文》義同。（三畫）	採爲次義	1075	以「問也」爲首義。
	詧	言部	《說文》言微親察也。（六畫）	採爲首義	1085	
	謹	言部	《說文》慎也。（十一畫）	採爲首義	1106	
	訏	言部	《說文》厚也。（二畫）	採爲首義	1074	
	諶	言部	《說文》誠諦也。（九畫）	採爲首義	1099	
	信	人部	無。	不採其說	33	以「愨也、不疑也」爲首義。
	訧	言部	無。	不採其說	1078	採《揚子・方言》爲首義。

言部	誠	言部	誠《說文》信也。(七畫)	採爲首義	1091	
	諴	言部	諴《說文》敕也。(七畫)	採爲首義	1091	
	記	言部	《說文》誠也。〈徐曰〉今言誠記是也。(七畫)	採爲首義	1089	徐鍇語。
	諱	言部	《說文》記也。(九畫)	採爲首義	1099	
	誥	言部	《說文》告也。〈徐曰〉以文言告曉之也。(七畫)	採爲首義	1091	徐鍇語。
	詔	言部	《說文》告也。(五畫)	採爲首義	1083	
	誓	言部	《說文》約束也。(七畫)	採爲首義	1090	
	譣	言部	《說文》問也。引《周書》勿以譣人，今《書·立政》作憸馬，云憸利佞人也。(十三畫)	採爲首義	1111	
	詁	言部	《說文》訓故言也。引《詩》詁訓，〈孔穎達疏〉詁訓，傳者，註解之別名。詁者，古今異言通之使人知也。〈徐曰〉按《爾雅》詁，古也，言有古今也，會意。(五畫)	採爲首義	1081	徐鍇語。
	藎	言部	《說文》臣盡力之美。(十三畫)	採爲首義	1111	
	諫	言部	《說文》餔旋促也。(七畫)	採爲首義	1089	
	諿	言部	《說文》知也。(九畫)	採爲首義	1097	
	証	言部	《說文》諫也。(五畫)	採爲首義	1080	
	諫	言部	《說文》証也。〈徐曰〉閒也。君所謂否，臣獻其可，以閒隔之，於文言束爲諫。束者多別善惡以陳於君。(九畫)	採爲首義	1098	徐鍇語。見《說文繫傳·通論下》。
	諗	言部	《說文》深諫也。(八畫)	採爲首義	1097	
	課	言部	《說文》試也。(八畫)	採爲首義	1092	
	試	言部	《說文》用也。(六畫)	採爲首義	1085	
	誠	言部	《說文》何也。(九畫)	採爲首義	1099	
	謠	言部	《說文》徒歌也。《樂》書有章曲曰歌，無章曲曰謠。(四畫)	採爲首義	1078	
	詮	言部	《說文》具也。(六畫)	採爲首義	1086	
	訢	言部	《說文》喜也。(四畫)	採爲首義	1073	
	說	言部	《說文》說釋也。一曰談說。(七畫)	採爲首義	1092	
	計	言部	《說文》會也，算也，從言從十。徐曰：十者物成數，會意。(二畫)	採爲首義	1075	徐鍇語。

言部	諧	言部	《說文》詥也。（九畫）	採爲首義	1098	
	詥	言部	《說文》諧也。（六畫）	採爲首義	1085	
	調	言部	《說文》和也。（八畫）	採爲首義	1094	
	話	言部	《說文》合會善言也。　◎《說文》本作䛡，籀文作譮。（六畫）	採爲首義又補釋之	1086	
	䜧	言部	◎《說文》本作䜧。（八畫）	列於字末補釋形義	1095	採《爾雅》爲首義。
	諉	言部	《說文》纍也，諈諉。見上諈字註。（八畫）	採爲首義	1095	
	警	言部	《說文》戒也。（十三畫）	採爲首義	1111	
	謐	言部	《說文》靜語也。一曰無聲也。（十畫）	採爲首義	1103	
	謙	言部	《說文》敬也。（十畫）	採爲首義	1103	
	誼	言部	《說文》人所宜也。〈徐曰〉按《史記》仁義字作此。（七畫）	採爲首義	1091	徐鍇語。
	訏	言部	《說文》大言也。　◎《說文》本作訏。（六畫）	採爲首義又補釋之	1084	
	諓	言部	《說文》善言也。一曰謔也。（八畫）	採爲首義	1096	
	誐	言部	《說文》嘉善也。引《詩》誐以溢我。（七畫）	採爲首義	1089	
	詷	言部	《說文》共也。一曰譀也。引《周書》在夏后之詷，今《書・顧命》作在後之侗。（六畫）	採爲首義	1087	
	設	言部	《說文》施陳也，从言从殳。殳使人也。〈徐曰〉殳所以驅遣使人也。會意。（四畫）	採爲首義	1079	徐鍇語。
	護	言部	《說文》救視也。（十四畫）	採爲首義	1112	
	譞	言部	《說文》慧也。　又《說文》（音縣）義同。　◎《說文》本作譞。（十三畫）	採爲首義及次義，又補釋之	1110	
	誧	言部	《說文》大也。一曰人相助也。（七畫）	採爲首義	1092	
	諰	言部	《說文》思之意。（九畫）	採爲首義	1099	
	託	言部	《說文》寄也。（三畫）	採爲首義	1077	
	記	言部	《說文》疏也。〈徐曰〉謂一一分別記之也。（三畫）	採爲首義	1077	徐鍇語。
	譽	言部	《說文》稱也。（十四畫）	採爲首義	1113	

言部	譒	言部	《說文》敷也。引《尙書》王譒告之修。今《書・盤庚》作播。　又《說文》（音波）義同。（十二畫）	採爲首義及次義	1109	
	謝	言部	《說文》辭去也。　◎《說文》本作䛬。（十畫）	採爲首義又補釋之	1104	
	謳	言部	《說文》齊歌也。　又《說文》（音紆）義同。（十一畫）	採爲首義及次義	1106	
	詠	言部	《說文》歌也。（六畫）	採爲首義	1084	
	諍	言部	《說文》止也。（八畫）	採爲首義	1095	
	評	言部	《說文》召也。　◎《說文》本作詬。（五畫）	採爲首義又補釋之	1080	
	譚	言部	《說文》評譚也。（十一畫）	採爲首義	1107	
	訖	言部	《說文》止也。〈徐曰〉言所止也。（三畫）	採爲首義	1076	徐鍇語。
	諑	言部	《說文》傳言也。（九畫）	採爲首義	1100	
	訝	言部	《說文》相迎也。引《周禮・秋官》諸侯有卿訝。〈徐曰〉按《周禮》使將至使卿訝，謂以言辭迎而勞之也。　◎《說文》重文，从辵作迓，隸省作迓。（四畫）	採爲首義又補釋之	1077	徐鍇語。
	詣	言部	《說文》候至也。〈徐曰〉徑候而詣之也。（六畫）	採爲首義	1084	徐鍇語。
	講	言部	《說文》和解也。〈徐曰〉古人言講解猶和解也。　◎《說文》本作講。（十畫）	採爲首義又補釋之	1103	徐鍇語。
	謄	言部	《說文》迻書也。〈徐曰〉謂移寫之也。（十畫）	採爲首義	1102	徐鍇語。
	訒	言部	《說文》頓也。〈徐曰〉頓者，多頓躓也。（三畫）	採爲首義	1076	徐鍇語。
	訥	言部	《說文》言難也。（四畫）	採爲首義	1078	
	謯	言部	《說文》謯娽也。（十一畫）	採爲首義	1105	
	詻	言部	《說文》待也。（七畫）	採爲首義	1090	
	譻	言部	《說文》痛呼也。（十三畫）	採爲首義	1111	
	譊	言部	《說文》恚呼也。〈徐曰〉聲高噪獰也。（十二畫）	採爲首義	1108	徐鍇語。
	謍	言部	《說文》小聲也。引《詩》謍謍青蠅。今〈小雅〉本作營。（十畫）	採爲首義	1102	
	譆	言部	《說文》大聲也。或作唶。（八畫）	採爲首義	1096	

言部	諛	言部	《說文》諂也。（九畫）	採為首義	1097	
	讇	言部	《說文》諛也。（十六畫）	採為首義	1114	
	諼	言部	《說文》詐也。（九畫）	採為首義	1100	
	謷	言部	《說文》不肖人也。〈徐曰〉不肖人其言煩苛也。　又《說文》哭聲不止，悲聲謷謷也。　◎《說文》本作警。（十一畫）	採為首義及次義，又補釋之	1106	徐鍇語。
	訹	言部	《說文》誘也。　又《說文徐註》按〈賈誼・鵩賦〉怵迫之徒兮，或趨東西。當作此訹字。《漢書》怵於邪說，如淳曰：見誘怵也。音戌。今俗猶云相謏怵。（五畫）	採為首義及次義	1080	徐鍇語。
	詑	言部	《說文》引《方言》沇州謂欺曰詑。（五畫）	採為首義	1082	
	謾	言部	《說文》欺也。（十一畫）	採為首義	1107	
	譺	言部	《說文》諆挐羞窮也。（十二畫）	採為首義	1108	
	詐	言部	《說文》慚語也。（七畫）	採為首義	1090	
	譬	言部	《說文》譶也。　◎《說文》本作譬。（十一畫）	採為首義又補釋之	1106	
	謰	言部	《說文》謰謱也。（十一畫）	採為首義	1106	
	謱	言部	《說文》謰謱也。（十一畫）	採為首義	1106	
	詒	言部	《說文》相欺詒也。一曰遺。（五畫）	採為首義	1082	
	諈	言部	《說文》相怒使也。（十一畫）	採為首義	1106	
	註	言部	《說文》欺也。　◎《說文》本作譅。（七畫）	採為首義又補釋之	1089	
	譺	言部	《說文》騃也。（十四畫）	採為首義	1112	
	誤	言部	《說文》相誤也。（十三畫）	採為首義	1111	
	訕	言部	《說文》謗也，从言山聲。（三畫）	採為首義	1076	
	譏	言部	《說文》誹也。（十二畫）	採為首義	1109	
	誣	言部	《說文》加也。〈徐曰〉以無為有也。（七畫）	採為首義	1090	徐鍇語。
	誹	言部	《說文》謗也。（八畫）	採為首義	1093	
	謗	言部	《說文》毀也。（十畫）	採為首義	1103	
	譸	言部	《說文》詶也。（十四畫）	採為首義	1112	
	詶	言部	《說文》譸也。（六畫）	採為首義	1087	
	詛	言部	《說文》詶也。（五畫）	採為首義	1084	

言部	詘	言部	《說文》詘詘也。(五畫)	採爲首義	1080	
	誃	言部	《說文》離別也。　又《說文》周景王作洛陽誃臺。〈徐曰〉《爾雅》堂樓邊小屋，此蓋小屋連於大屋體，其實則別自爲一區處也。(六畫)	採爲首義及次義	1088	徐鍇語。
	誖	言部	《說文》亂也。　◎《說文》或作悖。(七畫)	採爲首義又補釋之	1090	
	䜌	言部	《說文》亂也。一曰治也。一曰不絕也。(十二畫)	採爲首義	1108	
	誤	言部	《說文》謬也。(七畫)	採爲首義	1090	
	詿	言部	《說文》誤也。(六畫)	採爲首義	1088	
	誒	言部	《說文》可惡之辭。一曰誒然。引《春秋傳》誒誒出出。(七畫)	採爲首義	1089	
	譆	言部	《說文》痛也。〈徐曰〉痛而呼之言也。　又《說文》引《左傳》作誒誒。(十二畫)	採爲首義及次義	1108	徐鍇語。
	詯	言部	《說文》膽气滿聲在人上也。(六畫)	採爲首義	1086	
	謧	言部	《說文》謧詍多言也。(十一畫)	採爲首義	1105	
	詍	言部	《說文》多言也。引《詩》無詍詍，今〈大雅〉作泄泄。(五畫)	採爲首義	1082	
	訾	言部	《說文》不思稱意也。引《詩・小雅》翕翕訾訾。〈徐曰〉言不思，稱事之意也，今文相承皆作訿。(五畫)	採爲首義	1081	徐鍇語。
	訽	言部	《說文》往來言也。一曰小兒未能正言也。一曰祝也。　◎《說文》或作詾。(八畫)	採爲首義又補釋之	1093	
	訮	言部	《說文》訮訮多語也。　◎《說文》本作䛘，省作訮。(四畫)	採爲首義又補釋之	1079	
	譅	言部	《說文》言語相及也。(十四畫)	採爲首義	1112	
	諮	言部	《說文》譅諮也。(八畫)	採爲首義	1094	鉉本作「譅諮也」。
	詽	言部	《說文》諍語詽詽也。(六畫)	採爲首義	1088	
	讘	言部	《說文》言壯貌。一曰數相怒也。(十八畫)	採爲首義	1115	
	訇	言部	《說文》騃言聲。　又《說文》从言勻省聲。籀文作訇。(二畫)	採爲首義及次義	1074	
	諞	言部	《說文》便巧言也。(九畫)	採爲首義	1097	
	譬	言部	《說文》匹也。(十六畫)	採爲首義	1114	

言部	訅	言部	《說文》扣也。如求婦先訅妻之。（三畫）	採爲首義	1075	
	說	言部	《說文》言相說司也。（八畫）	採爲首義	1094	
	誂	言部	《說文》相呼誘也。　◎《說文》本作誂。（六畫）	採爲首義又補釋之	1088	
	譖	言部	《說文》加也。（十二畫）	採爲首義	1108	
	訣	言部	《說文》忘也。（五畫）	採爲首義	1081	
	諅	言部	《說文》忌也。引《周書》上下不諅于凶德。（八畫）	採爲首義	1095	
	譀	言部	《說文》誕也。　又《說文》（音紆）義同。　◎《說文》本作譀，俗作譀。（十二畫）	採爲首義及次義，又補釋之	1107	
	誇	言部	《說文》譀也。（六畫）	採爲首義	1089	
	誕	言部	《說文》詞誕也。〈徐曰〉妄爲大言也。（七畫）	採爲首義	1090	徐鍇語。
	譫	言部	《說文》譀也。（十三畫）	採爲首義	1110	
	謔	言部	《說文》戲也。　◎《說文》本作謔。（十畫）	採爲首義又補釋之	1103	
	詪	言部	《說文》很戾也。　◎《說文》本作詪。（六畫）	採爲首義又補釋之	1085	
	訕	言部	《說文》讀也。（三畫）	採爲首義	1075	
	誻	言部	《說文》加也。（十二畫）	採爲首義	1108	
	諣	言部	《說文》聲也。（十三畫）	採爲首義	1110	
	諣	言部	《說文》疾言也。（九畫）	採爲首義	1098	
	讘	言部	《說文》諜也。（十八畫）	採爲首義	1116	
	謀	言部	《說文》擾也。（十三畫）	採爲首義	1110	
	訆	言部	《說文》大呼也。（二畫）	採爲首義	1074	
	諕	言部	《說文》號也。（八畫）	採爲首義	1096	
	讙	言部	《說文》譁也。（十八畫）	採爲首義	1115	
	譁	言部	《說文》讙也。　◎《說文》本作譁。（十二畫）	採爲首義又補釋之	1107	
	誇	言部	《說文》妄言也。　◎《說文》或作誇。（十一畫）	採爲首義又補釋之	1105	
	譌	言部	《說文》譌言也。引《詩》民之譌言，今〈小雅〉作訛。（十二畫）	採爲首義	1108	
	詿	言部	《說文》誤也。（六畫）	採爲首義	1088	

言部	誤	言部	《說文》謬也。（七畫）	採為首義	1091	
	謬	言部	《說文》狂者之妄言也。 ◎《說文》本作譯。（十一畫）	採為首義又補釋之	1105	
	訛	言部	《說文》夢言也。（六畫）	採為首義	1085	
	譽	言部	《說文》大呼自勉也。（十畫）	採為首義	1102	
	訬	言部	《說文》訬擾也。一曰訬會。 又《說文》（音眇）義同。（四畫）	採為首義及次義	1079	
	諆	言部	《說文》欺也。〈徐曰〉謾言也。（八畫）	採為首義	1095	徐鍇語。鍇本作「謾書也」。
	譎	言部	《說文》權詐也。益梁曰謂謬欺天下曰譎。（十二畫）	採為首義	1108	
	詐	言部	《說文》欺也。（五畫）	採為首義	1082	
	訏	言部	《說文》詭譌也。一曰訏謩，齊楚謂信曰訏，鄭云誇也。 ◎《說文》本作訏。（三畫）	採為首義又補釋之	1075	
	譺	言部	無。	不採其說	1102	採《類篇》為首義。
	謦	言部	《說文》失氣言。一曰不止也。（十六畫）	採為首義	1114	
	謦	言部	《說文》言謦謦也。（十一畫）	採為首義	1106	
	詬	言部	《說文》相毀也。一曰畏亞。（八畫）	採為首義	1093	
	謷	言部	《說文》相毀也。（十二畫）	採為首義	1109	
	讕	言部	《說文》嗑也。（十八畫）	採為首義	1115	
	詢	言部	《說文》說也。（六畫）	採為首義	1088	
	訟	言部	《說文》爭也。 又《說文》謂訟也。〈徐鉉曰〉古本《毛詩》雅頌字多作訟。（四畫）	採為首義及次義	1077	應作徐鍇語。
	譴	言部	《說文》恚也。 又《說文》賈待中說。（十畫）	採為首義及次義	1103	
	譶	言部	《說文》多言也。 ◎《說文》本作譶。（十八畫）	採為首義又補釋之	1115	
	訶	言部	《說文》大言而怒也。（五畫）	採為首義	1080	
	詆	言部	《說文》訶也。（六畫）	採為首義	1085	
	訐	言部	《說文》面相斥罪，相告訐也。（三畫）	採為首義	1076	
	訴	言部	《說文》告也。 又《說文》或作謝，亦作愬。 ◎《說文》本作訴。（五畫）	採為首義及次義，又補釋之	1080	

言部	謥	言部	《說文》塱也。（十二畫）	採爲首義	1109	
	讒	言部	《說文》譖也。（十七畫）	採爲首義	1115	
	譴	言部	《說文》謫問也。（十四畫）	採爲首義	1112	
	謫	言部	《說文》罰也，今書作讁。（十二畫）	採爲首義	1109	
	諯	言部	《說文》數也。一曰相讓也。（九畫）	採爲首義	1099	
	讓	言部	《說文》相責讓也。　◎《說文》本作譲。（十七畫）	採爲首義又補釋之	1115	
	譙	言部	《說文》嬈譊也。（十二畫）	採爲首義	1110	
	諫	言部	《說文》數諫也。（六畫）	採爲首義	1087	
	誶	言部	《說文》讓也。（八畫）	採爲首義	1093	
	詰	言部	《說文》問也。（六畫）	採爲首義	1086	
	諲	言部	《說文》責望也。（十四畫）	採爲首義	1112	
	詭	言部	《說文》責也。（六畫）	採爲首義	1086	
	證	言部	《說文》告也。（十二畫）	採爲首義	1108	
	詘	言部	《說文》詰詘也。一曰屈襞。（五畫）	採爲首義	1083	
	誩	言部	《說文》慰也。（五畫）	採爲首義	1080	
	詗	言部	《說文》知處告言之。（五畫）	採爲首義	1083	
	譸	言部	《說文》流言也。（十五畫）	採爲首義	1113	
	訄	言部	《說文》苟也。一曰訶。（五畫）	採爲首義	1082	
	誰	言部	《說文》何也。（八畫）	採爲首義	1093	
	諽	言部	《說文》飾也。一曰更也。（九畫）	採爲首義	1101	
	讕	言部	《說文》詆讕也。（十七畫）	採爲首義	1115	
	診	言部	《說文》視也。（五畫）	採爲首義	1080	
	誓	言部	《說文》悲聲也。　◎《說文》本作㗊。（十二畫）	採爲首義又補釋之	1108	
	訧	言部	《說文》罪也。引《書》以庶訧今。（四畫）	採爲首義	1078	
	誅	言部	《說文》討也。（六畫）	採爲首義	1088	
	討	言部	《說文》治也，从言从寸。〈徐曰〉寸法也，奉辭伐罪，故从言。會意。（三畫）	採爲首義	1075	徐鍇語。
	諳	言部	《說文》悉也。（九畫）	採爲首義	1099	
	譸	言部	《說文》禱杙，累功德以求福。引《論語》譸曰禱爾于上下神祇。今本作誅。（十五畫）	採爲首義	1114	

言部	迹	言部	《說文》行之跡也。（九畫）	採爲首義	1097	
	誄	言部	《說文》迹也。 又禱祀用誄《說文》引作讄。（六畫）	採爲首義及次義	1088	
	諛	言部	《說文》恥也。（十畫）	採爲首義	1103	
	詬	言部	《說文》諛詬恥也。（六畫）	採爲首義	1086	
	諜	言部	《說文》軍中反閒也。 又《說文》（音帖）義同。（九畫）	採爲首義及次義	1097	
	該	言部	《說文》軍中約也。（六畫）	採爲首義	1086	
	譯	言部	《說文》傳譯四夷之言者。（十三畫）	採爲首義	1111	
	訄	言部	《說文》迫也。 又《說文》（音丘）義同。（二畫）	採爲首義及次義	1074	
	謚	言部	《說文》笑貌。（十畫）	採爲首義	1103	
	讘	言部	《說文》疾言也。（十四畫）	採爲首義	1112	
	詢	言部	《說文》謀也。（六畫）	採爲首義	1084	
	讜	言部	《說文》直言也。（二十畫）	採爲首義	1116	
	譜	言部	《說文》籍錄也。 ◎《說文》本作譜。（十三畫）	採爲首義又補釋之	1110	
	詎	言部	《說文》謀也。（六畫）	採爲首義	1082	
	諓	言部	《說文》小也，誘也。引《禮・學記》足以諓聞。今〈學記〉作諛。〈註〉小，致聲譽也。（九畫）	不採其說	1098	隸作「諛」。
	謎	言部	《說文》隱語也。（十畫）	採爲首義	1102	
	誌	言部	《說文》記誌也。（七畫）	採爲首義	1089	
	訣	言部	《說文》訣別也。 又《說文》法也。 ◎《說文》本作𧦝。（四畫）	採爲首義及次義，又補釋之	1078	
誩部	誩	言部	《說文》競言也。（七畫）	採爲首義	1092	
	譱	言部	《說文》吉也，从誩从羊，與義、美同意。 ◎《說文》篆文作善。（十三畫）	採爲首義又補釋之	1112	
	競	立部	無。	不採其說	801	以「彊也」爲首義。
	譶	言部	《說文》痛怨也。〈徐鍇曰〉象眾怨也，故从二言。（二十二畫）	採爲首義	1116	

音部	音	音部	《說文》聲也，生於心有節於外謂之音。宮商角徵羽，聲；絲竹金石匏土革木，音也。从言含一。（一畫）	採爲首義	1324	
	響	音部	《說文》聲也，从音鄉聲。〈註〉徐鍇曰：聲之外曰響，響猶怳也。怳怳然浮也，實而精者曰聲，朴而浮者曰響，響之附聲如影之著形。（十三畫）	採爲首義	1326	徐鍇語。見《說文繫傳・通論上》。
	韹	音部	《說文》下徹聲。（十一畫）	採爲首義	1325	
	韶	音部	《說文》虞舜樂也。（五畫）	採爲首義	1325	
	章	立部	《說文》樂竟爲一章，从音从十。十，數之終也。（六畫）	採爲首義	799	
	竟	立部	又《說文》樂曲盡爲竟。（六畫）	採爲次義	799	以「窮也、終也」爲首義。
	韻	音部	《說文》和也，从音員聲。（十畫）	採爲首義	1325	
䇂部	辛	立部	無。	不採其說	798	以「罪也」爲首義。
	童	立部	無。	不採其說	799	以「獨也，言童子未有室家者也」爲首義。
	妾	女部	◎《說文》从辛从女。辛，音愆。（五畫）	列於字末補釋形義	185	以「接也，得接於君子也」爲首義。
丵部	丵	丨部	無。	不採其說	8	以「艸木叢生」爲首義。
	業	木部	《說文》業大板也，所以飾懸鐘鼓。（九畫）	採爲首義	469	
	叢	又部	《說文》聚也，从丵从取。（十六畫）	採爲首義	95	
	對	寸部	《說文》从丵从口，言無方也。从寸，有法度也。漢文帝以責對而爲，言多非誠，故去口从士。〈徐曰〉士，事也，取事實也。（十三畫）	採爲首義	224	徐鍇語。
菐部	菐	艸部	無。	不採其說	965	採《正字通》爲首義。
	僕	人部	《說文》給事者。（十二畫）	採爲首義	44	
	㸓	八部	無。	不採其說	56	以「賤事之貌」爲首義。
収部	収	又部	《說文》竦手也。（二畫）	採爲首義	93	
	奉	大部	《說文》承也。（五畫）	採爲首義	179	
	丞	一部	無。	不採其說	6	採《玉篇》爲首義。
	奐	大部	無。	不採其說	179	以「大也」爲首義。
	弄	廾部	無。	不採其說	282	採《爾雅》爲首義。

収部	羇	廾部	《說文》引給也。(十三畫)	採爲首義	282	
	畁	田部	無。	不採其說	687	採《集韻》爲首義。
	异	廾部	又《說文》舉也。(三畫)	採爲次義	281	採《廣韻》爲首義。
	弄	廾部	無。	不採其說	281	採《爾雅》爲首義。
	奉	廾部	《說文》兩手盛也。(五畫)	採爲首義	282	
	柔	廾部	《說文》搏飯也,从廾釆聲,釆,古文辨字。讀若書卷之卷。(七畫)	採爲首義	282	
	弆	廾部	《說文》持弩拊也。(四畫)	採爲首義	281	
	戒	戈部	《說文》警也。(三畫)	採爲首義	340	
	兵	八部	《說文》械也。(五畫)	採爲首義	55	
	龏	龍部	《說文》慤也。(三畫)	採爲首義	1465	
	弈	廾部	《說文》圍棋也,从廾亦聲。(六畫)	採爲首義	282	
	具	八部	《說文》共置也。(六畫)	採爲首義	56	
廾部	𢏗	又部	無。	不採其說	93	以「引也」爲首義。
	樊	木部	《說文》作棥,騺不行也,从廾从棥。〈徐曰〉騺猶縶也,鷹隼之屬,見籠不得出,以左右攀引外也。(十一畫)	採爲首義	477	徐鍇語。
	奱	****	無。		****	《康熙字典》不錄奱字。
共部	共	八部	《說文》同也,从廿廾。〈徐曰〉廿音入。二十共也,會意。(四畫)	採爲首義	55	徐鍇語。
	龔	龍部	龔《說文》給也。(六畫)	採爲首義	1465	
異部	異	田部	《說文》分也,从廾从畀。畀、予也。(七畫)	採爲首義	691	
	戴	戈部	《說文》分物得增益曰戴。一曰首戴也。(十四畫)	採爲首義	342	
	舁	臼部	《說文》共舉也。〈徐曰〉用力也,兩手及爪皆用之。(十三畫)	採爲首義	931	徐鍇語。
	𢍉	廾部	《說文》升高也,从舁囟聲。(十三畫)	採爲首義	282	
	與	臼部	《說文》黨與也。(八畫)	採爲首義	932	
	興	臼部	無。	不採其說	933	採《爾雅》爲首義。
臼部	臼	臼部	無。	不採其說	931	以「叉手也」爲首義。

臼部	臾	****	無。		****	《康熙字典》不錄臾字。
	晨	日部	《說文》曟，或省作晨。房星爲民田時者。（七畫）	採爲首義	424	
	農	辰部	《說文》耕也，種也。（六畫）	採爲首義	1180	
	爨	火部	《說文》齊謂之炊爨。臼，象持甑，冂爲竈口，廾推林內火。（二十五畫）	採爲首義	616	
	興	臼部	無	不採其說	934	以「所以扶㒵者」爲首義。
	釁	酉部	《說文》血祭也，象祭竈也。（十八畫）	採爲首義	1217	
革部	革	革部	《說文》獸皮治去其毛，革更之象。〈註〉徐鍇曰：皮去其毛，染而瑩之曰革。（一畫）	採爲首義	1312	
	鞹	革部	《說文》去毛皮也。（十畫）	採爲首義	1319	
	靬	革部	《說文》乾革也。（三畫）	採爲首義	1313	
	鞈	革部	《說文》生革可以爲縷束也。（六畫）	採爲首義	1315	
	鞄	革部	《說文》柔革工也。讀若朴。（五畫）	採爲首義	1314	
	韗	革部	《說文》攻皮治鼓工也。（九畫）	採爲首義	1318	
	鞣	革部	《說文》耎也。（九畫）	採爲首義	1317	
	靻	革部	《說文》柔革也。（五畫）	採爲首義	1314	
	鞶	革部	《說文》韋繡也。（十二畫）	採爲首義	1319	
	鞢	革部	《說文》大帶也。（十畫）	採爲首義	1319	
	鞏	革部	《說文》以韋束也。（六畫）	採爲首義	1315	
	鞮	革部	《說文》履空也。又覆也。〈註〉徐鍇曰：履空，猶言履殼也。（七畫）	採爲首義	1315	
	靸	革部	《說文》小兒履也。（四畫）	採爲首義	1314	
	鞠	革部	《說文》鞠角鞎屬。（四畫）	採爲首義	1314	
	鞮	革部	《說文》革履也。（九畫）	採爲首義	1318	
	鞵	革部	《說文》鞮鞵沙也。（十畫）	採爲首義	1315	
	鞾	革部	《說文》鞮屬。（十一畫）	採爲首義	1319	
	鞻	革部	《說文》革生鞮也。（十畫）	採爲首義	1318	
	靪	革部	《說文》補履下也，从革丁聲。（二畫）	採爲首義	1313	
	鞠	革部	《說文》蹋鞠也。（八畫）	採爲首義	1317	

革部	鞀	革部	《說文》遼也。（五畫）	採爲首義	1314	
	鞄	革部	《說文》量物之鞄。一曰抒井。鞄，古以革。（十畫）	採爲首義	1319	
	鞞	革部	《說文》刀室也。（八畫）	採爲首義	1316	
	鞎	革部	《說文》車革前曰鞎。（六畫）	採爲首義	1315	
	靷	革部	《說文》車軾也，从革弘聲。（五畫）	採爲首義	1314	
	鞏	革部	《說文》車軸束也。（九畫）	採爲首義	1317	
	鞇	革部	《說文》車京也。（五畫）	採爲首義	1314	
	韄	革部	《說文》車衡三束也，曲轅鞶縛，直轅籑縛。（二十九畫）	採爲首義	1321	
	鞙	革部	《說文》蓋杠絲也。〈註〉徐鍇曰：絲其繫系也。（六畫）	採爲首義	1315	
	鞁	革部	《說文》車駕具也。（五畫）	採爲首義	1314	
	鞥	革部	《說文》轡鞥。一曰龍頭繞者。（九畫）	採爲首義	1317	
	靶	革部	《說文》轡革也。（四畫）	採爲首義	1313	
	韅	革部	《說文》著掖鞥也。（二十三畫）	採爲首義	1321	
	靳	革部	《說文》當膺也。〈註〉徐鍇曰：靳固也，靳制其行也。（四畫）	採爲首義	1313	
	鞁	革部	《說文》驂具也。（十畫）	採爲首義	1318	
	靭	革部	《說文》引軸也。（四畫）	採爲首義	1313	
	鞧	革部	《說文》車鞍具也。（八畫）	採爲首義	1316	
	鞋	革部	《說文》車鞍具也。（八畫）	採爲首義	1315	
	靮	革部	《說文》本作鞗，鞗內環靼也。（三畫）	採爲首義	1313	
	鞲	革部	《說文》車下索也。（十畫）	採爲首義	1319	
	鞓	革部	《說文》車具也。（八畫）	採爲首義	1316	
	鞍	革部	《說文》車具也，从革叕聲。（八畫）	採爲首義	1316	
	鞌	革部	《說文》馬鞁具也。（六畫）	採爲首義	1315	
	鞳	革部	《說文》鞌毳飾也。（十畫）	採爲首義	1318	
	鞈	革部	《說文》鞌飾。（五畫）	採爲首義	1314	
	鞈	革部	《說文》防汗也。（六畫）	採爲首義	1315	
	勒	力部	《說文》馬頭絡銜也，从革力聲。一說馬響也。有銜曰勒，無曰羈。（九畫）	採爲首義	76	
	鞙	革部	《說文》大車縛軛靼也。（七畫）	採爲首義	1316	

革部	靾	革部	《說文》勒靾也。（九畫）	採爲首義	1317	
	靳	革部	《說文》鞥也。（四畫）	採爲首義	1313	
	鞬	革部	《說文》所以戢弓矢。（九畫）	採爲首義	1318	
	韇	革部	《說文》弓矢韇也。（十五畫）	採爲首義	1320	
	鞣	革部	《說文》綏也。（十八畫）	採爲首義	1320	
	靫	革部	《說文》急也。（九畫）	採爲首義	1317	
	鞭	革部	《說文》本作𩥑，驅也。（九畫）	採爲首義	1318	
	鞅	革部	《說文》頸組也。（五畫）	採爲首義	1314	
	鞞	革部	《說文》佩刀絲也。（十四畫）	採爲首義	1320	
	靴	革部	《說文》馬尾靴也，今之般緒。（五畫）	採爲首義	1314	
	靬	革部	《說文》繫牛脛也。（七畫）	採爲首義	1316	
	鞘	革部	《說文》刀室也。（七畫）	採爲首義	1316	
	韂	革部	《說文》馬鞁具也。（十七畫）	採爲首義	1320	
	鞋	革部	《說文》鞭屬。（十一畫）	採爲首義	1319	
	靮	革部	《說文》馬羈也。（三畫）	採爲首義	1313	
鬲部	鬲	鬲部	《說文》鼎屬，實五觳斗二升曰觳。（一畫）	採爲首義	1386	
	䰞	鬲部	《說文》三足鍑也。一曰滫米器也。（四畫）	採爲首義	1387	
	鬹	鬲部	《說文》三足釜也，有柄喙。（十一畫）	採爲首義	1387	
	䰝	鬲部	《說文》釜屬也。（九畫）	採爲首義	1387	
	鬴	鬲部	《說文》秦名土釜曰鬴。（三畫）	採爲首義	1387	
	鬵	鬲部	《說文》大釜也。一曰鼎大上小下若甑曰鬵。（八畫）	採爲首義	1387	
	鬶	鬲部	《說文》鬵屬。（十二畫）	採爲首義	1387	
	鬺	鬲部	《說文》鍑屬。（七畫）	採爲首義	1387	
	鬳	鬲部	《說文》鬲屬。（六畫）	採爲首義	1387	
	融	虫部	《說文》炊氣上出也。〈徐曰〉鎔也。氣上融散也。（十畫）	採爲首義	1020	徐鍇語。
	鬸	鬲部	《說文》炊氣貌。（二十一畫）	採爲首義	1388	
	鬻	鬲部	《說文》糞也。（六畫）	採爲首義	1387	
	鬵	鬲部	《說文》涫也。（八畫）	採爲首義	1387	

鬲部	鬲	鬲部	《說文》鬲也，象孰餁氣上出也。（六畫）	採為首義	1387	
	䰙	鬲部	《說文》鬻也。或作䭈、䰙、鬻。（十四畫）	採為首義	1388	
	鬻	鬲部	《說文》鍵也。〈註〉今俗作粥。（十二畫）	採為首義	1387	徐鉉語。
	鬻	鬲部	《說文》鍵也。（十一畫）	採為首義	1387	
	鬻	鬲部	《說文》五味盉羹也，或省作羹，或省作羹，小篆作羹。詳羊部羹字註。（十六畫）	採為首義	1388	
	鬻	鬲部	《說文》鼎實惟葦及蒲，陳留謂鍵為鬻。或作䰞。（十七畫）	採為首義	1388	
	鬻	鬲部	《說文》鬻也，从鬻毓聲。或作鬻。（十九畫）	採為首義	1388	
	鬻	鬲部	《說文》涼州謂鬻為鬻。（二十一畫）	採為首義	1388	
	䰝	鬲部	《說文》粉餅也。或作餌。（十二畫）	採為首義	1387	
	鬻	鬲部	《說文》熬也。〈註〉今俗作煼，別作炒，非是。（十六畫）	採為首義	1388	徐鉉語。
	鬻	鬲部	《說文》內肉及菜湯中薄出之。（二十畫）	採為首義	1388	
	鬻	鬲部	《說文》㕞也。或从火作爨。或从水在其中作鬻。（十五畫）	採為首義	1388	
	鬻	鬲部	《說文》吹釜溢也。（十三畫）	採為首義	1388	鉉本作「吹聲沸也」。
爪部	爪	爪部	《說文》覆手曰爪。（一畫）	採為首義	616	
	孚	子部	《說文》卵孚也。一曰信也。〈徐鍇曰〉鳥之乳卵，皆如其期，不失信也。（四畫）	採為首義	206	
	為	爪部	《說文》母猴也，其為禽好爪。爪，母猴象也。下腹為母猴形。王育曰：爪、象形也。（八畫）	採為首義	617	
	爪	爪部	《說文》亦丮也，从反爪。（一畫）	採為首義	616	
丮部	丮	丨部	《說文》丮持也，象手有所丮據也。讀若戟。（三畫）	採為首義	7	
	埶	土部	《說文》種也。（八畫）	採為首義	159	
	孰	子部	《說文》食飪也，本作孰，隸作孰。生之反也。（八畫）	採為首義	208	

丮部	䬳	食部	《說文》設飪也。讀若載。（七畫）	採爲首義	1348	與《玉篇》𠇖爲首義。
	巩	工部	《說文》攤也，褒也，一作𢫬。互見手部。（四畫）	採爲首義	253	
	谻	谷部	《說文》相踦谻。本作𠔱。（四畫）	採爲首義	1117	
	𢧢	戈部	《說文》擊踝也。（四畫）	採爲首義	340	
	厞	厂部	《說文》持也，从反丮。（五畫）	採爲首義	88	
鬥部	鬥	鬥部	《說文》兩士相對，象兵杖在後，象鬥之形。（一畫）	採爲首義	1385	
	鬬	鬥部	《說文》遇也。（十四畫）	採爲首義	1386	
	鬨	鬥部	《說文》鬭也。（五畫）	採爲首義	1385	
	�	鬥部	《說文》經繆殺也。（十一畫）	採爲首義	1385	
	鬮	鬥部	《說文》鬭取也。（十七畫）	採爲首義	1386	
	鬭	鬥部	《說文》智少力劣也。（十四畫）	採爲首義	1386	
	鬭	鬥部	《說文》鬭連結鬮紛相牽也。〈註〉一本从𤼷。	不採其說	1386	徐鍇語。
	鬮	鬥部	無。	不採其說	1386	採《玉篇》爲首義。
	鬩	鬥部	《說文》恆訟也，从鬥从兒。兒善訟者也。（八畫）	採爲首義	1385	
	鬦	鬥部	《說文》試力士錘也。（四畫）	採爲首義	1385	
	鬧	鬥部	《說文》不靜也。（五畫）	採爲首義	1385	
又部	又	又部	《說文》手也，象形。三指者，手之𠢕多略不過三也。（一畫）	採爲首義	92	
	右	口部	《說文》助也。（二畫）	採爲首義	101	
	厷	厶部	《說文》臂上也。（二畫）	採爲首義	92	
	叉	又部	《說文》手指相錯。（一畫）	採爲首義	93	
	叉	又部	《說文》手足甲也，象其甲指端生形。（二畫）	採爲首義	93	
	父	父部	《說文》矩也，家長率教者，从又舉杖。（一畫）	採爲首義	618	
	叜	又部	《說文》老也。（八畫）	採爲首義	94	
	燮	火部	《說文》从言从又炎。　又《說文》籒文作燮，从羊，羊音飪。讀若溼。〈註〉徐鉉曰：燮、燮二字義相出入。（十三畫）	採爲首義及次義	613	
	曼	曰部	《說文》作𠬛，引也，从又冒聲。（七畫）	採爲首義	431	

又部	曼	又部	無。	不採其說	94	採《玉篇》爲首義。
	夬	大部	《說文》分決也。（一畫）	採爲首義	177	
	尹	尸部	《說文》治也，从又丿，握事者也。（一畫）	採爲首義	227	
	叡	又部	《說文》取也，或从手作擸。（十一畫）	採爲首義	94	
	叄	又部	《說文》引也。（十一畫）	採爲首義	94	
	叔	又部	《說文》叔拭也。（六畫）	採爲首義	94	
	及	又部	《說文》逮也，从又从人。〈徐曰〉及捕人也，會意。（二畫）	採爲首義	93	徐鍇語。鍇本作「及前人也，會意。」
	秉	禾部	無。	不採其說	777	以「禾盈把也」爲首義。
	反	又部	《說文》覆也，从又厂。（二畫）	採爲首義	93	
	叐	又部	《說文》治也。（二畫）	採爲首義	93	
	叏	又部	《說文》滑也。一曰取也。（三畫）	採爲首義	93	
	叡	又部	《說文》楚人謂卜問吉凶曰叡。（十畫）	採爲首義	94	
	叔	又部	《說文》拾也，从又未聲。汝南謂收芊爲叔。〈徐曰〉收拾之也。 又《說文》善也。《詩》令終有俶。（六畫）	採爲首義及次義	93	徐鍇語。
	叟	又部	《說文》入水有所取也，从又在回下。回，淵水也。（二畫）	採爲首義	93	
	取	又部	《說文》捕取也，从又耳。（六畫）	採爲首義	94	
	彗	彐部	《說文》掃竹也，从彐持甡。（八畫）	採爲首義	290	
	叚	又部	《說文》借也。（七畫）	採爲首義	94	
	友	又部	《說文》同志爲友。（二畫）	採爲首義	93	
	度	广部	《說文》法制也，从又庶省聲。〈徐曰〉又，手也。布指知尺，舒肱知尋，故从手。（六畫）	採爲首義	273	徐鍇語。
广部	广	丿部	無。	不採其說	9	採《廣韻》爲首義。
	卑	十部	《說文》賤也，執事者。（六畫）	採爲首義	84	
史部	史	口部	《說文》記事者也。 ◎《說文》本作屮，从又持中。中，正也。（二畫）	採爲首義又補釋之	101	
	事	亅部	無。	不採其說	13	以「大曰政，小曰事」爲首義。

支部	支	支部	《說文》去竹之枝也，从手持半竹。〈註〉徐鍇曰：竹葉下垂也。（一畫）	採爲首義	395	
	敆	支部	《說文》持去也。（八畫）	採爲首義	395	
聿部	聿	聿部	無。	不採其說	899	採《佩觿集》爲首義。
	肂	巾部	無。	不採其說	263	採《玉篇》爲首義。
	肅	聿部	《說文》持事振敬也，从聿在𣶒上，戰戰兢兢也。（七畫）	採爲首義	899	應作「从聿在𣶒上」。
	聿	聿部	《說文》所以書之器也。楚謂之聿，吳謂之不律，燕謂之弗，秦謂之筆。（一畫）	採爲首義	899	
	筆	竹部	《說文》楚謂之聿吳人謂之不律燕謂弗秦謂之筆。（六畫）	採爲首義	810	
	聿	聿部	《說文》聿飾也，俗語以書好爲聿。（三畫）	採爲首義	899	
	書	曰部	《說文》作書。著也，从聿从者，隸省作書。《許慎說文序》黃帝之史倉頡，初造書契，依類象形，故謂之文，其後形聲相益，即謂之字。著於竹帛謂之書。書者，如也。（六畫）	採爲首義	430	
	畫	聿部	無。	不採其說	691	以「卦畫也」爲首義。
	晝	曰部	《說文》日之出入，與夜爲界，从畫省从日。（七畫）	採爲首義	423	
隶部	隶	隶部	《說文》及也，从又从尾省，又持尾者，从後及之也。（一畫）	採爲首義	1291	
	隸	隶部	《說文》詩曰：隸天之未陰雨。（九畫）	採爲首義	1291	
	隸	隶部	《說文》附著也。　◎《說文》本作隸。（九畫）	採爲首義又補釋之	1291	
臤部	臤	臣部	無。	不採其說	927	採《集韻》爲首義。
	緊	糸部	《說文》纏絲急也。（八畫）	採爲首義	857	
	堅	土部	無。	不採其說	160	以「實也、固也、勁也」爲首義。
	豎	豆部	《說文》豎立也。〈徐曰〉豆器，故爲豎立。（八畫）	採爲首義	1120	徐鍇語。
臣部	臣	臣部	《說文》臣，牽也，事君也，象屈服之形。（一畫）	採爲首義	927	
	𢘑	臣部	《說文》乖也，从二臣相違。（六畫）	採爲首義	927	
	臧	臣部	無。	不採其說	927	採《爾雅》爲首義。

殳部	殳	殳部	《說文》以杸殊人也。〈說文序〉七曰殳書。〈徐鍇註〉殳體八觚,隨其勢而書之。故八體有殳書。(一畫)	採為首義	512	
	祋	示部	《說文》殳也。或說城郭市里高縣羊皮有不當入而欲入者,暫下以驚牛馬曰祋。故从示殳。《詩》曰:何戈與祋。(四畫)	採為首義	768	
	杸	殳部	《說文》以杸殊人也。(一畫)	採為首義	512	
	轂	殳部	《說文》相擊中也,如車相擊,故从殳从𠦝(十畫)	採為首義	515	
	殼	殳部	《說文》从上擊下也。一曰素也。(六畫)	採為首義	513	
	𣪊	殳部	《說文》下擊上也。一曰深擊也。(四畫)	採為首義	512	
	毀	殳部	《說文》繇擊也。(七畫)	採為首義	513	
	轂	殳部	《說文》懸物毄也。(十四畫)	採為首義	516	
	豛	豕部	《說文》上谷名豬曰豛。(四畫)	採為首義	1123	
	毆	殳部	《說文》捶毄物也。〈徐曰〉以杖擊也。(十一畫)	採為首義	515	徐鍇語。
	敲	殳部	《說文》擊頭也。一曰橫擿也。(十畫)	採為首義	515	
	殿	殳部	又《說文》作唸。 ◎《說文》本作𣪊,擊聲。(九畫)	採為次義又補釋之	514	以「堂高大者」為首義。
	毄	殳部	《說文》擊中聲。(七畫)	採為首義	513	
	段	殳部	《說文》推物也。一曰分段也,帛二曰絹,分而未麗曰匹,既麗曰段。(五畫)	採為首義	512	
	𣪢	殳部	《說文》擊空聲。(十畫)	採為首義	515	
	穀	殳部	《說文》相雜錯也。(八畫)	採為首義	514	
	毅	殳部	《說文》妄怒也。一曰有決也,从殳豙聲,豙豕怒毛豎也。(十一畫)	採為首義	515	
	𣪘	殳部	《說文》揉屈也,从殳从皀。皀,古文叀字。〈徐鉉曰〉叀,小謹也,亦屈服之意。(八畫)	採為首義	514	
	役	彳部	《說文》戍邊也。(四畫)	採為首義	293	
	𣪠	殳部	《說文》𣪠改,犬剛卯也,以逐精鬼。(六畫)	採為首義	512	
殺部	殺	殳部	《說文》戮也。(七畫)	採為首義	513	
	弒	殳部	無。	不採其說	283	採《釋名》為首義。

乙部	乙	几部	《說文》鳥之短羽乙乙然。（一畫）	採爲首義	62	
	孕	彡部	《說文》本作㣟，新生羽飛也。（二畫）	採爲首義	291	
	鳧	鳥部	無。	不採其說	1409	採《爾雅》爲首義。
寸部	寸	寸部	《說文》十分也。人手卻一寸動䘉謂之寸口，从又从一。〈徐曰〉一者，記手腕下一寸，此指事也。（一畫）	採爲首義	221	徐鍇語。
	寺	寸部	《說文》廷也，有法度者也，从寸𡳿聲。〈徐曰〉寸，法度也，守也。（三畫）	採爲首義	221	徐鍇語。鍇本作「守寺也。寸，法度也。」
	將	寸部	《說文》本將帥字。一曰有漸之辭。（八畫）	採爲首義	222	
	尋	彡部	無。	不採其說	292	採《唐韻》爲首義。
	專	寸部	《說文》六寸簿也，从寸叀聲。〈徐曰〉簿，文簿也。（八畫）	採爲首義	223	徐鍇語。
	尃	寸部	《說文》尃布也，从寸甫聲。〈徐曰〉布以法度也。（七畫）	採爲首義	222	徐鍇語。
	導	寸部	《說文》導引也，从寸道聲。〈徐曰〉以寸引之也。（十三畫）	採爲首義	224	徐鍇語。
皮部	皮	皮部	《說文》剝取獸革者，謂之皮。（一畫）	採爲首義	718	
	皰	皮部	《說文》面生氣也。〈徐曰〉面瘡也。（五畫）	採爲首義	719	徐鍇語。
	皯	皮部	《說文》面黑氣也。（三畫）	採爲首義	718	
	皸	皮部	《說文》足坼也。（九畫）	採爲首義	719	
	皴	皮部	《說文》皮細起也。（七畫）	採爲首義	718	
甍部	甍	瓦部	無。	不採其說	678	以「柔韋也」爲首義。
	䩉	瓦部	無。	不採其說	681	以「羽獵韋絝」爲首義。
攴部	攴	攴部	《說文》小擊也。（一畫）	採爲首義	396	
	啓	口部	《說文》本作�。教也。（八畫）	採爲首義	123	
	徹	彳部	《說文》通也。（十二畫）	採爲首義	299	
	肇	攴部	《說文》擊也。（八畫）	採爲首義	900	
	敏	攴部	《說文》疾也。（七畫）	採爲首義	399	
	啟	攴部	◎《說文》从攴作�。（五畫）	列於字末補釋形義	397	採《玉篇》爲首義。

攴部	敆	攴部	◎《說文》从攴作皷。（五畫）	列於字末補釋形義	397	以「彊也」為首義。
	攷	攴部	《說文》作皷，迠也。《周書》曰：常攷常任。（五畫）	採為首義	397	
	整	攴部	《說文》齊也，从攴从束从正。〈註〉束之，又小擊之，使正也。（十二畫）	採為首義	403	徐鍇語。
	效	攴部	《說文》，象也。（六畫）	採為首義	398	
	故	攴部	《說文》使為之也。〈註〉徐鍇曰：故使之也。 ◎《說文》从攴作皷。（五畫）	採為首義又補釋之	397	
	政	攴部	《說文》正也。 ◎《說文》从攴作政。（四畫）	採為首義又補釋之	397	
	收	攴部	《說文》敛也。（三畫）	採為首義	396	
	敛	攴部	《說文》收也。（十畫）	採為首義	402	
	敄	攴部	《說文》作敄，主也。（八畫）	採為首義	400	
	斆	攴部	《說文》數也。（十九畫）	採為首義	404	
	數	攴部	《說文》計也。（十一畫）	採為首義	403	
	漱	水部	《說文》辟漱鐵也。（十三畫）	採為首義	581	
	孜	子部	《說文》汲汲也。一曰力篤愛也，勤也。（四畫）	採為首義	206	
	攽	攴部	《說文》分也。 ◎《說文》从攴作攽。（四畫）	採為首義又補釋之	396	
	敀	攴部	《說文》止也。《周書》曰：敀我于艱。（七畫）	採為首義	398	
	敱	攴部	《說文》有所治也。一曰隤敱高陽氏子名。（十畫）	採為首義	402	
	敞	攴部	《說文》平治高土，可以遠望。（八畫）	採為首義	400	
	敇	攴部	《說文》理也。（七畫）	採為首義	399	
	改	攴部	《說文》更也。〈註〉李陽冰曰：己有過，攴之即改。 ◎《說文》从攴作改。（三畫）	採為首義又補釋之	396	
	變	攴部	《說文》更也，从攴絲聲。（十九畫）	採為首義	404	
	更	日部	無。	不採其說	430	採《玉篇》為首義。
	敕	攴部	《說文》試也。（七畫）	採為首義	399	
	取	耳部	無。	不採其說	894	以「使也」為首義。

攴部	斂	攴部	《說文》收也。（十三畫）	採爲首義	404	
	敉	攴部	《說文》作敉，揮也。（十一畫）	採爲首義	403	
	矯	攴部	《說文》繫連也。（十二畫）	採爲首義	403	
	攷	攴部	《說文》會也。（六畫）	採爲首義	398	
	敶	攴部	《說文》列也。（十一畫）	採爲首義	402	
	敵	攴部	《說文》仇也。（十一畫）	採爲首義	402	
	救	攴部	《說文》止也。（七畫）	採爲首義	399	
	斂	攴部	《說文》彊取也。《周書》曰：斂攘矯虔。　◎《說文》从攴作敓。（七畫）	採爲首義又補釋之	399	
	斁	攴部	《說文》解也，厭也。（十三畫）	採爲首義	404	
	赦	赤部	《說文》置也，釋也。或从亦作赦。（四畫）	採爲首義	1141	
	攸	攴部	《說文》作攸，行水也。〈註〉攴入水所仗也。秦刻石嶧山文攸字作汥。（三畫）	採爲首義	396	徐鍇語。
	改	攴部	《說文》撫也。　◎《說文》从攴作改。（三畫）	採爲首義又補釋之	396	
	敉	攴部	《說文》撫也。　◎《說文》从攴作敉。（六畫）	採爲首義又補釋之	398	
	敄	攴部	《說文》侮也。（八畫）	採爲首義	400	
	敂	攴部	《說文》戾也。（九畫）	採爲首義	401	
	敦	攴部	《說文》作𢾆，怒也，詆也。一曰誰何也。（八畫）	採爲首義	401	
	斀	攴部	《說文》朋侵也。（十三畫）	採爲首義	404	
	敗	攴部	《說文》毀也。（七畫）	採爲首義	399	
	斁	攴部	《說文》煩也。（十二畫）	採爲首義	403	
	寇	宀部	《說文》暴也，从攴从完，當其完聚而寇之也。攴，擊也。會意。（八畫）	採爲首義	216	
	敇	攴部	《說文》刺也。（十畫）	採爲首義	402	
	敃	攴部	《說文》閉也。　又《說文媵字註》引《書》惟其敃丹膘。（九畫）	採爲首義及次義	401	
	敊	攴部	《說文》塞也。　◎《說文》从攴作敊。（八畫）	採爲首義又補釋之	400	
	斀	攴部	《說文》戰盡也。（十一畫）	採爲首義	402	
	收	攴部	《說文》捕也。（二畫）	採爲首義	396	

攴部	鼓	鼓部	《說文》从攴从壴，壴亦聲。（一畫）	採爲首義	1454	
	攷	攴部	無。	不採其說	396	採《集韻》爲首義。
	敂	攴部	《說文》擊也。　◎《說文》从攴作毆。（五畫）	採爲首義又補釋之	397	
	攻	攴部	《說文》擊也。　◎《說文》从攴作攻。（三畫）	採爲首義又補釋之	396	
	敲	攴部	《說文》橫擿也。〈徐鉉曰〉從旁橫擊也。（十畫）	採爲首義	402	
	敳	攴部	《說文》擊也。（八畫）	採爲首義	400	
	攽	攴部	《說文》曲也。（六畫）	採爲首義	398	
	庢	厂部	無。	不採其說	90	以「坼」爲首義。
	斀	攴部	《說文》去陰之刑。《書》曰：劓刵斀黥。（十三畫）	採爲首義	403	
	散	攴部	無。	不採其說	426	採《爾雅》爲首義。
	敔	攴部	《說文》禁也。一曰樂器椌楬也，形如木虎。（七畫）	採爲首義	399	
	敤	攴部	《說文》研治也。舜女弟名，敤首。（八畫）	採爲首義	401	
	敹	攴部	《說文》持也。或作撩。（四畫）	採爲首義	1227	
	敵	攴部	《說文》作斀，棄也。《周書》以爲討，《詩》云：無我敵兮。（十四畫）	採爲首義	404	
	畋	田部	《說文》平田也。（五畫）	採爲首義	688	
	攺	攴部	《說文》毅攺大剛卯以逐鬼魅也，从攴巳聲。　◎《說文》从攴作改。（三畫）	採爲首義又補釋之	396	
	敍	攴部	《說文》次第也。（七畫）	採爲首義	398	
	敗	攴部	《說文》毀也。（八畫）	採爲首義	400	
	敃	攴部	《說文》敏也。（八畫）	採爲首義	400	
	牧	牛部	《說文》本作牧，養牛人也，从攴牛。（四畫）	採爲首義	626	
	敇	攴部	《說文》从攴作敇。（六畫）	採爲首義	399	
	敹	攴部	《說文》小舂也。（十四畫）	採爲首義	404	
	敼	攴部	《說文》驚也。（十二畫）	採爲首義	403	
教部	教	攴部	《說文》作斅，上所施，下所效也。（七畫）	採爲首義	398	
	斅	攴部	《說文》覺悟也。篆省作學。（十六畫）	採爲首義	404	

卜部	卜	卜部	《說文》灼剝龜也，象炙龜之形。一曰象龜兆之縱橫也。（一畫）	採為首義	85	
	卦	卜部	《說文》筮也。〈徐曰〉筮而畫之，三變而成畫，六畫而成卦。（六畫）	採為首義	86	二徐俱無此語。引自《正字通》。
	卟	卜部	《說文》卜以問疑，从口卜。（三畫）	採為首義	85	
	貞	貝部	《說文》卜問也，从卜貝以為贄。〈徐曰〉《周禮》有大貞禮，謂卜人事也。（二畫）	採為首義	1132	徐鍇語。
	卙	卜部	無。	不採其說	86	採《玉篇》為首義。
	占	卜部	《說文》視兆問也，从卜口。〈徐曰〉會意。（三畫）	採為首義	85	徐鍇語。
	卶	卜部	無。	不採其說	86	採《玉篇》為首義。
	兆	卜部	《說文》灼龜坼也，从卜兆。（六畫）	採為首義	86	
用部	用	用部	《說文》可施行也。（一畫）	採為首義	683	
	甫	用部	《說文》男子美稱也。（二畫）	採為首義	684	
	庸	广部	《說文》庸，用也。（八畫）	採為首義	275	
	甬	用部	《說文》具也。（六畫）	採為首義	684	
	甯	用部	《說文》所願也。〈徐曰〉甯猶寧也，今俗言寧可如此為甯可如此。（七畫）	採為首義	684	徐鍇語。
爻部	爻	爻部	《說文》交也，象《易》六爻頭交也。（一畫）	採為首義	618	
	棥	木部	《說文》藩也。引《詩·小雅》營營青蠅，止于棥。今《毛詩》作樊。（八畫）	採為首義	461	
㸚部	㸚	爻部	《說文》二林也。（四畫）	採為首義	618	
	爾	爻部	《說文》麗爾猶靡麗也。本作尒，从冂从㸚，其孔㸚，尒聲，此與爽同意。（十畫）	採為首義	619	
	爽	爻部	《說文》明也，从㸚从大。〈註〉徐鍇曰：大其中隙縫光也。（七畫）	採為首義	618	

徐鉉校定《說文》卷四

說文部首	字例	《康熙字典》				備　註
		歸部	引用《說文》之釋語	引用情形	頁碼	
夏部	夏	目部	《說文》舉目使之也，从攴从目。（四畫）	採爲首義	729	
	夐	攴部	《說文》營求也，从夏从人，在穴上。《商書》曰：高宗夢傅說，使百工夐求得之。（十一畫）	採爲首義	402	
	闃	門部	《說文》低目視也。（九畫）	採爲首義	1266	
	夏	目部	《說文》大視也。（七畫）	採爲首義	736	
目部	目	目部	《說文》人眼，象形，重童子也。（一畫）	採爲首義	726	
	眼	目部	《說文》目也。（六畫）	採爲首義	735	
	矊	目部	《說文》兒初生瞥者。从目瞏聲，言兒始生，目有瞥也。（十三畫）	採爲首義	746	
	眩	目部	《說文》目無常主也。（五畫）	採爲首義	733	
	眥	目部	《說文》目厓也。（五畫）	採爲首義	733	
	睞	目部	《說文》目旁毛也。（七畫）	採爲首義	737	
	矑	目部	《說文》盧童子也。（十六畫）	採爲首義	748	
	瞳	目部	《說文》目童子精也。（十二畫）	採爲首義	745	
	瞤	目部	《說文》目旁薄緻宀宀也。　◎《說文》本作瞤。（十四畫）	採爲首義又補釋之	748	
	眘	目部	《說文》大目也。（八畫）	採爲首義	738	
	瞖	目部	《說文》大目也。（八畫）	採爲首義	737	
	睅	目部	《說文》大目也。（七畫）	採爲首義	736	
	暖	目部	《說文》大目也。（九畫）	採爲首義	740	
	瞞	目部	《說文》平目也。〈徐曰〉目瞼低也。杜林曰：目睅平貌。（十一畫）	採爲首義	744	徐鍇語。
	睴	目部	《說文》大目出也。（九畫）	採爲首義	740	
	矕	目部	《說文》目矕矕也。（十九畫）	採爲首義	749	
	睔	目部	《說文》目大也。（八畫）	採爲首義	737	
	盼	目部	無。	不採其說	729	採《玉篇》爲首義。
	盰	目部	《說文》目多白也。（三畫）	採爲首義	727	

目部	眅	目部	《說文》多白眼也。(四畫)	採爲首義	730	
	睍	目部	《說文》出目也。(七畫)	採爲首義	737	
	矔	目部	《說文》目多精也。(十八畫)	採爲首義	749	
	瞵	目部	《說文》目精也。　◎《說文》本作矘。(十二畫)	採爲首義又補釋之	746	
	窅	穴部	《說文》深目也。(五畫)	採爲首義	792	
	眊	目部	《說文》目少精也。一曰不明貌。(四畫)	採爲首義	731	
	矘	目部	《說文》目無精直視也。(二十畫)	採爲首義	749	
	睒	目部	《說文》暫視貌。(八畫)	採爲首義	737	
	眮	目部	無。	不採其說	734	以「目眶也」爲首義。
	眰	目部	《說文》直視也。(五畫)	採爲首義	733	
	瞒	目部	《說文》瞞婁微視也。(十二畫)	採爲首義	746	
	眅	目部	《說文》蔽人視也。一曰直視也。(六畫)	採爲首義	734	
	睌	目部	《說文》睌瞖目視貌。(七畫)	採爲首義	737	
	眂	目部	《說文》眂貌。　◎《說文》見部古視字从氏。(四畫)	採爲首義又補釋之	730	
	睨	目部	《說文》哀視也。(八畫)	採爲首義	739	
	睧	目部	《說文》低目視也。(九畫)	採爲首義	740	
	眣	目部	《說文》視高貌。(五畫)	採爲首義	732	
	眈	目部	《說文》視近而志遠。又樂也，《說文》作媅，音義丛同。(四畫)	採爲首義及次義	730	
	遺	夊部	無。	不採其說	281	以「相顧視而行也」爲首義。
	盰	目部	《說文》張目也。(三畫)	採爲首義	727	
	瞏	目部	《說文》目驚視也。(十畫)	採爲首義	742	
	瞳	目部	《說文》視而止也。(十三畫)	採爲首義	746	
	眒	目部	《說文》目冥遠視也。一曰久也。(四畫)	採爲首義	731	
	眕	目部	《說文》目有所限而止也。(五畫)	採爲首義	732	
	瞟	目部	《說文》瞟也。　◎《說文》本作暴。(十一畫)	採爲首義又補釋之	744	
	瞭	目部	《說文》察也。(十一畫)	採爲首義	743	
	睹	目部	《說文》見也。(九畫)	採爲首義	740	

目部	罨	目部	《說文》目相及也，本作眔。从目从隶省，凡鰥、懷等字皆从此。（五畫）	採爲首義	732	
	睽	目部	《說文》目不相視也。（九畫）	採爲首義	740	
	眛	目部	《說文》目不明也。（五畫）	採爲首義	732	
	瞥	目部	《說文》轉目視也。（十畫）	採爲首義	741	
	瓣	目部	《說文》小兒白眼也。（十四畫）	採爲首義	748	
	眣	目部	《說文》目財視也。〈徐曰〉目略視之也。（六畫）	採爲首義	735	徐鍇語。
	瞄	目部	《說文》失意視也。 ◎《說文》本作瞤，俗作瞄，譌作瞜。（十畫）	採爲首義又補釋之	742	段注本从目脩聲作「瞜」。
	睉	目部	《說文》謹鈍目也。（八畫）	採爲首義	739	
	瞤	目部	《說文》目動也。（十二畫）	採爲首義	744	
	瞋	目部	《說文》恨張目也，引《詩》國步斯瞋。今《詩》伯頻。（十四畫）	採爲首義	748	
	眢	目部	《說文》目無明也。（五畫）	採爲首義	733	
	睢	目部	《說文》仰目也。 ◎《說文》从目隹聲，與隹部从且不同。（八畫）	採爲首義又補釋之	738	
	旬	目部	《說文》目搖也。或从旬作眴。（二畫）	採爲首義	727	
	瞁	目部	《說文》大視也。（十四畫）	採爲首義	747	
	睦	目部	《說文》目順也。一曰敬和也。（八畫）	採爲首義	739	
	瞻	目部	《說文》臨視也。（十三畫）	採爲首義	746	
	督	目部	《說文》低目謹視也。（九畫）	採爲首義	741	
	瞯	目部	《說文》小視也。 ◎《說文》本作瞯。（十二畫）	採爲首義又補釋之	746	
	瞼	目部	《說文》視也。（十四畫）	採爲首義	747	
	眚	目部	《說文》省視也。（八畫）	採爲首義	738	
	相	目部	《說文》省視也。 ◎《說文》《易緯文》曰地可觀者，莫可觀於木，故从目从木。（四畫）	採爲首義又補釋之	728	
	瞋	目部	《說文》張目也。 ◎《說文》祕書或从戌从辰。（十畫）	採爲首義又補釋之	742	
	瞴	目部	《說文》目熟視也。（十一畫）	採爲首義	743	
	眣	目部	《說文》目疾視也。（八畫）	採爲首義	738	
	眄	目部	《說文》視貌。（七畫）	採爲首義	736	
	睯	目部	《說文》目深貌。（十畫）	採爲首義	742	

目部	睼	目部	《說文》迎視也。（九畫）	採爲首義	740	
	瞹	目部	《說文》目相戲也。　又或作燕。《說文》引《詩·邶風》瞹婉之求，今《詩》作燕。（十畫）	採爲首義及次義	741	
	睯	目部	《說文》短深目貌。（九畫）	採爲首義	740	
	眷	目部	《說文》顧也。（六畫）	採爲首義	735	
	督	目部	《說文》察也。（八畫）	採爲首義	738	
	睎	目部	《說文》望也。（七畫）	採爲首義	737	
	看	目部	《說文》睎也。　◎《說文》从手下目。徐曰：以手翳目而望也。重文作翰，俗作𥄢。（四畫）	採爲首義又補釋之	731	徐鍇語。
	瞫	目部	《說文》深視也。一曰下視也，又竊見也。　◎《說文》本作瞫，隸省作瞫。（十二畫）	採爲首義又補釋之	745	
	睡	目部	《說文》坐寐也。　◎《說文》本作睡。从目垂聲。（八畫）	採爲首義又補釋之	738	
	瞑	目部	《說文》翕目也。（十畫）	採爲首義	743	
	眚	目部	《說文》目病生翳也。（五畫）	採爲首義	732	
	瞥	目部	《說文》過目也。一曰財見也。〈徐曰〉瞥然暫見也。　又《說文》目翳也。◎《說文》本作瞥。（十二畫）	採爲首義及次義，又補釋之	745	徐鍇語。
	眵	目部	《說文》目傷眥也。一曰瞢兜。（六畫）	採爲首義	735	
	𥇙	目部	《說文》目眵也。（十三畫）	採爲首義	746	
	眒	目部	《說文》涓目也。　◎《說文》本作眒。从目夬聲。〈徐鉉曰〉當从決省。（四畫）	採爲首義又補釋之	729	
	眼	目部	《說文》目病也。（七畫）	採爲首義	736	
	眜	目部	《說文》目不明也。（五畫）	採爲首義	732	
	瞠	目部	《說文》戴目也。〈徐曰〉謂目望陽也。（十二畫）	採爲首義	745	徐鍇語。
	眯	目部	《說文》艸入目中也。（六畫）	採爲首義	734	
	眺	目部	《說文》目不正也。（六畫）	採爲首義	735	
	睐	目部	《說文》目童子不正也。（八畫）	採爲首義	737	
	睽	目部	《說文》目睽謹也。（八畫）	採爲首義	739	
	眥	目部	《說文》眒也，眒本字。（七畫）	採爲首義	737	
	眣	目部	《說文》目不正也，从目失聲。〈徐曰〉其視散若有所失也。（五畫）	採爲首義	733	徐鍇語。

目部	矇	目部	《說文》童矇也。一曰不明也。（十四畫）	採爲首義	747	
	眇	目部	《說文》一目小也。（四畫）	採爲首義	730	
	眄	目部	《說文》目偏合也。（四畫）	採爲首義	730	
	眹	目部	《說文》眄也。（六畫）	採爲首義	734	
	盲	目部	《說文》目無牟子也。（三畫）	採爲首義	728	
	瞋	目部	《說文》目陷也。（九畫）	採爲首義	740	
	瞥	目部	《說文》目但有眹也。（十三畫）	採爲首義	747	
	瞍	目部	《說文》無目也。（九畫）	採爲首義	739	
	瞀	目部	《說文》惑也。（十畫）	採爲首義	743	
	睉	目部	《說文》目小也。　◎〈徐鉉曰〉按《尚書》元首叢睉哉。叢睉猶細碎也。今从肉，非。（七畫）	採爲首義又補釋之	736	
	眅	目部	《說文》揎目也。（四畫）	採爲首義	731	
	睇	目部	《說文》目小視也。（七畫）	採爲首義	736	
	瞤	目部	《說文》開闔，目數搖也。（十一畫）	採爲首義	743	
	眙	目部	《說文》直視也。（五畫）	採爲首義	732	
	眝	目部	《說文》長眙也。一曰張目也。（五畫）	採爲首義	732	
	盼	目部	《說文》恨視貌。（四畫）	採爲首義	729	
	眣	目部	《說文》目不明也。（五畫）	採爲首義	731	
	瞼	目部	《說文》目上下瞼也。（十三畫）	採爲首義	747	
	眨	目部	《說文》目動也。（五畫）	採爲首義	733	
	眭	目部	《說文》深目也。（六畫）	採爲首義	734	
	眸	目部	《說文》目精也，俗謂目童子。（六畫）	採爲首義	735	
	眸	目部	《說文》目童子也。（六畫）	採爲首義	735	
	眥	目部	《說文》目際也。（八畫）	採爲首義	738	
䀠部	䀠	目部	《說文》左右視也。（五畫）	採爲首義	731	
	瞿	目部	《說文》目圍也。（七畫）	採爲首義	737	
	奭	目部	《說文》目邪也。（八畫）	採爲首義	739	
眉部	眉	目部	《說文》目上毛也。（四畫）	採爲首義	731	
	省	目部	《說文》視也。　◎《說文》本作眚。从眉省从屮。〈徐鉉曰〉屮通識也。（四畫）	採爲首義又補釋之	730	

盾部	盾	目部	《說文》瞂也，所以扞身蔽目。象形。（四畫）	採爲首義	729	
	瞂	目部	《說文》盾也。（九畫）	採爲首義	741	
	𡉚	土部	無。	不採其說	166	以「盾之握也」爲首義。
自部	自	自部	無。	不採其說	928	採《玉篇》爲首義。
	𦣻	自部	無。	不採其說	928	以「不見也」爲首義。
白部	白	白部	《說文》西方色也，陰用事物色白。從入合二。二，陰數也。（一畫）	採爲首義	713	
	皆	白部	《說文》俱詞也。　◎《說文》白字兩見，一在自部，自部之白，疾二切，即自字。皆字載自部中，則應從白。（四畫）	採爲首義又補釋之	714	
	魯	魚部	《說文》鈍詞也。（四畫）	採爲首義	1394	
	者	老部	《說文》別事詞也，從白㫇聲。㫇，古文旅字。（四畫）	採爲首義	889	
	疇	白部	無。	不採其說	717	以「詞也」爲首義。
	智	矢部	《說文》識詞也，從白從亏從知。〈徐曰〉知者必有言，故文白知爲智。白者，詞之氣也，亏亦氣也。知不窮，氣亦不窮也。（十一畫）	採爲首義	753	徐鍇語。見《說文繫傳・通論上》
	百	白部	《說文》十十也，從一白，數十十爲一百。百，白也，十百爲一貫。貫，章也。〈徐曰〉章以詩言之一章也，百亦成數，會意字。（一畫）	採爲首義	713	徐鍇語。
鼻部	鼻	鼻部	《說文》鼻，引气自畀也。（一畫）	採爲首義	1457	
	齅	鼻部	《說文》以鼻就臭也。（十畫）	採爲首義	1458	
	鼾	鼻部	《說文》臥息也。（三畫）	採爲首義	1458	
	鼽	鼻部	《說文》病寒鼻窒也。（二畫）	採爲首義	1458	
	鼸	鼻部	《說文》臥息也。（八畫）	採爲首義	1458	
皕部	皕	白部	《說文》二百也。（七畫）	採爲首義	716	
	奭	大部	無。	不採其說	182	以「盛也」爲首義。
習部	習	羽部	《說文》數飛也。（五畫）	採爲首義	884	
	翫	羽部	《說文》習厭也，從習元聲。《春秋傳》曰：翫歲而愒日。（九畫）	採爲首義	886	
羽部	羽	羽部	《說文》鳥長毛也。（一畫）	採爲首義	883	
	翬	羽部	《說文》鳥之彊羽。（九畫）	採爲首義	886	

羽部	翰	羽部	《說文》天雞赤羽也，《逸周書》曰：大翰若翬雉，一名鷐風。周成王時獻之。（十畫）	採爲首義	886	
	翟	羽部	《說文》山雉尾長者。（八畫）	採爲首義	885	
	翡	羽部	《說文》赤羽雀也，出鬱林。（八畫）	採爲首義	885	
	翠	羽部	《說文》青羽雀也，出鬱林。（八畫）	採爲首義	885	
	翮	羽部	《說文》羽生也。（九畫）	採爲首義	886	
	翁	羽部	《說文》頸毛也。（四畫）	採爲首義	883	
	翅	羽部	《說文》翼也。（四畫）	採爲首義	883	
	翄	羽部	《說文》翅也。（九畫）	採爲首義	886	
	翹	羽部	《說文》尾長毛也。（十二畫）	採爲首義	887	
	翭	羽部	《說文》羽本也。一曰羽初生貌。（九畫）	採爲首義	886	
	翩	羽部	《說文》羽莖也。（十畫）	採爲首義	886	
	翎	羽部	《說文》羽曲也。（五畫）	採爲首義	884	
	羿	羽部	《說文》作羿，羽之羿風，亦古諸侯也。一曰射師。（三畫）	採爲首義	883	
	翥	羽部	《說文》飛舉也。（九畫）	採爲首義	886	
	翁	羽部	《說文》起也。（六畫）	採爲首義	884	
	翾	羽部	《說文》小飛也。（十三畫）	採爲首義	888	
	翬	羽部	《說文》大飛也。　又《說文》一曰伊洛而南，雉五采皆備曰翬。（九畫）	採爲首義及次義	886	
	翏	羽部	《說文》高飛也。（五畫）	採爲首義	885	
	翩	羽部	《說文》疾飛也。（九畫）	採爲首義	886	
	㚻	羽部	《說文》捷也，飛之疾也。　又《說文》一曰俠也。（七畫）	採爲首義及次義	885	
	翊	羽部	《說文》飛貌。（五畫）	採爲首義	884	
	翃	羽部	《說文》飛盛貌，從羽從日。〈註〉臣鉉等曰：犯冒而飛，是盛也。（四畫）	採爲首義	883	
	翂	羽部	《說文》飛盛貌。（四畫）	採爲首義	883	
	翶	羽部	《說文》翱翱也。（十二畫）	採爲首義	887	
	翔	羽部	《說文》回飛也。（六畫）	採爲首義	884	
	翿	羽部	《說文》飛聲也。（十三畫）	採爲首義	888	
	翯	羽部	《說文》鳥羽肥澤貌。（十畫）	採爲首義	886	

羽部	翌	羽部	《說文》樂舞以羽翿，自翳其首也。（四畫）	採爲首義	883	
	翌	羽部	《說文》樂舞執全羽，以祀社稷也。（五畫）	採爲首義	884	
	翿	羽部	無。	不採其說	888	採《玉篇》爲首義。
	翳	羽部	《說文》華蓋也。（十一畫）	採爲首義	887	
	翣	羽部	《說文》棺羽飾也。（八畫）	採爲首義	885	
	翩	羽部	《說文新附字》飛也。（十二畫）	採爲首義	887	
	翎	羽部	《說文新附字》羽野。（五畫）	採爲首義	884	
	翂	羽部	《說文新附字》飛聲。（三畫）	採爲首義	883	
隹部	隹	隹部	《說文》鳥之短尾總名也，象形。（一畫）	採爲首義	1292	
	雅	隹部	《說文》楚鳥也。一名鸒，一名卑居，秦謂之雅，从隹从牙。〈註〉徐鉉曰：今俗別作鴉，非是。（四畫）	採爲首義	1293	
	隻	隹部	《說文》鳥一枚也，从又持隹。持一隹曰隻，持二隹曰雙。（二畫）	採爲首義	1292	
	雒	隹部	《說文》鵒鵋也，从隹各聲。（六畫）	採爲首義	1295	
	閵	隹部	《說文》閵似雒鵒而黃。（八畫）	採爲首義	1264	
	雟	隹部	《說文》周燕也，从隹从中，象其冠也，咼聲。（十畫）	採爲首義	1297	
	雱	隹部	《說文》鳥也，从隹方聲。讀若方。（四畫）	採爲首義	1293	
	雀	隹部	《說文》依人小鳥也，从小隹。讀與爵同。（三畫）	採爲首義	1292	
	猚	犬部	《說文》鳥也，从隹犬聲。　又《說文》睢陽有猚水。（八畫）	採爲首義及次義	641	
	雗	隹部	《說文》雗鷽也，从隹軡聲。（十畫）	採爲首義	1296	
	雉	隹部	《說文》雉有十四種。（五畫）	採爲首義	1293	
	雊	隹部	《說文》雄雉鳴也，雷始動，雉鳴而雊其頸。从隹从句，句亦聲。（五畫）	採爲首義	1294	
	雞	隹部	《說文》知時畜也。　◎《說文》籀文作鷄。互詳鳥部鷄字註。（十畫）	採爲首義又補釋之	1297	
	雛	隹部	《說文》雞子也，从隹从芻。（十畫）	採爲首義	1296	
	雡	隹部	《說文》鳥大雛也，从隹翏聲。一曰雉之莫子爲雡。（十一畫）	採爲首義	1297	

隹部	鸝	隹部	《說文》黃倉庚也，鳴則蠶生。从隹离聲。（十一畫）	採為首義	1297	
	鵰	隹部	《說文》鱸也，从隹周聲。（八畫）	採為首義	1295	
	雁	隹部	《說文》鳥也，从隹瘖省聲。〈徐鍇曰〉鷹隨人所指蹤，故从人。《說文》作鷹。（五畫）	採為首義	1294	
	鴟	隹部	《說文》雖也，从隹从氏。餘詳鳥部鴟字註。（五畫）	採為首義	1294	
	錘	隹部	《說文》鴟也，从隹垂聲。（八畫）	採為首義	1295	
	鵄	隹部	《說文》石鳥。一名雝鵙，一名精列，从隹开聲。（六畫）	採為首義	1294	
	鸜	隹部	《說文》鸜渠也。（十畫）	採為首義	1297	
	雅	隹部	《說文》鳥也。（四畫）	採為首義	1293	
	雁	隹部	《說文》鳥也，从隹从人，厂聲。讀若鴈。〈註〉徐鉉曰：雁，知時鳥，大夫以為摯，昏禮用之。故从人。（四畫）	採為首義	1292	
	雞	隹部	《說文》雞黃也，从隹从黎。一曰楚之雀也，其色黎黑而黃。（十五畫）	採為首義	1299	
	鸕	隹部	《說文》鳥也，从隹从虍。（六畫）	採為首義	1295	
	翟	隹部	無。	不採其說	1294	採《玉篇》為首義。
	雇	隹部	《說文》九雇農桑候鳥扈民不婬者也，从隹戶聲。春雇頒盾，夏雇竊玄，秋雇竊藍，冬雇竊黃，棘雇竊丹，行雇唶唶，宵雇嘖嘖，桑雇竊脂，老雇鷃也。（四畫）	採為首義	1293	
	雓	隹部	無。	不採其說	1295	以「雞屬」為首義。
	雦	隹部	《說文》雞屬。从隹从奞。（十一畫）	採為首義	1298	
	雌	隹部	《說文》鳥也，从隹支聲。 又《說文》一曰雄度。（四畫）	採為首義及次義	1293	
	隼	隹部	《說文》鳥肥大隼隼也，从隹。（三畫）	採為首義	1292	
	雘	隹部	《說文》繳雘也，从隹欮聲。〈註〉以繳以取鳥也。 又《說文》一曰飛雘也。（十二畫）	採為首義及次義	1298	徐鍇語。
	雋	隹部	《說文》繳射飛鳥也，从隹从弋。（三畫）	採為首義	1292	
	雄	隹部	《說文》鳥父也。（四畫）	採為首義	1293	
	雌	隹部	《說文》鳥母也，从隹从此。（五畫）	採為首義	1294	

隹部	罦	网部	《說文》覆鳥使令不得飛走也。（八畫）	採爲首義	876	
	雋	隹部	《說文》肥肉也，从弓所以射隹。　又《說文》長沙有雋縣。（五畫）	採爲首義及次義	1294	
	雦	隹部	《說文》飛也。（十三畫）	採爲首義	1298	
奞部	奞	大部	無。	不採其說	181	採《佩觿集》爲首義。
	奪	大部	無。	不採其說	181	以「彊取也」爲首義。
	奮	大部	《說文》翬也。（十三畫）	採爲首義	182	
萑部	萑	艸部	《說文》草多貌。　又《說文》薍也。　又鳥名。鴟屬，从𦫵，詳隹部。（八畫）	採爲首義及次義	969	《康熙字典》隹部未列萑字。
	蒦	艸部	《說文》蒦度也。（十畫）	採爲首義	977	
	雈	隹部	《說文》雈小爵也，从萑吅聲。（十畫）	採爲首義	1296	
	舊	臼部	《說文》鴟舊舊留也。〈徐曰〉即怪鴟也。（十二畫）	採爲首義	934	徐鍇語。
𦫵部	𦫵	艸部	無。	不採其說	945	以「𦫵𦫵羊角開貌」爲首義。
	乖	丿部	《說文》背呂也，象脅肋形。（七畫）	採爲首義	11	
	芇	艸部	《說文》相當也，今人賭物相折謂之芇。（三畫）	採爲首義	946	
𥄗部	𥄗	目部	《說文》目不正也，从𦫵从目。〈徐鍇曰〉𦫵角戾也。（四畫）	採爲首義	730	
	瞢	目部	《說文》目不明也。　◎《說文》本作𥄕。从𦫵从橫目从旬。旬，目數搖也。（十一畫）	採爲首義又補釋之	744	
	莫	火部	《說文》火不明也，从𥄗从火，𥄗亦聲，席也，讀與蔑同。　又《說文》周書曰：布重莫席織蒻。（九畫）	採爲首義及次義	605	
	蔑	艸部	《說文》勞目無精也，人勞則蔑然。（十一畫）	採爲首義	982	
羊部	羊	羊部	《說文》羊，祥也，從𦫵，象頭角尾之形。孔子曰：牛羊之字以形舉也。（一畫）	採爲首義	878	
	芈	羊部	《說文》羊鳴。（一畫）	採爲首義	879	
	羔	羊部	《說文》羊子也。（四畫）	採爲首義	879	
	羍	羊部	《說文》五月羔也。讀若達。（五畫）	採爲首義	880	
	𦍑	羊部	《說文》六月生羔也。（九畫）	採爲首義	881	
	羍	羊部	《說文》小羊也。讀若達。（三畫）	採爲首義	879	

羊部	羯	羊部	《說文》羊未卒歲也。或曰夷。羊重百斤左右為羯。讀若《春秋》盟于洮。（六畫）	採為首義	880	
	羝	羊部	《說文》牡羊也。（五畫）	採為首義	880	
	羒	羊部	《說文》牂羊也。（四畫）	採為首義	879	
	牂	爿部	《說文》牡芉也，从羊爿聲。（六畫）	採為首義	620	
	羭	羊部	《說文》夏羊牡者曰羭。（九畫）	採為首義	881	
	羖	羊部	《說文》夏羊牡曰羖。（四畫）	採為首義	879	
	羯	羊部	《說文》羊羖犗也。（九畫）	採為首義	881	
	羳	羊部	《說文》騷羊也。（六畫）	採為首義	880	
	羳	羊部	《說文》黃腹羊。（十二畫）	採為首義	882	
	羥	羊部	《說文》羊名。（七畫）	採為首義	880	
	羷	羊部	《說文》羊名。汝南平輿有羷亭。（十一畫）	採為首義	881	
	羸	羊部	《說文》瘦也。〈註〉臣鉉等曰：羊主給膳，以瘦為病，故从羊。（十三畫）	採為首義	882	
	羠	羊部	《說文》羊相羵也。（八畫）	採為首義	881	
	羵	羊部	《說文》羠羵也。（十一畫）	採為首義	881	
	群	羊部	《說文》輩也。（七畫）	採為首義	880	
	羷	羊部	《說文》群羊相羵也。一曰黑羊。（九畫）	採為首義	881	
	羍	羊部	《說文》羊名，蹏皮可以割桼。（五畫）	採為首義	879	
	美	羊部	《說文》甘也，从羊从大，羊在六畜主給膳也，美與善同意。〈註〉羊大則美，故从大。（三畫）	採為首義	879	徐鉉語。
	羌	羊部	《說文》西戎牧羊人也，西方羌从羊。（二畫）	採為首義	879	
	羑	羊部	《說文》進善也。 又《說文》文王拘羑里在湯陰。（三畫）	採為首義及次義	879	
羴部	羴	羊部	《說文》羊臭也。（十二畫）	採為首義	882	
	羼	羊部	《說文》羊相廁也，从羴在屋下尸屋也。一曰相出前也。（十五畫）	採為首義	882	
瞿部	瞿	目部	《說文》鷹隼之視也。〈徐曰〉驚貌。會意。（十三畫）	採為首義	747	徐鍇語。鍇本作「驚視也」。
	矍	目部	《說文》隹欲逸走也，从又持之矍矍也。〈徐曰〉左右驚顧也。一曰視遽貌。（十五畫）	採為首義	748	徐鍇語。

雠部	雔	隹部	《說文》雙鳥也，从二隹。（八畫）	採爲首義	1295	
	靃	雨部	《說文》飛聲也，雨而雙飛者，其聲霍然。（十六畫）	採爲首義	1308	
	雙	隹部	《說文》隹二枚也，从雔又持之。（十畫）	採爲首義	1296	
雥部	雥	隹部	《說文》群鳥也，从三隹。（十六畫）	採爲首義	1299	
	雧	隹部	《說文》鳥群也。（二十四畫）	採爲首義	1299	
	集	隹部	《說文》群鳥在木上也，从雥从木。◎《說文》或省作集。詳前集字註。（二十畫）	採爲首義又補釋之	1299	
鳥部	鳥	鳥部	《說文》長尾禽總名也。（一畫）	採爲首義	1408	
	鳳	鳥部	《說文》神鳥也。（三畫）	採爲首義	1410	
	鸞	鳥部	無。	不採其說	1433	以「神鳥也」爲首義。
	鷟	鳥部	《說文》鸑鷟，鳳屬。神鳥也。（十四畫）	採爲首義	1431	
	鸑	鳥部	《說文》鸑鷟也。（十一畫）	採爲首義	1427	
	鷫	鳥部	《說文》鷫鷞也，五方神鳥，東發明，南焦明，西鷫爽，北幽昌，中央鳳皇。一作鷫鷞。（十二畫）	採爲首義	1428	
	鷞	鳥部	《說文》鷫鷞，西方神鳥。（十一畫）	採爲首義	1427	
	鳩	鳥部	《說文》鶻鵃似山雀而小，短尾青黑色。◎《說文》鳩从鳥九聲。（二畫）	採爲首義又補釋之	1409	
	鶌	鳥部	《說文》鶌鳩也。（八畫）	採爲首義	1422	
	鵻	鳥部	《說文》祝鳩也。（八畫）	採爲首義	1421	
	鶹	鳥部	《說文》鶹鷅也。（九畫）	採爲首義	1424	
	鶻	鳥部	《說文》鶻，鶻鵃也，似山鵲而小，一名鶡鳩。（六畫）	採爲首義	1417	
	鵽	鳥部	《說文》秸鵽鴲鳩。（十六畫）	採爲首義	1432	
	鵃	鳥部	《說文》鳩屬。（六畫）	採爲首義	1417	
	鶡	鳥部	無。	不採其說	1414	以「鵯且，鳥也」爲首義。
	鶪	鳥部	《說文》伯勞也。（九畫）	採爲首義	1423	
	鷚	鳥部	無。	不採其說	1427	採《爾雅》爲首義。
	鸄	鳥部	《說文》卑居也，一名鴉，烏小而多群腹下白。◎《說文》作鵯。（十四畫）	採爲首義又補釋之	1431	

鳥部	鷽	鳥部	《說文》知來事鳥也。《字說》云：能效鷹鸇之聲而性惡，其類相值則搏。（十三畫）	採爲首義	1430	與《爾雅》㕟爲首義。
	鷘	鳥部	無。	不採其說	1429	採《廣韻》爲首義。
	𪀦	鳥部	《說文》𪀦鴃，鸋鴃也。（五畫）	採爲首義	1414	
	鴃	鳥部	《說文》寧鴃也。（四畫）	採爲首義	1411	
	䳦	鳥部	《說文》鳥名，未詳。一說从祟即怪鳥。（九畫）	採爲首義	1424	
	鴋	鳥部	《說文》澤虞也。（四畫）	採爲首義	1411	
	鸛	鳥部	無。	不採其說	1432	採《玉篇》爲首義。
	鵹	鳥部	《說文》鵹鳥也。（十一畫）	採爲首義	1426	
	鴩	鳥部	《說文》鴩鋪豉也，鋪豉鳥名。（五畫）	採爲首義	1413	
	鞨	鳥部	無。	不採其說	1423	採《爾雅》爲首義。
	鵜	鳥部	《說文》鵜鳥也。（八畫）	採爲首義	1419	
	鳫	鳥部	無。	不採其說	1417	以「鳥名」爲首義。
	鷦	鳥部	《說文》鷦本字。（十二畫增）	採爲首義	1430	
	䳤	鳥部	《說文》鷦䳤也，即巧婦。（九畫）	採爲首義	1423	
	鶵	鳥部	《說文》鷗本字。（十一畫）	採爲首義	1428	
	鷜	鳥部	《說文》鳥也。（十一畫）	採爲首義	1427	
	鶎	鳥部	無。	不採其說	1423	以「鳥名」爲首義。
	鶃	鳥部	無。	不採其說	1418	以「水鳥名」爲首義。
	鴶	鳥部	《說文》鳥也。（五畫）	採爲首義	1413	
	鵮	鳥部	無。	不採其說	1420	採《廣韻》爲首義。
	鷯	鳥部	《說文》刀鷯，剖葦食其中蟲。（十二畫）	採爲首義	1429	
	鶠	鳥部	《說文》鶠鳥也。一曰鳳皇也。（九畫）	採爲首義	1423	
	鴲	鳥部	《說文》鴲，鵖鴲也。（六畫）	採爲首義	1415	
	鵅	鳥部	《說文》鳥鸔也。（六畫）	採爲首義	1416	
	鸔	鳥部	無。	不採其說	1432	採《爾雅》爲首義。
	鶴	鳥部	無。	不採其說	1424	以「水鳥名」爲首義。
	鷺	鳥部	《說文》白鷺也。（十二畫）	採爲首義	1429	
	鵠	鳥部	《說文》鴻鵠也。（七畫）	採爲首義	1419	
	鴻	鳥部	《說文》鴻鵠也。（六畫）	採爲首義	1416	

鳥部	鶟	鳥部	《說文》禿鶖也。（六畫）	採爲首義	1415	
	鴛	鳥部	《說文》鴛鴦也。（五畫）	採爲首義	1413	
	鴦	鳥部	無。	不採其說	1415	以「鴛鴦，匹鳥也」爲首義。
	鶏	鳥部	無。	不採其說	1421	以「鶏鳩，鳥名」爲首義。
	鵻	鳥部	《說文》鵻蔓鵻也。（七畫）	採爲首義	1420	
	駟	鳥部	《說文》駟鵙也。（五畫）	採爲首義	1413	
	鵝	鳥部	《說文》駟鵝也，長脰善鳴，峨首似傲，故曰鵝。（七畫）	採爲首義	1418	
	鴈	鳥部	《說文》鴈鵙也。　◎《說文》鴈，從鳥人厂聲。〈徐鉉曰〉從人從厂，義無所取，當從雁省，通作雁，別作鴈。（四畫）	採爲首義又補釋之	1412	
	鶩	鳥部	《說文》鶩舒鳧也，郭璞曰：鴨也，方氏曰：以爲人所畜，不善飛，舒而不疾，故曰舒鳧。（九畫）	採爲首義	1423	
	鷖	鳥部	《說文》鳧屬。（十一畫）	採爲首義	1427	
	鵁	鳥部	《說文》鵁鶄，鳧屬。（九畫）	採爲首義	1422	
	鶄	鳥部	《說文》鵁鶄，鳧屬。（十六畫）	採爲首義	1432	
	鸏	鳥部	無。	不採其說	1431	採《玉篇》爲首義。
	鶙	鳥部	《說文》鶙，知天將雨鳥也，知天文者，冠鶙。陳藏器云：鶙如鶉，色蒼喙長，在泥塗。村民云：田鷄所化。（十二畫）	採爲首義	1429	
	鸄	鳥部	無。	不採其說	1430	採《廣韻》爲首義。
	鴟	鳥部	《說文》鷺鴟，似鳧而小，膏可塗刀。（九畫）	採爲首義	1426	
	鸍	鳥部	《說文》鸍鶩也。（十六畫）	採爲首義	1432	
	鶿	鳥部	無。	不採其說	1425	以「鸕鶿水鳥」爲首義。
	鸕	鳥部	無。	不採其說	1428	以「鷖鸕鶿鳥也」爲首義。
	鳷	鳥部	無。	不採其說	1413	採《玉篇》爲首義。
	鴟	鳥部	《說文》鴟鴟也，一名戴勝。（七畫）	採爲首義	1418	
	鳱	鳥部	《說文》鳥也。（四畫）	採爲首義	1412	
	鶪	鳥部	《說文》鴟鶪也。（十二畫）	採爲首義	1429	

鳥部	鷗	鳥部	《說文》鷗水鴞也，一名鷖。（十一畫）	採為首義	1428	
	䴏	鳥部	《說文》鳥也。（五畫）	採為首義	1413	
	鸇	鳥部	無。	不採其說	1427	採《廣韻》為首義。
	鴂	鳥部	無。	不採其說	1421	以「水鳥」為首義。
	鵜	鳥部	《說文》鵜胡污澤也，重文作鷉。（六畫）	採為首義	1416	
	鴲	鳥部	無。	不採其說	1413	採《爾雅》為首義。
	鶬	鳥部	無。	不採其說	1423	以「水鳥也」為首義。
	鴰	鳥部	無。	不採其說	1415	採《玉篇》為首義。
	鴗	鳥部	《說文》鴗鷸也。（六畫）	採為首義	1417	
	鷸	鳥部	《說文》鴗鷸也，陸佃云：長目精交故名鴗鷸，一名交目，一名鴗鸇。詳鴗字註。（八畫）	採為首義	1421	
	雁	鳥部	又《說文》鴗鷸也。　又與雁同《說文》石鳥，一名雛渠，一名精列。（六畫）	採為次義	1416	採《爾雅》為首義。
	鱳	鳥部	《說文》鱳鷩也。（十五畫）	採為首義	1432	
	鷩	鳥部	《說文》鱳鷩也。（五畫）	採為首義	1413	
	鷻	鳥部	《說文》作鷻，雕也。（十二畫）	採為首義	1429	
	鳶	鳥部	無。	不採其說	1415	以「鷙鳥也」為首義。
	鷳	鳥部	《說文》鴟也。（十二畫）	採為首義	1429	
	鴟	鳥部	《說文》鷙鳥也。（九畫）	採為首義	1425	
	鷺	鳥部	《說文》白鷺王鴡也。（十二畫）	採為首義	1428	
	鴡	鳥部	《說文》王鴡也。（五畫）	採為首義	1414	
	鸛	鳥部	無。	不採其說	1432	以「水鳥好水，將雨則鳴」為首義。
	鶠	鳥部	《說文》鶠鳳也。（十二畫）	採為首義	1431	
	鷫	鳥部	無。	不採其說	1426	採《玉篇》為首義。
	鷙	鳥部	《說文》擊殺鳥也。（十一畫）	採為首義	1427	
	鴥	鳥部	《說文》鸇飛貌。（五畫）	採為首義	1415	
	鶯	鳥部	《說文》鶯鳥也，即黃鸝，一名倉庚，一名商倉，一名鵹黃，一名鸝鶹，一名鸝鶊，一名楚雀，一名黃袍，一名搏黍，一名黃鳥，一名金衣公子。魏文帝、王粲苳有〈鶯賦〉。（九畫）	採為首義	1424	

鳥部	鴠	鳥部	《說文》鴠鵠也。（五畫）	採爲首義	1414	
	鵠	鳥部	《說文》鴠鵠也，古者鴠鵠不踰沛。互詳鴠字註。（七畫）	採爲首義	1418	
	鷩	鳥部	《說文》鷩赤雉也，一名山雞，一名錦雞，一名鵔鸃，一名金雞。（十二畫）	採爲首義	1428	
	鵔	鳥部	《說文》鵔鸃鷩也。（七畫）	採爲首義	1418	
	鸃	鳥部	無。	不採其說	1430	採《玉篇》爲首義。
	鷻	鳥部	《說文》雉屬，戆鳥也。（十一畫）	採爲首義	1426	
	鷐	鳥部	《說文》鳥似雉，出上黨。（九畫）	採爲首義	1423	
	鳼	鳥部	《說文》鳼似鶡而青，出羌中，善鬥，故从介。（四畫）	採爲首義	1411	
	鸚	鳥部	《說文》鸚鵡，能言鳥也。（十七畫）	採爲首義	1432	
	鵡	鳥部	《說文》鸚鵡也，能言鳥。一作鵡。（五畫）	採爲首義	1414	
	鷸	鳥部	《說文》走鳴長尾雞也。（十二畫）	採爲首義	1429	
	雊	鳥部	《說文》雌雉鳴也。（十一畫）	採爲首義	1427	
	鸓	鳥部	《說文》鸓，鼠形，飛走且乳之鳥也，一名鸓鼠，一名飛生，一名鼺鼠。（十五畫）	採爲首義	1432	
	鷒	鳥部	《說文》鷒雉，肥鷒者也。魯郊以丹雞祝曰：以斯鷒音赤羽，去魯侯之咎。（十畫）	採爲首義	1425	
	鴈	鳥部	《說文》雁也。（六畫）	採爲首義	1415	
	鴆	鳥部	《說文》毒鳥也。（四畫）	採爲首義	1412	
	鷇	鳥部	無。	不採其說	1426	採《揚子・方言》爲首義。
	鳴	鳥部	《說文》鳥聲也。（三畫）	採爲首義	1410	
	騫	鳥部	《說文》騫飛貌。（九畫）	採爲首義	1424	
	鳿	鳥部	《說文》鳥聚貌。一曰飛貌。（四畫）	採爲首義	1412	
	鸋	鳥部	無。	不採其說	1426	以「鳥名，鸋鴂越雉也」爲首義。
	鴂	鳥部	《說文》鸋鴂，小類班鳩。（五畫）	採爲首義	1414	
	鴨	鳥部	◎《說文》从鳥甲聲。（五畫）	列於字末補釋形義	1415	採《玉篇》爲首義。
	鵁	鳥部	《說文》鵁鶄，水鳥也，毛有五色。《建州圖經》曰：溪游，雄者左，雌者右，皆有式度。陳藏器曰：五采，首有纓者，爲鵁鶄。色多紫，尾有毛，如船舵形。（六畫）	採爲首義	1416	

烏部	烏	火部	《說文》孝鳥也,象形。 又《說文》孔子曰:烏呼也,取其助气,故以爲烏呼。〈註〉徐鉉曰:俗作嗚,非是。(六畫)	採爲首義及次義	598	
	舃	臼部	《說文》鵲也。(六畫)	採爲首義	932	
	焉	火部	《說文》焉鳥,黃色,出於江淮。象形。(七畫)	採爲首義	600	
䉈部	䉈	十部	《說文》箕屬。(五畫)	採爲首義	84	
	畢	田部	無。	不採其說	689	採《博雅》爲首義。
	糞	米部	無。	不採其說	840	採《廣雅》爲首義。
	棄	木部	《說文》捐也。(八畫)	採爲首義	459	
冓部	冓	冂部	《說文》交積財也,象對交之形。(八畫)	採爲首義	57	
	再	冂部	《說文》一舉而二也,从冓省。〈徐曰〉一言舉二也。(四畫)	採爲首義	57	徐鍇語。
	爯	爪部	《說文》并舉也,从爪冓省。(五畫)	採爲首義	617	
幺部	幺	幺部	《說文》幺小也,象子初生之形。〈徐鉉曰〉象纔有形質。(一畫)	採爲首義	269	
	幼	幺部	無。	不採其說	270	採《爾雅》爲首義。
	麼	麻部	無。	不採其說	1443	採《玉篇》爲首義。
絲部	絲	幺部	《說文》絲微也。(三畫)	採爲首義	270	
	幽	幺部	《說文》幽隱也。(六畫)	採爲首義	270	
	幾	幺部	《說文》微也。(九畫)	採爲首義	270	
叀部	叀	厶部	無。	不採其說	92	採《正字通》爲首義。
	惠	心部	《說文》仁也。 又通作慧《說文》从心从叀。〈徐鍇曰〉爲惠者,心專也,會意。(八畫)	採爲首義及次義	319	
	疐	疋部	《說文》礙不行也,人欲去而止之也。(九畫)	採爲首義	696	
玄部	玄	玄部	無。	不採其說	653	採《易經》爲首義。
	玆	玄部	《說文》黑也。 又《說文徐鍇註》借爲玆此字。(五畫)	採爲首義及次義	653	
	㺝	玄部	《說文》黑色也。(六畫)	採爲首義	654	
予部	予	亅部	無。	不採其說	13	以「賜也」爲首義。
	舒	舌部	《說文》伸也。(六畫)	採爲首義	935	
	幻	幺部	《說文》从反予,相詐惑也。(一畫)	採爲首義	269	

放部	放	攴部	《說文》逐也。（四畫）	採爲首義	397	
	敖	攴部	《說文》作𢾍，游也，从出从放。（七畫）	採爲首義	399	
	敫	攴部	《說文》光景流也，从白从放。（九畫）	採爲首義	401	
叏部	叏	又部	《說文》物落上下相付也，从爪从又。（四畫）	採爲首義	93	
	爰	爪部	《說文》引也，从叏从于。（五畫）	採爲首義	617	
	𤔔	爪部	《說文》治也，幺子相亂，叏治之也。讀若亂同。一曰𤔔，理也。（八畫）	採爲首義	617	
	受	又部	《說文》相付也。（六畫）	採爲首義	94	
爪部	𤓯	爪部	《說文》撮也，从叏从巳。〈註〉巳者物也，又爪撤取之，指事。（五畫）	採爲首義	617	徐鉉語。
	爭	爪部	《說文》引也，从叏厂。〈徐鉉曰〉厂音曳，叏二手而曳之，爭之道也。（四畫）	採爲首義	616	
	䞋	爪部	無。	不採其說	617	採《玉篇》爲首義。
	寽	寸部	《說文》五指持也，从爪从又从一。一者，物也。（四畫）	採爲首義	222	
	敌	又部	《說文》敢本字，註詳攴部。（九畫）	採爲首義	94	敢字歸入攴部，亦採《說文》爲首義。
奴部	奴	歺部	《說文》殘穿也。（二畫）	採爲首義	507	
	叡	又部	《說文》溝也。（十二畫）	採爲首義	95	
	𧴪	貝部	《說文》深堅意也，从奴从貝，貝，堅寶也。（七畫）	採爲首義	1136	
	叡	又部	無。	不採其說	94	採《玉篇》爲首義。
	叡	又部	《說文》深明也，通也，从奴从目谷省。从奴取其穿也，从目取明也，从谷取嚮應不窮。（十四畫）	採爲首義	95	
歺部	歺	歹部	《說文》𠛱骨之殘也，从半冎。凡歺之屬皆从歺。讀若櫱岸之櫱。〈徐鍇曰〉冎，肉置骨也。歺，殘骨也，故从半冎。〈徐鉉曰〉義不應有中一，秦刻石文有之。（一畫）	採爲首義	506	歺，同歹。
	殘	歹部	《說文》病也。一曰枯死也，亦作瘦。（八畫）	採爲首義	509	
	殙	歹部	《說文》瞀也，與惛同。一曰矜也。（八畫）	採爲首義	510	

歹部	殰	歹部	《說文》胎敗也,謂未及生而胎敗也。(十五畫)	採爲首義	512	
	歾	歹部	《說文》終也。(四畫)	採爲首義	507	
	殌	歹部	又《說文》大夫死曰殌,通作卒。(八畫)	採爲次義	509	以「終也」爲首義。
	殊	歹部	《說文》死也,漢令曰:蠻夷長有罪當殊之。(六畫)	採爲首義	508	
	殰	歹部	《說文》胎敗也。一曰心悶。(十畫)	採爲首義	510	
	殤	歹部	無。	不採其說	511	以「未成人喪也」爲首義。
	殂	歹部	《說文》往死也。(五畫)	採爲首義	507	
	殛	歹部	《說文》殊也。(九畫)	採爲首義	510	
	殨	歹部	《說文》死也。(十二畫)	採爲首義	511	
	殍	歹部	《說文》死宗殍也。(十一畫)	採爲首義	511	
	殯	歹部	《說文》死在棺,將遷葬柩,賓遇之。(十四畫)	採爲首義	511	
	殔	歹部	《說文》瘞也。(八畫)	採爲首義	509	
	殣	歹部	無。	不採其說	510	採《左傳》爲首義。
	殠	歹部	《說文》腐氣也。(十畫)	採爲首義	510	
	殰	歹部	《說文》爛也。(十二畫)	採爲首義	511	
	歺	歹部	《說文》腐也。(二畫)	採爲首義	506	
	殆	歹部	《說文》危也。(五畫)	採爲首義	508	
	殃	歹部	《說文》咎也。一曰禍也,罰也,敗也。(五畫)	採爲首義	507	
	殘	歹部	《說文》賊也。(八畫)	採爲首義	509	
	殄	歹部	《說文》盡也。一曰絕也。(五畫)	採爲首義	507	
	殲	歹部	無。	不採其說	512	採《爾雅》爲首義。
	殫	歹部	《說文》殛盡也。(十二畫)	採爲首義	511	
	殬	歹部	《說文》敗也。(十二畫)	採爲首義	511	
	殰	歹部	《說文》畜產疫病也。(十九畫)	採爲首義	512	
	殈	歹部	《說文》殺羊出其胎也。(十畫)	採爲首義	510	
	殀	歹部	《說文》禽獸所食餘也,本作殘。(八畫)	採爲首義	508	
	殖	歹部	《說文》脂膏久殖也。〈徐曰〉脂膏久則浸潤。(八畫)	採爲首義	509	徐鍇語。
	殆	歹部	《說文》枯也。一曰殰也。(五畫)	採爲首義	508	
	殯	歹部	《說文》棄也,俗語謂死曰大殯。(八畫)	採爲首義	509	

死部	死	歹部	無。	不採其說	506	採《白虎通》爲首義。
	薨	艸部	《說文》公侯卒也。（十三畫）	採爲首義	990	
	薧	艸部	無。	不採其說	990	以「乾魚」爲首義。
	欪	欠部	《說文》戰見血曰傷，亂或爲惛，死而復生爲欪。（八畫）	採爲首義	497	
冎部	冎	冂部	《說文》剔人肉置其骨也。（四畫）	採爲首義	57	
	剮	刀部	《說文》別本字，剮，分解也，隸作別。（六畫）	採爲首義	67	
	呙	口部	無。	不採其說	130	採《玉篇》爲首義。
骨部	骨	骨部	《說文》肉之覈也。（一畫）	採爲首義	1375	
	髑	骨部	《說文》髑髏頂也，詳髏字註。（十三畫）	採爲首義	1378	
	髏	骨部	《說文》髑髏也。（十一畫）	採爲首義	1378	
	髆	骨部	《說文》肩甲也。（十畫）	採爲首義	1378	
	髃	骨部	《說文》肩前也。（九畫）	採爲首義	1378	
	骿	骨部	《說文》并脅也，晉文公骿脅。〈註〉徐曰：謂肋骨連合爲一也，骿胝字同，今別作胼，非。（八畫）	採爲首義	1377	徐鍇語。
	髀	骨部	《說文》股也。（八畫）	採爲首義	1377	
	髁	骨部	《說文》髀骨也。（八畫）	採爲首義	1377	
	髖	骨部	《說文》臀骨也。（十二畫）	採爲首義	1378	
	髖	骨部	《說文》髀上。（十五畫）	採爲首義	1379	
	髕	骨部	《說文》桼耑也。（十四畫）	採爲首義	1377	
	骱	骨部	《說文》骨耑也。（十四畫）	採爲首義	1376	
	髊	骨部	《說文》桼脛閒骨也。（十二畫）	採爲首義	1378	
	骹	骨部	《說文》脛也。（五畫）	採爲首義	1377	
	骭	骨部	無。	不採其說	1376	採《爾雅》爲首義。
	骸	骨部	《說文》脛骨也。（五畫）	採爲首義	1377	
	髓	骨部	《說文》骨中脂也。（十三畫）	採爲首義	1379	
	骼	骨部	《說文》骨閒黃汁也。（八畫）	採爲首義	1377	
	體	骨部	《說文》總十二屬也。（十三畫）	採爲首義	1379	
	骳	骨部	《說文》瘺病也。（十一畫）	採爲首義	1378	

骨部	骾	骨部	《說文》食骨留咽中也。〈註〉徐鍇曰：古有骨骾之臣，遇事敢刺骾，不從俗也。（七畫）	採爲首義	1377	
	骼	骨部	《說文》禽獸之骨曰骼。（五畫）	採爲首義	1377	
	骴	骨部	《說文》鳥獸殘骨，骴骴可惡也。 又《說文》或从肉作胔。（五畫）	採爲首義及次義	1376	
	骭	骨部	《說文》骨耑骩臭也。（三畫）	採爲首義	1376	
	體	骨部	《說文》骨擿之可會髮者，通作會。（十三畫）	採爲首義	1379	
肉部	肉	肉部	《說文》胾肉，象形。本書作𠕎。（一畫）	採爲首義	901	
	腜	肉部	說文》婦始孕腜兆也。（八畫）	採爲首義	915	
	胚	肉部	《說文》婦孕一月也。（四畫）	採爲首義	903	
	胎	肉部	《說文》婦孕三月也，从肉台，意兼聲。（五畫）	採爲首義	906	
	肌	肉部	《說文》肉也。（二畫）	採爲首義	901	
	臚	肉部	《說文》皮也。（十六畫）	採爲首義	926	
	肫	肉部	《說文》面頯也，从肉屯，意兼聲。（四畫）	採爲首義	903	
	臉	肉部	《說文》頰肉也。（十二畫）	採爲首義	922	
	脣	肉部	《說文》口耑也。（七畫）	採爲首義	911	
	脰	肉部	《說文》項也。（七畫）	採爲首義	913	
	肓	肉部	《說文》心上鬲下也。（三畫）	採爲首義	901	
	腎	肉部	《說文》水藏也。〈徐曰〉按腎主智藏精，皆水之爲也。（八畫）	採爲首義	915	徐鍇語。
	肺	肉部	《說文》金藏也。（四畫）	採爲首義	904	
	脾	肉部	《說文》土藏也。〈徐曰〉脾主信藏志，信生於土。（八畫）	採爲首義	913	徐鍇語。
	肝	肉部	《說文》木藏也，生於木魄所藏。（三畫）	採爲首義	902	
	膽	肉部	《說文》連肝之府也。（十三畫）	採爲首義	923	
	胃	肉部	《說文》穀府也，从𠂁从肉。象形。（五畫）	採爲首義	905	
	脬	肉部	《說文》膀光也。〈徐曰〉按《白虎通》：膀光，肺之府。（七畫）	採爲首義	912	徐鍇語。

肉部	腸	肉部	《說文》大、小腸，藏府之二名也。（九畫）	採爲首義	918	
	膏	肉部	《說文》肥也。（十畫）	採爲首義	920	
	肪	肉部	《說文》肥也。〈徐曰〉本草有鴈肪鴈脂也。（四畫）	採爲首義	903	徐鍇語。
	膺	肉部	《說文》胷也。（一畫）	採爲首義	923	
	肊	肉部	《說文》胸骨也。（一畫）	採爲首義	901	
	背	肉部	《說文》脊也，从肉北聲。（五畫）	採爲首義	905	
	脅	肉部	《說文》兩膀也。（六畫）	採爲首義	910	
	膀	肉部	《說文》脅也，或从骨作髈。（十畫）	採爲首義	918	
	胳	肉部	《說文》脅肉也。一曰胳腸閒肥也。一曰膫也。（七畫）	採爲首義	911	
	肋	肉部	《說文》脅骨也。（二畫）	採爲首義	901	
	胂	肉部	無。	不採其說	905	採《廣韻》爲首義。
	胸	肉部	《說文》背肉也。（七畫）	採爲首義	911	
	肩	肉部	《說文》髆也，从肉象形。〈徐曰〉象肩形，指事也。（四畫）	採爲首義	903	徐鍇語。
	胳	肉部	《說文》腋下也。（六畫）	採爲首義	908	
	肱	肉部	無。	不採其說	907	採《博雅》爲首義。
	臂	肉部	《說文》手上也。（十三畫）	採爲首義	924	
	臑	肉部	《說文》臂羊矢也。〈徐曰〉按《史記》龜前臑骨，帶之入山林不迷，蓋骨形象羊矢，因名之。（十四畫）	採爲首義	925	徐鍇語。
	肘	肉部	《說文》臂節也，从肉从寸，寸，手寸口也。〈徐曰〉寸口，手腕動脈處也。（三畫）	採爲首義	902	徐鍇語。
	臍	肉部	《說文》肶齎也。（十二畫）	採爲首義	922	
	腹	肉部	《說文》本作𦝢，厚也。一曰身中。（九畫）	採爲首義	918	
	腴	肉部	《說文》腹下肥也。（九畫）	採爲首義	917	
	脽	肉部	《說文》屍也。（八畫）	採爲首義	913	
	肛	肉部	《說文》孔也。（四畫）	採爲首義	902	
	胯	肉部	《說文》股也。（六畫）	採爲首義	908	
	股	肉部	《說文》髀也。（四畫）	採爲首義	902	
	腳	肉部	《說文》脛也，或作脚。（九畫）	採爲首義	917	

肉部	脛	肉部	《說文》胻也。（七畫）	採爲首義	911	
	胻	肉部	《說文》脛耑也，从肉行，意兼聲。（六畫）	採爲首義	909	
	腓	肉部	《說文》脛腨也。（八畫）	採爲首義	915	
	腨	肉部	《說文》腓腸也。（九畫）	採爲首義	916	
	胑	肉部	《說文》體四胑也。（五畫）	採爲首義	906	
	胲	肉部	《說文》足大指毛肉也。（六畫）	採爲首義	908	
	肖	肉部	《說文》骨肉相似也，从肉小，意兼聲。（三畫）	採爲首義	901	
	胤	肉部	《說文》子孫相承續也，从肉从八，象其長也，幺亦象重累也。（五畫）	採爲首義	908	
	胄	肉部	無。	不採其說	905	採《增韻》爲首義。
	分	肉部	《說文》振肖也。（二畫）	採爲首義	901	
	膻	肉部	《說文》肉膻也，从肉亶聲。《詩》膻裼暴虎。（十三畫）	採爲首義	923	
	膿	肉部	《說文》益州鄙言，人盛諱其肥，謂之膿也。（十六畫）	採爲首義	926	
	腤	肉部	《說文》臞也。（九畫）	採爲首義	917	
	臒	肉部	《說文》少肉也。（十八畫）	採爲首義	926	
	脫	肉部	《說文》消肉臞。（七畫）	採爲首義	912	
	脉	肉部	《說文》齊人謂臞脉也。讀作休。（七畫）	採爲首義	910	
	臠	肉部	《說文》臞也。一曰切肉臠也。（十九畫）	採爲首義	926	
	膌	肉部	《說文》瘐也，从肉脊，意兼聲。今通作瘠。（十畫）	採爲首義	919	
	胋	肉部	《說文》駿也。（六畫）	採爲首義	909	
	胗	肉部	《說文》脣瘍也。（五畫）	採爲首義	906	
	腄	肉部	《說文》瘢胝也。一曰馬及鳥脛上結骨。李舟說。（八畫）	採爲首義	914	
	胝	肉部	《說文》腄也。（五畫）	採爲首義	907	
	肬	肉部	《說文》贅也。（四畫）	採爲首義	903	
	肍	肉部	《說文》搔生創也。（三畫）	採爲首義	901	
	腫	肉部	《說文》癰也。（九畫）	採爲首義	917	
	胅	肉部	《說文》骨差也，从肉失，意兼聲。（五畫）	採爲首義	905	

肉部	胇	肉部	《說文》創肉反出也。一曰瘦胇熱氣著膚中。(七畫)	採爲首義	912	
	胐	肉部	《說文》瘢也。一曰邊也。(四畫)	採爲首義	903	
	臘	肉部	《說文》冬至後三戌，臘，祭百神也。(十五畫)	採爲首義	925	
	膢	肉部	《說文》楚俗以二月祭飲食之神也。又《說文》一曰祈穀食新曰離膢。(十一畫)	採爲首義及次義	921	
	胅	肉部	《說文》祭名。(六畫)	採爲首義	909	
	胙	肉部	《說文》祭福肉也。(五畫)	採爲首義	906	
	隋	阜部	《說文》裂肉也，从肉从隓省。	採爲首義	1285	
	膳	肉部	《說文》具食也。〈徐曰〉言具備此食也，庖人和味必加善，故从善。(十二畫)	採爲首義	923	徐鍇語。
	腬	肉部	《說文》嘉善肉也。(九畫)	採爲首義	917	
	肴	肉部	《說文》啖也。〈徐曰〉謂已修庖之可食也。(四畫)	採爲首義	904	徐鍇語。
	腆	肉部	《說文》設膳腆腆多也。(八畫)	採爲首義	914	
	腯	肉部	《說文》牛羊曰肥，豕曰腯。(九畫)	採爲首義	917	
	胅	肉部	《說文》肥肉也。(五畫)	採爲首義	905	
	胡	肉部	《說文》牛頷垂也。(五畫)	採爲首義	907	
	胘	肉部	無。	不採其說	906	採《玉篇》爲首義。
	膍	肉部	《說文》牛百葉也。(十畫)	採爲首義	919	
	脘	肉部	《說文》鳥胃。一曰脘。五藏總名。(六畫)	採爲首義	908	
	膘	肉部	《說文》牛脅後髀前革肉也。〈徐曰〉按《詩傳下》：殺射中膘。今謂馬肥爲膘肥也，言最薄處，合革肉，言皮肉相合也。(十一畫)	採爲首義	920	徐鍇語。
	脟	肉部	《說文》血祭肉也。(九畫)	採爲首義	917	
	膫	肉部	《說文》牛腸脂也，《詩》取其血膫。(十二畫)	採爲首義	922	
	脯	肉部	《說文》肉乾也。(七畫)	採爲首義	913	
	脩	肉部	《說文》脯也。(七畫)	採爲首義	912	
	膎	肉部	《說文》脯也。〈徐曰〉古謂脯之屬爲膎，因通謂儲蓄食味爲膎。(十畫)	採爲首義	919	徐鍇語。

肉部	腜	肉部	《說文》朕肉也。（八畫）	採爲首義	913	
	膞	肉部	《說文》薄脯膞之屋上。从肉專聲。（十畫）	採爲首義	919	
	脘	肉部	《說文》胃府也。讀若患。（七畫）	採爲首義	910	
	胸	肉部	《說文》脯脡也。（五畫）	採爲首義	905	
	臘	肉部	《說文》無骨腊也，揚雄說：鳥腊也。（十二畫）	採爲首義	923	
	胥	肉部	《說文》蟹醢也。（五畫）	採爲首義	908	
	腒	肉部	《說文》北方謂鳥脂曰腒。（八畫）	採爲首義	915	
	肍	肉部	《說文》孰肉醬也。（二畫）	採爲首義	901	
	鯆	肉部	《說文》乾魚尾鯆鯆也，《周禮》有腒鯆。（十二畫）	採爲首義	922	
	腜	肉部	無。	不採其說	916	採《唐韻》爲首義。
	脠	肉部	《說文》生肉醬也。（七畫）	採爲首義	911	
	腤	肉部	《說文》豕肉醬也。（八畫）	採爲首義	913	
	胹	肉部	《說文》爛也。（六畫）	採爲首義	909	
	腣	肉部	《說文》切孰肉內于血中和也。（十畫）	採爲首義	918	
	胜	肉部	《說文》犬膏臭也，从肉生，意兼聲。一曰不熟也，徐引《禮記》飮胜而苴熟。（五畫）	採爲首義	907	
	臊	肉部	《說文》豕膏臭也，从肉喿，意兼聲。（十三畫）	採爲首義	924	
	膮	肉部	《說文》豕肉羹也。（十二畫）	採爲首義	922	
	腥	肉部	《說文》星見食豕，令肉中生小息肉也。（九畫）	採爲首義	916	
	脂	肉部	《說文》戴角者脂，無角者膏。（六畫）	採爲首義	909	
	膌	肉部	《說文》臎也。（十畫）	採爲首義	918	
	臌	肉部	《說文》上肥也。（十二畫）	採爲首義	922	
	膜	肉部	《說文》肉閒脈膜也。（十一畫）	採爲首義	921	
	膶	肉部	《說文》肉表革裏也，从肉弱，意兼聲。（十畫）	採爲首義	918	
	臛	肉部	《說文》肉羹也。〈徐曰〉羹以菜爲主，臛以肉爲主。（十畫）	採爲首義	919	徐鍇語。
	臇	肉部	《說文》臛也。（十三畫）	採爲首義	923	
	膌	肉部	《說文》臛也。（十三畫）	採爲首義	924	

肉部	胾	肉部	《說文》大臠也。（六畫）	採爲首義	909	
	䐑	肉部	《說文》薄切肉也，从肉枼，意兼聲。（九畫）	採爲首義	.916	
	膾	肉部	《說文》細切肉也。（十三畫）	採爲首義	924	
	腌	肉部	《說文》漬肉也。（八畫）	採爲首義	914	
	脃	肉部	《說文》小耎易斷也。（六畫）	採爲首義	909	
	膬	肉部	《說文》耎而易破也，从肉毳，轉入龤聲。（十二畫）	採爲首義	922	
	㪔	支部	《說文》雜肉也，从肉㭊聲。（十二畫）	採爲首義	403	
	膞	肉部	《說文》切肉也。（十一畫）	採爲首義	921	
	腏	肉部	《說文》挑取骨閒肉也。（八畫）	採爲首義	915	
	胏	肉部	《說文》食所遺也。（五畫）	採爲首義	906	《說文》本作樴。
	腤	肉部	《說文》食肉一厭也。（八畫）	採爲首義	914	
	肰	肉部	《說文》犬肉也。（四畫）	採爲首義	904	
	䐜	肉部	《說文》起也，从肉眞，意兼聲。（十畫）	採爲首義	918	
	䏙	肉部	《說文》肉汁滓也，从肉冘，意兼聲。（四畫）	採爲首義	904	
	膠	肉部	《說文》昵也，作之以皮。〈徐曰〉昵黏也。（十二畫）	採爲首義	921	徐鍇語。
	𣎆	肉部	《說文》獸名，象形。（九畫）	採爲首義	916	
	胆	肉部	《說文》蠅乳肉中生蟲也。（五畫）	採爲首義	907	
	肙	肉部	《說文》小蟲也。一曰空也。（三畫）	採爲首義	902	
	腐	肉部	《說文》爛也。（八畫）	採爲首義	915	
	肎	肉部	骨閒肉也。（二畫）	採爲首義	901	
	肥	肉部	《說文》多肉也，从肉卪會意。〈徐曰〉肉不可過多，故从卪，寓戒。（四畫）	採爲首義	902	徐鉉語。
	脊	肉部	《說文》腓腸也。（八畫）	採爲首義	913	
	朘	肉部	《說文》赤子陰也。（七畫）	採爲首義	912	
	腔	肉部	《說文》內空也。（八畫）	採爲首義	915	
	朐	肉部	《說文》朐䏰，蟲名。借地名，漢中有朐䏰縣，地下多此蟲，因以爲名，考其義，當作潤蠢。（六畫）	採爲首義	910	
	䏰	肉部	《說文》朐䏰也。（七畫）	採爲首義	911	

筋部	筋	竹部	《說文》肉之力也，从肉从力从竹，竹物之多筋者。（六畫）	採為首義	810	
	笏	竹部	《說文》筋之本也。（五畫）	採為首義	807	
	箹	竹部	《說文》手足指節鳴也。（七畫）	採為首義	812	
刀部	刀	刀部	《說文》兵也，象形。〈徐曰〉象刀背與刃也。（一畫）	採為首義	63	徐鍇語。
	刉	刀部	《說文》刀握也。（六畫）	採為首義	66	
	剢	刀部	無。	不採其說	70	採《玉篇》為首義。
	削	刀部	《說文》鞞也，从刀肖聲。一曰析也。〈徐曰〉今人音笑，刀之匣也。（七畫）	採為首義	68	徐鍇語。
	刐	刀部	《說文》鎌也。（五畫）	採為首義	65	
	剴	刀部	《說文》鎌也，从刀豈聲。一曰摩也。（十畫）	採為首義	70	
	剞	刀部	《說文》剞劂曲刀也，从刀奇聲。（八畫）	採為首義	69	
	剭	刀部	無。	不採其說	69	採《集韻》為首義。
	利	刀部	《說文》銛也，从刀，和然後利，从和省。《易》利者，義之和也。（五畫）	採為首義	66	
	剡	刀部	《說文》銳利也，从刀炎聲。（八畫）	採為首義	69	
	初	刀部	《說文》始也，从刀衣，裁衣之始也。〈徐曰〉禮之初，施衣以蔽形。（五畫）	採為首義	65	徐鍇語。
	剪	刀部	無。	不採其說	70	採《玉篇》為首義。
	則	刀部	《說文》則，等畫物也，从刀貝。貝，古之物貨也。〈徐曰〉則，節也，取用有節，刀所以裁制之也。（七畫）	採為首義	68	徐鍇語。
	剛	刀部	《說文》彊斷也，从刀岡聲。（八畫）	採為首義	69	
	剬	刀部	《說文》剸齊也，从刀耑聲。（九畫）	採為首義	70	
	劊	刀部	《說文》斷也，从刀會聲。（十三畫）	採為首義	72	
	切	刀部	《說文》刌也，从刀七聲。（二畫）	採為首義	64	
	刌	刀部	《說文》切也，从刀寸聲。（三畫）	採為首義	64	
	劈	刀部	無。	不採其說	73	以「斷也」為首義。
	刉	刀部	《說文》劃傷也。一曰斷也。一曰刀不利於瓦石上刉之。（四畫）	採為首義	65	
	劌	刀部	《說文》利傷也，从刀歲聲。（十三畫）	採為首義	72	
	刻	刀部	《說文》鏤也，从刀亥聲。一曰痛也。（六畫）	採為首義	67	

刀部	副	刀部	無。	不採其說	70	以「貳也」為首義。
	剖	刀部	《說文》剖也，从刀音聲。（八畫）	採為首義	69	
	辨	刀部	《說文》判也。（九畫）	採為首義	1179	
	判	刀部	《說文》分也，从刀半聲。（五畫）	採為首義	66	
	劚	刀部	《說文》判也，从刀度聲。（九畫）	採為首義	70	
	刉	刀部	《說文》判也。（六畫）	採為首義	66	
	列	刀部	《說文》分解也。（四畫）	採為首義	65	
	刊	刀部	《說文》剟也，从刀干聲。（三畫）	採為首義	64	
	剟	刀部	《說文》刊也，从刀叕聲。（八畫）	採為首義	69	
	刪	刀部	《說文》剟也，从刀冊。冊，書也，古以簡牘，故曰孔子刪《詩》，言有所取捨也，會意。（五畫）	採為首義	66	
	劈	刀部	《說文》破也，从刀辟聲。（十三畫）	採為首義	72	
	剝	刀部	《說文》裂也，从刀彔聲。（八畫）	採為首義	69	
	割	刀部	《說文》剝也，从刀害聲。（十畫）	採為首義	70	
	劙	刀部	《說文》劃也，从刀劦聲。（十一畫）	採為首義	71	
	劃	刀部	《說文》錐刀也。（十二畫）	採為首義	72	
	削	刀部	《說文》挑取也。一曰窒也。（七畫）	採為首義	68	
	劀	刀部	《說文》刮去惡創肉也。（十二畫）	採為首義	71	
	劑	刀部	《說文》齊也，从刀齊聲。（十四畫）	採為首義	73	
	刷	刀部	《說文》刮也。（六畫）	採為首義	67	
	刮	刀部	《說文》掊把也。一曰摩切。（六畫）	採為首義	66	
	剽	刀部	《說文》砭刺也，从刀票聲。（十一畫）	採為首義	71	
	刲	刀部	《說文》刺也，割也。（六畫）	採為首義	66	
	刜	刀部	《說文》折傷也。（七畫）	採為首義	68	
	剄	刀部	無。	不採其說	72	以「絕也」為首義。
	刖	刀部	《說文》絕也，从刀月聲，本作跀，斷足月聲。〈徐曰〉足具斷為跀，其刑名則刖也，今文但作刖。（四畫）	採為首義	65	徐鍇語。「跀」字注
	刺	刀部	《說文》擊也。（五畫）	採為首義	65	
	剌	刀部	《說文》傷也。（十一畫）	採為首義	71	
	劁	刀部	《說文》斷也，从刀龜聲。一曰剽釗也。〈徐曰〉劁釐也。（十七畫）	採為首義	73	徐鍇語。

刀部	刓	刀部	《說文》劓也，从刀元聲。一曰齊也。〈徐曰〉印刓弊。（四畫）	採爲首義	65	徐鍇語。
	釗	金部	《說文》刓也。 又《說文註》鄭樵曰釗或以爲弩機。（二畫）	採爲首義及次義	1224	二徐俱無此語。引自《正字通》。
	制	刀部	《說文》裁也。（六畫）	採爲首義	67	
	刮	刀部	《說文》缺也，《詩》白圭之刮。（五畫）	採爲首義	66	
	罰	网部	《說文》辠之小者。从刀从詈。未以刀有所賊，但持刀罵詈，則應罰。（九畫）	採爲首義	876	
	刵	刀部	《說文》斷耳也，从刀耳。（六畫）	採爲首義	67	
	劓	刀部	無。	不採其說	70	逕云「與劓同」。
	刑	刀部	《說文》剄也，从刀开聲。（六畫）	採爲首義	65	
	剄	刀部	無。	不採其說	67	採《玉篇》爲首義。
	剸	刀部	《說文》減也。（十二畫）	採爲首義	71	
	魝	魚部	《說文》楚人謂治魚也。（二畫）	採爲首義	1393	
	券	刀部	《說文》契也，从刀共聲。以木牘爲要約之書，以刀剖之，屈曲犬牙。（六畫）	採爲首義	67	
	刺	刀部	《說文》刺直傷也，从刀束。（六畫）	採爲首義	67	
	剔	刀部	《說文》解也，从刀易聲。（八畫）	採爲首義	68	
	刎	刀部	《說文》剄也。（四畫）	採爲首義	65	
	剜	刀部	《說文》削也。（八畫）	採爲首義	69	
	劇	刀部	無。	不採其說	72	採《玉篇》爲首義。
	刹	刀部	無。	不採其說	67	採《玉篇》爲首義。
刃部	刃	刀部	《說文》刀堅也，象刀有刃之形。〈徐曰〉若今刀刃皆別鑄鋼鐵，故从一。（一畫）	採爲首義	64	徐鍇語。
	刅	刀部	刅《說文》傷也，从刀从一。〈徐曰〉一刀所傷指事也。（二畫）	採爲首義	64	徐鍇語。
	劒	刀部	《說文》所帶兵也，从刃僉聲。籀文作劍。（十四畫）		73	
韧部	韧	刀部	《說文》巧韧。或作划。（四畫）	採爲首義	65	
	契	刀部	無。	不採其說	69	以「骱契刷括也」爲首義。
	契	木部	無。	不採其說	450	以「刻也」爲首義。

丰部	丰	丨部	《說文》艸蔡也，象艸生散亂，凡丰之屬皆从丰。（三畫）	採爲首義	7	
	辂	口部	枝辂也。（七畫）	採爲首義	118	
	耒	耒部	《說文》手耕曲木也，从木推丰。古者垂作耒枱，以振民也。（一畫）	採爲首義	890	
	耕	耒部	《說文》犁也，古者井田，故从井。（四畫）	採爲首義	890	
	耦	耒部	《說文》耒廣五寸爲伐，二伐爲耦。（九畫）	採爲首義	892	
	耤	耒部	《說文》帝耤千畝也，古者使民如借，故謂之耤。（八畫）	採爲首義	891	
	耜	耒部	《說文》耜，又可以劃麥，河內用之。（六畫）	採爲首義	891	
	耤	耒部	《說文》耘本字。（十畫）	採爲首義	892	
	耡	耒部	《說文》商人七十而耡，耡藉稅也。（七畫）	採爲首義	891	
角部	角	角部	《說文》角獸角也。本作𧢲。从刀从肉。（一畫）	採爲首義	1067	
	觿	角部	《說文》揮角貌。　又亭名《說文》梁隰縣有觿亭。（十八畫）	採爲首義及次義	1073	
	觰	角部	《說文》角也。（十五畫）	採爲首義	1073	
	𧢲	角部	《說文》角中骨也。（九畫）	採爲首義	1071	
	觜	角部	《說文》曲角也。（六畫）	採爲首義	1069	
	觬	角部	《說文》角觬曲也。（八畫）	採爲首義	1071	
	觓	角部	《說文》一角仰也。（六畫）	採爲首義	1069	
	觟	角部	《說文》角傾也。（九畫）	採爲首義	1072	
	觭	角部	無。	不採其說	1071	採《爾雅》爲首義。
	觔	角部	《說文》角貌。（二畫）	採爲首義	1068	
	觠	角部	《說文》角曲中也。（九畫）	採爲首義	1072	
	觕	角部	《說文》角長貌。（四畫）	採爲首義	1068	
	觸	角部	《說文》角有所觸發也。（十二畫）	採爲首義	1073	
	觸	角部	《說文》牴也。（十三畫）	採爲首義	1073	
	觤	角部	《說文》用角低仰便也。（九畫）	採爲首義	1072	
	觘	角部	《說文》舉角也。（四畫）	採爲首義	1068	
	觷	角部	《說文》治角也。（十三畫）	採爲首義	1073	

角部	衡	行部	◎《說文》从角大从行。（十畫）	列於字末補釋形義	1038	採《書經》爲首義。
	觽	角部	《說文》角觽獸也，狀似豕，出胡休國。（九畫）	採爲首義	1072	
	觰	角部	《說文》觰挐獸也。 又《說文》角上張也。（九畫）	採爲首義及次義	1071	
	觤	角部	無。	不採其說	1070	採《爾雅》爲首義。
	羏	角部	《說文》牝牂，羊生角者也。（六畫）	採爲首義	1069	
	骼	角部	《說文》骨角之名也。（六畫）	採爲首義	1069	
	觜	角部	《說文》鴟舊頭上角觜也。（五畫）	採爲首義	1069	
	解	角部	《說文》判也，从刀判牛角。（六畫）	採爲首義	1070	
	觿	角部	《說文》佩角銳耑可以解結。（十八畫）	採爲首義	1073	
	觲	角部	《說文》觥本字。（十二畫）	採爲首義	1072	
	觶	角部	《說文》鄉飲酒角也，《禮》曰：一人洗舉觶受四升。（十二畫）	採爲首義	1073	
	觝	角部	《說文》小觶也。（五畫）	採爲首義	1069	
	觴	角部	《說文》觶實曰觴，虛曰觶。（十一畫）	採爲首義	1072	
	觚	角部	《說文》鄉飲酒之爵也。一曰觴受三升者謂之觚。 又通作菰《說文》本作苽。（五畫）	採爲首義及次義	1068	
	觓	角部	《說文》角匕也。（六畫）	採爲首義	1068	
	觳	角部	《說文》杖耑角也。（十三畫）	採爲首義	1073	
	觿	角部	《說文》環之有舌者。或从金矞作鐍。〈徐曰〉言其環形象玦。《詩》曰：觿軜，今俗爲觿舌。（十五畫）	採爲首義	1073	
	觮	角部	《說文》調弓也，从角弱省聲。（五畫）	採爲首義	1069	
	韇	角部	《說文》雒射收繳具也。（十二畫）	採爲首義	1073	
	觷	見部	《說文》雒射收繳具。（九畫）	採爲首義	1072	
	觳	見部	《說文》盛觶卮也。一曰射具。（九畫）	採爲首義	1072	
	觱	角部	《說文》羌人所吹角屠觱，以驚馬也。〈徐曰〉今之觱栗，其聲然也。俗作篳篥。 又觱發，風寒也。《詩·豳風》一之日觱發。《說文》作畢發。 ◎《說文》本作觱。（九畫）	採爲首義及次義，又補釋之	1072	

徐鉉校定《說文》卷五

說文部首	字例	《康熙字典》				備　註
		歸部	引用《說文》之釋語	引用情形	頁碼	
竹部	竹	竹部	《說文》多生青艸，象形，下垂箬箬也。（一畫）	採爲首義	805	
	箭	竹部	《說文》矢也。（九畫）	採爲首義	817	
	箘	竹部	《說文》箘簵美竹可爲矢。（八畫）	採爲首義	816	
	簵	竹部	無。	不採其說	829	以「美竹中作箭」爲首義。
	筱	竹部	《說文》箭屬，小竹也。（七畫）	採爲首義	814	
	簜	竹部	無。	不採其說	826	以「竹實」爲首義。
	薇	竹部	無。	不採其說	830	以「竹名」爲首義。
	筍	竹部	《說文》竹胎也。（六畫）	採爲首義	811	
	蕵	竹部	《說文》竹萌也。（九畫）	採爲首義	820	
	箁	竹部	無。	不採其說	814	以「竹箬也」爲首義。
	箬	竹部	《說文》楚謂竹皮曰箬。（九畫）	採爲首義	817	
	節	竹部	《說文》竹節也。（九畫）	採爲首義	819	
	笨	竹部	又《說文》折竹箠也。（七畫）	採爲次義	812	採《爾雅》爲首義。
	籔	竹部	《說文》笨也，笨竹箋也。　又《說文》武移切。（十四畫）	採爲首義另採又音	831	
	箟	竹部	《說文》竹膚也。（五畫）	採爲首義	808	
	笨	竹部	無。	不採其說	808	以「竹裏也」爲首義。
	簥	竹部	無。	不採其說	823	以「竹盛貌」爲首義。
	篸	竹部	《說文》差也。一曰竹長貌。（十一畫）	採爲首義	824	
	篆	竹部	無。	不採其說	820	採《集韻》爲首義。
	籀	竹部	又《說文》讀書也。（十五畫）	採爲次義	831	以「太史名」爲首義。
	篇	竹部	又《說文》關西謂榜曰篇。笞掠也。（九畫）	採爲次義	820	採《正韻》爲首義。
	籍	竹部	無。	不採其說	831	採《玉篇》爲首義。
	篁	竹部	無。	不採其說	820	以「竹名」爲首義。
	簳	竹部	無。	不採其說	825	以「剖竹未去節也」爲首義。

竹部	箣	竹部	無。	不採其說	818	以「籬也」為首義。
	篰	竹部	又《說文》書僮竹笝也。（十七畫）	採為次義	833	採《廣韻》為首義。
	劉	竹部	無。	不採其說	831	以「竹名」為首義。
	簡	竹部	無。	不採其說	827	採《爾雅》為首義。
	笓	竹部	無。	不採其說	807	以「竹列也」為首義。
	節	竹部	無。	不採其說	823	採《博雅》為首義。
	等	竹部	又《說文》齊簡也，从竹从寺。寺，官曹之等平也。（六畫）	採為次義	810	採《易經》為首義。
	范	竹部	《說文》法也，竹簡書也。古法有竹刑。（五畫）	採為首義	809	
	箋	竹部	《說文》表識書也。（八畫）	採為首義	815	
	符	竹部	《說文》符信也，漢制以竹長六寸，分而相合。（五畫）	採為首義	808	
	筮	竹部	《說文》《易》卦用也。（七畫）	採為首義	813	
	笲	竹部	《說文》簪也。（六畫）	採為首義	811	
	笓	竹部	《說文》取蝦比也，比與篦同。（六畫）	採為首義	810	
	篗	竹部	無。	不採其說	830	以「收絲具也」為首義。
	筳	竹部	《說文》維絲管也。（七畫）	採為首義	814	
	筦	竹部	又《說文》筟也。（七畫）	採為次義	813	採《詩經》為首義。
	筟	竹部	《說文》筳也。筳織緯者。（七畫）	採為首義	812	
	筦	竹部	又屋上板。《說文》在瓦之下，棼之上。（五畫）	採為次義	809	採《篇海》為首義。
	簾	竹部	無。	不採其說	830	以「編竹作幃簿也」為首義。
	簀	竹部	《說文》牀棧也。（十一畫）	採為首義	824	
	第	竹部	又《說文》牀簀也。（五畫）	採為次義	809	採《方言》為首義。
	筵	竹部	《說文》竹席也。（七畫）	採為首義	814	
	簟	竹部	又《說文》竹席也。（十二畫）	採為次義	827	以「竹名」為首義。
	簾	竹部	《說文》籧蒢，麤竹席也。（十七畫）	採為首義	833	
	篨	竹部	無。	不採其說	823	以「籧蒢竹席」為首義。
	籅	竹部	無。	不採其說	834	以「竹器」為首義。
	簸	竹部	又《說文》箕屬，所以推棄之器也。（十五畫）	採為次義	831	採《廣雅》為首義。

竹部	簁	竹部	《說文》溮米籔也。（十三畫）	採爲首義	829	
	籔	竹部	無。	不採其說	831	採《類篇》爲首義。
	箅	竹部	《說文》蔽也，所以蔽甑底。（八畫）	採爲首義	814	
	籍	竹部	《說文》飯筥受五升，秦謂筥曰籍。（十二畫）	採爲首義	827	
	筲	竹部	《說文》陳留謂飯帚曰筲。一曰飯器容五升。一曰宋魏閒謂箸筩爲筲。（十畫）	採爲首義	822	
	筥	竹部	又《說文》筲也。（七畫）	採爲次義	813	採《詩經》爲首義。
	笥	竹部	《說文》飯及衣之器也。（五畫）	採爲首義	808	
	簞	竹部	《說文》笥也。（十二畫）	採爲首義	827	
	筵	竹部	無。	不採其說	824	以「竹器」爲首義。
	箄	竹部	無。	不採其說	814	以「小籠也」爲首義。
	簝	竹部	《說文》圜竹器也。（十一畫）	採爲首義	824	
	箸	竹部	無。	不採其說	819	以「匙箸飯具」爲首義。
	籗	竹部	無。	不採其說	825	以「竹籠也」爲首義。
	筐	竹部	無。	不採其說	812	採《易經》爲首義。
	籃	竹部	無。	不採其說	830	以「大籠筐也」爲首義。
	籝	竹部	《說文》筩也，可薰衣。（十畫）	採爲首義	822	
	筊	竹部	《說文》栖筊也。（六畫）	採爲首義	810	
	筌	竹部	《說文》栖筊也。或曰乘箸籠。（六畫）	採爲首義	810	
	籢	竹部	無。	不採其說	833	以「鏡橿也」爲首義。
	籫	竹部	無。	不採其說	834	以「竹器」爲首義。
	籯	竹部	無。	不採其說	834	以「箱屬」爲首義。
	笧	竹部	無。	不採其說	813	以「竹器」爲首義。
	簋	竹部	《說文》黍稷方器也。（十一畫）	採爲首義	825	
	簠	竹部	《說文》黍稷圜器也。（十二畫）	採爲首義	827	
	籩	竹部	無。	不採其說	833	以「竹豆」爲首義。
	笵	竹部	無。	不採其說	806	採《淮南子》爲首義。
	篅	竹部	無。	不採其說	820	採《廣韻》爲首義。
	簏	竹部	《說文》竹高篋也。（十一畫）	採爲首義	826	
	篿	竹部	無。	不採其說	818	採《篇海》爲首義。

竹部	篃	竹部	無。	不採其說	813	以「竹筒也」爲首義。
	篌	竹部	無。	不採其說	818	以「竹輿也」爲首義。
	篏	竹部	無。	不採其說	809	以「鳥籠也」爲首義。
	竿	竹部	《說文》竹梃也。（三畫）	採爲首義	806	
	籗	竹部	無。	不採其說	834	以「罩魚者也」爲首義。
	箇	竹部	無。	不採其說	814	以「數也」爲首義。
	筊	竹部	《說文》竹索也。（六畫）	採爲首義	810	
	筰	竹部	《說文》筊也。（七畫）	採爲首義	813	
	箈	竹部	《說文》蔽絮簀也。（八畫）	採爲首義	815	
	箑	竹部	《說文》扇也。（八畫）	採爲首義	815	
	籠	竹部	《說文》舉土器。一曰笭也。（十六畫）	採爲首義	832	
	籔	竹部	《說文》褰也。一曰漉米竹器（十七畫）	採爲首義	833	
	笸	竹部	《說文》所以收繩。（四畫）	採爲首義	806	
	簠	竹部	無。	不採其說	826	以「宗廟祭祀竹器」爲首義。
	籅	竹部	《說文》飲牛筐。方曰筐，圜曰籅。（十三畫）	採爲首義	829	
	筦	竹部	《說文》飲馬器也。（十一畫）	採爲首義	824	
	籚	竹部	無。	不採其說	832	採《廣韻》爲首義。
	箚	竹部	《說文》爾也。（八畫）	採爲首義	816	
	簡	竹部	無。	不採其說	831	採《集韻》爲首義。
	簦	竹部	《說文》笠蓋也。（十二畫）	採爲首義	827	
	笠	竹部	無。	不採其說	808	採《篇海》爲首義。
	箱	竹部	《說文》大車牝服也。（九畫）	採爲首義	818	
	篚	竹部	無。	不採其說	821	採《廣韻》爲首義。
	笭	竹部	《說文》車笭也。一曰籯也。（五畫）	採爲首義	809	
	箘	竹部	《說文》搔馬也。（十畫）	採爲首義	822	
	策	竹部	無。	不採其說	811	採《儀禮》爲首義。
	箠	竹部	無。	不採其說	817	以「竹名」爲首義。
	笧	竹部	又《說文》陟瓜切，箠也。（六畫）	採爲次義	811	以「竹名」爲首義。
	笍	竹部	《說文》羊車騶箠也，箸箴其耑，長半分。（四畫）	採爲首義	806	

竹部	蘭	竹部	無。	不採其說	833	以「所以盛弩矢人所負也」爲首義。
	箙	竹部	無。	不採其說	816	以「盛弓矢器」爲首義。
	筴	竹部	無。	不採其說	810	採《博雅》爲首義。
	笘	竹部	《說文》折竹箠也。（五畫）	採爲首義	807	
	筳	竹部	無。	不採其說	809	採《博雅》爲首義。
	笪	竹部	無。	不採其說	808	以「捶擊也」爲首義。
	籤	竹部	《說文》驗也。一曰銳也，貫也。（十七畫）	採爲首義	833	
	簏	竹部	《說文》榜也。（十三畫）	採爲首義	830	
	箴	竹部	《說文》綴衣箴也。（九畫）	採爲首義	818	
	箾	竹部	《說文》虞舜樂曰箾韶，《尙書》作簫韶。（九畫）	採爲首義	819	
	竽	竹部	《說文》竽三十六簧樂也。（三畫）	採爲首義	805	
	笙	竹部	《說文》笙十三簧，象鳳之身也。正月之音物生，故謂之笙。（五畫）	採爲首義	807	
	簧	竹部	《說文》笙中簧也。古者女媧作簧。（十二畫）	採爲首義	828	
	篞	竹部	無。	不採其說	818	以「簧屬」爲首義。
	簫	竹部	無。	不採其說	828	以「樂器」爲首義。
	筒	竹部	無。	不採其說	811	以「射筒竹名」爲首義。
	籟	竹部	《說文》簫三孔也。大者謂之笙，中者謂之籟，小者謂之箹。（十六畫）	採爲首義	832	
	箹	竹部	無。	不採其說	819	以「竹節也」爲首義。
	管	竹部	《說文》管，十一月之音，物開地牙，故謂之管。（八畫）	採爲首義	817	與《詩經》、《爾雅》並爲首義。
	篎	竹部	無。	不採其說	821	採《類篇》爲首義。
	笛	竹部	《說文》樂管，亦作篴。（五畫）	採爲首義	807	
	筑	竹部	《說文》筑，以竹曲爲五絃之樂也。（六畫）	採爲首義	811	
	箏	竹部	《說文》鼓絃竹身樂也。（八畫）	採爲首義	815	
	筊	竹部	無。	不採其說	816	以「竹名」爲首義。
	篍	竹部	無。	不採其說	821	以「竹蕭」爲首義。

竹部	籌	竹部	無。	不採其說	831	以「籌算」爲首義。
	簺	竹部	《說文》行棋相塞，謂之簺。（十三畫）	採爲首義	829	
	簙	竹部	《說文》局戲六箸十二棊也。（十二畫）	採爲首義	826	
	箄	竹部	《說文》藩落也。（十一畫）	採爲首義	823	
	籛	竹部	《說文》蔽不見也。（十三畫）	採爲首義	830	
	籚	竹部	無。	不採其說	834	以「弋射所必蔽者也」爲首義。
	箈	竹部	無。	不採其說	824	以「禁苑也」爲首義。
	筭	竹部	《說文》長六寸，計歷數者，从竹从弄，言常弄乃不誤也。（十一畫）	採爲首義	813	
	算	竹部	無。	不採其說	816	採《廣韻》爲首義。
	笑	竹部	無。	不採其說	807	採《廣韻》爲首義。
	簃	竹部	《說文》閣邊小屋。（十一畫）	採爲首義	825	
	筠	竹部	無。	不採其說	812	採《篇海》爲首義。
	笏	竹部	無。	不採其說	806	以「公及士所搢也」爲首義。
	篦	竹部	又《說文》導也。今俗謂篦。（十畫）	採爲次義	823	以「釵篦、竹器」爲首義。
	篙	竹部	無。	不採其說	821	採《廣韻》爲首義。
箕部	箕	竹部	無。	不採其說	815	採《詩經》爲首義。
	簸	竹部	《說文》揚米去糠也。（十三畫）	採爲首義	829	
丌部	丌	一部	《說文》下基也。薦物之具，象形。（二畫）	採爲首義	4	
	迋	辵部	《說文》古之遒人以木鐸記言。〈徐鍇曰〉遒人行而求之，故从辵。从丌，荐而進之于上也。（三畫）	採爲首義	1181	
	典	八部	《說文》典五帝之書也，从冊在丌上，尊閣之也。（六畫）	採爲首義	56	
	顨	頁部	《說文》同巽。从丌从頭。〈徐曰〉頭之義亦選具也。（十二畫增）	採爲首義	1337	二徐俱無此語。「顨，選具也。」係《說文》原文。
	畀	田部	無。	不採其說	687	採《爾雅》爲首義。
	巺	己部	《說文》本作巽，具也，篆文作巺。〈徐鉉曰〉庶物皆具丌以薦之。（九畫）	採爲首義	255	
	奠	大部	◎《說文》从酋。酋，酒也。下其丌也。（九畫）	列於字末補釋形義	181	以「定也」爲首義。

左部	左	工部	又《說文》手相左助也。（二畫）	採爲次義	253	採《增韻》爲首義。
	差	工部	《說文》貳也，不相值也。〈徐鍇曰〉左于事是不當值也。（七畫）	採爲首義	254	
工部	工	工部	《說文》巧飾也，象人有規榘也。（一畫）	採爲首義	253	
	式	戈部	《說文》古文二字，註詳部首。（二畫）	採爲首義	283	
	巧	工部	《說文》技也。（二畫）	採爲首義	253	
	巨	工部	《說文》規巨也，从工，象手持之。（二畫）	採爲首義	253	
珡部	珡	工部	無。	不採其說	254	採《玉篇》爲首義。
	寁	宀部	《說文》塝也。（七畫）	採爲首義	214	
巫部	巫	工部	《說文》祝也，女能事無形，以舞降神者也，象人兩褎舞形。（四畫）	採爲首義	253	
	覡	見部	《說文》能齋肅事神明也。在男曰覡，在女曰巫。〈徐鍇曰〉能見神也。（七畫）	採爲首義	1063	
甘部	甘	甘部	《說文》美也。〈徐曰〉物之甘美者也。（一畫）	採爲首義	681	徐鍇語。
	甛	甘部	《說文》美也，从舌作甘。舌知甘者。（六畫）	採爲首義	682	
	曆	甘部	《說文》和也。（十一畫）	採爲首義	682	
	猒	犬部	《說文》飽也，从甘从肰。《說文》或作猒。（八畫）	採爲首義	641	
	甚	甘部	《說文》尤安樂也。（四畫）	採爲首義	682	
曰部	曰	曰部	《說文》詞也，从口乙聲，亦象口气出也。〈註〉徐鍇曰：今試言曰，則開口而氣出也。（一畫）	採爲首義	430	
	曶	曰部	《說文》告也。（五畫）	採爲首義	430	《字彙》歸入日部。
	曷	曰部	《說文》何也。（五畫）	採爲首義	430	
	曶	曰部	《說文》出气詞也，从曰，象气出形。《春秋傳》曰「鄭太子曶」。（四畫）	採爲首義	430	
	替	曰部	《說文》曾也。《詩》曰「替不畏明」。〈註〉徐鉉曰：今俗有朁字，蓋替之譌。（八畫）	採爲首義	431	
	沓	水部	《說文》語多沓沓，若水之流。（四畫）	採爲首義	539	
	曹	曰部	《說文》作㯥，獄之兩㯥也。在廷東，从棘，治事者。〈註〉徐鍇曰：以詞治獄也，故从曰。（六畫）	採爲首義	430	

乃部	乃	丿部	無。	不採其說	9	以「語辭」爲首義。
	卥	卜部	《說文》驚聲也。（六畫）	採爲首義	86	
	卤	卜部	《說文》氣行貌。（八畫）	採爲首義	86	
丂部	丂	一部	《說文》氣欲舒出，𠃑上礙於一也。（一畫）	採爲首義	3	
	甹	田部	《說文》亟詞也。〈徐曰〉甹者，任俠也。由，用也，便捷任氣自由也。（二畫）	採爲首義	687	徐鍇語。鍇本作「俠者，任俠也。俠者，便捷任氣自由之爲也。」
	寧	宀部	《說文》願詞也，从丂寍聲。（十一畫）	採爲首義	219	
	丐	一部	《說文》反丂也，讀若呵。（一畫）	採爲首義	3	
	可	口部	《說文》肯也。（二畫）	採爲首義	100	
	奇	大部	◎《說文》从大从可，別作竒，俗作奇，非。（五畫）	列於字末補釋形義	178	以「異也」爲首義。
	哿	口部	《說文》可也，从可加聲。（七畫）	採爲首義	119	
	哥	口部	《說文》聲也，从二可，古文以爲謌字。（七畫）	採爲首義	118	
	叵	口部	《說文》不可也。（二畫）	採爲首義	101	
兮部	兮	八部	《說文》語有所稽也，从丂八，象氣越丂也。〈徐曰〉爲有稽考未便言之，言兮則語當駐，駐則氣越丂也。（二畫）	採爲首義	55	徐鍇語。
	旤	勹部	《說文》驚辭也。（八畫）	採爲首義	79	
	羲	羊部	《說文》气也，从兮義聲。（十一畫）	採爲首義	881	
	乎	丿部	《說文》乎，語之餘也，从兮，象聲上越揚之形。〈徐曰〉凡名乎皆上句之餘聲。（四畫）	採爲首義	10	徐鍇語。
号部	号	口部	無。	不採其說	102	遹云「同號」。
	號	虍部	無。	不採其說	1002	以「乎也」爲首義。
亏部	亏	二部	《說文》亏於也，象氣之舒，从丂从一。一者，其氣平之也。今作于。（一畫）	採爲首義	14	
	虧	虍部	《說文》氣損也。〈徐曰〉气闕，則其出舒遲，故字从亏。（十一畫）	採爲首義	1003	徐鍇語。
	粤	米部	《說文》審慎之詞。〈徐曰〉凡言粤者，皆在事端句首，未便言之，駐其言審思之。《書‧召誥》「粤三日丁巳」是也，心中暗數其日數，然後言之，其聲氣舒亏，故从亏。會意。（六畫）	採爲首義	836	
	吁	口部	《說文》驚也。（三畫）	採爲首義	102	
	平	干部	《說文》平語平舒也。（二畫）	採爲首義	267	

旨部	旨	日部	《說文》美也。（二畫）	採爲首義	417	
	嘗	口部	《說文》口味之也，从旨尙聲。（十一畫）	採爲首義	134	
喜部	喜	口部	無。	不採其說	127	採《爾雅》爲首義。
	憙	心部	《說文》悅也，从心从喜，喜亦聲。〈徐鍇曰〉喜在心，憙見爲此事，是心悅爲此事也，會意。（十二畫）	採爲首義	330	
	嚭	口部	《說文》大也。（十六畫）	採爲首義	141	
壴部	壴	豆部	《說文》陳樂立而上見也。（三畫）	採爲首義	1119	
	尌	寸部	《說文》立也，从壴从寸，持之也。（九畫）	採爲首義	223	
	蟦	虫部	無。	不採其說	1027	採《正字通》爲首義。
	彭	彡部	《說文》鼓聲也。（九畫）	採爲首義	292	
	嘉	口部	無。	不採其說	133	採《爾雅》爲首義。
鼓部	鼓	鼓部	《說文》鼓郭也。春分之音，萬物郭皮甲而出，故謂之鼓。〈徐鍇曰〉郭者，覆冒之意。（一畫）	採爲首義	1453	
	鼖	鼓部	《說文》大鼓也。（八畫）	採爲首義	1454	
	鼛	鼓部	《說文》大鼓也。（六畫）	採爲首義	1454	
	鼙	鼓部	《說文》騎鼓也。（八畫）	採爲首義	1454	
	鼞	鼓部	《說文》鼓聲。（十二畫）	採爲首義	1455	
	鼘	鼓部	《說文》鼓聲也。（四畫）	採爲首義	1454	
	鼘	鼓部	《說文》鼓聲也。（十一畫）	採爲首義	1455	
	鼟	鼓部	《說文》鼓聲也。（六畫）	採爲首義	1454	
	鼝	鼓部	《說文》鼓無聲。（九畫）	採爲首義	1454	
	鼜	鼓部	《說文》鼓聲。（六畫）	採爲首義	1454	
豈部	豈	豆部	《說文》還師振樂也。又欲也，登也。〈徐曰〉今借此爲語詞。（三畫）	採爲首義	1119	徐鍇語。
	愷	心部	《說文》康也。（十畫）	採爲首義	224	
	譏	豆部	《說文》䜣也。訖事之樂也。〈徐曰〉說文無譏字，當是訖字之誤。（十五畫）	採爲首義	1121	徐鉉語。
豆部	豆	豆部	《說文》古食肉器也。（一畫）	採爲首義	1119	
	梪	木部	無。	不採其說	458	
	䜺	豆部	《說文》䜺也。　◎《說文》从𤓯，豆省聲。俗作𢷳，非。（九畫）	採爲首義又補釋之	1120	

豆部	登	豆部	◎《說文》本作𥊵。（六畫）	列於字末補釋形義	1120	採《廣韻》爲首義。
	㲲	豆部	《說文》豆飴也。（五畫）	採爲首義	1120	
	登	豆部	《說文》禮器也。 ◎《說文》本作鐙。从廾持肉在豆上，會意，隸作登。（六畫）	採爲首義又補釋之	1120	
豐部	豐	豆部	《說文》行禮之器也。◎《說文》本作豐，从豆，象形。（六畫）	採爲首義又補釋之	1120	
	豑	豆部	《說文》爵之次第也。（十三畫）	採爲首義	1121	
	豐	豆部	《說文》豆之豐滿者也。一曰器名。鄉飲酒有豐候，亦謂之廢禁。（十一畫）	採爲首義	1121	
	豔	豆部	《說文》好而長也，从豐，豐大也，盍聲。〈徐曰〉容色豐滿也。（二十畫）	採爲首義	1121	徐鍇語。
䖒部	䖒	虍部	《說文》古陶器也。（七畫）	採爲首義	1002	
	甒	虍部	《說文》土鍪也。（十二畫）	採爲首義	1003	
	䵺	虍部	《說文》器也。（十七畫）	採爲首義	1004	
虍部	虍	虍部	無。	不採其說	1001	採《字林》爲首義。
	虞	虍部	《說文》騶虞也。白虎黑文，尾長于身，仁獸食自死之肉。（七畫）	採爲首義	1002	
	處	虍部	《說文》虎貌。（五畫）	採爲首義	1002	
	虔	虍部	《說文》虎行貌。（四畫）	採爲首義	1001	
	虘	虍部	無。	不採其說	1002	採《玉篇》爲首義。
	虖	虍部	◎《說文》作虖。（五畫）	列於字末補釋形義	1002	採《玉篇》爲首義。
	虐	虍部	又《說文》殘也。（二畫）	採爲次義	1001	採《增韻》爲首義。
	虓	虍部	無。	不採其說	1003	以「虎文」爲首義。
	虧	虍部	《說文》从虍異，象其下足。詳虞字註。（十二畫）	採爲首義	1003	
虎部	虎	虍部	《說文》山獸之君，从虍从儿，虎足象人也。《徐鉉註》象形。（二畫）	採爲首義	1001	
	虤	虍部	《說文》虎聲也。（十五畫）	不採其說	1004	
	虦	虍部	《說文》白虎也。（六畫）	採爲首義	1002	
	䖕	虍部	無。	不採其說	1002	以「虦屬」爲首義。
	䗶	虍部	無。	不採其說	1004	採《爾雅》爲首義。
	虓	虍部	無。	不採其說	1003	採《玉篇》爲首義。

虎部	彪	彡部	《說文》虎文也，从虎，彡象其文也。（八畫）	採為首義	291	
	虓	虍部	無。	不採其說	1001	採《玉篇》為首義。
	虦	虍部	《說文》虎貌。（五畫）	採為首義	1001	
	虖	虍部	《說文》虎鳴也。（四畫）	採為首義	1001	
	虓	虍部	《說文》虎聲也。（六畫）	採為首義	1002	
	虩	虍部	《說文》〈易〉履虎尾，虩虩，恐懼。（十二畫）	採為首義	1003	
	貚	虍部	《說文》虎所攫畫明文也。（九畫）	採為首義	1003	
	虒	虍部	《說文》委虒，虎之有角者。（四畫）	採為首義	1001	
	虪	虍部	《說文》黑虎也。（二十二畫）	採為首義	1004	
	虎	虍部	《說文》虦字。（九畫增）	採為首義	1003	虦字則採《六書正譌》為首義。
	虓	虍部	無。	不採其說	1003	採《玉篇》為首義。
虤部	虤	虍部	《說文》虎怒也。（十畫）	採為首義	1003	
	贊	虍部	又《說文》口氣出也。（十三畫）	採為次義	1004	以「兩虎爭聲」為首義。
	贙	貝部	《說文》分別也，从虤對爭貝。（十六畫）	採為首義	1141	
皿部	皿	皿部	《說文》飯食之器也。（一畫）	採為首義	720	
	盂	皿部	《說文》飯器也。（三畫）	採為首義	720	
	盌	皿部	《說文》小盂也。（五畫）	採為首義	722	
	盛	皿部	《說文》黍稷在器中以祀者也。（七畫）	採為首義	722	
	齍	齊部	《說文》黍稷器，所以祀者。（五畫）	採為首義	1459	
	盄	皿部	《說文》小甌也。（六畫）	採為首義	722	
	盧	皿部	《說文》飯器也。　◎《說文》本从虍从囱，俗从田作盧，非。（十一畫）	採為首義又補釋之	725	
	盬	皿部	《說文》器也。（十一畫）	採為首義	724	
	盅	皿部	《說文》器也。（四畫）	採為首義	721	
	盆	皿部	《說文》盆也。　◎《說文》或作瓬。（五畫）	採為首義又補釋之	722	
	盆	皿部	《說文》盎也。（四畫）	採為首義	721	
	盅	皿部	《說文》器也。（五畫）	採為首義	721	
	盨	皿部	《說文》槓盨，負戴器也。（十二畫）	採為首義	725	

皿部	盪	皿部	《說文》器也。（十四畫）	採爲首義	726	
	盆	皿部	《說文》械器也。（五畫）	採爲首義	721	
	醢	酉部	《說文》酸也。（十二畫）	採爲首義	1215	
	盉	皿部	《說文》調味也。（五畫）	採爲首義	721	
	益	皿部	無。	不採其說	721	以「饒也、加也」爲首義。
	盈	皿部	《說文》滿器也。 ◎《說文徐註》及，古乎切，益多之義也。古者以買物多得爲及，故从及。（四畫）	採爲首義 又補釋之	721	
	盡	皿部	《說文》器中空也。（九畫）	採爲首義	723	
	盅	皿部	《說文》器虛也。（四畫）	採爲首義	721	
	盦	皿部	《說文》覆盉也。（十一畫）	採爲首義	724	
	盅	皿部	《說文》仁也，从皿从囚，以皿食囚也。（五畫）	採爲首義	721	
	盥	皿部	《說文》澡手也。（十一畫）	採爲首義	724	
	盪	皿部	《說文》滌器也。（十二畫）	採爲首義	725	
凵部	凵	凵部	《說文》張口也，象形。（一畫）	採爲首義	62	
去部	去	厶部	《說文》人相違也。（三畫）	採爲首義	92	
	朅	曰部	《說文》去也，从去曷聲。（十畫）	採爲首義	432	
	㕟	夊部	無。	不採其說	173	
血部	血	血部	無。	不採其說	1035	
	衁	血部	《說文》血也。（三畫）	採爲首義	1035	
	衃	血部	《說文》凝血也。（四畫）	採爲首義	1035	
	衋	血部	《說文》氣液也，从血聿聲。（九畫）	採爲首義	1036	
	衂	血部	《說文解字》衂，从血丏省聲。（二畫增）	採爲首義	1035	
	衄	血部	《說文》鼻出血也。（四畫）	採爲首義	1035	
	衊	血部	《說文》腫血也，或作癓。（十三畫）	採爲首義	1036	
	衇	血部	無。	不採其說	1035	採《玉篇》爲首義。
	衊	血部	《說文》醢也。（十二畫）	採爲首義	1036	
	衅	血部	《說文》以血有所刉涂祭也。（十畫）	採爲首義	1036	
	血	血部	無。	不採其說	87	以「憂也、愍也」爲首義。
	衋	血部	《說文》傷痛也。（十八畫）	採爲首義	1036	

血部	嗢	血部	無。	不採其說	1035	採《玉篇》爲首義。
	盍	皿部	《說文》覆也。（四畫）	採爲首義	721	
	衊	血部	《說文》污血也。（十五畫）	採爲首義	1036	
丶部	丶	丶部	無。	不採其說	8	以「有所絕止，而識之也」爲首義。
	主	丶部	無。	不採其說	8	以「君也」爲首義。
	否	口部	《說文》相與語唾而不受也。（五畫）	採爲首義	112	
丹部	丹	丶部	《說文》丹巴越赤石，外象丹井，中象丹形，青彤騰等字從此。（二畫）	採爲首義	8	
	雘	隹部	《說文》善丹也，從丹蒦聲。（十畫）	採爲首義	1296	
	彤	彡部	《說文》丹飾也，從丹從彡。彡其畫也。（四畫）	採爲首義	291	
青部	青	青部	《說文》東方色也。（一畫）	採爲首義	1309	
	靜	青部	《說文》審也，從青爭聲。〈註〉徐鍇曰：丹青明審也。（七畫）	採爲首義	1310	
丼部	丼	丶部	《說文》八家一丼，象構韓形，丶，罋之象也。〈徐曰〉韓，井垣也。《周禮》謂之井樹，古者以瓶罋汲。本作丼，省作井。（四畫）	採爲首義	9	徐鍇語。
	汬	火部	《說文》深池也。（十畫）	採爲首義	607	
	阱	阜部	無。	不採其說	1275	採《廣韻》爲首義。
	刱	刀部	《說文》罰辠也，國之刑罰也，從井刀。刀守井飲之，人入井，陷於川，守之割其情也。（四畫）	採爲首義	65	
刱部	刱	刀部	《說文》造法刱業也，從井刅聲。〈徐曰〉井，法也。刅音瘡。（六畫）	採爲首義	66	徐鍇語。
皀部	皀	白部	《說文》穀之馨香也，象嘉穀在裏中之形，匕所以扱之。或說皀，一粒也。（二畫）	採爲首義	714	
	即	卩部	《說文》即食也。一曰就也。〈徐曰〉即猶就也。就，食也。（七畫）	採爲首義	88	徐鍇語。
	既	无部	《說文》小食也，從皀旡聲。《論語》曰：不使勝食既。（七畫）	採爲首義	413	
	冟	冖部	又《說文》飯剛柔不調者。（七畫）	採爲次義	58	以「飯堅柔調也」爲首義。

鬯部	鬯	鬯部	《說文》以秬釀鬱艸，芬芳攸服以降神也。（一畫）	採爲首義	1386	
	鬱	鬯部	《說文》芳艸也。一曰鬱鬯。百艸之華。遠方鬱人所貢芳草，以降神。鬱，今鬱林郡也。（十八畫）	採爲首義	1386	
	爵	爪部	《說文》禮器也，象爵之形。中有鬯酒，又持之也。所以飲，器象爵者，取其鳴，節節足足也。（十三畫）	採爲首義	617	
	䆃	鬯部	《說文》黑黍也。一稃二米以釀也。（十畫）	採爲首義	1386	
	𩰪	鬯部	《說文》列也。（六畫）	採爲首義	1386	
食部	食	食部	《說文》一米也。（一畫）	採爲首義	1343	
	饙	食部	《說文》府文切，滫飯也，从食桒聲〈徐註〉桒音忽，非聲，疑即奔字之譌。（十一畫）	採爲首義	1353	徐鉉語。
	餾	食部	無。	不採其說	1352	採《玉篇》爲首義。
	飪	食部	無。	不採其說	1345	採《玉篇》爲首義。
	饔	食部	無。	不採其說	1355	採《正字通》爲首義。
	飴	食部	無。	不採其說	1346	採《玉篇》爲首義。
	餳	食部	無。	不採其說	1349	採《集韻》爲首義。
	饊	食部	《說文》熬稻粻餭也。（十二畫）	採爲首義	1353	
	餅	食部	《說文》麪餈也。（八畫）	採爲首義	1349	
	餈	食部	《說文》稻餅也。　◎《說文》或作粢（六畫）	採爲首義又補釋之	1347	
	饘	食部	《說文》周謂之饘，宋謂之餬。（十三畫）	採爲首義	1354	
	餱	食部	《說文》乾食也。〈徐鉉曰〉今人謂飯乾爲餱。（九畫）	採爲首義	1351	
	餥	食部	《說文》餱也。（八畫）	採爲首義	1350	
	饎	食部	無。	不採其說	1353	採《爾雅》爲首義。
	籑	食部	《說文》饌本字。（十四畫）	採爲首義	1355	
	養	食部	◎《說文》本作𢼄。（六畫）	列於最末補釋形義	1347	採《玉篇》爲首義。
	飯	食部	又《說文》食也。（四畫）	採爲次義	1345	採《玉篇》爲首義。
	飷	食部	無。	不採其說	1345	採《玉篇》爲首義。
	飤	食部	《說文》糧也。（二畫）	採爲首義	1344	

食部	饡	食部	無。	不採其說	1355	採《玉篇》爲首義。
	餬	食部	無。	不採其說	1353	採《玉篇》爲首義。
	飧	食部	《說文》餔也。　◎《說文》作餐，夕食，故从夕。（三畫）	採爲首義又補釋之	1344	
	餔	食部	無。	不採其說	1348	採《玉篇》爲首義。
	餐	食部	《說文》吞也。（七畫）	採爲首義	1348	
	鎌	食部	《說文》嘰也。　又《說文》廉潔也。（十畫）	採爲首義及次義	1351	
	餂	食部	無。	不採其說	1352	採《玉篇》爲首義。
	饟	食部	無。	不採其說	1355	採《爾雅》爲首義。
	餉	食部	《說文》饟也。（六畫）	採爲首義	1347	
	饋	食部	無。	不採其說	1353	採《廣韻》爲首義。
	饗	食部	《說文》鄉人飲酒也。（十三畫）	採爲首義	1354	
	饛	食部	《說文》盛器滿貌。（十四畫）	採爲首義	1354	
	飵	食部	無。	不採其說	1346	採《玉篇》爲首義。
	飴	食部	無。	不採其說	1346	採《玉篇》爲首義。
	饙	食部	《說文》秦人謂相謁而食麥曰饙餲。（十四畫）	採爲首義	1354	
	餲	食部	《說文》饙餲也。謂相謁食麥，秦人語。或作餳。（九畫）	採爲首義	1352	
	餬	食部	無。	不採其說	1350	採《爾雅》爲首義。
	飶	食部	《說文》食之香也。（五畫）	採爲首義	1346	
	飫	食部	又《說文》燕實也，本作餕。（四畫）。	採爲次義	1345	
	飽	食部	《說文》厭也。（五畫）	採爲首義	1346	
	餉	食部	《說文》饜飫。（七畫）	採爲首義	1347	
	饒	食部	無。	不採其說	1353	採《玉篇》爲首義。
	餘	食部	《說文》饒也。（七畫）	採爲首義	1349	
	餲	食部	《說文》食臭也。（六畫）	採爲首義	1347	
	餞	食部	《說文》送去也。〈徐曰〉以酒食送也。（八畫）	採爲首義	1349	徐鍇語。
	餫	食部	《說文》野饋也。（九畫）	採爲首義	1350	
	館	食部	無。	不採其說	1350	採《玉篇》爲首義。
	饕	食部	無。	不採其說	1354	採《玉篇》爲首義。
	䬴	食部	《說文》饕本字。貪食也。（五畫）	採爲首義	1346	

食部	饐	食部	《說文》飯傷熱也。（十三畫）	採爲首義	1354	
	饐	食部	《說文》飯傷濕也。　又《說文》飯窒也。（十二畫）	採爲首義及次義	1353	
	餲	食部	無。	不採其說	1351	採《玉篇》爲首義。
	饑	食部	《說文》穀不熟爲饑，从食幾聲。餘詳飢字註。（十二畫）	採爲首義	1353	
	饉	食部	無。	不採其說	1353	採《廣韻》爲首義。
	餒	食部	無。	不採其說	1346	採《玉篇》爲首義。
	餧	食部	《說文》食牛也。（八畫）	採爲首義	1350	
	飢	食部	無。	不採其說	1344	採《玉篇》爲首義。
	餓	食部	無。	不採其說	1348	採《玉篇》爲首義。
	餕	食部	《說文》吳人謂祭曰餕。（九畫）	採爲首義	1352	
	餲	食部	無。	不採其說	1349	採《玉篇》爲首義。
	餲	食部	無。	不採其說	1348	採《玉篇》爲首義。
	餕	食部	無。	不採其說	1349	採《玉篇》爲首義。
	餗	食部	《說文》食馬穀也。（五畫）	採爲首義	1346	
	餕	食部	《說文》食之餘也。（七畫）	採爲首義	1348	與《玉篇》並爲首義。
	饎	食部	無。	不採其說	1351	採《玉篇》爲首義。
亼部	亼	人部	《說文》亼，三合也，从人一，象三合之形，讀若集。〈徐鉉曰〉此疑只象形，非从人一也。（一畫）	採爲首義	19	
	合	口部	《說文》合口也。（三畫）	採爲首義	102	
	僉	人部	無。	不採其說	43	以「咸也、眾共言之也」爲首義。
	侖	人部	無。	不採其說	30	以「敘也」爲首義。
	今	人部	《說文》是時也。（二畫）	採爲首義	19	
	舍	舌部	《說文》市居曰舍。（二畫）	採爲首義	934	
會部	會	曰部	無。	不採其說	431	以「合也」爲首義。
	朇	曰部	《說文》益也，从會卑聲。（十七畫）	採爲首義	432	
	辰	辰部	《說文》日月合宿爲辰。（十三畫）	採爲首義	1181	
倉部	倉	人部	《說文》穀藏也。（八畫）	採爲首義	35	
	牄	爿部	《說文》鳥獸來食聲也，从倉爿聲。《虞書》曰「鳥獸牄牄」。（十畫）	採爲首義	620	

入部	入	入部	《說文》內也。（一畫）	採為首義	53	
	內	入部	《說文》入也，从冂入自外而入也。（二畫）	採為首義	53	
	宋	山部	《說文》入山之深也。（二畫）	採為首義	235	
	糴	米部	無。	不採其說	841	
	全	入部	《說文》全本作仝。〈徐曰〉工所為也，會意。（三畫）	採為首義	54	徐鍇語。
	入	入部	《說文》二入也，兩字从此。（三畫）	採為首義	54	
缶部	缶	缶部	《說文》瓦器，所以盛酒漿。秦人鼓之以節歌。（一畫）	採為首義	872	
	𦉥	缶部	《說文》未燒瓦器也。讀若筩莩。（十畫）	採為首義	873	
	匋	勹部	《說文》瓦器也。古者昆吾作匋，从缶包省聲。（六畫）	採為首義	79	
	罌	缶部	《說文》缶也。（十四畫）	採為首義	874	
	甀	缶部	《說文》小口罌也。（十畫）	採為首義	873	
	㼝	缶部	《說文》小缶也。（八畫）	採為首義	873	
	缾	缶部	無。	不採其說	873	以「汲水器也」為首義。
	罋	缶部	《說文》汲瓶也。（十八畫）	採為首義	874	
	缻	缶部	《說文》下平缶也。（五畫）	採為首義	873	
	罃	缶部	《說文》備火長頸瓶也。（十畫）	採為首義	873	
	缸	缶部	《說文》㼬也。（三畫）	採為首義	872	
	缿	缶部	《說文》瓦缶器也。（八畫）	採為首義	873	
	罅	缶部	《說文》瓦器也。（十七畫）	採為首義	874	
	㽺	缶部	《說文》瓦器也。（四畫）	採為首義	873	
	罈	缶部	《說文》瓦器也。（十七畫）	採為首義	874	
	缺	缶部	《說文》缺也。（五畫）	採為首義	873	
	缺	缶部	《說文》器破也。（四畫）	採為首義	873	
	罉	缶部	《說文》裂也，缶燒善裂也。（十一畫）	採為首義	873	
	罄	缶部	《說文》器中空也。古文磬字（十一畫）	採為首義	873	
	罊	缶部	《說文》器中盡也。（十三畫）	採為首義	874	
	缿	缶部	《說文》受錢器也。古以瓦，今以竹。（六畫）	採為首義	873	
	罐	缶部	《說文新附字》器也。（十八畫）	採為首義	874	

矢部	矢	矢部	《說文》弓弩矢也，从入，象鏑括羽之形。古者夷牟初作矢。（一畫）	採爲首義	751	
	躲	矢部	《說文》射本字。弓弩發於身而中於遠也，从矢从身。〈徐曰〉躲者，身平體正，然後能中也。篆文作射，从寸，亦法度也。詳射字註。（七畫）	採爲首義	752	徐鍇語。
	矯	矢部	《說文》揉箭箝也。（十二畫）	採爲首義	753	
	矰	矢部	《說文》雉躲矢也。（十二畫）	採爲首義	753	
	侯	人部	◎《說文》本作矦，从人从厂，象張布之狀，矢在其下。鄭司農曰：方十尺曰矦，四尺曰鵠。（七畫）	列於字末補釋形義	31	採《爾雅》爲首義。
	矤	矢部	《說文》傷也。（九畫）	採爲首義	753	
	短	矢部	《說文》有所長短，以矢爲正。〈徐曰〉若以弓爲度也。（七畫）	採爲首義	752	徐鍇語。
	矤	矢部	《說文》矧本字，从矢引省聲，从矢。取詞之所之如矢也。（三畫）	採爲首義	751	
	知	矢部	《說文》詞也，从口从矢。〈徐曰〉知理之速，如矢之疾也。（三畫）	採爲首義	752	徐鍇語。
	矣	矢部	《說文》語已辭也。〈徐曰〉矣者直疾，今試言矣，則出氣直而疾，會意。（二畫）	採爲首義	751	徐鍇語。
	矮	矢部	《說文》短人也。（八畫）	採爲首義	753	
高部	高	高部	《說文》崇也，象臺觀高之形。从冂，口與倉舍，同意。（一畫）	採爲首義	1379	
	髙	高部	《說文》小堂也。或作廎。（二畫）	採爲首義	1379	
	亭	亠部	《說文》民所安定也。（七畫）	採爲首義	17	
	亳	亠部	《說文》亳，京兆杜陵亭名，則又一亳也。（八畫）	採爲首義	17	
冂部	冂	冂部	《說文》邑外謂之郊，郊外謂之野，野外謂之林，林外謂之冂，象遠界也。（一畫）	採爲首義	56	
	市	巾部	《說文》韠也。上古衣蔽前而已，市以象之。天子朱市，諸侯赤市，大夫蔥衡。从巾，象連帶之形。（一畫）	採爲首義	256	
	冘	冖部	《說文》淫淫行貌。（二畫）	採爲首義	58	
	央	大部	◎《說文》从大在冂之內。〈徐曰〉从大，取其正中。會意。（二畫）	列於字末補釋形義	177	以「中也」爲首義。徐鍇語。
	隺	隹部	《說文》高至也，从隹上欲出冂。《易》曰「夫乾隺然」。（二畫）	採爲首義	1292	

亯部	亯	高部	《說文》度也，民所度居也。从回，象城亯之重，兩亭相對也。（七畫）	採爲首義	1380	
	𩫏	高部	《說文》缺也。古者城闕其南方謂之𩫏。（十畫）	採爲首義	1380	
京部	京	亠部	無。	不採其說	16	以「大也」爲首義。
	就	尤部	《說文》就，高也，从京从尤。〈徐曰〉尤異也。尤高人所就之處，語曰：就之如日。會意。（九畫）	採爲首義	227	徐鍇語。
亯部	亯	亠部	無。	不採其說	17	採《玉篇》爲首義。
	臺	羊部	《說文》孰也，从亯从羊，讀若純。一曰𩱱也。（九畫）	採爲首義	881	
	簹	竹部	無。	不採其說	820	以「厚也」爲首義。
	亶	自部	《說文》用也，鼻知臭香所食也。（九畫）	採爲首義	928	
㫗部	㫗	****	無。		****	《康熙字典》不錄㫗字。
	覃	西部	無。	不採其說	1056	採《廣韻》爲首義。隸定字「覃」歸入鹵部。
	厚	厂部	《說文》山陵之厚也。（七畫）	採爲首義	89	
	畐	田部	《說文》滿也，从高省，象高厚之形。（四畫）	採爲首義	688	
㐭部	良	艮部	《說文》善也。（一畫）	採爲首義	941	
	㐭	亠部	《說文》廩本字，从入从回，象屋形，中有戶牖防蒸熱。（六畫）	採爲首義	17	
	稟	禾部	《說文》賜穀也，从㐭从禾。〈徐曰〉公稟賜之也。（八畫）	採爲首義	783	徐鍇語。
	亶	亠部	無。	不採其說	17	以「信也」爲首義。
	㗊	口部	《說文》嗇也，从口㐭。㐭，受也。（八畫）	採爲首義	124	
嗇部	嗇	口部	《說文》本作𠼝，愛濇也，从來从㐭。來者㐭而藏之，故田夫謂之嗇夫。（十畫）	採爲首義	130	
	牆	爿部	《說文》本作牆，垣蔽也，从嗇爿聲。◎《說文》籀文作牆。（十三畫）	採爲首義又補釋之	620	
來部	來	人部	無。	不採其說	29	以「至也、還也、及也」爲首義。
	秾	矢部	◎《說文》或作徕，與俫、𫝆𫟒同。（十畫）	列於字末補釋形義	753	採《爾雅》爲首義。

麥部	麥	麥部	《說文》麥，芒穀。秋種厚薶麥金也；金王而生，火王而死。（一畫）	採爲首義	1440	
	麳	麥部	《說文》來，麳麥也。（六畫）	採爲首義	1441	
	麧	麥部	《說文》堅麥也。（四畫）	採爲首義	1440	
	麷	麥部	《說文》小麥屑之覈。（十畫）	採爲首義	1442	
	䴢	麥部	《說文》磨麥也。（十畫）	採爲首義	1442	
	麩	麥部	《說文》小麥屑皮也。一作麲。（四畫）	採爲首義	1440	
	麱	麥部	《說文》麥末也。（四畫）	採爲首義	1440	
	麶	麥部	《說文》麥覈屑也。十斤爲三斗。（十一畫）	採爲首義	1442	
	䴾	麥部	《說文》羹麥也。（十八畫）	採爲首義	1442	
	麮	麥部	《說文》麥甘鬻也。（四畫）	採爲首義	1441	
	䴽	麥部	《說文》餅𥹥。（十畫）	採爲首義	1442	
	麧	麥部	《說文》餅𥹥也。（四畫）	採爲首義	1441	
	麨	麥部	《說文》餅𥹥也。（三畫）	採爲首義	1440	
夊部	夊	夊部	《說文》夊夊，象人兩脛有所夊也。（一畫）	採爲首義	173	
	㚄	夊部	《說文》行㚄㚄也。（四畫）	採爲首義	173	
	复	夊部	《說文》行故道也。（六畫）	採爲首義	173	
	夌	夊部	《說文》越也，从夊从土，高也。一曰凌夊也。〈徐曰〉夊俟，漸其迤也。《史記》「泰山之高，跛牂牧其上，夌俟故也」。（五畫）	採爲首義	173	徐鍇語。
	致	至部	《說文》送詣也。（三畫）	採爲首義	929	
	憂	心部	《說文》愁也。（十一畫）	採爲首義	329	
	愛	心部	無。 ◎小篆作㤅。	不採其說補釋篆形	323	以「仁之發也」爲首義。
	夊	尸部	《說文》夊夊行貌。（五畫）	採爲首義	228	
	竷	立部	無。	不採其說	801	以「擊鼓也」爲首義。
	夋	夊部	《說文》𠑹蓋也。（五畫）	採爲首義	173	
	夏	夊部	無。	不採其說	173	以「四時，二曰夏」爲首義。
	畟	田部	《說文》治稼畟畟也。（五畫）	採爲首義	689	
	㚒	夊部	《說文》鳥飛斂足也。引《爾雅》鶤鶘㚒其飛也。註：不能翺翔遠舉，但竦翅上下而巳。（六畫）	採爲首義	173	

夊部	夒	夊部	《說文》貪獸也。一曰母猴，似人。从頁巳止，象手夊，象足。省作猱。（十六畫）	採爲首義	173	
	夔	夊部	《說文》神魖也，如龍一足。（二十畫）	採爲首義	173	
	夎	夊部	無。	不採其說	173	以「拜失容也」爲首義。
舛部	舛	舛部	《說文》對臥也，从夕丮相背。（一畫）	採爲首義	936	
	舞	舛部	《說文》舞樂也。（八畫）	採爲首義	936	
	䑞	舛部	《說文》車軸耑鍵也，兩穿相背。（七畫）	採爲首義	936	
舜部	舜	舛部	《說文》草也。楚謂之葍，秦謂之藑，蔓地連華。（六畫）	採爲首義	936	
	䑞	生部	無。	不採其說	683	以「華榮也」爲首義。
韋部	韋	韋部	《說文》相背也，从舛口聲。獸皮之韋，可以束枉戾相韋背，故借以爲皮韋。（一畫）	採爲首義	1321	
	韠	韋部	《說文》韨也，所以蔽前，以韋，下廣二尺，上廣一尺，其頸五寸，一命縕韠，再命赤韠。从韋畢聲。（十一畫）	採爲首義	1323	
	韎	韋部	《說文》茅蒐染韋也，从韋末聲。（五畫）	採爲首義	1321	
	韢	韋部	《說文》橐紐也，从韋惠聲。　又《說文》一曰盛頭橐也。〈註〉徐鍇曰：謂戰伐以盛首級。（十二畫）	採爲首義及次義。	1323	
	韜	韋部	《說文》弓衣也，从韋舀聲。（十畫）	採爲首義	1323	
	韝	韋部	《說文》射決也，从韋冓聲。（十畫）	採爲首義	1323	
	韘	韋部	《說文》射決也，所以鉤弦，以象骨，韋系，著右巨指。从韋枼聲。（九畫）	採爲首義	1322	
	韣	韋部	無。	不採其說	1323	採《玉篇》爲首義。
	韔	韋部	《說文》弓衣也，从韋長聲。（八畫）	採爲首義	1322	
	韤	韋部	《說文》履也，从韋叚聲。（九畫）	採爲首義	1322	
	鞎	韋部	《說文》履後帖也，从韋叚聲。（九畫）	採爲首義	1322	
	韤	韋部	《說文》足衣也，从韋蔑聲。〈註〉徐鉉曰：今俗作韈，非是。（十五畫）	採爲首義	1323	
	韄	韋部	《說文》輙裏也，从韋專聲。（十畫）	採爲首義	1322	
	韏	韋部	無。	不採其說	1322	採《爾雅》爲首義。
	韱	韋部	《說文》收束也。（十八畫）	採爲首義	1324	
	韓	韋部	《說文》井垣也。从韋，取其帀也，倝聲。（八畫）	採爲首義	1322	以「韓」爲字頭，故置八畫中。
	韌	韋部	《說文》柔而固也，从韋刃聲。（三畫）	採爲首義	1321	

弟部	弟	弓部	《說文》束韋之次第也。（四畫）	採爲首義	285	
	𥄎	目部	《說文》周人謂兄曰𥄎，从弟从眾。〈徐鉉曰〉眾目相及也。兄弟親比之義。（十二畫）	採爲首義	746	
夊部	夊	夊部	《說文》从後至也，象人兩脛後有推致之者。（一畫）	採爲首義	172	
	夆	夊部	無。	不採其說	172	以「相遮要害也」爲首義。
	夅	夊部	《說文》牾也。〈徐曰〉相逆牾也。（四畫）	採爲首義	172	徐鍇語。
	夆	夊部	無。	不採其說	172	採《玉篇》、《集韻》爲首義。
	夊	夊部	《說文》秦人市買多得爲夊。（一畫）	採爲首義	172	
	夂	夊部	《說文》跨步也。兩股閒曰夂。跨、胯、骻通。（一畫）	採爲首義	172	
久部	久	丿部	又《說文》久，从後灸之，象人兩脛後有距也。引《周禮》「久諸牆以觀其橈」。（二畫）	採爲次義	9	以「暫之反也」爲首義。
桀部	桀	木部	無。	不採其說	452	以「磔也」爲首義。
	磔	石部	無。	不採其說	763	以「張也、開也、裂也、剔也」爲首義。
	乘	木部	《說文》从入从桀，桀黠也。軍法入桀曰乘。〈徐曰〉乘從上覆之也。今作乘，詳丿部乘字註。（八畫）	採爲首義	464	徐鍇語。

徐鉉校定《說文》卷六

說文部首	字例	《康熙字典》				備　註
		歸部	引用《說文》之釋語	引用情形	頁碼	
木部	木	木部	《說文》冒也，冒地而生。東方之行，从中，下象其根。〈徐鍇曰〉中者，木始甲坼也。萬物皆始於微，故木从中。（一畫）	採爲首義	437	
	橘	木部	《說文》果出江南，樹碧而多生。（十二畫）	採爲首義	481	
	橙	木部	《說文》橘屬。（十二畫）	採爲首義	481	
	柚	木部	《說文》與櫾同，條也。（五畫）	採爲首義	447	
	櫨	木部	《說文》木名，與柤同，似棃而酢。（十一畫）	採爲首義	478	
	棃	木部	《說文》果名。（八畫）	採爲首義	459	
	梬	木部	《說文》棗也，似柿。（七畫）	採爲首義	458	
	柿	木部	《說文》赤實果。（五畫）	採爲首義	445	
	枏	木部	《說文》木名，梅也。（四畫）	採爲首義	443	
	梅	木部	《說文》枏也。（七畫）	採爲首義	456	
	杏	木部	《說文》果名。（三畫）	採爲首義	439	
	柰	木部	《說文》果名。（五畫）	採爲首義	448	
	李	木部	《說文》果名。（三畫）	採爲首義	439	
	桃	木部	《說文》果也。（六畫）	採爲首義	453	
	楙	木部	無。	不採其說	467	以「木名，冬桃也」爲首義。
	楟	木部	無。	不採其說	454	採《廣韻》爲首義。
	楷	木部	《說文》木也，孔子冢蓋樹之者。（九畫）	採爲首義	470	
	梫	木部	《說文》桂也。（七畫）	採爲首義	458	
	桂	木部	《說文》江南木，百藥之長。（六畫）	採爲首義	453	
	棠	木部	無。	不採其說	461	採《爾雅》爲首義。
	杜	木部	《說文》甘棠也，牡曰棠，牝曰杜。樊光曰：赤者爲杜，白者爲棠。（三畫）	採爲首義	440	
	樿	木部	《說文》木也。〈徐曰〉堅木。（十一畫）	採爲首義	474	徐鍇語。
	樺	木部	《說文》木也，可爲櫛。（十二畫）	採爲首義	480	

木部	橰	木部	《說文》木可屈爲杅者。(九畫)	採爲首義	465	
	楢	木部	《說文》柔木也，工官以爲耎輪。(九畫)	採爲首義	468	
	栩	木部	《說文》欋椐木。(六畫)	採爲首義	453	
	棆	木部	《說文》母杶也，大杶旁地生條，故曰母杶。(八畫)	採爲首義	459	
	楈	木部	《說文》木也。(九畫)	採爲首義	466	
	柍	木部	《說文》梅也。(七畫)	採爲首義	456	
	楑	木部	又《說文》求癸切，同揆。一曰度也。一曰木也。(九畫)	採爲次義	467	採《博雅》爲首義。
	棓	木部	《說文》木也。(八畫)	採爲首義	462	
	棡	木部	《說文》木也。(八畫)	採爲首義	463	
	樕	木部	《說文》樸樕，小木也。(十一畫)	採爲首義	478	
	欂	木部	《說文》木也。(十八畫)	採爲首義	491	
	梣	木部	《說文》青皮木。(七畫)	採爲首義	458	
	棳	木部	無。	不採其說	462	逕云「同棁」
	榹	木部	無。	不採其說	478	逕云「同榹」
	棪	木部	《說文》樕其也。(八畫)	採爲首義	462	
	櫨	木部	《說文》木也，亦作樀櫜。(十三畫)	採爲首義	484	
	椋	木部	《說文》即來也。(八畫)	採爲首義	464	
	檍	木部	《說文》杶也，可爲弓材。(十三畫)	採爲首義	484	
	樻	木部	《說文》木也。(十二畫)	採爲首義	480	
	槫	木部	無。	不採其說	478	逕云「同欂」。
	楀	木部	《說文》木名也。(九畫)	採爲首義	466	
	虆	艸部	《說文》木名。(十九畫)	採爲首義	999	
	栜	木部	《說文》赤楝也。(六畫)	採爲首義	453	
	栟	木部	《說文》栟櫚，椶也。(八畫)	採爲首義	463	
	椶	木部	《說文》栟櫚也，可作萆。張楫曰：本高一二丈，旁無枝葉，如車輪皆萃于木杪，其下有皮，重疊裹之，每皮一匝爲一節，花黃白，結實作房，如魚子狀。(九畫)	採爲首義	465	
	樌	木部	《說文》楸也。(十三畫)	採爲首義	485	
	椅	木部	《說文》梓也。(八畫)	採爲首義	463	

木部	梓	木部	《說文》楸也。或作榟、梓。（七畫）	採爲首義	456	
	楸	木部	《說文》梓也。（九畫）	採爲首義	470	
	檟	木部	無。	不採其說	481	取《說文》之義而不提《說文》之名
	柀	木部	《說文》櫏也。（五畫）	採爲首義	446	
	檆	木部	《說文》杉本字。徐鉉曰：俗作杉，非。詳杉字註。（十三畫）	採爲首義	484	
	榛	木部	《說文》木也。　又《說文》亲註，果實如小栗，引〈莊公二十四年〉《左傳》女摯不過亲栗。〈徐曰〉今五經皆作榛，榛有臻至之義。（十畫）	採爲首義及次義	471	徐鍇語。「亲」字注。
	梫	木部	《說文》同栲。（五畫）	採爲首義	446	
	杶	木部	《說文》木也。（四畫）	採爲首義	441	
	櫄	木部	無。	不採其說	480	逕云「同杶」。
	桜	木部	《說文》白桜棫也。或作棲。（七畫）	採爲首義	455	
	棫	木部	《說文》白桜也。（八畫）	採爲首義	462	
	楒	木部	《說文》木名。（十畫）	採爲首義	471	
	椐	木部	《說文》樻也。（八畫）	採爲首義	464	
	樻	木部	《說文》椐也。（十二畫）	採爲首義	480	
	栩	木部	《說文》柔也，其實阜。一曰樣。〈徐曰〉阜斗謂之樣，亦栗屬也。（六畫）	採爲首義	451	徐鍇語。鍇本作「謂之橡」。
	柔	木部	《說文》栩也。（四畫）	採爲首義	442	
	樣	木部	無。	不採其說	479	以「栩實」爲首義。
	杙	木部	《說文》果名。（三畫）	採爲首義	440	
	枇	木部	無。	不採其說	442	逕云「詳杷字註」。
	桔	木部	《說文》桔梗，藥名。（六畫）	採爲首義	454	
	柞	木部	《說文》木也。（五畫）	採爲首義	447	
	枰	木部	《說文》木名，出橐山。（五畫）	採爲首義	447	
	榗	木部	《說文》木也，《書》曰：竹箭如榗，未詳。（十畫）	採爲首義	471	
	椵	木部	無。	不採其說	467	逕云「同檟」。
	椴	木部	《說文》木可作牀几。（九畫）	採爲首義	465	
	檵	木部	又《說文》胡計切，義同。（十二畫）	採爲次義	482	以「木名」爲首義。
	楷	木部	《說文》木也。（九畫）	採爲首義	468	

木部	檣	木部	《說文》木可爲大車輪。（十四畫）	採爲首義	487	
	杚	木部	無。	不採其說	438	以「木名也」爲首義。
	櫗	木部	《說文》櫗木也。（十六畫）	採爲首義	489	
	樲	木部	《說文》酸棗也。（十二畫）	採爲首義	479	
	樸	木部	《說文》棗也。（十四畫）	採爲首義	486	
	橤	木部	《說文》酸小棗也。 又《說文》橤染也。（十二畫）	採爲首義及次義	483	
	杝	木部	《說文》木名也，實如梨。 又《說文》女氏切，音旎。（五畫）	採爲首義及次義	446	
	梢	木部	《說文》木也。（七畫）	採爲首義	458	
	檕	木部	《說文》木也。（十六畫）	採爲首義	489	
	杍	木部	《說文》木也。（七畫）	採爲首義	455	
	梭	木部	又〈徐鉉曰〉別作蘇禾切，音蓑。（七畫）	採爲次義	458	以「木也，一曰木茂也」爲首義。
	樺	木部	《說文》木也。（十一畫）	採爲首義	475	
	梸	木部	無。	不採其說	466	採《正字通》爲首義。
	枸	木部	《說文》木名。（五畫）	採爲首義	445	
	樜	木部	無。	不採其說	478	逕云「同柘」。
	枋	木部	《說文》木可作庫。（四畫）	採爲首義	443	
	橿	木部	《說文》枋也。一曰鉏柄。（十三畫）	採爲首義	483	
	樗	木部	《說文》木也，以其皮裹松脂，或从木蒦。（十一畫）	採爲首義	478	
	檗	木部	《說文》黃木也。（十三畫）	採爲首義	485	
	棻	木部	《說文》香木也。（七畫）	採爲首義	458	
	椴	木部	《說文》似茱萸，出淮南。（十畫）	採爲首義	471	
	棷	木部	《說文》木可作大車輮。（十一畫）	採爲首義	475	
	楊	木部	《說文》木名。（九畫）	採爲首義	466	
	檉	木部	《說文》河柳也。（十三畫）	採爲首義	484	
	柳	木部	《說文》小楊也，本作桺，从木卯聲。（五畫）	採爲首義	449	
	樐	木部	《說文》大木可爲鉏柄。（十畫）	採爲首義	473	
	欒	木部	《說文》木似欄大夫冢樹欄棟也。（十九畫）	採爲首義	492	
	桵	禾部	《說文》棠棣也。（六畫）	採爲首義	450	

木部	棣	木部	《說文》白棣也。（八畫）	採爲首義	461	
	枳	木部	《說文》木似橘。〈徐曰〉即藥家枳㲉也。（五畫）	採爲首義	445	徐鍇語。鍇本作「枳㲉也」
	楓	木部	《說文》木也，厚葉，弱枝，善搖，一名㮦。　又《說文解字》楓木，漢宮殿中多植之，故稱楓宸。（九畫）	採爲首義及次義	467	
	欓	木部	又《說文》欓黃華木也。（十八畫）	採爲次義	491	採《玉篇》爲首義。
	柜	木部	《說文》木也。〈徐曰〉柜柳也，大葉木。（五畫）	採爲首義	447	二徐俱無此語。
	槐	木部	《說文》木也。（十畫）	採爲首義	474	
	穀	木部	《說文》楮也。（十畫）	採爲首義	471	
	楮	木部	《說文》柱砥，古用木，今用石。〈徐曰〉柱下根也。（十畫）	採爲首義	472	二徐俱無此語。
	樿	木部	《說文》木也。（十四畫）	採爲首義	486	
	杞	木部	《說文》枸杞也。（三畫）	採爲首義	440	
	枒	木部	《說文》木名。（四畫）	採爲首義	443	
	檀	木部	《說文》木也。（十三畫）	採爲首義	483	
	櫟	木部	《說文》木也。（十五畫）	採爲首義	488	
	梂	木部	《說文》櫟實。　又《說文》梂，一曰鑿首。（七畫）	採爲首義及次義	456	
	楝	木部	《說文》木也。（九畫）	採爲首義	468	
	檿	木部	《說文》山桑有點文者。（十四畫）	採爲首義	487	
	柘	木部	《說文》桑屬。（五畫）	採爲首義	447	
	椶	木部	《說文》木可爲杖。（十三畫）	採爲首義	484	
	櫏	木部	《說文》引《爾雅》櫏味棯棗。《爾雅》本作還，加木同。（十六畫）	採爲首義	490	
	梧	木部	《說文》梧桐木。一名櫬。（七畫）	採爲首義	458	
	榮	木部	《說文》桐木也。見桐字註。（十畫）	採爲首義	472	
	桐	木部	《說文》桐榮也。（六畫）	採爲首義	453	
	橎	木部	《說文》木也。（十二畫）	採爲首義	481	
	榆	木部	《說文》榆白枌。（九畫）	採爲首義	468	
	枌	木部	《說文》木名。（四畫）	採爲首義	443	
	梗	木部	《說文》山枌榆有束，莢可爲蕪荑者。（七畫）	採爲首義	457	
	樕	木部	《說文》散木也。（十二畫）	採爲首義	479	

木部	松	木部	無。	不採其說	442	以「木也」爲首義。
	檜	木部	《說文》松心木。（十一畫）	採爲首義	479	
	檜	木部	無。	不採其說	485	採《爾雅》爲首義。
	樅	木部	《說文》引《爾雅》樅松葉柏身。〈郭註〉今寸廟梁材用此。（十一畫）	採爲首義	477	
	柏	木部	《說文》掬也。（五畫）	採爲首義	446	
	机	木部	《說文》木名。（二畫）	採爲首義	438	
	枯	木部	無。	不採其說	445	以「木也」爲首義。
	栟	木部	《說文》木也。（七畫）	採爲首義	456	
	梗	木部	《說文》鼠梓木。（九畫）	採爲首義	469	
	梔	木部	《說文》黃木可染者。（六畫）	採爲首義	453	
	杘	木部	《說文》桎杘也。（三畫）	採爲首義	439	
	樲	木部	無。	不採其說	486	以「楃樲，木也」爲首義。
	楃	木部	《說文》楃樲，果名，似李，出埤蒼。（十畫）	採爲首義	471	
	某	木部	《說文》酸果也，从口含一，註詳七畫。（五畫）	採爲首義	447	
	櫾	木部	《說文》以周切，音猶。《說文》崑崙河隅之長木也。（十六畫）	採爲首義	490	
	樹	木部	《說文》生植之總名。（十二畫）	採爲首義	479	
	本	木部	《說文》木下曰本，从木，一在其下。草木之根柢也。（一畫）	採爲首義	437	
	柢	木部	《說文》根也。（五畫）	採爲首義	448	
	朱	木部	《說文》赤心木，松柏之屬，从木，一在其中。一者，記其心。〈徐曰〉木之爲物，含陽於內，南方之火所自藏也。（二畫）	採爲首義	437	二徐俱無此語。
	根	木部	《說文》木株也。（六畫）	採爲首義	452	
	株	木部	《說文》木根也。〈徐曰〉在土曰根，在土上曰株。（六畫）	採爲首義	451	徐鍇語。
	末	木部	《說文》木上曰末，从木，一在其上，謂木杪也。（一畫）	採爲首義	437	
	櫻	木部	《說文》細理木也。（十畫）	採爲首義	471	
	果	木部	《說文》木實也。从木，象果形在木之上。（四畫）	採爲首義	444	

木部	樏	木部	《說文》力追切，音虆，木實也。（三畫）	採爲首義	481	
	杈	木部	《說文》扠枝也。〈徐曰〉岐枝木也。（三畫）	採爲首義	439	徐鍇語。
	枝	木部	《說文》木別生條也。〈徐曰〉本作支，故曰別生。會意。（四畫）	採爲首義	444	徐鍇語。
	朴	木部	《說文》木皮也。〈徐曰〉藥有厚朴，一名厚皮木皮也。（二畫）	採爲首義	438	徐鍇語。
	條	木部	《說文》小枝也。〈徐曰〉自枝而出也。（七畫）	採爲首義	457	徐鍇語。
	枚	木部	《說文》幹也，可爲杖，从木从攴。（四畫）	採爲首義	444	
	桼	木部	無。	不採其說	460	遶云「同刊」。
	蘽	木部	《說文》木枝搖白也。（十八畫）	採爲首義	491	
	枲	木部	《說文》木弱貌，與荏通。（六畫）	採爲首義	450	
	枖	木部	《說文》枖木少盛貌。（四畫）	採爲首義	444	
	槙	木部	《說文》木頂也。〈徐曰〉木杪。（十畫）	採爲首義	473	徐鍇語。鍇本作「槙樹，杪也」
	梃	木部	《說文》一枝也。〈徐曰〉梃者，獨也，梃然勁直之貌。（七畫）	採爲首義	456	徐鍇語。
	驫	馬部	《說文》眾盛也。（二十四畫）	採爲首義	1375	
	標	木部	又《說文》敷沼切，音縹。　◎《說文》作樥。（十一畫）	採爲次義又補釋之	478	以「木末也」爲首義。
	杪	木部	《說文》木標末也。（四畫）	採爲首義	441	
	朵	木部	《說文》樹木垂朵朵也。（二畫）	採爲首義	438	
	根	木部	《說文》高木也。或作樃。（七畫）	採爲首義	455	
	欄	木部	又《說文》《集韻》歰古限切，音簡，義同。（十二畫）	採爲次義	481	以「大木也」爲首義。
	枵	木部	《說文》木根空也。（五畫）	採爲首義	445	
	柖	木部	《說文》樹搖貌。（五畫）	採爲首義	447	
	榣	木部	《說文》樹動也。（十畫）	採爲首義	471	
	樛	木部	無。	不採其說	478	以「木下句曰樛」爲首義。
	朻	木部	《說文》木下曲。（二畫）	採爲首義	438	
	枉	木部	《說文》衺曲也。（四畫）	採爲首義	442	
	橈	木部	《說文》曲木。（十二畫）	採爲首義	480	

木部	枎	木部	《說文》枎疎四布也。（四畫）	採為首義	443	
	檹	木部	《說文》木檹柅貌，與橠同，亦作旖。（十二畫）	採為首義	480	
	朴	木部	又《說文》匹兆切。（三畫）	採為次義	439	以「木相高也」為首義。
	榙	木部	《說文》作榾，高貌。（八畫）	採為首義	463	
	槮	木部	《說文》木長貌。（十一畫）	採為首義	475	
	梴	木部	《說文》木長貌。（七畫）	採為首義	459	
	橚	木部	又《說文》山巧切，梢上聲，義丛同。（十二畫）	採為次義	482	以「長木貌」為首義。
	杕	木部	《說文》樹貌。（三畫）	採為首義	439	
	枭	木部	無。	不採其說	473	採《集韻》、《類篇》為首義。
	格	木部	《說文》木長貌。〈徐曰〉樹高長枝為格。（六畫）	採為首義	452	徐鍇語。
	槸	木部	無。	不採其說	476	採《爾雅》為首義。
	枯	木部	《說文》槀木也。（五畫）	採為首義	445	
	槀	木部	《說文》枯木，一作槁。（十畫）	採為首義	473	
	樸	木部	《說文》作樸，木素也。〈徐曰〉土曰坏，木曰樸。（十二畫）	採為首義	479	徐鍇語。
	槇	木部	《說文》剛木也。（九畫）	採為首義	468	
	柔	木部	《說文》木曲直也。（五畫）	採為首義	447	
	柝	木部	《說文》作𣝔。欀判也，夜行所擊者。〈徐鉉曰〉謂判兩木夾于門，為機相擊以警夜也，今荒城多叩鼓以持更，蓋其遺制。（五畫）	採為首義	447	應為徐鍇語。
	朸	木部	《說文》木之理也。（二畫）	採為首義	438	
	材	木部	《說文》木梃也。〈徐曰〉木勁直堪入於用者。（三畫）	採為首義	439	徐鍇語。
	柴	木部	《說文》小木散材。 又《說文》徐鍇曰：師行野次，豎散材為區落，名曰柴籬，後人語譌轉入去聲，又別作寨，非是。（五畫）	採為首義及次義	449	
	榑	木部	《說文》榑桑，神木，日所出也。（九畫）	採為首義	470	
	杲	木部	《說文》明也。（四畫）	採為首義	441	
	杳	木部	《說文》冥也。（四畫）	採為首義	441	

木部	梛	木部	《說文》角械也。一曰木下白也。　又《說文》其逆切，音屐。（九畫）	採爲首義及次義	470	
	栽	木部	《說文》作𡒥，草木之殖曰栽。　又《說文》築牆長板。（六畫）	採爲首義	452	
	築	竹部	《說文》擣也。（九畫）	採爲首義	820	
	榦	木部	《說文》築牆耑木也。〈徐曰〉別作幹，非。（十畫）	採爲首義	472	徐鉉語。
	㰄	木部	《說文》榦也。一曰立木以表物。（十三畫）	採爲首義	485	
	構	木部	《說文》蓋也。杜林以爲椽桷字。（十畫）	採爲首義	474	
	模	木部	《說文》法也。〈徐曰〉以木爲規模也。（十一畫）	採爲首義	479	徐鍇語。
	桴	木部	《說文》棟名。（七畫）	採爲首義	455	
	棟	木部	《說文》極也。（八畫）	採爲首義	461	
	極	木部	《說文》棟也。〈徐曰〉極者，屋脊之棟，今人謂高及甚爲極，義出於此。（九畫）	採爲首義	470	徐鍇語。
	柱	木部	《說文》楹也。（五畫）	採爲首義	448	
	楹	木部	《說文》柱也。〈徐鍇曰〉楹言盈盈對立之狀。（九畫）	採爲首義	470	
	樘	木部	《說文》衺柱也。〈徐曰〉俗作樘，非。詳樘字註。（十一畫）	採爲首義	478	徐鉉語。鉉本作「今俗別作樘，非是。」
	楮	木部	《說文》柱砥。古用木，今用石。〈徐曰〉柱下根也。（十畫）	採爲首義	472	徐鍇語。
	榙	木部	《說文》欂櫨也，本作㮰，今作榙。（九畫）	採爲首義	470	
	欂	木部	《說文》壁柱也，與檘字義同音異。（十四畫）	採爲首義	486	
	櫨	木部	《說文》柱上柎也。〈徐曰〉今謂草木枝端，花房之蔕爲柎，此櫨象之，即今之斗栱也。（十六畫）	採爲首義	489	徐鍇語。
	枅	木部	《說文》屋櫨也。〈徐曰〉柱上棋木承棟者，棋之似笄也。（六畫）	採爲首義	450	徐鍇語。
	栭	木部	《說文》作檽，栝也。（六畫）	採爲首義	451	
	㭼	木部	《說文》枅上標也。（六畫）	採爲首義	451	
	檼	木部	《說文》棼也。（十四畫）	採爲首義	487	

木部	橑	木部	《說文》椽也。（十二畫）	採為首義	481	
	桷	木部	《說文》榱也，椽方曰桷。（七畫）	採為首義	455	
	椽	木部	《說文》榱也。（九畫）	採為首義	466	
	榱	木部	《說文》秦名爲屋椽，周謂之榱，齊魯謂之桷。（十畫）	採為首義	472	
	楣	木部	《說文》秦名，屋樀聯也，齊謂之檐，楚謂之梠。徐引《爾雅‧釋宮》楣，謂之梁，謂門上橫梁也。眉猶際也。（九畫）	採為首義	468	
	梠	木部	《說文》楣也。（七畫）	採為首義	458	
	檐	木部	《說文》梠也。〈徐鍇曰〉連檐木在椽之端者。（十畫）	採為首義	473	
	櫋	木部	《說文》作檕，屋樀聯也。〈徐曰〉樀亦檐也。（十五畫）	採為首義	487	徐鍇語。
	檐	木部	《說文》檕也。〈徐曰〉俗作簷，非是。（十三畫）	採為首義	484	徐鉉語。
	樀	木部	無。	不採其說	482	以「屋梠前也」爲首義。
	楇	木部	《說文》戶楇也。（十一畫）	採為首義	476	
	植	木部	《說文》戶植也。（八畫）	採為首義	464	
	樞	木部	《說文》戶樞也。（十一畫）	採為首義	478	
	槏	木部	《說文》戶也。（十畫）	採為首義	474	
	樓	木部	《說文》重屋也。（十一畫）	採為首義	477	
	欞	木部	《說文》房室之疏也。〈註〉小曰牕，疏遠曰欞。（十六畫）	採為首義	489	二徐俱無此語。《字彙》、《正字通》作「小曰牕，闊遠曰欞」。
	楯	木部	《說文》闌檻也《王逸曰》縱曰檻，橫曰楯。今階除木句欄是也。（九畫）	採為首義	469	
	櫺	木部	《說文》楯閒子也。〈徐曰〉即今人闌楯下爲橫櫺也。（十六畫）	採為首義	490	徐鍇語。
	宋	木部	《說文》宋棟也。（三畫）	採為首義	440	
	棟	木部	《說文》短椽也。　又《說文》丑六切，音觸。（七畫）	採為首義及次義	455	
	杇	木部	《說文》所以塗也。（三畫）	採為首義	439	
	槾	木部	《說文》杇也。（十一畫）	採為首義	476	
	根	木部	《說文》門樞也。（九畫）	採為首義	465	

木部	楣	木部	《說文》門樞之橫樑也。（九畫）	採爲首義	466	
	梱	木部	《說文》門橛也。〈徐曰〉門兩旁挾門短限也，古者多乘車，門限必去之也。（七畫）	採爲首義	459	徐鍇語。
	楣	木部	《說文》限也。（九畫）	採爲首義	470	
	柤	木部	《說文》木閒也。〈徐曰〉柤之言阻也。（五畫）	採爲首義	448	徐鍇語。
	榰	木部	《說文》距也。（十畫）	採爲首義	474	
	楗	木部	《說文》限門也。　又《說文》其獻切，汰音健。（九畫）	採爲首義及次義	467	
	櫼	木部	《說文》子廉切，音尖，楔也。〈徐曰〉即今尖字。〈徐徊曰〉徐說非。櫼，古砧字。（十七畫）	採爲首義	490	徐鍇語。
	楔	木部	《說文》櫼也。（九畫）	採爲首義	467	
	柵	木部	《說文》作欄，編樹木也。（五畫）	採爲首義	449	
	杝	木部	《說文》落也。（三畫）	採爲首義	440	
	櫺	木部	無。	不採其說	489	逕云「柝、櫺、櫟汰同」。
	桓	木部	《說文》郵亭表也。〈徐曰〉表雙立爲桓，漢法亭表四角建大木，貫以方板，名曰桓表。縣所治，兩邊各一。（六畫）	採爲首義	454	徐鍇語。
	楎	木部	《說文》楎木帳也。（九畫）	採爲首義	466	
	橦	木部	《說文》帳極也。（十二畫）	採爲首義	482	
	杠	木部	《說文》牀前橫木也。〈徐曰〉今人謂之牀桯。（三畫）	採爲首義	440	徐鍇語。
	桯	木部	《說文》牀前几。（七畫）	採爲首義	454	
	梐	木部	又《說文》桯也，東方謂之蕩。（七畫）	採爲次義	455	採《廣韻》爲首義。
	牀	爿部	《說文》安身之坐者。（四畫）	採爲首義	619	
	枕	木部	《說文》臥薦首者。（四畫）	採爲首義	443	
	椷	木部	《說文》椷窶籔器也。（九畫）	採爲首義	469	
	匱	木部	《說文》匱也。　又《說文》大桄也。（十五畫）	採爲首義及次義	488	
	櫛	木部	《說文》梳枇之總名也。　又〈說文徐氏曰〉櫛之言積也。（十五畫）	採爲首義及次義	488	徐鍇語。
	梳	木部	《說文》理髮也。〈徐曰〉梳之言導也。（七畫）	採爲首義	459	徐鍇語。

木部	柙	木部	《說文》胡甲切，音柙，魚柙也。（六畫）	採爲首義	449	
	槈	木部	《說文》薅器也。或从金。（十畫）	採爲首義	474	
	枲	木部	《說文》作嗣，枲舌也，从木入，象形，眉聲。（十二畫）	採爲首義	482	
	枼	木部	《說文》兩刃臿也，从木丫。象形，鐸本字。宋魏曰枼，或作鎮，或作鈐，杴同。（四畫）	採爲首義	442	
	耜	木部	《說文》詳里切，舌也。一曰徒土董，齊人語也。〈徐曰〉今俗作耜。（五畫）	採爲首義	447	徐鉉語。
	柶	木部	《說文》耒端木也。（五畫）	採爲首義	445	
	椩	木部	《說文》六叉犂。一曰犂上曲木轅。（九畫）	採爲首義	466	
	櫌	木部	《說文》摩田器。引《論語》櫌而不輟。（十五畫）	採爲首義	487	
	欘	木部	《說文》斫也，齊謂之鎡錤。一曰斤柄性自曲者。（二十一畫）	採爲首義	492	
	檋	木部	《說文》所謂之檋。（十五畫）	採爲首義	489	
	杷	木部	《說文》收麥器。一曰平田器。（四畫）	採爲首義	441	
	梗	木部	《說文》橦樓也。一曰燒麥柃。（七畫）	採爲首義	458	
	柫	木部	《說文》木也。（五畫）	採爲首義	446	
	枷	木部	《說文》擊禾連枷也。（五畫）	採爲首義	448	
	枷	木部	《說文》柫也，淮南謂之柍。（五畫）	採爲首義	445	
	杵	木部	《說文》舂杵也。（四畫）	採爲首義	441	
	槩	木部	《說文》作杚斗斛。〈徐曰〉杚戛摩之也，斗斛量槩也。（十一畫）	採爲首義	475	徐鍇語。
	杚	木部	《說文》平也，从木从气，俗省从乞。（三畫）	採爲首義	440	
	楷	木部	《說文》木參交以枝炊簧者。（九畫）	採爲首義	466	
	枓	木部	《說文》勺也。（五畫）	採爲首義	449	
	栖	木部	《說文》䰿也，本飲器。俗作盃，通作杯。（七畫）	採爲首義	454	
	槃	木部	《說文》承盤也，或从金，或从皿。亦作柈。（十畫）	採爲首義	473	
	梬	木部	《說文》山桃也，似桃而小。（十畫）	採爲首義	473	
	案	木部	《說文》几屬。〈徐曰〉案所凭也。（六畫）	採爲首義	453	徐鍇語。
	槵	木部	《說文》圜案也。（十三畫）	採爲首義	484	

木部	械	木部	《說文》篋也。〈徐曰〉函屬。（九畫）	採爲首義	465	徐鍇語。
	枓	木部	《說文》勺也。〈徐曰〉有柄，形如北斗，用以斟酌也。（四畫）	採爲首義	443	二徐俱無此語。鍇本作「字書枓斗有柄，所以斟水」。
	杓	木部	《說文》斗柄也。　又《說文》〈徐鉉曰〉以爲梧杓之杓，所以抒挹也。（三畫）	採爲首義及次義	439	鉉本無「所以抒挹也」之語。
	櫑	木部	《說文》龜目酒尊，刻木作雲雷象，象施不窮也。或从缶，或从皿。〈徐曰〉圓轉之義，故曰不窮。（十五畫）	採爲首義	488	徐鍇語。
	椑	木部	《說文》圜榼也。（八畫）	採爲首義	464	
	榼	木部	《說文》酒器也。〈徐曰〉榼之爲言盍也，盍本作盇，覆也。（十畫）	採爲首義	473	徐鍇語。
	橢	木部	《說文》車笭中橢器也。（十二畫）	採爲首義	482	
	槌	木部	《說文》關西謂之特。〈徐曰〉江淮謂之槌，此則架蠶簿。（十畫）	採爲首義	474	徐鍇語。
	栚	木部	《說文》槌也。（六畫）	採爲首義	450	
	栙	木部	《說文》作撗，省作栙，通作栚。直荏切，音朕。槌之橫者。（六畫）	採爲首義	450	
	槤	木部	《說文》里典切，音璉，瑚槤也。（十一畫）	採爲首義	474	
	欘	木部	《說文》所以支器。一曰帷㡓屏風之屬，與栚同。〈徐鉉曰〉別作幌，非是。（十五畫）	採爲首義	487	
	枱	木部	《說文》舉食者。（八畫）	採爲首義	464	
	槃	木部	《說文》繑耑木也。（十三畫）	採爲首義	485	
	橃	木部	《說文》絡絲欙也。（十四畫）	採爲首義	486	
	機	木部	《說文》主發謂之機。（十二畫）	採爲首義	482	
	滕	木部	《說文》作䑞，機持經者。（十畫）	採爲首義	473	
	杼	木部	《說文》機之持緯者。（四畫）	採爲首義	442	
	榎	木部	《說文》作䊰，機持繒者。（九畫）	採爲首義	465	
	椱	木部	《說文》履法也。〈徐曰〉織履中模範，故曰法。（九畫）	採爲首義	468	徐鍇語。
	核	木部	又《說文》古哀切、《集韻》柯開切，竝音陔。《說文》蠻夷以木皮爲篋，狀如籢尊。（六畫）	採爲次義	452	以「果中核也」爲首義。
	棚	木部	《說文》棧也。（八畫）	採爲首義	461	

木部	棧	木部	《說文》棚也。　又《說文》竹木之車曰棧。（八畫）	採爲首義及次義	461	
	栖	木部	《說文》以迆木壅水，亦木名。（六畫）	採爲首義	451	
	櫃	木部	《說文》筐當也。（十一畫）	採爲首義	476	
	梯	木部	《說文》木階也。（七畫）	採爲首義	459	
	根	木部	《說文》根法也。（八畫）	採爲首義	460	
	桊	木部	《說文》牛鼻上環。（六畫）	採爲首義	453	
	楬	木部	《說文》楬也。一曰楬度也。一曰剟也。（九畫）	採爲首義	465	
	橜	木部	《說文》杙也，一曰門梱。（十二畫）	採爲首義	482	
	橶	木部	《說文》杙也。（十二畫）	採爲首義	479	
	杖	木部	《說文》所以扶行也。（三畫）	採爲首義	440	
	枚	木部	無。	不採其說	448	以「梧也」爲首義。
	棓	木部	無。	不採其說	460	以「同棒、打穀具也」爲首義。
	椎	木部	《說文》擊也。又鐵椎也。（八畫）	採爲首義	464	
	柯	木部	《說文》斧柄也。（五畫）	採爲首義	448	
	梲	木部	《說文》大杖也。（七畫）	採爲首義	459	
	柄	木部	《說文》柯也。（五畫）	採爲首義	446	
	柲	木部	無。	不採其說	449	以「柲欑也」爲首義。
	欑	木部	《說文》一曰積竹杖也。（十九畫）	採爲首義	491	
	㯃	木部	無。	不採其說	440	以「篗柄也，收絲具」爲首義。
	榜	木部	《說文》所以輔弓弩者，與榜同。（十九畫）	採爲首義	464	
	橄	木部	無。	不採其說	485	逕云「同檠」。
	櫼	木部	《說文》栖也。〈註〉正邪曲之器，柔曲者曰櫼，正方者曰栖。（十三畫）	採爲首義	484	結合徐鍇及《字彙》、《正字通》之語。
	栝	木部	《說文》檃也。一曰矢栝築弦處。　又同桰，木名。（七畫）	採爲首義	455	
	棊	木部	《說文》博棊。〈徐曰〉棊者，方正之名。古通謂博奕之子爲棊。（八畫）	採爲首義	460	徐鍇語。
	椄	木部	《說文》續木也。（八畫）	採爲首義	463	
	栚	木部	《說文》栚鐮也。（六畫）	採爲首義	450	

木部	栝	木部	《說文》炊竈木也。或作栖。（六畫）	採爲首義	450	
	槽	木部	《說文》畜獸之食器。（十一畫）	採爲首義	476	
	臬	自部	《說文》射的，从木自聲。〈徐曰〉射之高一準的。（四畫）	採爲首義	928	徐鍇語。
	桶	木部	《說文》木方器，受六升。（七畫）	採爲首義	455	
	櫓	木部	《說文》木盾也。（十五畫）	採爲首義	488	
	樂	木部	《說文》五聲八音之總名。（十一畫）	採爲首義	476	
	柎	木部	《說文》闌足也。　又《說文》編木以渡曰泭，或作枹。孫炎曰：方木置木曰桴栰。（五畫）	採爲首義及次義	446	
	枹	木部	《說文》擊鼓杖也。（五畫）	採爲首義	445	
	椌	木部	《說文》祝樂也。（八畫）	採爲首義	464	
	柷	木部	《說文》樂木空也，所以止音爲節。（五畫）	採爲首義	449	
	槧	木部	《說文》牘樸也。〈徐曰〉始削麤樸也。（十一畫）	採爲首義	475	徐鍇語。
	札	木部	《說文》牒也。〈徐曰〉牒亦木牘也。（一畫）	採爲首義	437	徐鍇語。
	檢	木部	《說文》書署也。〈徐曰〉書函之蓋三刻其上，繩緘之，然後填以泥，題書其上，而印之也。（十三畫）	採爲首義	485	徐鍇語。鍇本作「玉刻其上」
	檄	木部	《說文》下尺書也。（十三畫）	採爲首義	484	
	棨	木部	《說文》傳信也。（八畫）	採爲首義	462	
	楬	木部	《說文》車歷錄束文也。（九畫）	採爲首義	467	
	杴	木部	《說文》行馬也。（四畫）	採爲首義	443	
	椑	木部	《說文》椑柜也。或作椝。　又《說文》邊兮切，音笓，同。（七畫）	採爲首義及次義	456	
	枙	木部	《說文》驢上負也。（四畫）	採爲首義	442	
	柯	木部	《說文》极也。（五畫）	採爲首義	448	
	槅	木部	《說文》大車枙也，與軶通。（十畫）	採爲首義	473	
	轂	木部	《說文》車軸中空也。（十三畫）	採爲首義	483	
	楅	木部	《說文》盛膏器。（九畫）	採爲首義	466	
	柣	木部	《說文》繫馬柱。（四畫）	採爲首義	443	
	棜	木部	《說文》棜斗可以射鼠。（八畫）	採爲首義	461	
	欙	木部	《說文》禹山行所乘者。（二十一畫）	採爲首義	492	

木部	橫	木部	《說文》水上橫木，所以渡者也。〈徐曰〉此即今之所謂水杓橋也。（十畫）	採爲首義	472	徐鍇語。
	橋	木部	《說文》水梁也，从木喬，高而曲也，橋之爲言趫也，矯然也。（十二畫）	採爲首義	481	
	梁	木部	《說文》水橋也。（七畫）	採爲首義	456	
	椄	木部	《說文》船總名，从木㕚聲。（十畫）	採爲首義	465	
	橃	木部	《說文》海中大船。〈徐曰〉俗作筏，非是。（十二畫）	採爲首義	480	徐鉉語。
	楫	木部	《說文》舟櫂也。（九畫）	採爲首義	469	
	艫	木部	《說文》江中大船名。（二十一畫）	採爲首義	492	
	校	木部	《說文》木囚也。〈徐曰〉校者連木也。（六畫）	採爲首義	450	徐鍇語。
	樔	木部	《說文》澤中守草樓也。亦作巢。（十一畫）	採爲首義	478	
	采	采部	《說文》捋取也。（一畫）	採爲首義	1218	
	柿	木部	無。	不採其說	441	採《正字通》爲首義。
	橫	木部	《說文》闌木也。（十二畫）	採爲首義	483	
	梜	木部	《說文》檢柙也。（七畫）	採爲首義	457	
	桄	木部	《說文》充也。（六畫）	採爲首義	453	
	檣	木部	《說文》以木有所搞也。（十三畫）	採爲首義	484	
	椓	木部	《說文》擊也。（八畫）	採爲首義	465	
	打	木部	《說文》橦也。（二畫）	採爲首義	438	
	柧	木部	《說文》柧棱也。〈徐鍇曰〉字書三棱爲柧，與觚同。（五畫）	採爲首義	448	
	棱	木部	《說文》柧也。（八畫）	採爲首義	462	
	欛	木部	無。	不採其說	492	邏云「欛本字」。
	枰	木部	《說文》平也。（五畫）	採爲首義	445	
	柆	木部	《說文》折木也。同拉。（五畫）	採爲首義	446	
	槎	木部	《說文》衺斫也。本作樶。（十畫）	採爲首義	474	
	柮	木部	《說文》斷也。（五畫）	採爲首義	448	
	檮	木部	《說文》斷木也。本作欘。（十四畫）	採爲首義	486	
	析	木部	《說文》破木也。（四畫）	採爲首義	443	

木部	橇	木部	《說文》木薪也。（八畫）	採爲首義	463	
	梡	木部	《說文》木薪也，又木末破也。（七畫）	採爲首義	458	
	榾	木部	無。	不採其說	473	以「梡木未折也」爲首義。
	楄	木部	《說文》楄部方木也。（九畫）	採爲首義	466	
	楅	木部	《說文》木有所逼束也。〈徐曰〉楅衡以防牛觸人，故以一木橫于角端也。（九畫）	採爲首義	466	徐鍇語。
	枼	木部	《說文》楄也。一曰薄也，鄭樵曰即葉字。（五畫）	採爲首義	445	
	樵	木部	《說文》積火燎之划人。（十一畫）	採爲首義	475	
	休	人部	◎《說文》休在木部，人依木則休。《爾雅》庇蔭曰休。會止木庇息意。（四畫）	列於字末補釋形義	24	以「美善也、慶也」爲首義。
	椏	木部	《說文》居鄧切，竟也。（九畫）	採爲首義	466	
	械	木部	《說文》四解。一曰桎梏也。（七畫）	採爲首義	459	
	杇	木部	無。	不採其說	442	採《韻會》爲首義。
	桎	木部	《說文》足械也。〈徐曰〉桎之言躓也，躓礙之也。械在足曰桎，在手曰梏。（六畫）	採爲首義	453	徐鍇語。惟鍇本無「械在足曰桎，在手曰梏」之語。
	梏	木部	《說文》手械也。（七畫）	採爲首義	456	
	櫪	木部	《說文》櫪㯒椑指也。〈徐鍇曰〉以木椑十指而縛之。（十六畫）	採爲首義	489	
	㯒	木部	《說文》櫪㯒也。互詳櫪椑註。（十二畫）	採爲首義	480	
	檻	木部	《說文》櫳也，房室之疏也。〈徐曰〉軒牕下爲櫺曰闌，以板曰軒曰檻。（十四畫）	採爲首義	486	徐鍇語。
	櫳	木部	《說文》檻也。（十六畫）	採爲首義	489	
	柙	木部	又《說文》烏匣切，義同。（五畫）	採爲次義	447	採《廣韻》爲首義。
	棺	木部	《說文》關也，所以掩屍。（八畫）	採爲首義	463	
	櫬	木部	《說文》棺也。（十六畫）	採爲首義	489	
	槥	木部	《說文》棺櫝也。（十一畫）	採爲首義	474	
	椁	木部	《說文》葬有木椁也。（八畫）	採爲首義	463	
	楬	木部	《說文》楬櫫也。（九畫）	採爲首義	469	
	梟	木部	《說文》不孝鳥也。（七畫）	採爲首義	457	

木部	枈	木部	《說文》輔也。〈徐曰〉輔即弓檠也，故从木。（八畫）	採爲首義	460	徐鍇語。
	梔	木部	《說文》木實可染。（七畫）	採爲首義	457	
	榭	木部	《說文》作㦰，臺有屋也。（十畫）	採爲首義	472	
	槊	木部	《說文》矛也，亦作矟。（十畫）	採爲首義	474	
	椸	木部	《說文》衣架也。（九畫）	採爲首義	465	
	榻	木部	《說文》牀也，从冐从羽。（十畫）	採爲首義	473	
	欃	木部	《說文》欃檀也，樹闌足也。（十五畫）	採爲首義	487	
	櫂	木部	《說文》所以進船也。（十四畫）	採爲首義	487	
	棹	木部	《說文》作棹。或作楢，通作皐。（十一畫）	採爲首義	476	
	椿	木部	《說文》橚杙也。（十一畫）	採爲首義	476	
	櫻	木部	《說文》果名，櫻桃也。一名含桃。（十六畫）	採爲首義	490	
	棟	木部	《說文》楝也。（六畫）	採爲首義	450	
	東	木部	《說文》動也，陽氣動，于時爲春。（四畫）	採爲首義	441	
	棘	木部	《說文》一周天也。今作遭贅。（十二畫）	採爲首義	483	
	林	木部	《說文》平土有叢木曰林。〈徐曰〉叢木，故从二木平土，故二木齊。（四畫）	採爲首義	444	徐鍇語。
	焚	火部	《說文》亡也。（八畫）	採爲首義	601	
	鬱	鬯部	《說文》木叢生者。（十九畫）	採爲首義	1386	
	楚	木部	《說文》叢木也。一曰荊。（九畫）	採爲首義	467	
	棽	木部	《說文》木枝條棽儷貌。〈徐曰〉繁蔚貌。（八畫）	採爲首義	463	徐鍇語。
	椂	木部	《說文》木盛也。（九畫）	採爲首義	467	
	麓	鹿部	又《說文》麓守山林吏也。（八畫）	採爲次義	1438	採《釋名》爲首義。
	棼	木部	《說文》複屋棟也。〈徐曰〉複屋背重梁。　又《說文》林木棼錯也。〈徐鉉曰〉木多故上出也。（八畫）	採爲首義及次義	463	徐鍇語。
	森	木部	《說文》木多貌。（八畫）	採爲首義	462	
	梵	木部	《說文》出自西域釋書。（七畫）	採爲首義	459	
才部	才	手部	《說文》艸木之初也，从丨上貫一，將生枝葉。一，地也。〈徐曰〉上一初生岐枝，下一地也。（一畫）	採爲首義	344	徐鍇語。

叒部	叒	又部	《說文》日初出東方，暘谷所登榑桑。叒，木也。〈徐曰〉叒亦木名，東方自然之神木。（四畫）	採爲首義	93	徐鍇語。
	桑	木部	《說文》蠶食葉。〈徐曰〉叒音若。日初出東方，湯谷所登搏桑，叒，木也，蠶所食葉，故加木叒下以別之。（六畫）	採爲首義	454	徐鍇語。
之部	之	丿部	《說文》出也，象艸過屮，枝莖益大，有所之。一者，地也。（三畫）	採爲首義	10	
	㞢	土部	《說文》从之在土上。與屮部㞢字別。（四畫）	採爲首義	153	
帀部	帀	巾部	《說文》周也，从反之而周也。〈徐曰〉日一日行一度，一歲往反而周帀也。（一畫）	採爲首義	256	徐鍇語。
	師	巾部	又《說文》二千五百人爲師。（七畫）	採爲次義	259	採《爾雅》爲首義。
出部	出	凵部	《說文》進也。（三畫）	採爲首義	63	
	敖	攵部	《說文》作𣲯，游也，从出从放。（七畫）	採爲首義	399	
	賣	貝部	《說文》作𧶠，出物貨也，从出从買。〈註〉徐鍇曰：貨精故出則買之也。（八畫）	採爲首義	1137	
	糶	米部	《說文》出穀也。（十九畫）	採爲首義	842	
	䵩	出部	無。	不採其說	928	採《集韻》爲首義。
朩部	朩	木部	《說文》草木盛朩朩然也，象形，八聲。又《說文》補味切，凡朩之屬皆从朩。（一畫）	採爲首義及次義	437	
	𢍜	廾部	《說文》草木𢍜字之貌。（九畫）	採爲首義	282	
	索	糸部	《說文》作𣳚，草有莖葉可作繩索，从朩糸。（四畫）	採爲首義	846	
	孛	子部	《說文》𢍜也，从朩，艸木盛長朩朩然，別作浡，方未切。又人色變也，从子。〈徐曰〉人色孛然壯盛，似草木之茂。引《論語》色孛如也，今作勃，薄沒切。（四畫）	採爲首義	206	徐鍇語。
	𠂔	丿部	無。	不採其說	10	以「止也」爲首義。
	南	十部	《說文》草木至南方，有枝任也。〈徐曰〉南方主化育，故曰主枝任也。（七畫）	採爲首義	85	徐鍇語。

生部	生	生部	《說文》進也。（一畫）	採爲首義	682	
	丰	丨部	《說文》从生，上下達也。〈徐曰〉艸之生，上盛者其下必深根。毛氏曰：凡邦、夆、峰、豐等字从此。（三畫）	採爲首義	7	徐鍇語。
	產	生部	《說文》生也。（六畫）	採爲首義	683	
	隆	阜部	《說文》豐大也。（九畫）	採爲首義	683	
	甡	生部	《說文》草木實甡甡也。〈徐曰〉甡、豕聲相近。又生子之多，莫若豕也。（七畫）	採爲首義	683	徐鍇語。
	姓	生部	《說文》眾生並立之貌。（五畫）	採爲首義	683	
毛部	毛	丿部	無。	不採其說	10	以「草木根毛生地上也」爲首義。
巫部	巫	丿部	無。	不採其說	11	採《玉篇》爲首義。
華部	华	人部	《說文》華本字，隸作華，俗作花。（十一畫）	採爲首義	43	
	韡	韋部	《說文》本作韡，盛也，从华韋聲。（十二畫）	採爲首義	1323	
華部	華	艸部	無。	不採其說	967	採《書經》爲首義。
	皣	白部	無。	不採其說	717	採《正字通》爲首義。
禾部	禾	禾部	《說文》木之曲頭，止不能上也。凡禾之屬皆从禾。（一畫）	採爲首義	776	
	穛	禾部	《說文》多小意而止也。（九畫）	採爲首義	784	
	叔	禾部	無。	不採其說	782	以「木曲枝」爲首義。
稽部	稽	禾部	又留止也。《說文徐註》禾之曲止也，尤者，異也，有所異處，必稽考之，即遲留也。　◎《說文》稽从禾，从尤旨聲，自爲部。（十畫）	採爲次義又補釋之	786	以「考也、計也、議也、合也、治也」爲首義。徐鍇語。
	稰	禾部	《說文》特止也，从稽省卓聲。〈徐鍇曰〉特止卓立也。（十二畫）	採爲首義	788	
	稽	禾部	《說文》稽叔而止也，从稽省。賈待中說：稽、稰、稽三字皆木名。（十二畫）	採爲首義	788	
巢部	巢	巛部	《說文》鳥在木上曰巢。在穴曰窠。从木象形。（八畫）	採爲首義	252	
	勦	寸部	《說文》傾覆也，从寸，臼覆之。寸，人手也，从巢省。杜林說以爲貶損之貶。（四畫）	採爲首義	931	

黍部	桼	木部	《說文》木汁可以鬃物，从木，汆，象形，桼如水滴而下也。（七畫）	採爲首義	455	
	鬃	髟部	無。	不採其說	1384	逕云「與髹、髹丛同」。
	黐	木部	《說文》匹貌切，音岙。桼垸已復桼之曰黐垸。（十二畫）	採爲首義	483	
束部	束	木部	《說文》縛也。〈徐曰〉束薪也。（三畫）	採爲首義	440	徐鍇語。
	柬	木部	《說文》分別簡之也，从束，从八。八，分別也。（五畫）	採爲首義	448	
	㯕	干部	《說文》㯕、小束也。（七畫）	採爲首義	269	
	刺	刀部	《說文》刺直傷也，从刀束。（六畫）	採爲首義	67	
橐部	橐	木部	《說文》束也，从束圂聲。（十四畫）	採爲首義	487	
	橐	木部	《說文》囊也。（十二畫）	採爲首義	481	
	囊	口部	《說文》橐也，从橐省襄省聲。（十九畫）	採爲首義	143	
	櫜	木部	《說文》車上大橐。（十五畫）	採爲首義	488	
	橐	木部	《說文》囊張大貌，橐省匋聲。（十三畫）	採爲首義	485	
口部	囗	口部	《說文》回也，象回帀之形也。註詳九畫。（一畫）	採爲首義	144	
	圜	口部	《說文》天體也，全也，周也。（十三畫）	採爲首義	149	
	團	口部	《說文》圜也。（十一畫）	採爲首義	149	
	圓	口部	又《說文》圓、規也。規即象天體之圓也，圓即今圓字也，員即方圓之圓也，音分義同，互詳各註。（七畫）	採爲次義	146	以「規也」爲首義。
	囦	口部	《說文》回也，从口云聲。田十二頃也。（四畫）	採爲首義	145	
	圓	口部	《說文》圜全也。（十畫）	採爲首義	148	
	回	口部	《說文》从囗，中象回轉之形。〈徐鍇曰〉渾天之氣，天地相承，天周地外，陰陽五行，回轉其中也。　又《說文》邪也，曲也。（三畫）	採爲首義及次義	144	
	圖	口部	《說文》計畫難也，从囗啚，啚難意也。〈徐鍇曰〉圖畫必先規畫之也，故从囗。啚者，吝嗇難之意也。（十一畫）	採爲首義	148	

口部	圍	口部	《說文》回行也。引《逸周書》圍圍升雲，半有半無。〈徐鍇曰〉洪範卜五：曰雨、曰霽、曰蒙、曰圍、曰克。圍者、象氣絡繹不絕也；半有半無，即《史・龜筮傳》所謂「雨不雨，霽不霽，氣不聯屬」之說也，今文尚書作驛。（十三畫）	採爲首義	149	
	國	口部	《說文》邦也。（八畫）	採爲首義	147	
	啚	口部	《說文》从口，象宮垣道上之形。（十畫）	採爲首義	148	
	囷	口部	《說文》廩之圓者，从禾在口中，圓謂之囷，方謂之京。（五畫）	採爲首義	145	
	圈	口部	又《說文》養畜之閑也。（八畫）	採爲次義	147	以「曲木所爲卮匜之屬」爲首義。
	囿	口部	《說文》从口有聲，苑有垣也。一曰禽獸有囿。（六畫）	採爲首義	146	
	園	口部	《說文》所以樹果也。（十畫）	採爲首義	148	
	圃	口部	《說文》種菜曰圃。（六畫）	採爲首義	146	
	因	口部	《說文》从口大，會意。〈徐鍇曰〉能大者，眾圍就之也。（三畫）	採爲首義	145	
	囚	口部	《說文》私取物縮藏之，从口从又。（二畫）	採爲首義	144	
	圇	口部	《說文》獄也，从口令聲。〈徐鍇曰〉圇者櫳也，櫳檻之名。（五畫）	採爲首義	146	
	圉	口部	《說文》守之也。（七畫）	採爲首義	147	
	囚	口部	《說文》繫也，从人在口中。（二畫）	採爲首義	144	
	固	口部	《說文》四塞也，从口古聲。〈徐鍇曰〉淮南子謂九州之險爲九州之塞也。（五畫）	採爲首義	146	
	圍	口部	《說文》守也。（九畫）	採爲首義	148	
	困	口部	《說文》故廬也，从木在口中。〈徐鍇曰〉舊所居廬，故其木久而困獘也。（四畫）	採爲首義	145	
	圂	口部	《說文》廁也，从豕在口中也，會意。（七畫）	採爲首義	146	
	囮	口部	《說文》譯也，率鳥者，繫生鳥以來之名曰囮。〈徐鍇曰〉譯者，傳四夷及鳥獸之語，囮者，誘禽鳥也，即今鳥媒也。（四畫）	採爲首義	145	

員部	員	口部	《說文》物數也。〈徐鉉曰〉古以貝爲貨，故數之。（七畫）	採爲首義	117	
	䪥	貝部	《說文》物數紛䪥亂也，从員云聲。〈註〉徐曰：即今紛紜字。（七畫）	採爲首義	1137	徐鍇語。
貝部	貝	貝部	《說文》海介蟲也，古者貨貝而寶龜，周而有泉，至秦廢貝行錢。（一畫）	採爲首義	1132	
	貟	貝部	《說文》貝聲也。（三畫）	採爲首義	1132	
	賄	貝部	《說文》財也。（六畫）	採爲首義	1136	
	財	貝部	《說文》人所寶也。〈徐曰〉可入用者也。（三畫）	採爲首義	1132	徐鍇語。
	貨	貝部	《說文》財也。（四畫）	採爲首義	1133	
	賑	貝部	《說文》資也。（十二畫）	採爲首義	1140	
	資	貝部	《說文》貨也。（六畫）	採爲首義	1136	
	購	貝部	《說文》貨也。（十三畫）	採爲首義	1140	
	賑	貝部	《說文》富也。（七畫）	採爲首義	1136	
	賢	貝部	《說文》多才也。（八畫）	採爲首義	1137	
	賁	貝部	《說文》飾也。（五畫）	採爲首義	1135	
	賀	貝部	《說文》以禮物相奉慶也。（五畫）	採爲首義	1135	
	貢	貝部	《說文》獻功也。（三畫）	採爲首義	1132	
	贊	貝部	《說文》見也，从貝从兟。〈註〉徐鉉曰：兟音詵，進也，執贄而進，有司贊相之。（十二畫）	採爲首義	1140	
	賮	貝部	《說文》會禮也。（九畫）	採爲首義	1138	
	齎	貝部	無。	不採其說	1460	以「持也、付也、裝也」爲首義。
	貸	貝部	《說文》施也。（五畫）	採爲首義	1134	
	貣	貝部	《說文》從人求物也。（三畫）	採爲首義	1133	
	賂	貝部	《說文》遺也。（六畫）	採爲首義	1135	
	賸	貝部	《說文》物相增加也。一曰送也、副也。〈註〉徐曰：今俗謂物餘爲賸。古者一國嫁女，二國往媵之。媵之言送也。副、貳也，義出於此。（十畫）	採爲首義	1139	徐鍇語。
	贈	貝部	《說文》玩好相送也。（十二畫）	採爲首義	1140	
	貱	貝部	《說文》迻予也。（五畫）	採爲首義	1134	
	贛	貝部	《說文》作𧹈，賜也，从贛省聲。籀文作𧹈。（十七畫）	採爲首義	1141	

貝部	賚	貝部	《說文》賜也。（八畫）	採爲首義	1137	
	賞	貝部	《說文》賜有功也。（八畫）	採爲首義	1137	
	賜	貝部	《說文》予也。（八畫）	採爲首義	1137	
	迆	貝部	《說文》重次第物也。〈徐曰〉路之邪次第爲迆，物之重次第爲迆也。（三畫）	採爲首義	1133	徐鍇語。
	贏	貝部	《說文》有餘賈利也。（十三畫）	採爲首義	1140	
	賴	貝部	《說文》贏也。（九畫）	採爲首義	1138	
	負	貝部	《說文》恃也，从人守貝，有所恃也。又《說文》一曰受貸不償。（二畫）	採爲首義及次義	1132	
	貯	貝部	《說文》積也。（五畫）	採爲首義	1134	
	貳	貝部	《說文》副益也。（五畫）	採爲首義	1134	
	賓	貝部	《說文》所敬也。（七畫）	採爲首義	1136	
	賒	貝部	《說文》貰買也。（七畫），	採爲首義	1136	
	貰	貝部	《說文》貸也。（五畫）	採爲首義	1134	
	贅	貝部	《說文》以物質錢，从敖貝。敖者，猶放貝，當復取之也。（十一畫）	採爲首義	1139	
	質	貝部	又《說文》以物相贅。（八畫）	採爲次義	1138	採《易經》爲首義。
	貿	貝部	《說文》作𧷓，易財也。〈徐曰〉貿猶亂也，交互之義。（五畫）	採爲首義	1135	徐鍇語。
	贖	貝部	《說文》貿也。（十五畫）	採爲首義	1140	
	費	貝部貝部	《說文》散財用也。〈註〉徐曰：財散出如湯沸然。（五畫）	採爲首義	1135	徐鍇語。
	責	貝部	《說文》求也。（四畫）	採爲首義	1133	
	賈	貝部	《說文》賈市也。一曰坐賣售也。（六畫）	採爲首義	1136	
	資	貝部	《說文》行賈也，从貝商省聲。（八畫）	採爲首義	1137	
	販	貝部	《說文》買賤賣貴者。（四畫）	採爲首義	1133	
	買	貝部	《說文》作𧵽，市也。（五畫）	採爲首義	1134	
	賤	貝部	《說文》賈少也。（八畫）	採爲首義	1137	
	賦	貝部	《說文》斂也。（八畫）	採爲首義	1138	
	貪	貝部	《說文》欲物也。（四畫）	採爲首義	1133	
	賃	貝部	《說文》庸也。（六畫）	採爲首義	1135	
	賕	貝部	《說文》以財枉法相謝也。〈徐曰〉非理而求之也。（七畫）	採爲首義	1137	徐鍇語。
	購	貝部	《說文》以財有所求也。（十畫）	採爲首義	1139	

貝部	貶	貝部	《說文》齎財卜問為貶。〈徐曰〉《詩》握粟出卜，是也。（五畫）	採為首義	1134	徐鍇語。
	貲	貝部	《說文》小罰以財自贖也。漢律：民不繇貲錢二十二。〈徐曰〉即今庸置。（五畫）	採為首義	1134	徐鍇語。
	賨	貝部	《說文》南蠻賦也。（八畫）	採為首義	1138	
	賣	貝部	《說文》作𧷓。出物貨也，从出从買。〈註〉徐鍇曰：貨精故出則買之也。（八畫）	採為首義	1137	
	貴	貝部	《說文》作𧴪，物不賤也。（五畫）	採為首義	1134	
	賏	貝部	《說文》頸飾也。（七畫）	採為首義	1136	
	貺	貝部	《說文》賜也。（五畫）	採為首義	1135	
	賵	貝部	《說文》贈死者。（九畫）	採為首義	1139	
	賭	貝部	《說文》博簺也。（九畫）	採為首義	1138	
	貼	貝部	《說文》以物為質也。（五畫）	採為首義	1135	
	貽	貝部	《說文》贈遺也。經典通用詒。（五畫）	採為首義	1135	
	賺	貝部	《說文》重買也，錯也。（十三畫）	採為首義	1140	
	賽	貝部	《說文》報也。（十畫）	採為首義	1139	
	賻	貝部	《說文》助也。（十畫）	採為首義	1139	
	贍	貝部	《說文》給也。（十三畫）	採為首義	1140	
邑部	邑	邑部	《說文》國也。（一畫）	採為首義	1195	
	邦	邑部	《說文》國也。（四畫）	採為首義	1197	
	郡	邑部	無。	不採其說	1200	採《釋名》為首義。
	都	邑部	無。	不採其說	1202	採《廣韻》為首義。
	鄰	邑部	無。	不採其說	1206	採《廣韻》為首義。
	鄼	邑部	無。	不採其說	1207	以「魯邑名」為首義。
	鄙	邑部	無。	不採其說	1204	採《釋名》為首義。
	郊	邑部	《說文》距國百里為郊。（六畫）	採為首義	1199	
	邸	邑部	《說文》屬國舍也。〈徐曰〉諸侯來朝所舍曰邸，有根柢也，根本所在也。（五畫）	採為首義	1198	徐鍇語。
	郭	邑部	無。	不採其說	1199	以「郭也」為首義。
	郵	邑部	《說文》境上行書舍也。（八畫）	採為首義	1201	
	郤	邑部	《說文》國甸大夫稍稍所食邑。（七畫）	採為首義	1199	
	鄯	邑部	《說文》鄯善，西域國名。（十二畫）	採為首義	1206	

邑部	竆	穴部	《說文》夏后時　羿國也，从邑竆省，《書》有窮后羿。（十四畫）	採為首義	797	
	郱	邑部	《說文》周封黃帝之後于郱，上谷有郱縣。（九畫）	採為首義	1202	
	邰	邑部	《說文》國名，炎帝之後，姜姓所封。帝嚳元妃邰氏女也，生棄為后稷，復封於邰。（五畫）	採為首義	1197	
	邞	邑部	無。	不採其說	1196	採《集韻》為首義。
	邠	邑部	《說文》周太王在右扶風美陽縣。亦作豳。互詳幽字註。（四畫）	採為首義	1196	
	郿	邑部	《說文》右扶風縣名。　◎《說文》本作䝔，俗作郿。（九畫）	採為首義又補釋之	1202	
	郁	邑部	無。	不採其說	1198	採《集韻》為首義。
	鄠	邑部	無。	不採其說	1205	以「縣名，漢屬右扶風」為首義。
	扈	戶部	《說文》有扈，國名。夏后同姓所封，戰于甘者。在鄠有扈谷。（七畫）	採為首義	344	
	䣥	邑部	《說文》右扶風，鄠縣沛城父有鄉。（十一畫）	採為首義	1204	
	䣆	邑部	《說文》右扶風，鄠縣有䣆鄉。（五畫）	採為首義	1197	
	䣓	邑部	《說文》右扶風，鄠盩厔鄉名。（七畫）	採為首義	1200	
	酆	邑部	無。	不採其說	1207	採《集韻》為首義。
	鄭	邑部	無。	不採其說	1205	以「國名」為首義。
	郃	邑部	《說文》左馮翊，郃陽縣。（六畫）	採為首義	1198	
	邭	邑部	《說文》京兆，藍田鄉名。（三畫）	採為首義	1196	
	酆	邑部	《說文》京兆，杜陵有酆鄉。（十五畫）	採為首義	1207	
	鄜	邑部	《說文》鄜本字。（十五畫）	採為首義	1207	
	䣯	邑部	《說文》左馮翊，䣯陽亭。（十二畫）	採為首義	1205	
	邮	邑部	無。	不採其說	1197	採《玉篇》為首義。
	邽	邑部	《說文》左馮翊，谷口鄉。（六畫）	採為首義	1199	
	邦	邑部	無。	不採其說	1198	採《廣韻》為首義。
	部	邑部	無。	不採其說	1200	採《集韻》為首義。
	邘	邑部	《說文》弘農縣庾地。（七畫）	採為首義	1199	
	郟	邑部	無。	不採其說	1203	以「郟鄏，邑名在河南」為首義。
	酅	邑部	《說文》周邑。（十五畫）	採為首義	1207	
	郒	邑部	《說文》周邑也。（十一畫）	採為首義	1204	

邑部	邙	邑部	《說文》河南洛陽北土山上邑。（三畫）	採爲首義	1196	
	鄩	邑部	無。	不採其說	1205	以「地名」爲首義。
	郗	邑部	《說文》周邑也，在河內野王縣。（七畫）	採爲首義	1199	
	鄆	邑部	無。	不採其說	1202	以「魯地名」爲首義。
	邶	邑部	《說文》故商邑，自河內朝歌以北是也。（五部）	採爲首義	1198	
	邘	邑部	《說文》周武王子所封國。　◎《說文》本作邘。（三畫）	採爲首義又補釋之	1196	
	鄔	邑部	《說文》殷諸侯國，在上黨東北。（八畫）	採爲首義	1200	
	邵	邑部	無。	不採其說	1198	採《廣韻》爲首義。
	郯	邑部	無。	不採其說	1203	以「邑名」爲首義。
	鄐	邑部	《說文》晉邢侯邑。（十畫）	採爲首義	1203	
	郲	邑部	《說文》晉之溫地。（九畫）	採爲首義	1203	
	邲	邑部	《說文》鄭地。（五部）	採爲首義	1197	
	郤	邑部	《說文》晉大夫叔虎邑。（七畫）	採爲首義	1200	
	鄄	邑部	《說文》河東聞喜鄉名。（八畫）	採爲首義	1200	
	鄋	邑部	《說文》河東聞喜縣聚名。（十畫）	採爲首義	1203	
	邱	邑部	《說文》河東聞喜縣鄉名。（六畫）	採爲首義	1198	
	郔	邑部	《說文》河東臨汾地，即漢祭后土處。（九畫）	採爲首義	1203	
	邢	邑部	《說文》周公子所封國，地近河內懷縣。（四畫）	採爲首義	1196	
	鄥	邑部	無。	不採其說	1203	以「縣名」爲首義。
	祁	示部	無	不採其說	768	以「盛也、大也」爲首義。
	鄴	邑部	《說文》魏郡縣名。（十三畫）	採爲首義	1206	
	邗	邑部	無。	不採其說	1196	採《玉篇》爲首義。
	邯	邑部	無。	不採其說	1197	採《玉篇》爲首義。
	鄲	邑部	無。	不採其說	1206	以「邯鄲，古縣名」爲首義。
	郇	邑部	《說文》在晉地。（六畫）	採爲首義	1199	
	鄗	邑部	無。	不採其說	1202	以「漢縣名」爲首義。
	鄡	邑部	無。	不採其說	1204	採《正字通》爲首義。

邑部	鄲	邑部	《說文》鉅鹿縣名。（十一畫）	採為首義	1205	
	鄭	邑部	無。	不採其說	1204	以「縣名」為首義。
	邽	邑部	無。	不採其說	1198	採《廣韻》為首義。
	鄭	邑部	《說文》北方長狄國也，在夏為防風氏，在殷為汪芸氏。 ◎《說文》作𢽬。	採為首義又補釋之	1203	
	鄃	邑部	無。	不採其說	1205	採《史記》為首義。
	邟	邑部	《說文》潁川縣名。（四畫）	採為首義	1196	
	鄍	邑部	《說文》潁川縣名。（九畫）	採為首義	1202	
	郟	邑部	無。	不採其說	1200	以「郟鄏，地名」為首義。
	鄑	邑部	無。	不採其說	1201	以「鄑丘，齊地」為首義。
	郎	邑部	《說文》郎姬姓之國，在淮北，今汝南新郎。（十畫）	採為首義	1203	
	邵	邑部	《說文》汝南邵陵里名。（六畫）	採為首義	1199	
	鄡	邑部	無。	不採其說	1203	採《玉篇》為首義。
	郹	邑部	《說文》蔡邑也，引《左傳·昭十九年》楚子之在蔡也，郹陽封人之女奔之。（九畫）	採為首義	1202	
	鄧	邑部	《說文》曼姓之國。（十二畫）	採為首義	1205	
	鄾	邑部	無。	不採其說	1207	以「鄧國地」為首義。
	邔	邑部	無。	不採其說	1198	採《玉篇》為首義。
	鄀	邑部	《說文》南陽棗陽縣名。（十一畫）	採為首義	1204	
	鄴	邑部	無。	不採其說	1207	採《廣韻》為首義。
	鄭	邑部	《說文》南陽穰。（十一畫）	採為首義	1204	
	鄧	邑部	《說文》南陽西鄂亭名。（七畫）	採為首義	1199	
	邟	邑部	《說文》南陽舞陰亭名。（六畫）	採為首義	1199	
	郢	邑部	《說文》楚都，在南郡，江陵北十里。（七畫）	採為首義	1200	
	鄢	邑部	《說文》南郡縣名。（十一畫）	採為首義	1205	
	酈	邑部	無。	不採其說	1206	以「縣名」為首義。
	鄤	邑部	無。	不採其說	1206	採《廣韻》為首義。
	鄂	邑部	◎《說文》本作𨟎，俗作鄂。（九畫）	列於字末補釋形義	1202	以「國名」為首義。
	邟	邑部	無。	不採其說	1196	採《廣韻》為首義。
	邾	邑部	無。	不採其說	1198	採《玉篇》為首義。

邑部	鄘	邑部	《說文》漢南之國。（十畫）	採爲首義	1204	
	廊	邑部	《說文》南夷國也。（十一畫）	採爲首義	1204	
	郫	邑部	無。	不採其說	1201	採《廣韻》爲首義。
	鄩	邑部	《說文》蜀郡江原地。（十四畫）	採爲首義	1206	
	鄻	邑部	《說文》蜀地。（十四畫）	採爲首義	1206	
	鄭	邑部	《說文》鄮字。（十五畫）	採爲首義	1207	
	邡	邑部	《說文》邡邡，廣漢縣名。（四畫）	採爲首義	1196	《說文》本作「什邡」。
	鄢	邑部	無。	不採其說	1203	以「郁鄢，縣名」爲首義。
	鄨	邑部	無。	不採其說	1205	採《玉篇》爲首義。
	邰	邑部	《說文》地名。（五畫）	採爲首義	1197	
	那	邑部	《說文》西夷國，安定有朝那縣。◎《說文》本作邤，俗作郍。（四畫）	採爲首義又補釋之	1196	
	鄱	邑部	《說文》鄱陽豫章縣，今屬饒州。（十二畫）	採爲首義	1206	
	酈	邑部	無。	不採其說	1206	以「地名」爲首義。
	郴	邑部	《說文》桂陽縣名。（八畫）	採爲首義	1201	
	耒	邑部	《說文》桂陽耒陽縣。（六畫）	採爲首義	1199	
	鄲	邑部	無。	不採其說	1206	以「縣名」爲首義。
	鄞	邑部	《說文》會稽縣名。（十一畫）	採爲首義	1204	
	邿	邑部	《說文》郡名。（四畫）	採爲首義	1196	
	邧	邑部	《說文》宋下邑在泰山。（五部）	採爲首義	1197	
	鄐	邑部	無。	不採其說	1205	採《玉篇》爲首義。
	邬	邑部	《說文》魯地名。（四畫）	採爲首義	1196	
	邲	邑部	《說文》地名。（六畫）	採爲首義	1198	
	鄭	邑部	《說文》宋地。（十六畫）	採爲首義	1207	
	鄵	邑部	◎《說文》作鄵，隸作鄵。譌作鄵，俗作鄵，夶非。（十畫）	列於字末補釋形義	1203	採《韻會》爲首義。
	邶	邑部	《說文》周文王子所封，國名。（七畫）	採爲首義	1199	
	鄑	邑部	無。	不採其說	1202	以「衛地」爲首義。
	邛	邑部	《說文》地名，在濟陰縣。（三畫）	採爲首義	1196	
	鄶	邑部	《說文》祝融之後，妘姓所封，在溱洧之閒。鄭武公滅之。（十三畫）	採爲首義	1206	

邑部	邖	邑部	無。	不採其說	1197	採《廣韻》爲首義。
	郔	邑部	《說文》鄭北地。（七畫）	採爲首義	1199	
	郋	邑部	《說文》琅邪莒邑。（七畫）	採爲首義	1200	
	郎	邑部	《說文》妘姓之國。（九畫）	採爲首義	1202	
	鄒	邑部	《說文》魯縣，古邾婁國，帝顓頊之後所封。〈徐曰〉孟子題辭，邾國至孟子時，魯穆公改曰鄒。（十畫）	採爲首義	1203	徐鍇語。
	郰	邑部	《說文》邾下邑，魯東有郰城。（七畫）	採爲首義	1199	
	邿	邑部	《說文》附庸國。（六畫）	採爲首義	1198	
	郰	邑部	《說文》魯下邑，孔子之鄉。（八畫）	採爲首義	1201	
	郕	邑部	無。	不採其說	1199	以「國名」爲首義。
	郣	邑部	《說文》周公所誅叛國，商郣是也。（八畫）	採爲首義	1201	
	酀	邑部	《說文》魯下邑。（十八畫）	採爲首義	1207	
	郎	邑部	《說文》魯亭。（七畫）	採爲首義	1200	
	邳	邑部	《說文》奚仲之後，湯左相，仲虺所封國，在魯薛縣。（五部）	採爲首義	1197	
	鄟	邑部	《說文》紀邑也。（十一畫）	採爲首義	1205	
	邟	邑部	無。	不採其說	1196	採《廣韻》爲首義。
	鄩	邑部	《說文》臨淮徐地。（十三畫）	採爲首義	1206	
	邱	邑部	無。	不採其說	1199	以「魯邑名」爲首義。
	郯	邑部	《說文》少昊之後所封。（八畫）	採爲首義	1201	
	郚	邑部	《說文》東海縣，故紀侯邑。（七畫）	採爲首義	1199	
	鄹	邑部	無。	不採其說	1207	採《玉篇》爲首義。
	鄅	邑部	《說文》妘姓國，在東海。（十二畫）	採爲首義	1205	
	邪	邑部	又《說文》琅邪郡名。（四畫）	採爲次義	1197	採《廣韻》爲首義。
	邧	邑部	無。	不採其說	1196	採《前漢書》爲首義。
	郪	邑部	《說文》齊地。（十一畫）	採爲首義	1204	
	郭	邑部	無。	不採其說	1201	採《廣韻》爲首義。
	郳	邑部	無。	不採其說	1201	以「國名」爲首義。
	郭	邑部	《說文》郭海地名。　又地之起者曰郭。（七畫）	採爲首義及次義	1200	
	鄆	邑部	《說文》國也，齊桓公所滅。（十二畫）	採爲首義	1206	
	邙	邑部	《說文》地名。（四畫）	採爲首義	1197	
	郂	邑部	《說文》陳留鄉名。（六畫）	採爲首義	1198	

邑部	戜	邑部	《說文》古國名，在陳留外黃縣。（六畫）	採爲首義	1199	
	鄯	邑部	無。	不採其說	1207	以「邑名」爲首義。
	邱	邑部	無。	不採其說	1197	以「地名」爲首義。
	娜	邑部	《說文》地名。（六畫）	採爲首義	1199	
	邘	邑部	《說文》地名，从邑丑聲。（四畫）	採爲首義	1196	
	邝	邑部	《說文》地名。（二畫）	採爲首義	1196	
	鄐	邑部	《說文》地名。（十二畫）	採爲首義	1205	
	邾	邑部	無。	不採其說	1200	採《廣韻》爲首義。
	鄭	邑部	無。	不採其說	1207	以「縣名」爲首義。
	郈	邑部	《說文》地名。（八畫）	採爲首義	1200	
	邢	邑部	無。	不採其說	1201	以「地名」爲首義。
	鄩	邑部	無。	不採其說	1205	以「地名」爲首義。
	邧	邑部	《說文》地名。（四畫）	採爲首義	1197	
	鄝	邑部	無。	不採其說	1204	以「國名」爲首義。
	鄔	邑部	無。	不採其說	1205	以「地名」爲首義。
	邨	邑部	無。	不採其說	1197	採《玉篇》爲首義。
	郘	邑部	無。	不採其說	1200	採《集韻》爲首義。
	鄀	邑部	地名。《說文》作𨟻。（十畫）	採爲首義	1203	
	郪	邑部	《說文》地名。（十一畫）	採爲首義	1204	
	鄼	邑部	無。	不採其說	1207	以「地名」爲首義。
	岯	邑部	無。	不採其說	1196	以「地名」爲首義。
	鄧	邑部	《說文》鄧字，詳前鄧字註。（十六畫）	採爲首義	1207	鄧字下只云：「地名，《說文》入鄧。」
	鄍	邑部	《說文》姬姓之國。（十二畫）	採爲首義	1205	
	郉	邑部	《說文》汝南安陽鄉名。（七畫）	採爲首義	1200	
	郙	邑部	《說文》汝南上蔡亭名。（七畫）	採爲首義	1199	
	酈	邑部	無。	不採其說	1207	以「地名」爲首義。
	鄯	邑部	《說文》地名。（十二畫）	採爲首義	1204	
	𨛜	****	無。		****	《康熙字典》不錄𨛜字。
𨛜部	𨛜	****	無。		****	《康熙字典》不錄𨛜字。
	鄉	邑部	無。	不採其說	1203	採《集韻》爲首義。
	𨙝	邑部	《說文》里中道，从邑从共，皆在邑中所共也。（六畫）	採爲首義	255	𨙝字或省作巷，則歸入巳部。

徐鉉校定《說文》卷七

說文部首	字例	《康熙字典》				備　註
		歸部	引用《說文》之釋語	引用情形	頁碼	
日部	日	日部	《說文》實也，太陽之精不虧。（一畫）	採爲首義	417	
	旻	日部	《說文》秋天也。（二畫）	採爲首義	418	
	時	日部	《說文》四時也。（六畫）	採爲首義	422	
	早	日部	《說文》晨也。（二畫）	採爲首義	417	
	昒	日部	《說文》尙冥也。（四畫）	採爲首義	420	
	昧	日部	《說文》爽旦明也。一曰闇也。（五畫）	採爲首義	421	
	晵	日部	《說文》旦明也。（九畫）	採爲首義	426	
	晳	日部	《說文》昭晳明也。（七畫）	採爲首義	424	
	昭	日部	《說文》日明也。（五畫）	採爲首義	421	
	晤	日部	《說文》明也。引《詩》晤辟有摽。（七畫）	採爲首義	424	
	旳	日部	《說文》明也。《易》曰爲旳顙。（二畫）	採爲首義	418	
	晄	日部	《說文》明也。（六畫）	採爲首義	422	
	曠	日部	《說文》明也。（十五畫）	採爲首義	429	
	旭	日部	《說文》日旦出貌。讀若勗。一曰明也。（二畫）	採爲首義	417	
	晉	日部	《說文》作𣉺。進也，日出萬物進也。（六畫）	採爲首義	422	
	晹	日部	《說文》日出也。（九畫）	採爲首義	426	
	晵	日部	《說文》雨而晝姓也。（八畫）	採爲首義	425	
	暘	日部	《說文》日覆雲，暫見也。（八畫）	採爲首義	425	
	昫	日部	《說文》日出溫也。（五畫）	採爲首義	421	
	晛	日部	《說文》日見也。（七畫）	採爲首義	423	
	晏	日部	《說文》天清也。（六畫）	採爲首義	423	
	曅	日部	《說文》日出無雲也。（十六畫）	採爲首義	429	
	景	日部	《說文》光也。（八畫）	採爲首義	424	
	晧	日部	《說文》日出貌。（七畫）	採爲首義	424	
	暤	日部	《說文》晧旰也。（十畫）	採爲首義	427	
	曄	日部	《說文》作𣊫。光也。（十二畫）	採爲首義	428	

日部	暉	日部	《說文》光也。（九畫）	採爲首義	425	
	旱	日部	《說文》不雨也。（二畫）	採爲首義	417	
	晚	日部	《說文》日行晚晚。（九畫）	採爲首義	425	
	晷	日部	《說文》日景也。（八畫）	採爲首義	425	
	昃	日部	無。	不採其說	418	採《易經》爲首義。
	晚	日部	《說文》莫也。（七畫）	採爲首義	423	
	昏	日部	《說文》日冥也，從日氐省。氐者，下也。一曰民聲。（四畫）	採爲首義	419	
	曫	日部	《說文》日且昏時。（十九畫）	採爲首義	429	
	晻	日部	《說文》不明也。（八畫）	採爲首義	425	
	暗	日部	《說文》日無光也。（九畫）	採爲首義	426	
	晦	日部	《說文》月盡也。（七畫）	採爲首義	424	
	曃	日部	《說文》埃曃，日無光也。（十畫）	採爲首義	426	
	曀	日部	《說文》陰而風也。（十一畫）	採爲首義	427	
	旱	日部	《說文》不雨也。（二畫）	採爲首義	418	
	昆	日部	《說文》望遠合也，從日匕。匕，合也。讀若窈窕之窈。〈註〉徐鍇曰：匕相近也，故合也。（二畫）	採爲首義	417	
	昴	日部	《說文》作帠，白虎宿星。（五畫）	採爲首義	422	
	曩	日部	《說文》不久也。《春秋傳》曰：曩役之三月。（十三畫）	採爲首義	428	
	曩	日部	《說文》曩也。（十七畫）	採爲首義	429	
	昨	日部	《說文》累日也。（五畫）	採爲首義	421	
	暇	日部	《說文》閑也。（九畫）	採爲首義	425	
	暫	日部	《說文》不久也。（十一畫）	採爲首義	427	
	昪	日部	《說文》喜樂貌。（五畫）	採爲首義	421	
	昌	日部	《說文》美言也。　又《說文》一曰日光也。《詩》曰「東方昌矣」。（四畫）	採爲首義及次義。	419	
	旺	日部	《說文》作暀，光美也。（八畫）	採爲首義	425	
	昄	日部	《說文》大也。（二畫）	採爲首義	418	
	昱	日部	《說文》明日也。（五畫）	採爲首義	422	
	暴	日部	《說文》溫濕也。（七畫）	採爲首義	423	
	暍	日部	《說文》傷暑也。（九畫）	採爲首義	426	
	暑	日部	《說文》熱也。（九畫）	採爲首義	426	

日部	曡	日部	《說文》安曡溫也。（十九畫）	採爲首義	429	
	㬎	日部	《說文》作㬎，微杪也，从日中視絲，古文以爲顯字。或曰眾口貌，讀若唫，唫或爲繭。繭者絮中往往有小繭也。（十畫）	採爲首義	426	
	暴	日部	《說文》晞也。（十二畫）	採爲首義	427	
	曬	日部	《說文》暴也。（十九畫）	採爲首義	429	
	暵	日部	《說文》乾也。《易》曰「燥萬物者，莫暵乎火」。（十一畫）	採爲首義	427	
	晞	日部	《說文》乾也。（七畫）	採爲首義	423	
	昔	日部	《說文》作𦒱，乾肉也。从殘肉，日以晞之。與俎同意。（四畫）	採爲首義	420	
	暱	日部	《說文》日近也。 ◎《說文》或从尼作昵。（十一畫）	採爲首義 又補釋之	427	
	暬	日部	《說文》日狎習相慢也。（十一畫）	採爲首義	427	
	杳	日部	《說文》不見也。（二畫）	採爲首義	418	
	昆	日部	《說文》同也。〈註〉比之是同也。（二畫）	採爲首義	418	徐鍇語。
	晐	日部	《說文》兼晐也。（六畫）	採爲首義	423	
	普	日部	《說文》作暜，日無色也。〈註〉日無光，則遠近皆同，故从竝。今隸作普。（八畫）	採爲首義	424	
	曉	日部	《說文》明也。（十二畫）	採爲首義	428	
	昕	日部	《說文》旦明，日將出也。（四畫）	採爲首義	420	
	暲	日部	《說文》暲曨，日欲明也。（十二畫）	採爲首義	428	
	曨	日部	《說文》暲曨也。（十六畫）	採爲首義	429	
	昄	日部	《說文》明也。（四畫）	採爲首義	419	
	昉	日部	《說文》明也。（四畫）	採爲首義	419	
	晙	日部	《說文》明也。（七畫）	採爲首義	423	
	晟	日部	《說文》明也。（七畫）	採爲首義	423	
	昶	日部	《說文》日長也。（五畫）	採爲首義	422	
	暈	日部	無。	不採其說	425	以「日旁氣也」爲首義。
	晬	日部	《說文》周年也。（八畫）	採爲首義	424	
	映	日部	《說文》明也。（五畫）	採爲首義	421	

日部	曙	日部	《說文》曉也。（十四畫）	採爲首義	429	
	昳	日部	《說文》日厢也。（五畫）	採爲首義	422	
	曇	日部	《說文》雲布。（十二畫）	採爲首義	428	
	曆	日部	《說文》曆象也。（十二畫）	採爲首義	428	
	昂	日部	《說文》舉也。（二畫）	採爲首義	418	
	昇	日部	《說文》日上也。古只用升。（四畫）	採爲首義	419	
旦部	旦	日部	《說文》明也。从日見一，上一，地也。（一畫）	採爲首義	417	
倝部	暨	日部	《說文》日頗見也。（十二畫）	採爲首義	428	
	倝	人部	無。	不採其說	36	採《集韻》爲首義。
	𣄸	****	無。		****	《康熙字典》不錄𣄸字。
	翰	舟部	《說文》朝本字。（十畫）	採爲首義	940	「朝」字歸月部，採《說文》爲首義。
㫃部	㫃	方部	《說文》旌旗之游，㫃蹇之貌，从中曲而下垂，㫃相出入也。（二畫）	採爲首義	409	
	旐	方部	《說文》龜蛇四游以象營室，游游而長。（八畫）	採爲首義	412	
	旗	方部	《說文》熊旗五游，以象罰星，士卒以爲期。（十畫）	採爲首義	412	
	斾	方部	《說文》作斾，繼旐之旗也，沛然而垂，从㫃宋聲。（六畫）	採爲首義	410	
	旌	方部	《說文》析羽注旄首，所以進士卒。（七畫）	採爲首義	411	
	旞	方部	《說文》錯革畫鳥其上，所以進士眾。旞旞，眾也。（十六畫）	採爲首義	413	
	旂	方部	《說文》旗有眾鈴，以令眾也。（六畫）	採爲首義	410	
	旞	方部	《說文》導車所以載，全羽以爲允。允，進也。（十五畫）	採爲首義	413	
	旝	方部	《說文》建大木置石其上，發機以追敵也。《詩》曰「其旝如林」。（十五畫）	採爲首義	413	
	旆	方部	《說文》旗曲柄也，所以旆表士眾。《周禮》曰「通帛爲旆」。（六畫）	採爲首義	410	
	旒	方部	《說文》旌旗之旒也。（九畫）	採爲首義	412	
	旟	方部	《說文》旗屬。（十一畫）	採爲首義	413	
	施	方部	《說文》旗貌。齊欒施字子旗，知施者旗也。〈註〉徐鍇曰：旗之逶迤。一曰設也。（五畫）	採爲首義	410	

㫃部	旇	方部	《說文》旗旇施也。（十畫）	採爲首義	412	
	旛	方部	《說文》旌旗旛縿也。（十三畫）	採爲首義	413	
	旗	方部	無。	不採其說	413	採《玉篇》爲首義。
	游	水部	無。	不採其說	563	以「水名」爲首義。
	旆	方部	《說文》旌旗旆靡也。（七畫）	採爲首義	411	
	旋	方部	《說文》周旋，旌旗之指麾也。从㫃从疋。疋，足也。〈註〉徐鍇曰：人足隨旌旗以周旋也。（七畫）	採爲首義	411	
	旄	方部	《說文》幢也。（六畫）	採爲首義	410	
	旒	方部	《說文》幅胡也。〈註〉徐鉉曰：胡幅之下垂者也。（十四畫）	採爲首義	413	
	旅	方部	《說文》軍之五百人爲旅。（六畫）	採爲首義	411	
	族	方部	《說文》矢鋒也，束之族族也。（七畫）	採爲首義	412	
冥部	冥	冖部	《說文》幽也。从日六，冖聲。日數十，十六日而月始虧，冖亦夜也。（八畫）	採爲首義	58	
	鼆	黽部	又《說文》鼆冥也，从冥黽聲。讀若黽蛙之黽。（十畫）	採爲次義	1452	採《左傳》爲首義。
晶部	晶	日部	《說文》精光也，从三日。（八畫）	採爲首義	425	
	曑	日部	無。	不採其說	428	採《玉篇》爲首義。
	曑	日部	《說文》商星也。或省作參。（十三畫）	採爲首義	428	
	曟	日部	《說文》房星，爲民田時者。或省作晨，詳晨字註。（十五畫）	採爲首義	428	
	疊	日部	《說文》揚雄說以爲古理官決罪三日，得其宜乃行之。从晶从宜。亡新以爲疊从三日，太盛，改爲三田。（十五畫）	採爲首義	429	
月部	月	月部	《說文》闕也，太陰之精。（一畫）	採爲首義	432	
	朔	月部	《說文》月一日始蘇也。（六畫）	採爲首義	433	
	朏	月部	《說文》月未盛之明。（五畫）	採爲首義	433	
	霸	雨部	《說文》月始生霸然也，承大月二日，承小月三日。从月霝聲。（十三畫）	採爲首義	1307	
	朗	月部	無。	不採其說	433	採《詩經》爲首義
	朓	月部	《說文》晦而月見西方，謂之朓。（六畫）	採爲首義	433	
	朒	月部	《說文》朔而月見東方，謂之縮朒，从月內聲。（四畫）	採爲首義	432	
	期	月部	《說文》會也。（八畫）	採爲首義	434	
	朦	月部	《說文》月朦朧也。（十四畫）	採爲首義	435	
	朧	月部	《說文》朦朧也。（十六畫）	採爲首義	435	

有部	有	月部	《說文》不宜有也。《春秋傳》曰「日月有食之」，从月又聲。（二畫）	採爲首義	432	
	馘	戈部	《說文》有文章也，从有彧聲。或作彧，通作郁。（十三畫）	採爲首義	342	
	龗	龍部	《說文》兼有也。（六畫）	採爲首義	1465	
明部	明	日部	《說文》照也。（四畫）	採爲首義	419	《說文》篆文本作「朙」，歸入月部。
	萌	月部	《說文》作萌。翌也。从朙亡聲。（七畫）	採爲首義	433	
囧部	囧	口部	《說文》窗牖麗廔闓明，象形。（四畫）	採爲首義	145	
	盟	皿部	無。	不採其說	723	篆文作盟。
夕部	夕	夕部	◎《說文》从月半見。〈徐曰〉月字之半，月初生則暮見西方，故半月爲夕。（一畫）	列於字末補釋形義	174	以「晨之對，暮也」爲首義。徐鍇語。
	夜	夕部	◎《說文》夾舍也，天下休舍也。从夕亦省聲。亦作亱。（五畫）	列於字末補釋形義	174	以「日入爲夜，與晝對」爲首義。
	夢	夕部	◎《說文》夢不明也，从夕瞢省聲。（十一畫）	列於字末補釋形義	175	以「覺之對，寐中所見事形形也」爲首義。
	夗	夕部	◎《說文》作夗，从夕从㔾，臥有㔾也。（二畫）	列於字末補釋形義	174	採《集韻》、《廣韻》爲首義
	夤	夕部	《說文》恭也，敬惕也。（十一畫）	採爲首義	175	
	姓	夕部	《說文》同晴，雨而夜除星見也。〈徐鉉曰〉今俗作晴，非。（五畫）	採爲首義	175	
	外	夕部	◎《說文》外，遠也。卜尚平旦，今若夕卜，于事外矣。會意。（二畫）	列於字末補釋形義	174	以「內之對，表也」爲首義。
	夙	夕部	《說文》早敬也。（三畫）	採爲首義	174	《說文》作「夙」。
	夢	夕部	《說文》宋也。一曰靜也，與莫通。（十一畫）	採爲首義	175	
多部	多	夕部	◎《說文》多重也，从重夕，夕者相繹也，故爲多重夕爲多，重日爲疊。（三畫）	列於字末補釋形義	174	採《爾雅》爲首義。
	姣	夕部	《說文》同夥。（十一畫）	採爲首義	175	
	垄	土部	無。	不採其說	159	採《集韻》爲首義。
	夥	口部	《說文》厚脣貌，从多从向。〈註〉徐鍇曰：多即厚也。（十一畫）	採爲首義	134	

毌部	毌	毌部	《說文》穿物持之也,从一橫貫,象寶貨之形。(一畫)	採爲首義	516	
	貫	貝部	《說文》貫錢貝之貫。(四畫)	採爲首義	1133	
	虜	虍部	無。	不採其說	1002	以「虜掠也」爲首義。
弓部	弓	弓部	《說文》弓,嘾也,草木之華未發函然,象形。(一畫)	採爲首義	284	
	函	凵部	《說文》函本字。註詳凵部六畫。(七畫)	採爲首義	147	
	甹	田部	《說文》木生條也,从弓,象枝條華函之形,由聲。引《商書》若顚木之有甹枿。〈徐曰〉謂已倒之木更生孫枝也。甹者猶可也,止之言也。今文尙書作由。(二畫)	採爲首義	687	徐鍇語。
	甫	用部	《說文》草木華甫甫然也。〈徐曰〉甫之言涌也,若泉涌出也。(二畫)	採爲首義	684	徐鍇語。
	弓	弓部	《說文》謂草木弓盛也。(一畫)	採爲首義	284	
東部	東	木部	《說文》木垂華實也。(六畫)	採爲首義	452	
	韓	韋部	《說文》束也,从韋東聲。〈註〉徐鍇曰:言束之,象木華實之相累也。(十畫)	採爲首義	1322	
卤部	卤	卜部	無。	不採其說	86	以「草木實垂卤卤然也」爲首義。
	栗	木部	《說文》作㮚,从木,其實下垂,故从卤。(六畫)	採爲首義	450	
	粟	米部	《說文》嘉實穀也。本作㮚。(六畫)	採爲首義	836	
齊部	齊	齊部	《說文》禾麥吐穗上平也。〈註〉徐鍇曰:生而齊者,莫如禾麥。(一畫)	採爲首義	1459	
	齎	齊部	《說文》等也。(八畫)	採爲首義	1460	
束部	束	木部	《說文》木芒也。〈徐鍇曰〉草木之束,茦、莿二文音義夶同。(二畫)	採爲首義	438	
	棗	木部	《說文》果名。(八畫)	採爲首義	460	
	棘	木部	《說文》小棗叢生者。(八畫)	採爲首義	460	
片部	片	片部	《說文》判木也,从半木。(一畫)	採爲首義	620	
	版	片部	《說文》判也,从片反聲。(四畫)	採爲首義	621	
	牔	片部	《說文》判也,从片畐聲。(九畫)	採爲首義	621	
	牘	片部	《說文》書版也。(十五畫)	採爲首義	622	

片部	牒	片部	《說文》札也，从片葉聲。（九畫）	採爲首義	622	
	牖	片部	又《說文》本從片扁聲。（九畫）	採爲次義	622	採《揚子・方言》爲首義。
	牖	片部	《說文》穿壁以木爲交窗也，从片戶甫。譚長以爲甫上日也，非戶也。牖所以見日。（十一畫）	採爲首義	622	
	牏	片部	《說文》築牆短版也。（九畫）	採爲首義	621	
鼎部	鼎	鼎部	《說文》鼎，三足兩耳，和五味之寶器也。昔禹收九牧之金，鑄鼎荊山之下。（一畫）	採爲首義	1453	
	鼏	鼎部	《說文》鼎之圜掩上者。（三畫）	採爲首義	1453	
	鼐	鼎部	《說文》鼎之絕大者。（二畫）	採爲首義	1453	
	鼏	鼎部	《說文》以木橫貫鼎耳而舉之，从鼎冂聲。《周禮》「廟門容大鼎七箇」，即《易》玉鉉，大吉也。（二畫）	採爲首義	1453	
克部	克	儿部	《說文》肩也。〈徐曰〉肩任也。任者，又負荷之名也，能勝此物謂之克也。（五畫）	採爲首義	52	徐鍇語。
彔部	彔	彑部	《說文》刻木彔彔也。（六畫）	採爲首義	290	
禾部	禾	禾部	《說文》嘉穀也。二月始生，八月而孰，得時之中，故謂之禾。禾，木也。木王而生，从木从巛省，巛象其穗。（一畫）	採爲首義	776	
	秀	禾部	無。	不採其說	777	以「茂也、美也、禾吐華也」爲首義。
	稼	禾部	《說文》禾之秀實爲稼，莖節爲禾。　又《說文》一日在野曰稼。　又《說文》一曰稼家事也。（十畫）	採爲首義及次義。	785	
	穡	禾部	《說文》穀可收曰穡。（十三畫）	採爲首義	788	
	穜	禾部	無。	不採其說	788	以「穜稑」爲首義。
	稙	禾部	無。	不採其說	783	以「早種禾也」爲首義。
	種	禾部	無。	不採其說	784	以「穀種也」爲首義。
	稑	禾部	《說文》疾熟也。先種後熟曰穜，後種先熟曰稑。（八畫）	採爲首義	782	
	稚	禾部	《說文》幼禾也。（十畫）	採爲首義	785	
	稹	禾部	無。	不採其說	785	以「叢緻也」爲首義。
	稠	禾部	《說文》多也。（八畫）	採爲首義	783	

禾部	槩	禾部	《說文》稱也。（十一畫）	採爲首義	787	
	稀	禾部	《說文》疏也。〈徐曰〉當从爻从巾。爻者，希疏之義，與爽同意。巾象禾之根莖。至於莃、睎，皆當从稀省，何以知之？《說文》無希字故也。（七畫）	採爲首義	781	徐鍇語。
	穄	禾部	無。	不採其說	789	以「禾也」爲首義。
	穆	禾部	《說文》禾也。（十一畫）	採爲首義	787	
	私	禾部	《說文》禾也，北道名禾主人曰私主人。（二畫）	採爲首義	777	
	穤	禾部	《說文》稻紫莖不黏也。〈徐曰〉即今紫華稻。（十八畫）	採爲首義	790	徐鍇語。
	稷	禾部	《說文》𪗉也，五穀之長。〈徐曰〉案本草稷即穄，一名粢。楚人謂之稷，關中謂之䅽，其米爲黃米。（十畫）	採爲首義	785	徐鍇語。
	𪗉	𪗉部	無。	不採其說	1459	採《玉篇》爲首義。
	秔	禾部	無。	不採其說	780	以「穀名」爲首義。
	穄	禾部	《說文》䅽也。（十一畫）	採爲首義	786	
	稻	禾部	《說文》稌也。（十畫）	採爲首義	785	
	稌	禾部	無。	不採其說	782	以「穀名」爲首義。
	稬	禾部	《說文》沛國謂稻曰稬。（九畫）	採爲首義	784	
	秫	禾部	《說文》稻不黏者。（十畫）	採爲首義	785	
	秔	禾部	無。	不採其說	778	以「稻之不黏者」爲首義。
	秏	禾部	《說文》稻屬。伊尹曰：飯之美者，南海之秏。（四畫）	採爲首義	778	
	穬	禾部	《說文》芒粟。（十五畫）	採爲首義	789	
	秕	禾部	《說文》稻今年落，來年自生，謂之秕。（五畫）	採爲首義	779	
	稗	禾部	《說文》禾別也。〈徐曰〉似禾而別也，稊稗也。（八畫）	採爲首義	783	徐鍇語。
	移	禾部	《說文》禾相倚移也。　又《說文》一曰禾名。（六畫）	採爲首義及次義	781	
	穎	禾部	無。	不採其說	787	採《玉篇》爲首義。
	秾	禾部	《說文》齊謂麥曰秾。（八畫）	採爲首義	782	
	采	禾部	《說文》禾成秀也，人所以收，从禾爪。（四畫）	採爲首義	779	

禾部	杓	禾部	無。	不採其說	777	以「禾穗垂貌」爲首義。
	穄	禾部	《說文》禾采之貌。（十三畫）	採爲首義	788	
	稝	禾部	《說文》禾垂貌。（九畫）	採爲首義	784	
	稠	禾部	《說文》禾舉出苗也。（九畫）	採爲首義	784	
	秒	禾部	《說文》禾芒也。春分而禾生，夏至晷景可度。禾有秒，秋分而秒定。（四畫）	採爲首義	778	
	穖	禾部	《說文》禾穖也。（十二畫）	採爲首義	788	
	秳	禾部	又《說文》解秳字「一稃二米」，而解來字云「來麰，一來二縫」是秳正此來麰爾。（五畫）	採爲次義	779	採《爾雅》爲首義。
	秨	禾部	《說文》禾搖貌。（五畫）	採爲首義	779	
	耰	禾部	無。	不採其說	789	以「耘田也，除草也」爲首義。
	案	禾部	無。	不採其說	780	以「檈禾也」爲首義。
	秄	禾部	《說文》壅禾本也。（三畫）	採爲首義	777	
	穧	禾部	《說文》穫刈也。一曰撮也。（十四畫）	採爲首義	789	
	穫	禾部	《說文》刈穀也。草曰刈，穀曰穫。（十四畫）	採爲首義	789	
	穦	禾部	《說文》積禾也。引《詩》「穦之秩秩」。（十三畫）	採爲首義	788	
	積	禾部	《說文》聚也。（十一畫）	採爲首義	787	
	秩	禾部	無。	不採其說	779	採《廣韻》爲首義。
	稇	禾部	《說文》絭束也。（八畫）	採爲首義	783	
	稞	禾部	無。	不採其說	783	以「青州麥名」爲首義。
	秳	禾部	◎《說文》本作秳。（六畫）	列於字末補釋形義	780	以「舂粟不潰也」爲首義。
	秔	禾部	《說文》居气切，音既。秳也。（四畫）	採爲首義	779	
	稃	禾部	《說文》穧也。〈徐曰〉稃即米殼。草木之華房爲柎，麥之皮爲麩，音義皆同。（七畫）	採爲首義	781	徐鍇語。
	穭	禾部	《說文》穬也。（十三畫）	採爲首義	788	
	穅	禾部	《說文》穀皮也，从禾从米，庚聲。（十一畫）	採爲首義	787	
	稭	禾部	《說文》禾皮也。（十畫）	採爲首義	785	

禾部	稭	禾部	《說文》禾藳去皮，祭天以爲席。（九畫）	採爲首義	784	
	稈	禾部	《說文》禾莖也。引《春秋傳》或投一秉稈。今《左傳·昭二十七年》作或取一秉稈。（七畫）	採爲首義	782	與《博雅》並爲首義。
	藳	禾部	無。	不採其說	786	採《玉篇》爲首義。
	秕	禾部	無。	不採其說	778	以「不成粟也」爲首義。
	稠	禾部	《說文》麥莖也。（七畫）	採爲首義	781	
	秎	禾部	《說文》黍穰。（六畫）	採爲首義	780	
	穰	禾部	《說文》禾莖已治者。（十七畫）	採爲首義	789	
	秧	禾部	《說文》禾搖貌。（五畫）	採爲首義	779	
	穭	禾部	無。	不採其說	785	以「穭穬，穄也」爲首義。
	穬	禾部	無。	不採其說	784	以「穭穬，穄別名」爲首義。
	季	禾部	《說文》穀熟也，从禾千聲。（三畫）	採爲首義	778	隸變作「年」，亦採《說文》爲首義。
	穀	禾部	《說文》續也。百穀之總名，从禾㱿聲。（十畫）	採爲首義	786	
	稔	禾部	《說文》穀熟也。（八畫）	採爲首義	782	
	租	禾部	《說文》田賦也。（五畫）	採爲首義	779	
	稅	禾部	《說文》租也。（七畫）	採爲首義	781	
	糪	禾部	無。	不採其說	788	以「擇也、治粟也」爲首義。
	稅	禾部	又《說文》虛無食也。（十畫）	採爲次義	785	採《集韻》爲首義。
	穌	禾部	《說文》把取禾若也。〈徐曰〉穌猶部斂之也。（十一畫）	採爲首義	787	徐鍇語。
	稍	禾部	《說文》出物有漸也。（七畫）	採爲首義	782	
	秋	禾部	又《說文》禾穀熟也。（四畫）	採爲次義	778	以「金行之時」爲首義。
	秦	禾部	《說文》伯益之後所封國，地宜禾。（五畫）	採爲首義	779	
	稱	禾部	《說文》銓也。春分而禾生，夏至晷景可度，禾有秒，秋分而秒定。律數十二秒當一分，十分爲寸，其重以十二粟爲一分，十二分銖。故諸程品皆从禾。（九畫）	採爲首義	784	

禾部	科	禾部	《說文》程也，从禾从斗。斗者，量也。〈徐曰〉會意。（四畫）	採爲首義	778	徐鍇語。
	程	禾部	《說文》品也。十髮爲程，十程爲分，十分爲寸。〈徐曰〉程者，權衡斗斛律曆也。（七畫）	採爲首義	782	徐鍇語。
	稯	禾部	無。	不採其說	784	以「禾束」爲首義。
	秭	禾部	《說文》五稯爲秭。一曰數億至萬曰秭。〈徐曰〉六萬四千斤也。（五畫）	採爲首義	780	徐鍇語，然鍇作「二萬四千斤也」。
	秅	禾部	無。	不採其說	777	以「數名」爲首義。
	䄷	禾部	《說文》百二十斤也。稻一䄷，爲粟二十升。禾黍一䄷，爲粟十六升。（五畫）	採爲首義	780	
	稘	禾部	《說文》稘復其時也。（八畫）	採爲首義	783	
	穩	禾部	《說文》蹂穀聚也。一曰安也，从禾隱省，古通用安隱。（十四畫）	採爲首義	789	
	稕	禾部	《說文》束稈也。（八畫）	採爲首義	782	
秝部	秝	禾部	《說文》稀疏適也。凡歷、曆等字從此。（五畫）	採爲首義	779	
	兼	八部	《說文》并也，从手禾，兼持二禾也。〈徐曰〉會意，秉持一禾，兼持二禾，可兼持者莫若禾也。（八畫）	採爲首義	56	徐鍇語。
黍部	黍	黍部	《說文》禾屬而黏者也。以大暑而種，故謂之黍。从禾雨省聲。孔子曰：黍可爲酒，禾入水也。（一畫）	採爲首義	1445	
	𪏰	麻部	《說文》穄也。（十二畫）	採爲首義	1443	
	䵗	黍部	《說文》黍屬。（八畫）	採爲首義	1446	
	黏	黍部	《說文》相著也。（五畫）	採爲首義	1446	
	䵒	黍部	《說文》黏也。（五畫）	採爲首義	1446	
	䵑	黍部	《說文》黏也。引《左傳》不義不䵑。（四畫）	採爲首義	1445	
	黎	黍部	《說文》履黏也，作履黏以黍米。（三畫）	採爲首義	1445	
	䵚	黍部	《說文》治黍禾豆下潰葉也。（九畫）	採爲首義	1446	
香部	香	香部	無。	不採其說	1356	採《玉篇》爲首義。
	馨	香部	無。	不採其說	1357	採《玉篇》爲首義。
	馥	香部	無。	不採其說	1357	採《廣韻》爲首義。

米部	米	米部	《說文》粟實也，象禾實之形。〈註〉穲顆粒也，十其秭彙開而米見也。八八、米之形。（一畫）	採爲首義	834	徐鍇語。
	梁	米部	《說文》稻穀名。（七畫）	採爲首義	837	
	糔	米部	《說文》早取穀也。一曰生穫曰糔，熟穫曰稰。與穤同。（十二畫）	採爲首義	840	
	粲	米部	《說文》稻重二秅，爲粟二十斗，爲米十斗曰毇。爲米六斗大半斗曰粲。（七畫）	採爲首義	837	
	糲	米部	《說文》粟重一秅，爲十六斗大半斗，春爲米一斛曰糲。（十三畫）	採爲首義	841	
	精	米部	《說文》擇也。（八畫）	採爲首義	838	
	粺	米部	無。	不採其說	838	以「精米也」爲首義。
	粗	米部	無。	不採其說	835	採《玉篇》爲首義。
	粊	米部	《說文》惡米也。（五畫）	採爲首義	835	
	糪	米部	無。	不採其說	841	採《廣韻》爲首義。
	粒	米部	又《說文》糂也。（五畫）	採爲次義	835	以「米粒也」爲首義。
	糴	米部	《說文》潰米也。（十三畫）	採爲首義	841	
	糂	米部	《說文》以米和羹也。一曰粒也。（九畫）	採爲首義	838	
	饙	米部	《說文》炊米者謂之饙。（十三畫）	採爲首義	841	
	糜	米部	《說文》黃帝初教作糜。十一畫）	採爲首義	840	
	糝	米部	《說文》糜和也。（十二畫）	採爲首義	840	
	粎	米部	無。	不採其說	835	以「潰米也」爲首義。
	籭	竹部	無。	不採其說	832	採《玉篇》爲首義。
	糟	米部	《說文》酒滓也。（十一畫）	採爲首義	840	
	糒	米部	無。	不採其說	839	以「乾飯也」爲首義。
	糗	米部	《說文》熬米麥也。　又乾飯屑也。又粮也。（十畫）	採爲首義及次義	839	
	糗	米部	《說文》春糗也。　又與糗同《說文》熬米麥也。（六畫）	採爲首義及次義	836	
	糈	米部	無。	不採其說	839	以「糧也」爲首義。
	糧	米部	《說文》穀食也。（十二畫）	採爲首義	841	
	粕	米部	《說文》雜飯也。（四畫）	採爲首義	835	
	糶	米部	《說文》穀也。（十四畫）	採爲首義	841	

米部	糠	米部	《說文》麩也。（十五畫）	採爲首義	841	
	粹	米部	《說文》不雜也。（八畫）	採爲首義	837	
	氣	气部	又《說文》饋客芻米也。引《春秋傳》「齊人來氣諸侯」。（六畫）	採爲次義	527	採《玉篇》爲首義。
	粔	米部	無。	不採其說	834	以「陳臭米」爲首義。
	粉	米部	又《說文》傅面者也。（四畫）	採爲次義	835	採《篇海》、《釋名》爲首義。
	糳	米部	《說文》粉也。（八畫）	採爲首義	838	
	糪	米部	無。	不採其說	840	以「㸑也」爲首義。
	粲	米部	《說文》糪粲散之也。（十畫）	採爲首義	839	
	糲	米部	無。	不採其說	842	採《集韻》爲首義。
	竊	穴部	無。	不採其說	798	以「盜也」爲首義。
	糧	米部	《說文》食米也。（八畫）	採爲首義	838	
	粕	米部	《說文》糟粕酒滓也。（五畫）	採爲首義	835	
	粗	米部	《說文》粗疏膏糧也。（五畫）	採爲首義	835	
	粆	米部	無。	不採其說	834	採《篇海》爲首義。
	糉	米部	無。	不採其說	839	以「蘆葉裹米角黍也」爲首義。
	糖	米部	《說文》飴也。（十畫）	採爲首義	839	
毇部	毇	殳部	《說文》米一斛舂爲八斗。（十二畫）	採爲首義	515	
	糳	米部	《說文》米一斛舂爲九斗。（二十一畫）	採爲首義	842	
臼部	臼	臼部	《說文》舂也。本作𦥑，隸省作臼。古省掘地爲臼，其後穿木石，象形，中象米。〈徐曰〉臼字中四注，與函字下，鼠字上，及古文齒字，皆偶相似而非也。（一畫）	採爲首義	931	徐鍇語。鍇本作「臽字下，鼠字上」。
	舂	臼部	《說文》擣粟也。黃帝臣雍父作舂。（五畫）	採爲首義	931	
	舀	臼部	《說文》齊謂舂爲舀。（六畫）	採爲首義	932	
	舀	臼部	《說文》舂去麥皮也。（三畫）	採爲首義	931	
	舀	臼部	《說文》抒臼也，挹彼注此曰舀。（四畫）	採爲首義	931	同「舀」。
	臽	臼部	《說文》小阱也，从人在臼上。舂地坎可臽人。〈徐曰〉若今人作穴以臽虎也。會意。（二畫）	採爲首義	931	徐鍇語。鍇本作「若今人作阱以臽虎也」。

凶部	凶	凵部	《說文》象地穿交陷其中。〈徐曰〉惡不可居，象地之塹也。惡可陷人也。（二畫）	採爲首義	63	徐鍇語。
	兇	儿部	《說文》擾恐也，从人在凶下。（四畫）	採爲首義	52	
朿部	朿	木部	《說文》分枲莖皮也，从中，八象枲之莖皮也。（一畫）	採爲首義	437	
	枲	木部	《說文》麻也。（五畫）	採爲首義	445	
林部	林	木部	《說文》葩之總名也，林之爲言微也。微纖爲功，象形。（四畫）	採爲首義	444	
	檾	木部	《說文》枲屬，从林熒聲。（十四畫）	採爲首義	487	
	枾	攴部	《說文》分離也，从攴从林，分枾之意也。（八畫）	採爲首義	400	
麻部	麻	麻部	無。	不採其說	1443	採《玉篇》爲首義。
	檾	麻部	《說文》未練治繊也。（九畫）	採爲首義	1443	
	黀	麻部	《說文》麻藍也。（八畫）	採爲首義	1443	
	纅	麻部	《說文》枲屬，即今白麻，多生卑濕處，俗名苘麻。（九畫）	採爲首義	1443	
朮部	朮	小部	無。	不採其說	225	採《正字通》爲首義。
	攲	攴部	無。	不採其說	398	以「病攲貌」爲首義。
耑部	耑	而部	《說文》物初生之題也上，象生形，下象其根也。〈註〉臣鉉等曰：中一地也。（三畫）	採爲首義	890	
韭部	韭	韭部	《說文》菜名，一種而久者，故謂之韭。象形，在一之上。一、地也。（一畫）	採爲首義	1324	
	韰	韭部	《說文》韲也，从韭隊聲。（十一畫）	採爲首義	1324	
	韲	韭部	《說文》本作韲。詳上韲字註。（十畫增）	採爲首義	1324	
	韱	韭部	《說文》菜也，葉似韭，从韭韱聲。（十四畫）	採爲首義	1324	
	韱	韭部	《說文》山韭也，从韭籤聲。（八畫）	採爲首義	1324	
	蹯	韭部	《說文》小蒜也，从韭番聲。（十二畫）	採爲首義	1324	
瓜部	瓜	瓜部	《說文》㼎也，象形。（一畫）	採爲首義	674	
	瓞	瓜部	《說文》小瓜也。（六畫）	採爲首義	674	
	瓝	瓜部	《說文》瓞也。（五畫）	採爲首義	674	
	瓤	瓜部	《說文》小瓜也。（十畫）	採爲首義	675	
	㼌	瓜部	《說文》瓜也。（十一畫）	採爲首義	675	

瓜部	瓣	瓜部	《說文》瓜中實。〈徐曰〉瓜也。一名瓠犀也。（十四畫）	採為首義	675	徐鍇語。
	瓜	瓜部	《說文》本不勝末，微弱也。（五畫）	採為首義	674	
瓠部	瓠	瓜部	無。	不採其說	674	採《廣韻》為首義。
	瓢	瓜部	無。	不採其說	675	採《玉篇》為首義。
宀部	宀	宀部	《說文》交覆深屋也。（一畫）	採為首義	209	
	家	宀部	《說文》居也。　◎《說文》从宀豭省聲。周伯溫曰。豕居之圈曰家，故从宀从豕。後人借為室家之家。（七畫）	採為首義又補釋之	214	
	宅	宀部	《說文》宅所托也。（三畫）	採為首義	209	
	室	宀部	《說文》實也。从宀从至。至、所止也。（六畫）	採為首義	213	
	宣	宀部	《說文》天子宣室也。从宀亘聲。〈徐鉉曰〉从回，風回轉所以宣陰陽也。（六畫）	採為首義	212	
	向	口部	《說文》北出牖也，从宀从口。〈註〉牖所以通人气，故从口。（三畫）	採為首義	104	徐鍇語。鍇本作「窗所以通人气，故從口。」
	宧	宀部	《說文》養也。室之東北隅，食所居。（六畫）	採為首義	213	
	宦	宀部	《說文》交本字。（六畫）	採為首義	212	
	奧	大部	無。	不採其說	181	以「室西南隅，人所安息也」為首義。本作「奧」。
	宛	宀部	《說文》屈草自覆也。（五畫）	採為首義	212	
	宸	宀部	《說文》屋宇也。（七畫）	採為首義	215	
	宇	宀部	《說文》宇屋邊也。（三畫）	採為首義	210	
	寷	宀部	《說文》大屋也。引《易》寷其屋。《易》本作豐，俗作豊。（十八畫）	採為首義	221	
	寏	宀部	《說文》周桓也。重文从阜作院。詳院字註。（九畫）	採為首義	217	
	宏	宀部	《說文》屋深響也。（四畫）	採為首義	210	
	宖	宀部	《說文》屋響也。（五畫）	採為首義	211	
	寪	宀部	《說文》屋貌。（十二畫）	採為首義	220	
	康	宀部	《說文》屋康良也。謂屋閑。（十一畫）	採為首義	218	
	良	宀部	《說文》康也。（七畫）	採為首義	213	
	宬	宀部	《說文》屋所容受也。（七畫）	採為首義	213	

宀部	寍	宀部	《說文》安也。从宀从心，在皿上。皿，人之飲食器，所以安人也。（九畫）	採爲首義	217	
	定	宀部	《說文》安也。（五畫）	採爲首義	211	
	寔	宀部	《說文》止也。〈徐曰〉寔如此，止如此也。（九畫）	採爲首義	217	徐鍇語。
	安	宀部	《說文》靜也，从女在宀下。（三畫）	採爲首義	210	
	宓	宀部	《說文》安也。（五畫）	採爲首義	211	
	寏	宀部	《說文》靜也。（九畫）	採爲首義	217	
	宴	宀部	《說文》安也，从宀晏聲。（七畫）	採爲首義	214	
	宋	宀部	《說文》同寂，無人聲也。別作誅。（六畫）	採爲首義	213	
	察	宀部	《說文》覆審也，从宀祭聲。〈徐鉉曰〉祭祀必質明，明、察也，故从祭。（十一畫）	採爲首義	218	
	窺	宀部	《說文》至也。（十六畫）	採爲首義	221	
	完	宀部	《說文》全也。 又《說文》古文寬字。註詳十二畫。（四畫）	採爲首義及次義	210	
	富	宀部	《說文》備也。一曰厚也。（九畫）	採爲首義	216	
	實	宀部	《說文》實富也，从宀从貫，貫貨貝也。（十一畫）	採爲首義	219	
	宋	宀部	《說文》藏也。引《周書》陳宋赤刀。（五畫）	採爲首義	211	
	容	宀部	《說文》盛也，从宀从谷。〈徐鉉曰〉屋與谷皆所以盛受也。 又與頌通。《說文》貌也，从頁公聲。〈徐曰〉此儀容字，歌頌者美盛德之形容，故通作頌，後人因以爲歌頌字。（七畫）	採爲首義及次義	215	徐鍇語。
	宂	宀部	《說文》散也。从宀，人在屋下，無田事也。古設官分職有冗員備使令。（二畫）	採爲首義	209	
	寥	宀部	《說文》寥寥不見也。〈徐鍇曰〉室無人也。（十二畫）	採爲首義	221	
	寶	宀部	《說文》珍也，从宀玉貝缶聲。人所保也。（十七畫）	採爲首義	221	徐鍇語。
	宭	宀部	《說文》群居也，與群通。（七畫）	採爲首義	213	
	宦	宀部	《說文》仕也。（六畫）	採爲首義	213	
	宰	宀部	《說文》官稱。（七畫）	採爲首義	214	

宀部	守	宀部	《說文》守，守官也，从宀，官府也。从寸，法度也。（三畫）	採爲首義	210	
	寵	宀部	《說文》尊居也，从宀龍聲。一曰愛也，恩也。十六畫）	採爲首義	221	
	宥	宀部	《說文》寬也。〈徐鉉曰〉寬之而已，未全放也。（六畫）	採爲首義	213	
	宜	宀部	《說文》所安也。（四畫）	採爲首義	211	隸變作「宜」，亦採《說文》爲首義。
	寫	宀部	《說文》置物也。（十二畫）	採爲首義	220	
	宵	宀部	《說文》夜也，从宀，宀下冥也，肖聲。（七畫）	採爲首義	214	
	宿	宀部	《說文》止也。（八畫）	採爲首義	215	
	寢	宀部	無。	不採其說	217	採《集韻》爲首義。
	宎	宀部	《說文》冥合也。（四畫）	採爲首義	211	
	寬	宀部	《說文》屋寬大也，从宀莧聲。莧音桓，今文省作寛。一曰緩也。（十二畫）	採爲首義	220	
	寤	宀部	《說文》同寤，寐覺也。（七畫）	採爲首義	214	
	宔	宀部	《說文》居之速也。（八畫）	採爲首義	215	
	寡	宀部	《說文》少也，从宀頒。頒，分賦也，宀分故爲少也。（十一畫）	採爲首義	218	
	客	宀部	《說文》寄也，从宀各聲。（六畫）	採爲首義	212	
	寄	宀部	《說文》托也。（八畫）	採爲首義	215	
	寓	宀部	《說文》寄也。（九畫）	採爲首義	217	
	褢	宀部	《說文》無禮居也。（十一畫）	採爲首義	218	
	疚	宀部	《說文》貧病也。引《詩》煢煢在疚。《詩》本作疚。疚、疚通。（三畫）	採爲首義	209	
	寒	宀部	《說文》凍也。本作㝩，从人在宀下，从茻薦覆之下，有仌。仌、水也。隸省作寒。（九畫）	採爲首義	217	仌，當作「冰也」。
	害	宀部	《說文》傷也，从宀从口，言从家起也。丯聲。〈徐曰〉禍嘗起於家，生於忽微，故害从宀。（七畫）	採爲首義	214	徐鍇語。
	索	宀部	《說文》入家搜也。（十畫）	採爲首義	217	
	寠	宀部	《說文》窮也，本作窡，亦从穴作窡。（十六畫）	採爲首義	221	
	宄	宀部	《說文》姦也。（二畫）	採爲首義	209	

宀部	窽	宀部	《說文》塞也，从宀窡聲。（十二畫）	採爲首義	220	
	宕	宀部	《說文》過也。一曰洞屋，从宀碭省聲。（五畫）	採爲首義	211	
	宋	宀部	《說文》居也，从宀从木。〈徐曰〉木所以成室以居人也。（四畫）	採爲首義	210	徐鉉語。
	宧	宀部	《說文》屋傾下也。一曰厭也。（十一畫）	採爲首義	218	
	宗	宀部	《說文》尊祖廟也。（五畫）	採爲首義	211	
	宔	宀部	《說文》宗廟宔祐也，从宀主聲。〈徐曰〉以石爲藏主之櫝也。一曰神主。《左傳》「許公爲反祐主」。本作宔，通作主。（五畫）	採爲首義	211	徐鍇語。
	宙	宀部	《說文》舟車所極覆也，下覆爲宇，上奠爲宙。 又《玉篇》居也。〈徐鉉曰〉凡天地之居萬物，猶居室之遷貿而不覺。（五畫）	採爲首義	211	應改作〈徐鍇曰〉。
	寊	宀部	《說文》置也。（十畫）	採爲首義	217	
	寰	宀部	《說文》天子封畿內縣也。（十三畫）	採爲首義	220	
	宋	宀部	無。	不採其說	215	採《爾雅》爲首義。
宮部	宮	宀部	《說文》室也，从宀躳省聲。（七畫）	採爲首義	213	
	營	火部	《說文》市居也，从宮熒省聲。（十三畫）	採爲首義	612	
呂部	呂	口部	《說文》脊骨也，象形。昔太嶽爲禹心呂之臣，故封呂候。（四畫）	採爲首義	109	
	躬	身部	《說文》身也，从身从呂。〈註〉徐曰：呂，古膂字，象人垂骨之形。或从弓。（七畫）	採爲首義	1165	二徐俱無此語。
穴部	穴	穴部	《說文》土室也。（一畫）	採爲首義	790	
	盇	穴部	《說文》北方謂地空，因以爲上穴爲盇戶。（五畫）	採爲首義	792	
	窖	穴部	《說文》地室也，今謂地窖藏酒曰窖。（九畫）	採爲首義	794	
	窰	穴部	無。	不採其說	795	以「燒瓦灶也」爲首義。
	窡	穴部	無。	不採其說	796	以「地室也」爲首義。
	竈	穴部	《說文》炊竈也。亦作窖。（十六畫）	採爲首義	797	
	窒	穴部	無。	不採其說	793	以「甑空也」爲首義。
	突	穴部	無。	不採其說	792	以「深也」爲首義。
	穿	穴部	《說文》通也，穴也。（四畫）	採爲首義	791	

穴部	竂	穴部	《說文》穿也，又舍也。（十二畫）	採爲首義	796	
	突	穴部	《說文》空貌。（四畫）	採爲首義	791	
	窉	穴部	《說文》深抉也。（七畫）	採爲首義	793	
	竇	穴部	《說文》空也。（十五畫）	採爲首義	797	
	窬	穴部	《說文》空貌。（十二畫）	採爲首義	796	
	窠	穴部	《說文》空也。穴中曰窠，樹上曰巢。（八畫）	採爲首義	794	
	窻	穴部	無。	不採其說	794	逕云「同窗」。
	窊	穴部	《說文》污衺下也，凹也。同窪。（五畫）	採爲首義	792	
	窾	穴部	《說文》穴也，空也。（十三畫）	採爲首義	797	
	空	穴部	無。	不採其說	791	以「空虛也」爲首義。
	窒	穴部	無。	不採其說	793	以「空也」爲首義。
	穵	穴部	《說文》空大也。（一畫）	採爲首義	790	
	窳	穴部	《說文》污窬也，器空中，亦病也，惡也，惰也。（十畫）	採爲首義	795	
	窞	穴部	《說文》坎中小坎也。一曰旁入也。（八畫）	採爲首義	794	
	窬	穴部	無。	不採其說	792	採《周禮》爲首義。
	窖	穴部	無。	不採其說	793	以「地藏也」爲首義。
	窻	穴部	《說文》穿木戶也。一曰空中也。又鑿版以爲戶也。（九畫）	採爲首義	795	
	窵	穴部	《說文》窵窅深也。（十一畫）	採爲首義	795	
	窺	穴部	《說文》小視也。（十一畫）	採爲首義	796	
	竀	穴部	《說文》正視也。（十二畫）	採爲首義	796	
	窥	穴部	《說文》穴中見也。（八畫）	採爲首義	794	
	窅	穴部	無。	不採其說	792	以「將出穴貌」爲首義。
	窴	穴部	無。	不採其說	795	採《玉篇》爲首義。
	窒	穴部	《說文》塞也。（六畫）	採爲首義	793	
	突	穴部	無。	不採其說	791	採《揚子・方言》爲首義。
	竄	穴部	《說文》匿也，逃也。（十三畫）	採爲首義	797	
	窣	穴部	《說文》穴中卒出也。（八畫）	採爲首義	794	
	窘	穴部	無。	不採其說	793	以「窮迫也、急也」爲首義。

穴部	窊	穴部	無。	不採其說	793	以「窈窊也、深極也、閒也」爲首義。
	穹	穴部	又《說文》窮也。（三畫）	採爲次義	790	以「高也、大也」爲首義。
	究	穴部	無。	不採其說	790	以「極也」爲首義。
	竆	穴部	《說文》作竆，極也。（十四畫）	採爲首義	797	
	窅	穴部	無。	不採其說	793	以「冥也、遠也」等爲首義。
	窔	穴部	無。	不採其說	793	以「幽深也」爲首義。
	邃	辵部	《說文》深遠也。（十三畫）	採爲首義	1194	
	窈	穴部	《說文》深遠也。（五畫）	採爲首義	792	
	窲	穴部	無。	不採其說	795	以「杳窲也、深遠貌」爲首義。
	竄	穴部	《說文》穿地也。一曰小鼠聲。（十二畫）	採爲首義	796	
	窆	穴部	《說文》葬下棺也。（五畫）	採爲首義	792	
	窀	穴部	《說文》葬之厚也。（四畫）	採爲首義	791	
	夕	穴部	《說文》窀夕也。（三畫）	採爲首義	790	
	窬	穴部	無。	不採其說	792	以「入脈刺穴」爲首義。
寱部	寱	宀部	《說文》作寱，寐而有覺也，从宀从爿，夢聲。（十八畫）	採爲首義	221	
	癪	宀部	《說文》病臥也。本作癪，从寱省叕聲。（二十三畫）	採爲首義	221	
	寐	宀部	《說文》臥也。〈徐曰〉寐之言迷也，不明之意。（九畫）	採爲首義	217	徐鍇語。
	寤	宀部	《說文》寐覺而有言曰寤，从寱省吾聲。一曰晝見而夜寱也。（十一畫）	採爲首義	219	
	瘮	宀部	《說文》楚人謂寐曰瘮。（十八畫）	採爲首義	221	
	寱	宀部	《說文》寐而未厭也。（十畫）	採爲首義	218	
	瘱	宀部	《說文》熟寐也。（十九畫）	採爲首義	221	
	寎	宀部	《說文》臥驚病也。一曰多寐也。（九畫）	採爲首義	217	
寱部	寱	宀部	《說文》瞑言也。〈徐鉉曰〉今人謂夢中有言爲寱語。（十四畫）	採爲首義	220	
	寣	宀部	《說文》臥驚也。（十一畫）	採爲首義	218	

疒部	疒	疒部	《說文》倚也，从人疾病，象倚著之形。（一畫）	採為首義	697	
	疾	疒部	《說文》病也。一曰急也。〈徐曰〉病來急，故从矢。矢，急疾也。（五畫）	採為首義	699	徐鍇語。
	痛	疒部	《說文》病也。（七畫）	採為首義	701	
	病	疒部	《說文》疾加也。（五畫）	採為首義	700	
	瘣	疒部	《說文》病也。一曰腫旁出。（十畫）	採為首義	706	
	疴	疒部	無。	不採其說	698	以「病也」為首義。
	痡	疒部	《說文》病也。（七畫）	採為首義	702	
	瘏	疒部	無。	不採其說	708	採《爾雅》為首義。
	療	疒部	《說文》勞病也。（十一畫）	採為首義	707	
	瘨	疒部	《說文》病也。　又《說文》一曰腹張。（十畫）	採為首義及次義	706	
	瘶	疒部	《說文》病也。（十一畫）	採為首義	707	
	疛	疒部	《說文》腹中急也。（二畫）	採為首義	697	
	瘨	疒部	《說文》病也。（十畫）	採為首義	705	
	癏	疒部	《說文》病也。（十二畫）	採為首義	708	
	疵	疒部	《說文》病也。（五畫）	採為首義	698	
	疪	疒部	《說文》病也。（五畫）	採為首義	698	
	癠	疒部	《說文》固病也。（十二畫）	採為首義	708	
	瘖	疒部	《說文》病也。（九畫）	採為首義	704	
	瘲	疒部	無。	不採其說	707	採《玉篇》為首義。
	痒	疒部	《說文》寒病。（七畫）	採為首義	701	
	瘨	疒部	《說文》頭痛也。（八畫）	採為首義	703	
	痟	疒部	《說文》酸痟頭痛。（七畫）	採為首義	702	
	疕	疒部	《說文》頭瘍也。（二畫）	採為首義	697	
	瘍	疒部	《說文》脈瘍也。（八畫）	採為首義	702	
	疧	疒部	《說文》瘍也。（六畫）	採為首義	701	
	瘍	疒部	《說文》目病。一曰惡气著身，一曰蝕創。（十畫）	採為首義	705	
	癖	疒部	《說文》散聲也。（十二畫）	採為首義	708	
	瘑	疒部	《說文》口喎也。（十二畫）	採為首義	708	
	疢	疒部	又音玦，《說文》瘑。（四畫）	採為次義	698	

疒部	瘖	疒部	《說文》不能言病。（九畫）	採爲首義	705	
	癭	疒部	《說文》頸瘤也。（十七畫）	採爲首義	711	
	瘻	疒部	《說文》腫也。一曰久創。（十一畫）	採爲首義	707	
	疚	疒部	《說文》小腹痛。（三畫）	採爲首義	697	
	瘀	疒部	《說文》積血也。（八畫）	採爲首義	703	
	疝	疒部	《說文》腹痛也。（三畫）	採爲首義	697	
	疛	疒部	《說文》小腹痛。（三畫）	採爲首義	697	
	癩	疒部	無。	不採其說	711	以「氣滿也」爲首義。
	府	疒部	《說文》俛病也。（五畫）	採爲首義	699	
	痀	疒部	《說文》曲脊也。（五畫）	採爲首義	699	
	瘚	疒部	《說文》屰气也。（十畫）	採爲首義	705	
	痑	疒部	《說文》气不定也。（八畫）	採爲首義	703	
	痱	疒部	無。	不採其說	702	採《玉篇》爲首義。
	瘤	疒部	《說文》腫也。（十二畫）	採爲首義	708	
	痤	疒部	《說文》小腫也。一曰族絫。〈徐曰〉今別作瘯蠡，非是。（七畫）	採爲首義	702	徐鉉語。
	疽	疒部	《說文》久癰也。（五畫）	採爲首義	699	
	癰	疒部	《說文》癱也。一曰瘦黑。（十九畫）	採爲首義	711	
	癱	疒部	《說文》腫也。（十八畫）	採爲首義	711	
	癬	疒部	《說文》乾瘍也。（十七畫）	採爲首義	711	
	疥	疒部	《說文》搔也。（四畫）	採爲首義	698	
	痂	疒部	《說文》乾瘍也。〈徐曰〉今謂瘡生肉所蛻乾爲痂。（五畫）	採爲首義	700	徐鍇語。
	瘕	疒部	《說文》女病也。（九畫）	採爲首義	705	
	癘	疒部	無。	不採其說	709	以「惡瘡疾也」爲首義。
	瘧	疒部	《說文》熱寒休作。（十畫）	採爲首義	706	
	痁	疒部	《說文》有熱瘧。（五畫）	採爲首義	699	
	痎	疒部	《說文》二日一發瘧也。（六畫）	採爲首義	700	
	痳	疒部	《說文》疝痛。（八畫）	採爲首義	702	
	痔	疒部	《說文》後病也。（六畫）	採爲首義	701	
	痿	疒部	《說文》痹疾。（八畫）	採爲首義	703	

疒部	瘇	疒部	《說文》濕病也。（八畫）	採爲首義	703	
	瘅	疒部	《說文》足气不至也。（十一畫）	採爲首義	707	
	瘃	疒部	《說文》中寒腫覈。（九畫）	採爲首義	704	
	痛	疒部	《說文》半枯也。（九畫）	採爲首義	704	
	瘇	疒部	《說文》脛气足腫。（十二畫）	採爲首義	708	
	瘙	疒部	《說文》跛病也。（十畫）	採爲首義	706	
	疻	疒部	《說文》毆傷也。（五畫）	採爲首義	699	
	痏	疒部	《說文》疻痏也。（六畫）	採爲首義	700	
	癰	疒部	《說文》創裂也。一曰疾癰。（十八畫）	採爲首義	711	
	疕	疒部	《說文》皮剝病也。（四畫）	採爲首義	698	
	癢	疒部	《說文》痛也。（十三畫）	採爲首義	709	
	痍	疒部	《說文》傷也。（六畫）	採爲首義	700	
	瘢	疒部	《說文》痍也。〈徐曰〉痍處已愈有痕曰瘢。（十畫）	採爲首義	706	徐鍇語
	痕	疒部	《說文》胝瘢也。（六畫）	採爲首義	701	
	痙	疒部	《說文》彊急也。（七畫）	採爲首義	701	
	疷	疒部	《說文》動病也。（六畫）	採爲首義	700	
	疲	疒部	《說文》臞也。（九畫）	採爲首義	704	
	疢	疒部	《說文》熱病也。（四畫）	採爲首義	697	
	瘝	疒部	《說文》勞病也。（十二畫）	採爲首義	78	
	疸	疒部	《說文》黃病也。（五畫）	採爲首義	699	
	痎	疒部	《說文》病息也。（七畫）	採爲首義	702	
	痞	疒部	《說文》痛也。〈徐曰〉又病結也。（七畫）	採爲首義	702	徐鍇語
	瘍	疒部	《說文》頭創也。（九畫）	採爲首義	704	
	疘	疒部	《說文》狂走也。（五畫）	採爲首義	699	
	疲	疒部	《說文》勞力也。（五畫）	採爲首義	698	
	疵	疒部	《說文》瑕也。（五畫）	採爲首義	699	
	疧	疒部	無。	不採其說	698	採《爾雅》爲首義。
	疫	疒部	《說文》劇聲也。（十一畫）	採爲首義	707	
	癈	疒部	《說文》病劣也。（四畫）	採爲首義	698	
	癃	疒部	《說文》罷病也。（十二畫）	採爲首義	708	

疒部	疫	疒部	《說文》民皆疾也。（四畫）	採爲首義	698	
	癭	疒部	《說文》引縱曰瘿，別作癉。（十畫）	採爲首義	705	
	瘃	疒部	《說文》馬病也。引《詩·小雅》瘃瘃駱馬。（六畫）	採爲首義	700	
	疣	疒部	《說文》馬脛瘍也。（七畫）	採爲首義	702	
	藥	疒部	《說文》治也。（十五畫）	採爲首義	710	
	痼	疒部	《說文》久病也。通作固，俗作瘤。（五畫）	採爲首義	698	
	瘌	疒部	《說文》楚人謂藥毒曰痛瘌。（九畫）	採爲首義	704	
	瘥	疒部	《說文》瘉也。（十畫）	採爲首義	706	
	瘦	疒部	《說文》減也。一曰耗也。（十畫）	採爲首義	705	
	瘉	疒部	《說文》病瘳也。〈徐曰〉今別作愈，非是。（九畫）	採爲首義	704	徐鉉語。
	瘳	疒部	《說文》疾病瘉也。〈徐曰〉忽瘉若抽去之也。（十一畫）	採爲首義	707	徐鍇語。
	癡	疒部	《說文》不慧也。〈徐曰〉癡者，神思不足，亦病也。（十四畫）	採爲首義	710	徐鍇語。
冖部	冖	冖部	《說文》覆也，从一下垂。（一畫）	採爲首義	58	
	冠	冖部	《說文》絭也，所以絭髮，从冖元。冠有法制，故从寸。〈徐曰〉取其在首，故从元。古亦謂冠爲元服。（七畫）	採爲首義	58	徐鍇語。
	冣	冖部	《說文》冣，从冖从取，積也。〈徐曰〉古以聚物之聚爲冣，上必有覆冒之也。今借作最，誤。（八畫）	採爲首義	58	徐鍇語。
	冟	冖部	《說文》奠酒爵也，从冖託聲。《周書》「玉三宿、三祭、三冟」。〈徐曰〉奠，置也。言三進、三祭、三醊，置爵于地。爵有冪口，冒之也。今文《尙書》作咤。（十畫）	採爲首義	59	徐鍇語。
曰部	曰	冂部	無。	不採其說	56	採《玉篇》爲首義。
	同	口部	《說文》合會也。（三畫）	採爲首義	103	
	靑	土部	無。	不採其說	152	採《字彙》爲首義。
	冡	冖部	《說文》覆也，从曰从豕。（八畫）	採爲首義	58	
冃部	冃	冂部	《說文》小兒頭衣也。〈徐曰〉今作冒。（二畫）	採爲首義	56	徐鍇語。

冃部	冕	冂部	《說文》大夫以上冠也。邃延、垂瑬、纊紞。从冃免聲。古黃帝初作冕。〈徐曰〉冕，上加之也，長六寸，前狹圓，上廣方，朱綠塗之，前後邃延。斿，其前垂珠也，俯仰逶迤如水之流。纊紞，黃色也，以黃綿綴冕兩旁。下繫玉瑱，又謂之珥，細長而銳，若筆頭，以屬耳中無作聰明，虛己以待人之意。冕之言俛也，後仰前俯主於恭也。（九畫）	採爲首義	57	徐鍇語。
	冑	冂部	《說文》兜鍪，从冃由聲。〈徐曰〉介冑字从冃。冃音冒。（七畫）	採爲首義	57	二徐俱無此語。
	冒	冂部	《說文》蒙而前，从冃目。以物自蔽而前也。謂貪冒若目無所見也。（七畫）	採爲首義	57	
	最	日部	《說文》犯而取也。（八畫）	採爲首義	431	
㒳部	㒳	入部	《說文》从冂从从。〈徐曰〉从，二入也，此本爲兩再之㒳。今經傳皆作兩。（五畫）	採爲首義	54	徐鍇語。
	兩	入部	《說文》再也。（六畫）	採爲首義	54	
	㒼	冂部	《說文》平也，从廿，五行之數，二十分爲一辰。从㒳，平之義。（九畫）	採爲首義	57	
网部	网	网部	《說文》庖犧所結繩以漁，從冂下，象网交文。〈註〉今經典變隸作冈。（一畫）	採爲首義	874	徐鉉語。
	罨	网部	《說文》罕也。（八畫）	採爲首義	876	
	罕	网部	無。	不採其說	874	採《五經文字》爲首義。《說文》本作罕，隸作罕。
	纙	网部	《說文》网也，一曰縮也。（十九畫）	採爲首義	878	
	羀	网部	《說文》网也。（七畫）	採爲首義	875	
	翼	网部	《說文》网也。《逸周書》曰：「不卵不蹼，以成鳥獸。」翼者，纙獸足也。故或从足作蹼。（十二畫）	採爲首義	877	
	罙	网部	《說文》作罙，周行也。《詩》曰「罙入其阻」。（六畫）	採爲首義	875	
	罩	网部	《說文》捕魚器也。（八畫）	採爲首義	876	
	罾	网部	《說文》网也。（十二畫）	採爲首義	877	
	罪	网部	《說文》捕魚竹网。（八畫）	採爲首義	876	
	罶	网部	《說文》魚网也。（十二畫）	採爲首義	877	
	罞	网部	《說文》魚罟也。（五畫）	採爲首義	875	
	罟	网部	《說文》网也。（五畫）	採爲首義	875	

网部	罶	网部	《說文》曲梁寡婦之笱,魚所留也。（十畫）	採爲首義	877	
	罫	网部	無。	不採其說	875	以「挂也」爲首義。
	麗	网部	《說文》罜麗也。（十一畫）	採爲首義	877	
	罧	网部	《說文》積柴水中聚魚也。（八畫）	採爲首義	876	
	罠	网部	《說文》釣也。（五畫）	採爲首義	875	
	羅	网部	《說文》以絲罟鳥。古者芒氏初作羅。（十四畫）	採爲首義	878	
	畟	网部	《說文》捕鳥覆車也。或作輟。（八畫）	採爲首義	876	
	罿	网部	《說文》畟也。（十二畫）	採爲首義	877	
	罦	网部	《說文》覆車也,从网包聲。《詩》曰:雉離于罦。或从孚。（五畫）	採爲首義	875	
	罻	网部	《說文》捕鳥罔也。（十一畫）	採爲首義	877	
	罟	网部	《說文》罟兔罟。〈註〉臣鉉等曰隸書作罕。詳罕字註。（七畫）	採爲首義	875	
	罝	网部	《說文》罟也。（五畫）	採爲首義	875	
	罝	网部	《說文》兔罔也。（五畫）	採爲首義	875	
	舞	网部	《說文》牖中罔也。（十四畫）	採爲首義	878	
	署	网部	《說文》部署有所罔屬。〈註〉徐鍇曰:署置之言,羅絡之若罘罔也。（九畫）	採爲首義	876	
	罷	网部	《說文》遣有辠也,从罔能,言有賢能而入罔,即貫遣之。《周禮》曰:「議能之辟」。（十畫）	採爲首義	877	
	置	网部	《說文》赦也。〈註〉徐鍇曰:从直,與罷同意,置之則去之也。（八畫）	採爲首義	876	
	罯	网部	《說文》覆也。（九畫）	採爲首義	876	
	詈	言部	《說文》罵也。 ◎《說文》本从网从言。（五畫）	採爲首義又補釋之	1082	
	罵	网部	《說文》詈也。〈註〉徐鍇曰:謂以惡言加罔之也。（十畫）	採爲首義	877	
	羈	网部	《說文》馬絡頭也,从网从靁。靁,馬絆也。或从革作羈。詳羈字註。（十四畫增）	採爲首義	878	
	罛	网部	《說文新附字》魚網也。（八畫）	採爲首義	876	
	罳	网部	《說文新附字》罘罳屏。（九畫）	採爲首義	876	
	罹	网部	《說文新附字》心憂也,古多通用離。（十一畫）	採爲首義	877	

襾部	襾	襾部	《說文》覆也。（一畫）	採爲首義	1056	
	覈	襾部	無。	不採其說	1057	採《類篇》爲首義。
	覆	襾部	又《說文》蓋也。（十二畫）	採爲次義	1057	採《玉篇》爲首義。
巾部	巾	巾部	《說文》佩巾也。（一畫）	採爲首義	255	
	帉	巾部	《說文》楚謂大巾曰帉。（四畫）	採爲首義	257	《說文》本作帉。
	帥	巾部	又《說文》佩巾也。（六畫）	採爲次義	259	採《易經》爲首義。
	幋	巾部	《說文》禮巾也。（十一畫）	採爲首義	263	
	帗	巾部	《說文》一幅巾也。（五畫）	採爲首義	258	
	帊	巾部	《說文》枕巾也。（三畫）	採爲首義	256	
	幏	巾部	《說文》覆衣大巾也，或以爲首幋。（十畫）	採爲首義	262	
	帤	巾部	《說文》巾帤也。一曰幣巾。（六畫）	採爲首義	259	
	幅	巾部	《說文》布帛廣也。（九畫）	採爲首義	262	
	帹	巾部	《說文》帹，設色之工，治絲練者。或作帹。帹又《說文》一曰帹隔。（六畫）	採爲首義及次義	259	
	帶	巾部	《說文》紳也，男子鞶帶，婦人帶絲。象繫佩之形。佩必有巾，故帶从巾。〈徐鉉曰〉卌其帶上連屬固結處。（八畫）	採爲首義	261	
	幘	巾部	《說文》髮有巾曰幘。（十一畫）	採爲首義	264	
	帞	巾部	《說文》領耑也。（六畫）	採爲首義	259	
	帗	巾部	《說文》弘農謂帬帗也。（五畫）	採爲首義	257	
	常	巾部	《說文》下裙也。〈徐鉉曰〉下直而垂，象巾，故从巾。今文作裳。（八畫）	採爲首義	261	
	帬	巾部	《說文》下裳也。（七畫）	採爲首義	260	
	帔	巾部	《說文》帬也，一曰帔也，一曰婦人脅衣。（八畫）	採爲首義	260	
	幝	巾部	《說文》幒也。　又《說文》或作褌。（九畫）	採爲首義及次義	262	
	幒	巾部	《說文》同帗。	採爲首義	263	
	襤	巾部	《說文》楚謂無緣衣也。（十四畫）	採爲首義	265	
	幀	巾部	《說文》幔也。（十畫）	採爲首義	263	
	幔	巾部	《說文》幕也。（十一畫）	採爲首義	263	
	幬	巾部	《說文》禪帳也。（十四畫）	採爲首義	266	
	帷	巾部	《說文》帷也。（十畫）	採爲首義	262	
	帷	巾部	無。	不採其說	261	採《玉篇》爲首義。

巾部	帳	巾部	無。	不採其說	260	採《釋名》爲首義。
	幕	巾部	《說文》帷在上曰幕。（十一畫）	採爲首義	263	
	帗	巾部	《說文》嫳裂也。（二畫）	採爲首義	256	
	幣	巾部	《說文》殘帛也。（十一畫）	採爲首義	263	
	帣	巾部	《說文》繒端裂也。（九畫）	採爲首義	261	
	帖	巾部	《說文》帛書署也。（五畫）	採爲首義	258	
	帙	巾部	《說文》書衣也。（五畫）	採爲首義	258	
	幅	巾部	《說文》幡幟也。（九畫）	採爲首義	261	
	幑	巾部	又《說文》幟也，以絳微帛著於背。（十一畫）	採爲次義	263	採《廣雅》爲首義。
	幖	巾部	《說文》幟也。（十一畫）	採爲首義	264	
	帠	巾部	《說文》幡也。（五畫）	採爲首義	257	
	幡	巾部	《說文》幡，書兒拭觚布也。〈徐鉉曰〉觚，八稜木，於上學書已，以布拭之，今俗呼幡布，《內則》所謂紛帨是也。（十二畫）	採爲首義	264	
	幇	巾部	《說文》刜也。（九畫）	採爲首義	262	
	幟	巾部	《說文》杖也。（十七畫）	採爲首義	266	
	幝	巾部	《說文》車弊貌。（十二畫）	採爲首義	264	
	幪	巾部	無。	不採其說	262	採《玉篇》爲首義。
	幭	巾部	《說文》蓋幭也。　又《說文》一曰幝被。（十五畫）	採爲首義及次義	266	
	幠	巾部	《說文》覆也。（十二畫）	採爲首義	264	
	飾	食部	◎《說文》馭也，从人从巾，食聲。讀若式。一曰橡飾。（五畫）	列於字末補釋形義	1346	採《玉篇》爲首義。
	幬	巾部	無。	不採其說	262	採《玉篇》爲首義。
	帢	巾部	《說文》囊也。今鹽官三斛爲一帢。（六畫）	採爲首義	259	
	帚	巾部	《說文》糞也，从又，持巾掃冂內。古者少康初作箕、帚、秫酒。少康，杜康也。（五畫）	採爲首義	258	
	席	巾部	《說文》藉也。（七畫）	採爲首義	260	
	幐	巾部	《說文》囊也。（十畫）	採爲首義	263	
	幭	巾部	《說文》以囊盛穀大滿而裂也。（十六畫）	採爲首義	266	

巾部	幙	巾部	《說文》載米䶍也。（九畫）	採爲首義	262	
	帗	巾部	《說文》蒲席䶍也。（四畫）	採爲首義	257	
	幘	巾部	《說文》馬纏鑣扇汗也。（十三畫）	採爲首義	265	
	幭	巾部	《說文》墀地，以巾攔之。（十八畫）	採爲首義	266	
	帑	巾部	又《說文》金幣所藏也。（五畫）	採爲次義	257	採《詩經》爲首義。
	布	巾部	《說文》布枲織也。（二畫）	採爲首義	256	
	幏	巾部	無。	不採其說	263	採《玉篇》爲首義。
	幋	巾部	又《說文》東萊布名。（八畫）	採爲次義	260	採《廣韻》爲首義。
	稰	巾部	《說文》𩮜巾也。　　又《說文》車衡上衣。（九畫）	採爲首義及次義	262	
	幣	巾部	無。	不採其說	265	採《廣韻》爲首義。
	帆	巾部	《說文》領耑也。（七畫）	採爲首義	259	
	幢	巾部	《說文》旌旗之屬。（十一畫）	採爲首義	265	
	幟	巾部	《說文》旌旗之屬。（十二畫）	採爲首義	264	
	帘	巾部	《說文》在上曰帘。（六畫）	採爲首義	258	
	幗	巾部	《說文》婦人首飾。（十一畫）	採爲首義	264	
	幧	巾部	《說文》斂髮也。（十三畫）	採爲首義	265	
	帒	巾部	《說文》囊也。（五畫）	採爲首義	257	
	帊	巾部	《說文》帛二幅曰帊。（四畫）	採爲首義	257	
	幞	巾部	《說文》帊也。（十二畫）	採爲首義	264	
	幰	巾部	《說文》車幔也。（十六畫）	採爲首義	266	
市部	市	巾部	《說文》韠也。上古衣蔽前而已，市以象之。天子朱市，諸侯赤市，大夫蔥衡。从巾，象連帶之形。（一畫）	採爲首義	256	
	袺	巾部	《說文》士無市有袺，制如榼，缺四角，爵弁服，其色韎，賤不得與裳同。鄭司農曰：裳纁色。（七畫）	採爲首義	259	
帛部	帛	巾部	《說文》繒也。（五畫）	採爲首義	258	
	錦	金部	《說文》襄色織文也，从帛金聲。〈徐曰〉襄雜色。（八畫）	採爲首義	1239	徐鍇語。
白部	白	白部	《說文》西方色也。陰用事，物色白，从入合二。二，陰數也。（一畫）	採爲首義	713	
	皎	白部	《說文》月之白也。（六畫）	採爲首義	716	

白部	曒	白部	《說文》日之白也。（十二畫）	採爲首義	717	
	晳	白部	《說文》人色白也。（八畫）	採爲首義	716	
	皤	白部	《說文》老人白也。（十二畫）	採爲首義	717	
	隺	白部	《說文》鳥之白也，與翯同。（十畫）	採爲首義	717	
	皚	白部	《說文》霜雪之白也。（十畫）	採爲首義	716	
	皅	白部	艸華之白也。《說文》本作葩。（四畫）	採爲首義	714	
	皦	白部	《說文》玉石之白也。（十三畫）	採爲首義	717	
	窔	小部	《說文》壁際孔也。（七畫）	採爲首義	224	
	皛	白部	《說文》顯也。（十畫）	採爲首義	717	
㡀部	㡀	巾部	《說文》敗衣也，从巾，象衣敗之形。（五畫）	採爲首義	258	
	敝	攴部	《說文》帗也。一曰敗衣也。（八畫）	採爲首義	400	
黹部	黹	黹部	《說文》箴縷所紩衣。 ◎《說文》从㡀丵省。〈徐鉉曰〉丵眾多也，言箴縷之工不一也。（一畫）	採爲首義又補釋之	1451	
	黼	黹部	《說文》合五采鮮色。《詩》曰：「衣裳黼黼」。〈徐曰〉今《詩》作楚楚，假借也。（十一畫）	採爲首義	1451	徐鍇語。
	黼	黹部	《說文》白與黑相次文。（七畫）	採爲首義	1451	
	黻	黹部	《說文》黑與青相次文。（五畫）	採爲首義	1451	
	黺	黹部	《說文》會五采繪色，从黹綷省聲。通作綷。（八畫）	採爲首義	1451	
	黺	黹部	《說文》袞衣山龍華蟲。黺，畫粉也。（四畫）	採爲首義	1451	

徐鉉校定《說文》卷八

說文部首	字例	《康熙字典》				備　註
		歸部	引用《說文》之釋語	引用情形	頁碼	
人部	人	人部	《說文》天地之性最貴者也。（一畫）	採爲首義	19	
	僮	人部	《說文》未冠也。（十二畫）	採爲首義	45	
	保	人部	又《說文》養也。（七畫）	採爲次義	33	以「安也」爲首義。
	仁	人部	無。	不採其說	19	採《釋名》爲首義。
	企	人部	無。	不採其說	23	以「舉踵望也」爲首義。
	仞	人部	無。	不採其說	21	以「八尺曰仞」爲首義。
	仕	人部	無。	不採其說	20	以「仕宦也」爲首義。
	佼	人部	無。	不採其說	29	以「好也」爲首義。
	僎	人部	《說文》僎具也。（十二畫）	採爲首義	44	
	俅	人部	《說文》冠飾貌。（七畫）	採爲首義	32	
	佩	人部	◎《說文》大帶佩也，从人从凡从巾，佩必有巾，巾謂之飾。〈徐鉉曰〉俗別作珮，非。（六畫）	列於字末補釋形義	28	採《釋名》爲首義。
	儒	人部	無。	不採其說	47	以「學者之稱」爲首義。
	俊	人部	《說文》材千人也。（七畫）	採爲首義	32	
	傑	人部	又《說文》傲也。（十畫）	採爲次義	41	採《淮南子》爲首義。
	偉	人部	《說文》人姓也。（九畫）	採爲首義	38	
	伋	人部	《說文》人名。孔伋，字子思。漢有郭伋。（四畫）	採爲首義	23	
	伉	人部	無。	不採其說	23	以「伉儷，配耦也」爲首義。
	伯	人部	《說文》長也。（五畫）	採爲首義	24	
	仲	人部	無。	不採其說	22	採《釋名》爲首義。
	伊	人部	無。	不採其說	23	以「彼也」爲首義。
	偰	人部	《說文》高辛氏子堯，司徒殷之先也。通借契。（九畫）	採爲首義	39	
	倩	人部	又《說文》男子之美稱。若草木之蔥蒨也。蕭望之，字長倩，東方朔，字曼倩，皆美也。（八畫）	採爲次義	37	以「美好也」爲首義。

人部	仔	人部	無。	不採其說	23	以「偗仔，婦官也」為首義。
	伀	人部	《說文》志及眾也，从人从公，惟公則可眾。（四畫）	採爲首義	23	
	儇	人部	無。	不採其說	47	以「慧利也」爲首義。
	倓	人部	《說文》安也。（八畫）	採爲首義	35	
	徇	人部	無。	不採其說	30	採《書經》爲首義。
	傛	人部	又《說文》不安也，一曰華也。（十畫）	採爲次義	41	採《漢制》爲首義。
	僄	人部	無。	不採其說	46	以「輕麗貌」爲首義。
	佳	人部	無。	不採其說	28	以「美也、好也」爲首義。
	佹	人部	《說文》奇佹非常也。（六畫）	採爲首義	29	
	傀	人部	無。	不採其說	40	採《廣韻》爲首義。
	偉	人部	《說文》奇也。〈徐曰〉人才傀偉。（九畫）	採爲首義	38	徐鍇語。
	份	人部	《說文》份、文質備也。〈徐鉉曰〉俗作斌，非。餘詳彡部八畫。（四畫）	採爲首義	22	
	僚	人部	無。	不採其說	44	以「朋也、官僚也」爲首義。
	佀	人部	《說文》作佀佀。（五畫）	採爲首義	26	
	倞	人部	《說文》倞本字，亦作倞。（九畫）	採爲首義	38	
	儦	人部	《說文》長壯儦儦也。引《春秋傳》長儦者相之。〈徐曰〉《左傳》註：長鬣多鬚也。許氏在杜註前，故義或與今註異。（十五畫）	採爲首義	48	徐鍇語。
	儦	人部	《說文》行貌。（十五畫）	採爲首義	48	
	儺	人部	無。	不採其說	49	以「驅疫也」爲首義。
	倭	人部	《說文》順貌。（八畫）	採爲首義	37	
	僴	人部	又《說文》嫺也。一曰長貌。（十二畫）	採爲次義	44	以「順也」爲首義。
	僑	人部	《說文》高也。（十二畫）	採爲首義	44	
	俟	人部	無。	不採其說	33	以「待也」爲首義。
	侗	人部	無。	不採其說	30	以「無知也」爲首義。
	佶	人部	無。	不採其說	28	以「正也」爲首義。
	俁	人部	無。	不採其說	32	以「容貌大也」爲首義。

人部	仁	人部	《說文》大腹也。（三畫）	採爲首義	21	
	俥	人部	無。	不採其說	45	以「篤也」爲首義。
	健	人部	《說文》伉也。（九畫）	採爲首義	39	
	倞	人部	《說文》彊也。（八畫）	採爲首義	36	
	傲	人部	無。	不採其說	42	以「慢也、倨也」爲首義。
	仡	人部	無。	不採其說	21	以「壯勇貌」爲首義。
	倨	人部	無。	不採其說	36	以「倨傲不遜」爲首義。
	儼	人部	《說文》昂頭也。一曰好貌。（二十畫）	採爲首義	50	
	傪	人部	《說文》好貌。（十一畫）	採爲首義	42	
	俚	人部	《說文》俚聊也。（七畫）	採爲首義	33	
	伴	人部	無。	不採其說	24	以「依也、陪也」爲首義。
	俺	人部	無。	不採其說	34	以「我也」爲首義。
	倜	人部	《說文》武貌。（十二畫）	採爲首義	45	
	任	人部	《說文》有力也。（五畫）	採爲首義	25	
	偲	人部	又《說文》彊力也，又多才力也。（九畫）	採爲次義	39	以「偲偲，相切責也」爲首義。
	倬	人部	無。	不採其說	37	以「著也、大也」爲首義。
	侹	人部	《說文》長貌。一曰著地。一曰代也。（七畫）	採爲首義	31	
	佣	人部	《說文》輔也。（八畫）	採爲首義	36	
	偋	人部	《說文》熾盛也。引《詩·小雅》豔妻偋方處。（十畫）	採爲首義	41	
	儆	人部	無。	不採其說	47	以「戒也」爲首義。
	俶	人部	無。	不採其說	34	採《爾雅》爲首義。
	傭	人部	《說文》均直也，今雇役於人，受直也。（十一畫）	採爲首義	42	
	僾	人部	無。	不採其說	46	以「仿佛也」爲首義。
	仿	人部	無。	不採其說	23	以「徘徊」爲首義。
	佛	人部	《說文》見不諟也。又仿佛，亦作彷彿、髣髴。（五畫）	採爲首義	27	
	偕	人部	無。	不採其說	43	採《爾雅》爲首義。

人部	僟	人部	《說文》精謹也。又近也。（十二畫）	採爲首義	45	
	佗	人部	無。	不採其說	26	採《揚子・法言》爲首義。
	何	人部	無。	不採其說	26	以「曷也、奚也」爲首義。
	儋	人部	無。	不採其說	47	以「擔負荷也」爲首義。
	供	人部	《說文》設也。一曰供給。（六畫）	採爲首義	30	
	偫	人部	《說文》待也。（九畫）	採爲首義	39	
	儲	人部	無。	不採其說	49	以「偫也」爲首義。
	備	人部	無。	不採其說	41	以「成也」爲首義。
	位	人部	《說文》列中庭之左右曰位。（五畫）	採爲首義	26	
	儐	人部	無。	不採其說	47	以「導也、相也」爲首義。
	偓	人部	無。	不採其說	38	採《玉篇》爲首義。
	佺	人部	《說文》偓佺，仙人名，堯時人。（六畫）	採爲首義	28	
	儠	人部	《說文》心服也。（十八畫）	採爲首義	49	
	勺	人部	《說文》約也。（三畫）	採爲首義	21	
	儕	人部	無。	不採其說	47	以「等輩也」爲首義。
	倫	人部	無。	不採其說	37	以「常也」爲首義。
	侔	人部	《說文》齊等也。（六畫）	採爲首義	30	
	偕	人部	《說文》強也。一曰俱也。〈徐曰〉能同于人，是強有力也。（九畫）	採爲首義	38	徐鍇語。
	俱	人部	無。	不採其說	34	以「皆也」爲首義。
	儹	人部	無。	不採其說	49	採《正字通》爲首義。
	併	人部	無。	不採其說	35	以「相竝也」爲首義。
	傅	人部	◎《說文》相也，从人尃聲。（十畫）	列於字末補釋形義	40	以「師傅官名」爲首義。
	侙	人部	《說文》惕也。（六畫）	採爲首義	30	
	俌	人部	《說文》輔也。（七畫）	採爲首義	32	
	倚	人部	無。	不採其說	36	以「因也」爲首義。
	依	人部	《說文》倚也。（六畫）	採爲首義	30	
	仍	人部	無。	不採其說	20	以「因也」爲首義。

人部	伩	人部	無。	不採其說	29	以「便利也」爲首義。
	侲	人部	無。	不採其說	28	採《爾雅》爲首義。
	倢	人部	無。	不採其說	36	以「倢仔，漢婦官名」爲首義。
	侍	人部	《說文》承也。（六畫）	採爲首義	29	
	傾	人部	《說文》側也，又伏也，攲也。（十一畫）	採爲首義	43	
	側	人部	無。	不採其說	39	以「旁也、傾也」爲首義。
	侒	人部	《說文》晏也，與安通。（六畫）	採爲首義	30	
	侐	人部	無。	不採其說	30	以「寂也、靜也」爲首義。
	付	人部	◎《說文》从寸，持物對人。〈徐鉉曰〉寸、手也，亦作仅。（三畫）	列於字末補釋形義	20	以「畁也、授也」爲首義。
	俜	人部	又《說文》使也。（七畫）	採爲次義	33	以「俠也」爲首義。
	俠	人部	無。	不採其說	33	以「任俠相與信爲任同是非」爲首義。
	僵	人部	無。	不採其說	46	以「蟬態也」爲首義。
	侁	人部	無。	不採其說	29	以「馬群行欲先也」爲首義。
	仰	人部	無。	不採其說	22	以「舉首望也」爲首義。
	侸	人部	《說文》立也。（七畫）	採爲首義	31	
	儽	人部	《說文》垂貌。一曰懶懈也。（二十一畫）	採爲首義	50	
	坐	人部	《說文》安也。（七畫）	採爲首義	31	
	偁	人部	《說文》揚也。（九畫）	採爲首義	37	
	伍	人部	《說文》相參伍也。三相參爲參，五相伍爲伍。（四畫）	採爲首義	23	
	什	人部	無。	不採其說	19	以「十人爲什」爲首義。
	佰	人部	《說文》相什佰也。（六畫）	採爲首義	28	
	佸	人部	《說文》會也。一曰佸佸力貌。（六畫）	採爲首義	28	
	佮	人部	無。	不採其說	28	以「合取也」爲首義。
	散	文部	《說文》妙也。〈註〉徐鉉曰：从山从耑省。耑，物初生之題，尙微也。（六畫）	採爲首義	405	

人部	傆	人部	《說文》點也。（十畫）	採爲首義	40	
	作	人部	無。	不採其說	27	以「興起也」爲首義。
	假	人部	無。	不採其說	38	採《詩經》爲首義。
	借	人部	無。	不採其說	36	以「假也、貸也」爲首義。
	侵	人部	《說文》漸進也。（七畫）	採爲首義	31	
	價	人部	《說文》賣也。（十五畫）	採爲首義	48	
	候	人部	◎《說文》有矦無候。互見前矦字註。（八畫）	列於字末補釋形義	36	以「訪也、伺望也」爲首義。
	償	人部	無。	不採其說	48	以「還所值也」爲首義。
	僟	人部	《說文》纔能也。（十一畫）	採爲首義	43	
	代	人部	無。	不採其說	21	以「更也、替也」爲首義。
	儀	人部	無。	不採其說	46	以「兩儀，天地也」爲首義。
	傍	人部	《說文》近也。（十畫）	採爲首義	41	
	似	人部	無。	不採其說	25	以「已肖也」爲首義。
	便	人部	◎《說文》从更从人。人有不便，更之。（七畫）	列於字末補釋形義	31	以「順也、利也」爲首義。
	任	人部	無。	不採其說	22	以「誠篤也」爲首義。
	俔	人部	《說文》譬諭也。（七畫）	採爲首義	32	
	優	人部	又《說文》饒也。又饒洽也。（十五畫）	採爲次義	48	採《爾雅》爲首義。
	僖	人部	《說文》樂也，與喜通。（十二畫）	採爲首義	44	
	倍	人部	無。	不採其說	38	以「富也、厚也」爲首義。
	完	人部	《說文》完也。（七畫）	採爲首義	32	
	儉	人部	《說文》約也。（十三畫）	採爲首義	47	
	偭	人部	又與面同。《說文》鄉也。引《禮·少儀》尊壺者偭其鼻。（九畫）	採爲次義	39	以「向也」爲首義。
	俗	人部	◎《說文》从人谷聲。〈徐曰〉俗之言續也，轉相習也。（七畫）	列於字末補釋形義	33	以「習也」爲首義。徐鍇語。
	俾	人部	《說文》益也。一曰俾門侍人。（八畫）	採爲首義	34	
	倪	人部	《說文》俾益也。（八畫）	採爲首義	37	
	億	人部	無。	不採其說	46	以「數名」爲首義。

人部	使	人部	無。	不採其說	29	以「令也、役也」爲首義。
	倛	人部	無。	不採其說	40	以「左右兩視也」爲首義。
	伶	人部	無。	不採其說	25	以「獨也」爲首義。
	儷	人部	又《說文》琴儷也。（十九畫）	採爲次義	49	以「並也」爲首義。
	傳	人部	又《說文》遽也。驛遞曰傳。（十一畫）	採爲次義	42	以「轉也」爲首義。
	倌	人部	無。	不採其說	35	以「主駕者」爲首義。
	价	人部	無。	不採其說	22	以「善也」爲首義。
	仔	人部	無。	不採其說	20	以「克也、任也」爲首義。
	侅	人部	無。	不採其說	27	以「送行也」爲首義。
	徐	人部	無。	不採其說	32	採《玉篇》、《集韻》爲首義。
	偋	人部	《說文》僻寠也。（十一畫）	採爲首義	43	
	伸	人部	無。	不採其說	25	以「舒也、理也」爲首義。
	但	人部	無。	不採其說	25	以「拙也」爲首義。
	懋	人部	《說文》意膬也。〈徐曰〉膬耎易破也。（十二畫）	採爲首義	44	徐鉉語。
	偄	人部	《說文》弱也。（九畫）	採爲首義	37	
	倍	人部	《說文》反也。（八畫）	採爲首義	35	
	傿	人部	無。	不採其說	43	採《玉篇》爲首義。
	僭	人部	《說文》假也。（十二畫）	採爲首義	45	
	儗	人部	《說文》僭也。一曰相疑。（十四畫）	採爲首義	48	
	偏	人部	無。	不採其說	38	以「頗也、側也」爲首義。
	倀	人部	《說文》狂也。一曰仆也。又狂行不知所如也。（八畫）	採爲首義	34	
	儢	人部	無。	不採其說	49	以「惛也」爲首義。
	儔	人部	又《說文》翳也。（十四畫）	採爲次義	47	以「眾也、等類也」爲首義。
	佝	人部	《說文》有雕蔽也。（六畫）	採爲首義	30	
	俴	人部	無。	不採其說	34	以「淺也」爲首義。
	佃	人部	無。	不採其說	25	以「治田也」爲首義。

人部	佝	人部	無。	不採其說	28	採《集韻》爲首義。
	优	人部	無。	不採其說	29	以「大也」爲首義。
	佻	人部	無。	不採其說	28	以「獨行貌」爲首義。
	僻	人部	無。	不採其說	46	以「陋也」爲首義。
	佷	人部	無。	不採其說	24	遜云「俗佷字」
	伎	人部	無。	不採其說	23	以「伎巧」爲首義。
	侈	人部	無。	不採其說	29	以「奢也、泰也」爲首義。
	佁	人部	又《說文》癡貌。讀若駃。（五畫）	採爲次義	25	以「固滯貌」爲首義。
	僑	人部	《說文》驕也。（十畫）	採爲首義	41	
	偽	人部	《說文》詐也。　◎《說文》从人爲聲。〈徐曰〉偽者，人爲之，非天眞也，故人爲爲偽。（十二畫）	採爲首義又補釋之	45	二徐俱無此語。承自《字彙》、《正字通》之文。
	俀	人部	《說文》隋也。（五畫）	採爲首義	25	
	佝	人部	無。	不採其說	27	以「短極醜貌」爲首義。
	僄	人部	《說文》輕也。（十一畫）	採爲首義	43	
	倡	人部	無。	不採其說	36	以「倡優女貌」爲首義。
	俳	人部	無。	不採其說	34	以「俳優雜戲」爲首義。
	僊	人部	《說文》本作僊，作姿也。（十二畫）	採爲首義	44	
	儔	人部	《說文》儔互不齊也。（十七畫）	採爲首義	49	
	佚	人部	◎《說文》从人失聲，佚民也。一曰佚忽也。（五畫）	列於字末補釋形義	27	以「安逸不勞也」爲首義。
	俄	人部	《說文》頃也。（七畫）	採爲首義	32	
	儋	人部	《說文》喜也。（十一畫）	採爲首義	42	
	俋	人部	《說文》儆俋，受屈也。（九畫）	採爲首義	38	
	傞	人部	《說文》醉舞貌。（十畫）	採爲首義	41	
	儌	人部	《說文》醉舞貌。（十二畫）	採爲首義	44	
	侮	人部	無。	採爲首義	31	
	傆	人部	《說文》姞也。（十畫）	採爲首義	41	
	偒	人部	《說文》輕也。古借易轉去聲，義同與傷別。（八畫）	採爲首義	34	
	俔	人部	《說文》訟面相是也。（七畫）	採爲首義	33	

人部	債	人部	無。	不採其說	45	採《爾雅》爲首義。
	僵	人部	無。	不採其說	46	以「仆也、偃也」爲首義。
	仆	人部	無。	不採其說	19	以「偃也、僵也」爲首義。
	偃	人部	《說文》僵也，仆也。（九畫）	採爲首義	37	
	傷	人部	無。	不採其說	43	以「痛也」爲首義。
	俑	人部	《說文》刺也。一曰痛聲。（八畫）	採爲首義	35	
	侉	人部	無。	不採其說	29	採《書經》爲首義。
	催	人部	無。	不採其說	42	以「促也、迫也」爲首義。
	俑	人部	又《說文》痛也。（七畫）	採爲次義	32	以「從葬木偶」爲首義。
	伏	人部	無。	不採其說	23	以「偃也」爲首義。
	促	人部	無。	不採其說	32	以「迫也、近也、密也」爲首義。
	例	人部	無。	不採其說	29	以「比也、類也、昵也」爲首義。
	係	人部	無。	不採其說	32	採《爾雅》爲首義。
	伐	人部	無。	不採其說	24	以「征伐」爲首義。
	俘	人部	《說文》軍所獲也。（七畫）	採爲首義	33	
	但	人部	◎《說文》但裼也。（五畫）	列於字末補釋形義	25	以「徒也、凡也」爲首義。
	傴	人部	《說文》僂也。（十一畫）	採爲首義	42	
	僂	人部	《說文》尪也。（十一畫）	採爲首義	43	
	僇	人部	《說文》癡行僇僇也。一曰且也。（十一畫）	採爲首義	43	
	仇	人部	無。	不採其說	19	以「匹也」爲首義。
	儡	人部	◎《說文》儡，讀若雷，相敗也。（十五畫）	列於字末補釋形義	48	以「傀儡木偶戲」爲首義。
	咎	口部	《說文》災也，从人从各。各者，相違也。（五畫）	採爲首義	113	
	仳	人部	無。	不採其說	22	以「離別之義」爲首義。
	俗	人部	無。	不採其說	35	採《集韻》爲首義。
	催	人部	無。	不採其說	36	採《博雅》爲首義。

人部	值	人部	《說文》措也。又遇也。又持也。（八畫）	採爲首義	36	
	侘	人部	無。	不採其說	29	採《集韻》爲首義。
	傮	人部	《說文》聚也。引《詩》傮杳背憎。（十二畫）	採爲首義	44	
	像	人部	無。	不採其說	44	以「形像也、肖似也」爲首義。
	倦	人部	◎《說文》力部作勞，人部作倦，音義同，宜合倦爲勞字重文，不必分爲二。（八畫）	列於字末補釋形義	36	以「懈也、疲也」爲首義。
	傮	人部	《說文》終也。（十一畫）	採爲首義	42	
	偶	人部	無。	不採其說	40	以「數雙曰偶」爲首義。
	弔	弓部	《說文》問終也。（一畫）	採爲首義	284	
	佋	人部	《說文》宗廟佋穆。父爲佋，南面；子爲穆，北面。今通作昭。（五畫）	採爲首義	26	
	俇	人部	無。	不採其說	31	以「神名」爲首義。
	僊	人部	無。	不採其說	43	採《集韻》爲首義。
	僰	人部	又《說文》犍爲蠻夷也。◎《說文》作僰，从人在棘中。或作僰。（十二畫）	採爲次義又補釋之	46	採《禮記》爲首義。
	仚	人部	◎《說文》人在山也，與屳字不同。（三畫）	列於字末補釋形義	20	以「輕舉貌」爲首義。
	僥	人部	無。	不採其說	45	以「僑也」爲首義。
	儥	人部	《說文》市也。或曰互市必與人對，故从對人。俗讀若兌，因借用兌，非。（十四畫）	採爲首義	48	
	征	人部	又《說文》遠行也。（七畫）	採爲次義	32	以「遑遽貌」爲首義。
	件	人部	《說文》分也。◎《說文》从牛，牛大故可分。（四畫）	採爲首義又補釋之	22	
	侣	人部	無。	不採其說	31	以「徒伴也」爲首義。
	侲	人部	無。	不採其說	31	以「童子也」爲首義。
	倅	人部	《說文》副也。又副車曰倅。（八畫）	採爲首義	35	
	傔	人部	《說文》從也。（十畫）	採爲首義	41	
	倜	人部	《說文》倜儻不羈也。（八畫）	採爲首義	36	
	儻	人部	無。	不採其說	50	以「倜儻卓異也」爲首義。

人部	佾	人部	無。	不採其說	29	以「舞行列也」爲首義
	倒	人部	無。	不採其說	35	以「什也」爲首義。
	儈	人部	無。	不採其說	47	以「牙儈會合帀人者」爲首義。
	低	人部	無。	不採其說	26	以「高之反也」爲首義。
	債	人部	《說文》負也。今俗負財曰債。（十一畫）	採爲首義	42	
	價	人部	《說文》物直也。（十三畫）	採爲首義	46	
	停	人部	無。	不採其說	38	以「行中止也」爲首義。
	傸	人部	《說文》賃也。（十二畫）	採爲首義	45	
	伺	人部	無。	不採其說	25	以「偵候也」爲首義。
	僧	人部	無。	不採其說	45	以「沙門也」爲首義。
	佇	人部	《說文》佇久立也。（五畫）	採爲首義	25	
	偵	人部	無。	不採其說	39	以「候也、探伺也」爲首義。
匕部	匕	匕部	無。	不採其說	80	採《集韻》爲首義。
	紕	匕部	無。	不採其說	80	採《集韻》爲首義。
	眞	目部	《說文》仙人變形而登天也。（五畫）	採爲首義	732	
	化	匕部	《說文》化教行也。（二畫）	採爲首義	80	
比部	比	比部	《說文》比，相與比敘也。亦所以用取飯。一名栖。（一畫）	採爲首義	80	
	匙	比部	《說文》匕也，从匕是聲。（九畫）	採爲首義	81	
	乇	比部	《說文》相次也。（二畫）	採爲首義	80	
	攲	支部	無。	不採其說	395	以「傾也」爲首義。
	頃	頁部	又《說文》頭不正也。 又《說文》从匕从頁。〈徐鉉曰〉匕者，有所比附，不正也。（二畫）	採爲次義	1327	採《玉篇》爲首義。
	匘	匕部	《說文》匘頭髓也，从匕。匕，相匕著也。巛象髮，囟象匘形。（九畫）	採爲首義	81	
	卬	卩部	《說文》我也。 又《說文》望也，欲有所庶及也。（二畫）	採爲首義及次義	86	
	卓	十部	《說文》高也。早上爲卓。隸作卓。（六畫）	採爲首義	84	
	艮	艮部	《說文》艮，很也。从匕目。匕目猶目相匕不相下。匕目爲艮，很戾不進之意。（一畫）	採爲首義	941	

从部	从	人部	《說文》從本字。（二畫）	採爲首義	20	
	從	彳部	《說文》本作从，相聽也。（八畫）	採爲首義	296	
	并	干部	《說文》本作幷，从二人开聲。一曰从持二干爲幷，隸作并，相从也。（五畫）	採爲首義	268	
比部	比	比部	◎《說文》二人爲从，反从爲比。（一畫）	列於字末補釋形義	518	以「校也、茲也」爲首義。
	毖	比部	《說文》愼也。（五畫）	採爲首義	519	
北部	北	匕部	《說文》乖也，从二人相背。〈徐曰〉乖者，相背違也。（三畫）	採爲首義	80	徐鍇語。
	冀	八部	《說文》北方，从北異聲。〈徐曰〉北方之州也。（十四畫）	採爲首義	56	徐鍇語。
丘部	丘	一部	無。	不採其說	5	以「阜也、高也」爲首義。
	虛	虍部	又《說文》大丘也。（六畫）	採爲次義	1002	以「空虛也」爲首義。
	屔	尸部	無。	不採其說	230	採《爾雅》爲首義。
伙部	伙	人部	無。	不採其說	23	採《正字通》爲首義。
	眾	目部	《說文》多也。〈徐曰〉《國語》三人爲眾，數成於三也。（六畫）	採爲首義	735	徐鍇語。鍇本「數」前有「眾」字。
	聚	耳部	《說文》會也。（八畫）	採爲首義	895	
	臮	自部	《說文》眾辭與也。引《虞書·舜典》臮咎繇。（六畫）	採爲首義	928	
壬部	壬	土部	《說文》善也，从人士，士、事也。一曰，象物出地挺生。〈徐鉉曰〉人在土上，壬然而立也，凡聽、廷、望之類皆从此。（一畫）	採爲首義	151	
	徵	彳部	《說文》召也，从微省，壬爲徵，行於微而文達者，即徵之。（十二畫）	採爲首義	298	
	朢	月部	《說文》月滿與日相朢，以朝君也，从月从臣从壬。（十畫）	採爲首義	434	
	至	爪部	《說文》近求也，从爪壬。壬，徼幸也。（四畫）	採爲首義	616	
	重	里部	《說文》厚也。（一畫）	採爲首義	1219	壬，當作壬。《康熙字典》作壬，誤。
	量	里部	又《說文》稱輕重也。（五畫）	採爲次義	1220	採《集韻》爲首義。
臥部	臥	臣部	《說文》休也，从人臣，取其伏也，人臣事君俯僂也。（二畫）	採爲首義	927	
	監	皿部	《說文》臨下也。〈徐曰〉安居以臨下監也。（九畫）	採爲首義	724	徐鍇語。
	臨	臣部	無。	不採其說	927	採《爾雅》爲首義。
	饌	食部	又《說文》楚謂小兒嬾曰饌。（八畫）	採爲次義	1349	採《玉篇》爲首義。

身部	身	身部	《說文》躬也，象人之身。（一畫）	採爲首義	1165	
	軀	身部	《說文》體也。（十一畫）	採爲首義	1166	
肩部	肩	丿部	《說文》歸也，从反身。〈徐鍇曰〉古人所謂反身修道，故曰歸也。（五畫）	採爲首義	10	
	殷	殳部	《說文》作樂之盛稱殷。（六畫）	採爲首義	513	
衣部	衣	衣部	《說文》上曰衣，下曰裳。（一畫）	採爲首義	1039	
	裁	衣部	《說文》制衣也。（六畫）	採爲首義	1044	
	袞	衣部	《說文》天子享先王，卷龍繡于下幅，一龍蟠阿上向。（四畫）	採爲首義	1040	
	襮	衣部	《說文》丹縠衣也。（十二畫）	採爲首義	1053	
	褕	衣部	《說文》翟羽飾衣也。（九畫）	採爲首義	1049	
	袗	衣部	《說文》玄服也。（五畫）	採爲首義	1042	
	表	衣部	《說文》表上衣也。（三畫）	採爲首義	1039	
	裏	衣部	《說文》衣內也。（七畫）	採爲首義	1045	
	襺	衣部	無。	不採其說	1051	採《玉篇》爲首義。
	襟	衣部	《說文》衣領也。	採爲首義	1052	
	襏	衣部	無。	不採其說	1054	採《爾雅》爲首義。
	衽	衣部	無。	不採其說	1041	採《類篇》爲首義。
	褸	衣部	《說文》衽也。（十一畫）	採爲首義	1051	
	袨	衣部	《說文》於胃切。衽也。一作褹，詳褹字註。（十畫）	採爲首義	1050	
	褘	衣部	《說文》襟緣也。（八畫）	採爲首義	1046	
	袉	衣部	無。	不採其說	1046	採《廣韻》爲首義。
	褋	衣部	無。	不採其說	1049	採《玉篇》爲首義。
	袪	衣部	《說文》襲袪也。（四畫）	採爲首義	1040	
	襲	衣部	又《說文》左衽袍也。（十六畫）	採爲次義	1055	採《玉篇》爲首義。
	袍	衣部	無。	不採其說	1041	採《廣韻》爲首義。
	襺	衣部	《說文》袍衣也。（十九畫）	採爲首義	1055	
	襺	衣部	《說文》與襺同。詳襺字註。（十三畫）	採爲首義	1053	
	袤	衣部	《說文》衣帶以上也。（五畫）	採爲首義	1043	
	襘	衣部	《說文》帶所結也。（十三畫）	採爲首義	1053	
	褧	衣部	無。	不採其說	1050	採《玉篇》爲首義。
	袛	衣部	《說文》袛裯短衣也。（五畫）	採爲首義	1042	

衣部	裯	衣部	無。	不採其說	1046	採《類篇》為首義。
	襤	衣部	《說文》裯謂之襤。（十四畫）	採為首義	1054	
	裲	衣部	無。	不採其說	1048	採《揚子・方言》為首義。
	裻	衣部	《說文》衣躬縫也。（九畫）	採為首義	1048	
	袪	衣部	《說文》衣袂也。一曰袪裏也。裏者，袪也。（五畫）	採為首義	1043	
	褎	衣部	《說文》袂也。（九畫）	採為首義	1048	
	袂	衣部	無。	不採其說	1041	採《玉篇》為首義。
	褏	衣部	《說文》袖也。一曰藏也。（十畫）	採為首義	1050	
	褢	衣部	《說文》囊橐也。（十畫）	採為首義	1050	
	裏	衣部	《說文》裹也。（五畫）	採為首義	1041	
	襜	衣部	無。	不採其說	1053	採《爾雅》為首義。
	袥	衣部	《說文》衣衸也。（五畫）	採為首義	1043	
	衸	衣部	無。	不採其說	1040	以「袥也」為首義。
	襗	衣部	《說文》絝也。（十三畫）	採為首義	1053	
	袩	衣部	《說文》引《論語》加朝服袩紳。（五畫）	採為首義	1041	
	裾	衣部	又《說文》衣袍也。（八畫）	採為次義	1047	採《爾雅》為首義。
	衧	衣部	《說文》諸衧也。通作于。（三畫）	採為首義	1039	
	褰	衣部	《說文》絝也。（十畫）	採為首義	1050	
	襱	衣部	《說文》絝踦也。（十六畫）	採為首義	1055	
	袑	衣部	《說文》絝上也。（五畫）	採為首義	1042	
	褌	衣部	《說文》衣博大也。（十二畫）	採為首義	1052	
	褒	衣部	《說文》从衣𠈃省聲。𠈃，古文保也。（九畫）	僅釋其形	1048	
	襘	衣部	《說文》緣也。引《詩》載衣之襘。（十二畫）	採為首義	1052	
	褍	衣部	《說文》衣正幅也。（九畫）	採為首義	1048	
	褸	衣部	《說文》重衣貌。（十二畫）	採為首義	1052	
	複	衣部	無。	不採其說	1048	採《玉篇》為首義。
	褆	衣部	《說文》衣厚褆褆也。（九畫）	採為首義	1048	
	襛	衣部	《說文》衣厚也。（十三畫）	採為首義	1053	
	袈	衣部	無。	不採其說	1047	以「衣背縫也」為首義。

衣部	袳	衣部	《說文》地名也。（六畫）	採為首義	1043	
	裔	衣部	《說文》衣裾也。（七畫）	採為首義	1045	
	袀	衣部	《說文》長衣貌。（四畫）	採為首義	1040	
	袁	衣部	《說文》衣長貌，从衣叀省聲。（四畫）	採為首義	1041	
	褗	衣部	《說文》短衣也。《春秋傳》曰：有空褗。（十一畫）	採為首義	1051	
	褻	衣部	無。	不採其說	1051	以「重衣也」為首義。
	襃	衣部	無。	不採其說	1047	採《玉篇》為首義。
	襡	衣部	又《說文》短衣也。（十三畫）	採為次義	1053	採《博雅》為首義。
	褸	衣部	《說文》衣至地也。（十四畫）	採為首義	1054	
	襦	衣部	《說文》短衣也。（十四畫）	採為首義	1054	
	褊	衣部	《說文》衣小也。（九畫）	採為首義	1048	
	袷	衣部	無。	不採其說	1043	採《廣韻》、《玉篇》為首義。
	襌	衣部	《說文》衣不重也。（十二畫）	採為首義	1052	
	襄	衣部	《說文》漢令解衣而耕謂之襄。◎《說文》作㦸。（十一畫）	採為首義又補釋之	1051	
	被	衣部	《說文》寢衣也。（五畫）	採為首義	1043	
	衾	衣部	無。	不採其說	1041	採《玉篇》為首義。
	褖	衣部	《說文》飾也。（十二畫）	採為首義	1052	
	袒	衣部	《說文》日日所常衣也。（四畫）	採為首義	1040	
	褻	衣部	《說文》私服。（十一畫）	採為首義	1051	
	衷	衣部	又《說文》裏褻衣也。（四畫）	採為次義	1040	採《玉篇》為首義。
	袾	衣部	又《說文》好佳也。引《詩》靜女其袾。（六畫）	採為次義	1044	採《字統》為首義。
	祖	衣部	《說文》事好也。（五畫）	採為首義	1042	
	裨	衣部	《說文》接益也。〈徐曰〉若衣之接益也。（八畫）	採為首義	1046	徐鍇語。
	衻	衣部	無。	不採其說	1042	採《玉篇》為首義。
	雜	隹部	《說文》五彩相合也。（十畫）	採為首義	1296	
	裕	衣部	《說文》衣物饒也。（七畫）	採為首義	1045	
	襞	衣部	《說文》韏衣也。〈徐鉉曰〉革中辨也，衣襞積如辨也。（十三畫）	採為首義	1053	
	衦	衣部	《說文》摩展衣也。（三畫）	採為首義	1039	

衣部	裂	衣部	《說文》繒餘。〈徐曰〉裁剪之餘也。◎《說文》作𢁥。（六畫）	採爲首義又補釋之	1044	徐鍇語。
	袈	衣部	《說文》敝衣也。（五畫）	採爲首義	1041	
	袒	衣部	無。	不採其說	1042	以「袒裼也」爲首義。
	補	衣部	《說文》完衣也。（七畫）	採爲首義	1045	
	襛	衣部	《說文》袾衣也。（十二畫）	採爲首義	1052	
	褫	衣部	無。	不採其說	1050	以「奪衣也」爲首義。
	贏	衣部	無。	不採其說	1053	採《廣韻》、《集韻》爲首義。
	裎	衣部	無。	不採其說	1045	採《類篇》爲首義。
	裼	衣部	無。	不採其說	1047	採《爾雅》爲首義。
	衺	衣部	《說文》襲也。（四畫）	採爲首義	1040	
	襺	衣部	無。	不採其說	1054	採《玉篇》爲首義。
	袪	衣部	無。	不採其說	1044	採《詩經》爲首義。
	褿	衣部	《說文》帴也。（十一畫）	採爲首義	1051	
	裝	衣部	無。	不採其說	1046	以「裝束也」爲首義。
	裹	衣部	《說文》纏也。（八畫）	採爲首義	1047	
	袠	衣部	《說文》書囊也。（七畫）	採爲首義	1045	
	齎	衣部	《說文》纏也。（十四畫）	採爲首義	1054	
	㮚	衣部	無。	不採其說	1044	採《廣韻》爲首義。
	褔	衣部	又《說文》編枲衣也。（十一畫）	採爲次義	1051	以「小孩涎衣也」爲首義。
	褐	衣部	《說文》編枲韤也。（九畫）	採爲首義	1048	
	褗	衣部	《說文》樞領也。（九畫）	採爲首義	1049	
	掩	衣部	《說文》掩謂之褗。（八畫）	採爲首義	1047	
	衰	衣部	《說文》艸雨衣，秦謂之革。◎《說文》作𧝗。（四畫）	採爲首義又補釋之	1040	
	卒	十部	《說文》隸人給事者。（六畫）	採爲首義	84	
	褚	衣部	無。	不採其說	1049	以「裝衣也」爲首義。
	製	衣部	《說文》裁也。（八畫）	採爲首義	1047	
	袚	衣部	《說文》蠻夷服也。（五畫）	採爲首義	1042	
	襚	衣部	《說文》衣死人也。（十三畫）	採爲首義	1053	
	衵	衣部	《說文》棺中縑裏也。（四畫）	採爲首義	1040	

衣部	祱	衣部	《說文》贈終者衣被曰祱。（七畫）	採爲首義	1046	
	襏	衣部	《說文》鬼衣也。（十畫）	採爲首義	1050	
	裎	衣部	無。	不採其說	1046	採《玉篇》爲首義。
	裹	衣部	《說文》以組帶馬也。（十畫）	採爲首義	1050	
	袨	衣部	無。	不採其說	1043	以「好衣也」爲首義。
	衫	衣部	無。	不採其說	1040	採《篇海》爲首義。
	襖	衣部	無。	不採其說	1053	採《玉篇》爲首義。
裘部	裘	衣部	◎《說文》作裘。（七畫）	列於字末補釋形義	1045	採《玉篇》爲首義。
	鬵	鬲部	《說文》裘裏也。（十三畫）	採爲首義	1388	
老部	老	老部	《說文》考也。七十曰老，从人毛匕，言須髮變白也。（一畫）	採爲首義	888	
	耋	老部	《說文》年八十曰耋。（六畫）	採爲首義	889	
	耄	老部	《說文》作𦒻，年九十曰耄。（四畫）	採爲首義	888	
	耆	老部	《說文》老也。（四畫）	採爲首義	889	
	耇	老部	《說文》老人面凍黎若垢。（五畫）	採爲首義	889	
	耈	老部	《說文》老人面如點也。（五畫）	採爲首義	889	
	耂	老部	《說文》老人行才相逮，从老省，易省，行象也。（四畫）	採爲首義	888	
	壽	士部	《說文》久也。凡年齒皆曰壽。（十一畫）	採爲首義	172	
	考	老部	《說文》老也，从老省丂聲。《說文序》轉注者，建類一首，同意相受，考老是也。（一畫）	採爲首義	888	
	孝	子部	《說文》善事父母者，从老省从子，子承老也。（四畫）	採爲首義	206	
毛部	毛	毛部	《說文》眉髮之屬及獸毛也。（一畫）	採爲首義	519	
	毨	毛部	《說文》毛盛也。引《書》鳥獸毨毛。（十畫）	採爲首義	523	
	毫	毛部	《說文》獸毫也。（十畫）	採爲首義	523	
	毪	毛部	《說文》仲秋鳥獸毛盛，可選取以爲器用。讀若選。包氏言霜後選毛，與《說文》義同。（六畫）	採爲首義	521	
	氀	毛部	《說文》以氂爲繝，色如虋，故謂之氀，虋禾之赤苗也，引《詩》氂衣如氀。（十一畫）	採爲首義	523	

毛部	氈	毛部	《說文》撚毛也，或曰撚執也。蹂毛成片，故謂之氈。（十三畫）	採為首義	524	
	毦	毛部	《說文》羽毛飾也。（六畫）	採為首義	520	
	氀	毛部	《說文》氀毤、罽毲，皆氈緂之屬，蓋方言也，（十八畫）	採為首義	525	
	毤	毛部	《說文》氀毤也。（九畫）	採為首義	522	
	罽	毛部	《說文》罽毲也。（十畫）	採為首義	523	
	毲	毛部	《說文》氀毤、罽毲，皆氈緂之屬。（十二畫）	採為首義	524	
	毬	毛部	《說文》鞠丸也。（七畫）	採為首義	521	
	氂	毛部	無。	不採其說	524	以「氂鶩鳥羽也」為首義。
毳部	毳	毛部	《說文》獸細毛也。（八畫）	採為首義	522	
	毣	非部	《說文》毛紛紛也，从毳非聲。（十二畫）	採為首義	1311	
尸部	尸	尸部	《說文》尸，陳也，象臥之形。（一畫）	採為首義	227	
	屢	尸部	《說文》偫也。（十二畫）	採為首義	231	
	居	尸部	《說文》尻處也，从尸得几而止也。引《孝經》仲尼尻尻，謂閒居如此。會意。今文作居。（五畫）	採為首義	228	按語區分「尻」與「居」二字之別。本文取「尻處」之義解之。
	眉	尸部	《說文》臥息也。〈徐鉉曰〉自古者以為鼻字，故从自。（六畫）	採為首義	229	
	屑	尸部	《說文》屑字。（六畫）	採為首義	229	
	展	尸部	《說文》轉也。本作㞞，从尸㞄省聲。隸作展。（七畫）	採為首義	230	
	屈	尸部	《說文》屈行不便也，从尸出聲。出即塊字。一曰極也。〈註〉極即至也。（五畫）	採為首義	229	徐鍇語。
	尻	尸部	《說文》脽也，从尸九聲。（二畫）	採為首義	228	
	屍	尸部	《說文》髀也，从丌从几。〈徐鉉曰〉丌、几皆所以尻止也。（五畫）	採為首義	229	
	眉	尸部	《說文》尻也。（六畫）	採為首義	229	
	尼	尸部	《說文》从後近之也。从尸匕聲。（二畫）	採為首義	228	
	屆	尸部	《說文》从後相届也。（九畫）	採為首義	230	
	屋	尸部	《說文》届屋也。（五畫）	採為首義	228	

尸部	㞨	尸部	《說文》柔皮也。从尸，側身狀。从又，手用力也。（三畫）	採爲首義	228	
	㞕	尸部	《說文》伏貌。一曰屋宇也。（七畫）	採爲首義	230	
	犀	尸部	《說文》犀遲也，从尸辛。〈徐曰〉不進也。或作遲。（七畫）	採爲首義	230	徐鍇語。
	屝	尸部	《說文》履屬。从尸非聲。（八畫）	採爲首義	230	
	屍	尸部	《說文》終主也，从尸死，會意。（六畫）	採爲首義	229	
	屠	尸部	《說文》刳也，从尸者聲。（九畫）	採爲首義	231	
	屟	尸部	《說文》屧本字。履中薦也。詳後屧字註。（九畫）	採爲首義	231	
	屋	尸部	《說文》居也。从尸，尸所主也。一曰尸，象屋形。从至，至所至止也。（六畫）	採爲首義	229	
	屏	尸部	《說文》蔽也，从尸并聲。（八畫）	採爲首義	230	
	層	尸部	《說文》重屋也，从尸曾聲。（十二畫）	採爲首義	231	
	屪	尸部	無。	不採其說	231	採《增韻》爲首義。
尺部	尺	尸部	《說文》十寸也。人手卻十分動脈爲寸口。十寸爲尺，規矩事也。从尸从乙，乙所識也。周制寸、尺、咫、尋、常諸度量，皆以人體爲法。（一畫）	採爲首義	227	
	咫	口部	《說文》周制寸、尺、咫、尋，皆以人之體爲法。中婦人手長八寸，謂之咫，周尺也。（六畫）	採爲首義	114	
尾部	尾	尸部	《說文》屋微也，从倒毛在尸後。（四畫）	採爲首義	228	《說文》本作「微也」。
	屬	尸部	《說文》連也，从尾蜀聲。〈徐曰〉屬相連續，若尾之在體，故从尾。（十八畫）	採爲首義	232	徐鍇語。
	屈	尸部	《說文》無尾也，从尾出聲。又曲也，請也。（五畫）	採爲首義	229	
	尿	尸部	《說文》人小便也。今亦作溺。（四畫）	採爲首義	228	
履部	履	尸部	《說文》足所依也。本作屨，今作履。（十二畫）	採爲首義	231	
	屨	尸部	《說文》履也，从履省婁聲。又鞮也。〈徐曰〉鞮革履也。（十四畫）	採爲首義	232	徐鍇語。
	屩	尸部	《說文》履下也。（十九畫）	採爲首義	232	
	屐	尸部	《說文》履屬，从履省予聲。（七畫）	採爲首義	230	
	屩	尸部	《說文》履也，从履省喬聲。（十五畫）	採爲首義	232	

履部	屨	尸部	《說文》屬也，从履省攴聲。（七畫）	採爲首義	230	
舟部	舟	舟部	《說文》船也。（一畫）	採爲首義	936	
	俞	舟部	《說文》本作𨍍。〈註〉空中木爲舟。（九畫）	採爲首義	939	
	船	舟部	《說文》舟也。（五畫）	採爲首義	938	
	彤	舟部	《說文》船行也。（三畫）	採爲首義	937	
	舳	舟部	《說文》舳艫也。漢律名船方長爲舳艫。一曰舟尾。（五畫）	採爲首義	938	
	艫	舟部	《說文》舳艫也。一曰船頭。（十六畫）	採爲首義	941	
	艐	舟部	《說文》船著不行也。（九畫）	採爲首義	939	
	朕	月部	《說文》我也。（六畫）	採爲首義	433	
	舫	舟部	《說文》船師也。引《禮・明堂月令》舫人，習水者。（四畫）	採爲首義	937	
	般	舟部	《說文》辟也。象舟之旋。从舟从殳，殳所以旋也。（四畫）	採爲首義	937	
	服	月部	《說文》作𦩊，用也。一曰車右騎所以舟旋，从舟𠬝聲。（四畫）	採爲首義	433	
	舸	舟部	《說文》舟也。（五畫）	採爲首義	938	
	艇	舟部	《說文》小舟也。（七畫）	採爲首義	939	
	艅	舟部	《說文》艅艎，舟名。（七畫）	採爲首義	939	
	艎	舟部	《說文》艅艎也。（九畫）	採爲首義	939	
方部	方	方部	《說文》併船也，象兩舟省，總頭形。或从水作汸。（一畫）	採爲首義	409	
	舫	方部	《說文》方舟也，《禮》天子造舟，諸候維舟，大夫方舟，士特舟。〈註〉徐鉉曰：今俗別作航，非是。（四畫）	採爲首義	409	
儿部	儿	儿部	《說文》人也。（一畫）	採爲首義	51	
	兀	儿部	《說文》兀高而上平也。从一在人上。（一畫）	採爲首義	51	
	兒	儿部	《說文》孩子也。象形，小孩頭囟未合。（六畫）	採爲首義	53	
	允	儿部	《說文》允信也，从㠯人。〈徐曰〉儿，仁人也，故爲信。（二畫）	採爲首義	51	徐鍇語。
	兌	儿部	《說文》兌，說也。（五畫）	採爲首義	52	
	充	儿部	《說文》長也，高也。从儿育省聲。〈徐曰〉㐬在人上也。㐬音突。（三畫）	採爲首義	51	徐鍇語。

兄部	兄	儿部	《說文》長也。　又《說文》況、貺皆以兄得聲。（三畫）	採爲首義及次義	51	
	競	儿部	《說文》競也。〈徐曰〉競，強也。一曰敬也。（十二畫）	採爲首義	53	徐鍇語。
兂部	兂	儿部	無。	不採其說	51	採《正譌》爲首義。
	兓	儿部	《說文》兓兓，銳意也。（六畫）	採爲首義	53	
皃部	皃	白部	《說文》頌儀也。从人白，象人面形。〈徐曰〉頌，古容字。（二畫）	採爲首義	714	徐鍇語。
	兜	小部	《說文》冕也。本作㒷。周日兜，殷日冔，夏日收。从皃，象形。籀作㒱，今文省作弁。（七畫）	採爲首義	225	
兂部	兂	儿部	《說文》兂从人，象左右蔽形。（四畫）	採爲首義	52	
	兜	儿部	《說文》兜鍪首鎧也，从兂从皃省，象人頭形也。（九畫）	採爲首義	53	
先部	先	儿部	《說文》先前進也，从人之。〈徐曰〉之，往也。往在人上也。一曰始也，故也。（四畫）	採爲首義	52	徐鍇語。
	兟	儿部	《說文》進也，从二先。（十畫）	採爲首義	53	
禿部	禿	禾部	《說文》無髮也，从人上，象禾粟之形，取其聲。王育說：倉頡出見禿人伏禾中，因以制字，未知其審。又〈徐鍇曰〉言禿人髮不纖長，若禾稼也。（二畫）	採爲首義	777	
	穨	禾部	《說文》禿貌。（十四畫）	採爲首義	789	
見部	見	見部	《說文》視也，从目从儿。（一畫）	採爲首義	1061	
	視	見部	《說文》瞻也。（五畫）	採爲首義	1062	
	覯	見部	《說文》求也。（十九畫）	採爲首義	1067	
	覜	見部	《說文》好視也。（八畫）	採爲首義	1063	
	覘	見部	《說文》旁視也。（八畫）	採爲首義	1063	
	覬	見部	《說文》好視也。（十二畫）	採爲首義	1065	
	覣	見部	《說文》笑視也。（八畫）	採爲首義	1063	
	覭	見部	《說文》大視也。（九畫）	採爲首義	1064	
	覛	見部	《說文》察視也。（七畫）	採爲首義	1063	
	覞	見部	《說文》外博眾多視也。（十畫）	採爲首義	1064	
	覲	見部	《說文》諦視也。（十八畫）	採爲首義	1066	
	尋	見部	《說文》从見从寸。寸度之，亦手也。（三畫）	採爲首義	1061	

見部	覽	見部	《說文》觀也。（十五畫）	採爲首義	1066	
	親	見部	《說文》內視也。（八畫）	採爲首義	1063	
	覢	見部	《說文》顯也。（九畫）	採爲首義	1064	
	覤	見部	《說文》目有所察省見也。 ◎《說文》本作覢。（十畫）	採爲首義又補釋之	1065	
	覭	見部	《說文》覭覣閱觀也。（四畫）	採爲首義	1062	
	覷	見部	《說文》拘覷未密致也。（十畫）	採爲首義	1065	
	覼	見部	《說文》小見也。（十畫）	採爲首義	1064	
	覲	見部	《說文》內視也。（九畫）	採爲首義	1064	
	覯	見部	《說文》遇見也。（十畫）	採爲首義	1064	
	覽	見部	《說文》注目視也。（十八畫）	採爲首義	1066	
	覘	見部	《說文》窺也。（五畫）	採爲首義	1062	
	覹	見部	《說文》司也。（十三畫）	採爲首義	1065	
	覢	見部	《說文》暫見也。（八畫）	採爲首義	1063	
	覿	見部	《說文》暫見也。（十五畫）	採爲首義	1066	
	覿	見部	《說文》覿覼也。（十五畫）	採爲首義	1066	
	覝	見部	《說文》病人視也。（五畫）	採爲首義	1062	
	覵	見部	《說文》下視深也。（十畫）	採爲首義	1064	
	覢	見部	《說文》私出頭視也。 ◎《說文》本作覢，从見彤聲。（七畫）	採爲首義又補釋之	1063	
	覍	見部	《說文》突前也。〈徐鉉曰〉冂重覆也，犯冂而見，是突前也。（三畫）	採爲首義	1061	
	覬	見部	《說文》欲幸也。（十畫）	採爲首義	1064	
	覬	見部	無。	不採其說	1063	以「覬覦，欲得也」爲首義。
	覿	見部	《說文》視不明也。一曰直視。 ◎《說文》本作覿。（十畫）	採爲首義	1065	
	覨	見部	《說文》視誤也。（十七畫）	採爲首義	1066	
	覽	見部	《說文》寐也。（十三畫）	採爲首義	1065	
	覩	見部	無。	不採其說	1065	採《說文長箋》爲首義。
	靚	青部	《說文》召也。（七畫）	採爲首義	1309	
	親	見部	無。	不採其說	1064	採《廣韻》爲首義。
	觀	見部	無。	不採其說	1065	採《爾雅》爲首義。

見部	覝	見部	《說文》諸侯三年大相聘曰覝。覝，視也。（六畫）	採為首義	1063	
	覑	見部	《說文》擇也。　又與芇通。《說文》作覒。（四畫）	採為首義及次義	1062	
	覕	見部	又《說文》蔽不相見也。（五畫）	採為次義	1062	採《玉篇》為首義。
	覘	見部	《說文》司人也。〈徐曰〉伺候也。（五畫）	採為首義	1062	徐鍇語。
	覭	見部	《說文》目蔽垢也。（十畫）	採為首義	1064	
	覿	見部	《說文》見也。（十五畫）	採為首義	1066	
覞部	覞	見部	《說文》竝視也。（七畫）	採為首義	1063	
	覵	見部	《說文》很視也。齊景公之勇臣有成覵者。（十五畫）	採為首義	1066	
	覹	雨部	《說文》見雨而止息，從雨從覞。讀若欷。（十四畫）	採為首義	1307	
欠部	欠	欠部	《說文》作𣥐，張口气悟也，象气從儿上出形。〈徐曰〉人欠去也，悟解也，气壅滯，欠去而解也。（一畫）	採為首義	493	徐鍇語。
	欽	欠部	《說文》欠貌。一曰敬也。（七畫）	採為首義	496	
	歑	欠部	《說文》欠貌。一曰心惑不悟貌。（十九畫）	採為首義	501	
	㰦	欠部	無。	不採其說	495	採《博雅》為首義。
	吹	口部	《說文》噓也。（四畫）	採為首義	107	
	欥	欠部	《說文》吹也。一曰笑意。（五畫）	採為首義	494	
	歔	欠部	《說文》溫吹也。（十一畫）	採為首義	500	
	欨	欠部	《說文》吹氣也。（八畫）	採為首義	496	
	歇	欠部	《說文》安氣也。〈徐曰〉氣緩而安也。俗以為語末之辭。　◎《說文》或書作欤。（十四畫）	採為首義又補釋之	501	徐鍇語。
	歊	欠部	《說文》翕氣也。或省作欨。（十畫）	採為首義	498	
	歈	欠部	《說文》吹氣也。（十二畫）	採為首義	500	
	欯	欠部	《說文》息也。（九畫）	採為首義	498	
	歡	欠部	《說文》喜樂也。〈徐曰〉喜動聲氣，故從欠。（十八畫）	採為首義	501	徐鍇語。
	欣	欠部	《說文》笑喜也。（四畫）	採為首義	494	
	弞	弓部	《說文》笑不壞顏曰弞，從欠，引省聲。（四畫）	採為首義	285	

欠部	款	欠部	《說文》意有所欲也。〈徐鉉曰〉歠塞也。意有所欲,而猶塞款款然也。(八畫)	採為首義	497	
	㱃	欠部	《說文》㱦也,與覸幾同。一曰不便言也。與㱃同。(三畫)	採為首義	493	
	欲	欠部	《說文》貪欲也,从欠谷聲。〈徐曰〉欲者,貪欲。欲之言續也。貪而不已,於文欠谷為欲。欠者,開口也。谷、欲聲。(七畫)	採為首義	495	二徐俱無此語。
	歌	欠部	《說文》詠也。〈徐曰〉長引其聲以詠也。 ◎《說文》或作謌。(十畫)	採為首義又補釋之	499	徐鍇語。鍇本作「長引其聲以誦知」。
	歔	欠部	《說文》口氣引也。 又《說文》疾息也。(九畫)	採為首義及次義	498	
	歇	欠部	《說文》心有所惡若吐也。一曰口相就也。(十畫)	採為首義	499	
	歠	欠部	《說文》歔歠也。一曰取氣貌。俗作嗽。(十七畫)	採為首義	501	
	欨	欠部	《說文》怒然也。引《孟子》曾西欨然。(六畫)	採為首義	495	
	欣	欠部	《說文》含笑也。一曰多智也。(四畫)	採為首義	494	
	歗	欠部	《說文》人相笑相歗,痟或作撨,亦省作撨。(十畫)	採為首義	499	
	歊	欠部	《說文》歊歊,氣出貌。(十畫)	採為首義	499	
	欻	欠部	《說文》有所吹起也。(七畫)	採為首義	496	
	欤	欠部	《說文》欤欤,戲笑貌,與嘻通。(四畫)	採為首義	494	
	歈	欠部	《說文》歈歈,氣出貌。或作歙。(十畫)	採為首義	498	
	歖	欠部	《說文》吟也。(十二畫)	採為首義	500	
	歎	欠部	《說文》吟也。(十一畫)	採為首義	499	
	歕	欠部	無。	不採其說	500	採《玉篇》為首義。
	欯	欠部	《說文》訾也。一曰然也。(七畫)	採為首義	496	
	㰦	欠部	《說文》歐也。(五畫)	採為首義	494	
	歐	欠部	《說文》吐也,或作嘔。(十一畫)	採為首義	499	
	歠	欠部	《說文》歆也。(十二畫)	採為首義	500	
	欷	欠部	《說文》歔欷也。〈徐曰〉歔欷者,悲泣氣咽而抽息也。一曰歔欷懼貌。(七畫)	採為首義	496	徐鍇語。「歔」字注。
	歇	欠部	《說文》盛氣怒也。(十三畫)	採為首義	500	

欠部	歈	欠部	《說文》言意也。或省作歈。（十畫）	採爲首義	498	
	潚	水部	《說文》渴本作潚。今通作渴。（十三畫）	採爲首義	581	
	敠	欠部	《說文》所謌也。（九畫）	採爲首義	498	
	歔	欠部	《說文》悲意。一曰小佈貌。（十三畫）	採爲首義	500	
	歠	欠部	《說文》盡酒也。（十八畫）	採爲首義	501	
	繁	糸部	無。	不採其說	869	以「慳　也」爲首義。
	欣	欠部	《說文》指而笑也。　◎《說文》本作歁。（七畫）	採爲首義又補釋之	495	
	鱖	欠部	無。	不採其說	501	採《集韻》爲首義。
	歃	欠部	《說文》歠也。一曰歃血也。盟者，以血塗口旁曰歃血。（九畫）	採爲首義	498	
	欶	欠部	《說文》吮也。（七畫）	採爲首義	496	
	歉	欠部	《說文》食不滿也。（九畫）	採爲首義	497	
	欲	欠部	《說文》欲得也。（八畫）	採爲首義	497	
	欱	欠部	《說文》歠也。一曰大歠，或从口作哈。（六畫）	採爲首義	495	
	歉	欠部	《說文》食不滿也。（十畫）	採爲首義	498	
	歍	骨部	《說文》咽中息不利也。（四畫）	採爲首義	1376	
	歐	欠部	《說文》嘔也。嘔語未定貌。一曰暗歐歠也。（六畫）	採爲首義	495	
	欥	欠部	《說文》逆氣也。　又《說文》飽食也。通作飲。（六畫）	採爲首義及次義	495	
	歗	欠部	《說文》且唾聲。一曰小笑。（十三畫）	採爲首義	500	
	歙	欠部	《說文》縮鼻也。一曰斂氣也。（十二畫）	採爲首義	500	
	欼	欠部	《說文》蹴鼻也。（八畫）	採爲首義	497	
	欸	欠部	《說文》愁貌。或省作欼。　又與呦同。呦呦鹿鳴，徐鉉曰：按口部呦字或作欸。（五畫）	採爲首義及次義	494	
	欨	欠部	《說文》咄欨無慙也。一曰無腸意。（五畫）	採爲首義	494	
	欥	欠部	《說文》詮詞也。〈徐曰〉詮，理也，理其事之詞也。引《詩》欥求厥寧。（四畫）	採爲首義	494	徐鍇語。
	次	欠部	《說文》不前不精也。〈徐曰〉不前是次於上也，不精是其次也。（二畫）	採爲首義	493	徐鍇語。

欠部	歔	欠部	《說文》饑虛也。（十一畫）	採爲首義	499	
	欺	欠部	《說文》詐欺也。（七畫）	採爲首義	496	
	歆	欠部	《說文》神食氣也。〈徐曰〉《禮》：「周人上臭，灌用鬱鬯」又曰：「有飶其香，神靈先享其氣也」。（九畫）	採爲首義	498	徐鍇語。
	歈	欠部	無。	不採其說	498	以「巴歈，歌名」爲首義。
歙部	歙	欠部	無。	不採其說	499	採《廣韻》、《集韻》、《玉篇》爲首義。
	歠	欠部	《說文》飲也。（十五畫）	採爲首義	501	
次部	次	水部	無。	不採其說	539	採《集韻》爲首義。
	羨	羊部	《說文》貪欲也，从次从羑省。（七畫）	採爲首義	880	
	厥	厂部	《說文》歠也。（七畫）	採爲首義	89	
	盜	皿部	《說文》私利物也。（七畫）	採爲首義	722	
旡部	旡	旡部	《說文》作㤅，飲食氣逆不得息曰㤅，从反欠。〈註〉今隸變作旡。（一畫）	採爲首義	413	徐鉉語。
	㱯	旡部	《說文》屰惡驚詞也，从旡咼聲。（九畫）	採爲首義	413	
	㱄	旡部	《說文》作㱄，事有不善言㱄也。《爾雅》㱄、薄也，从旡京聲。〈註〉徐鉉曰：今俗隸書作亮。（八畫）	採爲首義	413	

徐鉉校定《說文》卷九

說文部首	字例	《康熙字典》				備　註
		歸部	引用《說文》之釋語	引用情形	頁碼	
頁部	頁	頁部	《說文》頭也，从百从儿。（一畫）	採爲首義	1327	
	頭	頁部	《說文》首也。（七畫）	採爲首義	1332	
	顏	頁部	《說文》眉目之閒也。（九畫）	採爲首義	1335	
	頌	頁部	《說文》貌也。（三畫）	採爲首義	1328	
	頊	頁部	《說文》頊顱也。（三畫）	採爲首義	1327	
	顱	頁部	無。	不採其說	1338	採《玉篇》爲首義。
	顛	頁部	《說文》顚頂也。（十五畫）	採爲首義	1338	
	顚	頁部	《說文》頂也。（十畫）	採爲首義	1336	
	頂	頁部	《說文》顚也。（二畫）	採爲首義	1327	
	顙	頁部	無。	不採其說	1336	採《玉篇》爲首義。
	題	頁部	《說文》額也。（九畫）	採爲首義	1334	
	額	頁部	《說文》顙也。（六畫）	採爲首義	1331	
	頞	頁部	無。	不採其說	1331	採《玉篇》爲首義。
	頯	頁部	又《說文》權也。（七畫）	採爲次義	1332	採《莊子》爲首義。
	頰	頁部	《說文》面旁也。（七畫）	採爲首義	1332	
	頜	頁部	《說文》頰後也。（六畫）	採爲首義	1330	
	頤	頁部	《說文》䫮也。（六畫）	採爲首義	1330	
	䫮	頁部	《說文》頤也。或作頷。（十畫）	採爲首義	1335	
	頸	頁部	《說文》頭莖也。（七畫）	採爲首義	1333	
	領	頁部	《說文》項也，从頁令聲。（五畫）	採爲首義	1330	
	項	頁部	《說文》頭後也。（三畫）	採爲首義	1327	
	煩	頁部	《玉篇》說文云：項枕也，倉頡云：垂頭之貌。（四畫）	間接引用	1329	
	頗	頁部	《說文》出額也。（八畫）	採爲首義	1333	
	碩	頁部	《說文》曲頤也。（三畫）	採爲首義	1328	
	顉	頁部	《玉篇》說文云：齵貌，倉頡云：狹面銳頤之貌。（十三畫）	間接引用	1337	
	頵	頁部	《說文》面目不正貌。（四畫）	採爲首義	1329	
	顯	頁部	《說文》頭顒顒大也。（七畫）	採爲首義	1333	

頁部	顫	頁部	《說文》面色顫顫貌。（十畫）	採為首義	1335	
	顙	頁部	《說文》頭頰長也。（十畫）	採為首義	1335	
	碩	石部	無。	不採其說	761	採《爾雅》為首義。
	頌	頁部	又《說文》鬢也。　又《說文》通作昐。（三畫）	採為次義	1329	採《廣韻》為首義。
	顒	頁部	《說文》大頭也。（九畫）	採為首義	1335	
	纇	頁部	《說文》大頭也。（十畫）	採為首義	1335	
	顝	頁部	《說文》大頭也。（十畫）	採為首義	1336	
	願	頁部	《說文》大頭也。（十畫）	採為首義	1335	
	顁	頁部	無。	不採其說	1337	採《廣韻》為首義。
	贅	貝部	《說文》以物質錢。从敖貝。敖者，猶放貝當復取之也。（十一畫）	採為首義	1139	
	頢	頁部	《說文》面前岳岳也。（八畫）	採為首義	1334	
	顟	頁部	《說文》昧前也。（七畫）	採為首義	1332	
	顤	頁部	《說文》面瘦淺顤顤也。（十七畫）	採為首義	1338	
	貅	頁部	《說文》頭蔽貌也，从頁豕聲。（九畫）	採為首義	1334	
	頑	頁部	《說文》掘頭也，从頁元聲。（三畫）	採為首義	1329	
	㩻	頁部	《說文》作㩻。小頭㩻㩻也。（八畫）	採為首義	1333	
	顆	頁部	《說文》小頭也。（八畫）	採為首義	1334	
	頔	頁部	《說文》短面貌。（七畫）	採為首義	1332	
	頵	頁部	《說文》狹頭頵也。（七畫）	採為首義	1333	
	顧	頁部	《說文》頭閑習也。〈註〉低仰便也。（六畫）	採為首義	1331	徐鍇語。
	頷	頁部	《說文》面黃也。（七畫）	採為首義	1333	
	頗	頁部	《說文》面不正也。（九畫）	採為首義	1334	
	頍	頁部	《說文》舉頭也，从頁支聲。（三畫）	採為首義	1328	
	頮	頁部	無。	不採其說	1329	以「內頭水中也」為首義。
	顧	頁部	無。	不採其說	1337	採《玉篇》為首義。
	順	頁部	《說文》理也，从頁从巛。會意。川流也。（三畫）	採為首義	1327	
	彭	頁部	《說文》顏色彭頰愼事也，从頁多聲。（五畫）	採為首義	1330	
	顜	頁部	《說文》頌頰，一云頭少髮。亦作䯼。（十二畫）	採為首義	1337	

頁部	顀	頁部	《說文》頭顀顀謹貌。（九畫）	採爲首義	1335	
	項	頁部	《說文》頭項項謹貌。（四畫）	採爲首義	1328	
	頷	頁部	《說文》低頭也。（八畫）	採爲首義	1334	
	頓	頁部	《說文》下首也。（三畫）	採爲首義	1329	
	頫	頁部	《說文》低頭也。从頁逃省。太史卜書頫仰字如此。揚雄曰：人面頫。〈徐鉉曰〉頫首者，逃亡之貌，故从逃省。今俗作俯，非是。或作俛。（六畫）	採爲首義	1331	
	頤	頁部	《說文》舉目視人也，从頁臣聲。（六畫）	採爲首義	1331	
	韻	頁部	《說文》倨視人也。（十二畫）	採爲首義	1337	
	頡	頁部	《說文》直項也。（六畫）	採爲首義	1331	
	頔	頁部	又《說文》頭頡頔也，从頁出聲。（五畫）	採爲次義	1330	採《五音集韻》爲首義。
	顤	頁部	《說文》白貌。（十二畫）	採爲首義	1337	
	顡	頁部	《說文》大醜貌。（十五畫）	採爲首義	1338	
	頲	頁部	《說文》好貌。（八畫）	採爲首義	1333	
	頠	頁部	《說文》頭妍也。（六畫）	採爲首義	1331	
	顒	頁部	又《說文》謹貌，莊貌。（十畫）	採爲次義	1335	採《爾雅》爲首義。
	頢	頁部	《說文》頭鬢少髮也。（八畫）	採爲首義	1334	
	頖	頁部	《說文》無髮也。（七畫）	採爲首義	1332	
	頎	頁部	《說文》禿也。（六畫）	採爲首義	1328	
	頯	頁部	《說文》頭不正也。（六畫）	採爲首義	1330	
	頹	頁部	無。	不採其說	1333	採《玉篇》爲首義。
	頛	頁部	《說文》伺人也。一曰恐也。（九畫）	採爲首義	1334	
	顉	頁部	《說文》頭不正也。（十畫）	採爲首義	1336	
	頗	頁部	無。	不採其說	1330	採《玉篇》爲首義。
	尤頁	頁部	《說文》顨也，从頁尤聲。（四畫）	採爲首義	1329	
	顨	頁部	無。	不採其說	1338	採《玉篇》爲首義。
	顲	頁部	《說文》飯不飽，面黃起行也。（九畫）	採爲首義	1335	
	顟	頁部	《說文》面顲顟貌。（十六畫）	採爲首義	1338	
	煩	火部	《說文》熱頭痛也。（九畫）	採爲首義	606	
	頦	頁部	無。	不採其說	1337	採《玉篇》爲首義。
	頪	頁部	又《說文》難曉也。一曰鮮白貌，从頁米聲，从粉省。〈註〉難曉亦不聰之義。（六畫）	採爲次義	1331	徐鉉語。

頁部	顠	頁部	無。	不採其說	1337	採《廣雅》爲首義。
	頜	頁部	《說文》顠頜也。（八畫）	採爲首義	1334	
	頷	頁部	《說文》繫頭殟也，从頁昏聲。（八畫）	採爲首義	1334	
	頌	頁部	無。	不採其說	1331	採《玉篇》爲首義。
	頎	頁部	《說文》醜也，从頁其聲。今逐疫有頎頭。（八畫）	採爲首義	1333	
	籲	竹部	無。	不採其說	834	採《字彙補》爲首義。
	顯	頁部	◎《說文》顯也。頭明飾也，从頁㬎聲。（十四畫）	列於字末補釋形義	1338	採《爾雅》爲首義。
	頏	頁部	《說文》選具也。（九畫）	採爲首義	1335	
	預	頁部	無。	不採其說	1329	採《正字通》爲首義。
百部	百	自部	無。	不採其說	928	採《集韻》爲首義。
	脜	肉部	《說文》面和也。或从頁。（七畫）	採爲首義	911	
面部	面	面部	《說文》本作圙。顏前也。从百，象人面形。（一畫）	採爲首義	1311	
	靦	面部	《說文》面見也，从面見，見亦聲。◎《說文》或作䩄。（七畫）	採爲首義又補釋之	1312	
	䩉	面部	《說文》頰也，从面甫聲。（七畫）	採爲首義	1312	
	醮	面部	《說文》醮枯小也，从面焦。（十二畫）	採爲首義	1312	
	魘	面部	《說文》姿也，从面厭聲。（十四畫）	採爲首義	1312	
丏部	丏	一部	《說文》不見也。〈徐曰〉左右壅蔽而不分也。（三畫）	採爲首義	5	徐鍇語。
首部	首	首部	《說文》頭也。（一畫）	採爲首義	1355	
	䭫	首部	無。	不採其說	1356	採《玉篇》爲首義。
	䭬	首部	《說文》截也。（十八畫）	採爲首義	1356	
県部	県	目部	《說文》到𩠐也。賈侍中說：斷𩠐到縣也。（四畫）	採爲首義	729	
	縣	糸部	《說文》繫也。〈註〉徐鉉曰：此本是縣挂之縣，借爲州縣之縣。今俗加心，別作懸，義無所取。（十畫）	採爲首義	862	
須部	須	頁部	《說文》面毛也。（三畫）	採爲首義	1328	
	頿	頁部	《說文》口上須也，从須此聲。〈徐鉉曰〉今俗別作髭，非是。（八畫）	採爲首義	1333	
	頯	頁部	《說文》頰須也。（七畫）	採爲首義	1332	
	頝	頁部	無。	不採其說	1337	採《玉篇》爲首義。
	頦	頁部	無。	不採其說	1335	採《玉篇》爲首義。

彡部	彡	彡部	《說文》彡毛飾畫文也，象形。〈徐鉉曰〉毛髮繪飾之事。（一畫）	採爲首義	291	
	形	彡部	《說文》象形也。（四畫）	採爲首義	291	
	參	人部	《說文》鬖本字。引《詩》參髮如雲。（三畫）	採爲首義	20	
	修	人部	無。	採爲首義	34	
	彰	彡部	《說文》文彰也。（十一畫）	採爲首義	292	
	彫	彡部	《說文》琢文也。（八畫）	採爲首義	291	
	彭	青部	《說文》清飾也，从彡青聲。（三畫）	採爲首義	1309	
	廖	彡部	《說文》細文也。（八畫）	採爲首義	291	
	弱	弓部	◎《說文》本作弜。（七畫）	列於字末補釋形義	287	採《玉篇》爲首義。
	彩	彡部	《說文》文章也，从彡采聲。（八畫）	採爲首義	291	
彣部	彣	彡部	《說文》䰗也。（四畫）	採爲首義	291	
	彥	彡部	《說文》美士有文人所言也。（六畫）	採爲首義	291	
文部	文	文部	《說文》錯畫也。（一畫）	採爲首義	405	
	斐	文部	《說文》分別文也。《易》曰：君子豹變，其文斐也。（八畫）	採爲首義	405	
	辬	辛部	《說文》駁也。（十一畫）	採爲首義	1180	
	嫠	文部	《說文》微畫也。（十一畫）	採爲首義	405	
髟部	髟	髟部	《說文》長髮猋猋也。（一畫）	採爲首義	1380	
	髮	髟部	《說文》根也。（五畫）	採爲首義	1381	
	鬢	髟部	《說文》頰髮也。（十四畫）	採爲首義	1385	
	鬜	髟部	《說文》頰髮也。（十四畫）	採爲首義	1385	
	鬑	髟部	《說文》髮長也。（十四畫）	採爲首義	1385	
	鬈	髟部	《說文》髮好也。（十畫）	採爲首義	1383	
	鬌	髟部	《說文》髮好也。（八畫）	採爲首義	1383	
	髦	髟部	《說文》髮也。（四畫）	採爲首義	1381	
	鬤	髟部	《說文》髮貌。（十五畫）	採爲首義	1385	
	鬅	髟部	《說文》髮多也。（八畫）	採爲首義	1382	
	鬒	髟部	《說文》髮貌。（十四畫）	採爲首義	1385	
	髻	髟部	《說文》髮貌。（八畫）	採爲首義	1382	
	髳	髟部	《說文》髮至眉也。或作䰂，亦作髦。（九畫）	採爲首義	1383	

髟部	髽	髟部	《說文》女鬢貌。（九畫）	採爲首義	1383	
	鬑	髟部	《說文》髽也。一曰長貌。（十畫）	採爲首義	1384	
	鬏	髟部	《說文》本作鬏。束髮少也。（十四畫）	採爲首義	1385	
	髪	髟部	《說文》髮也。（八畫）	採爲首義	1382	
	髮	髟部	《說文》髪也。（五畫）	採爲首義	1381	
	髤	髟部	《說文》用梳比也。（六畫）	採爲首義	1382	
	髻	髟部	《說文》本作髻。潔髮也。（六畫）	採爲首義	1382	
	髻	髟部	《說文》臥結也。〈註〉徐曰：《古今注》所謂槃桓髻。（十畫）	採爲首義	1384	徐鍇語。
	髳	髟部	《說文》結也。（五畫）	採爲首義	1381	
	鬠	髟部	《說文》帶結飾也。（十一畫）	採爲首義	1384	
	鬐	髟部	《說文》屈髮也。（十二畫）	採爲首義	1384	
	髣	髟部	《說文》簪結也。（四畫）	採爲首義	1380	
	鬣	髟部	《說文》髮鬣鬣也，从髟巤聲。或作瓥瓥。（十五畫）	採爲首義	1385	
	鬚	髟部	《說文》鬣也。（十六畫）	採爲首義	1385	
	髯	髟部	《說文》若似也。（五畫）	採爲首義	1381	
	髶	髟部	《說文》亂髮也。（六畫）	採爲首義	1381	
	髯	髟部	《說文》髮隋也。（九畫）	採爲首義	1383	
	鬒	髟部	《說文》本作雪。鬒髮也。（九畫）	採爲首義	1383	
	鬝	髟部	《說文》鬢禿也。〈註〉徐曰：頭鬢少髮也。（十二畫）	採爲首義	1384	二徐俱無此語。
	鬎	髟部	《說文》鬎髮也。（十畫）	採爲首義	1383	
	髡	髟部	《說文》鬎髮也，从髟兀聲。或从元。（三畫）	採爲首義	1380	
	鬀	髟部	《說文》鬎髮也。大人曰髡，小兒曰鬀，盡及身毛曰鬎。〈註〉今俗別作剃，非是。（七畫）	採爲首義	1382	徐鉉語。
	髭	髟部	《說文》髭本字。（十畫）	採爲首義	1383	
	髳	髟部	《說文》髭也，忽見也。（八畫）	採爲首義	1382	
	髽	髟部	《說文》喪結。（七畫）	採爲首義	1382	
	鬕	髟部	《說文》馬鬣也。（十畫）	採爲首義	1383	
	髻	髟部	《說文》小兒垂結也。（五畫）	採爲首義	1381	
	髻	髟部	《說文》總髮也，从髟吉聲。古通用結。此字後人所加。（六畫）	採爲首義	1382	
	鬟	髟部	《說文》總髮也。按古婦人首飾，琢玉爲兩環。此字後人所加。（十三畫）	採爲首義	1384	

后部	后	口部	《說文》繼體君也，象人之形，施令以告四方，故厂之。从一口。發號者，君后也。（三畫）	採爲首義	104	
	唇	口部	《說文》厚怒聲。（六畫）	採爲首義	115	
司部	司	口部	《說文》臣司事於外者。（二畫）	採爲首義	102	
	詞	言部	《說文》意內而言外也。（五畫）	採爲首義	1084	
巵部	巵	卩部	《說文》圜器也，一名觛，所以節飲食。（三畫）	採爲首義	87	
	䤻	寸部	《說文》小巵有耳蓋者，專聲。（十五畫）	採爲首義	224	
	𦞦	而部	《說文》小巵也，从巵耑聲。（十畫增）	採爲首義	890	
卩部	卩	卩部	《說文》作𰀈。（一畫）	採爲首義	86	
	令	人部	◎《說文》載卩部，从亼从卩，發號也。〈徐曰〉亼即集字，亼而爲之節制。會意。（三畫）	列於字末補釋形義	21	以「律也、法也、告戒也」爲首義。
	㔾	卩部	無。	不採其說	87	採《玉篇》、《集韻》爲首義。
	夘	卩部	無。	不採其說	87	以「有大度也」爲首義。
	卪	卩部	《說文》宰之也。（五畫）	採爲首義	87	
	卲	卩部	《說文》高也，从卩聲。年高德卲。从邑，誤。（五畫）	採爲首義	87	
	厄	厂部	《說文》科厄木節也，从卩从厂。會意。（一畫）	採爲首義	88	
	䣫	卩部	《說文》脛頭卩也，从卩桼聲。〈徐曰〉今俗作膝，人之節也。（十畫）	採爲首義	88	
	卷	卩部	《說文》䣫曲也。（六畫）	採爲首義	87	
	卻	卩部	《說文》節欲也，从卩谷聲。（七畫）	採爲首義	87	
	卸	卩部	《說文》舍車解馬也。（六畫）	採爲首義	87	
	㠱	卩部	無。	不採其說	87	採《字彙補》爲首義。
	𠨍	卩部	《說文》卩也。（一畫）	採爲首義	86	
印部	印	卩部	《說文》執政所持信也，从爪从卩。卩，象相合之形，今文作卩，瑞信也。手爪以持印。會意。（四畫）	採爲首義	87	
	归	卩部	《說文》按也，从反印。隸作抑。（四畫）	採爲首義	87	

色部	色	色部	《說文》顏氣也。人之憂喜皆著於顏，故謂色爲顏氣。（一畫）	採爲首義	942	
	艴	色部	《說文》引《論語》色艴如也。〈徐曰〉盛氣色也。（五畫）	採爲首義	942	徐鍇語。
	𩏼	色部	《說文》縹色。（八畫）	採爲首義	942	
卩部	卩	卩部	無。	不採其說	87	採《正譌》爲首義。
	卿	卩部	《說文》章也，从卯𪜊聲。〈徐曰〉「章善明理也」。又嚮也。言爲人所歸嚮也。（九畫）	採爲首義	88	徐鍇語。
辟部	辟	辛部	又《說文》法也。（六畫）	採爲次義	1179	採《廣韻》爲首義。
	𨔟	辛部	無。	不採其說	1180	以「治也」爲首義。
	𨕙	辛部	《說文》治也。（八畫）	採爲首義	1179	
勹部	勹	勹部	《說文》裹也。勹，象人曲形有所包裹。（一畫）	採爲首義	78	
	匔	勹部	《說文》曲脊也。（十四畫）	採爲首義	80	
	匍	勹部	《說文》手行也，从勹甫聲。（七畫）	採爲首義	79	
	匐	勹部	《說文》伏地也，从勹畐聲。（九畫）	採爲首義	79	
	匊	勹部	《說文》在手曰匊。〈徐曰〉手掬米。會意。（六畫）	採爲首義	79	徐鍇語。
	勻	勹部	《說文》少也，从勹从二，指事也。一曰均也。（二畫）	採爲首義	78	
	勼	勹部	《說文》聚也，从勹九聲。（二畫）	採爲首義	78	
	旬	日部	《說文》徧也，十日爲旬。（二畫）	採爲首義	417	
	勺	勹部	無。	不採其說	78	以「覆也」爲首義。
	匈	勹部	《說文》膺也，从勹凶聲。（四畫）	採爲首義	79	
	匋	勹部	《說文》匜徧也。（六畫）	採爲首義	79	
	匂	勹部	《說文》帀也。（六畫）	採爲首義	79	
	匓	勹部	《說文》飽也。祭祀曰厭匓。（十二畫）	採爲首義	80	
	匌	勹部	《說文》重也。（十二畫）	採爲首義	80	
	冢	冖部	《說文》高墳也。〈徐曰〉地高起若有所包也。（八畫）	採爲首義	58	徐鍇語。
包部	包	勹部	《說文》包，象人裹姙。巳在中，象子未成形也。元氣起於子。子，人所生也。男左行三十，女右行二十，俱位於巳，爲夫婦，裹姙於巳，巳爲子，十月而生，男起巳至寅，女起巳至申，故男年始寅，女年始申也。（三畫）	採爲首義	78	

包部	胞	肉部	《說文》兒生裹也。（五畫）	採爲首義	907	
	匏	勹部	《說文》瓠也，从夸包聲，取其可包藏物也。（九畫）	採爲首義	79	
苟部	苟	艸部	無。	不採其說	955	以「急也」爲首義。
	敬	攴部	《說文》肅也。（九畫）	採爲首義	401	
鬼部	鬼	鬼部	《說文》人所歸爲鬼。从人，象鬼頭。鬼陰气賊害，从厶。（一畫）	採爲首義	1388	
	魅	鬼部	《說文》神也。（五畫）	採爲首義	1389	
	魂	鬼部	《說文》陽氣也。（四畫）	採爲首義	1389	
	魄	鬼部	《說文》陰神也。（五畫）	採爲首義	1389	
	魃	鬼部	《說文》厲鬼也。（五畫）	採爲首義	1389	
	魖	鬼部	《說文》耗鬼也。（十二畫）	採爲首義	1391	
	魃	鬼部	《說文》旱鬼也。《周禮》有赤魃氏，除牆屋之物也。（五畫）	採爲首義	1389	
	魅	鬼部	《說文》老精物也，从鬼彡。彡，鬼毛。或作魅。（三畫）	採爲首義	1388	
	魅	鬼部	《說文》鬼服也。一曰小兒鬼。（四畫）	採爲首義	1388	
	魌	鬼部	《說文》鬼貌。（八畫）	採爲首義	1390	
	魆	鬼部	無。	不採其說	1390	採《類篇》爲首義。
	魑	鬼部	《說文》鬼彡聲，魑魑不止也。（十四畫）	採爲首義	1391	
	傀	鬼部	《說文》鬼變也。（四畫）	採爲首義	1389	
	魊	鬼部	《說文》見鬼驚詞。（十一畫）	採爲首義	1390	
	魌	鬼部	《說文》鬼貌。（十四畫）	採爲首義	1391	
	醜	酉部	《說文》可惡也。（十畫）	採爲首義	1214	
	魋	鬼部	《說文》神獸也。（八畫）	採爲首義	1390	
	魑	鬼部	《說文》鬼屬。詳魅字註。（十一畫）	採爲首義	1390	
	魔	鬼部	《說文》鬼也。（十一畫）	採爲首義	1390	
	魘	鬼部	《說文》夢驚也。（十四畫）	採爲首義	1391	
甶部	甶	田部	《說文》鬼頭也。（一畫）	採爲首義	687	
	畏	田部	無。	不採其說	688	以「惡也」爲首義。
	禺	禸部	無。	不採其說	776	以「獸名，猴屬」爲首義。

厶部	厶	厶部	《說文》姦衺也。韓非曰：倉頡造字，自營爲厶。（一畫）	採爲首義	91	
	篡	竹部	無。	不採其說	822	以「逆而奪取曰篡」爲首義。
	嵳	厶部	《說文》相訹呼也。（九畫）	採爲首義	92	
	嵬	山部	《說文》高不平也，从山，諧鬼平聲。（十畫）	採爲首義	245	
	巍	山部	《說文》高也，从嵬委聲。 ◎《說文》牛威切。〈徐鉉曰〉今人省山以爲魏國之魏。（十八畫）	採爲首義又補釋之	250	
山部	山	山部	《說文》山，宣也。宣氣散生萬物。有石而高也。〈徐曰〉象山峰茸起之形。（一畫）	採爲首義	235	二徐俱無此語。
	嶽	山部	《說文》東岱、南霍、西華、北恒、中泰室，王者巡狩所至，从山獄聲。（十四畫）	採爲首義	249	
	岱	山部	《說文》泰山也。（五畫）	採爲首義	237	
	島	山部	無。	不採其說	247	採《集韻》爲首義。
	猺	山部	無。	不採其說	239	以「山之齊地」爲首義。
	嶧	山部	《說文》从山睪聲。（十三畫）	採爲首義	248	
	嵎	山部	《說文》封嵎之山，在吳、楚閒，汪芒氏之國。〈徐曰〉按魯語防風氏守封嵎之山者也。（九畫）	採爲首義	244	徐鍇語。
	嶷	山部	《說文》九嶷，山名。在零陵營道縣北，舜陵在焉。（十四畫）	採爲首義	249	
	嶅	山部	無。	不採其說	247	採《正字通》爲首義。
	屺	山部	《說文》女屺，山名。或曰弱水之所出。（二畫）	採爲首義	235	
	巀	山部	《說文》巀嶭，山名。在馮翊池陽，从山戴聲。〈徐曰〉亦山短而峻形。（十五畫）	採爲首義	249	徐鍇語。
	嶭	山部	《說文》巀嶭，山貌。（十三畫）	採爲首義	248	
	崋	山部	《說文》西嶽名，在弘農華陰西南，从山華省聲。（八畫）	採爲首義	241	
	嶿	山部	《說文》本作嶭，山在鴈門，从山厗聲。隸作嶿。（八畫）	採爲首義	242	
	嵎	山部	《說文》崵山，在遼西。一曰嵎夷崵谷也。（九畫）	採爲首義	243	

山部	岵	山部	《說文》山有艸木也。（五畫）	採爲首義	237	
	屺	山部	《說文》山無草木也。（三畫）	採爲首義	235	
	嶨	山部	《說文》山多大石也，从山學省聲。（十三畫）	採爲首義	248	
	嶅	山部	《說文》山多小石也。（十一畫）	採爲首義	246	
	岨	山部	《說文》石載土也。（五畫）	採爲首義	237	
	岡	山部	《說文》岡山脊也，从网从山。取上銳下廣形。（五畫）	採爲首義	236	
	岑	山部	《說文》山小而高。（四畫）	採爲首義	236	
	崟	山部	《說文》山之岑崟也。凡地高險者曰崟。（八畫）	採爲首義	242	
	崒	山部	《說文》危高也，从山卒聲。（八畫）	採爲首義	242	
	巒	山部	《說文》山小而銳。（十九畫）	採爲首義	251	
	密	宀部	無。	不採其說	216	採《爾雅》爲首義。
	岫	山部	《說文》山穴也。（五畫）	採爲首義	237	
	嶘	山部	無。	不採其說	245	採《集韻》爲首義。
	嶀	山部	《說文》山小而銳。（十二畫）	採爲首義	248	
	嵺	山部	《說文》尤高也。（十二畫）	採爲首義	247	
	崛	山部	《說文》山短高也，从山屈聲。（八畫）	採爲首義	242	
	嶻	山部	《說文》危高也。（十九畫）	採爲首義	251	
	峯	山部	《說文》山耑也。一說義取於夆，直上而銳也。（七畫）	採爲首義	239	
	巖	山部	《說文》岸也，从山嚴聲。（二十畫）	採爲首義	251	
	嵒	山部	《說文》山巖也。〈徐鉉曰〉从品，象嚴厓連屬形。（九畫）	採爲首義	244	
	崒	山部	《說文》皋也。（十二畫）	採爲首義	247	
	崋	山部	《說文》本作崋。从山皋聲。（十三畫）	採爲首義	248	
	岜	山部	說文》山貌。一曰山。（七畫）	採爲首義	240	
	隋	山部	《說文》隋字。（十三畫）	採爲首義	248	
	嵯	山部	《說文》嵯峨，山石貌。（十畫）	採爲首義	245	
	峨	山部	《說文》嵯峨，山高。（七畫）	採爲首義	239	
	崝	山部	《說文》崝嶸也。（八畫）	採爲首義	242	
	嶸	山部	《說文》崢嶸，山峻貌。（十四畫）	採爲首義	249	
	陘	山部	《說文》戶經切。山絕坎曰陘，與巠通。（七畫）	採爲首義	240	

山部	崩	山部	《說文》山壞也，从山朋聲。（八畫）	採為首義	243	
	岊	山部	《說文》山脅道也。（五畫）	採為首義	237	
	嵍	山部	無。	不採其說	244	以「㠛嵍，山名」為首義。
	嶢	山部	《說文》嶕嶢，山高貌。（十二畫）	採為首義	248	
	峬	山部	《說文》山礉也。（八畫）	採為首義	242	
	嵏	山部	無。	不採其說	244	以「九嵏，山名在馮翊谷上」為首義。
	岊	山部	《說文》陬隅。高山之節，从山卪。〈徐曰〉山之陬隅，高處曰岊。（四畫）	採為首義	236	徐鍇語。
	崇	山部	《說文》嵬高也，从山宗聲。（八畫）	採為首義	241	
	崔	山部	《說文》高大也。（八畫）	採為首義	242	
	嶙	山部	《說文》嶙峋，山崖重深貌。（十二畫）	採為首義	246	
	峋	山部	無。	不採其說	238	以「嶙峋，山条重深貌」為首義。
	岌	山部	《說文》山高貌。（四畫）	採為首義	236	
	嶠	山部	又〈徐鉉曰〉古通用喬。（十二畫）	採為次義	248	採《爾雅》為首義。
	嵌	山部	《說文》山深貌。（九畫）	採為首義	244	
	嶹	山部	《說文》島也。（十四畫）	採為首義	249	
	嶺	山部	《說文》山道也。（十四畫）	採為首義	249	
	嵐	山部	《說文》岢嵐，山名。近太原，有渥洼池，出良馬。（九畫）	採為首義	244	
	嵩	山部	《說文》中嶽。嵩，高山也，从山高。指事。（十畫）	採為首義	245	
	崑	山部	無。	不採其說	242	採《正字通》為首義。
	崙	山部	無。	不採其說	242	採《集韻》為首義。
	嵇	山部	無。	不採其說	244	以「山名」為首義。
屾部	屾	山部	《說文》二山也。（三畫）	採為首義	235	
	嵞	山部	《說文》會稽山。一曰九江當嵞。古尚書本作嵞，从屾余聲。或省作㿼。今文假借作塗。（七畫）	採為首義	240	
屵部	屵	山部	《說文》岸高也。（二畫）	採為首義	235	
	岸	山部	《說文》水厓而高者。（五畫）	採為首義	238	
	崖	山部	《說文》高邊也，从屵圭聲。〈徐曰〉水邊有垠堮也，無垠堮而平曰汀。（八畫）	採為首義	242	徐鍇語。

屵部	崔	山部	《說文》高也。（十畫）	採爲首義	245	
	嵓	山部	《說文》崩也。（十畫）	採爲首義	245	
	嵽	山部	《說文》崩聲。（十二畫）	採爲首義	247	
广部	广	广部	《說文》因广爲屋，象對刺高屋之形。〈徐鉉曰〉因广爲屋，故但一邊下。（一畫）	採爲首義	271	應爲徐鍇語。
	府	广部	《說文》文書藏也。（五畫）	採爲首義	273	
	廱	广部	《說文》饗飲辟廱。（十八畫）	採爲首義	280	
	庠	广部	《說文》禮官養老處也。（六畫）	採爲首義	273	
	廬	广部	《說文》寄也。秋冬去，春夏居。（十六畫）	採爲首義	280	
	庭	广部	《說文》宮中也。（七畫）	採爲首義	274	
	廇	广部	《說文》中庭也。（十畫）	採爲首義	277	
	庉	广部	《說文》樓牆也。（四畫）	採爲首義	271	
	序	广部	《說文》廡也。（四畫）	採爲首義	271	
	廡	广部	《說文》堂下周屋。（十二畫）	採爲首義	279	
	廎	广部	《說文》廡也。　◎《說文》或作廎。（十三畫）	採爲首義又補釋之	279	
	庖	广部	《說文》廚也。（五畫）	採爲首義	272	
	廚	广部	《說文》庖屋也。（十二畫）	採爲首義	278	
	庫	广部	《說文》兵車藏也，从車在广下。（七畫）	採爲首義	274	
	廄	广部	《說文》馬舍也。（十一畫）	採爲首義	277	
	序	广部	無。	不採其說	271	採《爾雅》爲首義。
	廦	广部	《說文》牆也。（十三畫）	採爲首義	279	
	廣	广部	《說文》殿之大屋也。（十二畫）	採爲首義	279	
	廥	广部	《說文》芻藁之藏。（十三畫）	採爲首義	279	
	庚	广部	《說文》水槽倉也。一曰倉無屋者。（九畫）	採爲首義	276	
	屛	广部	無。	不採其說	274	採《玉篇》爲首義。
	廁	广部	《說文》廁清也。（九畫）	採爲首義	276	
	廛	广部	《說文》一畝半，一家之居。（十二畫）	採爲首義	278	
	庋	广部	《說文》庋屋牝瓦下。　又《說文》一曰綱維也。（四畫）	採爲首義及次義	271	

广部	廜	广部	《說文》廞本字。（十一畫）	採為首義	277	
	庤	广部	《說文》廣也。（八畫）	採為首義	275	
	廉	广部	《說文》仄也。（十畫）	採為首義	277	
	庀	广部	《說文》開張屋也。　又《說文》濟陰有庀縣。（八畫）	採為首義及次義	274	
	龐	龍部	《說文》高屋也。（三畫）	採為首義	1465	
	庍	广部	《說文》山居也。（五畫）	採為首義	272	
	庢	广部	《說文》礙止也。（六畫）	採為首義	273	
	廲	广部	《說文》安止也。（十七畫）	採為首義	280	
	庪	广部	《說文》草舍也，下也。（五畫）	採為首義	272	
	庫	广部	《說文》庫，中伏舍。一曰屋卑。（八畫）	採為首義	275	
	庇	广部	無。	不採其說	271	採《爾雅》為首義。
	庶	广部	◎《說文》本作庶，屋下眾也，从广从炗。炗，古文炎字。〈徐鉉曰〉炎亦眾盛也。（八畫）	列於字末補釋形義	275	採《易經》為首義。
	庤	广部	《說文》庤，儲置屋下也。（六畫）	採為首義	273	
	廙	广部	《說文》行屋也。（十二畫）	採為首義	278	
	廔	广部	《說文》屋麗廔也。（十一畫）	採為首義	278	
	庳	广部	《說文》屋從土傾下也。（八畫）	採為首義	274	
	廢	广部	《說文》屋傾也。（十二畫）	採為首義	279	
	庮	广部	《說文》久屋朽木也。（七畫）	採為首義	274	
	廑	广部	《說文》少劣之居。（十一畫）	採為首義	277	
	廟	广部	《說文》尊先祖貌也。（十二畫）	採為首義	278	
	庌	广部	《說文》人相依庌也。（五畫）	採為首義	272	
	庲	广部	《說文》屋迫也。（九畫）	採為首義	276	
	庰	广部	《說文》卻屋也。　又《說文》安定有鹵縣，東方謂之庰，西方謂之鹵。（六畫）	採為首義及次義	273	
	廞	广部	《說文》陳輿服於庭也。（十二畫）	採為首義	278	
	廫	广部	《說文》空虛也。（十五畫）	採為首義	279	
	廈	广部	《說文》屋也。（十畫）	採為首義	277	
	廊	广部	《說文》東西序也。（十畫）	採為首義	277	
	庠	广部	《說文》廊也。（九畫）	採為首義	276	

广部	庲	广部	《說文》庋本字。（七畫）	採爲首義	274	
	慶	广部	無。	不採其說	275	採《玉篇》爲首義。
	廖	广部	無。	不採其說	278	採《廣韻》爲首義。
厂部	厂	厂部	《說文》山石之厓巖，人可居，象形。（一畫）	採爲首義	88	
	厓	厂部	《說文》山邊也，从厂圭聲。（六畫）	採爲首義	89	
	厜	厂部	《說文》厜㕒，山顛也。（八畫）	採爲首義	89	
	㕒	厂部	《說文》厜㕒也。（十三畫）	採爲首義	91	
	厰	厂部	《說文》崟也。一曰地名。（十二畫）	採爲首義	90	
	㕓	厂部	無。	不採其說	90	採《爾雅》爲首義。
	底	厂部	《說文》柔石也，从厂氐聲。〈徐曰〉可以爲礪。 又《說文》致也。 又《說文》底或从石作砥。（五畫）	採爲首義及次義	88	徐鍇語。
	厥	厂部	《說文》發石也，从厂欮聲。（十畫）	採爲首義	90	
	厲	厂部	《說文》旱石也，从厂蠆省聲。〈徐曰〉旱石，麤悍石。 又《說文》嚴也。（十三畫）	採爲首義及次義	91	徐鍇語。
	厱	厂部	《說文》厱諸治玉石。（十三畫）	採爲首義	91	
	厤	厂部	又《說文》治也。（十畫）	採爲次義	90	採《玉篇》爲首義。
	㕍	厂部	《說文》石利也。（十二畫）	採爲首義	90	
	㕊	厂部	無。	不採其說	89	採《玉篇》爲首義。
	㕂	厂部	《說文》唐㕂，石也。或又作磄。（七畫）	採爲首義	89	
	应	厂部	《說文》石聲也。（五畫）	採爲首義	89	
	㕎	厂部	《說文》石地惡也。（八畫）	採爲首義	89	
	㕘	厂部	《說文》石地也。（八畫）	採爲首義	89	
	厊	厂部	《說文》石閒見。（七畫）	採爲首義	89	
	厝	厂部	《說文》厲石也，从厂昔聲。《詩》曰：他山之石，可以攻厝。〈徐曰〉今詩借作錯字。（八畫）	採爲首義	89	徐鍇語。
	厖	厂部	《說文》石大貌，从厂尨聲。一曰厚也。（七畫）	採爲首義	89	
	庐	厂部	無。	不採其說	89	採《六書略》爲首義。
	厞	厂部	《說文》隱也。（七畫）	採爲首義	89	
	仄	人部	《說文》厠本字。通作側。（二畫）	採爲首義	19	

厂部	厬	厂部	《說文》仄也。（十三畫）	採爲首義	91	
	厞	厂部	《說文》隱也。（八畫）	採爲首義	89	
	厭	厂部	《說文》笮也，从厂猒聲。〈徐曰〉笮鎮也，壓也。一曰伏也。 又《說文》安也。（十二畫）	採爲首義及次義	90	徐鍇語。
	厃	厂部	說文》仰也，从人在厂上。一曰屋梠也。秦謂之桷，齊謂之厃。（一畫）	採爲首義	88	
丸部	丸	丶部	◎《說文》凡傾仄而轉者，从反仄。〈徐曰〉仄者，一面欹而不可回，故仄而反爲丸，丸可左可右也。（二畫）	列於字末補釋形義	8	以「凡物員轉者，皆曰丸」爲首義。徐鍇語。
	𪄳	口部	《說文》鷙鳥食已，吐其皮毛如丸。从丸咼聲，讀若骫。（九畫）	採爲首義	128	
	𦳝	而部	《說文》丸之熟也。（三畫）	採爲首義	890	
	妜	女部	無。	不採其說	183	採《六書統》爲首義。
危部	危	卩部	《說文》在高而懼也，从厃，人在厓上，自卩止之也。〈徐曰〉《孝經》高而不危，制節謹度，故从卩。（四畫）	採爲首義	87	
	攲	支部	《說文》攲𨻶也，从危支聲。（六畫）	採爲首義	395	
石部	石	石部	無。	不採其說	755	採《增韻》爲首義。
	磺	石部	《說文》銅鐵樸石也。（十二畫）	採爲首義	764	
	碭	石部	《說文》文石也。（九畫）	採爲首義	761	
	碝	石部	《說文》石次玉。（九畫）	採爲首義	760	
	砮	石部	《說文》石可爲矢鏃。（五畫）	採爲首義	757	
	礜	石部	《說文》毒石出漢中。（十四畫）	採爲首義	766	
	碣	石部	《說文》特立之石，東海有碣石山。（九畫）	採爲首義	761	
	磏	石部	《說文》厲石也。一曰赤色。（十畫）	採爲首義	762	
	碬	石部	《說文》厲石也。《春秋傳》曰：鄭公孫碬，字子石。（九畫）	採爲首義	761	
	礫	石部	《說文》小石也。（十五畫）	採爲首義	766	
	碕	石部	《說文》水邊石。（六畫）	採爲首義	757	
	磧	石部	《說文》水陼有石者。（十一畫）	採爲首義	763	
	碑	石部	《說文》豎石也。 又〈徐鉉曰〉古宗廟立碑以繫牲耳，後人因於其上紀功德。又劉熙言葬時所設者，蓋今神道碑也。（八畫）	採爲首義及次義	760	應爲徐鍇語。
	碌	石部	《說文》陊也。（九畫）	採爲首義	761	
	磒	石部	《說文》落也。（十畫）	採爲首義	763	

石部	硪	石部	《說文》碎石隕聲。（八畫）	採爲首義	759	
	碚	石部	《說文》石聲。（七畫）	採爲首義	758	
	硍	石部	《說文》石聲。（七畫）	採爲首義	758	
	礐	石部	《說文》礐石聲。（十三畫）	採爲首義	765	
	硈	石部	《說文》石堅也。一曰突也。（六畫）	採爲首義	757	
	磕	石部	無。	不採其說	763	採《正字通》爲首義。
	硻	石部	《說文》餘堅也，从石堅省。（八畫）	採爲首義	759	
	曆	石部	《說文》石聲。（十二畫）	採爲首義	765	
	嶄	石部	無。	不採其說	763	以「嶄碞，山險貌」爲首義。
	礦	石部	《說文》石山也。（二十畫）	採爲首義	767	
	磬	石部	《說文》堅也。（十三畫）	採爲首義	765	
	确	石部	無。	不採其說	759	以「磽确石地」爲首義。
	磽	石部	《說文》磐石也。（十二畫）	採爲首義	765	
	硪	石部	《說文》石巖也。（七畫）	採爲首義	759	
	碞	石部	《說文》嶄碞也。（九畫）	採爲首義	760	
	磬	石部	《說文》樂石也。籀文作殸，象縣虡之形。殳，擊之也。（十一畫）	採爲首義	764	
	礙	石部	《說文》止也。又距也，妨也，阻也，限也。（十四畫）	採爲首義	765	
	硰	石部	《說文》上摘山巖空青、珊瑚墮之。（七畫）	採爲首義	759	
	砑	石部	《說文》以石扞繒也。（七畫）	採爲首義	758	
	碎	石部	《說文》礦也。（八畫）	採爲首義	760	
	破	石部	無。	不採其說	757	以「壞也、剖也、裂也、劈也、拆也」爲首義。
	礬	石部	《說文》礦也。（十六畫）	採爲首義	766	
	研	石部	《說文》礦也。（六畫）	採爲首義	758	
	礦	石部	《說文》磨本字。（十九畫）	採爲首義	767	
	磑	石部	無。	不採其說	762	以「磨也」爲首義。
	碓	石部	無。	不採其說	760	以「舂具」爲首義。
	碻	石部	《說文》舂已復擣之曰碻。（八畫）	採爲首義	759	
	磻	石部	又《說文》以石著隿繳也。（十二畫）	採爲次義	764	以「磻溪，太公釣處」爲首義。

石部	礓	石部	《說文》斫也。一曰碎石。（十五畫）	採爲首義	766	
	硯	石部	《說文》石滑也。（七畫）	採爲首義	759	
	砭	石部	《說文》以石刺病也。（五畫）	採爲首義	757	
	碏	石部	《說文》石地惡也。（十畫）	採爲首義	762	
	砢	石部	《說文》磊砢也。（五畫）	採爲首義	756	
	磊	石部	《說文》眾石也。（十畫）	採爲首義	762	
	礪	石部	《說文》經典通用厲。（十五畫）	採爲首義	766	
	碏	石部	《說文》衛大夫石碏。（八畫）	採爲首義	760	
	磯	石部	無。	不採其說	764	採《玉篇》爲首義。
	碌	石部	《說文》石貌。（八畫）	採爲首義	760	
	砧	石部	無。	不採其說	756	以「擣衣石也」爲首義。
	砌	石部	《說文》階甃也。（四畫）	採爲首義	756	
	礎	石部	《說文》柱下石。（十五畫）	採爲首義	766	
	礩	石部	《說文》礎也。（十三畫）	採爲首義	765	
	硾	石部	《說文》檮也。（八畫）	採爲首義	759	
長部	長	長部	無。	不採其說	1256	採《增韻》爲首義。
	肆	隶部	《說文》極陳也，从長隶聲。（七畫）	採爲首義	1291	
	镾	長部	《說文》長久也。今作彌。（十四畫）	採爲首義	1257	
	镻	長部	無。	不採其說	1257	採《爾雅》爲首義。
勿部	勿	勹部	《說文》勿，州里所建旗。象其柄，有三游。雜帛，幅半異。所以趣民，故遽稱勿勿。（二畫）	採爲首義	78	
	昜	日部	《說文》開也，从日一勿。一曰飛揚，一曰長也，一曰彊者眾貌。（五畫）	採爲首義	420	
冄部	冄	冂部	《說文》毛冄冄也。〈徐曰〉冄，弱也。（二畫）	採爲首義	56	徐鍇語。
而部	而	而部	《說文》頰毛也。〈註〉臣鉉等曰，今俗別作髵，非是。（一畫）	採爲首義	889	
	耐	而部	《說文》罪不至髡也。〈註〉徐鍇曰：但翦其頰毛而已。（三畫）	採爲首義	889	
豕部	豕	豕部	《說文》彘也。竭其尾，故謂之豕。象毛足而後有尾。〈徐曰〉竭舉也。（一畫）	採爲首義	1122	徐鍇語。
	豬	豕部	《說文》豕而三毛叢居者。（九畫）	採爲首義	1126	
	豰	豕部	《說文》小豚也。（十畫）	採爲首義	1126	

豕部	豯	豕部	《說文》生三月豚，腹豯豯貌也。（十畫）	採爲首義	1126	
	豵	豕部	《說文》生六月豚，一曰一歲豵，尙叢聚也。（十一畫）	採爲首義	1127	
	豝	豕部	《說文》牝豕也。一曰二歲，能相把拏也。（四畫）	採爲首義	1123	
	豜	豕部	《說文》三歲豕，肩相及者。（六畫）	採爲首義	1124	
	豷	豕部	《說文》羠豕也。（十二畫）	採爲首義	1127	
	豭	豕部	《說文》牡豕也。（九畫）	採爲首義	1126	
	豰	豕部	《說文》上谷名豬曰豰。（四畫）	採爲首義	1123	
	豶	豕部	《說文》豷也。（十二畫）	採爲首義	1127	
	豤	豕部	《說文》齧也。（六畫）	採爲首義	1124	
	豷	豕部	《說文》豕息也。（十二畫）	採爲首義	1127	
	㹠	豕部	《說文》豕息也。（七畫）	採爲首義	1124	
	豢	豕部	《說文》以穀圈養豕也。（六畫）	採爲首義	1124	
	豠	豕部	《說文》豕屬。（五畫）	採爲首義	1123	
	豵	豕部	《說文》豕之逸也。（十畫）	採爲首義	1126	
	豨	豕部	又《說文》豕走豨豨。　又封豨神獸。《說文》古有封豨修蛇之害。（七畫）	採爲次義	1124	採《玉篇》爲首義。
	豖	豕部	《說文》豕絆足行豕豕也。（一畫）	採爲首義	1122	
	豦	豕部	《說文》鬥相丮不解也，从豕虍。會意。豕虍之鬥，不相捨。司馬相如說：豦封豕之屬。一曰虎兩足舉。（六畫）	採爲首義	1124	
	豪	豕部	《說文》豕怒毛豎。一曰殘艾也。（七畫）	採爲首義	1124	
	豩	豕部	《說文》二豕也。（七畫）	採爲首義	1125	
彑部	希	彑部	《說文》脩豪獸也。一曰河內名豕也，从彑下，象毛足。（五畫）	採爲首義	290	
	彔	彑部	《說文》豕屬。（九畫）	採爲首義	290	
	㴱	高部	《說文》豪本字。（八畫）	採爲首義	1380	
	彘	彑部	《說文》本作彘。蟲似豪豬也。（十畫）	採爲首義	290	
	彜	彑部	《說文》希屬，从二希。（十三畫）	採爲首義	290	
彑部	彑	彑部	《說文》彑本作彑。豕之頭，象其銳而上見也。（一畫）	採爲首義	290	
	彘	彑部	《說文》豕也，後蹏廢謂之彘，从彑矢聲，从二匕。彘足與鹿足同。（九畫）	採爲首義	290	
	彖	豕部	《說文》豕也。（四畫增）	採爲首義	1123	

彑部	彖	彐部	無。	不採其說	290	以「豕也」爲首義。
	彖	彐部	《說文》豕走也。（六畫）	採爲首義	290	
豚部	豚	豕部	《說文》小豕也。 ◎《說文》从彖省，象形，从又持肉，以給祠祀。篆文从肉豕作豚。（四畫）	採爲首義又補釋之	1122	
	𧲟	豕部	《說文》豕屬。（二十畫增）	採爲首義	1127	
豸部	豸	豸部	又《說文》獸長脊，行豸豸然，欲有所司殺形。〈註〉徐鍇曰：豸豸，背隆長貌。（一畫）	採爲次義	1127	採《爾雅》爲首義。
	豹	豸部	《說文》似虎圜文。（三畫）	採爲首義	1127	
	貙	豸部	無。	不採其說	1131	採《爾雅》爲首義。
	貚	豸部	《說文》貙屬。（十二畫）	採爲首義	1131	
	貔	豸部	《說文》豹屬，出貉國。（十畫）	採爲首義	1130	
	豺	豸部	《說文》狼屬。（三畫）	採爲首義	1128	
	貐	豸部	無。	不採其說	1130	採《爾雅》爲首義。
	貘	豸部	《說文》狼屬。（三畫）	採爲首義	1128	
	貗	豸部	《說文》猛獸也。（十一畫）	採爲首義	1131	
	貜	豸部	《說文》㹱貜也。（二十畫）	採爲首義	1131	
	貀	豸部	《說文》漢律能捕豺貀，購百錢。（五畫）	採爲首義	1128	
	貁	豸部	無。	不採其說	1129	採《爾雅》爲首義。
	豻	豸部	◎《說文》豻或从犬。（三畫）	列於字末補釋形義	1128	採《爾雅》爲首義。
	貂	豸部	《說文》鼠屬，大而黃黑。（五畫）	採爲首義	1128	
	貉	豸部	又《說文》北方豸種。（六畫）	採爲次義	1129	採《正字通》爲首義。
	貆	豸部	《說文》貉之類。（六畫）	採爲首義	1129	
	貍	豸部	《說文》伏獸似貙。（七畫）	採爲首義	1129	
	貒	豸部	無。	不採其說	1130	採《爾雅》爲首義。
	貛	豸部	《說文》野豕也。（十八畫）	採爲首義	1131	
	豽	豸部	《說文》鼠屬，善旋。（五畫）	採爲首義	1128	
	貓	豸部	《說文》貍屬。（八畫）	採爲首義	1130	
㣇部	㣇	豕部	無。	不採其說	1124	採《集韻》爲首義。
易部	易	日部	《說文》蜥易，蝘蜓，守宮也。象形。祕書說：日月爲易，象陰陽也。（四畫）	採爲首義	420	
象部	象	豕部	《說文》長鼻牙，南越大獸，三年一乳。象耳、牙、四足之形。（五畫）	採爲首義	1123	
	豫	豕部	《說文》象大者。賈待中說：不害於物。（九畫）	採爲首義	1125	

徐鉉校定《說文》卷十

說文部首	字例	《康熙字典》				備　註
		歸部	引用《說文》之釋語	引用情形	頁碼	
馬部	馬	馬部	《說文》怒也，武也。象馬頭、髦、尾、四足之形。（一畫）	採爲首義	1361	
	騭	馬部	無。	不採其說	1370	採《玉篇》爲首義。
	⿻馬一	馬部	《說文》馬一歲也，从馬一，絆其足。讀若弦。一日戶關切，讀若環。（一畫增）	採爲首義	1361	
	駒	馬部	《說文》馬二歲曰駒。〈註〉六尺以上馬，五尺以上駒。（五畫）	採爲首義	1364	《詩經・注疏》之語。
	⿰馬八	馬部	無。	不採其說	1361	採《玉篇》爲首義。
	⿰馬閒	馬部	《說文》馬一目白曰⿰馬閒，二目白曰魚。（十二畫）	採爲首義	1372	
	騏	馬部	《說文》馬青驪文如博綦也。（八畫）	採爲首義	1368	
	驪	馬部	無。	不採其說	1375	採《玉篇》爲首義。
	駽	馬部	無。	不採其說	1367	採《爾雅》爲首義。
	騩	馬部	無。	不採其說	1370	採《玉篇》爲首義。
	騮	馬部	《說文》赤馬黑毛尾也。（十畫）	採爲首義	1370	
	騢	馬部	無。	不採其說	1369	採《玉篇》爲首義。
	騅	馬部	無。	不採其說	1368	採《爾雅》爲首義。
	駱	馬部	無。	不採其說	1366	採《玉篇》爲首義。
	駰	馬部	無。	不採其說	1366	採《玉篇》爲首義。
	驄	馬部	《說文》馬青白雜毛也。（十一畫）	採爲首義	1372	
	驈	馬部	無。	不採其說	1372	採《玉篇》爲首義。
	駹	馬部	無。	不採其說	1367	採《玉篇》爲首義。
	騧	馬部	無。	不採其說	1370	採《玉篇》爲首義。
	驃	馬部	又《說文》黃馬發白色。一曰：白髦尾也。（十一畫）	採爲次義	1372	採《玉篇》爲首義。
	駓	馬部	無。	不採其說	1364	採《玉篇》爲首義。
	驖	馬部	無。	不採其說	1373	採《玉篇》爲首義。
	⿰馬岸	馬部	又《說文》馬頭有發赤色者。〈徐曰〉所謂馬發，言色有淺處若將起然。（八畫）	採爲次義	1368	採《玉篇》爲首義。徐鍇語。
	馰	馬部	《說文》一曰駿也。（三畫）	採爲首義	1362	

馬部	駁	馬部	無。	不採其說	1363	採《玉篇》爲首義。
	騜	馬部	《說文》馬後左足白也。（三畫）	採爲首義	1362	
	騿	馬部	無。	不採其說	1373	採《玉篇》爲首義。
	驫	馬部	無。	不採其說	1374	採《玉篇》爲首義。
	騽	馬部	《說文》馬豪骭也。（十一畫）	採爲首義	1372	
	騂	馬部	又《說文》騂肥騂音者，魯郊以丹騂，祝曰：以斯騂音赤羽，去魯侯之咎。（十畫）	採爲次義	1371	採《玉篇》爲首義。
	驟	馬部	又《說文》馬逸足也。引司馬法曰：騶衛斯輿，通作飛。〈徐曰〉《史記》騁六飛六馬也（九畫）	採爲次義	1369	以「騕褭，古之駿馬」爲首義。徐鍇語。
	駛	馬部	無。	不採其說	1372	採《字彙》爲首義。
	驥	馬部	《說文》千里馬，孫陽所相者。〈徐曰〉孫陽即伯樂。（十七畫）	採爲首義	1375	徐鍇語。
	駿	馬部	無。	不採其說	1367	採《玉篇》爲首義。
	驍	馬部	《說文》良馬也。（十二畫）	採爲首義	1373	
	驕	馬部	無。	不採其說	1368	以「馬小貌」爲首義。
	驕	馬部	《說文》馬高六尺爲驕。（十二畫）	採爲首義	1373	
	騋	馬部	無。	不採其說	1368	採《玉篇》爲首義。
	驪	馬部	無。	不採其說	1375	採《玉篇》爲首義。
	驗	馬部	無。	不採其說	1373	採《玉篇》爲首義。
	媽	馬部	無。	不採其說	1363	採《玉篇》爲首義。
	儒	馬部	無。	不採其說	1365	採《玉篇》爲首義。
	駮	馬部	《說文》馬赤鬣縞身，目若黃金，名曰駮。吉皇之乘，周文王時犬戎獻之。（四畫）	採爲首義	1363	
	馻	馬部	《說文》馬疆也。（四畫）	採爲首義	1362	
	駓	馬部	《說文》馬飽也。（五畫）	採爲首義	1365	
	駪	馬部	無。	不採其說	1366	採《玉篇》爲首義。
	騎	馬部	《說文》騎騎，馬行貌。（十畫）	採爲首義	1370	
	馴	馬部	無。	不採其說	1363	採《玉篇》爲首義。
	驤	馬部	又《說文》馬之低昂也。（十七畫）	採爲次義	1375	採《爾雅》爲首義。
	騫	馬部	《說文》上馬也。又超越也。今俗猶言騫越、騫忽。（十一畫）	採爲首義	1372	
	騎	馬部	《說文》跨馬也。（八畫）	採爲首義	1368	

馬部	駕	馬部	《說文》馬在軛中。（五畫）	採爲首義	1364	
	騑	馬部	無。	不採其說	1369	採《玉篇》爲首義。
	駢	馬部	《說文》駕二馬也。（八畫）	採爲首義	1368	
	驂	馬部	《說文》駕三馬也。又車中兩馬曰服，兩馬驂其外，小退曰驂。（十一畫）	採爲首義	1372	
	駟	馬部	無。	不採其說	1365	採《玉篇》爲首義。
	駙	馬部	《說文》副馬也。一曰近也。一曰疾也。（五畫）	採爲首義	1364	
	騧	馬部	無。	不採其說	1369	採《玉篇》爲首義。
	駃	馬部	《說文》駃駃，馬搖頭貌。（七畫）	採爲首義	1367	
	駊	馬部	無。	不採其說	1363	採《玉篇》爲首義。
	騊	馬部	無。	不採其說	1370	採《玉篇》爲首義。
	篤	竹部	又《說文》馬行頓遲。（十畫）	採爲次義	822	採《廣韻》爲首義。
	騤	馬部	《說文》馬行威儀也。（九畫）	採爲首義	1369	
	驚	馬部	《說文》馬行徐而疾也。一曰馬腹下鳴。（十三畫）	採爲首義	1373	
	駴	馬部	無。	不採其說	1367	採《玉篇》爲首義。
	馺	馬部	《說文》馬行相及也。（四畫）	採爲首義	1363	
	馮	馬部	《說文》馬行疾也。（二畫）	採爲首義	1361	
	騥	馬部	《說文》馬行疾也。（七畫）	採爲首義	1367	
	駚	馬部	又《說文》馬行仡仡也。（七畫）	採爲次義	1368	採《廣韻》爲首義。
	驟	馬部	《說文》馬疾步也。（十四畫）	採爲首義	1374	
	駒	馬部	無。	不採其說	1364	採《玉篇》爲首義。
	飍	風部	無。	不採其說	1342	採《玉篇》爲首義。
	驅	馬部	《說文》走馬謂之馳，策馬謂之驅。（十一畫）	採爲首義	1372	
	馳	馬部	無。	不採其說	1362	採《玉篇》爲首義。
	騖	馬部	無。	不採其說	1369	採《玉篇》爲首義。
	駕	馬部	又《說文》次第馳也。（六畫）	採爲次義	1366	採《玉篇》爲首義。
	騁	馬部	無。	不採其說	1367	採《玉篇》爲首義。
	駪	馬部	無。	不採其說	1367	採《玉篇》爲首義。
	駤	馬部	又《說文》馬有疾足。（五畫）	採爲次義	1363	採《玉篇》爲首義。
	騂	馬部	無。	不採其說	1367	採《玉篇》爲首義。
	駉	馬部	《說文》馳馬泂去也。（六畫）	採爲首義	1365	與《玉篇》並爲首義。

馬部	驚	馬部	《說文》馬駭也。(十三畫)	採爲首義	1374	
	駭	馬部	無。	不採其說	1366	採《玉篇》爲首義。
	駴	馬部	無。	不採其說	1365	採《玉篇》爲首義。
	騫	馬部	《說文》馬腹縶也。〈徐曰〉馬腹病。(十畫)	採爲首義	1370	徐鍇語。
	駐	馬部	《說文》馬立也。(五畫)	採爲首義	1364	
	馴	馬部	《說文》馬順也。(三畫)	採爲首義	1362	
	駗	馬部	無。	不採其說	1364	採《玉篇》爲首義。
	驙	馬部	《說文》駗驙也。引《易·屯卦》乘馬驙如。與邅同。(十三畫)	採爲首義	1374	
	驫	馬部	《說文》馬重貌。(十一畫)	採爲首義	1372	
	驧	馬部	無。	不採其說	1375	採《廣韻》爲首義。
	騬	馬部	《說文》犗馬也。(十畫)	採爲首義	1370	
	駋	馬部	《說文》系馬尾也。(四畫)	採爲首義	1363	
	騷	馬部	《說文》擾也。(十畫)	採爲首義	1371	
	馽	馬部	《說文》絆馬足也。(四畫)	採爲首義	1363	
	駘	馬部	無。	不採其說	1364	採《玉篇》爲首義。
	駔	馬部	《說文》壯馬也。一曰馬蹲駔也。又《唐本說文》駔，奘馬也。奘謂爲壯。(五畫)	採爲首義	1364	
	驕	馬部	又《說文》廄御也。(十畫)	採爲次義	1371	採《玉篇》爲首義。
	驛	馬部	無。	不採其說	1374	採《玉篇》爲首義。
	駏	馬部	《說文》驛傳也。(四畫)	採爲首義	1362	
	騰	馬部	又《說文》傳也。一曰犗馬也。(十畫)	採爲次義	1370	採《玉篇》爲首義。
	騅	馬部	《說文》苑名。(十畫)	採爲首義	1370	
	駉	馬部	又《說文》牧馬苑也。○按《詩·在坰之野》，《毛傳》林外謂之坰，坰非駉，駉非牧苑，《說文》引用誤。(五畫)	採爲次義	1363	採《玉篇》爲首義。
	駪	馬部	無。	不採其說	1366	以「馬眾貌」爲首義。
	駮	馬部	無。	不採其說	1366	採《山海經》爲首義。
	駃	馬部	《說文》駃騠，馬父驘子。(四畫)	採爲首義	1363	
	騠	馬部	無。	不採其說	1369	採《玉篇》爲首義。
	驘	馬部	《說文》驢父馬母。(十三畫)	採爲首義	1373	
	驢	馬部	無。	不採其說	1374	採《玉篇》爲首義。

馬部	騾	馬部	《說文》驢子也。（十畫）	採爲首義	1370	
	騨	馬部	《說文》騨騱，野馬也。（十二畫）	採爲首義	1373	
	騱	馬部	又《說文》騨騱，馬也。（十畫）	採爲次義	1370	採《爾雅》爲首義。
	駒	馬部	無。	不採其說	1368	採《玉篇》爲首義。
	駼	馬部	無。	不採其說	1367	採《玉篇》爲首義。
	驫	馬部	《說文》眾馬也。（二十畫）	採爲首義	1375	
	駛	馬部	《說文》疾也。一曰：馬行疾。（六畫）	採爲首義	1365	
	馸	馬部	無。	不採其說	1365	採《玉篇》爲首義。
	駿	馬部	《說文》馬鬣也。（九畫）	採爲首義	1369	
	馱	馬部	無。	不採其說	1362	採《玉篇》爲首義。
	騕	馬部	《說文》騕本字。（十畫）	採爲首義	1371	
廌部	廌	馬部	無。	不採其說	277	採《廣韻》爲首義。
	薦	子部	《說文》解廌獸不直者，於人如有所教，故从廌从教省。（十七畫）	採爲首義	209	
	薦	艸部	《說文》獸之所食草也。（十三畫）	採爲首義	990	
	灋	水部	《說文》刑也。平之如水，故从水。廌，所以觸不直者去之，故从廌从去。（十八畫）	採爲首義	590	
鹿部	鹿	鹿部	《說文》獸也。（一畫）	採爲首義	1436	
	麚	鹿部	《說文》牡鹿，以夏至解角。（九畫）	採爲首義	1439	
	麟	鹿部	《說文》大麚也。麋身、牛尾、狼額、馬蹄、五彩腹、下黃、高丈二。（十二畫）	採爲首義	1439	
	麀	鹿部	《說文》鹿麚也。（九畫）	採爲首義	1439	
	麁	鹿部	《說文》鹿跡也。（十一畫）	採爲首義	1439	
	麑	鹿部	《說文》鹿子也。（九畫）	採爲首義	1439	
	麎	鹿部	無。	不採其說	1437	採《字彙》爲首義。
	麒	鹿部	《說文》仁獸也。麋身、牛尾、一角。張揖云：牡曰麒，牝曰麟。郭璞曰：麒似麟而無角。（八畫）	採爲首義	1438	
	麖	鹿部	《說文》牝麒也。（七畫）	採爲首義	1438	
	麤	鹿部	《說文》鹿屬，冬至解其角。（六畫）	採爲首義	1437	
	麌	鹿部	《說文》牝麤也。（七畫）	採爲首義	1438	
	麕	鹿部	《說文》大麌也。　◎《說文》或从几。（六畫）	採爲首義又補釋之	1437	

鹿部	麞	鹿部	《說文》麕也，似鹿。麕性驚，又善聚散，故又名麞。一物二名也。（五畫）	採爲首義	1437	
	麚	鹿部	《說文》麞屬。（十一畫）	採爲首義	1439	
	麜	鹿部	無。	不採其說	1438	以「牡麋也」爲首義。
	麠	鹿部	《說文》大鹿也。（十三畫）	採爲首義	1439	
	麃	鹿部	《說文》麠屬。（四畫）	採爲首義	1437	
	麊	鹿部	《說文》麞屬。（五畫）	採爲首義	1437	
	麑	鹿部	《說文》狻麑，獸也。（八畫）		1438	
	麢	鹿部	《說文》山羊而大者，細角。（九畫）	採爲首義	1439	
	麤	鹿部	《說文》大羊而細角。（十七畫）	採爲首義	1440	
	麈	鹿部	《說文》鹿屬。（六畫）	採爲首義	1437	
	麝	鹿部	《說文》麝如小麋，臍有香。一名射父。（十畫）	採爲首義	1439	
	麔	鹿部	《說文》似鹿而大。（十四畫）	採爲首義	1439	
	麗	鹿部	《說文》旅行也。鹿之性見食急則必旅行。（八畫）	採爲首義	1438	
	麀	鹿部	《說文》牝鹿也，从牝省。（二畫）	採爲首義	1436	
	麤	鹿部	《說文》行超遠也。（二十二畫）	採爲首義	1440	
	麤	鹿部	《說文》鹿行揚土也。（二十五畫）	採爲首義	1440	
㲋部	㲋	比部	《說文》獸也，似兔青色而大。（五畫）	採爲首義	519	
	毚	比部	《說文》狡兔也。一曰兔之駿者。（十三畫）	採爲首義	519	
	毚	比部	《說文》獸名。（十三畫）	採爲首義	519	
	毚	比部	《說文》獸也，似狌狌。一曰似貍。（十三畫）	採爲首義	519	
	兔	儿部	《說文》獸名，象踞後其尾。（六畫）	採爲首義	53	
	逸	辵部	無。	不採其說	1188	採《廣韻》爲首義。
	冤	冖部	《說文》屈也，从兔从冖，兔在冖下，不得走，益屈折也。（八畫）	採爲首義	58	
	娩	女部	《說文》兔子也，娩疾也。（八畫）	採爲首義	192	
	㲋	儿部	無。	不採其說	53	採《玉篇》爲首義。
	㒸	厶部	無。	不採其說	92	以「狡兔名」爲首義。
莧部	莧	艸部	《說文》胡官切，音桓。山羊細角也。（八畫）	採爲首義	968	

犬部	犬	犬部	《說文》狗之有縣蹏者也。象形。孔子曰：視犬之字如畫狗也。（一畫）	採爲首義	633	
	狗	犬部	《說文》孔子曰狗叩也。叩气吠以守，从犬句聲。（五畫）	採爲首義	637	
	獀	犬部	《說文》南越名犬，獿獀，从犬叜聲。（九畫）	採爲首義	643	
	尨	尢部	《說文》犬多毛者，从犬彡。〈徐曰〉彡毛長也。 ◎《說文》尨在犬部，从犬从彡。（四畫）	採爲首義又補釋之	226	徐鍇語。
	狡	犬部	《說文》少狗也。匈奴地有狡犬，巨口而黑身。（六畫）	採爲首義	638	
	獪	犬部	《說文》狡獪也，从犬會聲。（十三畫）	採爲首義	647	
	獿	犬部	《說文》犬惡毛也。（十三畫）	採爲首義	647	
	猲	犬部	《說文》短喙犬也。（九畫）	採爲首義	643	
	獢	犬部	《說文》猲獢也，从犬喬聲。詳猲字註。（十二畫）	採爲首義	647	
	獫	犬部	《說文》長喙犬。（十三畫）	採爲首義	647	
	狂	犬部	《說文》黃犬黑頭也，从犬主聲，讀若注。（五畫）	採爲首義	636	
	猈	犬部	《說文》短脛狗也。（八畫）	採爲首義	640	
	猗	犬部	《說文》犗犬也，从犬奇聲。（八畫）	採爲首義	641	
	狊	犬部	《說文》犬視貌，从犬目聲。（五畫）	採爲首義	636	
	猎	犬部	《說文》竇中犬聲，从犬从音，音亦聲。（九畫）	採爲首義	642	
	默	黑部	《說文》犬暫逐人也。（四畫）	採爲首義	1447	
	猝	犬部	《說文》犬从艸暴出逐人也。（八畫）	採爲首義	642	
	猩	犬部	《說文》猩猩，犬吠聲，从犬星聲。（九畫）	採爲首義	642	
	獫	犬部	《說文》犬吠不止也，从犬兼聲，讀若檻。 又《說文》一曰兩犬爭也。（十畫）	採爲首義及次義	645	
	獥	犬部	《說文》小犬吠，从犬敢聲。 又《說文》南陽新亭有獥鄉。（十二畫）	採爲首義及次義	646	
	猥	犬部	《說文》犬吠聲，从犬畏聲。（九畫）	採爲首義	642	
	獿	犬部	《說文》獿獶也，从犬夒聲。（十八畫）	採爲首義	649	
	獶	犬部	《說文》犬獿獿咳吠也。（十一畫）	採爲首義	645	
	獲	犬部	《說文》犬容頭進也。 又《說文》一曰賊疾也（十一畫）	採爲首義及次義	645	

犬部	㹠	犬部	《說文》噭犬厲之也，从犬將省聲。（八畫）	採爲首義	641	
	㹩	犬部	《說文》齧也，从犬戔聲。（八畫）	採爲首義	641	
	狦	犬部	《說文》惡健犬也，从犬冊省聲。（六畫）	採爲首義	638	
	狠	犬部	《說文》犬鬭聲也，从犬艮聲。（六畫）	採爲首義	638	
	獌	犬部	《說文》犬鬭聲，从犬番聲。（十二畫）	採爲首義	646	
	狋	犬部	《說文》犬怒貌。 又《說文》一曰犬難得。 又《說文》代郡有狋氏縣。 又《說文》讀若銀。（五畫）	採爲首義及次義	636	
	犴	犬部	《說文》犬吠聲，从犬斤聲。（四畫）	採爲首義	635	
	猲	犬部	《說文》犬猲猲，而附人也。（十二畫）	採爲首義	647	
	獷	犬部	《說文》犬獷獷，不可附也。（十五畫）	採爲首義	649	
	狀	犬部	《說文》犬形也，从犬爿聲。（四畫）	採爲首義	635	
	奘	犬部	《說文》妄彊犬也，从犬从壯，壯亦聲。（七畫）	採爲首義	639	
	獒	犬部	《說文》犬如人心可使者。（十一畫）	採爲首義	646	
	獳	犬部	《說文》怒犬貌，讀若耨（十四畫）	採爲首義	648	
	狧	犬部	《說文》犬食，从犬舌，讀若比目魚鰈之鰈。（六畫）	採爲首義	638	
	狎	犬部	《說文》犬可習也，从犬甲聲。（五畫）	採爲首義	636	
	狃	犬部	《說文》犬性驕也。（四畫）	採爲首義	635	
	犯	犬部	無。	不採其說	634	採《玉篇》爲首義。
	猜	犬部	《說文》恨賊也。（八畫）	採爲首義	642	
	猛	犬部	《說文》健犬也（八畫）	採爲首義	641	
	犺	犬部	《說文》健犬也（四畫）	採爲首義	634	
	怯	犬部	《說文》多畏也，从犬去聲。杜林說从心作怯。互詳心部怯字註。（五畫）	採爲首義	636	
	獜	犬部	《說文》健也，从犬粦聲。引《詩》盧獜獜。（十二畫）	採爲首義	646	
	獧	犬部	《說文》疾跳也。（十三畫）	採爲首義	647	
	倏	人部	無。	不採其說	35	以「倏忽」爲首義。
	狟	犬部	《說文》犬行也，从犬亘聲。引《書》尚狟狟。（六畫）	採爲首義	638	
	狒	犬部	《說文》過弗取也，从犬市聲，讀若孛。（四畫）	採爲首義	634	

犬部	猲	犬部	《說文》犬張耳貌，从犬易聲。（八畫）	採爲首義	641	
	狋	犬部	《說文》犬張齗怒也，从犬來聲。　又《說文》讀若銀，義同。（八畫）	採爲首義及次義	640	
	犮	犬部	《說文》走犬貌，从犬而丿之，曳其足則剌犮也。（一畫）	採爲首義	634	
	戾	戶部	《說文》曲也，从犬出戶下，戾者身曲戾也。（四畫）	採爲首義	343	
	獨	犬部	《說文》犬相得而鬬，从犬蜀聲。羊爲群，犬爲獨也。（十三畫）	採爲首義	647	
	狢	犬部	《說文》獨狢獸也，从犬谷聲。（七畫）	採爲首義	639	
	獯	犬部	《說文》秋田也，从犬璽聲。（十八畫）	採爲首義	649	
	獵	犬部	《說文》放獵逐禽也。（十五畫）	採爲首義	648	
	獠	犬部	《說文》本作𤢖。獵也，从犬尞聲。（十二畫）	採爲首義	646	
	狩	犬部	《說文》犬田也，从犬守聲。（六畫）	採爲首義	639	
	臭	自部	《說文》禽走臭而知其跡者，犬也，故从犬。〈徐鍇曰〉以鼻知臭，故从自。（四畫）	採爲首義	928	
	獲	犬部	《說文》獵所獲也。（十四畫）	採爲首義	648	
	獘	犬部	《說文》頓仆也，从犬敝聲。引《春秋傳》與犬犬獘。　◎《說文》或从死作斃。（十二畫）	採爲首義又補釋之	646	
	獻	犬部	《說文》宗廟犬名羹獻，犬肥者以獻之，从犬鬳聲。（十六畫）	採爲首義	649	
	狂	犬部	《說文》猲犬也。一曰逐虎犬。（四畫）	採爲首義	635	
	獟	犬部	《說文》狅犬也。（十二畫）	採爲首義	646	
	狾	犬部	《說文》狂犬也。（七畫）	採爲首義	640	
	狂	犬部	又《說文》狾犬也。或作狅、㹫。（四畫）	採爲次義	635	採《廣韻》爲首義。
	類	頁部	◎《說文》種類相似，唯犬爲甚，从犬頪聲。（十畫）	列於字末補釋形義	1336	採《爾雅》爲首義。
	狄	犬部	無。	不採其說	635	採《爾雅》爲首義。
	㹠	犬部	《說文》从犬夋聲。（七畫）	採爲首義	640	
	玃	犬部	《說文》母猴也，从犬矍聲。《爾雅》云：玃父善顧攫持人也。（二十畫）	採爲首義	650	
	猶	犬部	《說文》玃屬，从犬酋聲。　又《說文》隴西謂犬子爲猶。（九畫）	採爲首義及次義	643	

犬部	狙	犬部	《說文》玃屬，从犬且聲。 又《說文》一曰狙犬也，暫齧人者。一曰犬不齧人也。（五畫）	採為首義及次義	637	
	猴	犬部	《說文》本作㺅。夒也，从犬矦聲。（九畫）	採為首義	643	
	猱	犬部	《說文》犬屬，腰已上黃，腰已下黑，食母猴。 又《說文》或曰猱，似牂羊，出蜀北，嚻山中犬首而馬尾。（十畫）	採為首義及次義	644	
	狼	犬部	《說文》似犬，銳頭、白頰、高前廣後，从犬良聲。（七畫）	採為首義	640	
	狛	犬部	《說文》如狼，善驅羊，从犬白聲。讀若蘗。甯嚴叢讀若泊。（五畫）	採為首義	637	
	獌	犬部	《說文》狼屬也。（十一畫）	採為首義	645	
	狐	犬部	《說文》妖獸也。鬼所乘之，有三德，其色中和，小前豐後。（五畫）	採為首義	636	
	獺	犬部	《說文》如小狗，水居食魚。（十六畫）	採為首義	649	
	猵	犬部	《說文》獺屬，从犬扁聲。或作獱。（九畫）	採為首義	643	
	猋	犬部	《說文》犬走貌，从三犬。（八畫）	採為首義	640	
	狘	犬部	《說文》獸走貌。（五畫）	採為首義	637	
	狦	犬部	無。	不採其說	642	採《山海經》為首義。
	狷	犬部	《說文》褊急也，从犬肙聲。（七畫）	採為首義	639	
	猰	犬部	《說文》猰貐，獸名。（九畫）	採為首義	643	
狀部	狀	犬部	《說文》兩犬相齧也，从二犬。（四畫）	採為首義	635	
	獄	犬部	《說文》司空也，从狀臣聲。復說獄司空（十畫）	採為首義	644	
	獄	犬部	《說文》确也，从狀从言，二犬所以守也。（十畫）	採為首義	645	
鼠部	鼠	鼠部	《說文》穴蟲之總名也。（一畫）	採為首義	1455	
	鼶	鼠部	《說文》鼠也。或曰鼠婦。（十二畫）	採為首義	1457	
	鼦	鼠部	《說文》鼦鼠出邊地，皮可為裘。（六畫）	採為首義	1456	
	鼢	鼠部	《說文》地行鼠，伯勞所化也。一曰鼸鼠。（四畫）	採為首義	1455	
	鼤	鼠部	《說文》鼤令鼠。（五畫）	採為首義	1455	
	鼸	鼠部	《說文》鼠也。（十畫）	採為首義	1457	

鼠部	鼶	鼠部	《說文》竹鼠也。（五畫）	採爲首義	1456	
	鼺	鼠部	《說文》五技鼠也。能飛不能過屋，能緣不能窮木，能游不能渡谷，能穴不能掩身，能走不能先人。（五畫）	採爲首義	1456	
	鼨	鼠部	《說文》豹文鼠也。（五畫）	採爲首義	1456	
	鼶	鼠部	《說文》鼠屬。（十畫）	採爲首義	1457	
	鼷	鼠部	《說文》小鼠也。（十畫）	採爲首義	1457	
	鼩	鼠部	《說文》精鼩鼠也。（五畫）	採爲首義	1456	
	鼸	鼠部	《說文》鼢也。（十畫）	採爲首義	1457	
	鼢	鼠部	《說文》鼠屬。（四畫）	採爲首義	1455	
	鼬	鼠部	《說文》如鼠，赤黃而大，食鼠者。（五畫）	採爲首義	1456	
	鼫	鼠部	《說文》胡地風鼠。（二畫）	採爲首義	1455	
	鼧	鼠部	《說文》鼠屬。（五畫）	採爲首義	1456	
	鼥	鼠部	《說文》鼠似雞，鼠尾。（五畫）	採爲首義	1456	
	鼲	鼠部	《說文》鼠出丁零胡，皮可爲裘。（九畫）	採爲首義	1457	
	鼰	鼠部	《說文》斬鼰，黑身白腰，若帶，手有長白毛，若握版之狀，類蝯蜼之屬。或作鼳。（九畫）	採爲首義	1457	
能部	能	肉部	《說文》熊屬，足似鹿，能獸堅中，故稱賢能，而彊壯者，稱能傑也。〈徐曰〉堅中，骨節實也。（六畫）	採爲首義	909	徐鍇語。
熊部	熊	火部	《說文》熊獸，似豕，山居多蟄，从能炎省。（十畫）	採爲首義	607	
	羆	网部	無。	不採其說	878	採《爾雅》爲首義。
火部	火	火部	《說文》火，燬也。南方之行炎而上。象形。（一畫）	採爲首義	593	
	炟	火部	《說文》火起也（五畫）	採爲首義	596	
	煋	火部	《說文》火也，从火尾聲。《詩》曰：王室如煋。（七畫）	採爲首義	599	
	燬	火部	又《說文》人名。（十三畫）	採爲次義	613	採《爾雅》爲首義。
	燓	火部	《說文》火也。（十四畫）	採爲首義	613	
	焌	火部	《說文》然火也。（七畫）	採爲首義	601	
	尞	小部	無。	不採其說	225	採《正字通》爲首義。
	然	火部	《說文》燒也。〈註〉徐鉉曰：作燃，蓋後人增加。（八畫）	採爲首義	603	

火部	爇	火部	《說文》本作爇。燒也，从火蓺聲。〈註〉徐鉉曰：說文無蓺字，當从火从艸，熱省聲。（十五畫）	採爲首義	614	
	燔	火部	《說文》爇也。（十二畫）	採爲首義	611	
	燒	火部	《說文》爇也（十二畫）。	採爲首義	611	
	烈	火部	《說文》火猛也。　◎《說文》本作𤊂。（六畫）	採爲首義又補釋之	597	
	烅	火部	《說文》火光。（五畫）	採爲首義	596	
	煇	火部	《說文》煇燘，火貌。（十一畫）	採爲首義	608	
	熒	火部	《說文》煇熒也。本从正倒二或，不便於楷，今省作熒。（八畫）	採爲首義	603	
	烝	火部	《說文》火气上行也。（六畫）	採爲首義	599	
	烰	火部	無。	不採其說	599	採《爾雅》爲首義。
	煦	火部	《說文》烝也。　又《說文》一曰赤貌。　又《說文》一曰溫潤也。（九畫）	採爲首義及次義	605	
	熯	火部	《說文》乾貌，从火漢省聲。（十一畫）	採爲首義	609	
	炥	火部	《說文》火貌。（五畫）	採爲首義	596	
	熮	火部	《說文》火貌。　又《說文》逸周書曰：味辛而不熮。（十一畫）	採爲首義及次義	609	
	閃	火部	《說文》火貌，从火門省聲，讀若粦。（八畫）	採爲首義	601	
	㷱	火部	《說文》火色也。（十二畫）	採爲首義	609	
	熲	火部	《說文》火光也。（十一畫）	採爲首義	609	
	爗	火部	《說文》火飛也。　又《說文》一曰爇也。（十七畫）	採爲首義及次義	615	
	熛	火部	《說文》本作爣。火飛也，从火票聲。（十一畫）	採爲首義	608	
	熇	火部	《說文》火熱也。（十畫）	採爲首義	607	
	烄	火部	《說文》交木然也。（六畫）	採爲首義	597	
	炦	火部	《說文》小熱也。（三畫）	採爲首義	594	
	燋	火部	《說文》所以然持火也。（十二畫）	採爲首義	610	
	炭	火部	《說文》燒木餘也，从火岸省聲。（五畫）	採爲首義	596	
	羙	火部	無。	不採其說	600	採《博雅》爲首義。
	爒	火部	《說文》交灼木也，从火尞省聲。（八畫）	採爲首義	602	

火部	炵	火部	《說文》火氣也。（五畫）	採爲首義	596	
	灰	火部	《說文》死火餘粜也，从火从又。又，手也。火既滅可以執持。　◎本作灰。（二畫）	採爲首義又補釋之	593	
	炭	火部	《說文》灰炱煤也。（五畫）	採爲首義	596	
	煨	火部	《說文》盆中火。（九畫）	採爲首義	606	
	熄	火部	《說文》畜火也。　又《說文》一曰滅火。（十畫）	採爲首義及次義	607	
	烓	火部	又《說文》亦行竈也。（六畫）	採爲次義	598	採《玉篇》爲首義。
	煁	火部	《說文》烓也。（九畫）	採爲首義	603	
	燀	火部	《說文》炊也。（十二畫）	採爲首義	610	
	炊	火部	《說文》爨也，从火吹省聲。（四畫）	採爲首義	595	
	烘	火部	無。	不採其說	598	採《爾雅》爲首義。
	齌	齊部	《說文》炊餔疾也。（四畫）	採爲首義	1459	
	熹	火部	《說文》炙也。　◎《說文》本作熹。（十二畫）	採爲首義又補釋之	609	
	煎	火部	《說文》熬也。（九畫）	採爲首義	604	
	熬	火部	《說文》本作熬。乾煎也。　◎《說文》或作䊅。（十一畫）	採爲首義又補釋之	608	
	炮	火部	《說文》毛炙肉也。（五畫）	採爲首義	596	
	裦	火部	《說文》炮炙也。以微火溫肉也。（六畫）	採爲首義	597	
	鱀	火部	《說文》熷本字。置魚筩中炙也。（十二畫增）	採爲首義	612	
	穮	火部	《說文》以火乾肉，从火稫聲。〈註〉徐鉉曰：說文無稫字。當从䨔省，疑傳寫之誤。（十四畫）	採爲首義	613	
	爆	火部	又《說文》灼也，从火暴聲。　又《說文註》徐鉉曰本蒲木切，今俗音豹，火裂也。（十五畫）	採爲次義	614	採《玉篇》爲首義。
	煬	火部	《說文》炙燥也。（九畫）	採爲首義	606	
	焦	火部	《說文》灼也。（十畫）	採爲首義	607	
	爛	火部	《說文》熟也。同燗。（二十一畫）	採爲首義	616	
	糜	火部	《說文》爛也。（十九畫）	採爲首義	616	
	尉	寸部	《說文》从上按其下也，从尼从火又持火，所以尉繒也。隸作尉。（八畫）	採爲首義	223	

火部	龜	龜部	無。	不採其說	1466	採《正字通》爲首義。
	灸	火部	《說文》灼也。（三畫）	採爲首義	594	
	灼	火部	《說文》炙也。（三畫）	採爲首義	594	
	煉	火部	《說文》鑠治金也。（九畫）	採爲首義	604	
	燭	火部	《說文》庭燎火燭也。（十三畫）	採爲首義	613	
	熜	火部	《說文》本作熜，然麻蒸也。（九畫）	採爲首義	605	
	灺	火部	《說文》燭炱。（三畫）	採爲首義	594	
	烖	火部	《說文》火餘也。　又《說文》薪也。◎又《說文徐註》俗別作燼，非。（六畫）	採爲首義及次義，又補釋之	597	徐鍇語。
	焠	火部	《說文》堅刀刃也。（八畫）	採爲首義	601	
	煣	火部	《說文》屈申木也。（九畫）	採爲首義	605	
	燓	火部	《說文》燒切田也。（十二畫）	採爲首義	611	
	煣	火部	《說文》火煣車網絕也。《周禮》曰：煣牙外不嫌。（十畫）	採爲首義	607	
	燎	火部	又《說文》本作尞。亦放火也。（十二畫）	採爲次義	611	採《玉篇》爲首義。
	熚	火部	《說文》火飛也。（十四畫）	採爲首義	613	
	熸	火部	《說文》本作熸。焦也。（十一畫）	採爲首義	608	
	爦	火部	《說文》焦本字。火所傷也。詳焦字註。（二十四畫）	採爲首義	616	
	烖	火部	◎《說文》本作烖。从火戈。（六畫）	列於字末補釋形義	598	採《集韻》爲首義。
	煙	火部	《說文》火气也。　◎《說文》或作烟。（九畫）	採爲首義又補釋之	605	
	焆	火部	《說文》焆焆，煙貌。（七畫）	採爲首義	600	
	熅	火部	《說文》鬱煙也。（十畫）	採爲首義	607	
	炮	火部	《說文》望火貌，从火皀聲，讀若駒驪之駒。（七畫）	採爲首義	599	
	燂	火部	《說文》火熱也。　◎《說文》本作燂。（十二畫）	採爲首義又補釋之	610	
	焞	火部	《說文》作焞，隷作焞。（八畫）	採爲首義	601	
	炳	火部	《說文》明也。（五畫）	採爲首義	597	
	焯	火部	《說文》明也。引《書》焯見三有俊心。（八畫）	採爲首義	603	
	照	火部	《說文》本作炤。（九畫）	採爲首義	605	

火部	煒	火部	《說文》盛赤也。（九畫）	採爲首義	604	
	烄	火部	《說文》盛火也。（六畫）	採爲首義	598	
	熠	火部	《說文》盛光也。（十一畫）	採爲首義	608	
	煜	火部	《說文》燿也。（九畫）	採爲首義	605	
	燿	火部	《說文》照也。（十四畫）	採爲首義	614	
	煇	火部	《說文》光也。（九畫）	採爲首義	603	
	煌	火部	《說文》煇也。（九畫）	採爲首義	604	
	焜	火部	《說文》煌也。（八畫）	採爲首義	601	
	炯	火部	又《說文》光也。（五畫）	採爲次義	596	採《玉篇》爲首義。
	爆	火部	《說文》本作㷲，盛也。（十二畫增）	採爲首義	612	
	闌	火部	《說文》火門也，从火闌聲。（十六畫）	採爲首義	615	
	炫	火部	又《說文》爛燿也。（五畫）	採爲次義	596	採《玉篇》爲首義。
	光	儿部	《說文》从火在人上。本作炗，今作光。〈徐曰〉光明意也。（四畫）	採爲首義	52	徐鍇語。
	熱	火部	《說文》溫也。（十一畫）	採爲首義	609	
	熾	火部	無。	不採其說	609	採《爾雅》爲首義。
	燠	火部	《說文》熱在中也。（十三畫）	採爲首義	612	
	煖	火部	《說文》溫也。（九畫）	採爲首義	604	
	煗	火部	《說文》溫也。（九畫）	採爲首義	605	
	炅	火部	《說文》見也。（四畫）	採爲首義	594	
	炕	火部	《說文》乾也。（四畫）	採爲首義	595	
	燥	火部	《說文》从火喿聲，乾也。（十三畫）	採爲首義	612	
	威	火部	《說文》威，滅也，从火戌。火死于戌，陽氣至戌而盡。（六畫）	採爲首義	598	
	焜	火部	《說文》旱氣也。（七畫）	採爲首義	600	
	熹	火部	《說文》普覆照也。（十四畫）	採爲首義	613	
	爟	火部	《說文》舉火曰爟。（十八畫）	採爲首義	615	
	燧	火部	《說文》燧表候也，邊有警則舉火。（十一畫）	採爲首義	608	
	爆	火部	《說文》苣火祓也。（十八畫）	採爲首義	615	
	焚	火部	《說文》暴乾火也。（十一畫）	採爲首義	609	
	熙	火部	又《說文》燥也。（九畫）	採爲次義	604	採《爾雅》爲首義。
	爐	火部	無。	不採其說	615	採《玉篇》爲首義。

火部	爓	火部	《說文》熾盛也。(十畫)	採為首義	606	
	烙	火部	《說文》灼也。(六畫)	採為首義	598	
	爍	火部	《說文》灼爍光也。(十五畫)	採為首義	614	
	燦	火部	《說文》燦爛明瀞貌。(十三畫)	採為首義	612	
	煥	火部	《說文》火光也。(九畫)	採為首義	605	
炎部	炎	火部	《說文》火光上也。(四畫)	採為首義	595	
	燄	火部	《說文》火行微燄燄也。(十二畫)	採為首義	610	
	舕	舌部	《說文》火光也。(八畫)	採為首義	935	
	䶣	火部	《說文》侵也,從炎卤聲。(十二畫)	採為首義	611	
	粘	火部	又《說文》火行也。(九畫)	採為首義	604	
	燅	火部	《說文》於湯中爚肉,從炎從熱省,或作鬵。(十二畫)	採為首義	610	
	燮	火部	《說文》大孰也,從又持炎辛。辛者,物孰味也。(十三畫)	採為首義	613	
	粦	火部	《說文》鬼火也。兵死及馬牛之血為粦。 ◎《說文》本作㷠。(六畫)	採為首義又補釋之	837	
黑部	黑	黑部	《說文》火所熏之色也。韓康伯曰:北方陰色。(一畫)	採為首義	1446	
	黸	黑部	《說文》齊謂黑為黸。(十六畫)	採為首義	1450	
	黰	黑部	《說文》沃黑色。(十三畫)	採為首義	1450	
	黯	黑部	《說文》深黑也。(九畫)	採為首義	1449	
	黱	黑部	《說文》中黑也。(十四畫)	採為首義	1450	
	黱	黑部	《說文》小黑子。(十一畫)	採為首義	1449	
	黽	黑部	《說文》白而有黑也。(五畫)	採為首義	1447	
	黯	黑部	《說文》雖晳而黑也。(十五畫)	採為首義	1450	
	騽	黑部	《說文》赤黑也。(九畫)	採為首義	1449	
	黪	黑部	《說文》淺青黑也。(十一畫)	採為首義	1449	
	黤	黑部	《說文》青黑也。(八畫)	採為首義	1448	
	黝	黑部	《說文》微青黑色。(五畫)	採為首義	1447	
	黗	黑部	《說文》黃濁也。(四畫)	採為首義	1447	
	點	黑部	《說文》小黑也。(五畫)	採為首義	1447	
	黚	黑部	《說文》淺黃黑也。(五畫)	採為首義	1447	
	黅	黑部	又《說文》黃黑也。(八畫)	採為次義	1448	採《玉篇》為首義。
	黥	黑部	《說文》黥本字。(九畫)	採為首義	1449	

黑部	黗	黑部	《說文》黃黑而白也。（十四畫）	採爲首義	1450	
	黴	黑部	《說文》黑皴也。（六畫）	採爲首義	1447	
	黯	黑部	《說文》黯堅黑也。（六畫）	採爲首義	1448	
	黔	黑部	《說文》黔黎也。秦謂民爲黔首，謂黑色也。周謂之黎民。一說黑巾蒙首，故謂黔首。（四畫）	採爲首義	1447	
	黮	黑部	《說文》滓垢也。（四畫）	採爲首義	1447	
	黨	黑部	《說文》不鮮也。（八畫）	採爲首義	1448	
	黷	黑部	《說文》握持垢也。（十五畫）	採爲首義	1450	
	黶	黑部	《說文》大污也。（十三畫）	採爲首義	1450	
	黴	黑部	《說文》物中久雨青黑。（十一畫）	採爲首義	1449	
	黜	黑部	《說文》貶下也。（五畫）	採爲首義	1447	
	黲	黑部	《說文》黲䴎下色。（十畫）	採爲首義	1449	
	黛	黑部	《說文》畫眉也。今省作黛。（十畫）	採爲首義	1449	
	儵	人部	又《說文》青黑繒發白色。一曰儵倏，攉禍毒也。　◎《說文》列黑部，俗誤借倏、儵，譌作倏。唐褚遂良作儵，以當儵字，讀若裏，入聲，非是。（十七畫）	採爲首義又補釋之	49	
	黻	黑部	《說文》羔裘之縫。（八畫）	採爲首義	1448	
	黰	黑部	《說文》黰謂之垽。垽，滓也。（九畫）	採爲首義	1449	
	黬	黑部	《說文》桑甚之黑也。（九畫）	採爲首義	1449	
	黔	黑部	《說文》果實黔黮黑也。（九畫）	採爲首義	1449	
	黥	黑部	《說文》黑刑在面。（八畫）	採爲首義	1448	
	黖	黑部	《說文》黖者忘而息也。（十二畫）	採爲首義	1450	
	黟	黑部	《說文》黑木也。（六畫）	採爲首義	1447	
囪部	囪	口部	《說文》在牆曰牖，在屋曰囪。（四畫）	採爲首義	145	
	恩	心部	無。	不採其說	316	採《集韻》爲首義。
焱部	焱	火部	《說文》火華也，從三火。（八畫）	採爲首義	603	
	熒	火部	《說文》屋下燈燭之光，從焱冖。（十畫）	採爲首義	607	
	燊	火部	《說文》盛貌，從焱在木上。　又《說文》一曰役也。（十二畫）	採爲首義及次義	610	
炙部	炙	火部	《說文》炮肉也，從肉在火上。　◎《說文》籀文作䏝（四畫）	採爲首義又補釋之	595	
	燔	火部	《說文》宗廟火孰肉，從炙番聲。《春秋傳》曰：天子有事，燔焉以饋同姓諸侯。（十六畫）	採爲首義	615	
	爒	火部	《說文》本作爒，炙也，從炙尞聲。（十六畫）	採爲首義	614	

赤部	赤	赤部	《說文》南方色也。　◎《說文》作烾。(一畫)	採爲首義又補釋之	1141	
	赨	赤部	《說文》赤色也。(六畫)	採爲首義	1142	
	赧	赤部	《說文》日中之赤。(十畫)	採爲首義	1142	
	赧	赤部	《說文》面慙赤也。　◎《說文》作赧。(五畫)	採爲首義又補釋之	1142	
	赬	赤部	《說文》赤色。引《詩》魴魚赬尾。(七畫)	採爲首義	1142	
	浾	水部	《說文》棠棗汁。　◎《說文》本作䞓。(七畫)	採爲首義又補釋之	553	
	赭	赤部	《說文》赤土也。(九畫)	採爲首義	1142	
	赫	赤部	《說文》赤色也。(十畫)	採爲首義	1142	
	赫	赤部	《說文》火赤貌。　◎《說文》專訓火赤泥。(七畫)	採爲首義又補釋之	1142	
	赩	赤部	《說文》大赤也。(六畫)	採爲首義	1142	
	赮	赤部	《說文》赤色也。(九畫)	採爲首義	1142	
大部	大	大部	◎《說文》天大、地大、人亦大。象人形。〈徐曰〉本古文人字。一曰他達切，經史大、太、泰通。(一畫)	列於字末補釋形義	176	以「小之對」爲首義。徐鍇語。
	奎	大部	《說文》兩髀之閒。(六畫)	採爲首義	179	
	夾	大部	又《說文》傳也。(四畫)	採爲次義	178	以「左右持也」爲首義。
	奄	大部	《說文》覆也，大有餘也，从大申。申，展也。一曰忽也，遽也。(五畫)	採爲首義	178	
	夸	大部	《說文》从大亏聲。亦作夽、奃。(三畫)	列於字末補釋形義	178	以「大也」爲首義。
	奆	大部	《說文》奢奆也。一曰大也。或曰大口貌。(六畫)	採爲首義	179	
	奅	大部	《說文》大也。(五畫)	採爲首義	178	
	奯	大部	無。	不採其說	182	以「空大也」爲首義。
	戴	大部	《說文》大也。一曰盛也。(十一畫)	採爲首義	181	
	奀	大部	無。	不採其說	178	以「起穫也」爲首義。
	会	大部	《說文》大也。一曰高也。(四畫)	採爲首義	178	
	奃	大部	無。	不採其說	178	以「低大也」爲首義。
	夰	大部	《說文》大也。(四畫)	採爲首義	178	
	奃	大部	無。	不採其說	179	以「瞋大聲」爲首義。

大部	奈	大部	《說文》大也。（五畫）	採爲首義	178	
	奄	大部	《說文》大也。（四畫）	採爲首義	178	
	契	大部	無。	不採其說	179	以「約也」爲首義。
	夷	大部	無。	不採其說	177	以「平也，易也」爲首義。
亦部	亦	亠部	◎《說文》夾 與掖同。（四畫）	列於字末補釋形義	16	以「總也、又也」爲首義。
	夾	大部	《說文》盜竊懷物也。（四畫）		178	
矢部	矢	大部	無。	不採其說	176	以「頭傾也」爲首義。
	奠	士部	無。	不採其說	171	以「頭傾也」爲首義。
	臭	大部	無。	不採其說	179	以「頭衺骫也」爲首義。
	吳	口部	又《說文》郡也。　《說文》姓也。又《說文》大言也。《說文註》大言，故矢口以出聲，今寫詩者改吳作吴，又音乎化切，其謬甚矣。（四畫）	採爲次義	107	以「國名」爲首義。徐鍇語。
夭部	夭	大部	又《說文》屈也。〈徐曰〉夭矯其頭頸也。一曰短折也。（一畫）	採爲次義	177	以「色愉貌」爲首義。徐鍇語。
	喬	口部	《說文》高而曲也，从夭从高省。（九畫）	採爲首義	128	
	㚖	屮部	《說文》吉而免凶也，从屰从夭。隸作幸。（七畫）	採爲首義	233	
	奔	大部	《說文》走也。　◎《說文》从夭賁省聲，入夭部，俗省作奔。（六畫）	採爲首義又補釋之	180	
交部	交	亠部	無。	不採其說	16	採《小爾雅》爲首義。
	𡓿	****	無。		****	《康熙字典》不錄𡓿字。
	絞	糸部	《說文》縊也。（六畫）	採爲首義	850	
尢部	尢	尢部	《說文》跛曲脛也。本作𠄏，从大，象偏曲之形。〈徐曰〉大一足跛曲，或作尩，今文作尪。（一畫）	採爲首義	226	徐鍇語。
	尵	尢部	《說文》膝病也。（十畫）	採爲首義	227	
	尬	尢部	無。	不採其說	226	採《玉篇》爲首義。
	尬	尢部	無。	不採其說	226	以「尲尬，行不正也」爲首義。
	尩	尢部	《說文》行不正也。一曰足腫。（六畫）	採爲首義	226	
	尲	尢部	《說文》尲尬，行不正也。（十畫）	採爲首義	227	

尢部	尬	尢部	《說文》尵尬，行不正，从尢介聲。（四畫）	採爲首義	226	
	尥	尢部	《說文》行脛相交也。（三畫）	採爲首義	226	
	尲	尢部	《說文》尨不能行，爲人所引曰尲尵。（十三畫）	採爲首義	227	
	尵	尢部	《說文》尲尵，从尢从爪𡿺聲。見尲字註。（二十二畫）	採爲首義	227	
	尪	尢部	《說文》股尪也。李陽冰曰：體屈曲。（三畫）	採爲首義	226	
	尯	尢部	《說文》膝中病也。（十九畫）	採爲首義	227	
壺部	壺	士部	◎《說文》昆吾，圜器也。〈徐曰〉昆吾，紂臣作瓦器。（八畫）	列於字末補釋形義	171	徐鍇語。
	壼	士部	無。	不採其說	171	以「鬱也」爲首義。
壹部	壹	士部	無。	不採其說	171	以「專一也」爲首義。
	懿	心部	無。	不採其說	337	採《集韻》爲首義。
卒部	卒	大部	《說文》所以驚人也。一曰俗以盜不止爲卒。或曰怗終也。又曰犯罪不止也。（五畫）	採爲首義	178	
	睪	目部	《說文》伺視也。令吏將目捕罪人也。◎《說文》本作睪，从橫目从卒。（八畫）	採爲首義又補釋之	739	
	執	土部	無。	不採其說	159	以「守也，持也」爲首義。
	圉	口部	《說文》本作圉。圉人，掌馬者。（八畫）	採爲首義	147	
	盩	皿部	《說文》引擊也。 ◎《說文》本作盩，从卒攴，見血也。（十二畫）	採爲首義又補釋之	725	
	報	土部	無。	不採其說	162	以「復也，酬也，答也」爲首義。
	鞫	竹部	無。	不採其說	833	以「窮理罪人也」爲首義。
奢部	奢	大部	《說文》張也。（九畫）	採爲首義	181	
	奲	大部	無。	不採其說	182	以「寬大也」爲首義。
亢部	亢	亠部	《說文》人頸也。（二畫）	採爲首義	16	
	𡴎	夂部	《說文》直項莽𡴎貌。（八畫）	採爲首義	173	
本部	本	大部	《說文》進趣也，从大猶兼人也。〈徐曰〉大奄有之義。會意。又往來見貌。（二畫）	採爲首義	177	徐鍇語。

部	字	歸部	《說文》說解	採用情形	頁碼	備註
本部	奉	十部	《說文》从本卉聲。（九畫）	採為首義	85	
	曓	日部	《說文》疾有所趨也。（十三畫）	採為首義	428	
	𪱷	屮部	無。	不採其說	233	逕云「同允」。
	奏	大部	◎本作𡘹。《說文》从本从収从屮。屮，上進之義，今通作奏。（六畫）	列於字末補釋形義	179	
	皋	白部	《說文》从本从白。禮祝曰：皋登謌曰奏，故皋奏皆从本。本，進趣也。（五畫）	不採其說	715	
	夰	大部	《說文》放也，从大而八分也。（二畫）	採為首義	177	
	臩	目部	《說文》舉目驚臩然也。（十畫）	採為首義	742	
	㚩	大部	《說文》慢也。與傲通。（九畫）	採為首義	181	
	昦	日部	無。	不採其說	421	逕云「同昊」。
	臦	臣部	無。	不採其說	928	以「驚走也」為首義。
穴部	穴	宀部	無。	不採其說	16	採《說文長箋》為首義。
	奕	大部	無。	不採其說	180	以「大也」為首義。
	奘	大部	無。	不採其說	180	以「駔大也」為首義。
	臮	大部	又《說文》光潤也。（五畫）	採為次義	178	以「大白澤也」為首義。
	奚	大部	◎《說文》奚大腹也，从大㒸省聲。（七畫）	列於字末補釋形義	180	
	耎	而部	《說文》稍前大也。（三畫）	採為首義	889	
	奯	大部	無。	不採其說	182	以「大貌」為首義。
	奰	大部	《說文》壯大也。一曰迫也。（十五畫）	採為首義	182	
夫部	夫	大部	無。	不採其說	176	以「男子通稱」為首義。
	規	見部	《說文》有法度也。　◎《說文》从夫从見。（四畫）	採為首義又補釋之	1061	
	夭	大部	無。	不採其說	178	以「夵行也」為首義。
立部	立	立部	《說文》立住也。（一畫）	採為首義	798	
	竦	立部	無。	不採其說	800	以「臨也，從也，疏也」為首義。
	竧	立部	《說文》磊竧重聚也。（八畫）	採為首義	800	
	端	立部	《說文》直也。正也。（九畫）	採為首義	800	
	竫	立部	《說文》等也。（十一畫）	採為首義	801	

立部	竦	立部	《說文》敬也。自申束也。（七畫）	採爲首義	800	
	竫	立部	無。	不採其說	800	以「停安也」爲首義。
	靖	青部	《說文》立淨也。（五畫）	採爲首義	1309	
	竢	立部	無。	不採其說	799	採《爾雅》爲首義。
	竘	立部	《說文》丘羽切。健也。匠也。（五畫）	採爲首義	798	
	竵	立部	《說文》不正也。（十三畫）	採爲首義	801	
	竭	立部	又《說文》負舉也。（九畫）	採爲次義	800	以「盡也」爲首義。
	頦	立部	無。	不採其說	801	採《爾雅》爲首義。
	羸	立部	《說文》瘦也。（十三畫）	採爲首義	801	
	竣	立部	《說文》止也。事畢也。退立也。（七畫）	採爲首義	799	
	綠	立部	《說文》見鬼彔貌，从立从彔。籀文彔字。讀若虙羲之虙。（八畫）	採爲首義	800	
	踖	立部	《說文》驚貌。（八畫）	採爲首義	800	
	竧	立部	《說文》短人立竧竧貌。（八畫）	採爲首義	800	
	竲	立部	又《說文》北地高樓無屋者。（十二畫）	採爲次義	801	以「高貌」爲首義。
竝部	竝	立部	無。	不採其說	798	以「竢也，止也」爲首義。
	暜	白部	《說文》廢一偏下也，从竝白聲。或从日作暜。或从秫作暜。〈徐鉉曰〉竝立而一下也。俗作替，非。詳替字註。（十畫）	採爲首義	717	
囟部	囟	口部	《說文》頭會腦蓋也。象形。（三畫）	採爲首義	144	
	巤	巛部	《說文》毛巤也，象髮在囟上，及毛髮巤巤之形。（十二畫）	採爲首義	252	
	毗	比部	《說文》人臍也，从囟。囟取氣通也。囟音信，頭會匘蓋也。凡篦、梱等字从此。今作毗。（六畫）	採爲首義	519	
思部	思	心部	《說文》睿也。　◎《說文》从心囟聲。囟頂門骨空，自囟至心如絲，相貫不絕。（五畫）	採爲首義又補釋之	309	
	慮	心部	《說文》謀思也，从思虍聲。思有所圖曰慮。慮，猶縷也。（十一畫）	採爲首義	327	
心部	心	心部	《說文》人心，土藏，在身之中。象形。博士說以爲火藏。〈徐曰〉心爲大火，然則心屬火也。（一畫）	採爲首義	303	徐鍇語。
	息	心部	《說文》喘也。　◎从心从自，自亦聲。〈徐鍇曰〉自，鼻也，氣息从鼻出。會意。（六畫）	採爲首義又補釋之	313	

心部	情	心部	無。	不採其說	317	以「性之動也」爲義。
	性	心部	無。	不採其說	309	採《中庸》爲首義。
	志	心部	《說文》从心之聲。志者，心之所之也。（三畫）	採爲首義	304	
	意	心部	又與抑通〈徐鍇曰〉見之於外曰意，意猶抑也，舍其言欲出而抑之。（九畫）	採爲次義	322	以「志之發也」爲首義。
	悕	心部	《說文》意也。（六畫）	採爲首義	311	
	悳	心部	《說文》外得於人，內得於已也，从直从心。（八畫）	採爲首義	316	
	應	心部	《說文》當也，从心䧹聲。〈徐曰〉䧹，鷹字也。本作應，今作應。（十三畫）	採爲首義	333	徐鍇語。
	慎	心部	《說文》謹也。　◎〈徐鍇曰〉眞心爲慎，不鹵莽也。（十畫）	採爲首義	324	
	忠	心部	《說文》敬也。（四畫）	採爲首義	305	
	愨	心部	《說文》謹也，从心㱿聲。（十畫）	採爲首義	324	
	懇	心部	無。	不採其說	336	採《正字通》爲首義。
	快	心部	《說文》喜也，从心夬聲。（四畫）	採爲首義	305	
	愷	心部	《說文》康也。（十畫）	採爲首義	324	
	愜	心部	《說文》快也。（九畫）	採爲首義	323	
	念	心部	無。	不採其說	306	採《爾雅》爲首義。
	怤	心部	《說文》思也。（五畫）	採爲首義	309	
	憲	心部	又《說文》敏也。……〈徐鍇曰〉目與心應爲敏也。（十二畫）	採爲次義	332	以「以懸法示人曰憲」爲首義。
	憕	心部	《說文》平也。（十二畫）	採爲首義	330	
	戁	心部	《說文》敬也，从心難聲。（十九畫）	採爲首義	337	
	忻	心部	《說文》闓也。（四畫）	採爲首義	306	
	惲	心部	《說文》遲也。（九畫）	採爲首義	322	
	惲	心部	《說文》重厚也，从心軍聲。（九畫）	採爲首義	320	
	惇	心部	《說文》厚也。本作𢶏，从心臺聲。今作惇。（八畫）	採爲首義	318	
	忼	心部	《說文》慨也。忼慨意氣，感激不平也。感傷也。又倜儻也。又竭誠也。（四畫）	採爲首義	306	
	慨	心部	《說文》忼慨壯士不得志也，从心既聲。〈徐曰〉內自高亢憤激也。（十一畫）	採爲首義	327	徐鍇語。
	悃	心部	《說文》愊也，从心困聲。（七畫）	不採其說	314	

心部	愊	心部	無。	不採其說	322	以「誠志也」為首義。
	愿	心部	《說文》謹也。又愨也。善也。（十畫）	採為首義	325	
	慧	心部	《說文》儇也，从心彗聲。〈徐曰〉儇敏也。（十一畫）	採為首義	327	徐鍇語。
	憭	心部	《說文》慧也，从心尞聲。（十二畫）	採為首義	331	
	恔	心部	《說文》憭也。 又《說文》下交切，義與上聲同。或从爻。（六畫）	採為首義及次義	312	
	瘱	疒部	無。	不採其說	707	以「靜也」為首義。
	恖	心部	無。	不採其說	314	採《集韻》為首義。
	悰	心部	《說文》樂也，从心宗聲。（八畫）	採為首義	316	
	恬	心部	《說文》安也，从心甜省聲。（六畫）	採為首義	313	
	恢	心部	《說文》大也，从心灰聲。（六畫）	採為首義	312	
	恭	心部	《說文》肅也。（六畫）	採為首義	313	
	憼	心部	《說文》敬也，从心敬聲。與儆通。又《說文》肅也。（十三畫）	採為首義及次義	332	
	恕	心部	《說文》仁也。（六畫）	採為首義	312	
	怡	心部	《說文》和也。（五畫）	採為首義	309	
	慈	心部	《說文》愛也，从心茲聲。（十畫）	採為首義	325	
	恀	心部	無。	不採其說	306	採《玉篇》為首義。
	慺	心部	《說文》恀慺，不憂事也，从心婁聲。（十畫）	採為首義	325	
	恮	心部	《說文》謹也，从心全聲。（六畫）	採為首義	313	
	恩	心部	《說文》惠也，从心因聲。〈徐曰〉因者有所因也，因心為恩。（六畫）	採為首義	313	徐鍇語。見《說文繫傳·通論下》
	憼	心部	《說文》高也。一曰極也。一曰困劣也，从心帶聲。（十一畫）	採為首義	328	
	愻	心部	《說文》問也。敬謹也，从心欶聲。一曰說也。一曰甘也。（十二畫）	採為首義	330	
	懬	心部	《說文》闊也，从心从廣，廣亦聲。一曰廣也，大也。一曰寬也。（十五畫）	採為首義	335	
	悈	心部	《說文》飾也，从心戒聲。（七畫）	採為首義	314	
	慦	心部	《說文》謹也，从心喾聲。（十畫）	採為首義	324	
	慶	心部	《說文》行賀人也。（十一畫）	採為首義	328	
	愃	心部	《說文》寬嫺心腹貌，从心宣聲。（九畫）	採為首義	321	

心部	愻	心部	《說文》順也。（十畫）	採爲首義	324	
	寋	心部	《說文》實也。（十畫）	採爲首義	325	
	恂	心部	《說文》信心也，从心旬聲。（六畫）	採爲首義	311	
	忱	心部	無。	不採其說	306	採《字彙》爲首義。
	惟	心部	《說文》凡思也，从心隹聲。（八畫）	採爲首義	319	
	懷	心部	《說文》念思也，从心褱聲。（十六畫）	採爲首義	336	
	惀	心部	《說文》欲知之貌，从心侖聲。（八畫）	採爲首義	317	
	想	心部	《說文》冀思也。（九畫）	採爲首義	320	
	㥞	心部	《說文》徐醉切，深也，从心豕聲。（九畫）	採爲首義	321	
	慉	心部	《說文》起也，从心畜聲。（十畫）	採爲首義	325	
	意	心部	《說文》滿也。一曰十萬曰意。（十二畫）	採爲首義	331	
	㥶	心部	《說文》憂也。（八畫）	採爲首義	317	
	憀	心部	《說文》憀然也。（十一畫）	採爲首義	329	
	悆	心部	無。	不採其說	323	採《正字通》爲首義。
	慺	心部	無。	不採其說	324	採《集韻》爲首義。
	懼	心部	《說文》恐也，从心瞿聲。或省作瞿。（十八畫）	採爲首義	336	
	怙	心部	《說文》恃也。（五畫）	採爲首義	308	
	恃	心部	《說文》賴也，从心寺聲。（六畫）	採爲首義	311	
	慒	心部	《說文》慮也，从心曹聲。（十一畫）	採爲首義	326	
	悟	心部	《說文》覺也，从心吾聲。（七畫）	採爲首義	316	
	憮	心部	《說文》愛也，从心無聲。（十二畫）	採爲首義	332	
	炁	心部	《說文》小篆愛字。〈徐鍇曰〉炁者，惠也，从心旡爲炁。（四畫）	採爲首義	306	
	㥯	心部	無。	不採其說	322	以「智也」爲首義。
	慰	心部	無。	不採其說	328	逕云「同慰」爲首義。
	慇	心部	《說文》謹也，从心㝷聲。（十二畫）	採爲首義	332	
	篤	竹部	《說文》箸也。或作憄，通作篤。（十一畫）	採爲首義	825	
	怞	心部	《說文》郎也。（五畫）	採爲首義	309	
	愳	心部	《說文》撫也，从心某聲。（九畫）	採爲首義	321	
	忞	心部	《說文》彊也。（四畫）	採爲首義	305	

心部	懢	心部	無。	不採其說	326	採《爾雅》爲首義
	恓	心部	《說文》勉也。（九畫）	採爲首義	322	
	愧	心部	《說文》習也。（六畫）	採爲首義	312	
	懋	心部	《說文》勉也，从心楙聲。（十三畫）	採爲首義	333	
	慕	心部	《說文》習也，愛而習翫，模範之也。（十一畫）	採爲首義	326	
	悛	心部	《說文》止也。 又《說文》信心也。（七畫）	採爲首義及次義	315	
	悷	心部	無。	不採其說	317	以「退也」爲首義。
	懇	心部	《說文》趨步懇懇也，从心與聲。（十四畫）	採爲首義	334	
	愮	心部	《說文》說也，从心舀聲。（十畫）	採爲首義	325	
	懕	心部	《說文》安也，从心厭聲。 又《說文》引《詩》作懨。	採爲首義及次義	334	
	憺	心部	《說文》安也，从心詹聲。（十三畫）	採爲首義	332	
	怕	心部	又《說文》無爲也（五畫）	採爲次義	308	採《集韻》爲首義。
	恤	心部	《說文》憂也，从心血聲。（六畫）	採爲首義	313	
	忓	心部	《說文》極也。（三畫）	採爲首義	304	
	懽	心部	無。	不採其說	337	以「喜也」爲首義。
	愚	心部	《說文》懽也，从心禺聲。琅邪朱虛有愚亭。（九畫）	採爲首義	323	
	愁	心部	《說文》饑餓也，从心叔聲。一曰憂也。（八畫）	採爲首義	317	
	恂	心部	《說文》勞也。（九畫）	採爲首義	321	
	憸	心部	《說文》憸詖也。憸利於上佞人也。（十三畫）	採爲首義	332	
	愒	心部	《說文》息也，从心曷聲。（九畫）	採爲首義	322	
	憨	心部	《說文》千短切，攬上聲。精戇也，从心㲋聲。（十二畫）	採爲首義	330	
	怌	心部	無。	採爲首義	308	採《正字通》爲首義。
	急	心部	又《說文》褊也。 ◎本作㤜。《說文》从心及聲。隸作急。㣇即及字。（五畫）	採爲次義又補釋之	309	採《釋名》爲首義。
	辡	心部	《說文》憂也。一曰急也，从心弁聲。又从二辛，會憂意。或書作慈。（十四畫）	採爲首義	334	
	悈	心部	《說文》疾也，从心亟聲。一曰謹重貌。（九畫）	採爲首義	470	

心部	懝	心部	《說文》急也，从心瞏聲。（十三畫）	採爲首義	333	
	悭	心部	《說文》很也。（七畫）	採爲首義	315	
	慈	心部	《說文》急也。从心从弦，弦亦聲。河南密縣有慈亭。（八畫）	採爲首義	317	
	憬	心部	無。	不採其說	326	採《博雅》爲首義。
	懦	心部	《說文》从心需聲。駑弱者也。（十四畫）	採爲首義	335	
	恁	心部	《說文》下齎也，从心任聲。〈徐鍇曰〉心所齎，卑下也，俗言如此也。（六畫）	採爲首義	311	
	忕	心部	《說文》失常也。（五畫）	採爲首義	310	
	怚	心部	《說文》怚驕也（五畫）	採爲首義	308	
	悒	心部	《說文》不安也，从心邑聲。（七畫）	採爲首義	315	
	忺	心部	無。	不採其說	314	以「喜也」爲首義。
	忒	心部	《說文》更也，从心弋聲。（三畫）	採爲首義	304	
	憪	心部	《說文》愉也，从心閒聲。（十二畫）	採爲首義	331	
	愉	心部	無。	不採其說	322	採《玉篇》爲首義。
	懱	心部	《說文》輕易也。（十五畫）	採爲首義	335	
	愚	心部	無。	不採其說	323	採《正韻》爲首義。
	戇	心部	《說文》愚也。（二十四畫）	採爲首義	337	
	悇	心部	《說文》姦也。（八畫）	採爲首義	319	
	惷	心部	《說文》愚也，从心春聲。（十一畫）	採爲首義	329	
	疑	心部	《說文》駭也，一曰惶也。或書作懝。◎小兒有知也。本作嶷，或从心。（十四畫）	採爲首義又補釋之	334	
	忮	心部	《說文》很也，从心支聲。一曰懻忮，強害也。（四畫）	採爲首義	306	
	悍	心部	《說文》勇也，从心旱聲。（七畫）	採爲首義	315	
	態	心部	《說文》意也，从心从能。〈徐鍇曰〉心能其事，然後有態度也，或从人作能。（十畫）	採爲首義	326	
	怪	心部	《說文》異也。（五畫）	採爲首義	310	
	慺	心部	《說文》放也。（十二畫）	採爲首義	331	
	慢	心部	《說文》惰也，从心曼聲。一曰不畏也。（十一畫）	採爲首義	327	
	怠	心部	《說文》慢也。（五畫）	採爲首義	309	

心部	懈	心部	《說文》怠也，从心解聲。（十三畫）	採爲首義	333	
	憝	心部	《說文》怨也，从心敦聲。（十二畫）	採爲首義	331	
	慫	心部	《說文》驚也，从心從聲。（十一畫）	採爲首義	327	
	怫	心部	又《說文》鬱也。（五畫）	採爲次義	310	以「姓之費」爲首義。
	忿	心部	《說文》忽也。（四畫）	採爲首義	307	
	忽	心部	《說文》忘也，忽忽不省事也。◎《說文》从心勿聲。（四畫）	採爲首義又補釋之	306	
	忘	心部	《說文》不識也。◎《說文》从心从亡。會意。（三畫）	採爲首義又補釋之	304	
	憪	心部	無。	不採其說	328	採《廣韻》爲首義。
	恣	心部	《說文》縱也，从心次聲。（六畫）	採爲首義	313	
	惕	心部	《說文》放也。（九畫）	採爲首義	323	
	憧	心部	《說文》意不定也，从心童聲。（十二畫）	採爲首義	331	
	悝	心部	《說文》啁也，从心里聲。與詼通。（七畫）	採爲首義	316	
	憍	心部	《說文》權詐也，从心喬聲。言詭曰譑，心詭曰憍。（十二畫）	採爲首義	332	
	恶	心部	無。	不採其說	314	採《玉篇》爲首義。
	怳	心部	《說文》狂之貌。（五畫）	採爲首義	310	
	恑	心部	《說文》變也。（六畫）	採爲首義	312	
	懱	心部	《說文》有二心也。（十八畫）	採爲首義	336	
	悸	心部	《說文》心動也，从心季聲。（八畫）	採爲首義	317	
	憿	心部	《說文》幸也。亦作激，通作僥、徼。（十三畫）	採爲首義	333	
	憨	心部	《說文》善自用之意，从心銛聲。或从耳作聑，亦作憼。（十四畫）	採爲首義	334	
	忼	心部	《說文》貪也。（四畫）	採爲首義	305	
	惏	心部	無。	不採其說	318	採《廣韻》爲首義。
	懜	心部	《說文》不明也，从心夢聲。（十四畫）	採爲首義	334	
	愆	心部	《說文》過也。◎或作諐，亦作諐。《說文》《集韻》又作寒，籀作愆。（九畫）	採爲首義又補釋之	321	
	慊	心部	又《說文》疑也。或省作兼。或通作嫌。 又《說文》帷也，或从巾从廉。（十畫）	採爲次義	326	採《廣韻》爲首義。

心部	惑	心部	《說文》亂也，从心或聲。（八畫）	採爲首義	318	
	恨	心部	無。	不採其說	307	採《廣韻》爲首義。
	恑	心部	《說文》亂也。（五畫）	採爲首義	308	
	惷	心部	《說文》亂也，从心春聲。通作蠢。（九畫）	採爲首義	320	
	惛	心部	《說文》不憭也，从心昏聲。　又與悶同。《說文》懣也，或作惛。（八畫）	採爲首義及次義	319	
	忘	心部	《說文》癡貌。一曰靜也。又息也。（四畫）	採爲首義	305	
	憖	心部	《說文》譀言不慧也。或从言。（十六畫）	採爲首義	335	
	憒	心部	無。	不採其說	330	採《集韻》爲首義。
	忌	心部	《說文》憎惡也。　◎《說文》己心爲忌。會意。（三畫）	採爲首義又補釋之	304	
	忿	心部	《說文》悁也。（四畫）	採爲首義	307	
	悁	心部	《說文》忿也，从心昌聲。（七畫）	採爲首義	314	
	懟	心部	《說文》恨也，从心黎聲。一曰怠也。（十五畫）	採爲首義	335	
	恚	心部	《說文》恨也，从心圭聲。（六畫）	採爲首義	312	
	怨	心部	《說文》恚也。（五畫）	採爲首義	310	
	怒	心部	《說文》恚也。（五畫）	採爲首義	308	
	憝	心部	《說文》怨也，从心敦聲。（十二畫）	採爲首義	331	
	慍	心部	《說文》怒也。本作𧹞。（九畫）	採爲首義	323	
	惡	心部	無。	不採其說	319	採《廣韻》爲首義。
	憎	心部	《說文》惡也，从心曾聲。（十二畫）	採爲首義	330	
	怖	心部	無。	不採其說	306	採《玉篇》爲首義。
	忍	心部	《說文》怒也，从刀心。會意。（二畫）	採爲首義	303	
	愫	心部	《說文》怨恨也。（九畫）	採爲首義	321	
	恨	心部	《說文》怨也，从心艮聲。一曰怨之極也。（六畫）	採爲首義	313	
	懟	心部	《說文》怨也，从心對聲。或从言。（十四畫）	採爲首義	334	
	悔	心部	《說文》悔恨也。（七畫）	採爲首義	315	
	愷	心部	《說文》小怒也，从心壴聲。（九畫）	採爲首義	321	
	快	心部	《說文》不服懟也，从心夬聲。（五畫）	採爲首義	305	

心部	懣	心部	《說文》煩也。从心从滿,滿亦聲。(十四畫)	採爲首義	334	
	憒	心部	《說文》懣也,从心貴聲。(十二畫)	採爲首義	331	
	悶	心部	《說文》懣也。(八畫)	採爲首義	317	
	惆	心部	《說文》失意也,从心周聲。(八畫)	採爲首義	317	
	悵	心部	《說文》望恨也。(八畫)	採爲首義	317	
	慷	心部	《說文》太息也。(十畫)	採爲首義	325	
	慅	心部	《說文》愁不安也,从心蚤聲。 又《說文》動也。本作慅。(十三畫)	採爲首義及次義	333	
	愴	心部	《說文》傷也,从心倉聲。(十畫)	採爲首義	324	
	怛	心部	《說文》憯也。(五畫)	採爲首義	308	
	憯	心部	《說文》痛也,从心朁聲。(十四畫)	採爲首義	335	
	慘	心部	無。	不採其說	326	以「痛也」爲首義。
	悽	心部	《說文》痛也,从心妻聲。(八畫)	採爲首義	317	
	恫	心部	《說文》痛心,从心同聲。(六畫)	採爲首義	313	
	悲	心部	《說文》痛也,从心非聲。有聲無淚曰悲。(八畫)	採爲首義	316	
	惻	心部	《說文》痛也,从心則聲。(九畫)	採爲首義	321	
	惜	心部	《說文》痛也,从心昔聲。(八畫)	採爲首義	319	
	愍	心部	《說文》痛也,从心敃聲。(九畫)	採爲首義	322	
	慇	心部	《說文》痛也,从心殷聲。(十畫)	採爲首義	325	
	傯	心部	無。	不採其說	318	以「念痛聲也」爲首義。
	簡	竹部	無。	不採其說	827	採《正字通》爲首義。
	慅	心部	《說文》動也,从心蚤聲。一曰起也。或作慅。(十畫)	採爲首義	325	
	感	心部	無。	不採其說	323	採《廣韻》爲首義。
	忧	心部	無。	不採其說	305	採《玉篇》爲首義。
	慫	心部	無。	不採其說	317	以「怨仇也」爲首義。
	悁	心部	《說文》忿也,从心肙聲。(七畫)	採爲首義	314	
	怮	心部	《說文》憂貌,从心幼聲。(五畫)	採爲首義	310	
	忦	心部	《說文》憂也。(四畫)	採爲首義	305	
	恙	心部	無。	不採其說	312	採《爾雅》爲首義。
	惝	心部	《說文》憂懼也,从心耑聲。(九畫)	採爲首義	320	

心部	愁	心部	《說文》憂也，从心鈞聲。或作忳。（十二畫）	採爲首義	330	
	怲	心部	《說文》憂也，从心丙聲。（五畫）	採爲首義	310	
	㤎	心部	無。	不採其說	318	以「燔也」爲首義。
	惙	心部	《說文》憂也，从心叕聲。（八畫）	採爲首義	319	
	傷	心部	《說文》憂也，从心殤省聲。（十一畫）	採爲首義	328	
	愁	心部	《說文》憂也，从心秋聲。　又《說文》楢聚也。或作愀。（九畫）	採爲首義及次義	321	
	懰	心部	無。	不採其說	324	採《正字通》爲首義。
	悃	心部	《說文》憂困也，从心召聲。（八畫）	採爲首義	317	
	悠	心部	《說文》憂也，从心攸聲。（七畫）	採爲首義	316	
	悴	心部	《說文》憂也，从心卒聲。（八畫）	採爲首義	317	
	恩	心部	《說文》憂也，从心國聲。（十畫）	採爲首義	325	
	慇	心部	《說文》楚潁之閒謂憂曰慇。（十一畫）	採爲首義	327	
	忏	心部	《說文》憂也。　◎《說文》作忏。（三畫）	採爲首義又補釋之	304	
	忡	心部	《說文》憂也（四畫）	採爲首義	305	
	悄	心部	《說文》憂也。（七畫）	採爲首義	314	
	憾	心部	無。	不採其說	329	採《正字通》爲首義。
	慼	心部	《說文》愁也。人愁則形於顏面，故从心从頁，會意。或作慽，通作戚。（九畫）	採爲首義	323	
	患	心部	《說文》憂也。（七畫）	採爲首義	316	
	恇	心部	《說文》怯也，从心匡聲。（六畫）	採爲首義	311	
	悏	心部	《說文》思貌，从心夾聲。（七畫）	採爲首義	315	
	懾	心部	《說文》失氣也，从心聶聲。一曰服也，怖也。或作慴。（十八畫）	採爲首義	337	
	憚	心部	《說文》忌難也，从心單聲。一曰難也。（十二畫）	採爲首義	331	
	悼	心部	無。	不採其說	317	採《廣韻》爲首義。
	恐	心部	《說文》懼也，从心巩聲。〈徐曰〉恐猶兇也。（六畫）	採爲首義	312	徐鍇語。
	慴	心部	無。	不採其說	328	採《廣韻》爲首義。
	怵	心部	《說文》恐也。　又《說文》誘也。（五畫）	採爲首義及次義	310	

心部	惕	心部	《說文》敬也，从心易聲。 又《說文》或作愓。（八畫）	採爲首義及次義	318	
	恄	心部	無。	不採其說	313	以「戰慄也」爲首義。
	恑	心部	《說文》苦也，从心亥聲。一曰愁畏也。（六畫）	採爲首義	312	
	惶	心部	《說文》恐也，从心皇聲。（九畫）	採爲首義	320	
	怖	心部	無。	不採其說	315	逕云「怖本字」。
	慹	心部	《說文》怖也，从心執聲。（十一畫）	採爲首義	329	
	憋	心部	《說文》慹也，从心敝聲。 又《說文》難也。本作憋，或从心。（十三畫）	採爲首義及次義	333	
	慲	心部	《說文》憮本字。（十一畫）		326	
	惎	心部	《說文》毒也。（八畫）	採爲首義	318	
	恥	心部	《說文》辱也，从心耳聲。（六畫）	採爲首義	313	
	愧	心部	無。	不採其說	318	以「慚也」爲首義。
	忝	心部	《說文》忝本字。（四畫）	採爲首義	305	
	慚	心部	《說文》媿也。（十一畫）	採爲首義	326	
	恧	心部	《說文》慚也，从心而聲。〈徐曰〉心挫衄也。（六畫）	採爲首義	313	徐鍇語。
	怍	心部	《說文》慚也，从心作省聲。〈徐曰〉心作動也。（五畫）	採爲首義	307	徐鍇語。
	憐	心部	《說文》哀也。（十二畫）	採爲首義	330	
	漣	心部	《說文》泣下也，从心連聲。引《易》泣涕漣如。（十一畫）	採爲首義	327	
	忍	心部	《說文》能也。〈徐曰〉能，音耐，从心刃。（三畫）	採爲首義	304	徐鍇語。
	愠	心部	《說文》屬也，从心弜聲。一曰止也。（九畫）	採爲首義	321	
	忿	心部	《說文》懲也，从心乂聲。（二畫）	採爲首義	303	
	懲	心部	《說文》忿也，从心徵聲。通作徵。（十五畫）	採爲首義	335	
	憬	心部	《說文》覺寤也，从心景聲。引《詩·魯頌》憬彼淮夷。（十二畫）	採爲首義	331	
	慵	心部	《說文》懶也，从心庸聲。（十一畫）	採爲首義	328	
	悱	心部	無。	不採其說	316	採《論語》爲首義。
	怩	心部	《說文》忸怩，慚也，从心尼聲。（五畫）	採爲首義	310	

心部	㥓	心部	《說文》㥓懣，煩聲也。（八畫）	採爲首義	318	
	懣	心部	無。	不採其說	334	以「不和也」爲首義。
	懇	心部	《說文》悃也，从心狠聲。本作懇，今作懇。（十三畫）	採爲首義	333	
	忖	心部	《說文》度也，从心寸聲。（三畫）	採爲首義	304	
	怊	心部	《說文》悲也。（五畫）	採爲首義	307	
	慟	心部	無。	不採其說	327	以「哀過也」爲首義。
	惹	心部	《說文》亂也，从心若聲。（九畫）	採爲首義	321	
	恔	心部	《說文》用心也。（六畫）	採爲首義	314	
	悌	心部	《說文》善兄弟也，从心弟聲。經典通用弟。（七畫）	採爲首義	314	
	懌	心部	《說文》悅也，从心睪聲。（十三畫）	採爲首義	334	
惢部	惢	心部	《說文》心疑也，从三心。（八畫）	採爲首義	319	
	繠	糸部	無。	不採其說	867	採《廣韻》爲首義。

徐鉉校定《說文》卷十一

說文部首	字例	《康熙字典》				備　註
		歸部	引用《說文》之釋語	引用情形	頁碼	
水部	水	水部	《說文》準也。北方之行，象眾水並流，中有微陽之氣也。〈徐鉉曰〉眾屈爲水，至柔能攻堅，故一其內也。（一畫）	採爲首義	531	
	汃	水部	《說文》西極之水也。引《爾雅》「東至於泰遠，西至於汃國」。（二畫）	採爲首義	532	
	河	水部	《說文》水出焞煌塞外崑崙山，發源注海。（五畫）	採爲首義	541	
	泑	水部	《說文》澤在昆崙山下。（五畫）	採爲首義	544	
	涷	水部	《說文》涷水出發鳩山，入于河。（八畫）	採爲首義	556	
	涪	水部	無。	不採其說	555	以「水名」爲首義。
	潼	水部	《說文》水出廣漢梓潼北界。（十二畫）	採爲首義	579	
	江	水部	說文》水出蜀湔氏徼外岷山，入海。（三畫）	採爲首義	534	
	沱	水部	《說文》水別流也，出㟭山。（五畫）	採爲首義	541	
	浙	水部	《說文》江水東至會稽山陰爲浙江。（七畫）	採爲首義	551	
	涐	水部	《說文》水出蜀汶江徼外，東南入江。（七畫）	採爲首義	554	
	湔	水部	無。	不採其說	565	以「水名」爲首義。
	沫	水部	《說文》水出蜀西徼外，東南入江。（五畫）	採爲首義	540	
	溫	水部	《說文》水出犍爲，涪南入黔水。（九畫）	採爲首義	562	
	灊	水部	《說文》水出巴郡宕渠西南，入江。（十八畫）	採爲首義	590	
	沮	水部	《說文》水出漢中房陵，東入江。（五畫）	採爲首義	541	
	滇	水部	《說文》益州池名。（十畫）	採爲首義	570	
	涂	水部	《說文》水出益州牧靡南山，西北入澠。（七畫）	採爲首義	553	
	沅	水部	《說文》水出牂牁故且蘭，東北入江。（四畫）	採爲首義	538	

水部	淹	水部	《說文》水出越嶲徼外，東入若水。（八畫）	採為首義	560	
	溺	水部	又《說文》水自張掖刪丹，西至酒泉合黎，餘波入于流沙。（十畫）	採為次義	569	以「沒也」為首義。
	洮	水部	《說文》水出隴西臨洮，東北入河。（六畫）	採為首義	550	
	涇	水部	《說文》水出安定涇陽开頭山。（七畫）	採為首義	554	
	渭	水部	《說文》水出隴西首陽渭首亭。（九畫）	採為首義	563	
	漾	水部	《說文》水出隴西氐道。（十一畫）	採為首義	576	
	漢	水部	無。	不採其說	574	以「水名」為首義。
	浪	水部	無。	不採其說	552	以「滄浪，水名」為首義。
	沔	水部	《說文》沔水，出武都沮縣東狼谷，東南入江。（四畫）	採為首義	539	
	湟	水部	《說文》水出金城臨羌塞外，東入河。（九畫）	採為首義	565	
	汧	水部	《說文》水出扶風汧縣，西北入渭。（六畫）	採為首義	549	
	澇	水部	《說文》水出扶風鄠北，亦作潦。（十二畫）	採為首義	579	
	漆	水部	《說文》水出石扶風杜陵岐山。（十二畫）	採為首義	572	
	滻	水部	《說文》水出京兆藍田谷。（十二畫）	採為首義	572	
	洛	水部	無。	不採其說	548	採《春秋說題辭》為首義。
	淯	水部	《說文》水出弘農盧氏山，東南入沔。（八畫）	採為首義	559	
	汝	水部	《說文》水出弘農盧氏還歸，山東入淮。（三畫）	採為首義	534	
	潩	水部	《說文》水出河南密縣大隗山。（十二畫）	採為首義	578	
	汾	水部	《說文》水出太原晉陽山，西南入河。或曰出汾陽北山。冀州浸。（四畫）	採為首義	537	
	澮	水部	無。	不採其說	578	以「水名」為首義。
	沁	水部	《說文》水出上黨羊頭山。（四畫）	採為首義	537	
	沾	水部	《說文》水出壺關，東入淇。　又《說文》一曰益也，義同添。〈徐鉉曰〉今俗別作添，非是。（五畫）	採為首義及次義	542	

水部	潞	水部	無。	不採其說	577	以「水名」爲首義。
	漳	水部	無。	不採其說	575	以「水名」爲首義。
	淇	水部	《說文》水出河內共北山，東入河。（八畫）	採爲首義	557	
	蕩	艸部	無	不採其說	986	以「大也」爲首義。
	沁	水部	《說文》水出河東東垣王屋山。（四畫）	採爲首義	538	
	沛	水部	《說文》沛沈也，東流於海。（五畫）	採爲首義	547	
	洈	水部	無。	不採其說	547	以「水名，在南郡」爲首義。
	溠	水部	《說文》水在漢南荊州浸。（十畫）	採爲首義	568	
	洭	水部	《說文》水出桂陽縣盧聚，山洭浦關爲桂水。（六畫）	採爲首義	549	
	澧	水部	《說文》水出廬江入淮。（十二畫）	採爲首義	576	
	灌	水部	《說文》水出廬江雩婁，北入淮。（十八畫）	採爲首義	590	
	漸	水部	《說文》水出丹陽黟南蠻中，東入海。（十一畫）	採爲首義	575	
	泠	水部	《說文》水出丹陽宛陵，西北入江。（五畫）	採爲首義	545	
	潐	水部	《說文》水在丹陽，或省作淖。（十四畫）	採爲首義	584	
	溧	水部	《說文》水出丹陽溧陽縣。（十畫）	採爲首義	568	
	湘	水部	《說文》水出零陵陽海山，北入江。（九畫）	採爲首義	565	
	汨	水部	《說文》長沙汨羅淵，屈原所沉之水。（四畫）	採爲首義	535	
	溱	水部	《說文》水出桂陽臨武入淮。（十畫）	採爲首義	568	
	深	水部	《說文》水出桂陽南平，西入營道。（八畫）	採爲首義	560	
	潭	水部	《說文》水出武陵潭成玉山。（十二畫）	採爲首義	578	
	油	水部	《說文》水出武陵孱陵，東南入江。（五畫）	採爲首義	542	
	潰	水部	《說文》水出豫章艾縣，西入湘。（十二畫）	採爲首義	576	
	滇	水部	《說文》水出南海龍川，西入溱。（九畫）	採爲首義	565	

水部	溜	水部	《說文》水在鬱林郡。（十畫）	採爲首義	567	
	溱	水部	《說文》水出河南密縣，東入潁。（十七畫）	採爲首義	589	
	潕	水部	《說文》水出南陽舞陰。（十二畫）	採爲首義	577	
	滶	水部	《說文》水出南陽魯陽入城父。（十二畫）	採爲首義	572	
	瀙	水部	《說文》水出南陽舞中陽山入潁。（十六畫）	採爲首義	587	
	淮	水部	《說文》水出南陽平氏桐柏大復山，東南入海。（八畫）	採爲首義	559	
	滍	水部	《說文》水出南陽魯陽堯山，東北入汝。（十畫）	採爲首義	570	
	澧	水部	《說文》水出南陽雉衡山。（十三畫）	採爲首義	581	
	潩	水部	無。	不採其說	569	以「水名」爲首義。
	泜	水部	《說文》水出汝南弋陽垂山，東入淮。亦作澨。（八畫）	採爲首義	558	
	澹	水部	《說文》本作濇。（十三畫）	採爲首義	582	
	洧	水部	《說文》水出汝南新郪，入潁。（六畫）	採爲首義	547	
	灈	水部	無。	不採其說	590	以「水名」爲首義。
	潁	水部	無。	不採其說	576	以「水名」爲首義。
	洎	水部	《說文》水出潁川陽城山，東南入潁。（六畫）	採爲首義	549	
	瀷	水部	《說文》水出潁川陽城少室山，東入潁。或作瀷，亦作澺。（十四畫）	採爲首義	584	
	渦	水部	《說文》水受淮陽扶溝浪蕩渠，東入淮。（十三畫）	採爲首義	582	
	泄	水部	《說文》水受九江博安洵波，北入氐。（五畫）	採爲首義	543	
	汳	水部	無。	不採其說	536	以「水名」爲首義。
	澮	水部	《說文》水出靃山，西南入汾。（十三畫）	採爲首義	581	
	淩	水部	無。	不採其說	559	採《博雅》爲首義。
	濮	水部	《說文》水出東郡濮陽，南入鉅野。（十四畫）	採爲首義	585	
	灅	水部	《說文》齊魯閒水也。（十五畫）	採爲首義	586	
	潔	水部	《說文》水在魯。（十一畫）	採爲首義	575	

水部	淨	水部	《說文》魯北城門池也。亦作才性切。（八畫）	採為首義	558	
	濕	水部	《說文》水出東郡東武陽，入海。（十三畫）	採為首義	583	
	泡	水部	《說文》水出山陽平樂，東北入泗。（五畫）	採為首義	545	
	菏	水部	《說文》菏澤水在山陽湖陵。（九畫）	採為首義	563	
	泗	水部	《說文》水受沛水，東入淮。（五畫）	採為首義	544	
	洹	水部	無。	不採其說	550	以「水名」為首義。
	濮	水部	《說文》河濮水在宋。（八畫）	採為首義	590	
	澶	水部	《說文》澶淵水在宋。一曰衛地名。（十三畫）	採為首義	581	
	洙	水部	無。	不採其說	548	以「水名」為首義。
	沭	水部	《說文》沭水出青州浸。（五畫）	採為首義	541	
	沂	水部	《說文》水出東海費縣。一曰沂水出泰山，蓋青州浸。（四畫）	採為首義	537	
	洋	水部	《說文》水出齊臨朐高山，東北入鉅定。（六畫）	採為首義	547	
	濁	水部	《說文》水出齊郡屬嬀山。（十三畫）	採為首義	582	
	溉	水部	《說文》水出東海桑瀆覆甑山。（十一畫）	採為首義	573	
	灘	水部	無。	不採其說	585	以「水名」為首義。
	浯	水部	《說文》水出琅邪靈門壺山，東北入濰。（七畫）	採為首義	553	
	汶	水部	又《前漢・地理志》瑯邪郡朱虛縣東泰山汶水所出，東至安丘入維。《說文》維作濰。（四畫）	採為次義	536	以「水名」為首義。
	治	水部	《說文》水出東萊曲城陽丘山，南入海。（五畫）	採為首義	542	
	浸	水部	無。	不採其說	568	採《正字通》為首義。「寖」在宀部，亦不採其說
	渦	水部	《說文》水出趙減襄國之西山。（九畫）	採為首義	565	
	漉	水部	《說文》水出趙國東入渦。（十畫）	採為首義	570	
	渚	水部	《說文》水出常山中丘逢山，東入渦。（九畫）	採為首義	561	
	洨	水部	《說文》水出常山石邑井陘，東南入泜。（六畫）	採為首義	549	

水部	濟	水部	《說文》水出常山郡房子縣贊皇山。（十四畫）	採爲首義	584	
	泜	水部	無。	不採其說	544	以「水名，在常山」爲首義。
	濡	水部	《說文》水出涿郡故安，東入漆涑。（十四畫）	採爲首義	584	
	灅	水部	無。	不採其說	590	以「水名」爲首義。
	沽	水部	無。	不採其說	542	以「水名」爲首義。
	沛	水部	《說文》沛水出遼東番汗塞外，西南入海。（四畫）	採爲首義	540	
	浿	水部	《說文》水出樂浪鏤方，東入海。（七畫）	採爲首義	553	
	瀤	水部	《說文》北方水也。（十六畫）	採爲首義	588	
	灢	水部	《說文》水出鴈門陰館累頭山。一曰治水也。（二十一畫）	採爲首義	592	
	漊	水部	《說文》水出北地直路西，東入洛。（十一畫）	採爲首義	571	
	泒	水部	《說文》水起雁門俀人戍夫山，東北入海。（五畫）	採爲首義	544	
	滱	水部	《說文》水起北地靈丘，東入於河。（十一畫）	採爲首義	571	
	淶	水部	《說文》水起北地廣昌，東入河。（八畫）	採爲首義	560	
	泥	水部	《說文》水出北地郁郅北蠻中。（五畫）	採爲首義	545	
	湳	水部	《說文》西河美稷保東北水。（九畫）	採爲首義	566	
	漹	水部	《說文》水出西河中陽北沙。（十一畫）	採爲首義	575	
	涶	水部	《說文》河津也，在西河西。　又與唾同。《說文》口液也。或从水作涶。（八畫）	採爲首義及次義	556	
	灡	水部	《說文》水也。一曰水搖蕩貌。（二十畫）	採爲首義	591	
	洶	水部	《說文》渦中水也。（六畫）	採爲首義	550	
	淁	水部	《說文》水出北嚻山，入邙澤。（八畫）	採爲首義	556	
	汩	水部	《說文》水也。出上黨。（三畫）	採爲首義	534	
	渲	水部	《說文》水也。一曰出潁川。（八畫）	採爲首義	557	
	淓	水部	《說文》水也。（八畫）	採爲首義	556	
	浘	水部	《說文》水也。（八畫）	採爲首義	556	

水部	㵄	水部	《說文》水也。（十二畫）	採爲首義	578	
	沈	水部	無。	不採其說	538	以「水名，在高密」爲首義。
	洇	水部	無。	不採其說	547	以「與湮同，一曰水名」爲首義。
	淉	水部	《說文》水也。（八畫）	採爲首義	557	
	湏	水部	《說文》水也。或作㵎。（十畫）	採爲首義	567	
	㶄	水部	《說文》水也。一曰水名。（七畫）	採爲首義	551	
	㳶	水部	《說文》水也。一曰水名。　又《說文》酒厚也。（八畫）	採爲首義及次義	556	
	汝	水部	《說文》水也。一曰水名，在襄陽。（三畫）	採爲首義	533	
	洦	水部	《說文》淺水也。（六畫）	採爲首義	549	
	汗	水部	《說文》水液也。（三畫）	採爲首義	533	
	洍	水部	《說文》水也。引《詩》江有洍。（六畫）	採爲首義	547	
	瀣	水部	《說文》渤瀣，海之別名也。（十三畫）	採爲首義	580	
	漠	水部	《說文》北方流沙也，與幕通。（十一畫）	採爲首義	574	
	海	水部	《說文》天池也，以納百川者。（七畫）	採爲首義	553	
	溥	水部	《說文》大也。（十畫）	採爲首義	568	
	瀾	水部	《說文》水大至也。（十七畫）	採爲首義	589	
	洪	水部	《說文》洚水也。（六畫）	採爲首義	549	
	洚	水部	《說文》水不遵道也。（六畫）	採爲首義	548	
	衍	行部	《說文》水朝宗于海也。（三畫）	採爲首義	1036	
	淖	水部	《說文》水朝宗於海，从水朝省。隸作潮。（八畫）	採爲首義	557	
	瀆	水部	《說文》水脈行地中瀆瀆也。一曰水門。（十四畫）	採爲首義	584	
	滔	水部	《說文》水漫漫大貌。（十畫）	採爲首義	571	
	涓	水部	《說文》小流也。《爾雅》曰汝爲涓。（七畫）	採爲首義	555	
	混	水部	《說文》豐流也。一曰雜流或作渾。（八畫）	採爲首義	560	
	潒	水部	《說文》水潒潒也。讀若蕩。（十二畫）	採爲首義	576	

水部	漦	水部	《說文》順流也。一曰水名。（十一畫）	採爲首義	574	
	汭	水部	又《說文》水相入貌。一曰小水入大水也。（四畫）	採爲次義	535	以「水名」爲首義。
	潚	水部	《說文》深清也。（十二畫）	採爲首義	577	
	演	水部	《說文》長流也。（十一畫）	採爲首義	573	
	渙	水部	無。	不採其說	561	以「水名」爲首義。
	泌	水部	《說文》俠流也。一曰泉貌。（五畫）	採爲首義	543	
	活	水部	無。	不採其說	550	以「水名」爲首義。
	湝	水部	《說文》水流湝湝也，从水皆聲。〈徐曰〉眾流之貌。（九畫）	採爲首義	565	徐鍇語。
	泫	水部	《說文》湝流也。（五畫）	採爲首義	546	
	淲	水部	《說文》水流貌。引《詩》淲也。（八畫）	採爲首義	560	
	淢	水部	《說文》疾流也。（八畫）	採爲首義	558	
	瀏	水部	無。	不採其說	587	以「水清貌」爲首義。
	瀄	水部	《說文》礙流也，與瀄同。（十七畫）	採爲首義	589	
	滂	水部	《說文》沛也。（十畫）	採爲首義	569	
	汪	水部	《說文》深廣也。（四畫）	採爲首義	535	
	漻	水部	《說文》清深也。（十一畫）	採爲首義	576	
	泚	水部	又《說文》長沙之山，泚水出焉。（五畫）	採爲次義	544	以「水清也」爲首義。
	況	水部	《說文》寒水也。（五畫）	採爲首義	543	
	沖	水部	《說文》涌搖也。（四畫）	採爲首義	539	
	汎	水部	《說文》浮貌。一曰任風波自縱也。（三畫）	採爲首義	532	
	沄	水部	《說文》轉流也。（四畫）	採爲首義	538	
	浩	水部	無。	不採其說	552	以「大水貌」爲首義。
	沆	水部	《說文》莽沆大水也。一曰大澤貌。（四畫）	採爲首義	538	
	泬	水部	《說文》水從孔穴疾出也。（五畫）	採爲首義	546	
	瀑	水部	《說文》水暴至聲。（十三畫）	採爲首義	583	
	瀸	水部	《說文》水小聲。（十八畫）	採爲首義	590	
	滃	水部	《說文》雲氣起也。　又《說文》大水貌。（十畫）	採爲首義及次義	569	
	滕	水部	《說文》水超涌也。與騰通。（十畫）	採爲首義	571	

水部	潏	水部	《說文》涌出也。（十二畫）	採爲首義	576	
	洸	水部	《說文》水涌光也。（六畫）	採爲首義	550	
	波	水部	《說文》水涌流也。（五畫）	採爲首義	545	
	瀾	水部	《說文》江水大波，謂之瀾。（十二畫）	採爲首義	580	
	瀾	水部	無。	不採其說	589	以「大波也」爲首義。
	淪	水部	《說文》水波也。（八畫）	採爲首義	559	
	漂	水部	《說文》漂浮也。（十一畫）	採爲首義	572	
	浮	水部	《說文》氾也。（七畫）	採爲首義	552	
	濫	水部	《說文》氾也。（十四畫）	採爲首義	585	
	氾	水部	無。	不採其說	531	以「水延漫也」爲首義。
	泓	水部	《說文》下深貌。一曰水清貌。（五畫）	採爲首義	544	
	潿	水部	《說文》回也。一曰水名也。（九畫）	採爲首義	564	
	測	水部	《說文》深所至也。（九畫）	採爲首義	563	
	湍	水部	《說文》疾瀨也。（九畫）	採爲首義	564	
	淙	水部	《說文》水聲也。一曰水流貌。（八畫）	採爲首義	558	
	激	水部	《說文》礙衺疾波也。一曰半遮也。（十三畫）	採爲首義	582	
	洞	水部	《說文》疾流也。（六畫）	採爲首義	548	
	瀹	水部	無。	不採其說	588	以「大波也」爲首義。
	洶	水部	《說文》涌也。一曰洶涌水聲。（六畫）	採爲首義	550	
	涌	水部	《說文》騰也。（七畫）	採爲首義	554	
	洎	水部	《說文》洎淈瀘也。（九畫）	採爲首義	564	
	涳	水部	《說文》直流也。一曰空濛細雨。（八畫）	採爲首義	556	
	汋	水部	《說文》激水聲也。（三畫）	採爲首義	532	
	瀾	水部	無。	不採其說	588	採《玉篇》爲首義。
	渾	水部	《說文》混流聲。（九畫）	採爲首義	563	
	洌	水部	《說文》水清也。（六畫）	採爲首義	547	
	淑	水部	《說文》清湛也。（八畫）	採爲首義	557	
	溶	水部	《說文》水盛也。一曰安流。（十畫）	採爲首義	569	
	澂	水部	無。	不採其說	579	採《揚子・方言》爲首義。

水部	淸	水部	《說文》腺也，澂水之貌。（八畫）	採爲首義	560	
	湜	水部	《說文》水清底見也。一曰持正貌。（九畫）	採爲首義	565	
	潣	水部	《說文》水流浼浼貌。（十二畫）	採爲首義	577	
	滲	水部	《說文》下漉也。（十一畫）	採爲首義	571	
	澶	水部	《說文》不流濁也，與漳通。（十二畫）	採爲首義	579	
	溷	水部	《說文》亂也。一曰水濁。（十畫）	採爲首義	569	
	淈	水部	《說文》濁也。一曰滒泥。（八畫）	採爲首義	557	
	淀	水部	《說文》回泉也。（七畫）	採爲首義	554	
	漼	水部	《說文》深也。（十一畫）	採爲首義	576	
	淵	水部	《說文》回水也。从水，象形。左右岸也，中象水貌。（八畫）	採爲首義	560	
	瀰	水部	《說文》水滿也。與濔同。（十三畫）	採爲首義	583	
	澹	水部	無。	不採其說	581	以「淡水貌」爲首義。
	潯	水部	《說文》旁深也。一曰水条也。或作薄潭。（十二畫）	採爲首義	578	
	泙	水部	《說文》谷也。一曰水名。（五畫）	採爲首義	544	
	泏	水部	《說文》水貌。一曰水出貌。（五畫）	採爲首義	544	
	瀳	水部	《說文》水至也。（十七畫）	採爲首義	589	
	澌	水部	《說文》土得水沮也。　◎《說文》本作㵐。（十五畫）	採爲首義又補釋之	586	
	滿	水部	《說文》盈溢也。　又同懣。《說文》煩也。或省作滿。（十二畫）	採爲首義及次義	572	
	滑	水部	《說文》利也。（十畫）	採爲首義	571	
	濇	水部	無。	不採其說	582	以「不滑也」爲首義。
	澤	水部	無。	不採其說	580	採《周語》爲首義。
	淫	水部	《說文》浸淫隨理也。（八畫）	採爲首義	559	
	瀸	水部	無。	不採其說	589	採《爾雅》爲首義。
	泆	水部	《說文》水所蕩泆也。與溢同。（五畫）	採爲首義	543	
	潰	水部	無。	不採其說	578	採《前漢・文帝紀》爲首義。
	沴	水部	《說文》水不利也。（五畫）	採爲首義	541	
	淺	水部	《說文》水不深也。（八畫）	採爲首義	560	
	洔	水部	《說文》水暫益且止，未減也。一曰與沚同。（六畫）	採爲首義	548	

水部	渻	水部	《說文》少減也。一曰水門。一曰水名。（九畫）	採爲首義	563	
	淖	水部	《說文》泥也。 又《說文》穀也。（八畫）	採爲首義及次義	557	
	澤	水部	《說文》小溼也。一曰汁漬也。（十四畫）	採爲首義	584	
	溽	水部	《說文》溼暑也。（十畫）	採爲首義	569	
	涅	水部	又《說文》黑土在水中也。（七畫）	採爲次義	554	以「水名」爲首義。
	滋	水部	《說文》水出牛飲山白陘谷。（十畫）	採爲首義	570	
	溜	水部	無。	不採其說	556	採《玉篇》爲首義。
	浥	水部	《說文》濕也。又漬潤也。（七畫）	採爲首義	552	
	沙	水部	《說文》水散石也。从水从少，水少沙見。楚東有沙水。（四畫）	採爲首義	539	
	瀨	水部	《說文》水流沙上也。（十六畫）	採爲首義	588	
	濆	水部	《說文》水厓也。（十三畫）	採爲首義	582	
	涘	水部	《說文》水厓也。（七畫）	採爲首義	555	
	汻	水部	《說文》水厓也。（四畫）	採爲首義	537	
	氿	水部	《說文》水厓枯土也。與厬同。（二畫）	採爲首義	532	
	湄	水部	《說文》水厓也。（十一畫）	採爲首義	573	
	浦	水部	《說文》瀕也。（七畫）	採爲首義	552	
	沚	水部	無。	不採其說	540	採《爾雅》爲首義。
	沸	水部	無。	不採其說	542	採《詩經》爲首義。
	澩	水部	《說文》小水入大水曰澩。（十二畫）	採爲首義	578	
	派	水部	《說文》別水也。一曰水分流也。（六畫）	採爲首義	551	
	汜	水部	《說文》水別復入水也。 又《說文》一曰汜窮瀆也。（三畫）	採爲首義及次義	533	
	湀	水部	《說文》湀辟深水處也。（九畫）	採爲首義	564	
	濘	水部	無。	不採其說	583	以「淖也」爲首義。
	熒	水部	《說文》絕小水也。（十畫）	採爲首義	570	
	洼	水部	無。	不採其說	550	以「水名」爲首義。
	窪	水部	《說文》清水也。一曰窊也。（十一畫）	採爲首義	574	《康熙字典》穴部有「窪」字，採《玉篇》爲首義，義同。
	潢	水部	《說文》積水。（十二畫）	採爲首義	577	

水部	沼	水部	《說文》池也。一說圓曰池，曲曰沼。（五畫）	採爲首義	542	
	湖	水部	《說文》大陂也。（九畫）	採爲首義	565	
	泧	水部	《說文》水都也。一曰水分流也。（四畫）	採爲首義	535	
	洫	水部	《說文》十里爲成，成閒廣八尺，深八尺謂之洫。（六畫）	採爲首義	549	
	溝	水部	《說文》水瀆廣四尺，深四尺。（十畫）	採爲首義	567	
	瀆	水部	《說文》溝也。（十五畫）	採爲首義	586	
	渠	水部	《說文》水所居也。（九畫）	採爲首義	561	
	瀹	水部	《說文》谷也。一曰寒也。一曰瀹瀹雨也。（十七畫）	採爲首義	589	
	湄	水部	無。	不採其說	564	採《爾雅》爲首義。
	洐	水部	《說文》溝水行也。（六畫）	採爲首義	548	
	澗	水部	《說文》山夾水也。（十二畫）	採爲首義	577	
	澳	水部	《說文》隈厓也。通作隩。（十三畫）	採爲首義	581	
	槃	水部	無。	不採其說	581	以「涸泉也」爲首義。
	灘	水部	《說文》水濡而乾也。（二十二畫）	採爲首義	592	
	汕	水部	《說文》魚游水貌。（三畫）	採爲首義	533	
	決	水部	無。	不採其說	537	以「水名」爲首義。
	灓	水部	《說文》漏流也。一曰潰也。（十九畫）	採爲首義	591	
	滴	水部	《說文》水注也。（十二畫）	採爲首義	572	
	注	水部	《說文》灌也。（五畫）	採爲首義	546	
	渷	水部	《說文》溉灌也。與沃同。（八畫）	採爲首義	556	
	潽	水部	《說文》所以攤水也。漢律曰：及其門首洒潽。（八畫）	採爲首義	558	與《博雅》並爲首義。
	滋	水部	《說文》埤增水邊，土人所止者。（十三畫）	採爲首義	581	
	津	水部	《說文》渡也。（六畫）	採爲首義	549	
	溯	水部	無。	不採其說	558	以「溯滂，水聲」爲首義。
	橫	水部	《說文》小津也。一曰以船渡也。（十六畫）	採爲首義	587	
	汧	水部	《說文》編木以渡也。一曰小木栰也。（五畫）	採爲首義	546	

水部	渡	水部	《說文》濟也。（九畫）	採為首義	562	
	沿	水部	《說文》沿緣水而下也。（五畫）	採為首義	542	
	泝	水部	無。	不採其說	545	採《爾雅》為首義。
	洄	水部	《說文》溯洄也。（六畫）	採為首義	547	
	泳	水部	《說文》潛行水中也。（五畫）	採為首義	547	
	潛	水部	《說文》涉水也。（十二畫）	採為首義	577	
	淦	水部	《說文》水入船中也。一曰泥也，或作汵。（八畫）	採為首義	558	
	泛	水部	《說文》浮也。一曰流也。通作汎。（五畫）	採為首義	544	
	汙	水部	《說文》浮行水上也。古或以汙為沒，或作泅。（三畫）	採為首義	533	
	砅	石部	《說文》履石渡水也，从水从石。（四畫）	採為首義	756	
	湊	水部	《說文》水上人所會也。一曰聚也。（九畫）	採為首義	564	
	湛	水部	《說文》沒也。一曰湛水豫章浸。 又《說文》作媅，樂也。（九畫）	採為首義及次義	565	
	湮	水部	《說文》湮沒也。通作洇。（九畫）	採為首義	566	
	沬	水部	無。	不採其說	531	採《玉篇》為首義。僅按語說明。
	沒	水部	《說文》沈也。（四畫）	採為首義	539	
	潰	水部	《說文》沒也。（九畫）	採為首義	562	
	滃	水部	《說文》雲氣起也。 又《說文》大水貌。（十畫）	採為首義及次義	569	
	泱	水部	《說文》滃也，雲氣起貌。（五畫）	採為首義	546	
	淒	水部	《說文》雲雨起貌。（八畫）	採為首義	557	
	湆	水部	《說文》雲雨貌。（九畫）	採為首義	563	
	溟	水部	《說文》小雨溟溟也。（十畫）	採為首義	568	
	凍	水部	《說文》小雨零貌。（六畫）	採為首義	548	
	瀑	水部	《說文》疾雨也。（十五畫）	採為首義	587	
	澍	水部	《說文》時雨澍生萬物。（十二畫）	採為首義	580	
	湒	水部	《說文》雨下也。一曰沸涌貌	採為首義	564	
	濱	水部	《說文》久雨涔濱也。一曰水名，在邵陵。本作資。（十三畫）	採為首義	581	

水部	潦	水部	《說文》雨大貌。（十二畫）	採爲首義	578	
	澬	水部	《說文》雨流霤下貌。（十四畫）	採爲首義	584	
	涿	水部	《說文》流下滴也。（八畫）	採爲首義	556	
	瀧	水部	《說文》雨瀧瀧貌。（十六畫）	採爲首義	588	
	溓	水部	《說文》沛之也。（九畫）	採爲首義	564	
	滈	水部	《說文》久雨也。一曰水名在鄠。（十畫）	採爲首義	570	
	溇	水部	《說文》雨溇溇也。一曰小雨不絕貌。（十一畫）	採爲首義	573	
	溦	水部	《說文》小雨也。（十畫）	採爲首義	568	
	濛	水部	《說文》微雨也。（十三畫）	採爲首義	583	
	沈	水部	《說文》陵上滈水也。一曰濁黕也。（四畫）	採爲首義	538	
	洅	水部	《說文》雷震洅洅也。（六畫）	採爲首義	547	
	滔	水部	《說文》泥水滔滔也。一曰繰絲湯。（八畫）	採爲首義	557	
	涵	水部	《說文》水澤多也。（八畫）	採爲首義	556	《說文》本作𣵽。
	潭	水部	《說文》漸濕也。（十畫）	採爲首義	568	
	瀀	水部	《說文》澤多也。（十五畫）	採爲首義	586	
	浘	水部	《說文》潰也。一曰浘陽渚在郫中。（七畫）	採爲首義	555	
	漬	水部	《說文》漚也。（十一畫）	採爲首義	575	
	漚	水部	《說文》久漬也。（十一畫）	採爲首義	574	
	浞	水部	《說文》濡也。（七畫）	採爲首義	551	
	渥	水部	《說文》霑也。（九畫）	採爲首義	562	
	溽	水部	《說文》濕也。（十畫）	採爲首義	570	
	洽	水部	無。	不採其說	550	以「和也，合也」爲首義。
	濃	水部	又《說文》露多也。（十三畫）	採爲次義	582	以「厚也」爲首義。
	瀌	水部	無。	不採其說	587	以「瀌瀌，雨雪盛貌」採爲首義。
	溓	水部	《說文》中絕小水，與濂同。　又《說文》相著也。（十畫）	採爲首義及次義	567	
	泐	水部	《說文》水石之理也。〈徐鉉曰〉言石因其脈理而解散也。（五畫）	採爲首義	544	

水部	滯	水部	《說文》凝也。(十一畫)	採爲首義	571	
	泜	水部	《說文》著止也。(四畫)	採爲首義	535	
	瀎	水部	《說文》水裂去也。(十五畫)	採爲首義	586	
	澌	水部	《說文》水索也。 又《說文》散聲也。〈徐曰〉若今謂馬鳴爲嘶也。(十二畫)	採爲首義及次義	579	二徐俱無此語。
	汔	水部	《說文》水涸也。一曰泣下。(三畫)	採爲首義	533	
	涸	水部	◎《說文》亦作㵠。(八畫)	列於字末補釋形義	556	
	消	水部	《說文》盡也。(七畫)	採爲首義	554	
	潐	水部	《說文》盡也。 又《說文》釃酒也。一曰浚也、滲也、盡也。(十二畫)	採爲首義及次義	576	
	渴	水部	《說文》本作潐,从欠渴聲。〈徐曰〉今俗用渴字。(九畫)	採爲首義	563	二徐俱無此語。鍇本作「飢潐字从欠」。
	潓	水部	《說文》水虛也。(十一畫)	採爲首義	575	
	溼	水部	《說文》幽溼也,从水,一所以覆也,覆而有土,故溼也。俗作濕。〈徐鉉曰〉今人不知以濕爲此字,濕乃水名,非此也。(十畫)	採爲首義	569	
	湆	水部	《說文》幽濕也。〈徐曰〉今人言浥湆也,从日與从月別。(九畫)	採爲首義	564	徐鍇語。
	洿	水部	《說文》水濁不流也。一曰窊下。(六畫)	採爲首義	551	
	浼	水部	無。	不採其說	553	採《揚子·方言》爲首義。
	汙	水部	《說文》濁水不流也。一曰窊下。 又《說文》薉也。又染也。一曰去垢汙曰汙。(三畫)	採爲首義及次義	533	
	湫	水部	又水名。《說文》有湫水在周地。(九畫)	採爲次義	566	以「北人呼水池爲湫」爲首義。
	潤	水部	無。	不採其說	577	以「澤也、滋也、益也」爲首義。
	準	水部	《說文》平也。(十畫)	採爲首義	567	
	汀	水部	《說文》平也。謂水際平地。(二畫)	採爲首義	532	
	沑	水部	《說文》水利也。一曰溫也。(四畫)	採爲首義	539	
	漢	水部	無。	不採其說	589	以「水名」爲首義。
	潐	水部	《說文》新也。一曰新水狀。(十三畫)	採爲首義	582	
	瀞	水部	《說文》無垢薉也,與淨通。(十六畫)	採爲首義	588	

水部	瀎	水部	《說文》拭滅貌。一曰塗也。（十五畫）	採爲首義	587	
	泧	水部	又《說文》瀎泧也。（五畫）	採爲次義	546	以「大水貌」爲首義。
	洎	水部	《說文》灌釜也，與溉通。（六畫）	採爲首義	547	
	湯	水部	《說文》熱水也。（九畫）	採爲首義	566	
	渜	水部	《說文》湯也。（九畫）	採爲首義	561	
	洝	水部	《說文》渜水也。（六畫）	採爲首義	548	
	洏	水部	《說文》洝也。一曰渜水也。（六畫）	採爲首義	548	
	涗	水部	《說文》財溫水也。一曰沛灰汁。（七畫）	採爲首義	555	
	涫	水部	《說文》灪也。（八畫）	採爲首義	555	
	渣	水部	《說文》涫溢也。今河朔方言謂沸溢爲渣。（八畫）	採爲首義	556	
	汏	水部	《說文》淅灡也。〈徐鉉曰〉水激過也。（三畫）	採爲首義	533	
	瀾	水部	《說文》淅也。（十八畫）	採爲首義	590	
	淅	水部	《說文》汏米也。（八畫）	採爲首義	557	
	滰	水部	《說文》浚乾漬米也。（十一畫）	採爲首義	571	
	浚	水部	《說文》浸渘也。一曰浚麵。（九畫）	採爲首義	565	
	浚	水部	《說文》抒也。〈徐曰〉抒取出之也。（七畫）	採爲首義	551	徐鍇語。
	瀝	水部	《說文》浚也。一曰水下滴。（十六畫）	採爲首義	588	
	漉	水部	《說文》浚也。一曰滲也。（十一畫）	採爲首義	573	
	潘	水部	《說文》淅米汁也。　又《說文》在河南滎陽。（十二畫）	採爲首義及次義	577	
	灡	水部	《說文》潘也。（二十一畫）	採爲首義	592	
	泔	水部	《說文》周謂潘曰泔。（五畫）	採爲首義	544	
	滫	水部	《說文》久泔也，淅米汁。（十一畫）	採爲首義	571	
	澱	水部	《說文》滓垽也。（十三畫）	採爲首義	581	
	淤	水部	《說文》澱滓濁泥也。（八畫）	採爲首義	558	
	滓	水部	《說文》澱也。（十畫）	採爲首義	571	
	淰	水部	《說文》濁也。一曰水流貌。（八畫）	採爲首義	559	
	瀋	水部	《說文》潰也。（十七畫）	採爲首義	589	
	濫	水部	《說文》釃酒也。一曰浚也。（十七畫）	採爲首義	589	
	滭	水部	《說文》側出泉也。（十二畫）	採爲首義	572	

水部	湑	水部	《說文》茜酒也。與醑同。 又《說文》一曰浚也。（九畫）	採爲首義及次義	564	
	湎	水部	《說文》沈於酒也。（九畫）	採爲首義	564	
	㹠	爿部	《說文》酢㹠也，从水將省聲。（八畫）	採爲首義	620	
	涼	水部	《說文》薄也。（八畫）	採爲首義	556	
	淡	水部	《說文》薄味也。（八畫）	採爲首義	558	
	㖃	水部	《說文》食已而復吐之。（七畫）	採爲首義	555	
	澆	水部	《說文》渃也。一曰薄也。（十二畫）	採爲首義	579	
	液	水部	《說文》盡也，盡氣液也。（八畫）	採爲首義	556	
	汁	水部	《說文》人液也。（三畫）	採爲首義	532	
	湝	水部	《說文》多汁也。（十畫）	採爲首義	571	
	灡	水部	又《說文》豆汁也。（二十一畫）	採爲次義	591	以「灡溙勢遠也」爲首義。
	溢	水部	《說文》器滿也。（十畫）	採爲首義	568	
	洒	水部	《說文》滌也。（六畫）	採爲首義	548	
	滌	水部	《說文》洒也。（十畫）	採爲首義	570	
	溣	水部	《說文》和也。（十三畫）	採爲首義	582	
	潘	水部	《說文》汁也。（十五畫）	採爲首義	587	
	洇	水部	《說文》歠也。一曰水貌。（九畫）	採爲首義	563	
	潭	水部	《說文》飲歃也。一曰吮也。（十四畫）	採爲首義	584	
	漱	水部	《說文》盪口也。（十一畫）	採爲首義	575	
	泂	水部	《說文》滄也。（五畫）	採爲首義	543	
	滄	水部	又《說文》寒也。（十畫）	採爲次義	569	以「水名」爲首義。
	凔	水部	《說文》冷寒也。楚人謂冷曰凔。（十五畫）	採爲首義	586	
	淬	水部	《說文》滅火器也。〈徐曰〉淬劍燒而入水也，與焠通。（八畫）	採爲首義	559	徐鍇語。
	沐	水部	《說文》濯髮也。（四畫）	採爲首義	539	
	沬	水部	《說文》水出蜀西徼外，東南入江。（五畫）	採爲首義	540	
	浴	水部	《說文》洒身也。（七畫）	採爲首義	553	
	澡	水部	《說文》玉飾如冰藻之文，或从水作澡。（十三畫）	採爲首義	580	
	洗	水部	《說文》洒足也。（六畫）	採爲首義	548	

水部	汲	水部	《說文》引水於井也。（四畫）	採為首義	536	
	淳	水部	無。	不採其說	560	以「清也、樸也」為首義。
	淋	水部	《說文》以水沃也。一曰淋淋山下水貌。（八畫）	採為首義	557	
	渫	水部	《說文》除去也。一曰治井也。（九畫）	採為首義	562	
	灡	水部	《說文》瀚作𤁠。（十七畫）	採為首義	589	
	濯	水部	《說文》瀚也。（十四畫）	採為首義	585	
	浣	水部	《說文》瀚也。一說以手曰浣，以足曰瀚。（七畫）	採為首義	554	
	潎	水部	《說文》於水中擊絮也。（十二畫）	採為首義	557	
	墍	水部	《說文》墍，涂也。从水从土，尼聲。讀若隴（十畫）	採為首義	570	
	灑	水部	《說文》汛也。（十九畫）	採為首義	591	
	汛	水部	《說文》灑也。（三畫）	採為首義	533	
	染	木部	《說文》以繒綵為色，从水杂聲。徐鍇引裴光遠云：从水，水者，所以染；从木，木者，桅茜之屬；从九，九者，染之數也。（五畫）	採為首義	447	
	泰	水部	《說文》滑也。（五畫）	採為首義	546	
	澗	水部	無。	不採其說	587	採《揚子・方言》為首義。
	瀸	水部	《說文》汙灡也。一曰水中人。亦作淺、湔、瀸。（十九畫）	採為首義	591	
	潗	水部	《說文》腹中有水氣也。（十三畫）	採為首義	580	
	湩	水部	《說文》乳汁也。（九畫）	採為首義	566	
	洟	水部	《說文》鼻液也。（六畫）	採為首義	548	
	潸	水部	《說文》涕流貌。（十二畫）	採為首義	579	
	汗	水部	《說文》人液也。（三畫）	採為首義	533	
	泣	水部	《說文》無聲出涕也。〈徐鉉曰〉泣哭之細也。（五畫）	採為首義	545	
	涕	水部	《說文》泣也。（七畫）	採為首義	555	
	湅	水部	《說文》㵰也。（九畫）	採為首義	564	
	灋	水部	《說文》議罪也，从水獻，與灋同意。（二十畫）	採為首義	591	

水部	渝	水部	《說文》變汙也。　又水名《說文》渝水在遼西臨渝，東出塞。（九畫）	採爲首義及次義	561	
	減	水部	《說文》損也。（九畫）	採爲首義	561	
	滅	水部	《說文》盡也。（十畫）	採爲首義	570	
	漕	水部	《說文》水轉轂也。一曰人之所乘及船也。（十一畫）	採爲首義	573	
	泮	水部	《說文》諸侯鄉射之宮，西南爲水，東北爲牆。（五畫）	採爲首義	546	
	漏	水部	《說文》漏，以銅壺受水，刻節，晝夜百刻。亦取漏下之義。（十一畫）	採爲首義	573	
	澒	水部	《說文》丹砂所化，爲水銀也。（十二畫）	採爲首義	580	
	萍	艸部	無。	不採其說	969	採《玉篇》爲首義。
	瀎	水部	《說文》水多貌。（十三畫）	採爲首義	582	
	汨	水部	無。	不採其說	535	以「水流也」爲首義。
	瀼	水部	無。	不採其說	589	以「露濃貌」爲首義。
	溥	水部	無。	不採其說	573	以「露多貌」爲首義。
	汥	水部	無。	不採其說	532	以「瀾泣貌」爲首義。
	泯	水部	無。	不採其說	546	以「水貌」爲首義。
	瀣	水部	無。	不採其說	588	以「海氣，露氣」爲首義。
	瀘	水部	無。	不採其說	587	以「瀘水名」爲首義。
	瀟	水部	無。	不採其說	588	以「瀟瀟風雨暴疾貌」爲首義。
	瀛	水部	無。	不採其說	588	以「海也」爲首義。
	滁	水部	無。	不採其說	569	以「水名，出簸箕山入海」爲首義。
	洺	水部	無。	不採其說	550	以「水名，在易陽」爲首義。
	潺	水部	無。	不採其說	579	以「潺湲，流水貌」爲首義。
	湲	水部	無。	不採其說	566	以「潺潺，水流貌」爲首義。
	濤	水部	《說文》大波也。　又《說文》溥覆照也。（十四畫）	採爲首義及次義	584	
	漱	水部	無。	不採其說	575	以「水名」爲首義。
	港	水部	無。	不採其說	563	以「水分流也」爲首義。

水部	潴	水部	《說文》水所停也。（十六畫）	採爲首義	588	
	瀾	水部	《說文》大水也。（二十一畫）	採爲首義	592	
	淼	水部	無。	不採其說	560	以「大水也」爲首義。
	潔	水部	無。	不採其說	576	以「清也」爲首義。
	浹	水部	無。	不採其說	553	採《爾雅》爲首義。
	溘	水部	《說文》奄忽也。（十畫）	採爲首義	567	
	潠	水部	《說文》含水噴也。（十二畫）	採爲首義	577	
	涯	水部	無。	不採其說	555	採《玉篇》爲首義。
沝部	沝	水部	《說文》二水也。（四畫）	採爲首義	540	
	淼	水部	無。	不採其說	569	採《石鼓文》爲首義。
	㴸	水部	無。	不採其說	574	採《唐韻》爲首義。
	瀕	水部	◎《說文》本作瀕。（十六畫）	列於字末補釋形義	587	以「水㳠也」爲首義。
	顰	頁部	無。	不採其說	1338	採《玉篇》爲首義。
〈部	〈	巛部	《說文》水小流也。《周禮》「匠人爲溝洫，枱廣五寸，二枱爲耦。一耦之伐，廣尺深尺，謂之〈。倍〈謂之遂，倍遂曰溝，倍溝曰洫，倍洫曰〈〈。」（一畫）	採爲首義	251	
〈〈部	〈〈	巛部	《說文》水流澮澮也，方百里爲〈〈，廣二尋，深二仞。（一畫）	採爲首義	251	
	粼	巛部	無。	不採其說	838	以「水在石閒粼粼也」爲首義。
巛部	巛	巛部	《說文》巛，貫穿通流水也。《虞書》曰：潴〈距巛言深，〈〈巛之水會爲巛也。（一畫）	採爲首義	251	
	巠	巛部	《說文》水脈也，从巛在一下，地也。壬省聲。（四畫）	採爲首義	252	
	𡿺	巛部	《說文》水廣也。（三畫）　又《說文》引易包𡿺。（三畫）	採爲首義及次義	252	
	𤰒	巛部	《說文》水流也。（八畫）	採爲首義	252	
	𣻒	巛部	《說文》水流也。（四畫）	採爲首義	252	
	𡿬	巛部	無。	不採其說	251	採《玉篇》爲首義。
	邕	邑部	《說文》邑四方有水，自邕城池者，是也。（三畫）	採爲首義	1196	
	𡿧	巛部	《說文》巛害也，从一雝川。《春秋傳》曰：川雝爲澤，凶。（一畫）	採爲首義	251	

《《部	侃	人部	無。	不採其說	29	以「剛直也」爲首義。
	州	《《部	《說文》水中可居曰州，周遶其旁，从重川。昔堯遭洪水，民居水中高土，故曰九州。一曰州疇也，各疇其土而主之。（三畫）	採爲首義	252	
泉部	泉	水部	《說文》水原也，象水流成川形。（五畫）	採爲首義	543	
	灥	水部	《說文》泉水也。（十八畫）	採爲首義	590	
	灥	水部	《說文》三泉也。（十三畫）	採爲首義	592	
	厵	厂部	《說文》水泉本也，从三泉出厂下，後人但作原，而加水於其旁。今經傳源流、淵源字皆作源矣。（二十七畫）	採爲首義	91	
永部	永	水部	《說文》水長也，象水巠理之長。（一畫）	採爲首義	531	
	羕	羊部	《說文》水長也，從永羊聲。《詩》曰：「江之羕矣」。（四畫）	採爲首義	879	
	辰	丿部	《說文》水之衺流別也，从反永。〈徐鍇曰〉永長流也，反則分派也。（五畫）	採爲首義	10	
	衇	血部	《說文》血理之分衺行體者。（六畫）	採爲首義	1035	
	覛	見部	《說文》衺視也。（六畫）	採爲首義	1063	
谷部	谷	谷部	《說文》泉出通川爲谷，从水半見，出於口。（一畫）	採爲首義	1117	
	谿	谷部	《說文》山瀆无所通者。（十畫）	採爲首義	1118	
	谸	谷部	《說文》通谷也。　◎《說文》本作谸（十畫）	採爲首義又補釋之	1118	
	谹	谷部	《說文》空谷也。（十一畫）	採爲首義	1118	
	豅	谷部	《說文》大長谷也。（十七畫）	採爲首義	1119	
	谼	谷部	《說文》谷中響也。〈徐曰〉鏗谼，谷中聲也。（四畫）	採爲首義	1117	徐鍇語。谼字又作「谹」。
	睿	谷部	《說文》深通川也，从谷从卢。卢，殘地。阬坎意也。（五畫）	採爲首義	1118	
	裕	谷部	《說文》望山谷裕裕青也。（三畫）	採爲首義	1117	
仌部	仌	仌部	《說文》凍也。（一畫）		59	隸作「冫」。
	冰	冫部	《說文》本作仌。〈徐曰〉今文作冰。（四畫）	採爲首義	59	徐鉉語。
	凜	冫部	《說文》寒也。（十三畫）	採爲首義	61	
	清	冫部	《說文》寒也。（八畫）	採爲首義	60	
	凍	冫部	《說文》冰也。（八畫）	採爲首義	60	

仌部	滕	冫部	《說文》冰出也，从仌朕聲。（十畫）	採爲首義	61	
	澌	冫部	《說文》流冰也，从仌斯聲。〈徐曰〉冰解而流也。（十二畫）	採爲首義	61	徐鍇語。
	凋	冫部	《說文》半傷也。（八畫）	採爲首義	60	
	冬	冫部	《說文》四時盡也。（三畫）	採爲首義	59	
	冶	冫部	《說文》消也，从仌台聲。（五畫）	採爲首義	59	
	滄	冫部	《說文》寒也，从仌倉聲。（十畫）	採爲首義	61	
	冷	冫部	《說文》寒也，从仌令聲。（五畫）	採爲首義	60	
	凾	冫部	《說文》寒也。（八畫）	採爲首義	60	《說文》本作涵。
	澤	冫部	《說文》風寒也。（十一畫）	採爲首義	61	
	冹	冫部	《說文》詩一之日凓冹。（五畫）	採爲首義	60	
	凓	冫部	《說文》寒也，从仌栗聲。（十畫）	採爲首義	61	
	瀨	冫部	《說文》寒也。（十六畫）	採爲首義	61	
雨部	雨	雨部	《說文》水从雲下也，一象天，冂象雲，水霝其閒也。（一畫）	採爲首義	1299	
	雷	雨部	《說文》本作靁。陰陽薄動靁雨生物者也，从雨畾聲，象回轉形。（五畫）	採爲首義	1300	「靁」字則不採其說。
	霣	雨部	《說文》雨也。齊人謂雷爲霣。从雨員聲。　又《說文》一日雲轉起也。（十畫）	採爲首義及次義	1305	
	霆	雨部	《說文》雷餘聲也，鈴鈴，所以挺出萬物。从雨廷聲。（七畫）	採爲首義	1302	
	霅	雨部	《說文》霅霅，震電貌。　又《說文》一日眾言也，从雨㗊省聲。（七畫）	採爲首義及次義	1302	
	電	雨部	《說文》陰陽激燿，从雨从申。（五畫）	採爲首義	1301	
	震	雨部	《說文》劈歷振物者，从雨辰聲。〈註〉徐鉉曰：今俗別作霹靂，非是。（七畫）	採爲首義	1302	
	霝	雨部	《說文》雪本字。（十一畫）	採爲首義	1305	
	霄	雨部	《說文》雨䨭爲霄，从雨肖聲，齊語也。（七畫）	採爲首義	1302	
	霰	雨部	《說文》稷雪也，从雨散聲。　◎《說文》或作霓。（十二畫）	採爲首義又補釋之	1306	
	雹	雨部	《說文》雨冰也。（五畫）	採爲首義	1300	
	霢	雨部	《說文》雨零也，从雨，皿象零形，《詩》曰「霢雨其濛」。（九畫）	採爲首義	1304	
	零	雨部	《說文》雨零也，从雨各聲。（六畫）	採爲首義	1301	
	零	雨部	《說文》餘雨也，从雨令聲。（五畫）	採爲首義	1300	

雨部	䨮	雨部	《說文》小雨財零也，从雨鮮聲。讀若斯。（十七畫）	採爲首義	1308	
	霢	雨部	《說文》霡本字。霢霂，小與也，从雨脈聲。（十畫）	採爲首義	1305	
	霂	雨部	《說文》霢霂也，从雨沐聲。（七畫）	採爲首義	1302	
	䨢	雨部	《說文》小雨也，从雨酸聲。（十四畫）	採爲首義	1307	
	𩁹	雨部	《說文》微雨也，从雨𢦏聲。　又《說文》𩁹讀若芟。（八畫）	採爲首義及次義	1303	
	霡	雨部	《說文》小雨也，从雨眾聲。〈明堂月令〉曰霡雨。（十二畫）	採爲首義	1306	
	霃	雨部	《說文》久陰也，从雨沈聲。（七畫）	採爲首義	1302	
	䨝	雨部	《說文》久雨也，从雨兼聲。（十畫）	採爲首義	1305	
	䨡	雨部	《說文》久雨也，从雨圅聲。（十畫）	採爲首義	1305	
	霖	雨部	《說文》雨三日己往，从雨林聲。（八畫）	採爲首義	1304	
	𩁼	雨部	《說文》霖雨也。南陽謂霖雨爲𩁼，从雨㐺聲。（六畫）	採爲首義	1301	
	霣	雨部	《說文》雨聲。（十畫）	採爲首義	1305	
	䨞	雨部	《說文》雨貌。方語也。从雨禹聲。（九畫）	採爲首義	1304	
	䨩	雨部	《說文》小雨也，从雨僉聲。（十三畫）	採爲首義	1307	
	霑	雨部	《說文》雨䨎也，从雨沾聲。（八畫）	採爲首義	1303	
	䨎	雨部	《說文》濡也，从雨染聲。（九畫）	採爲首義	1304	
	霤	雨部	《說文》屋水流也，从雨留聲。（十畫）	採爲首義	1305	
	屚	尸部	《說文》屋穿水下也，从雨在尸下，屋也。〈徐日〉會意。（八畫）	採爲首義	230	徐鍇語。
	䨣	雨部	《說文》雨需革也，从雨从革。讀若膊。（九畫）	採爲首義	1304	
	霽	雨部	《說文》雨止也，从雨齊聲。（十四畫）	採爲首義	1307	
	霋	雨部	《說文》霽謂之霋，从雨妻聲。（八畫）	採爲首義	1303	
	霩	雨部	《說文》雨止雲罷貌，从雨郭聲。（十一畫）	採爲首義	1305	
	露	雨部	《說文》潤澤也，从雨路聲。（十二畫）	採爲首義	1306	
	霜	雨部	無。	不採其說	1304	採《玉篇》爲首義。
	霚	雨部	《說文》地气發，天不應，从雨敄聲，籒文省作雺。〈註〉徐鉉曰今俗从務。（九畫）	採爲首義	1304	
	霾	雨部	《說文》風雨土也，从雨貍聲。（十四畫）	採爲首義	1307	

雨部	霧	雨部	《說文》天氣下地不應曰霧。霧，晦也，从雨莫聲。（十四畫）	採爲首義	1308	
	霓	雨部	《說文》屈虹青赤，或白色，陰气也，从雨兒聲。（八畫）	採爲首義	1303	
	霺	雨部	《說文》寒也，从雨執聲。　又《說文》或曰早霜。讀若墊。（十一畫）	採爲首義及次義	1305	
	雩	雨部	《說文》夏祭樂於赤帝，以祈甘雨也，从雨于聲。　◎《說文》或作䨁。（三畫）	採爲首義又補釋之	1299	
	需	雨部	《說文》䇓也，遇雨不進，止䇓也，从雨而聲。《易》曰：雲上于天需。〈註〉徐鉉曰：李陽冰據《易》「雲上于天」云當从天，然諸本皆从而無从天者。（六畫）	採爲首義	1301	
	霅	雨部	《說文》水音也，从雨羽聲。（六畫）	採爲首義	1301	
	霞	雨部	《說文》赤雲氣也，从雨叚聲。（九畫）	採爲首義	1304	
	霏	雨部	《說文》雨雪貌，从雨非聲。（八畫）	採爲首義	1303	
	霙	雨部	《說文》小雨也，从雨妾聲。（八畫）	採爲首義	1303	
	霸	雨部	《說文》䨴霸雲黑貌，从雨對聲。（十四畫）	採爲首義	1307	
	靄	雨部	《說文》雲貌，从雨謁省聲。（十六畫）	採爲首義	1308	
雲部	雲	雨部	《說文》山川气也，从雨云，象雲回轉形。　◎《說文》通作云。（四畫）	採爲首義又補釋之	1300	
	黔	雨部	《說文》雲覆日也，从雲今聲。註詳阜部。（八畫）	採爲首義	1303	
魚部	魚	魚部	《說文》本作𩵋。水蟲也，象形，與燕尾相似。〈註〉徐鍇曰：下火象尾而已，非水火之火。（一畫）	採爲首義	1393	
	鱗	魚部	《說文》魚子巳生者。（十二畫）	採爲首義	1405	
	鮞	魚部	《說文》魚子也。（六畫）	採爲首義	1396	
	魝	魚部	《說文》魚也。（五畫）	採爲首義	1395	
	鰍	魚部	《說文》魚似鼈，無甲有尾無足，口在腹下。（十畫）	採爲首義	1404	
	鰧	魚部	《說文》虛鰧也。（十畫）	採爲首義	1404	
	鱒	魚部	《說文》赤目魚也。（十二畫）	採爲首義	1406	
	鰲	魚部	《說文》魚名。（十二畫）	採爲首義	1406	
	鰷	魚部	《說文》魚也。（十一畫）	採爲首義	1404	
	鰌	魚部	《說文》魚名。（九畫）	採爲首義	1402	

魚部	鮪	魚部	《說文》鮥也。（六畫）	採爲首義	1397	
	䱍	魚部	《說文》鮪也。（九畫）	採爲首義	1402	
	鮬	魚部	《說文》䱍鮬也。（六畫）	採爲首義	1396	
	鮥	魚部	《說文》叔鮪也。（六畫）	採爲首義	1397	
	鯀	魚部	《說文》魚也。（七畫）	採爲首義	1399	
	鰥	魚部	《說文》魚也。（十畫）	採爲首義	1403	
	鯉	魚部	《說文》鱣也。（七畫）	採爲首義	1399	
	鱣	魚部	《說文》鯉類也。（十三畫）	採爲首義	1407	
	鱄	魚部	《說文》魚也。（十一畫）	採爲首義	1405	
	鮦	魚部	《說文》魚名。一曰鱶也。（六畫）	採爲首義	1397	
	鱶	魚部	《說文》鮦也。（二十一畫）	採爲首義	1408	
	鱮	魚部	《說文》魚名。一名鯉，一名鰜。（十一畫）	採爲首義	1404	
	鰜	魚部	《說文》魚名。（十畫）	採爲首義	1403	
	鯈	魚部	《說文》魚名。（七畫）	採爲首義	1399	
	鮔	魚部	《說文》魚名。（六畫）	採爲首義	1398	
	鯾	魚部	《說文》魚名。（九畫）	採爲首義	1402	
	魴	魚部	《說文》赤尾魚，或从旁作鰟。（四畫）	採爲首義	1394	
	鱮	魚部	《說文》魚名。（十四畫）	採爲首義	1407	
	鰱	魚部	《說文》魚名。（十一畫）	採爲首義	1404	
	鮍	魚部	《說文》魚名。（五畫）	採爲首義	1396	
	鮂	魚部	《說文》魚名。（五畫）	採爲首義	1395	
	鮒	魚部	《說文》魚名。（五畫）	採爲首義	1396	
	鯦	魚部	《說文》魚名。（七畫）	採爲首義	1398	
	鰟	魚部	《說文》本作鰟，魚名。（十畫）	採爲首義	1404	
	鱺	魚部	《說文》魚名。（十九畫）	採爲首義	1408	
	鰻	魚部	《說文》魚也。（十一畫）	採爲首義	1405	
	鱯	魚部	《說文》魚名。（十四畫）	採爲首義	1407	
	魾	魚部	《說文》大鱯也，其小者名鮡。（五畫）	採爲首義	1395	
	鱧	魚部	《說文》鱯也。（十三畫）	採爲首義	1407	
	鰈	魚部	《說文》鱧也。（八畫）	採爲首義	1400	
	鱛	魚部	《說文》揚也。（十三畫）	採爲首義	1407	
	鱏	魚部	《說文》魚名。《傳》曰：伯牙鼓琴，鱏魚出聽。（十二畫）	採爲首義	1406	

魚部	鯢	魚部	《說文》刺魚也。（八畫）	採爲首義	1400	
	鰼	魚部	《說文》鰌也。（十一畫）	採爲首義	1405	
	鰌	魚部	《說文》鰼也。（九畫）	採爲首義	1402	
	鯇	魚部	《說文》魚名。（七畫）	採爲首義	1399	
	魠	魚部	《說文》哆口魚也。（三畫）	採爲首義	1393	
	鮆	魚部	《說文》飲而不食，刀魚也。九江有之。（五畫）	採爲首義	1395	
	鮀	魚部	無。	不採其說	1395	採《爾雅》爲首義。
	鮎	魚部	《說文》鯷也。（五畫）	採爲首義	1396	
	鰋	魚部	《說文》鰋本字。（七畫）	採爲首義	1398	
	鮷	魚部	《說文》大鮎也。（七畫）	採爲首義	1398	
	鱴	魚部	《說文》魚名。（十六畫）	採爲首義	1408	
	鐕	魚部	《說文》魚名。（十二畫）	採爲首義	1405	
	鰯	魚部	《說文》魚名。（十畫）	採爲首義	1403	
	鮨	魚部	《說文》魚名。（八畫）	採爲首義	1401	
	鱖	魚部	《說文》魚名。（十二畫）	採爲首義	1406	
	鮿	魚部	《說文》白魚也。（八畫）	採爲首義	1401	
	鱓	魚部	又《說文》魚名，皮可冒鼓。（十二畫）	採爲次義	1406	以「魚名」爲首義。
	鮸	魚部	《說文》魚名，出薉邪國。（七畫）	採爲首義	1398	
	魵	魚部	《說文》魚名，出薉邪頭國。（四畫）	採爲首義	1394	
	鱄	魚部	《說文》魚名，出樂浪潘國。（十三畫）	採爲首義	1406	
	鰸	魚部	《說文》魚名，似鰕，無足長寸，大如釵股，出遼東。（十一畫）	採爲首義	1405	
	鯜	魚部	《說文》魚名，出樂浪潘國。（八畫）	採爲首義	1400	
	魳	魚部	《說文》魚名，出樂浪潘國。（四畫）	採爲首義	1394	
	鯛	魚部	《說文》魚名，出樂浪潘國。一曰鯛魚出江東，有兩乳。（八畫）	採爲首義	1400	
	魦	魚部	《說文》魚名，出樂浪潘國。（四畫）	採爲首義	1394	
	鱳	魚部	《說文》魚名，出樂浪潘國。（十四畫）	採爲首義	1408	
	鮮	魚部	無。	不採其說	1398	以「魚名，出貉國」爲首義。
	鰅	魚部	《說文》魚名，出樂浪潘國。（十四畫）	採爲首義	1408	
	鱅	魚部	《說文》魚名。（十一畫）	採爲首義	1405	
	鰂	魚部	《說文》鰞鰂，魚名。（九畫）	採爲首義	1402	

魚部	鮐	魚部	《說文》海魚名。（五畫）	採爲首義	1396	
	鮊	魚部	《說文》海魚名。（五畫）	採爲首義	1396	
	鰒	魚部	《說文》海魚名。（九畫）	採爲首義	1403	
	鮫	魚部	《說文》海魚，皮可飾刀。（六畫）	採爲首義	1397	
	鱷	魚部	《說文》海大魚也。或从京作鯨。（十三畫）	採爲首義	1407	
	鯁	魚部	《說文》本作䰑，魚骨。（七畫）	採爲首義	1399	
	鱗	魚部	《說文》魚甲也。（十二畫）	採爲首義	1406	
	鮏	魚部	《說文》魚臭也。〈註〉今俗作鯹。（五畫）	採爲首義	1396	徐鉉語。
	鱢	魚部	《說文》鮏臭也。《周禮》曰：膳膏（十三畫）	採爲首義	1407	
	鮨	魚部	《說文》魚䐹醬也，出蜀中。一曰鮪魚名。（六畫）	採爲首義	1397	
	鰲	魚部	《說文》本作䰼，魚也。南方謂之䲁，北方謂之鰲。（七畫）	採爲首義	1398	
	䲁	魚部	《說文》鰲也。一曰大魚爲鰲，小魚爲䲁。（四畫）	採爲首義	1394	
	鮑	魚部	《說文》饐魚也。（五畫）	採爲首義	1396	
	鮺	魚部	《說文》䰶蟲連行紆行者。（五畫）	採爲首義	1395	
	鰕	魚部	《說文》魵也。（九畫）	採爲首義	1403	
	鰝	魚部	《說文》大鰕也。（十畫）	採爲首義	1403	
	鯺	魚部	《說文》當互也。（八畫）	採爲首義	1401	
	魧	魚部	《說文》大貝也。　又《說文》。一曰魚膏。（四畫）	採爲首義及次義	1394	
	鮞	魚部	《說文》蚌也。（五畫）	採爲首義	1395	
	鮚	魚部	《說文》蚌也。漢律會稽郡獻鮚醬。（六畫）	採爲首義	1396	
	魾	魚部	《說文》魚名。（五畫）	採爲首義	1395	
	鱲	魚部	《說文》魚名。（十八畫）	採爲首義	1448	
	鰤	魚部	《說文》魚名。（九畫）	採爲首義	1401	
	鯛	魚部	《說文》骨專脃也。（八畫）	採爲首義	1400	
	鯡	魚部	《說文》烝然鯡鯡。（八畫）	採爲首義	1399	
	魬	魚部	《說文》鱣鮪鮁鮁。（五畫）	採爲首義	1395	

魚部	鈇	魚部	《說文》鈇，魚名，出東萊。（四畫）	採爲首義	1394	
	鯕	魚部	《說文》魚名。（八畫）	採爲首義	1400	
	鮡	魚部	《說文》魚名。（六畫）	採爲首義	1397	
	魤	魚部	《說文》魚名。（二畫）	採爲首義	1393	
	鱻	魚部	《說文》新魚精也。〈註〉徐鍇曰：三，衆也。衆而不變是鱻也。（二十二畫）	採爲首義	1408	
	鰈	魚部	《說文》比目魚也。（九畫）	採爲首義	1402	
	魠	魚部	《說文》文魤，魚名。（四畫）	採爲首義	1394	
	鰩	魚部	《說文》文鰩魚名。（十畫）	採爲首義	1404	
鱻部	鱻	魚部	《說文》二魚也。（十一畫）	採爲首義	1404	
	灥	魚部	《說文》捕魚也。（十四畫）	採爲首義	1408	
燕部	燕	燕部	《說文》玄鳥也，齊口，布狀，枝尾象形。（十二畫）	採爲首義	611	
龍部	龍	龍部	《說文》龍，鱗蟲之長，能幽能明，能細能巨，能短能長。春分而登天，秋分而潛淵。　◎《說文》从肉，飛之形，童省聲。〈徐鉉曰〉象宛轉飛動之貌。（一畫）	採爲首義 又補釋之	1464	
	龓	龍部	《說文》龍也。（十七畫）	採爲首義	1465	
	龕	龍部	《說文》龍貌。（六畫）	採爲首義	1465	
	龗	龍部	《說文》龍者脊上龗龗。（六畫）	採爲首義	1465	
	龘	龍部	《說文》飛龍也。（十六畫）	採爲首義	1465	
飛部	飛	飛部	◎《說文徐註》上旁乁者象鳥頸。（一畫）	列於字末 補釋形義	1343	採《玉篇》爲首義。
	翼	飛部	《說文》狀也，从飛異聲。（十二畫）	採爲首義	1343	
非部	非	非部	《說文》違也。从飛下狀取其相背。（一畫）	採爲首義	1310	
	辈	非部	《說文》別也，从非巳聲。（三畫）	採爲首義	1310	
	靡	非部	《說文》披靡也。（十一畫）	採爲首義	1311	
	靠	非部	《說文》相違也，从非告聲。（七畫）	採爲首義	1310	
	陞	阜部	《說文》牢也，所以拘非也。（十一畫）	採爲首義	1288	
卂部	卂	十部	《說文》疾飛也，从飛而羽不見。（一畫）	採爲首義	83	
	煢	火部	《說文》回疾也，从卂營省聲。（九畫）	採爲首義	605	

徐鉉校定《說文》卷十二

說文部首	字例	《康 熙 字 典》				備註
		歸部	引用《說文》之釋語	引用情形	頁碼	
乙部	乙	乙部	《說文》玄鳥也，齊魯謂之乙，取其鳴自呼。　◎《說文徐註》此與甲乙之乙相類，其形舉首下曲，與甲乙字少異。（一畫）	採爲首義又補釋之	11	
	孔	子部	《說文》通也。从乙，从子。乙請子之候鳥也，乙至而得子，嘉美之也。故古人名嘉，字子孔。（一畫）	採爲首義	205	
	乳	乙部	《說文》孚，从乙者，玄鳥。人及鳥生子曰乳，獸曰產。（七畫）	採爲首義	12	
不部	不	一部	《說文》鳥飛上翔，不下來也，从一，一猶天也，象形。（三畫）	採爲首義	4	
	否	口部	《說文》不也。〈徐鍇曰〉不可之意，見於言，故从口。（四畫）	採爲首義	106	
至部	至	至部	《說文》飛鳥，从高下至地也，从一，一猶地也。象形。不，上去而至下來也。（一畫）	採爲首義	929	
	到	刀部	無。	不採其說	66	採《爾雅》爲首義。
	臻	至部	《說文》至也。（十畫）	採爲首義	930	
	鞏	至部	《說文》忿戾也。从至，至而復遜。遜，遁也，引《周書》有夏氏之民叨鞏。（十畫）	採爲首義	930	
	臺	至部	《說文》觀四方而高者。（八畫）	採爲首義	930	
	垤	至部	《說文》到也。（六畫）	採爲首義	930	
西部	西	襾部	《說文》鳥在巢上也。日在西方而鳥栖，故因以爲東西之西。篆文作卤，象形也。（一畫）	採爲首義	1056	
	覀	襾部	無。	不採其說	1056	採《爾雅》爲首義。
鹵部	鹵	鹵部	《說文》西方鹹地也。東方謂之㡿，西方謂之鹵。（一畫）	採爲首義	1435	
	鹺	鹵部	《說文》鹹也。河內謂之㿜，沛人言若虘。（十畫）	採爲首義	1435	
	鹹	鹵部	《說文》鹹銜也，北方味也。（九畫）	採爲首義	1435	

鹽部	鹽	鹵部	《說文》鹹也，古宿沙初作，煮海爲鹽，河東鹽池袤五十一里，廣七里，周百十六里。（十三畫）	採爲首義	1436	
	鹽	鹵部	《說文》鹽河東鹽池，袤五十一里，廣七里，周百十六里。（十三畫）	採爲首義	1436	
	鹼	鹵部	《說文》鹵也。（十三畫）	採爲首義	1436	
戶部	戶	戶部	《說文》護也。（一畫）	採爲首義	342	
	扉	戶部	《說文》戶扇也。（八畫）	採爲首義	344	
	扇	戶部	《說文》扉也，从戶，从翅省聲。（六畫）	採爲首義	344	
	房	戶部	《說文》室在旁也。（四畫）	採爲首義	343	
	戾	戶部	《說文》輜車旁推戶也。　◎《說文》从戶大聲與下，从犬者有別。（三畫）	採爲首義又補釋之	343	
	戹	戶部	《說文》隘也。〈徐曰〉戶小門也。（一畫）	採爲首義	343	徐鍇語
	㸤	聿部	無。	不採其說	899	採《玉篇》爲首義。
	扆	戶部	無。	不採其說	344	以「以戶牖閒畫斧屏風也」爲首義。
	扂	戶部	《說文》閉也。（五畫）	採爲首義	343	
	扃	戶部	《說文》外閉之關也。（五畫）	採爲首義	344	
門部	門	門部	《說文》聞也。从二戶，象形。（一畫）	採爲首義	1257	
	閶	門部	《說文》天門也。一曰楚人名門曰閶闔。（八畫）	採爲首義	1264	
	闈	門部	《說文》宮中之門也。（九畫）	採爲首義	1266	
	闔	門部	《說文》闔謂之樀。樀，廟門也。（十三畫）	採爲首義	1270	
	閎	門部	《說文》巷門也，从門厷，意兼聲。（四畫）	採爲首義	1259	
	閨	門部	《說文》特立之戶，上圜下方有似圭。（六畫）	採爲首義	1263	
	閤	門部	《說文》門旁戶。（六畫）	採爲首義	1262	
	闛	門部	《說文》樓上戶也，从門羕，意兼聲。（十畫）	採爲首義	1267	
	閈	門部	《說文》門也，汝南平輿里門曰閈。（三畫）	採爲首義	1258	
	閭	門部	《說文》里門也，《周禮》五家爲比，五比爲閭。閭，侶也，二十五家相群侶也。（七畫）	採爲首義	1263	

門部	閭	門部	《說文》里中門。 又《說文》好而長也。（八畫）	採爲首義及次義	1265	
	闤	門部	《說文》市外門也。（十二畫）	採爲首義	1270	
	闉	門部	《說文》城內重門也。（九畫）	採爲首義	1266	
	闍	門部	《說文》闉闍也，从門者聲。（九畫）	採爲首義	1267	
	闕	門部	《說文》門觀也。〈徐曰〉中央闕而爲道，故謂之闕。（十畫）	採爲首義	1268	徐鍇語
	開	門部	《說文》門樞櫨也。（五畫）	採爲首義	1261	
	閈	門部	《說文》門扇也。（四畫）	採爲首義	1259	
	闔	門部	《說文》門扇也。 又《說文》閉也。（十畫）	採爲首義及次義	1268	
	閫	門部	《說文》門梱。（十畫）	採爲首義	1267	
	閾	門部	《說文》門榍也，《論語》曰：行不履閾。〈徐曰〉門限也。（八畫）	採爲首義	1265	徐鍇語
	閌	門部	《說文》門高也。（七畫）	採爲首義	1263	
	闢	門部	《說文》開也，从門辟，意兼聲。（十三畫）	採爲首義	1270	
	闔	門部	《說文》闔門也，从門爲，意兼聲。（十二畫）	採爲首義	1269	
	闡	門部	《說文》開也。（十二畫）	採爲首義	1270	
	開	門部	《說文》張也。（四畫）	採爲首義	1259	
	闓	門部	《說文》開也。（十畫）	採爲首義	1268	《說文》本作開。
	閜	門部	《說文》大開也。 又《說文》大杯亦爲閜。 又《說文》門傾也。或省。（五畫）	採爲首義及次義	1261	
	閘	門部	《說文》開閉門也。（五畫）	採爲首義	1261	
	閟	門部	《說文》閉門也。（五畫）	採爲首義	1261	
	閣	門部	《說文》所以止扉者。從門各，意兼聲。〈徐曰〉按杙長者，謂之閣，所以止扉。即今云門頰，扇所附著也。（六畫）	採爲首義	1262	徐鍇語
	閒	門部	《說文》隙也。從門從月，會意亦形。〈徐鍇曰〉門夜閉，閉而見月光，是有閒隙也。（四畫）	採爲首義	1260	
	闖	門部	《說文》門傾也。（八畫）	採爲首義	1265	
	闠	門部	《說文》遮甕也。（八畫）	採爲首義	1265	
	闥	門部	《說文》開閉門利也。一曰縷十紘也。（十七畫）	採爲首義	1271	

門部	閣	門部	《說文》門聲。（九畫）	採爲首義	1266	
	闀	門部	《說文》門響也。（十三畫）	採爲首義	1270	
	闌	門部	《說文》門遮也。（九畫）	採爲首義	1267	
	閑	門部	《說文》闌也，从門中有木。〈徐曰〉閑猶闌也，以木距門也，會意。（四畫）	採爲首義	1260	二徐俱無此語
	閉	門部	《說文》闔門也，从門才，才所以距門也，會意亦像形，俗从下，非。（三畫）	採爲首義	1258	
	閡	門部	《說文》外閉也，从門亥，意兼聲。（六畫）	採爲首義	1261	
	闇	門部	《說文》閉門也。（九畫）	採爲首義	1266	
	關	門部	《說文》以木橫持門戶也。（十一畫）	採爲首義	1269	
	鑰	門部	《說文》關下牡也，从門龠，意兼聲。（十七畫）	採爲首義	1271	
	闐	門部	《說文》盛也。（十畫）	採爲首義	1267	
	閶	門部	《說文》閶闔盛貌，从門昌，意兼聲。又《說文》天門也，楚名門曰閶闔。本作閶。（十一畫）	採爲首義及次義	1269	
	閹	門部	《說文》豎也，宮中閹閽閉門者，从門奄，意兼聲。（八畫）	採爲首義	1265	
	閽	門部	《說文》常以昏閉門隸也。（八畫）	採爲首義	1265	
	闚	門部	《說文》閃也，謂傾頭門中視也，从門規，意兼聲。（十一畫）	採爲首義	1269	
	闖	門部	《說文》妄入宮掖也。（十九畫）	採爲首義	1271	
	闦	門部	《說文》直刃切，登也，从門二會意。讀若軍陳之陳。〈徐鉉曰〉下言自下而登上也，故从下。商書曰若升高必自下。（二畫）	採爲首義	1258	
	閃	門部	《說文》闚頭門中也，从人在門中，會意。（二畫）	採爲首義	1258	
	閱	門部	《說文》具疏于門中。〈徐曰〉春秋大閱，簡車馬也。具數，一一數之也。（七畫）	採爲首義	1264	二徐俱無此語
	闋	門部	《說文》事已閉門也。（九畫）	採爲首義	1267	
	闅	門部	《說文》望也。（十二畫）	採爲首義	1269	
	闊	門部	《說文》疏也。一曰遠也。（九畫）	採爲首義	1266	
	閔	門部	《說文》弔者在門也。〈徐曰〉今別作憫，非。　又《說文》秋天也，引〈虞書〉『仁閔覆下，則稱旻天』。或書作閔，通作顒。（四畫）	採爲首義及次義	1261	徐鉉語

門部	闖	門部	《說文》馬出門貌，从馬在門中。會意，亦象形。讀若郴。（十畫）	採爲首義	1269	
	闤	門部	《說文》市垣也，从門瞏，意兼聲。（十三畫）	採爲首義	1270	
	闠	門部	《說文》門也。（十三畫）	採爲首義	1270	
	閎	門部	《說文》閎閣，高門也。（四畫）	採爲首義	1259	
	閥	門部	《說文》閥閱自序。 又《說文》通用伐。（六畫）	採爲首義及次義	1262	
	闃	門部	《說文》靜也。 ◎《說文徐註》按《易》『窺其戶，闃其無人』。窺，小視也。臭，大張目也，言始小視之，雖大張目，亦不見人也。義當只用臭字。（九畫）	採爲首義又補釋之	1266	徐鉉語
耳部	耳	耳部	《說文》主聽也。（一畫）	採爲首義	893	
	耴	耳部	《說文》耳垂也，从耳，下垂象形。《春秋傳》曰：秦公子輒者，其耳下垂，故以爲名。（一畫增）	採爲首義	893	
	耵	耳部	《說文》小垂耳也。（五畫）	採爲首義	894	
	耽	耳部	《說文》耳大垂也。（四畫）	採爲首義	894	
	耼	耳部	《說文》耳曼也。〈徐曰〉耳無郭也。（四畫）	採爲首義	894	徐鍇語
	聸	耳部	《說文》耳也，南方有聸耳國，今作儋。（十三畫）	採爲首義	898	
	耿	耳部	《說文》耳著頰也。（四畫）	採爲首義	894	
	聯	耳部	《說文》連也。从耳，耳連於頰。从絲，絲連不絕也。（十一畫）	採爲首義	897	
	聊	耳部	《說文》耳鳴也。（五畫）	採爲首義	895	
	聖	耳部	無。	不採其說	895	採《易經》爲首義。
	聰	耳部	《說文》察也。（十一畫）	採爲首義	897	
	聽	耳部	《說文》聆也。（十六畫）	採爲首義	898	
	聆	耳部	《說文》聽也。（五畫）	採爲首義	894	
	職	耳部	《說文》記微也。〈徐曰〉國有六職，皆主記事之微也。（十二畫）	採爲首義	898	徐鍇語
	聒	耳部	《說文》本作𦕑，讙語也。（六畫）	採爲首義	895	
	聭	耳部	無。	不採其說	896	採《博雅》爲首義。
	聲	耳部	《說文》音也。（十一畫）	採爲首義	897	
	聞	耳部	《說文》知聞也。（八畫）	採爲首義	896	

耳部	聘	耳部	《說文》訪也。〈徐曰〉聘訪問之以耳也。（七畫）	採爲首義	895	徐鍇語
	聾	耳部	《說文》無聞也。（十六畫）	採爲首義	898	
	聳	耳部	無。	不採其說	897	採《揚子·方言》爲首義。
	聹	耳部	《說文》益梁之州，謂聾爲聹，秦晉聽而不聞，聞而不達謂之聹。〈徐曰〉不全聾也。（十畫）	採爲首義	896	徐鍇語
	聵	耳部	《說文》聾也。（十二畫）	採爲首義	897	
	聊	耳部	《說文》無知意也。（五畫）	採爲首義	894	
	聴	耳部	無。	不採其說	898	採《揚子·方言》爲首義。
	聝	耳部	《說文》軍法以矢貫耳也。從耳，從矢。司馬法曰：小罪聝，中罪刖，大罪剄。（五畫）	採爲首義	894	
	馘	耳部	無。	不採其說	896	以「囷軍戰斷耳也」爲首義。
	聅	耳部	《說文》墮耳。（四畫）	採爲首義	893	
	聲	耳部	《說文》乘輿金馬耳也。（十一畫）	採爲首義	897	
	聆	耳部	《說文》周語曰：回祿信於聆遂，註：回祿，火神。再宿爲信。聆遂，地名。（四畫）	採爲首義	894	
	聃	耳部	《說文》安也。（六畫）	採爲首義	895	
	聶	耳部	《說文》附耳私小語也。〈徐曰〉一耳就二耳也。（十二畫）	採爲首義	897	徐鍇語
	聱	耳部	《說文》不聽也。（十一畫）	採爲首義	897	
臣部	臣	臣部	《說文》頷也。通作頤。（一畫）	採爲首義	927	
	配	已部	《說文》廣臣也。（六畫）	採爲首義	255	
手部	手	手部	《說文》拳也。（一畫）	採爲首義	344	
	掌	手部	《說文》手中也。（八畫）	採爲首義	365	
	拇	手部	《說文》將指也。（五畫）	採爲首義	352	
	指	手部	《說文》手指也。（六畫）	採爲首義	357	
	拳	手部	無。	不採其說	356	採《玉篇》爲首義。
	擘	手部	《說文》手擘也。揚雄曰：擘，握也。（九畫）	採爲首義	371	

手部	攕	手部	《說文》好手貌。引《詩》攕攕女手，今文作攙，又或作掔。（十七畫）	採為首義	391	
	掔	手部	《說文》人臂長好貌。〈徐鍇曰〉人臂稍長纖好也。（九畫）	採為首義	372	
	摳	手部	《說文》繑也。一曰摳衣升堂。（十一畫）	採為首義	379	
	攘	手部	《說文》摳衣也。（十六畫）	採為首義	390	
	揖	手部	《說文》舉手下手也。（十二畫）	採為首義	381	
	揖	手部	《說文》手著胷曰揖。（九畫）	採為首義	370	
	攘	手部	《說文》推也。（十七畫）	採為首義	391	
	拱	手部	《說文》斂手也。〈徐曰〉兩手大指相註也。（六畫）	採為首義	356	徐鍇語
	撿	手部	《說文》拱也。（十三畫）	採為首義	385	
	捧	手部	《說文》古拜字。从手从桒，音忽，亦作奉。〈徐鍇曰〉進趨之疾也，故拜从之。註詳五畫。（十一畫）	採為首義	381	
	揞	手部	《說文》搯揞也。一曰援也。（八畫）	採為首義	364	
	搯	手部	《說文》揞也。一曰抒也。（十畫）	採為首義	376	
	掔	手部	《說文》攤也。（六畫）	採為首義	358	
	推	手部	《說文》排也。（八畫）	採為首義	367	
	挨	手部	《說文》推也。（七畫）	採為首義	362	
	排	手部	《說文》擠也。一曰推也。（八畫）	採為首義	365	
	擠	手部	《說文》排也。一曰推也。（十四畫）	採為首義	387	
	抵	手部	《說文》擠也。（五畫）	採為首義	351	
	摧	手部	《說文》敲擊也。（十畫）	採為首義	373	
	拉	手部	《說文》摧也。（五畫）	採為首義	353	
	挫	手部	《說文》摧也。（七畫）	採為首義	359	
	扶	手部	《說文》佐也。一曰相也。（四畫）	採為首義	347	
	抙	手部	《說文》扶也。（四畫）	採為首義	347	
	持	手部	《說文》握也。（六畫）	採為首義	357	
	挈	手部	《說文》縣持也。（六畫）	採為首義	357	
	拑	手部	《說文》脅持也。（五畫）	採為首義	353	
	揲	手部	《說文》閱持也。（九畫）	採為首義	372	
	摯	手部	《說文》握持也。一曰至也。（十一畫）	採為首義	379	

手部	操	手部	《說文》把持也。（十三畫）	採爲首義	386	
	攫	手部	說文》爪持也。〈徐鉉曰〉今俗別作掬，非。（十八畫）	採爲首義	391	
	搶	手部	又《說文》急持衣裣也。（八畫）	採爲次義	362	以「急持也，又捉也」爲首義。
	搏	手部	《說文》索持也。（十畫）	採爲首義	374	
	據	手部	《說文》杖持也。（十三畫）	採爲首義	387	
	攝	手部	《說文》引持也。（十八畫）	採爲首義	391	
	抍	手部	《說文》并持也。（四畫）	採爲首義	347	
	拑	手部	《說文》擱持也。（五畫）	採爲首義	350	
	挾	手部	《說文》俾持也。（七畫）	採爲首義	360	
	捪	手部	《說文》撫持也。（八畫）	採爲首義	363	
	攬	手部	無。	不採其說	388	採《前漢・五行志》爲首義。
	撿	手部	《說文》理持也。（十五畫）	採爲首義	389	
	握	手部	《說文》搤持也，陸佃云：持五指也，在外爲持，在內爲握。（九畫）	採爲首義	371	
	揮	手部	《說文》提持也。（十二畫）	採爲首義	383	
	把	手部	《說文》握也。（四畫）	採爲首義	348	
	搤	手部	《說文》把也。或作搹，又作扼。（十畫）	採爲首義	376	
	挈	手部	《說文》持也。（六畫）	採爲首義	358	
	攜	手部	《說文》提也。（十八畫）	採爲首義	391	
	提	手部	《說文》挈也。（九畫）	採爲首義	369	
	抯	手部	《說文》拈也。（七畫）	採爲首義	360	
	拈	手部	《說文》抯也。（五畫）	採爲首義	352	
	摛	手部	《說文》舒也。（十一畫）	採爲首義	378	
	捨	手部	《說文》釋也。（八畫）	採爲首義	362	
	撆	手部	《說文》一指按也。（十四畫）	採爲首義	388	
	按	手部	《說文》下也。（六畫）	採爲首義	357	
	控	手部	《說文》引也。（八畫）	採爲首義	367	
	揗	手部	《說文》摩也。（九畫）	採爲首義	370	
	掾	手部	《說文》緣也。（九畫）	採爲首義	368	
	拍	手部	《說文》拍本字，从手百聲，普百切。（六畫）	採爲首義	356	

手部	拊	手部	《說文》循也。（五畫）	採爲首義	353	
	掊	手部	《說文》把也。今鹽官入水取鹽爲掊。◎《說文》父溝切，本作捊，隸省作掊。（八畫）	採爲首義又補釋之	365	
	捋	手部	《說文》取易也。（七畫）	採爲首義	361	
	撩	手部	《說文》理也。（十二畫）	採爲首義	384	
	措	手部	《說文》措置也。（八畫）	採爲首義	367	
	插	手部	《說文》刺肉也。（九畫）	採爲首義	369	
	掄	手部	《說文》擇也。（八畫）	採爲首義	364	
	擇	手部	《說文》揀選也。（十三畫）	採爲首義	386	
	捉	手部	《說文》搤也。一曰握也。（七畫）	採爲首義	361	
	搤	手部	《說文》捉也。（十畫）	採爲首義	375	
	挻	手部	《說文》長也。（七畫）	採爲首義	360	
	揟	手部	《說文》搣也。（九畫）	採爲首義	368	
	搣	手部	《說文》批也。（十畫）	採爲首義	375	
	批	手部	《說文》捽也，从手此聲。（五畫）	採爲首義	353	
	抴	手部	《說文》捽也。（九畫）	採爲首義	371	
	捽	手部	《說文》持頭髮也。（八畫）	採爲首義	364	
	撮	手部	《說文》四圭也。一曰兩指撮也。（十二畫）	採爲首義	384	
	挈	手部	《說文》撮也。（十畫）	採爲首義	376	
	捋	手部	《說文》撮取也。或作捝。（十一畫）	採爲首義	377	
	捊	手部	《說文》引取也。◎《說文》捊或从包作抱。（七畫）	採爲首義又補釋之	361	
	揱	手部	《說文》自關以東謂取曰揱。（九畫）	採爲首義	370	
	授	手部	《說文》予也。（八畫）	採爲首義	364	
	承	手部	《說文》奉也。（四畫）	採爲首義	347	
	抌	手部	《說文》給也。一曰約也。（四畫）	採爲首義	358	
	摗	手部	《說文》拭也。（十一畫）	採爲首義	378	
	攩	手部	《說文》朋群也。通作黨。（二十畫）	採爲首義	392	
	接	手部	《說文》交也。（八畫）	採爲首義	367	
	抪	手部	《說文》捫也。一曰擊也。（四畫）	採爲首義	346	
	挏	手部	《說文》攤引也。（六畫）	採爲首義	358	
	招	手部	《說文》手呼也。（五畫）	採爲首義	355	

手部	撫	手部	《說文》安也。（十二畫）	採爲首義	384	
	搢	手部	《說文》撫也。一曰摹也。（九畫）	採爲首義	368	
	揣	手部	《說文》量也。度高曰揣。 又《說文》一曰捶之。（九畫）	採爲首義及次義	371	
	扺	手部	《說文》開也。（五畫）	採爲首義	350	
	攛	手部	《說文》習也，引《春秋傳》曰：攛濆鬼神。（十一畫）	採爲首義	378	
	投	手部	《說文》擿也。（四畫）	採爲首義	349	
	擿	手部	《說文》搔也。（十五畫）	採爲首義	389	
	搔	手部	《說文》刮也。（十畫）	採爲首義	374	
	扴	手部	《說文》刮也。（四畫）	採爲首義	347	
	摽	手部	《說文》擊也。一曰挈闓牡也。（十一畫）	採爲首義	380	
	挑	手部	《說文》撓也。一曰操也。（六畫）	採爲首義	358	
	抉	手部	《說文》挑也。（四畫）	採爲首義	348	
	撓	手部	《說文》擾也。（十二畫）	採爲首義	382	
	擾	手部	《說文》煩也。（十五畫）	採爲首義	389	
	捄	手部	《說文》戟持也。或作拘。（七畫）	採爲首義	359	
	挶	手部	《說文》戟捄也。（五畫）	採爲首義	363	
	搰	手部	《說文》刮也。一曰撻也。（十三畫）	採爲首義	387	
	摘	手部	《說文》拓果樹實也。一曰指近之也。（十一畫）	採爲首義	377	
	捇	手部	《說文》攓也。（十畫）	採爲首義	376	
	撕	手部	《說文》暫也。（十一畫）	採爲首義	379	
	拹	手部	《說文》摺也。一曰拉也。（六畫）	採爲首義	356	
	摺	手部	《說文》敗也，从手習聲。（十一畫）	採爲首義	380	
	挈	手部	《說文》本作𡤘。束也。（九畫）	採爲首義	372	
	摟	手部	《說文》曳聚也。又牽也，擸取也。（十一畫）	採爲首義	378	
	抎	手部	《說文》有所失也。（四畫）	採爲首義	349	
	披	手部	《說文》从旁持曰披。（五畫）	採爲首義	350	
	㾑	广部	《說文》引縱曰㾑，別作瘌。（十畫）	採爲首義	705	
	拮	手部	《說文》積也。《詩》曰：助我舉拮械頰旁也。（五畫）	採爲首義	353	

手部	掉	手部	《說文》搖也。（八畫）	採爲首義	364	
	搖	手部	《說文》動也。（十畫）	採爲首義	374	
	搭	手部	無。	不採其說	373	採《玉篇》爲首義。
	摴	手部	《說文》當也。（十二畫）	採爲首義	382	
	揂	手部	《說文》聚也。（九畫）	採爲首義	368	
	掔	手部	《說文》固也。　◎《說文》讀若《詩》赤舄掔掔。〈徐鉉曰〉今別作慳，非。（八畫）	採爲首義又補釋之	365	
	捀	手部	《說文》奉也。（七畫）	採爲首義	360	
	擧	手部	《說文》對舉也。（十七畫）	採爲首義	391	
	揚	手部	無。	不採其說	370	以「飛舉也」爲首義。
	舉	手部	《說文》對舉也。（十四畫）	採爲首義	388	《說文》本作擧。
	掀	手部	《說文》舉出也。（八畫）	採爲首義	364	
	揭	手部	《說文》高舉也。或作撽。（九畫）	採爲首義	372	
	扴	手部	《說文》上舉也。《易》曰：用扴馬壯吉。（四畫）	採爲首義	349	段注本作「拯」。
	振	手部	《說文》舉救也。（七畫）	採爲首義	359	
	扛	手部	《說文》橫關對舉也。（三畫）	採爲首義	345	
	扮	手部	《說文》握也。一曰動也。（四畫）	採爲首義	346	
	揙	手部	《說文》舉手也。（十二畫）	採爲首義	383	
	捎	手部	《說文》自關以西，凡取物之上者爲撟捎。（七畫）	採爲首義	361	
	擁	手部	《說文》本作雝。抱也。（十三畫）	採爲首義	385	
	擩	手部	《說文》染也。（十四畫）	採爲首義	388	
	揄	手部	《說文》引也。　又邪揄也。《說文》作歈。（九畫）	採爲首義及次義	368	
	搫	手部	《說文》搫擭，不正也。（十畫）	採爲首義	376	
	擭	手部	《說文》搫擭也。（十四畫）	採爲首義	388	
	拊	手部	《說文》揗手也。（五畫）	採爲首義	354	
	摶	手部	《說文》專也。（十三畫）	採爲首義	385	
	揆	手部	《說文》葵也。（九畫）	採爲首義	369	
	擬	手部	《說文》度也。（十四畫）	採爲首義	388	
	損	手部	《說文》減也。（十畫）	採爲首義	374	

手部	失	大部	《說文》縱也。一曰錯也，過也，遺也。（二畫）	採爲首義	177	
	捝	手部	《說文》解捝也。（七畫）	採爲首義	359	
	撥	手部	《說文》治也。（十二畫）	採爲首義	383	
	挹	手部	《說文》抒也。（七畫）	採爲首義	360	
	抒	手部	《說文》挹也。（四畫）	採爲首義	349	
	抯	手部	《說文》挹也，从手且聲。讀若樝梨之樝。（五畫）	採爲首義	351	
	攫	手部	《說文》扟也。（二十畫）	採爲首義	393	
	扟	手部	《說文》从上挹也。（三畫）	採爲首義	346	
	拓	手部	《說文》拾也。陳宋語。或作摭。（五畫）	採爲首義	353	
	攈	手部	《說文》拾也。（十六畫）	採爲首義	390	
	拾	手部	《說文》掇也。（六畫）	採爲首義	356	
	掇	手部	《說文》拾取也。（八畫）	採爲首義	364	
	擐	手部	《說文》貫也。（十三畫）	採爲首義	386	
	揂	手部	《說文》引急也。（九畫）	採爲首義	372	
	搯	手部	《說文》蹴引也。（十一畫）	採爲首義	377	
	搋	手部	《說文》相援也。（十畫）	採爲首義	374	
	援	手部	《說文》引也。（九畫）	採爲首義	373	
	擂	手部	《說文》引也。或从由作抽。或从秀作誘。詳抽字註。（十二畫）	採爲首義	382	
	擢	手部	《說文》引也。（十四畫）	採爲首義	387	
	拔	手部	《說文》擢也。（五畫）	採爲首義	354	
	揠	手部	《說文》拔也。（九畫）	採爲首義	371	
	擣	手部	《說文》本作。手椎也。（十四畫）	採爲首義	387	
	攣	手部	《說文》係也。凡佝牽連繫者皆曰攣。（十九畫）	採爲首義	392	
	挺	手部	《說文》拔也。（七畫）	採爲首義	360	
	揳	手部	《說文》拔取也，南楚語引《楚辭》朝揳阰之木蘭。（十二畫）	採爲首義	381	
	探	手部	《說文》遠取之也。　◎《說文》本作，今文作探。（八畫）	採爲首義又補釋之	366	
	撢	手部	《說文》探也。（十二畫）	採爲首義	383	

手部	捼	手部	《說文》摧也。一曰兩手相切摩也。　又《說文》徐鉉云：今俗作挼，非。（八畫）	採爲首義及次義	363 364	
	擘	手部	《說文》別也。一曰擘也。（十二畫）	採爲首義	381	
	搣	手部	《說文》搖也。〈徐鉉曰〉今別作撼，非。（九畫）	採爲首義	372	
	搦	手部	《說文》按也。（十畫）	採爲首義	375	
	掎	手部	《說文》偏引也。（八畫）	採爲首義	365	
	揮	手部	《說文》奮也。　◎《正字通》與麾、撝夶通。《說文》分撝、揮爲二。（九畫）	採爲首義又補釋之	372	
	摩	手部	《說文》研也。（十一畫）	採爲首義	378	
	搉	手部	《說文》反手擊也。（十畫）	採爲首義	375	
	攪	手部	《說文》亂也。（二十畫）	採爲首義	393	
	揰	手部	《說文》椎檮也。（十畫）	採爲首義	374	
	撞	手部	《說文》丮檮也。（十二畫）	採爲首義	383	
	捆	手部	《說文》就也。一曰仍也。（六畫）	採爲首義	357	
	扔	手部	《說文》因也。（二畫）	採爲首義	345	
	括	手部	《說文》本作𦔳。絜也。（六畫）	採爲首義	355	
	抲	手部	《說文》撝也。（五畫）	採爲首義	351	
	擎	手部	《說文》撝也。（十三畫）	採爲首義	387	
	撝	手部	《說文》裂也。（十二畫）	採爲首義	382	
	捇	手部	《說文》裂也。（七畫）	採爲首義	361	
	扐	手部	無。	不採其說	345	以「筮者著著指閒也」爲首義。
	技	手部	《說文》巧也。（四畫）	採爲首義	348	
	摹	手部	《說文》規也。（十一畫）	採爲首義	380	
	拙	手部	《說文》不巧也。（五畫）	採爲首義	354	
	揸	手部	《說文》縫指揸也。一曰韜也。或作韘。（八畫）	採爲首義	362	
	搏	手部	《說文》圜也。（十一畫）	採爲首義	380	
	搄	手部	《說文》手推之也。（十畫）	採爲首義	374	
	抹	手部	《說文》盛土於梩中也。一曰抒也。（七畫）	採爲首義	361	
	拮	手部	《說文》手口共有所作也。（六畫）	採爲首義	355	
	搰	手部	《說文》掘也。（十畫）	採爲首義	376	

手部	掘	手部	《說文》搰也。（八畫）	採為首義	366	
	掩	手部	《說文》斂也，小上曰掩。（八畫）	採為首義	367	
	摡	手部	《說文》滌也。（十一畫）	採為首義	378	
	揟	手部	《說文》取水沮也。或作抯。（九畫）	採為首義	371	
	播	手部	《說文》種也。一曰布也。（十二畫）	採為首義	384	
	挃	手部	《說文》穫禾聲。（六畫）	採為首義	357	
	揱	手部	說文》刺也。一曰刺之財至。（九畫）	採為首義	373	
	扤	手部	《說文》動也。（三畫）	採為首義	346	
	抈	手部	《說文》折也。（四畫）	採為首義	348	
	摎	手部	說文》縛殺也。（十一畫）	採為首義	377	
	撻	手部	無。	不採其說	385	以「打也，抶」為首義。
	挼	手部	《說文》止馬也。或作馽。（八畫）	採為首義	365	
	抨	手部	撣也。（五畫）	採為首義	350	
	捲	手部	《說文》俗以為捲舒之捲。（八畫）	採為首義	363	
	扱	手部	《說文》收也。（四畫）	採為首義	346	
	摤	手部	《說文》拘擊也。或作摤。（十一畫）	採為首義	380	
	挨	手部	《說文》擊背也。（七畫）	採為首義	359	
	撲	手部	《說文》挨也。（十二畫）	採為首義	385	
	擧	手部	《說文》對舉也。（十七畫）	採為首義	391	
	扚	手部	《說文》疾擊也。（三畫）	採為首義	345	
	抶	手部	《說文》笞擊也。（五畫）	採為首義	351	
	抵	手部	《說文》側擊也。（四畫）	採為首義	347	
	抶	手部	《說文》以車軶擊也。（五畫）	採為首義	351	
	捫	手部	《說文》衣上擊也。（九畫）	採為首義	371	
	捽	手部	《說文》兩手擊也。一曰擲也。（八畫）	採為首義	363	
	捶	手部	《說文》以杖擊也。（八畫）	採為首義	363	
	推	手部	《說文》敲擊也。（十畫）	採為首義	373	
	撴	手部	《說文》中擊也。（十一畫）	採為首義	379	
	拂	手部	《說文》過擊也。〈徐鍇曰〉擊而過之也。（五畫）	採為首義	352	
	搰	手部	《說文》撟頭也。（十一畫）	採為首義	380	
	抈	手部	《說文》深擊也，从手尢聲。（四畫）	採為首義	349	

手部	撃	手部	《說文》傷擊也。（十三畫）	採爲首義	386	
	擊	手部	《說文》攴也。〈徐曰〉撲也。（十三畫）	採爲首義	386	徐鍇語
	扜	手部	《說文》枝也。（三畫）	採爲首義	346	
	抗	手部	《說文》扜也。 ◎《說文》抗或从木。〈徐鉉曰〉今俗作胡郎切，別見木部。（四畫）	採爲首義又補釋之	350	
	捕	手部	《說文》取也。（七畫）	採爲首義	362	
	箔	竹部	無。	不採其說	825	以「取魚器也」爲首義。
	撚	手部	《說文》執也。（十二畫）	採爲首義	382	
	挂	手部	《說文》畫也。（六畫）	採爲首義	357	
	拕	手部	《說文》曳也。（五畫）	採爲首義	354	
	捈	手部	《說文》臥引也。（七畫）	採爲首義	361	
	抴	手部	《說文》捈也。（五畫）	採爲首義	351	
	搧	手部	《說文》婢沔切。搏也。（九畫）	採爲首義	370	
	撅	手部	《說文》手有所把也。一曰擊也、投也。（十二畫）	採爲首義	381	
	攄	手部	《說文》挐持也。（十六畫）	採爲首義	390	
	挐	手部	《說文》持也。（六畫）	採爲首義	353	
	搵	手部	《說文》沒也。（十畫）	採爲首義	376	
	搒	手部	《說文》掩也。（十畫）	採爲首義	374	
	挌	手部	《說文》擊也。（六畫）	採爲首義	358	
	拲	手部	《說文》兩手同械也。（六畫）	採爲首義	356	
	捝	手部	《說文》夜戒守有所擊也。（八畫）	採爲首義	367	
	捐	手部	《說文》弃也。（七畫）	採爲首義	362	
	掤	手部	《說文》所以覆矢也。（八畫）	採爲首義	367	
	扚	手部	《說文》指麾也。（三畫）	採爲首義	345	
	麾	手部	《說文》旌旗所以指麾也。（十九畫）	採爲首義	392	
	捷	手部	《說文》獵也，軍獲得也。（八畫）	採爲首義	363	
	扣	手部	《說文》牽馬也。（三畫）	採爲首義	346	
	掍	手部	《說文》同也。（八畫）	採爲首義	365	
	搜	手部	無。	不採其說	375	採《集韻》爲首義。
	換	手部	《說文》易也。（九畫）	採爲首義	370	
	掖	手部	《說文》以手持人臂投地也。又挾扶也。 ◎《說文》臂下也，與腋同。（八畫）	採爲首義又補釋之	366	

手部	摦	手部	《說文》橫大也。（十一畫）	採爲首義	378	
	攙	手部	《說文》刺也。（十七畫）	採爲首義	391	
	搢	手部	《說文》插也。（十畫）	採爲首義	375	
	掠	手部	《說文》奪取也。（八畫）	採爲首義	366	
	掐	手部	《說文》爪刺也。（八畫）	採爲首義	365	
	捻	手部	《說文》指捻也。（八畫）	採爲首義	363	
	拗	手部	《說文》手拉也。（五畫）	採爲首義	354	
	摵	手部	《說文》沙劃切。捎也。（十一畫）	採爲首義	380	
	捌	手部	又《說文》方言云無齒把，从手別聲。（七畫）	採爲次義	361	以「破也、分也、又擊也」爲首義。
	攤	手部	《說文》開也。一曰手布也。（十九畫）	採爲首義	392	
	抛	手部	《說文》棄也。（五畫）	採爲首義	353	
	摴	手部	《說文》舒也。（十一畫）	採爲首義	379	
	打	手部	《說文》擊也，从手丁聲。（二畫）	採爲首義	345	
乖部	乖	丿部	《說文》背呂也，象脅肋形。（七畫）	採爲首義	11	
	脊	肉部	《說文》背呂也。（七畫）	採爲首義	910	
女部	女	女部	無。	不採其說	182	採《博雅》爲首義。
	姓	女部	《說文》人所生也。（五畫）	採爲首義	187	
	姜	女部	無。	不採其說	187	以「神農姓也」爲首義。
	姬	女部	《說文》黃帝居姬水，以姬爲氏，周人嗣其姓。（六畫）	採爲首義	188	
	姞	女部	無。	不採其說	187	以「姓也，又字」爲首義。
	嬴	女部	《說文》帝少皞氏之姓。（十四畫增）	採爲首義	201	
	姚	女部	無。	不採其說	187	以「舜後也」爲首義。
	嬀	女部	無。	不採其說	199	以「水名，在河中河東縣」爲首義。
	妘	女部	《說文》祝融之後姓也。（四畫）	採爲首義	184	
	姺	女部	無。	不採其說	189	以「國民」爲首義。
	嬿	女部	《說文》姓也，蒼梧有嬿氏。（十二畫）	採爲首義	198	
	㚻	女部	無。	不採其說	184	採《集韻》爲首義。《說文》本作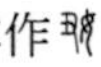。

女部	娸	女部	《說文》姓也。一曰醜也，漢枚皐作賦詆娸，東方朔又自詆娸其文。（八畫）	採爲首義	191	
	奼	女部	《說文》少女也，河上奼女。見女字註。（三畫）	採爲首義	183	
	媒	女部	《說文》謀也，謀合二姓以成昏媾也。（九畫）	採爲首義	194	
	妁	女部	《說文》媒也。（三畫）	採爲首義	183	
	嫁	女部	《說文》女適人也。一曰家也，故婦人謂嫁曰歸。（十畫）	採爲首義	196	
	娶	女部	《說文》娶婦也。（八畫）	採爲首義	191	
	婚	女部	無。	不採其說	192	以「婚姻嫁也」爲首義。
	姻	女部	《說文》壻家也。（六畫	採爲首義		
	妻	女部	《說文》妻與夫齊者也。（五畫）	採爲首義	185	
	婦	女部	《說文》服也。（八畫）	採爲首義	193	
	妃	女部	《說文》匹也。（三畫）	採爲首義	183	
	媲	女部	《說文》配也。（十畫）	採爲首義	196	
	妊	女部	《說文》身懷孕也。（四畫）	採爲首義	184	
	娠	女部	《說文》女妊身動也。（七畫）	採爲首義	191	
	嫋	女部	無。	不採其說	195	以「嫠婦也」爲首義。
	嬔	女部	無。	不採其說	200	逕云「同娩」。
	嫛	女部	《說文》婗也。（十一畫）	採爲首義	197	
	婗	女部	《說文》嫛也，嫛婗人始生也。（八畫）	採爲首義	192	
	母	毋部	《說文》从女，象懷子。一曰象乳形。（一畫）	採爲首義	516	
	嫗	女部	《說文》母也。（十一畫）	採爲首義	197	
	媼	女部	《說文》女老稱。（十畫）	採爲首義	196	
	姁	女部	無。	不採其說	186	以「姁媮美貌」爲首義。
	姐	女部	《說文》蜀人呼母曰姐。今俗弟呼女兄曰姐。一曰慢也。（五畫）	採爲首義	186	
	姑	女部	無。	不採其說	186	採《爾雅》爲首義。
	威	女部	《說文》威姑也，引漢律婦告威姑。（六畫）	採爲首義	189	
	妣	女部	《說文》歿母也。（四畫）	採爲首義	185	

女部	姊	女部	無。	不採其說	186	逕云「姐本字」。
	妹	女部	《說文》女弟也。（五畫）	採爲首義	185	
	娣	女部	無。	不採其說	191	以「女弟也」爲首義。
	媦	女部	《說文》楚人謂女弟曰媦。（九畫）	採爲首義	195	
	姼	女部	無。	不採其說	194	以「兄之妻」爲首義。今作「嫂」。
	姪	女部	無。	不採其說	188	以「兄弟之女也」爲首義。
	姨	女部	無。	不採其說	188	以「母之姊妹曰姨」爲首義。
	妿	女部	《說文》女師也。（五畫）	採爲首義	185	
	娒	女部	無。	不採其說	190	逕云「同姆，女師也」。
	媾	女部	《說文》重昏也。（十畫）	採爲首義	196	
	姼	女部	又《說文》婦人小物也。（六畫）	採爲次義	189	採《揚子・方言》爲首義。
	妭	女部	《說文》美婦也。（五畫）	採爲首義	185	
	嫈	女部	無。	不採其說	197	以「女隸也」爲首義。
	婢	女部	《說文》女之卑者。（八畫）	採爲首義	193	
	奴	女部	《說文》奴婢古之罪人。（二畫）	採爲首義	182	
	姏	女部	無。	不採其說	183	以「婦官也」爲首義。
	媊	女部	無。	不採其說	194	以「女媊，星名」爲首義。
	媧	女部	《說文》古神聖女，化萬物也。（九畫）	採爲首義	195	
	娀	女部	無。	不採其說	189	以「契之母也」爲首義。
	娥	女部	無。	不採其說	191	以「好也」爲首義。
	嫄	女部	《說文》邰國女，周棄母家也。（十畫）	採爲首義	196	
	嬿	女部	《說文》女字。（十七畫）	採爲首義	202	
	妸	女部	《說文》婀本字。（五畫）	採爲首義	185	
	頉	女部	《說文》女字。（十二畫）	採爲首義	199	
	婕	女部	《說文》女字。（八畫）	採爲首義	193	
	嬹	女部	無。	不採其說	200	以「女字」爲首義。

女部	嬃	女部	《說文》女字也。（十七畫）	採爲首義	202	
	嫽	女部	《說文》女字。一曰相嫽戲也。（十二畫）	採爲首義	199	
	㛅	女部	《說文》女字。（六畫）	採爲首義	188	
	婤	女部	《說文》女字。（八畫）	採爲首義	193	
	姶	女部	《說文》女字。（六畫）	採爲首義	188	
	改	女部	無。	不採其說	183	以「女字」爲首義。
	娃	女部	無。	不採其說	185	以「好貌」爲首義。
	奻	女部	《說文》女字。一曰嫠婦，守貞不移也。（三畫）	採爲首義	183	
	娸	女部	《說文》女號。一曰女子也。（六畫）	採爲首義	189	
	始	女部	無。	不採其說	186	以「初也」爲首義。
	媚	女部	《說文》說也。又諧也，諂也，蠱也。（九畫）	採爲首義	195	
	嫵	女部	《說文》媚也。（十二畫）	採爲首義	198	
	媄	女部	《說文》色美也。（九畫）	採爲首義	194	
	嬌	女部	無。	不採其說	195	以「媚也」爲首義。
	嫷	女部	《說文》嫷本字。（十二畫）	採爲首義	198	
	姝	女部	無。	不採其說	187	以「美好也，女之美者曰姝」爲首義。
	好	女部	無。	不採其說	183	以「美也、善也」爲首義。
	孄	女部	《說文》悅也。（十五畫）	採爲首義	201	
	嫛	女部	《說文》好也。一曰和靜也。（十四畫）	採爲首義	201	
	殳	女部	《說文》姝、殳音義同。（四畫）	採爲首義	185	
	姣	女部	無。	不採其說	188	以「美也、媚也」爲首義。
	嬻	女部	《說文》好也。一曰蛾眉貌。（十五畫）	採爲首義	201	
	娧	女部	無。	不採其說	191	以「舒遲貌，一曰喜也」爲首義。
	媌	女部	《說文》目裏好也。（九畫）	採爲首義	194	
	嫿	女部	《說文》靜好也。（十二畫）	採爲首義	199	
	婠	女部	《說文》體德好也。（八畫）	採爲首義	193	
	娙	女部	《說文》長好貌。一曰女身長謂之娙。（七畫）	採爲首義	190	

女部	孅	女部	《說文》白好也。（十九畫）	採爲首義	202	
	嫡	女部	《說文》煩也。或作敽，通作亂。一曰變順也。（十二畫）	採爲首義	199	
	娿	女部	《說文》婉也。（五畫）	採爲首義	185	
	婉	女部	《說文》順也。（八畫）	採爲首義	192	
	姰	女部	《說文》直頂貌。（六畫）	採爲首義	187	
	嫣	女部	無。	不採其說	198	以「美貌」爲首義。
	姌	女部	無。	不採其說	184	以「長好貌」爲首義。
	嫋	女部	無。	不採其說	197	以「風動貌」爲首義。
	孅	女部	《說文》銳細也，與纖通。（十七畫）	採爲首義	202	
	娯	女部	《說文》娿娯也。（十畫）	採爲首義	196	
	嫶	女部	《說文》曲肩行貌。一曰戲也，美好也。（十畫）	採爲首義	196	
	孆	女部	無。	不採其說	200	採《正字通》爲首義。
	媕	女部	《說文》閑體行媕媕也。（六畫）	採爲首義	189	
	委	女部	《說文》委隨也。从女。从禾。〈徐鉉曰〉曲也，从禾垂穗，委曲之貌。（五畫）	採爲首義	187	
	媒	女部	無。	不採其說	192	以「媒姌身弱好貌」爲首義。
	姌	女部	無。	不採其說	188	以「媒姌美貌」為首義。
	姑	女部	《說文》小弱也。一曰女輕薄善走。一曰多技藝。（五畫）	採爲首義	185	
	姕	女部	《說文》姈也。一曰姈姕，喜笑貌。（八畫）	採爲首義	193	
	姈	女部	無。	不採其說	184	以「姕姈，善笑貌」爲首義。
	孏	女部	《說文》竦身貌。（十七畫）	採爲首義	184	
	婧	女部	無。	不採其說	193	以「女貞也，一曰竦立」爲首義。
	妌	女部	《說文》静也，女德不妄動也。（四畫）	採爲首義	184	
	瓅	女部	《說文》婦人貌。（五畫）	採爲首義	186	

女部	嫙	女部	無。	不採其說	197	以「好貌」爲首義。
	𪗉	齊部	《說文》材也。（三畫）	採爲首義	1459	
	姡	女部	無。	不採其說	188	以「詐也，面見也」爲首義。
	嬥	女部	《說文》直好貌。一曰嬈也，又嬥嬥，往來貌。（十四畫）	採爲首義	200	
	嫈	女部	無。	不採其說	198	以「盈姿貌」爲首義。
	媞	女部	《說文》媞諦。一曰妍黠。一曰江淮閒謂母曰媞。（九畫）	採爲首義	195	
	婺	女部	《說文》不繇也。（九畫）	採爲首義	193	
	嫺	女部	《說文》雅也。（十二畫）	採爲首義	199	
	媐	女部	《說文》悅樂也。（九畫）	採爲首義	194	
	婜	女部	《說文》美也。（八畫）	採爲首義	193	
	娛	女部	《說文》樂也。（七畫）	採爲首義	190	
	娭	女部	無。	不採其說	191	以「婦女賤稱」爲首義。
	媅	女部	無。	不採其說	194	逕云「同妉」。
	娓	女部	《說文》順也。一曰美也。（七畫）	採爲首義	190	
	嫡	女部	無。	不採其說	198	採《增韻》爲首義。
	孎	女部	《說文》謹也。（二十一畫）	採爲首義	202	
	㜑	女部	《說文》宴㜑也。一曰㜑媿美也。（十畫）	採爲首義	196	
	嫴	女部	《說文》謹也。（二十一畫）	採爲首義	202	
	𡡞	女部	《說文》諟也。一曰媞也。（九畫）	採爲首義	196	
	嫥	女部	《說文》壹也。一曰嫥嫥，即專義。一曰可愛貌。（十一畫）	採爲首義	198	
	如	女部	《說文》从隨也。一曰若也，同也。（三畫）	採爲首義	183	
	嫧	女部	《說文》齊也。一曰嫧娕，齊謹也。（十一畫）	採爲首義	198	
	娕	女部	《說文》謹也。（七畫）	採爲首義	190	
	嬐	女部	《說文》敏疾也。（十三畫）	採爲首義	200	
	嬪	女部	《說文》服也。（十四畫）	採爲首義	200	
	𡠫	女部	《說文》至也。引《書》大命不𡠫，今書作摯。	採爲首義	199	

女部	婚	女部	《說文》俛伏也。一曰服意。（八畫）	採為首義	191	
	妟	女部	《說文》安也。（四畫）	採為首義	184	
	嬗	女部	又《說文》吉也。（十三畫）	採為次義	200	採《集韻》為首義。
	婷	女部	《說文》保任也。（十二畫）	採為首義	198	
	奲	女部	又《說文》奢也。（十畫）	採為次義	196	採《博雅》為首義。
	娑	女部	《說文》舞也。（七畫）	採為首義	190	
	娟	女部	《說文》偶也。（六畫）	採為首義	188	
	姰	女部	又《說文》鈞適也，男女併也。（六畫）	採為次義	188	
	娃	女部	《說文》婦人小物也。（六畫）	採為首義	189	
	妓	女部	無。	不採其說	184	以「女樂也」為首義。
	嬰	女部	無。	不採其說	201	採《釋名》為首義。
	奿	女部	無。	不採其說	185	逕云「同娑」。
	媛	女部	《說文》美女也，人所援也。（九畫）	採為首義	195	
	娉	女部	《說文》娉，問也；聘，訪也。雖女、耳分部，義通。（七畫）	採為首義	189	
	婹	女部	《說文》隨從也。（八畫）	採為首義	191	
	妝	女部	《說文》飾也。（四畫）	採為首義	184	
	孌	女部	無。	不採其說	202	以「娩孌，美好貌」為首義。
	媟	女部	《說文》嬻也。一曰狎也，慢也。（九畫）	採為首義	195	
	嬻	女部	《說文》媟嬻也。（十五畫）	採為首義	201	
	窫	女部	無。	不採其說	199	以「面短貌」為首義。
	嬖	女部	《說文》便辟也，愛也。（十三畫）	採為首義	200	
	嫛	女部	說文》難也。（十三畫）	採為首義	200	
	妎	女部	《說文》妒也。（四畫）	採為首義	184	
	妒	女部	《說文》婦嫉夫也。（四畫）	採為首義	184	
	媢	女部	無。	不採其說	195	以「忌嫉也」為首義。
	娭	女部	《說文》妖本字。亦通夭。（八畫）	採為首義	192	
	佞	女部	無。	不採其說	27	以「才也」為首義。
	嫢	女部	《說文》小心態。（十畫）	採為首義	197	

女部	嫪	女部	《說文》姻也。姻嫪，戀惜也。（十一畫）	採爲首義	198	
	姻	女部	無。	不採其說	193	以「姻嫪，戀惜也」爲首義。
	姿	女部	《說文》態也。（六畫）	採爲首義	189	
	嫭	女部	又《說文》嬌也，又遵遇切，音傴，義同。（十一畫）	採爲次義	198	採《博雅》爲首義。
	妨	女部	《說文》害也。一曰礙也。（四畫）	採爲首義	185	
	妄	女部	《說文》亂也。（三畫）	採爲首義	184	
	媮	女部	《說文》薄也。一曰靡也。（九畫）	採爲首義	194	
	妥	女部	《說文》妥鹵，貪也。（六畫）	採爲首義	188	
	娟	女部	無。	不採其說	189	採《博雅》爲首義。
	姝	女部	《說文》量也。一曰女容如花朵之垂言美好也。（六畫）	採爲首義	189	
	妯	女部	無。	不採其說	185	採《廣雅》爲首義。
	嫌	女部	《說文》不平於心也。一曰疑也。（十畫）	採爲首義	197	
	媌	女部	無。	不採其說	194	以「減也」爲首義。
	婼	女部	《說文》不順也。（九畫）	採爲首義	194	
	婞	女部	《說文》很也。（八畫）	採爲首義	193	
	嫚	女部	《說文》易使怒也。一曰輕薄貌。（十二畫）	採爲首義	198	
	嬌	女部	《說文》好枝格人語也。一曰靳也。（十二畫）	採爲首義	199	
	婍	女部	《說文》疾悍也。一曰婠婍，好貌。（八畫）	採爲首義	191	
	嫴	女部	《說文》含怒也。一曰難知。（十一畫）	採爲首義	198	
	嫛	女部	無。	不採其說	191	以「婟嫛，不決也」爲首義。
	妍	女部	無。	不採其說	189	以「媚也、麗也、美好也」爲首義。
	娃	女部	又《說文》娃，圓深目貌。一曰吳楚之閒謂好曰娃。（六畫）	採爲次義	189	以「美女也」爲首義。
	嫳	女部	《說文》不媚，前卻嫳嫳也。（十畫）	採爲首義	196	
	妷	女部	無。	不採其說	184	以「美貌」爲首義。
	孎	女部	《說文》愚戇多態。（十八畫）	採爲首義	202	

女部	嫭	女部	《說文》不悅也。（十畫）	採為首義	196	
	嫖	女部	《說文》怒也，與嬛同。（十二畫）	採為首義	199	
	姡	女部	無。	不採其說	186	以「輕也」為首義。
	嫖	女部	《說文》輕也，亦作僄。（十一畫）	採為首義	197	
	娙	女部	無。	不採其說	190	以「女字」為首義。
	姎	女部	《說文》女人自稱我也。（五畫）	採為首義	186	
	嫜	女部	又《說文》不悅貌。（九畫）	採為次義	194	以「美盛貌」為首義。
	婎	女部	《說文》姿婎，姿也。一曰醜也。（八畫）	採為首義	192	
	媸	女部	無。	不採其說	191	以「有守也」為首義。
	媥	女部	《說文》輕貌。（九畫）	採為首義	195	
	嫚	女部	《說文》侮易也。（十一畫）	採為首義	197	
	媎	女部	《說文》疾言失次也。（九畫）	採為首義	195	
	嬬	女部	《說文》弱也。一曰下妻。（十四畫）	採為首義	200	
	姂	女部	無。	不採其說	190	以「姓也」為首義。
	孈	女部	《說文》遲鈍也，闚孈亦如之。（十四畫）	採為首義	201	
	嫷	女部	《說文》下志貪頑也。（十二畫）	採為首義	198	
	婪	女部	《說文》㛥也。或作婪。（十一畫）	採為首義	197	
	㛥	女部	《說文》貪也。（八畫）	採為首義	193	採《唐韻》為首義。
	嬾	女部	無。	不採其說	201	以「卷婁形神交役也」為首義。
	婁	女部	無。	不採其說	192	
	妭	女部	《說文》姡也。（七畫）	採為首義	190	
	妎	女部	《說文》得志妎妎。（七畫）	採為首義	189	
	嬈	女部	《說文》苛也，擾戲弄也。（十二畫）	採為首義	199	
	嫛	女部	《說文》惡也，與毀譽之毀近。一曰人貌。（十三畫）	採為首義	200	
	姍	女部	無。	不採其說	186	以「好也，一曰誹也」為首義。
	嫶	女部	無。	不採其說	193	以「醜老嫗貌」為首義。
	嫫	女部	《說文》媒本字。嫫母，都醜也。一曰都醜，大醜也。（十一畫）	採為首義	198	

女部	斐	女部	《說文》斐斐,往來貌。(八畫)	採為首義	192	
	孃	女部	《說文》煩擾也。一曰肥大也。(十七畫)	採為首義	202	
	黵	女部	《說文》女黑色也。(十三畫)	採為首義	200	
	媛	女部	《說文》好貌。(九畫)	採為首義	194	
	媕	女部	《說文》誣挐也。(八畫)	採為首義	192	
	嬾	女部	《說文》過差也。一曰貪也。或作纜。(十四畫)	採為首義	200	
	婪	女部	《說文》侮易也。(十一畫)	採為首義	198	
	婬	女部	《說文》私逸也。(八畫)	採為首義	193	
	妍	女部	《說文》除也。(八畫)	採為首義	191	
	奸	女部	《說文》犯也。(三畫)	採為首義	183	
	姅	女部	《說文》婦人污也。(五畫)	採為首義	186	
	娗	女部	《說文》女出病也。(七畫)	採為首義	190	
	婥	女部	《說文》女病也。(八畫)	採為首義	193	
	娷	女部	《說文》諈諉累也。(八畫)	採為首義	191	
	媨	女部	《說文》有所恨痛也。一曰相媨亂也,今汝南人有恨曰媨。(九畫)	採為首義	194	
	媿	女部	無。	不採其說	196	逕云「同愧」。
	妏	女部	《說文》訟也。(三畫)	採為首義	183	
	姦	女部	《說文》私也。一曰詐也,淫也。(六畫)	採為首義	188	
	嬙	女部	無。	不採其說	200	以「婦官名」為首義。
	妲	女部	無。	不採其說	186	以「妲己,紂妃」為首義。
	嬌	女部	《說文》態也。(十二畫)	採為首義	199	
	嬋	女部	《說文》嬋娟態也。(十二畫)	採為首義	199	
	娟	女部	無。	不採其說	190	以「嬋娟,美好貌」為首義。
	嫠	女部	《說文》婦無夫也。(十一畫)	採為首義	197	
	姤	女部	《說文》偶也。(六畫)	採為首義	188	
毋部	毋	毋部	《說文》止之也。其字从女,內有一畫,象姦之形。禁止之,勿令姦。(一畫)	採為首義	516	
	毒	毋部	《說文》人無行也。一說嫪毒,秦人以淫坐誅,故世罵淫曰嫪毒。(三畫)	採為首義	517	

民部	民	氏部	《說文》眾萌也，言萌而無識也。（一畫）	採為首義	526	
	氓	氏部	《說文》民也。（二畫）	採為首義	526	
丿部	丿	丿部	《說文》流也，从反厂。（一畫）	採為首義	9	
	乂	丿部	《說文》芟草也。（一畫）	採為首義	9	
	弗	弓部	《說文》撟也。（二畫）	採為首義	284	
	乀	丿部	《說文》左戾也，从反丿。（一畫）	採為首義	9	
厂部	厂	丿部	《說文》《說文》抴也，象抴引之形。〈徐鍇曰〉象丿而不舉首。（一畫）	採為首義	9	
	弋	弋部	無。	不採其說	283	採《玉篇》為首義。
乀部	乀	丿部	《說文》流也，从反厂。（一畫）	採為首義	9	
	也	乙部	《說文徐註》語之餘也。凡言也，則氣出口下而盡。（二畫）	採為首義	12	徐鍇語
氏部	氏	氏部	又《說文》巴蜀山名，岸脅之旁著欲落墮者曰氏。氏崩，聞數百里。（一畫）	採為次義	525	以「氏族也」為首義。
	氐	氏部	《說文》木本。从氏。大於末。（二畫）	採為首義	526	
氐部	氐	氏部	《說文》氐，至也。从氏下著一。一，地也。（一畫）	採為首義	525	
	𥓋	氏部	《說文》臥也。（六畫）	採為首義	526	
	𫮃	氏部	《說文》觸也。（六畫）	採為首義	526	
	𡻈	氏部	無。	不採其說	527	採《博雅》為首義。
戈部	戈	戈部	《說文》平頭戟也。〈徐鍇曰〉戟小支上向則為戟，平之則為戈。一曰戟偏距為戈。（一畫）	採為首義	339	
	肇	聿部	《說文》擊也。（八畫）	採為首義	900	
	戎	戈部	《說文》戎本字。兵也。（五畫）	採為首義	340	
	𢦏	戈部	無。	不採其說	341	採《廣韻》為首義。
	戕	戈部	《說文》質也，从戈爿聲。（七畫）	採為首義	341	
	戟	戈部	《說文》戟作𢧕。（十畫）	採為首義	341	
	戛	戈部	《說文》戟也，又曰長矛也。（七畫）	採為首義	341	
	賊	貝部	無。	不採其說	1136	以「盜也」為首義。
	戍	戈部	《說文》守邊也。（二畫）	採為首義	339	
	戰	戈部	《說文》鬥也。（十二畫）	採為首義	342	
	戲	戈部	《說文》三軍之偏也。一曰兵也。　又本作戯。《說文》上黨戯氏阪。或作戲（十三畫）。	採為首義及次義	342	

戈部	戓	戈部	《說文》利也。又剔也。（八畫增）	採爲首義	341	
	或	戈部	《說文》邦也。从口，从戈以守一。一，地也。通作域。（四畫）	採爲首義	340	
	戬	戈部	《說文》截本字。（十一畫）	採爲首義	342	
	戗	戈部	《說文》殺也，引《書》西伯戗黎。（四畫）	採爲首義	340	
	戕	戈部	《說文》槍也。（四畫）	採爲首義	340	
	戮	戈部	《說文》殺也。（十一畫）	採爲首義	342	
	戡	戈部	《說文》刺也，从戈甚聲，本作戡，今作戡，〈商書〉西伯戡黎。（九畫）	採爲首義	341	
	戟	戈部	《說文》長槍也。（十一畫）	採爲首義	341	
	㦰	戈部	《說文》傷也，裁字類，从之省文也，後又省作㦰。（三畫）	採爲首義	339	
	戩	戈部	又《說文》滅也。（十畫）	採爲次義	341	以「盡也」爲首義。
	㦸	戈部	《說文》絕也。（四畫）	採爲首義	340	
	武	止部	無。	不採其說	503	採《玉篇》爲首義。
	戢	戈部	《說文》藏兵也。（九畫）	採爲首義	341	
	戱	戈部	無。	不採其說	341	採《廣韻》爲首義。
	戔	戈部	《說文》賊也。　又《說文》音踐。（四畫）	採爲首義及次義	340	
戊部	戊	戈部	無。	不採其說	339	以「威斧也，杖而不用明神武不殺也」爲首義。
	戚	戈部	無。	不採其說	340	採《正字通》爲首義。
我部	我	戈部	《說文》施身自謂也。　又《說文》或說我，頃頓也。（三畫）	採爲首義及次義	340	
	義	羊部	《說文》己之威儀也，从我羊。〈註〉臣鉉等曰：與善同意，故从羊。（七畫）	採爲首義	880	
亅部	亅	亅部	《說文》鉤逆者謂之亅，象形。凡亅之屬皆从亅。讀若橜。（一畫）	採爲首義	13	
	乚	亅部	《說文》鉤識也，从反亅。讀若捕鳥罭。（一畫）	採爲首義	13	
琴部	琴	玉部	《說文》本作珡，禁也。象形。神農所作，洞越練朱五絃，周加二絃。〈徐曰〉君子所以自禁制也。（八畫）	採爲首義	663	徐鍇語
	瑟	玉部	《說文》庖犧氏所作弦樂也。〈徐曰〉黃帝使素女鼓五十絃琴，黃帝悲，乃分之爲二十五絃。今文作瑟。（九畫）	採爲首義	666	徐鍇語

珡部	琵	玉部	《說文》琵琶，樂器，馬上弦索。從珡比，意兼聲。（八畫）	採爲首義	664	
	琶	玉部	無。	不採其說	664	以「琵琶」爲首義。
乚部	乚	乙部	無。	不採其說	13	採《玉篇》爲首義。
	直	目部	《說文》正見也。（三畫）	採爲首義	728	
亾部	亡	亠部	《說文》从入，从乚。〈徐曰〉乚音隱，隸作亡。（一畫）	採爲首義	16	徐鍇語
	乍	丿部	無。	不採其說	10	採《增韻》爲首義。
	望	月部	《說文》出亡在外，望其還也。從亡朢省聲。（七畫）	採爲首義	433	
	無	火部	《說文》亡也。（八畫）	採爲首義	601	
	匃	勹部	無。	不採其說	78	採《韻會》爲首義。
乚部	乚	匸部	《說文》裛㣿有所挾藏也。從乚，有一覆之。（一畫）	採爲首義	82	
	區	匸部	《說文》藏隱也，從品在匸中。品眾也。〈徐曰〉凡言區者，皆有所藏也。（九畫）	採爲首義	83	徐鍇語
	匿	匸部	《說文》亡也，從匸若聲。（九畫）	採爲首義	83	
	匹	匸部	《說文》側逃也。一曰箕屬。（五畫）	採爲首義	83	
	匽	匸部	《說文》匿也，從匸妟聲。（七畫）	採爲首義	83	
	医	匸部	《說文》盛弓弩矢器，從匸從矢亦聲。（五畫）	採爲首義	83	
	匹	匸部	《說文》四丈也。（一畫）	採爲首義	82	
匚部	匚	匚部	《說文》受物之器。（一畫）	採爲首義	81	
	匠	匚部	《說文》木工也，從匚從斤。斤，所作器。（四畫）	採爲首義	81	
	匧	匚部	《說文》《集韻》叢古文藏字註。詳艸部十四畫。（七畫）	採爲首義	81	
	匡	匚部	《說文》飯器也，筥也。一曰正也。（四畫）	採爲首義	81	
	匜	匚部	《說文》盥器，似羹魁，柄中有道，可以注水。（三畫）	採爲首義	81	
	匫	匚部	無。	不採其說	82	採《廣韻》爲首義。
	籩	匚部	《說文》小杯也，從匚贛聲。（二四畫）	採爲首義	82	
	匪	匚部	《說文》匪如篋。（八畫）	採爲首義	81	
	匲	匚部	《說文》古器也。（十畫）	採爲首義	82	

匚部	㔶	匚部	《說文》田器也。（七畫）	採爲首義	81	
	匩	匚部	《說文》田器也。（十一畫）	採爲首義	82	
	匷	匚部	無。	不採其說	82	採《玉篇》爲首義。
	匬	匚部	《說文》甌器也。（九畫）	採爲首義	82	
	匱	匚部	《說文》匣也，从匚貴聲。（十二畫）	採爲首義	82	
	櫃	匚部	《說文》匱也。（十五畫）	採爲首義	82	
	匣	匚部	《說文》匱也，从匚甲聲。（五畫）	採爲首義	81	
	匯	匚部	《說文》器也，从匚淮聲。一曰回也。（十一畫）	採爲首義	82	
	柩	木部	無。	不採其說	448	採《釋名》爲首義。
	匰	匚部	無。	不採其說	82	
曲部	曲	曰部	《說文》象器受物之形。 又《說文》或說蠶簿。（二畫）	採爲首義及次義	430	
	㯻	匚部	無。	不採其說	81	以「匣也」爲首義。
	㡃	凵部	無。	不採其說	63	以「古器」爲首義。
甾部	甾	田部	《說文》缶也，東楚名缶曰甾，象形也。（三畫）	採爲首義	687	
	疀	田部	《說文》㮚也，古田器，揚麥㭆也。（十一畫）	採爲首義	694	
	畚	田部	《說文》蒲器，𥮉屬，所以盛種。（八畫）	採爲首義	693	
	疀	田部	無。	不採其說	694	採《韻會》爲首義。
	虘	虍部	又《說文》甾也。（五畫）	採爲首義	1001	採《篇海》爲首義。
瓦部	瓦	瓦部	《說文》土器已燒之總名。（一畫）	採爲首義	675	
	瓬	瓦部	《說文》周家塼埴之工也。（四畫）	採爲首義	676	
	甄	瓦部	《說文》陶也。（九畫）	採爲首義	678	
	甍	瓦部	《說文》屋棟也，从瓦夢省聲。〈徐鍇曰〉所以承瓦，故从瓦。（十一畫）	採爲首義	679	
	甌	瓦部	《說文》甌也。（十二畫）	採爲首義	680	
	甗	瓦部	《說文》甌也。一曰穿也。（十六畫）	採爲首義	681	
	瓵	瓦部	無。	不採其說	676	採《爾雅》爲首義。
	甖	瓦部	《說文》大盆也。（八畫）	採爲首義	677	
	甌	瓦部	《說文》少盆也。（十一畫）	採爲首義	679	
	瓮	瓦部	《說文》罌也。（四畫）	採爲首義	676	
	瓨	瓦部	《說文》似罌，長頸，受十升。（三畫）	採爲首義	676	

瓦部	甀	瓦部	《說文》小盂也。〈徐曰〉今俗別作椀，非。（五畫）	採爲首義	676	徐鉉語
	瓶	瓦部	《說文》瓷，似瓶也。（五畫）	採爲首義	676	
	瓵	瓦部	《說文》甖謂之瓵。（八畫）	採爲首義	677	
	甌	瓦部	無。	不採其說	678	採《玉篇》爲首義。
	瓵	瓦部	《說文》甌也。（八畫）	採爲首義	677	
	甊	瓦部	《說文》器也。（十畫）	採爲首義	679	
	甓	瓦部	《說文》瓴甓也。（十三畫）	採爲首義	680	
	甃	瓦部	《說文》井甓也。（九畫）	採爲首義	678	
	甄	瓦部	《說文》康瓠，破罌。（十畫）	採爲首義	679	
	甎	瓦部	《說文》磋垢瓦石。《徐註》以碎瓦石去垢。（十一畫）	採爲首義	679	徐鍇語
	甈	瓦部	《說文》蹈瓦聲。（九畫）	採爲首義	678	
	瓺	瓦部	《說文》治橐榦也。（四畫）	採爲首義	676	
	甁	瓦部	《說文》破也。（八畫）	採爲首義	678	
	瓯	瓦部	《說文》敗也。（四畫）	採爲首義	676	
	瓷	瓦部	《說文》瓦器也。（六畫）	採爲首義	677	
	瓶	瓦部	《說文》酒器。（七畫）	採爲首義	677	
弓部	弓	弓部	《說文》弓以近窮遠，象形。（一畫）	採爲首義	284	
	弴	弓部	《說文》畫弓也。（八畫）	採爲首義	287	
	弭	弓部	《說文》弓無緣，可以解轡紛者。（六畫）	採爲首義	285	
	弲	弓部	《說文》角弓也，洛陽名弩曰弲。（七畫）	採爲首義	287	
	弧	弓部	《說文》木弓也，从弓瓜聲。一曰往禮寡，來禮多曰弧。（五畫）	採爲首義	285	
	弨	弓部	《說文》弓反也。（五畫）	採爲首義	285	
	彏	弓部	《說文》弓曲也。（十八畫）	採爲首義	289	
	弭	弓部	《說文》弓弩端弦所居也。（十一畫）	採爲首義	288	
	彄	弓部	《說文》弓便利也。（十八畫）	採爲首義	289	
	張	弓部	《說文》施弓弦也。（八畫）	採爲首義	287	
	彍	弓部	《說文》弓急張也。（二十畫）	採爲首義	290	
	弸	弓部	《說文》弓強貌。（八畫）	採爲首義	288	
	彊	弓部	《說文》弓有力也。（十二畫增）	採爲首義	289	

弓部	彎	弓部	《說文》持弓關矢也。(十九畫)	採爲首義	289	
	引	弓部	《說文》開弓也。〈徐鉉曰〉象引弓之形。(一畫)	採爲首義	284	
	弙	弓部	《說文》滿弓有所向也。(三畫)	採爲首義	284	
	弘	弓部	《說文》弓聲也。(二畫)	採爲首義	284	
	彊	弓部	《說文》弛弓也。(十四畫)	採爲首義	289	
	弛	弓部	《說文》弓解也。(三畫)	採爲首義	285	
	弢	弓部	《說文》弓衣也，从弓从㞢。㞢，垂飾。與鼓同意。(五畫)	採爲首義	285	
	弝	弓部	《說文》弓有臂者。(五畫)	採爲首義	285	
	彀	弓部	無。	不採其說	288	採《廣雅》爲首義。
	彉	弓部	《說文》弩滿也。(十二畫)	採爲首義	289	
	彈	弓部	《說文》射也。(十一畫)	採爲首義	288	
	彈	弓部	無。	不採其說	288	採《玉篇》爲首義。
	發	癶部	《說文》躳發也。(七畫)	採爲首義	712	
	彄	弓部	《說文》羿作彄。(七畫)	採爲首義	286	
弜部	弜	弓部	《說文》彊也，弓有力也。(三畫)	採爲首義	285	
	弼	弓部	《說文》本作𢐗。丙，舌也，舌柔而弓剛，以柔从剛，輔弼之意。(九畫)	採爲首義	288	
弦部	弦	弓部	《說文》弓弦也。从弓，象絲軫之形也。(五畫)	採爲首義	285	
	盭	皿部	◎《說文》本作𥁞，省从盩。讀若戾。〈徐鉉曰〉盭者，繫臯人見血也，弼戾之意。(十五畫)	列於字末補釋形義	726	採《史記·司馬相如傳》爲首義。
	玅	玄部	無。	不採其說	653	採《玉篇》爲首義。
	竭	玄部	無。	不採其說	654	以「不成遂急戾也」爲首義。
糸部	系	糸部	《說文》細絲也。〈徐鍇曰〉一蠶所吐爲忽，十忽爲絲。糸，五忽也。(一畫)	採爲首義	843	
	孫	子部	《說文》子之子也。从子从系。系，續也，言順續先祖之後也。(七畫)	採爲首義	207	
	緜	糸部	又《說文》緜聯微也。(九畫)	採爲次義	858	採《正韻》爲首義。
	緟	糸部	《說文》作䌼，隨從也。〈徐鉉曰〉今俗从㣇。(十一畫)	採爲首義	865	《說文》隸定作緟。

徐鉉校定《說文》卷十三

說文部首	字例	《康熙字典》			備　註
		歸部	引用《說文》之釋語	引用情形	頁碼	

說文部首	字例	歸部	引用《說文》之釋語	引用情形	頁碼	備　註
糸部	糸	糸部	《說文》細絲也。〈徐鍇曰〉一蠶所吐爲忽，十忽爲絲。糸，五忽也。（一畫）	採爲首義	843	
	繭	糸部	《說文》蠶衣也。（十三畫）	採爲首義	868	
	繰	糸部	《說文》繹繭出絲也。（十一畫）	採爲首義	865	
	繹	糸部	《說文》抽絲也。（十三畫）	採爲首義	869	
	緒	糸部	《說文》絲耑也。（九畫）	採爲首義	857	
	緬	糸部	《說文》微絲也。（九畫）	採爲首義	859	
	純	糸部	《說文》絲也。（四畫）	採爲首義	845	
	絹	糸部	《說文》生絲也。（七畫）	採爲首義	852	
	緖	糸部	《說文》大絲也。（九畫）	採爲首義	859	
	統	糸部	《說文》絲曼延也。（六畫）	採爲首義	850	
	紇	糸部	《說文》絲下也。（三畫）	採爲首義	844	
	紙	糸部	《說文》絲滓也。（五畫）	採爲首義	847	
	絓	糸部	《說文》繭滓絓頭也。一曰以囊絮練也。（六畫）	採爲首義	849	
	纙	糸部	《說文》色絲也。（十五畫）	採爲首義	870	
	維	糸部	《說文》箸絲於莩車也。（十一畫）	採爲首義	864	
	經	糸部	《說文》織也。（七畫）	採爲首義	853	
	織	糸部	《說文》作布帛之總名。（十二畫）	採爲首義	866	
	紶	糸部	《說文》樂浪挈令織，从式。〈註〉臣鉉等曰：挈令，蓋律令之書也。（七畫）	採爲首義	851	
	紝	糸部	《說文》機縷也。（四畫）	採爲首義	846	
	綜	糸部	《說文》織縷也。（八畫）	採爲首義	854	
	絡	糸部	《說文》緯十縷爲絡。（八畫）	採爲首義	856	
	緯	糸部	《說文》織橫絲也。（九畫）	採爲首義	859	
	緷	糸部	《說文》緯也。（九畫）	採爲首義	860	
	續	糸部	《說文》織餘也。（十二畫）	採爲首義	867	
	統	糸部	《說文》統紀也。（六畫）	採爲首義	852	
	紀	糸部	《說文》絲別也。（三畫）	採爲首義	843	

糸部	繩	糸部	《說文》捄類也。(十一畫)	採爲首義	865	《說文》原作「捄類也」。
	纇	糸部	《說文》絲節也。(十五畫)	採爲首義	870	
	紿	糸部	《說文》絲勞即紿。(五畫)	採爲首義	848	
	納	糸部	《說文》絲濕納納也。(四畫)	採爲首義	844	
	紡	糸部	《說文》網絲也。(四畫)	採爲首義	846	
	絕	糸部	《說文》斷絲。从糸从刀从卩。象不連體，絕二絲。(六畫)	採爲首義	850	
	繼	糸部	《說文》續也。(十四畫)	採爲首義	869	
	續	糸部	《說文》連也。(十五畫)	採爲首義	870	
	纉	糸部	《說文》繼也。(十九畫)	採爲首義	872	
	紹	糸部	《說文》繼也。一曰紹緊糾也。(五畫)	採爲首義	848	
	縵	糸部	《說文》偏緩也。(十三畫)	採爲首義	869	
	綎	糸部	《說文》緩也。或从呈作綎。(九畫)	採爲首義	859	
	縱	糸部	《說文》緩也。一曰舍也。(十一畫)	採爲首義	863	
	紓	糸部	《說文》緩也。(四畫)	採爲首義	845	
	繎	糸部	《說文》絲勞也。(十二畫)	採爲首義	866	
	紆	糸部	《說文》詘也。一曰縈也。(三畫)	採爲首義	844	
	緯	糸部	無。	不採其說	857	採《玉篇》爲首義。
	纖	糸部	《說文》細也。(十七畫)	採爲首義	871	
	細	糸部	《說文》作糸，微也。(五畫)	採爲首義	847	
	緒	糸部	《說文》旄絲也，周書曰：惟緒有稽。(九畫)	採爲首義	858	
	縒	糸部	《說文》作縒，參縒也。(十畫)	採爲首義	861	
	繙	糸部	《說文》寬也。(十二畫)	採爲首義	867	
	縮	糸部	《說文》亂也。一曰蹴也。(十一畫)	採爲首義	863	
	紊	糸部	《說文》亂也。(四畫)	採爲首義	844	
	級	糸部	《說文》絲次第也。(四畫)	採爲首義	846	
	總	糸部	《說文》聚束也。〈徐鉉曰〉今俗作摠，非。(十一畫)	採爲首義	864	
	纍	糸部	《說文》約也。(八畫)	採爲首義	855	
	約	糸部	《說文》纏束也。(三畫)	採爲首義	843	
	繚	糸部	《說文》纏也。(十二畫)	採爲首義	867	
	纏	糸部	《說文》繞也。(十五畫)	採爲首義	871	

糸部	繞	糸部	《說文》纏也。（十二畫）	採爲首義	867	
	紾	糸部	《說文》轉也。（五畫）	採爲首義	848	
	纆	糸部	《說文》作繩，絡也。（十三畫）	採爲首義	868	
	辮	糸部	《說文》交也。（十四畫）	採爲首義	869	
	結	糸部	《說文》締也。（六畫）	採爲首義	849	
	絹	糸部	《說文》結也。（十畫）	採爲首義	861	
	締	糸部	《說文》結不解也。（九畫）	採爲首義	858	
	縛	糸部	《說文》束也。（十畫）	採爲首義	862	
	繃	糸部	《說文》束也。（十一畫）	採爲首義	865	
	緊	糸部	《說文》急也。（七畫）	採爲首義	852	
	絅	糸部	《說文》急引也。（五畫）	採爲首義	849	
	紙	糸部	《說文》散絲也。（六畫）	採爲首義	851	
	纇	糸部	《說文》不均也。（十九畫）	採爲首義	872	
	給	糸部	《說文》相足也。（六畫）	採爲首義	851	
	綝	糸部	《說文》止也。（八畫）	採爲首義	854	
	繹	糸部	《說文》止也。（十一畫）	採爲首義	863	
	紉	糸部	《說文》素也。（三畫）	採爲首義	844	
	終	糸部	《說文》絿絲也。（五畫）	採爲首義	849	
	纕	糸部	《說文》合也。（十二畫）	採爲首義	866	
	繒	糸部	《說文》帛也。籀文作絲。（十二畫）	採爲首義	866	
	綢	糸部	《說文》繒也。（九畫）	採爲首義	859	
	絩	糸部	《說文》綺絲之數也。（六畫）	採爲首義	851	
	綺	糸部	《說文》文繒也。（八畫）	採爲首義	856	
	縠	糸部	《說文》細縛也。（十畫）	採爲首義	862	
	縛	糸部	《說文》白鮮色也。（十一畫）	採爲首義	864	
	縑	糸部	《說文》并絲繒也。（十畫）	採爲首義	861	
	綈	糸部	《說文》厚繒。（七畫）	採爲首義	853	
	練	糸部	《說文》涷繒也。（九畫）	採爲首義	860	
	縞	糸部	《說文》鮮色也。（十畫）	採爲首義	862	
	繾	糸部	《說文》粗緒也。〈徐鉉曰〉今俗別作絁，非是。（十九畫）	採爲首義	872	
	紬	糸部	《說文》大絲繒也。（五畫）	採爲首義	847	

糸部	綮	糸部	《說文》致繒也。一曰徽幟，信也，有齒。（八畫）	採爲首義	855	
	綾	糸部	《說文》東齊謂布帛之細者曰綾。（八畫）	採爲首義	856	
	縵	糸部	《說文》繒無文也。漢律曰：賜衣者，縵表白裏。（十一畫）	採爲首義	864	
	繡	糸部	《說文》五采備也。（十二畫）	採爲首義	867	
	絢	糸部	無。	不採其說	851	採《儀禮》爲首義。
	繪	糸部	《說文》會五采繡也。（十三畫）	採爲首義	868	
	縷	糸部	《說文》帛文貌。《詩》曰：縷兮斐兮，成是貝錦。（八畫）	採爲首義	856	
	絲	糸部	《說文》繡文如聚細米也。（六畫）	採爲首義	851	
	絹	糸部	《說文》繒如麥稍。（七畫）	採爲首義	852	
	綠	糸部	《說文》帛青黃色也。（八畫）	採爲首義	854	
	縹	糸部	《說文》帛青白色。（十一畫）	採爲首義	864	
	絹	糸部	《說文》帛青經縹緯也。一曰育陽染也。（八畫）	採爲首義	855	
	絑	糸部	《說文》純赤也，引《虞書》丹朱如此。（六畫）	採爲首義	849	
	纁	糸部	《說文》淺絳也。（十四畫）	採爲首義	870	
	紃	糸部	《說文》降也。（五畫）	採爲首義	848	
	絳	糸部	《說文》大赤也。（六畫）	採爲首義	852	
	綰	糸部	《說文》惡也，絳也。又綃也。（八畫）	採爲首義	855	
	縉	糸部	《說文》帛赤色。（十畫）	採爲首義	861	
	絖	糸部	《說文》綪赤繒也，以茜染，故謂之絖。（八畫）	採爲首義	855	
	緹	糸部	《說文》帛丹黃色。（九畫）	採爲首義	860	
	縓	糸部	《說文》帛赤黃色。（十畫）	採爲首義	861	
	紫	糸部	《說文》帛青赤色。（五畫）	採爲首義	847	
	紅	糸部	《說文》帛赤白色。（三畫）	採爲首義	844	
	繉	糸部	《說文》帛赤白色。（十三畫）	採爲首義	868	《說文》原作「帛青色」。
	紺	糸部	《說文》帛深青揚赤色。（五畫）	採爲首義	848	
	綟	糸部	《說文》帛蒼艾色。一曰不借。（八畫）	採爲首義	854	
	繰	糸部	《說文》帛如紺色。（十三畫）	採爲首義	868	

糸部	緇	糸部	《說文》帛黑色。（八畫）	採爲首義	857	
	纔	糸部	《說文》帛雀頭色。一曰微黑色，如紺。纔，淺也。（十七畫）	採爲首義	871	
	緅	糸部	《說文》帛雛色也。《詩》曰：毳衣如緅。（十畫）	採爲首義	862	
	綟	糸部	《說文》帛戾草染色也。（八畫）	採爲首義	854	
	紑	糸部	《說文》白鮮衣貌。（四畫）	採爲首義	845	
	綾	糸部	《說文》白鮮衣貌，謂衣采色鮮也。（八畫）	採爲首義	856	
	繻	糸部	《說文》繒采色。（十四畫）	採爲首義	869	
	緟	糸部	《說文》繁采色也。（十畫）	採爲首義	862	
	纚	糸部	《說文》冠織也。（十九畫）	採爲首義	872	
	紘	糸部	《說文》冠卷也。或从弘作紭。（四畫）	採爲首義	845	
	紞	糸部	《說文》冕冠塞耳者。臣鉉等曰：今俗別作髧，非是。（四畫）	採爲首義	846	
	纓	糸部	《說文》冠系也。（十七畫）	採爲首義	871	
	紻	糸部	《說文》纓卷也。（五畫）	採爲首義	848	
	緌	糸部	《說文》系冠纓也。（八畫）	採爲首義	857	
	緄	糸部	《說文》織帶也。（八畫）	採爲首義	857	
	紳	糸部	《說文》大帶也。（五畫）	採爲首義	848	
	繸	糸部	《說文》帶綬也。（十二畫）	採爲首義	867	
	綏	糸部	《說文》綏，軟維也。（八畫）	採爲首義	855	
	組	糸部	《說文》綬屬，其小者以爲冕纓。（五畫）	採爲首義	849	
	綬	糸部	《說文》綬紫青色。（九畫）	採爲首義	860	
	緺	糸部	《說文》綬維也。（十畫）	採爲首義	861	
	纂	糸部	《說文》似組而赤。（十四畫）	採爲首義	870	
	紐	糸部	《說文》絲也。一曰結而可解。（四畫）	採爲首義	844	
	綸	糸部	《說文》青絲綬也。（八畫）	採爲首義	856	
	綖	糸部	《說文》系綬也。（七畫）	採爲首義	853	
	組	糸部	《說文》綬也。（六畫）	採爲首義	850	
	繐	糸部	《說文》細疏布也。（十二畫）	採爲首義	866	
	纍	糸部	《說文》頸連也。（十畫）	採爲首義	862	
	紟	糸部	《說文》衣系也。籀文從金作紟。（四畫）	採爲首義	846	

糸部	緣	糸部	《說文》衣純也。（九畫）	採爲首義	858	
	緣	糸部	《說文》裳削幅也。（十四畫）	採爲首義	870	
	絝	糸部	《說文》脛衣也。（六畫）	採爲首義	850	
	繑	糸部	《說文》絝紐也。（十二畫）	採爲首義	866	
	褓	糸部	《說文》小兒衣也。〈註〉臣鉉等曰：今俗作褓，非是。（九畫）	採爲首義	859	
	繜	糸部	《說文》蕪貉中，女子無袴，以帛爲脛室，用絮補核，名曰繜衣，狀如襜褕。（十二畫）	採爲首義	867	
	綅	糸部	《說文》絛屬。（五畫）	採爲首義	848	
	絛	糸部	《說文》扁緒也。（六畫）	採爲首義	850	
	紙	糸部	《說文》采彰也。一曰車馬飾。（五畫）	採爲首義	848	
	縱	糸部	《說文》紙屬。（八畫）	採爲首義	857	
	紃	糸部	《說文》圜采也。（三畫）	採爲首義	843	
	緟	糸部	《說文》增益也。（九畫）	採爲首義	858	
	纕	糸部	《說文》援臂也。（十七畫）	採爲首義	871	
	繩	糸部	《說文》維網，中繩。（十八畫）	採爲首義	871	
	綱	糸部	《說文》維紘繩也。（八畫）	採爲首義	855	
	縜	糸部	《說文》持綱紐也。（十畫）	採爲首義	862	
	綖	糸部	《說文》作繘，絆綖。（七畫）	採爲首義	853	
	縷	糸部	《說文》綾也。（十一畫）	採爲首義	864	
	綾	糸部	《說文》縷也。（八畫）	採爲首義	855	
	紉	糸部	《說文》縷一枚也。（五畫）	採爲首義	847	
	縫	糸部	《說文》以鍼紩衣也。（十一畫）	採爲首義	863	
	綷	糸部	《說文》纏衣也。或从習作緝。（八畫）	採爲首義	856	
	紩	糸部	《說文》縫也。（五畫）	採爲首義	847	
	緛	糸部	《說文》衣戚也。（九畫）	採爲首義	858	
	組	糸部	無。	不採其說	848	逕云「同綻」。
	繕	糸部	《說文》補也。（十二畫）	採爲首義	866	
	絰	糸部	《說文》論語曰：絰裘長，短右袂。（六畫）	採爲首義	851	
	纍	糸部	《說文》綴得理也。　又《說文》一曰大索也。（十五畫）	採爲首義及次義	870	
	縭	糸部	《說文》以絲介履也。（十一畫）	採爲首義	863	

糸部	綏	糸部	《說文》刀劍綏也。（九畫）	採爲首義	859	
	緇	糸部	《說文》戟衣也。一曰青黑色。（十一畫）	採爲首義	865	
	縿	糸部	《說文》旌旗之斿也。（十一畫）	採爲首義	864	
	徽	彳部	《說文》衺幅也。（十四畫）	採爲首義	300	
	絜	糸部	《說文》作繫，扁緒也。（七畫）	採爲首義	853	
	紉	糸部	《說文》繟繩也。（三畫）	採爲首義	844	
	繩	糸部	《說文》索也。（十三畫）	採爲首義	868	
	絑	糸部	《說文》紆朱縈繩。一曰急弦之聲。（八畫）	採爲首義	855	
	縈	糸部	《說文》收韏也。（十畫）	採爲首義	861	
	絇	糸部	《說文》繻繩絇也。（五畫）	採爲首義	849	
	縋	糸部	《說文》以繩有所懸也。（十畫）	採爲首義	861	
	絭	糸部	《說文》攘臂繩也。（六畫）	採爲首義	851	
	緘	糸部	《說文》束篋也。（九畫）	採爲首義	858	
	縢	糸部	《說文》緘也。（十畫）	採爲首義	862	
	編	糸部	《說文》次簡也。（九畫）	採爲首義	859	
	維	糸部	《說文》車蓋維也。（八畫）	採爲首義	855	
	紟	糸部	《說文》車紟也。或从艸作茷。或从革葡作鞻。（六畫）	採爲首義	851	
	紅	糸部	《說文》乘輿馬飾也。（五畫）	採爲首義	847	
	綊	糸部	《說文》紅綊。（七畫）	採爲首義	853	
	綦	糸部	《說文》馬髦飾也。《春秋傳》曰：可以稱旌綦。（七畫）	採爲首義	854	
	繮	糸部	《說文》馬紲也。（十三畫）	採爲首義	868	
	紛	糸部	《說文》馬尾韜也。（四畫）	採爲首義	846	
	紂	糸部	《說文》馬緧也。（三畫）	採爲首義	843	
	緧	糸部	《說文》馬紂也。（九畫）	採爲首義	859	
	絆	糸部	《說文》馬縶也。（五畫）	採爲首義	849	
	穎	糸部	無。	不採其說	868	採《集韻》爲首義。
	紖	糸部	《說文》牛系也。（四畫）	採爲首義	845	
	縱	糸部	《說文》以長繩繫牛。（十一畫）	採爲首義	864	
	縻	糸部	《說文》牛轡也。或从多作縓。（十一畫）	採爲首義	864	

糸部	紲	糸部	《說文》糸也。或从枼作緤。（五畫）	採爲首義	848	
	繩	糸部	《說文》索也。（十一畫）	採爲首義	866	
	絙	糸部	《說文》大索也。一曰急也。（九畫）	採爲首義	859	
	繬	糸部	《說文》緪也，从糸矞聲。（十二畫）	採爲首義	867	
	綆	糸部	《說文》汲井綆也。（七畫）	採爲首義	853	
	絠	糸部	《說文》彈彄也。（六畫）	採爲首義	850	
	繰	糸部	《說文》生絲縷也。（十三畫）	採爲首義	868	
	罬	糸部	《說文》罬謂之罦，罦謂之罳，罳謂之罳，捕魚覆車也。（十三畫）	採爲首義	869	
	緡	糸部	無。	不採其說	857	
	絮	糸部	《說文》敝緜也。（六畫）	採爲首義	851	
	絡	糸部	《說文》絮也。一曰麻未漚也。（六畫）	採爲首義	850	
	纊	糸部	《說文》絮也。或从光作絖。（十五畫）	採爲首義	870	
	紙	糸部	《說文》絮一苫也。（四畫）	採爲首義	846	
	綌	糸部	《說文》治敝絮也。（八畫）	採爲首義	854	
	絜	糸部	《說文》絜縕也。一曰敝絜。《易》曰：需有衣 。（五畫）	採爲首義	847	
	縕	糸部	《說文》紼縕也。一曰惡絮。（十三畫）	採爲首義	868	
	紼	糸部	《說文》紼縕也。一曰維也。（十畫）	採爲首義	861	
	絹	糸部	《說文》績也。（九畫）	採爲首義	858	
	紡	糸部	《說文》績所紡也。（六畫）	採爲首義	850	
	績	糸部	《說文》緝也。（十一畫）	採爲首義	864	
	纑	糸部	《說文》布縷也。（十六畫）	採爲首義	871	
	紵	糸部	《說文》布也。一曰粗紵。（五畫）	採爲首義	847	
	緆	糸部	《說文》蜀細布也。（十一畫）	採爲首義	864	
	絺	糸部	《說文》細葛也。（七畫）	採爲首義	852	
	綌	糸部	《說文》麤葛。或从巾作帢。（七畫）	採爲首義	853	
	縐	糸部	《說文》絺之細者。一曰蹴也。（十畫）	採爲首義	861	
	絟	糸部	《說文》細布。（六畫）	採爲首義	850	
	紵	糸部	《說文》枲屬。細者爲絟，粗者爲紵。（五畫）	採爲首義	848	
	總	糸部	《說文》十五升布也。一曰兩麻一絲布也。（九畫）	採爲首義	859	

糸部	緆	糸部	《說文》細布也。（八畫）	採爲首義	857	
	繲	糸部	《說文》繲貲布也。（九畫）	採爲首義	859	
	縰	糸部	《說文》服衣，長六寸，博四寸。直心。（十畫）	採爲首義	861	
	絰	糸部	《說文》喪首戴也。（六畫）	採爲首義	851	
	繞	糸部	《說文》交枲也。一曰緁衣也。（九畫）	採爲首義	860	
	屦	糸部	《說文》履也。一曰青絲頭履也。（四畫）	採爲首義	846	
	緉	糸部	《說文》枲履也。（九畫）	採爲首義	859	
	緉	糸部	《說文》履兩枚也。一曰絞也。（八畫）	採爲首義	857	
	絜	糸部	《說文》麻一耑也。（六畫）	採爲首義	850	
	繆	糸部	《說文》枲之十絜也。一曰綢繆。（十一畫）	採爲首義	865	
	綢	糸部	《說文》繆也。（八畫）	採爲首義	854	
	緼	糸部	《說文》緼作緼。詳緼字註。（十畫）	採爲首義	861	
	紼	糸部	《說文》亂系也。（五畫）	採爲首義	848	
	絣	糸部	《說文》作絣，氏人殊縷布也。（六畫）	採爲首義	851	
	紕	糸部	又《說文》紕氏人纑。（四畫）	採爲次義	845	
	纜	糸部	《說文》西胡毳布也。（十七畫）	採爲首義	871	
	縊	糸部	《說文》經也。（十畫）	採爲首義	861	
	綏	糸部	《說文》車中把也。〈註〉徐鍇曰：《禮》升車以正立執綏，所以安也。（七畫）	採爲首義	853	
	彝	糸部	無。	不採其說	871	
	緻	糸部	《說文》密也。（九畫）	採爲首義	860	
	緗	糸部	《說文新附字》帛淺黃色也。（九畫）	採爲首義	857	
	緋	糸部	《說文新附字》帛赤色。（八畫）	採爲首義	857	
	緅	糸部	《說文新附字》帛青赤色也。（八畫）	採爲首義	857	
	繖	糸部	《說文新附字》蓋也。（十二畫）	採爲首義	866	
	綀	糸部	《說文新附字》布屬。（七畫）	採爲首義	852	
	縡	糸部	《說文新附字》事也。（十畫）	採爲首義	862	
	纙	糸部	《說文新附字》纙綌，不相離也。詳綌字註。（十四畫）	採爲首義	870	
	綌	糸部	《說文新附字》纙綌也。（八畫）	採爲首義	854	

素部	素	糸部	《說文》作素。白緻繒也。从糸㲃，取其澤也。（四畫）	採為首義	846	
	纛	糸部	《說文》素屬。（十三畫）	採為首義	868	隸變作「纛」，歸入冊部中。
	紵	糸部	《說文》作歝，白㒵縞也。（七畫）	採為首義	854	
	繛	糸部	《說文》素屬。（十五畫）	採為首義	870	
	綽	糸部	《說文》緩也。或省作綽。（十二畫）	採為首義	867	
	緂	糸部	《說文》作緂。綽也。或省作緩。詳緩字註。（十三畫）	採為首義	868	
絲部	絲	糸部	《說文》蠶所吐也。（六畫）	採為首義	852	
	轡	車部	《說文》馬轡也。（十五畫）	採為首義	1177	
	緢	幺部	《說文》緢，織綃以糸貫杼也。（八畫）	採為首義	270	
率部	率	玄部	《說文》補鳥畢也，象絲冈上下其竿柄也。（六畫）	採為首義	653	
虫部	虫	虫部	《說文》一名蝮，博三寸，首大如擘指，象其臥形。物之微細，或行，或毛，或蠃，或介，或鱗，以虫為象。凡虫之屬皆从虫。（一畫）	採為首義	1004	
	蝮	虫部	《說文》虫也。（九畫）	採為首義	1019	
	螣	虫部	《說文》神蛇也。（十畫）	採為首義	1021	
	蚦	虫部	《說文》大蛇，可食。（四畫）	採為首義	1006	
	蟥	虫部	《說文》蝀也。（十一畫）	採為首義	1023	
	蟃	虫部	無。	不採其說	1023	採《類篇》為首義。
	蝘	虫部	無。	不採其說	1020	採《玉篇》為首義
	蜙	虫部	無。	不採其說	1023	以「蝘蜙，小蜂也，生牛馬皮中」為首義。
	蠁	虫部	《說文》知聲蟲也。（十三畫）	採為首義	1027	
	蛁	虫部	無。	不採其說	1008	採《玉篇》為首義。
	蟲	虫部	《說文》蟲也。（十二畫）	採為首義	1025	
	蛹	虫部	《說文》繭蟲也。（七畫）	採為首義	1011	
	蜹	虫部	《說文》蠶蛹也。（十畫）	採為首義	1021	
	蛕	虫部	《說文》腹中長蟲。（六畫）	採為首義	1009	
	蟯	虫部	《說文》腹中短蟲也。（十二畫）	採為首義	1026	
	雖	隹部	《說文》似蜥蜴而大，从虫唯聲。（九畫）	採為首義	1296	

虫部	虴	虫部	無。	不採其說	1005	採《廣韻》為首義。
	蜥	虫部	《說文》在草曰蜥蜴，在壁曰蝘蜓。（八畫）	採為首義	1014	
	蝘	虫部	無。	不採其說	1017	採《詩經》為首義。
	蜓	虫部	無。	不採其說	1013	採《玉篇》為首義。
	虵	虫部	又《說文》蠑蚖，蛇醫以注鳴者，互詳蜥、蝎二字註。（四畫）	採為次義	1005	
	蠾	虫部	又《說文》一曰大螫也。（十八畫）	採為次義	1032	
	螟	虫部	《說文》吏冥冥犯法即生螟。（十畫）	採為首義	1021	
	蟘	虫部	《說文》引《詩》作蟘，本作螣。（十二畫）	採為首義	1024	
	蟣	虫部	《說文》蝨子也。（十二畫）	採為首義	1025	
	蛭	虫部	《說文》蟣也。（六畫）	採為首義	1011	
	蝚	虫部	無。	不採其說	1017	以「蟲名」為首義。
	蛄	虫部	無。	不採其說	1010	採《爾雅》為首義。
	蛉	虫部	又《說文》蛄蛉也。（五畫）	採為次義	1007	以「蟲也」為首義。
	蟫	虫部	《說文》白魚也。（十二畫）	採為首義	1025	
	蛵	虫部	無。	不採其說	1011	採《爾雅》為首義。
	蛸	虫部	無。	不採其說	1015	以「蟲名」為首義。
	蟜	虫部	《說文》蟲也。（十二畫）	採為首義	1024	
	蛓	虫部	《說文》毛蟲也。（六畫）	採為首義	1009	
	畫	虫部	無。	不採其說	1009	採《韻會》為首義。
	蚳	虫部	《說文》畫也，與蟊同。（四畫）	採為首義	1005	
	蠆	虫部	無。	不採其說	1019	採《篇海》為首義。
	蝤	虫部	《說文》蝤蠐也。（九畫）	採為首義	1018	
	齏	虫部	《說文》蠐本字。蝤蠐，本作齏蠤。詳蠐字註（十四畫）	採為首義	1028	
	蝎	虫部	《說文》蝤蠐也。（九畫）	採為首義	1016	
	強	弓部	《說文徐註》同強，秦刻石文，从口。（九畫）	採為首義	288	徐鉉語。
	蚚	虫部	無。	不採其說	1006	採《爾雅》為首義。
	蜀	虫部	《說文》葵中蠶也。（七聲）	採為首義	1012	
	蠲	虫部	《說文》馬蠲蟲也。〈明堂月令〉曰：腐草為蠲。（十七畫）	採為首義	1031	

虫部	蜽	虫部	《說文》齧牛蟲也。（十畫）	採爲首義	1021	
	蠖	虫部	《說文》尺蠖，屈伸蟲也。（十四畫）	採爲首義	1029	
	蠔	虫部	無。	不採其說	1017	採《爾雅》爲首義。
	螻	虫部	《說文》螭，亦名地螻。（十一畫）	採爲首義	1023	
	蛄	虫部	《說文》螻蛄也。（五畫）	採爲首義	1008	
	蠡	虫部	無。	不採其說	1030	採《爾雅》爲首義。
	蛾	虫部	無。	不採其說	1011	採《玉篇》爲首義。
	蜡	虫部	無。	不採其說	1021	採《玉篇》爲首義。
	蚳	虫部	無。	不採其說	1007	採《玉篇》爲首義。
	蠜	虫部	無。	不採其說	1029	採《爾雅》爲首義。
	蜛	虫部	同蟀。《說文》作𧒒。詳蟀字註。（九畫）	採爲首義	1016	
	蝒	虫部	《說文》馬蜩。（九畫）	採爲首義	1017	
	螳	虫部	無。	不採其說	1026	以「蟲名」爲首義。
	蠰	虫部	無。	不採其說	1031	採《爾雅》爲首義。
	蛝	虫部	無。	不採其說	1012	採《玉篇》爲首義。
	蛸	虫部	無。	採爲首義	1011	以「蠨蛸，蟲名」爲首義。
	蚈	虫部	《說文》蠲蟥以翼鳴者。（八畫）	採爲首義	1015	
	蟯	虫部	《說文》蠲蟥也。（十二畫）	採爲首義	1025	
	蟥	虫部	《說文》蠲蟥也。（十二畫）	採爲首義	1025	
	蜌	虫部	無。	不採其說	1018	採《爾雅》爲首義。
	蛄	虫部	無。	不採其說	1008	採《爾雅》爲首義。
	蜆	虫部	《說文》縊女也。詳縊字註。（七畫）	採爲首義	1012	
	蟹	虫部	無。	不採其說	1015	採《爾雅》爲首義。
	蝏	虫部	《說文》渠蝏蜋。一曰天社蟲。（九畫）	採爲首義	1017	
	蠌	虫部	《說文》作𧓉。（十三畫）	採爲首義	1028	
	蠃	虫部	《說文》蜾蠃也。詳蜾字註。（十三畫）	採爲首義	1027	
	蠋	虫部	《說文》蜀蠋，桑蟲也。（十七畫）	採爲首義	1031	
	蛺	虫部	《說文》蛺蝶也。（七畫）	採爲首義	1011	
	蜨	虫部	《說文》徐鉉曰：俗作蝶。詳蝶字註。（八畫）	採爲首義	1014	
	蚩	虫部	無。（四畫）		1004	以「蟲名」爲首義

虫部	蝥	虫部	《說文》蝥蝥，毒蟲也。（十畫）	採爲首義	1020	
	蝱	虫部	《說文》本又作蝨。食草根者。吏冒取民財則生。（九畫）	採爲首義	1018	
	蟠	虫部	無。	不採其說	1025	採《爾雅》爲首義。
	蚦	虫部	無。	不採其說	1006	採《集韻》爲首義。
	蜙	虫部	無。	不採其說	1013	採《玉篇》爲首義。
	蝑	虫部	《說文》蜙蝑也。（九畫）	採爲首義	1017	
	蟓	虫部	《說文》蟲也。一曰蝗類。（十一畫）	採爲首義	1024	
	蝗	虫部	《說文》螽也。（九畫）	採爲首義	1017	
	蝒	虫部	無。	不採其說	1014	採《玉篇》爲首義。
	蟬	虫部	無。	不採其說	1025	採《揚子‧方言》爲首義。
	蜺	虫部	無。	不採其說	1015	採《爾雅》爲首義。
	蜋	虫部	《說文》蜻蜋，蛁蟟也。（十畫）	採爲首義	1020	
	蚗	虫部	又《說文》於悅切，蚗蚗，蛁蟟也。（四畫）	採爲次義	1006	以「蛥蚗、蟪蛄，蟲名」爲首義。
	蚈	虫部	《說文》蚈蚗，蟬屬。（四畫）	採爲首義	1006	
	蜊	虫部	無。	不採其說	1009	以「蜻蜊、蟋蟀」爲首義。
	蜻	虫部	《說文》蜻蜊也。（八畫）	採爲首義	1016	
	蛉	虫部	無。	不採其說	1008	採《玉篇》爲首義。
	蠓	虫部	無。	不採其說	1028	採《玉篇》爲首義。
	蝶	虫部	無。	不採其說	1022	採《唐韻》爲首義。
	蝸	虫部	《說文》秦晉謂之蝸，楚謂之蚊。（八畫）	採爲首義	1015	
	蠨	虫部	《說文》蠨蛸，長股者。詳蛸字註。（十二畫）	採爲首義	1026	
	蛸	虫部	無。	不採其說	1017	以「蟲名」爲首義。
	蚙	虫部	無。	不採其說	1011	採《玉篇》爲首義。
	蜡	虫部	《說文》蠅膽也。（八畫）	採爲首義	1014	
	蝡	虫部	《說文》動也。（九畫）	採爲首義	1018	
	蚑	虫部	《說文》蚑蚑，蟲行貌。（四畫）	採爲首義	1005	
	蠉	虫部	無。	不採其說	1026	以「蟲行貌」爲首義。
	虯	虫部	《說文》蟲曳行也。（三畫）	採爲首義	1004	

虫部	蝨	虫部	無。	不採其說	1022	以「螽飛貌」爲首義。
	蝙	虫部	《說文》蠅醜，蝙搖翼也。（十畫）	採爲首義	1020	
	蛻	虫部	《說文》蛇蟬所解皮。（七畫）	採爲首義	1011	
	蝚	虫部	《說文》蝥也。詳蝥字註。（六畫）	採爲首義	1010	
	螫	虫部	《說文》蟲行毒也。（十一畫）	採爲首義	1022	
	蛆	虫部	《說文》虺屬。（八畫）	採爲首義	1016	
	蚌	虫部	無。	不採其說	1009	以「蟲名」爲首義。
	餘	虫部	無。	不採其說	1022	採《篇海》爲首義。
	蛟	虫部	《說文》龍之屬也。池魚三千六百，蛟來爲之長，能率魚飛，置筍水中即去。（六畫）	採爲首義	1009	
	螭	虫部	《說文》若龍而黃，北方謂之地螻，或曰無角曰螭。（十一畫）	採爲首義	1022	
	虯	虫部	《說文》龍子有角者。（二畫）	採爲首義	1004	
	蜦	虫部	無。	不採其說	1014	採〈郭璞・江賦〉爲首義。
	蛼	虫部	《說文》海蟲，長寸而白，可食。互見蠣字註。（二畫）	採爲首義	1020	
	蜃	虫部	無。	不採其說	1012	採《禮・月令》爲首義。
	盒	虫部	無。	不採其說	1011	採《篇海》爲首義。
	蠦	虫部		不採其說	1023	以「蚌狹而長者」爲首義。
	蝸	虫部	《說文》蝸蠃也。（九畫）	採爲首義	1019	
	蚌	虫部	《說文》蜃屬。（四畫）	採爲首義	1005	
	蟻	虫部	無。	不採其說	1028	採《直音》爲首義。
	蝓	虫部	《說文》蜒蝓也。（九畫）	採爲首義	1017	
	蜎	虫部	無。	不採其說	1013	採《玉篇》爲首義。
	蟺	虫部	《說文》蜬蟺也。（十三畫）	採爲首義	1027	
	蜧	虫部	無。	不採其說	1017	採《玉篇》爲首義。
	蟉	虫部	無。	不採其說	1024	以「蟉蟉，龍貌」爲首義。
	蟄	虫部	《說文》藏也。（十一畫）	採爲首義	1024	
	蚨	虫部	《說文》青蚨水蟲可還錢。（四畫）	採爲首義	1006	
	蜠	虫部	《說文》蜠鼀，詹諸，以脰鳴者。（八畫）	採爲首義	1015	

虫部	蝦	虫部	《說文》蝦蟆也。（九畫）	採爲首義	1018	
	蟆	虫部	《說文》蝦蟆也。詳蝦字註。（十一畫）	採爲首義	1024	
	蠵	虫部	《說文》大龜也，以胃鳴。（十八畫）	採爲首義	1031	
	蜥	虫部	《說文》蜥蜴也。（十一畫）	採爲首義	1023	
	蟹	虫部	無。	不採其說	1028	採《說文長箋》爲首義。
	蛫	虫部	《說文》蟹也。（六畫）	採爲首義	1010	
	蜮	虫部	《說文》短狐也。（八畫）	採爲首義	1015	
	蛢	虫部	《說文》似蜥蜴，長一丈，水潛吞人即浮出。（六畫）	採爲首義	1010	
	蜩	虫部	《說文》蜩蝒也。（六畫）	採爲首義	1010	
	蝒	虫部	無。	不採其說	1016	採《玉篇》爲首義。
	蝯	虫部	《說文》禺屬。〈說文徐鉉註〉蝯，別作猨，非。（九畫）	採爲首義	1019	
	蠷	虫部	又《說文》禺屬也。（十四畫）	採爲次義	1029	以「小蠹名」爲首義。
	蜼	虫部	無。	不採其說	1016	採《爾雅》爲首義。
	蚼	虫部	《說文》北方有蚼犬食人。（五畫）	採爲首義	1007	
	蚅	虫部	《說文》秦謂蟬蛻爲蚅。（六畫）	採爲首義	1010	
	蠗	虫部	無。	不採其說	1025	以「獸名」爲首義。
	蝙	虫部	《說文》蝙蝠也。（九畫）	採爲首義	1017	
	蝠	虫部	無。	不採其說	1018	採《爾雅》爲首義。
	蠻	虫部	無。	不採其說	1032	採《玉篇》爲首義。
	閩	門部	《說文》東南越種。（六畫）	採爲首義	1263	
	虹	虫部	《說文》螮蝀也。（三畫）	採爲首義	1004	
	螮	虫部	無。	不採其說	1022	採《爾雅》爲首義。
	蝀	虫部	無。	不採其說	1016	以「螮蝀」爲首義。
	蠥	虫部	《說文》衣服、謌謠、草木之怪，謂之袄，禽獸、蟲蝗之怪，謂之蠥。（十六畫）	採爲首義	1030	
	蜑	虫部	《說文》南方夷也。（七畫）	採爲首義	1013	
	蟪	虫部	無。	不採其說	1025	以「蟪蛄」爲首義。
	蠓	虫部	無。	不採其說	1029	以「蠛蠓，細蟲也」爲首義。
	虸	虫部	《說文》虸蝱，草上蟲也。詳蝱字註。（三畫）	採爲首義	1004	
	蜢	虫部	無。	不採其說	1014	以「蚱蜢，蝗類，似蠡而小」爲首義。

部首	字	歸部	釋義	採用	頁碼	備註
虫部	蟋	虫部	《說文》蟋蟀也。詳蟀字註。(十一畫)	採爲首義	1024	
	螳	虫部	《說文》螳螂也。(十一畫)	採爲首義	1023	
蚰部	蚰	虫部	《說文》蟲之總名也，从二虫。凡蚰之類皆从蚰。(六畫)	採爲首義	1010	
	蠶	虫部	《說文》任絲也。(十八畫)	採爲首義	1031	
	蟊	虫部	《說文》作䖵。(十三畫)	採爲首義	1027	
	蚤	虫部	《說文》从蚰叉。(十畫)	採爲首義	1021	
	蟲	虫部	《說文》齧人蟲也。(九畫)	採爲首義	1018	
	螽	虫部	《說文》蝗也。(十一畫)	採爲首義	1023	
	蟨	虫部	《說文解字》知衍切。蟲也。从蚰，展省聲。(十三畫)	採爲首義	1028	
	蠿	虫部	無。	不採其說	1032	採《爾雅》爲首義。
	蠿	虫部	《說文》蠿蟊作網，蛛蟊也。(二十二畫)	採爲首義	1033	
	蟊	虫部	《說文》蠿蟊也。(十一畫)	採爲首義	1024	
	蠭	虫部	《說文》蟲也。(十八畫)	採爲首義	1028	
	蠢	虫部	《說文》齏蠢，今省作蟗。(十七畫)	採爲首義	1031	
	蠱	虫部	《說文》螻蛄也。(十九畫)	採爲首義	1032	
	蟲	虫部	《說文》作䰟，匹標切。(十四畫)	採爲首義	1028	
	蠭	虫部	《說文》飛蟲螫人者。(十七畫)	採爲首義	1031	
	蠭	虫部	《說文》本作䘉。或从虫宓。詳蜜字註。(二十畫)	採爲首義	1033	
	蟲	虫部	又《說文》作蟲，或作蝘、蠭。(十一畫)	採爲次義	1023	以「蟲螺」爲首義。
	蟲	虫部	《說文》齧人飛蟲也。(四畫)	採爲首義	1005	
	蠭	虫部	《說文》齧人蟲。(九畫)	採爲首義	1019	
	蠹	虫部	《說文》木中蟲也。　◎《說文》作蠹，省作蝕，象蚰在木中形。(十八畫)	採爲首義 又補釋之	1032	
	蠡	虫部	《說文》蟲齧木中也。(十五畫)	採爲首義	1029	
	蠡	虫部	無。	不採其說	1027	迻云「同蠡」。
	蠹	虫部	無。	不採其說	1033	採《集韻》爲首義。
	蠢	虫部	無。	不採其說	1032	以「蟲食也」爲首義。
	蠢	虫部	《說文》蟲動也。(十五畫)	採爲首義	1030	
蟲部	蟲	虫部	《說文》从三虫。象形。凡蟲之屬皆从蟲。(十二畫)	採爲首義	1026	

蟲部	蠱	虫部	無。	不採其說	1033	採《玉篇》為首義。
	蠿	虫部	《說文》从蟲毗聲。（二十畫增）	採為首義	1033	
	蠶	虫部	無。	不採其說	1033	以「蟊也」為首義。
	蠿	虫部	《說文》从非蟲，作蠿。（二十畫）	採為首義	1032	
	蟲	虫部	《說文》腹中蟲也。 又《說文》梟桀死之鬼亦為蟲。（十七畫）	採為首義及次義	1031	
風部	風	風部	《說文》風動蟲生，故蟲八日而化。从虫凡聲。（一畫）	採為首義	1339	
	颷	風部	無。	不採其說	1341	採《玉篇》為首義。
	颺	風部	無。	不採其說	1340	採《玉篇》為首義。
	飆	風部	《說文》扶搖風也，从風焱聲。（十二畫）	採為首義	1342	
	飄	風部	◎《說文》作飆。（十一畫）	列於字末補釋形義	1342	採《玉篇》為首義。
	颯	風部	《說文》翔風也。（五畫）	採為首義	1340	
	颺	風部	無。	不採其說	1342	以「高風貌」為首義。
	颲	風部	無。	不採其說	1341	以「疾風貌」為首義。
	颶	風部	無。	不採其說	1341	採《玉篇》為首義。
	颸	風部	無。	不採其說	1339	採《玉篇》為首義。
	颺	風部	《說文》風所飛揚也。（九畫）	採為首義	1341	
	颲	風部	《說文》風雨暴疾也。（七畫）	採為首義	1340	
	颼	風部	無。	不採其說	1340	採《玉篇》為首義。
	颸	風部	《說文》涼風也。（九畫）	採為首義	1341	
	颹	風部	無。	不採其說	1341	採《廣韻》為首義。
	颭	風部	《說文》風吹浪動也。（五畫）	採為首義	1340	
它部	它	宀部		採為首義	209	
	蛇	虫部	◎《說文》它从虫而長，象它曲垂尾形。上古草居患它，故相問：無它乎？凡它之屬皆从它。託何切。臣鉉等曰：今俗作食遮切。（五畫）	列於字末補釋形義	1008	以「毒蟲也」為首義。
龜部	龜	龜部	《說文》龜，外骨內肉者也。（一畫）	採為首義	1465	
	魏	龜部	《說文》龜名。（五畫）	採為首義	1466	
	鼈	龜部	《說文》龜甲邊也，天子巨鼈，尺有二寸，諸侯尺，大夫八寸，士六寸。（四畫）	採為首義	1466	

黽部	黽	黽部	《說文》黽黽也。 ◎《說文》从它象形，黽頭與它頭同。〈徐鉉曰〉象其腹也。（一畫）	採爲首義又補釋之	1451	
	鼈	黽部	《說文》甲蟲。（十一畫）	採爲首義	1452	
	黿	黽部	《說文》大鼈也。（四畫）	採爲首義	1451	
	䵴	黽部	《說文》蝦蟇也。（六畫）	採爲首義	1452	
	鼀	黽部	《說文》詹諸也。其鳴詹諸，其皮鼀鼀，其行圥圥。（五畫）	採爲首義	1451	
	鼅	黽部	《說文》鼁鼀，詹諸也。《詩》曰：『得此鼁鼀』，言其行鼁鼀。（十四畫）	採爲首義	1453	
	鼆	黽部	《說文》水蟲。（十二畫）	採爲首義	1453	
	鼃	黽部	《說文》水蟲也，薉貉之民食之。（十畫）	採爲首義	1452	
	䵷	黽部	《說文》鼃屬，頭有兩角，出遼東。（五畫）	採爲首義	1452	
	蠅	虫部	《說文》蟲之大腹者。（十三畫）	採爲首義	1027	
	鼄	黽部	無。	不採其說	1452	採《玉篇》爲首義。
	䵶	黽部	《說文》䵶鼀也。（六畫）	採爲首義	1452	
	鼂	黽部	《說文》匽鼂也。揚雄曰：匽鼂，蟲名。（五畫）	採爲首義	1452	
	鼇	黽部	《說文》海中大鼈也。（十畫）	採爲首義	1452	
卵部	卵	卩部	《說文》凡物無乳者卵生。鳥卵中黃爲陰，外白爲陽，魂魄相待也。（五畫）	採爲首義	87	
	毈	殳部	說文》卵不孚也。（十二畫）	採爲首義	515	
二部	二	二部	無。	不採其說	14	以「地數之始」爲首義。
	亟	二部	《說文》从人，从口，从又，从二。二、天地也。〈徐鍇曰〉承天之時，因地之利，口謀之，手執之，時不可失，疾之意也。（六畫）	採爲首義	15	
	恆	心部	《說文》常也。（六畫）	採爲首義	311	
	亘	二部	《說文》求宣也，揚布也。（四畫）	採爲首義	15	
	笁	竹部	無。	不採其說	805	採《廣雅》爲首義。
	凡	几部	《說文》最括也。（一畫）	採爲首義	62	
土部	土	土部	《說文》地之吐生物者，二象地之下、地之中，物出形也。（一畫）	採爲首義	151	
	地	土部	《說文》元氣初分，重濁陰爲地，萬物所陳列也。（三畫）	採爲首義	152	

土部	坤	土部	◎《說文》从土从申，土位在申。古作〻，象坤畫六斷也。（五畫）	列於字末補釋形義	154	以「地也」爲首義
	垓	土部	《說文》兼垓八極地也。（六畫）	採爲首義	155	
	壩	土部	無。	不採其說	167	以「四方土可居也」爲首義。
	堣	土部	《說文》堣夷，在冀州暘谷，引《書》宅嵎夷，作堣。（九畫）	採爲首義	161	
	坶	土部	《說文》朝歌南七十里地，武王與紂戰于坶野。（五畫）	採爲首義	154	
	坡	土部	《說文》阪也，滇俗稱山嶺曰長坡，其岥岮高峻者曰相見坡。（五畫）	採爲首義	154	
	坪	土部	無。	不採其說	154	以「平也」爲首義。
	均	土部	《說文》平也。（四畫）	採爲首義	152	
	壤	土部	《說文》柔土也，無塊曰壤。又物自生則言土，人耕種則言壤。（十七畫）	採爲首義	170	
	塙	土部	無。	不採其說	164	以「土高也」爲首義。
	墩	土部	無。	不採其說	168	逕云「與墪同」。
	壚	土部	《說文》黑剛土地。（十六畫）	採爲首義	169	
	埼	土部	《說文》赤剛土也。本作埼。亦作垶。（十畫）	採爲首義	163	
	埴	土部	《說文》黏土也。（八畫）	採爲首義	159	
	坴	土部	無。	不採其說	154	以「土塊坴坴也」爲首義。
	堻	土部	《說文》土也。（九畫）	採爲首義	161	
	墣	土部	《說文》塊也。（十二畫）	採爲首義	166	
	凷	凵部	《說文》墣也，从土凵。（三畫）	採爲首義	63	
	堛	土部	《說文》凷也。（九畫）	採爲首義	161	
	埁	土部	《說文》種也。一曰內其中也。一曰不耕而種。或作稷。（九畫）	採爲首義	161	
	塍	土部	無。	採爲首義	163	採〈班固・西都賦〉爲首義。
	坺	土部	《說文》治也。一曰鍤土謂之坺。（五畫）	採爲首義	155	
	垼	土部	《說文》陶竈窗也。（四畫）	採爲首義	152	
	基	土部	無。	不採其說	159	採《揚子・方言》爲首義。

土部	垣	土部	無。	不採其說	156	以「卑曰垣，高曰墉，牆也」爲首義。
	圪	土部	《說文》牆高貌。（三畫）	採爲首義	151	
	堵	土部	《說文》垣也，一丈爲板，五板爲堵。（九畫）	採爲首義	162	
	墼	土部	《說文》垣也。（十三畫）	採爲首義	168	
	墧	土部	《說文》周垣也。（十二畫）	採爲首義	166	
	堨	土部	《說文》壁閒隙也。（九畫）	採爲首義	161	
	垾	手部	《說文》取易也。（七畫）	採爲首義	361	
	堪	土部	《說文》勝也。　又《說文》地突也。《徐鉉註》地穴中出也，據此與龕同。（九畫）	採爲首義及次義	161	
	堀	土部	無。	不採其說	159	以「孔穴也」爲首義。
	堂	土部	《說文》殿也。正寢曰堂。（八畫）	採爲首義	159	
	垜	土部	《說文》堂塾也。（六畫）	採爲首義	156	
	坫	土部	無。	不採其說	154	以「反爵之具以土爲之在兩楹閒」爲首義。
	墐	土部	《說文》塗也。（十畫）	採爲首義	162	
	堨	土部	無。	不採其說	156	以「泥塗，又大漠」爲首義。
	墐	土部	無。	不採其說	166	逕云「同墐」。
	墍	土部	《說文》仰涂也。涂墍。見塗字註。（十一畫）	採爲首義	166	
	堊	土部	無。	不採其說	160	以「色土也」爲首義。
	墀	土部	《說文》涂，地也。《禮》天子赤墀。（十一畫）	採爲首義	165	
	墼	土部	《說文》瓴適也。一曰土墼未燒塼坯。本作墼。（十三畫）	採爲首義	167	
	圣	土部	《說文》掃除也。與壅、糞、塈、坋、墇、壥、坴同。（五畫）	採爲首義	154	
	埽	土部	《說文》棄也。从帚，以帚却土也。（八畫）	採爲首義	158	
	在	土部	無。	不採其說	151	採《爾雅》爲首義。
	坐	土部	◎本作坒。《說文》从土从留省，土所止也。隸作坐。（四畫）	列於字末補釋形義	153	以「行之對也」爲首義。
	坻	土部	《說文》箸也。（四畫）	採爲首義	152	

土部	窴	土部	《說文》塞也。从穴眞聲。亦从土。（十畫）	採為首義	164	《說文》以「寘」為正篆。
	坦	土部	《說文》寬也，平也。（五畫）	採為首義	154	
	坒	土部	《說文》地相次坒也。（四畫）	採為首義	153	
	堤	土部	無。	不採其說	161	以「堤封頃畝」為首義。
	壎	土部	無。	不採其說	168	以「樂器也，燒土為之，銳上平底，形似稱錘」為首義。
	封	寸部	《說文》爵諸侯之土也。从之从土从寸。〈徐曰〉各之其土也。寸，守其法度也。本作𡉈，隸作封，从圭所執也。（六畫）	採為首義	222	徐鍇語。
	壐	土部	《說文》同璽，璽所以主土，故从土。（十四畫）	採為首義	169	
	墨	土部	《說文》書墨也。（十二畫）	採為首義	166	
	垸	土部	《說文》以桼和灰而鬃也。一曰補垸。（七畫）	採為首義	157	
	型	土部	無。	不採其說	155	以「模也」為首義。
	埻	土部	無。	不採其說	159	以「射的」為首義。
	塒	土部	無。	不採其說	163	以「鑿垣為雞作棲曰塒」為首義。
	城	土部	無。	不採其說	157	以「內曰城，為曰郭」為首義。
	墉	土部	無。	不採其說	165	採《禮·王制註》為首義。
	堞	土部	◎《說文》作壍。或作壔、壊。（九畫）	列於字末補釋形義	161	以「城上女牆」為首義。
	坎	土部	《說文》陷也，險也。又穴也。（四畫）	採為首義	153	
	墊	土部	《說文》門側堂也。（十一畫）	採為首義	165	
	坁	土部	無。	不採其說	155	採《爾雅》為首義。
	壏	土部	《說文》下入也。（十四畫）	採為首義	168	
	垎	土部	《說文》水乾也。一曰堅也。（六畫）	採為首義	155	
	坴	土部	《說文》以土增大道上。一作坐。（五畫）	採為首義	155	
	增	土部	《說文》益也。一曰重也。（十二畫）	採為首義	166	
	埤	土部	無。	不採其說	158	以「附也，增也，厚也」為首義。
	坿	土部	《說文》益也，與附通。（五畫）	採為首義	155	

土部	塞	土部	無。	不採其說	164	以「填也,隔也」爲首義。
	圣	土部	《說文》汝潁閒謂致力於地曰圣。(二畫)	採爲首義	151	
	坥	土部	《說文》堅土也。一曰陶器。(六畫)	採爲首義	155	
	墩	土部	《說文》氣出土。一曰始也。與俶同。(八畫)	採爲首義	159	
	埵	土部	《說文》堅土也,从垂。(八畫)	採爲首義	159	
	埌	土部	《說文》埌地也。(七畫)	採爲首義	158	
	堅	土部	《說文》土積也。一曰築也,从聚省。(八畫)	採爲首義	159	
	墇	土部	《說文》堡也。一曰高土。(十四畫)	採爲首義	169	
	培	土部	《說文》培敦土田山川也。一曰益也、養也。(八畫)	採爲首義	159	
	埩	土部	無。	不採其說	158	以「理也,治也」爲首義。
	墇	土部	無。	不採其說	165	以「壅也,隔也,塞也」爲首義。
	堨	土部	《說文》遮隔也。(九畫)	採爲首義	161	
	垠	土部	無。	不採其說	156	以「地垺也,岸也」爲首義。
	墠	土部	《說文》野土也。一曰除地祭處,築土爲壇除地爲墠。(十二畫)	採爲首義	166	
	坿	土部	《說文》恃也,謂恃土地。(六畫)	採爲首義	155	
	壘	土部	《說文》軍壘也。(十五畫)	採爲首義	169	
	圮	土部	《說文》毀也。垣墉圯壞皆曰圮。(六畫)	採爲首義	156	
	圯	土部	《說文》毀也。(三畫)	採爲首義	152	
	堙	土部	《說文》塞也。抑水使西流也,水性東,以土石障之。从西。(六畫)	採爲首義	155	
	塹	土部	《說文》坑也。(十一畫)	採爲首義	165	
	埂	土部	《說文》秦晉謂坑爲埂。(七畫)	採爲首義	157	
	壙	土部	無。	不採其說	169	以「塹也,墓穴也」爲首義。
	墥	土部	《說文》高燥地。(十畫)	採爲首義	163	
	毀	殳部	無。	不採其說	515	採《玉篇》爲首義。

土部	壓	土部	《說文》壞也，笮也，塞補也。一曰鎮壓。（十四畫）	採為首義	169	
	壞	土部	無。	不採其說	170	以「毀也」為首義。
	坷	土部	《說文》坎坷也，凡人行不利曰坎坷。坷一作軻。（五畫）	採為首義	154	
	墙	土部	無。	不採其說	165	採《正字通》為首義。
	坼	土部	◎《說文》本作㘣。（五畫）	列於字末補釋形義	155	以「裂也」為首義。
	坱	土部	《說文》塵埃也。（五畫）	採為首義	154	
	壓	土部	無。	不採其說	165	以「塵也」為首義。
	塿	土部	無。	不採其說	165	以「篾小阜也」為首義。
	坋	土部	《說文》塵也。一曰大防。（四畫）	採為首義	153	
	垂	土部	無。	不採其說	158	以「塵也」為首義。
	埃	土部	《說文》塵也。凡風起而揚沙皆曰埃。（七畫）	採為首義	157	
	墅	土部	無。	不採其說	165	以「塵埃也」為首義。
	坕	土部	無。	不採其說	157	以「滓也」為首義。
	垢	土部	《說文》畔也。（六畫）	採為首義	156	
	壒	土部	《說文》天陰塵也。（十二畫）	採為首義	166	
	坏	土部	無。	不採其說	153	採《爾雅》為首義。
	垤	土部	無。	不採其說	156	以「土之高也」為首義。
	坦	土部	《說文》益州部謂蟥場曰坦。（五畫）	採為首義	154	
	坰	土部	《說文》徒隸所居也。（七畫）	採為首義	157	
	壆	土部	《說文》囚突出也。（十三畫增）	採為首義	168	
	瘞	广部	《說文》幽薶也。（十畫）	採為首義	706	
	埋	土部	《說文》喪葬下土也。（八畫）	採為首義	160	
	垗	土部	《說文》畔也，為四時界祭其中。（六畫）	採為首義	156	
	塋	土部	《說文》墓也。（十畫）	採為首義	163	
	墓	土部	《說文》丘也。（十一畫）	採為首義	166	
	墳	土部	《說文》墓也。（十二畫）	採為首義	167	
	壟	土部	無。	不採其說	170	以「冢也」為首義。
	壇	土部	《說文》祭場也。壇之言坦也。一曰封土為壇。（十三畫）	採為首義	168	

土部	埸	土部	《說文》祭神道也。（九畫）	採爲首義	162	
	圭	土部	《說文》瑞玉也。上圜下方，圭以封諸侯，故从重土。（三畫）	採爲首義	152	
	圯	土部	《說文》東楚謂橋爲圯。（三畫）	採爲首義	152	
	垂	土部	無。	不採其說	155	以「自上縋下」爲首義。
	堀	土部	無。	不採其說	159	以「孔穴也」爲首義。
	塗	土部	無。	不採其說	163	以「泥也」爲首義。
	塓	土部	《說文》塗也。（十畫）	採爲首義	163	
	垠	土部	無。	不採其說	158	以「地際也，八埏，地之八際」爲首義。
	場	土部	《說文》田畔也。大界曰疆，小界曰場。（八畫）	採爲首義	159	
	境	土部	《說文》疆也。一曰竟也，疆土至此而竟也。（十一畫）	採爲首義	165	
	墊	土部	《說文》下也，溺也。（十一畫）	採爲首義	165	
	墾	土部	無。	不採其說	168	以「力治也，一曰開田用力反土也」爲首義。
	塘	土部	無。	不採其說	163	以「瀦也，築土遏水曰塘」爲首義。
	坳	土部	無。	不採其說	154	以「窊下也」爲首義。
	壒	土部	無。	不採其說	169	以「塵合也」爲首義。
	墜	土部	《說文》侈也。（十二畫）	採爲首義	166	
	塔	土部	又《說文》西域浮屠也。（十畫）	採爲次義	163	以「物墜聲也」爲首義。
	坊	土部	無。	不採其說	153	以「邑里之名」爲首義。
垚部	垚	土部	無。	不採其說	156	以「從三土積纍而上，象高形」爲首義。
	堯	土部	《說文》高也，从垚在兀上。高遠也。（九畫）	採爲首義	162	
菫部	堇	土部	《說文》黏土也。〈徐曰〉黃土乃黏。	採爲首義	160	
	艱	艮部	《說文》土難治也。（十一畫）	採爲首義	941	
里部	里	里部	無。	不採其說	1219	採《爾雅》爲首義。
	釐	里部	《說文》家福也。（十一畫）	採爲首義	1220	
	野	里部	《說文》郊外也。（四畫）	採爲首義	1219	
田部	田	田部	《說文》陳也。樹穀曰田。象四口。十，阡陌之制也。（一畫）	採爲首義	684	

田部	町	田部	《說文》田踐處曰町。（二畫）	採爲首義	687	
	畽	田部	《說文》城下田也。（九畫）	採爲首義	693	
	疇	田部	無。	不採其說	694	以「耕治之也」爲首義。
	疁	田部	《說文》燒穜也。漢律曰：疁田茠艸。从田翏聲。（十一畫）	採爲首義	694	
	畬	田部	《說文》三歲治田也。（七畫）	採爲首義	691	
	㽥	田部	《說文》和田也，从田柔聲。（九畫）	採爲首義	693	
	畸	田部	《說文》殘田也，从田奇聲。（八畫）	採爲首義	693	
	疄	田部	《說文》殘朕田也。引《詩·小雅》天方薦瘥。（十畫）	採爲首義	694	
	畮	田部	《說文》六尺爲步，步百爲畮。（七畫）	採爲首義	691	
	甸	田部	《說文》天子五百里。（二畫）	採爲首義	687	
	畿	田部	《說文》天子千里地，以遠近言之則曰畿。（十畫）	採爲首義	694	
	畦	田部	《說文》田五十畝曰畦。（六畫）	採爲首義	690	
	畹	田部	《說文》田二十畝也。（八畫）	採爲首義	693	
	畔	田部	《說文》田界也。（五畫）	採爲首義	688	
	界	田部	《說文》境也。（四畫）	採爲首義	688	
	畍	田部	《說文》境也。一曰陌也。趙魏謂陌爲畍。（四畫）	採爲首義	688	
	畛	田部	《說文》兩陌閒道也，廣六尺。（八畫）	採爲首義	693	
	畛	田部	《說文》井田閒陌也。（五畫）	採爲首義	689	
	畤	田部	《說文》天地五帝所基址，祭地也。（六畫）	採爲首義	690	
	略	田部	《說文》經略土地。（六畫）	採爲首義	690	
	當	田部	《說文》田相值也，从田尚聲。（八畫）	採爲首義	692	
	畯	田部	《說文》農夫也。一曰典田官。（七畫）	採爲首義	691	
	甿	田部	《說文》田民也。（三畫）	採爲首義	687	
	疄	田部	《說文》轢田也。或作躙。（十二畫）	採爲首義	694	
	畱	田部	《說文》留止也。（七畫）	採爲首義	689	
	畜	田部	《說文》田畜也。引《淮南子》註：言田之汙下黑土者，可畜牧也。（五畫）	採爲首義	689	
	疃	田部	《說文》禽獸所踐處。引《詩·豳風》町疃鹿場。（十二畫）	採爲首義	694	
	暘	田部	《說文》不生也，从田易聲。　又〈說文徐註〉借爲通暘之暘，今俗別作暢，非。（九畫）	採爲首義及次義	693	徐鉉語。

畕部	畕	田部	《說文》比田也，从二田。（五畫）	採為首義	688	
	畺	田部	《說文》界也。从畕，三其界畫也。（八畫）	採為首義	693	
黃部	黃	黃部	《說文》地之色也。（一畫）	採為首義	1444	
	黇	黃部	《說文》赤黃也。一曰輕易人黆姁也。（七畫）	採為首義	1444	
	黸	黃部	《說文》黃黑色。（九畫）	採為首義	1445	
	黱	黃部	《說文》青黃色也。（六畫）	採為首義	1444	
	黇	黃部	《說文》白黃色也。（五畫）	採為首義	1444	
	黊	黃部	《說文》鮮明黃也。（六畫）	採為首義	1444	
男部	男	田部	《說文》丈夫也。从田从力，言用力於田也。（二畫）	採為首義	687	
	舅	臼部	無。	不採其說	932	採《爾雅》為首義。
	甥	生部	無。	不採其說	683	採《廣韻》為首義。
力部	力	力部	《說文》筋也。象人筋之形。〈徐曰〉象人筋竦其身，作力勁健之形。（一畫）	採為首義	74	徐鍇語。
	勳	力部	《說文》能成王功也，从力熏聲。當作勛，今作勳。（十四畫）	採為首義	77	
	功	力部	《說文》以勞定國曰功，从力工聲。（三畫）	採為首義	74	
	助	力部	《說文》左也，从力且聲。（五畫）	採為首義	74	
	勷	力部	《說文》助也。（二十三畫）	採為首義	78	
	勑	力部	《說文》勞也。（八畫）	採為首義	76	
	劼	力部	《說文》慎也，从力吉聲。（六畫）	採為首義	75	
	務	力部	《說文》趣也，从力秋聲。〈徐曰〉言趣赴此事也。（九畫）	採為首義	76	徐鍇語。
	勇	力部	《說文》迫也。（十一畫）	採為首義	77	
	勘	力部	《說文》勉力也。（十三畫）	採為首義	77	
	勞	力部	《說文》勇也。（十二畫）	採為首義	77	
	劭	力部	《說文》彊也。（八畫）	採為首義	75	
	勁	力部	《說文》強也，从力巠聲。（七畫）	採為首義	75	
	勉	力部	《說文》強也，从力免聲。（七畫）	採為首義	75	
	劭	力部	《說文》勉也，从力召聲。（五畫）	採為首義	75	
	勖	力部	《說文》勉也，从力冒聲。〈徐曰〉勉其事，冒犯而為之。（九畫）	採為首義	76	徐鍇語。

力部	勸	力部	《說文》勉也，从力藋聲。（十七畫）	採爲首義	78	
	勝	力部	《說文》从力朕聲，本从舟，省作月。任也。（十畫）	採爲首義	76	
	勠	力部	《說文》發也。（十五畫）	採爲首義	78	
	勠	力部	《說文》并力也，从力翏聲。（十一畫）	採爲首義	76	
	勦	力部	《說文》絫緩也。（十二畫）	採爲首義	77	
	動	力部	《說文》作也。（九畫）	採爲首義	76	
	勴	力部	無。	不採其說	77	採《玉篇》爲首義。
	劣	力部	《說文》弱也，从力少。〈徐曰〉會意。（四畫）	採爲首義	74	徐鍇語。
	勞	力部	《說文》劇也。从力熒省，用力者勞。（十畫）	採爲首義	76	
	勵	力部	《說文》務也。（十三畫）	採爲首義	77	
	劼	力部	《說文》尤極也。（七畫）	採爲首義	75	
	勘	力部	《說文》勞也。（十二畫）	採爲首義	77	
	勦	力部	《說文》勞也，从力巢聲。（十一畫）	採爲首義	77	
	券	力部	《說文》勞也。〈徐曰〉今俗作倦。（六畫）	採爲首義	75	徐鍇語。
	勤	力部	《說文》勞也，从力堇聲。（十一畫）	採爲首義	77	
	加	力部	《說文》語相增加也，从力口。（三畫）	採爲首義	74	
	勢	力部	《說文》健也。（十一畫）	採爲首義	77	
	勇	力部	《說文》氣也。一曰健也，从力甬聲。勇者用也，共用之謂勇。（七畫）	採爲首義	75	
	勃	力部	《說文》排也，从力孛聲。〈徐曰〉勃然興起，有所排擠也。（七畫）	採爲首義	75	徐鍇語。
	勡	力部	《說文》劫也，从力票聲。（十一畫）	採爲首義	77	
	劫	力部	《說文》欲去以力脅止曰劫。一曰以力去曰劫。〈徐曰〉會意。（五畫）	採爲首義	74	徐鍇語。
	飭	食部	《說文》致堅也。（四畫）	採爲首義	1345	
	劾	力部	《說文》法有罪也。（六畫）	採爲首義	75	
	募	力部	《說文》廣求也，从力莫。（十一畫）	採爲首義	76	
	劬	力部	《說文》勞也。（五畫）	採爲首義	75	
	勢	力部	《說文》盛權力也。（十一畫）	採爲首義	77	
	勘	力部	《說文》校也。（九畫）	採爲首義	76	
	辦	辛部	《說文》致力也。（九畫）	採爲首義	1179	

劦部	劦	力部	《說文》同力也。（四畫）	採爲首義	74	
	協	心部	無。	不採其說	311	採《正字通》爲首義。
	勰	力部	《說文》同思之和，从劦从思。〈徐曰〉會意。（十三畫）	採爲首義	77	徐鍇語。
	協	力部	《說文》眾之同和也，从劦十聲。（六畫）	採爲首義	84	

徐鉉校定《說文》卷十四

說文部首	字例	《康　熙　字　典》				備註
		歸部	引用《說文》之釋語	引用情形	頁碼	
金部	金	金部	又《說文》五色金，黃為之長，久薶不生衣，百煉不輕，從革不違。西方之行，生於土。（一畫）	採為次義	1223	採《易經》為首義。
	銀	金部	《說文》白金也。（六畫）	採為首義	1231	
	鐐	金部	《說文》白金也。（十二畫）	採為首義	1250	
	鋈	金部	《說文》車樘結也。（七畫）	採為首義	1234	
	鉛	金部	《說文》青金也。（五畫）	採為首義	1229	
	錫	金部	《說文》銀鉛之間，从金易聲。〈徐曰〉銀色而鉛質也。（八畫）	採為首義	1240	徐鍇語。
	釾	金部	無。	不採其說	1226	採《爾雅》為首義。
	銅	金部	《說文》赤金也。（六畫）	採為首義	1232	
	鏈	金部	《說文》銅屬。（十一畫）	採為首義	1247	
	鐵	金部	《說文》黑金也。（十三畫）	採為首義	1251	
	鍇	金部	《說文》九江謂鐵曰鍇。〈徐曰〉鐵好也。一曰鐵精則白也。（九畫）	採為首義	1241	徐鍇語。
	鋚	金部	無	不採其說	1235	採《玉篇》為首義。
	鏤	金部	《說文》剛鐵可以刻鏤。　又《說文》一曰釜也。（十一畫）	採為首義及次義。	1248	
	鑯	金部	《說文》鐵屬。（十三畫）	採為首義	1252	
	銑	金部	《說文》金之澤者。　又《說文》一曰小鑿也。　又《說文》一曰鐘兩角謂之銑。（六畫）	採為首義及次義。	1232	
	鏗	金部	《說文》剛也。（八畫）	採為首義	1236	
	鑢	金部	《說文》金屬。一曰剝也。（十五畫）	採為首義	1253	
	錄	金部	《說文》金色也。　又《說文》借鈔寫字也。（八畫）	採為首義及次義。	1237	
	鑄	金部	《說文》銷金成器也。（十四畫）	採為首義	1252	
	銷	金部	《說文》鑠金也。（七畫）	採為首義	1234	
	鑠	金部	《說文》銷也。（十五畫）	採為首義	1254	
	鍊	金部	《說文》冶金也。（九畫）	採為首義	1241	

金部	釘	金部	《說文》鍊鉼黃金。（二畫）	採爲首義	1224	
	錮	金部	《說文》鑄塞也。〈徐曰〉鑄銅鐵以塞隙也。（八畫）	採爲首義	1240	二徐俱無此語，係承《正字通》引文。
	鑲	金部	《說文》作型中腸也。（十七畫）	採爲首義	1255	
	鎔	金部	《說文》冶器法也。（十畫）	採爲首義	1245	
	鋏	金部	《說文》可以持冶器鑄鎔者也，从金夾聲。一曰若挾持。〈徐曰〉金鐵夾持鑄鍋者。（七畫）	採爲首義	1235	徐鍇語。鍇本「金」字作「今」。
	鍛	金部	《說文》小冶，从金段聲。〈徐曰〉椎之而己，不消，故曰小冶。（九畫）	採爲首義	1242	徐鍇語。鍇本「不消」作「不銷」。
	鋌	金部	《說文》銅鐵樸也，从金廷聲。（七畫）	採爲首義	1235	
	鑢	金部	《說文》鐵文也。（十六畫）	採爲首義	1254	
	鏡	金部	《說文》取景之器也。（十一畫）	採爲首義	1248	
	銚	金部	《說文》曲銚也。一曰鬵鼎。（六畫）	採爲首義	1231	
	鈃	金部	《說文》似鍾而頸長，从金开聲。一曰酒器。（六畫）	採爲首義	1232	
	鐘	金部	《說文》樂鐘也。（十二畫）	採爲首義	1251	
	鑑	金部	《說文》大盆也。 又《說文》鑑諸可以取明水於月。（十四畫）	採爲首義及次義。	1253	
	鐈	金部	《說文》似鼎而長足。（十二畫）	採爲首義	1249	
	鑒	金部	《說文》書作鑑。陽鑗也。火珠、火鏡之類皆是。（十二畫）	採爲首義	1249	《康熙》並錄「鑗」與「鑒」二字，「鑒」詳而「鑗」略。
	鋞	金部	《說文》溫器也。圜而直上。（七畫）	採爲首義	1236	
	鑴	金部	《說文》瓽也。（十八畫）	採爲首義	1255	
	鑊	金部	《說文》鐫也，从金隻聲。（十四畫）	採爲首義	1253	
	鍑	金部	《說文》本作鍑，釜大口者。（九畫）	採爲首義	1241	
	鍪	金部	《說文》鍑也。（九畫）	採爲首義	1242	
	錪	金部	《說文》朝鮮謂金曰鈾。（八畫）	採爲首義	1240	
	銼	金部	《說文》鍑也。（七畫）	採爲首義	1234	
	鑮	金部	《說文》銼鑼也。（十九畫增）	採爲首義	1256	
	鉶	金部	《說文》本作鈃，器也。（六畫）	採爲首義	1231	
	鎬	金部	《說文》溫器也。 又《說文》地名。武王所都，在長安西上林苑中。（十畫）	採爲首義及次義。	1246	
	鑋	金部	《說文》溫器也。一曰銅器。（十三畫）	採爲首義	1251	

金部	銚	金部	《說文》溫器也。　又《說文》一曰田器。（六畫）	採爲首義及次義。	1233	
	鏗	金部	《說文》酒器也。从金，亞象器形。或省作盟。（十畫）	採爲首義	1246	
	鐎	金部	《說文》鐎斗也。（十二畫）	採爲首義	1250	
	銚	金部	《說文》小盆也，从金昌聲。一曰無足鐺。（七畫）	採爲首義	1235	
	鋯	金部	《說文》鼎也。（十一畫）	採爲首義	1247	
	鍵	金部	《說文》鉉也。一曰車轄也。（九畫）	採爲首義	1243	
	鉉	金部	《說文》舉鼎也。（五畫）	採爲首義	1228	
	鉛	金部	《說文》可以鉤鼎及鑪炭，从金谷聲。又《說文》一曰銅屑。（七畫）	採爲首義及次義。	1235	
	鋬	金部	《說文》器名也。（十畫）	採爲首義	1245	
	鑯	金部	《說文》鐵器也。一曰鐫也。〈徐鉉曰〉今俗作尖，非是。（十七畫）	採爲首義	1254	
	錠	金部	《說文》鐙也。（八畫）	採爲首義	1239	
	鐙	金部	《說文》錠也。〈徐鉉曰〉錠中置燭，故謂之鐙。今俗別作燈，非是。（十二畫）	採爲首義	1251	
	鏶	金部	《說文》鍱也。（十二畫）	採爲首義	1249	
	鍱	金部	《說文》鏶也。（九畫）	採爲首義	1243	
	鏟	金部	《說文》鍱也。一曰平鐵。（十一畫）	採爲首義	1248	
	鑪	金部	《說文》方鑪也。〈徐鉉曰〉今俗別作爐，非。（十六畫）	採爲首義	1254	
	鏇	金部	《說文》圓鑪也。（十一畫）	採爲首義	1247	
	鋷	金部	《說文》器名。（十畫）	採爲首義	1245	
	鐕	金部	《說文》煎膠器也（十三畫）	採爲首義	1251	
	釦	金部	《說文》金飾器口也。（三畫）	採爲首義	1224	
	錯	金部	《說文》金涂也。（八畫）	採爲首義	1240	
	鍘	金部	《說文》鉏鍘也。（十一畫）	採爲首義	1248	
	錡	金部	又《說文》鉏鍘也。（八畫）	採爲次義	1239	以「釜也」爲首義。
	鍋	金部	《說文》郭衣鍼也。（九畫）	採爲首義	1242	
	鈗	金部	《說文》綦鍼也。（五畫）	採爲首義	1231	
	鍼	金部	《說文》所以縫布帛之錐也。（九畫）	採爲首義	1243	
	鈹	金部	《說文》大針也。　又《說文》劍如刀裝者。（五畫）	採爲首義及次義。	1228	

金部	鍛	金部	《說文》鈹有鐔也（十畫）	採爲首義	1246	
	鈕	金部	《說文》印鼻也。（四畫）	採爲首義	1226	
	銎	金部	《說文》斤斧穿也。（六畫）	採爲首義	1232	
	鏨	金部	《說文》鏨錍，斧也。（五畫）	採爲首義	1227	
	錍	金部	《說文》鏨錍也。（八畫）	採爲首義	1237	
	鏨	金部	又《說文》小鑿也。（十一畫）	採爲次義	1248	採《廣韻》爲首義。
	鑴	金部	《說文》穿木鑴也。　又《說文》一曰瑑石也。（十三畫）	採爲首義及次義	1251	
	鑿	金部	又《說文》穿木也。（十九畫）	採爲次義	1255	採《廣韻》爲首義。
	銛	金部	《說文》鍤屬。（六畫）	採爲首義	1233	
	釳	金部	《說文》臿屬。（四畫）	採爲首義	1225	
	鈲	金部	《說文》臿屬。一曰瑩鐵。（六畫）	採爲首義	1232	
	鍬	金部	《說文》河內謂臿頭金。（十二畫）	採爲首義	1249	
	錢	金部	又《說文》銚也，古田器。（八畫）	採爲次義	1239	採《玉篇》爲首義。
	钁	金部	《說文》大鉏也。（二十畫）	採爲首義	1256	
	鈐	金部	《說文》鈐鑢，大犁也。一曰類耜。（四畫）	採爲首義	1226	
	鑢	金部	《說文》鈐鑢也。（十二畫）	採爲首義	1249	
	鐅	金部	《說文》兩刃，木柄，可以刈草。（十二畫）	採爲首義	1249	
	鈍	金部	《說文》耜屬。（六畫）	採爲首義	1231	
	鉏	金部	《說文》立薅所用也，从金且聲。（五畫）	採爲首義	1229	
	鑼	金部	《說文》耜屬。（十五畫）	採爲首義	1253	
	鎌	金部	《說文》鍥也。（十畫）	採爲首義	1244	
	鍥	金部	《說文》鎌也。（九畫）	採爲首義	1242	
	鉊	金部	《說文》大鎌也。（五畫）	採爲首義	1228	
	銍	金部	《說文》穫禾短鎌也。（六畫）	採爲首義	1232	
	鎮	金部	《說文》博壓也。（十畫）	採爲首義	1246	
	鈷	金部	《說文》鐵鈷。　又《說文》一曰膏車鐵鈷。（五畫）	採爲首義及次義。	1228	
	鉧	金部	《說文》鈷也。（七畫）	採爲首義	1234	
	鉗	金部	《說文》以鐵有所劫束也，从金甘聲。（五畫）	採爲首義	1229	

金部	鈦	金部	《說文》鐵鉗也。（三畫）	採爲首義	1225	
	鋸	金部	《說文》槍唐也，从金居聲。（八畫）	採爲首義	1236	
	鐕	金部	《說文》可以綴著物者。（十四畫）	採爲首義	1253	
	錐	金部	《說文》銳器也。（八畫）	採爲首義	1237	
	鑱	金部	《說文》銳器也。（十七畫）	採爲首義	1254	二徐本俱作「銳也」。
	銳	金部	《說文》芒也。（七畫）	採爲首義	1234	
	鏝	金部	《說文》鐵杇也。與槾同。（十一畫）	採爲首義	1248	
	鑽	金部	《說文》所以穿也。（十九畫）	採爲首義	1255	
	鑢	金部	《說文》錯銅鐵也。（十五畫）	採爲首義	1254	
	銓	金部	《說文》衡也。（六畫）	採爲首義	1232	
	銖	金部	《說文》權十分黍之重也。一曰十黍爲絫，十絫爲銖。又八銖爲錙，二十四銖爲兩。又孟康曰：黃鍾一龠，容千二百黍，爲十二銖。（六畫）	採爲首義	1233	「一曰」以下節引自《漢書・律歷志》，非《說文》原文。
	鋝	金部	《說文》十銖二十五分之十三，或曰二十兩爲鋝。（七畫）	採爲首義	1235	
	鍰	金部	《說文》鋝也。（九畫）	採爲首義	1243	
	錙	金部	《說文》本作𨤲，六銖也。（八畫）	採爲首義	1238	
	錘	金部	《說文》八銖也。（八畫）	採爲首義	1238	
	鈞	金部	《說文》三十斤也。（四畫）	採爲首義	1227	
	鈀	金部	《說文》兵車也，从金巴聲。又《說文》一曰鐵也。（四畫）	採爲首義及次義。	1225	
	鐲	金部	《說文》鉦也，从金蜀聲。軍法，司馬執兩鐲。（十三畫）	採爲首義	1251	
	鈴	金部	《說文》令丁也。　又《說文》霆雷餘聲也。鈴鈴，所以挺以出萬物。（五畫）	採爲首義及次義。	1227	
	鉦	金部	《說文》鐃類也，似鈴，柄中上下通。（五畫）	採爲首義	1231	
	鐃	金部	《說文》小鉦也。軍法，卒長執鐃。（十二畫）	採爲首義	1249	
	鐸	金部	《說文》大鈴也。軍法，五人爲伍，五伍爲兩，兩司馬執鐸。（十三畫）	採爲首義	1252	
	鐏	金部	《說文》大鐘，淳于之屬，所以應鐘磬也。堵以二，金樂則鼓鐏應之。（十七畫）	採爲首義	1254	
	鏞	金部	《說文》大鐘。（十一畫）	採爲首義	1248	

金部	鐘	金部	《說文》樂鐘也。（十二畫）	採爲首義	1251	
	鈁	金部	《說文》方鍾也。（四畫）	採爲首義	1225	
	鎛	金部	說文》鎛鱗也。鐘上橫木上金華也，从金專聲。〈徐曰〉鐘筍上飾。 又《說文》一曰田器。（十畫）	採爲首義及次義	1245	徐鍇語。
	鍠	金部	《說文》鐘鼓聲也。（九畫）	採爲首義	1242	
	鎗	金部	《說文》鐘聲也。（十畫）	採爲首義	1245	
	鏓	金部	《說文》鎗鏓也。一曰大鑿平木者。（十一畫）	採爲首義	1247	
	錚	金部	《說文》金聲也。（八畫）	採爲首義	1238	
	鏜	金部	《說文》鐘鼓之聲。（十一畫）	採爲首義	1248	
	鑋	金部	《說文》金聲也。讀若《春秋傳》鑋而乘於他車。（十四畫）	採爲首義	1253	
	鐔	金部	《說文》劍鼻也。〈徐鍇曰〉劍鼻，人握處之下也。（十二畫）	採爲首義	1250	
	鏌	金部	《說文》鏌釾也。（十一畫）	採爲首義	1247	
	釾	金部	《說文》鏌釾，吳神劍名也。（四畫）	採爲首義	1225	
	鏢	金部	《說文》本作鏢，刀削末銅也。（十一畫）	採爲首義	1248	
	鈒	金部	《說文》鋋也。（四畫）	採爲首義	1226	
	鋋	金部	《說文》小矛也。（七畫）	採爲首義	1235	
	銳	金部	《說文》侍臣所執兵也。引《周書》一人冕執銳。（四畫）	採爲首義	1227	
	鉈	金部	《說文》短矛也。（五畫）	採爲首義	1228	
	鏦	金部	《說文》矛也。 ◎《說文》或作鏓。（十一畫）	採爲首義又補釋之	1248	
	鍦	金部	《說文》長矛也。（八畫）	採爲首義	1238	
	鏠	金部	《說文》兵耑也。 ◎《說文》或作鋒。（十一畫）	採爲首義又補釋之	1248	
	錞	金部	◎《說文》作鐜（八畫）	列於字末補釋形義	1238	採《廣韻》爲首義。
	鐏	金部	《說文》柲下銅也。（十二畫）	採爲首義	1250	
	鏐	金部	《說文》弩眉也。（十一畫）	採爲首義	1247	
	鍭	金部	無。	不採其說	1243	採《爾雅》爲首義。
	鏑	金部	《說文》矢鏠也（十一畫）	採爲首義	1247	
	鎧	金部	《說文》甲也（十畫）	採爲首義	1246	

金部	釬	金部	《說文》臂鎧也。（三畫）	採爲首義	1225	
	錏	金部	《說文》錏鍜頸鎧也。或作錏。（八畫）	採爲首義	1237	
	鍜	金部	《說文》錏鍜頸鎧也。與鍛鍊字不同。（九畫）	採爲首義	1242	
	鐗	金部	《說文》車軸鐵也。（十二畫）	採爲首義	1250	
	釭	金部	《說文》車轂中鐵也。（三畫）	採爲首義	1225	
	鋚	金部	《說文》車樘結也。（七畫）	採爲首義	1234	
	釳	金部	《說文》本作釳。乘輿馬頭上方釳（三畫）	採爲首義	1225	
	鑾	金部	《說文》人君乘車四馬，鑣八鑾，鈴象鸞鳥，聲和則敬也。（十九畫）	採爲首義	1255	
	鉞	金部	◎《說文》本作戉，大斧鉞車鑾聲，呼會切。引《詩》鑾聲鉞鉞。〈徐鉉曰〉俗作鐵，以鉞作斧戉之戉，非是。（五畫）	列於字末補釋形義	1230	採《廣雅》爲首義。
	鍚	金部	《說文》馬頭飾也。引《詩》鉤膺鏤鍚。一曰鍱車輪鐵。〈徐鉉曰〉今經典作鍚。（十二畫）	採爲首義	1249	
	銜	金部	《說文》馬勒口中。从金从行。銜，行馬者也。〈徐曰〉馬銜所以制之行也。會意。（六畫）	採爲首義	1233	
	鑣	金部	《說文》馬銜也。（十五畫）	採爲首義	1254	
	鉉	金部	《說文》組帶織也。（五畫）	採爲首義	1230	
	鈇	金部	《說文》莝斫刀，从金夫聲。（四畫）	採爲首義	1226	
	釣	金部	《說文》鉤魚也。（三畫）	採爲首義	1224	
	鐅	金部	《說文》羊筆也，端有鐵。　◎《說文》本作鐅，各韻書俱譌作鐅，又譌作鐅，丛非。（十二畫）	採爲首義又補釋之	1251	
	銀	金部	《說文》銀鐺，鎖也。（七畫）	採爲首義	1234	
	鐺	金部	《說文》銀鐺，鎖也。互詳銀字註。（十三畫）	採爲首義	1252	
	鋂	金部	《說文》大鎖也。从金每聲，一環貫二者。（七畫）	採爲首義	1234	
	鍜	金部	《說文》鍜鏓，不平也（九畫）	採爲首義	1242	
	鏓	金部	《說文》鍜鏓，不平也。（十八畫）	採爲首義	1255	
	鏵	金部	《說文》怒戰也。引《春秋傳》諸候敵王所鏵。（十畫）	採爲首義	1244	
	鋪	金部	《說文》著門鋪首也，从金甫聲。（七畫）	採爲首義	1236	

金部	鑹	金部	《說文》所以鉤門戶樞也。一曰冶門戶器也。(十二畫)	採爲首義	1249	
	鈔	金部	《說文》叉取也。〈徐鉉曰〉今俗別作抄。(四畫)	採爲首義	1226	
	鍇	金部	《說文》以金有所冒也。(八畫)	採爲首義	1238	
	鋸	金部	《說文》斷也。(七畫)	採爲首義	1234	
	銘	金部	《說文》鬢也。(六畫)	採爲首義	1231	
	鐔	金部	《說文》伐擊也。(十三畫)	採爲首義	1251	
	鏉	金部	《說文》利也。(十一畫)	採爲首義	1247	
	鈌	金部	《說文》本作鐫,刺也。(四畫)	採爲首義	1226	
	鏉	金部	《說文》利也(十一畫)	採爲首義	1247	
	鎦	金部	《說文》殺也〈徐鍇曰〉說文無劉字,偏旁有之。此字又史傳所不見,疑此即劉字也。从金从戼,刀字屈曲,傳寫誤作田爾。(十畫)	採爲首義	1246	
	鍇	金部	《說文》業也。賈人占鍇。(八畫)	採爲首義	1237	
	鉅	金部	《說文》大剛也,从金巨聲。 又《說文》弓名。(五畫)	採爲首義及次義。	1228	
	鍺	金部	《說文》鍺鍗,火齊,赤珠也。(十畫)	採爲首義	1245	
	鍗	金部	《說文》鍺鍗火齊名。(七畫)	採爲首義	1234	
	鈚	金部	《說文》鈚圓也。(四畫)	採爲首義	1226	
	鐅	金部	無。	不採其說	1250	採《禮記》爲首義。
	鍒	金部	《說文》鐵之耎也。(九畫)	採爲首義	1241	
	鋼	金部	《說文》鈍也。(八畫)	採爲首義	1240	
	鈍	金部	《說文》鋼也。(四畫)	採爲首義	1226	
	鉨	金部	《說文》利也。(五畫)	採爲首義	1228	
	錗	金部	《說文》側意也。(八畫)	採爲首義	1238	
	钁	金部	《說文》兵器也。(十八畫)	採爲首義	1255	
	銘	金部	《說文》記誦也。(六畫)	採爲首義	1233	
	鎖	金部	《說文》鐵鎖門鍵也。(十畫)	採爲首義	1245	
	鈿	金部	《說文》金華也。(五畫)	採爲首義	1228	
	釧	金部	《說文》臂環也。(三畫)	採爲首義	1224	
	釵	金部	《說文》笄屬。本只作叉,此字後人所加。(三畫)	採爲首義	1225	
	釽	金部	無。	不採其說	1225	採《揚子·方言》爲首義。

开部	开	干部	《說文》平也，象二干對構上平也。（三畫）	採爲首義	268	
勺部	勺	勺部	《說文》挹取也。象形。中有實。〈徐曰〉按《禮記》一勺水之多，言少也。（一畫）	採爲首義	78	
	与	一部	《說文》賜予也，一勺爲与。（三畫）	採爲首義	5	
几部	几	几部	《說文》踞几也。〈徐曰〉人所凭坐也。（一畫）	採爲首義	61	
	凭	几部	《說文》依几也，从几从任。（五畫）	採爲首義	62	
	尻	几部	《說文》處也，从尸得几而止也。（三畫）	採爲首義	62	
	処	几部	《說文》処，止也，从夂得几而止。（三畫）	採爲首義	62	
且部	且	一部	《說文》薦也。（四畫）	採爲首義	5	
	俎	人部	◎《說文》俎在且部，禮俎也，从半肉在且旁。指事，亦會意。非从人。（七畫）	列於字末補釋形義	32	以「祭享之器」爲首義。
	覻	虍部	《說文》疏也。（十二畫）	採爲首義	1003	
斤部	斤	斤部	《說文》斫木也。（一畫）	採爲首義	407	
	斧	斤部	《說文》斫也。（四畫）	採爲首義	407	
	斨	斤部	《說文》方銎斧也。（四畫）	採爲首義	407	
	斫	斤部	《說文》擊也。（五畫）	採爲首義	407	
	斪	斤部	《說文》斫也。（五畫）	採爲首義	407	
	斸	斤部	《說文》斫也。（二十一畫）	採爲首義	409	
	斮	斤部	《說文》斫也，从斤从臸。〈註〉徐鉉曰：臸、器也。斤以斫之，或从畫丮作斵。（十畫）	採爲首義	408	
	釿	金部	《說文》劑斷也。（四畫）	採爲首義	1225	
	所	戶部	《說文》伐木聲也，从斤戶聲。（四畫）	採爲首義	343	
	斯	斤部	《說文》析也。（八畫）	採爲首義	408	
	斬	斤部	《說文》斬也。（八畫）	採爲首義	408	
	斷	斤部	《說文》作斷截也。（十四畫）	採爲首義	408	
	斦	斤部	《說文》柯擊也。（七畫）	採爲首義	407	
	新	斤部	《說文》取木也。（九畫）	採爲首義	408	
	斦	斤部	《說文》二斤也。（四畫）	採爲首義	407	

斗部	斗	斗部	《說文》大升也。（一畫）	採爲首義	405	
	斛	斗部	《說文》十斗也。（七畫）	採爲首義	406	
	斝	斗部	《說文》玉爵也。从吅从斗，冂象形。與爵同意，或說斝受六升。（八畫）	採爲首義	406	
	料	斗部	《說文》量也。（五畫）	採爲首義	406	
	斞	斗部	《說文》量也。（九畫）	採爲首義	406	
	斡	斗部	《說文》蠡柄也。揚雄、杜林說：皆以軺車輪斡。（十畫）	採爲首義	406	
	魁	鬼部	無。	不採其說	1389	以《書經》爲首義。
	斠	斗部	《說文》平斗斛也。（十畫）	採爲首義	406	
	斟	斗部	《說文》勺也。（九畫）	採爲首義	406	
	斜	斗部	《說文》抒也。（七畫）	採爲首義	406	
	斁	斗部	《說文》挹也。（十三畫）	採爲首義	407	
	料	斗部	《說文》量物分半也。（五畫）	採爲首義	406	
	斛	斗部	《說文》量溢也。（八畫）	採爲首義	406	
	斄	斗部	《說文》抒滿也。（十九畫）	採爲首義	407	
	斠	斗部	《說文》相易物俱等曰斠。（十三畫）	採爲首義	406	
	斞	斗部	《說文》斛旁有斞。（九畫）	採爲首義	406	
	升	十部	《說文》籥也。十合爲升。（二畫）	採爲首義	84	
矛部	矛	矛部	《說文》酋矛也。建於兵車，長二丈，象形。〈徐曰〉鉤兵也。（一畫）	採爲首義	749	徐鍇語。
	稂	矛部	《說文》矛屬。 ◎《說文》本作𥎵。（七畫）	採爲首義又補釋之	750	
	稭	矛部	《說文》矛屬也。（十畫）	採爲首義	751	
	稸	矛部	《說文》矛屬。（八畫）	採爲首義	750	
	矜	矛部	《說文》矛柄也。（四畫）	採爲首義	750	
	秎	矛部	《說文》刺也。（四畫）	採爲首義	750	
車部	車	車部	又《說文》輿輪總名。（一畫）	採爲次義	1167	採《廣韻》爲首義。
	軒	車部	《說文》曲輈轓車也。〈徐曰〉載物則直輈，軒大夫以上車，轓兩旁壁也。（三畫）	採爲首義	1168	徐鍇語。
	輶	車部	《說文》軺車前衣，車後也〈徐鉉曰〉所謂庫車也。（八畫）	採爲首義	1172	
	軿	車部	《說文》輕車也。重曰輜，輕曰軿。（八畫）	採爲首義	1173	

車部	轀	車部	無。	不採其說	1175	採《玉篇》爲首義。
	輬	車部	《說文》臥車也。（八畫）	採爲首義	1173	
	軺	車部	《說文》小車也。（五畫）	採爲首義	1170	
	輕	車部	《說文》輕車也。（七畫）	採爲首義	1172	
	輶	車部	《說文》輕車也。（九畫）	採爲首義	1174	
	輣	車部	《說文》兵車也。（八畫）	採爲首義	1173	
	軘	車部	《說文》兵車也。（四畫）	採爲首義	1168	
	轞	車部	《說文》陷陣車也。（十二畫）	採爲首義	1176	
	樔	車部	《說文》兵高車加巢，以望敵也。（十一畫）	採爲首義	1176	
	輯	車部	《說文》車和輯也。（九畫）	採爲首義	1174	
	輿	車部	《說文》車底也。（十畫）	採爲首義	1175	
	轙	車部	《說文》衣車蓋也。（十一畫）	採爲首義	1176	
	軓	車部	無。	不採其說	1168	逕云「同軌」。
	軾	車部	《說文》車前也。（六畫）	採爲首義	1170	
	輅	車部	無。	不採其說	1171	採《玉篇》爲首義。
	較	車部	《說文》車輢上曲銅也。（六畫）	採爲首義	1170	
	軬	車部	《說文》車耳反出也。（四畫）	採爲首義	1168	
	轛	車部	《說文》車橫軨也。（十四畫）	採爲首義	1177	
	輢	車部	《說文》車旁也。（八畫）	採爲首義	1173	
	軥	車部	《說文》車兩軶也。（七畫）	採爲首義	1171	
	軏	車部	《說文》車約軬也。《周禮》孤乘夏軏。一曰下棺車。〈徐曰〉約軬，節約刻飾之也。（三畫）	採爲首義	1168	徐鍇語。
	轖	車部	《說文》車籍交錯也。（十三畫）	採爲首義	1177	
	軨	車部	《說文》車轖閒橫木。（五畫）	採爲首義	1169	
	軧	車部	又《說文》車前橫木。（七畫）	採爲次義	1171	採《廣韻》爲首義。
	軫	車部	《說文》車後橫木也。（五畫）	採爲首義	1169	
	樸	車部	《說文》車伏兔也。（十二畫）	採爲首義	1176	
	轐	車部	無。	不採其說	1178	逕云「同轐」。
	軸	車部	《說文》持輪。（五畫）	採爲首義	1170	
	輹	車部	《說文》車下縛也。（九畫）	採爲首義	1174	

車部	軔	車部	《說文》礙車也。〈徐曰〉止輪之轉，其物名軔。（三畫）	採為首義	1168	徐鍇語。
	𨌴	車部	《說文》鐵之奭也。（九畫）	採為首義	1241	
	輇	車部	《說文》車輇規也。一曰一輪車。（十畫）	採為首義	1175	
	轂	車部	《說文》輻所湊也。（十畫）	採為首義	1175	
	輥	車部	《說文》車轂齊等貌。（八畫）	採為首義	1173	
	軹	車部	《說文》長轂之軹。（四畫）	採為首義	1168	
	軧	車部	《說文》車輪小穿。（五畫）	採為首義	1170	
	軎	車部	《說文》車軸頭也。（三畫）	採為首義	1167	
	輻	車部	《說文》輪轑也。（九畫）	採為首義	1174	
	轑	車部	無。	不採其說	1176	採《玉篇》為首義。
	軑	車部	《說文》車輨也。（三畫）	採為首義	1168	
	輨	車部	《說文》轂端沓也。（八畫）	採為首義	1173	
	轊	車部	《說文》軎也。（十畫）	採為首義	1175	
	軸	車部	《說文》車軸也。（六畫）	採為首義	1171	
	𨍷	車部	《說文》直轅車軽縛也。（八畫）	採為首義	1172	
	軶	車部	《說文》車轅端持衡者。 ◎《說文》本作𨌅，今通用軶。（三畫）	採為首義又補釋之	1167	
	軛	車部	《說文》軶本字。（五畫）	採為首義	1170	「軶」字不採《說文》之說。
	輈	車部	《說文》軶軥也。（九畫）	採為首義	1174	
	軥	車部	《說文》軶下曲者。（五畫）	採為首義	1169	
	轙	車部	《說文》車衡載轡者。（十三畫）	採為首義	1177	
	軜	車部	《說文》驂馬內轡繫軾前者。（四畫）	採為首義	1168	
	衝	車部	《說文》車搖也。（六畫）	採為首義	1170	
	軞	車部	《說文》軺車後登也。（六畫）	採為首義	1170	
	載	車部	《說文》乘也。（六畫）	採為首義	1171	
	軍	車部	又《說文》軍圜圍也。一曰軍兵車也。（二畫）	採為次義	1167	採《玉篇》為首義。
	軌	車部	無。	不採其說	1170	採《廣韻》為首義。
	範	竹部	無。	不採其說	820	採《廣韻》為首義。
	轘	車部	《說文》車行載高貌。（二十畫）	採為首義	1178	
	轄	車部	《說文》車聲也。一曰鍵也。（十畫）	採為首義	1175	

車部	轉	車部	《說文》轉運也。（十一畫）	採爲首義	1176	
	輸	車部	《說文》委輸也。（九畫）	採爲首義	1174	
	輖	車部	《說文》車轅也。（六畫）	採爲首義	1171	
	輩	車部	《說文》軍發車百兩爲一輩。（八畫）	採爲首義	1173	
	軋	車部	《說文》車輾也。（一畫）	採爲首義	1167	
	輟	車部	《說文》轢也。（五畫）	採爲首義	1170	
	轢	車部	《說文》車所踐也。互詳前輟字註。（十五畫）	採爲首義	1178	
	軌	車部	《說文》車轍也。（二畫）	採爲首義	1167	
	樅	車部	無。	不採其說	1173	採《玉篇》爲首義。
	軼	車部	《說文》車相出也。（五畫）	採爲首義	1170	
	轅	車部	《說文》車頓釕也。（十畫）	採爲首義	1176	
	輊	車部	《說文》低也。　◎《說文》作輊，別作摯、轊、頓，通作摯。（六畫）	採爲首義又補釋之	1171	《說文》原作「抵也」。
	軭	車部	《說文》車戾也。（五畫）	採爲首義	1169	
	輟	車部	《說文》車小缺復合。（八畫）	採爲首義	1172	
	夠	車部	無。	不採其說	1173	採《集韻》爲首義。
	轚	車部	《說文》車轄相擊也。（十三畫）	採爲首義	1177	
	簙	車部	《說文》治車軸也。（十四畫）	採爲首義	1177	
	軻	車部	《說文》車接軸也。（五畫）	採爲首義	1170	
	鞏	車部	《說文》車堅也。（十一畫）	採爲首義	1176	
	軵	車部	《說文》反推車，令有所付也。一曰輕車。（五畫）	採爲首義	1170	
	輪	車部	《說文》有輻曰輪，無輻曰輇。（八畫）	採爲首義	1173	以《廣韻》、《說文》並爲首義。
	輇	車部	《說文》蕃車下庳輪也。一曰無輻車，斫直木爲之，如椎輪。（六畫）	採爲首義	1171	
	輗	車部	《說文》大車轅端持衡者。（八畫）	採爲首義	1172	
	軝	車部	《說文》大車後也。（五畫）	採爲首義	1169	
	轃	車部	《說文》大車簣也。（十畫）	採爲首義	1175	
	頓	車部	又《說文》淮陽名車，穹窿爲頓。（十二畫）	採爲次義	1176	採《玉篇》爲首義。
	輓	車部	《說文》大車後壓也。（八畫）	採爲首義	1172	
	輂	車部	《說文》大車駕馬也。（六畫）	採爲首義	1170	

車部	輦	車部	《說文》連車也。（十畫）	採爲首義	1175	
	轝	車部	無。	不採其說	1173	採《廣韻》爲首義。
	輓	車部	《說文》引車也。（七畫）	採爲首義	1171	
	軿	車部	《說文》方車也。一曰一輪車。（四畫）	採爲首義	1168	
	轘	車部	《說文》車裂人也。（十三畫）	採爲首義	1177	
	斬	斤部	《說文》截也。从車从斤，斬法車列也。（七畫）	採爲首義	407	
	輗	車部	無。	不採其說	1173	採《玉篇》爲首義。
	輔	車部	《說文》人頰骨也。（七畫）	採爲首義	1172	
	轟	車部	《說文》群車聲也。（十四畫）	採爲首義	1177	
	轈	車部	無。	不採其說	1176	採《正韻》爲首義。
	轔	車部	《說文》車聲。（十二畫）	採爲首義	1177	
	轍	車部	《說文》跡也。（十二畫）	採爲首義	1177	
自部	自	丿部	無。	不採其說	10	採《集韻》《廣韻》爲首義。
	岿	山部	《說文》高危也。（六畫）	採爲首義	238	
	官	宀部	《說文》吏事君也。（五畫）	採爲首義	211	
阜部	阜	阜部	《說文》山無石者。 ◎《說文》本作𨸏。（一畫）	採爲首義又補釋之	1273	
	陵	阜部	無。	不採其說	1282	採《爾雅》爲首義。
	隴	阜部	《說文》大阜也。（十八畫）	採爲首義	1291	
	防	阜部	《說文》地理也。（二畫）	採爲首義	1273	
	陰	阜部	《說文》闇也。 又《說文》山之北也。 又《說文》水之南也。（八畫）	採爲首義及次義。	1281	
	陽	阜部	《說文》高明也。（九畫）	採爲首義	1283	
	陸	阜部	◎《說文》籀文作𨻶。（八畫）	列於字末補釋形義	1283	採《玉篇》爲首義。
	阿	阜部	無。	不採其說	1276	採《爾雅》爲首義。
	陂	阜部	《說文》阪也。一曰池也。 又《說文》附婁小土山也。（五畫）	採爲首義及次義。	1276	
	阪	阜部	《說文》坡者曰阪。一曰澤障。一曰山脅也。（四畫）	採爲首義	1274	
	陬	阜部	《說文》阪隅也。（八畫）	採爲首義	1280	
	隅	阜部	《說文》陬也。 又山名，《說文》作嵎。（九畫）	採爲首義及次義。	1284	

阜部	險	阜部	《說文》阻難也。（十三畫）	採為首義	1289	
	限	阜部	《說文》阻也。　又《說文》一曰門榍也。（六畫）	採為首義及次義。	1278	
	阻	阜部	《說文》險也。（五畫）	採為首義	1275	
	隗	阜部	《說文》隓隗，高也。（八畫）	採為首義	1281	
	隗	阜部	《說文》隓隗也。（十畫）	採為首義	1286	
	阬	阜部	《說文》高也。（四畫）	採為首義	1274	
	隓	阜部	《說文》磊也。（十畫增）	採為首義	1287	
	陼	阜部	《說文》陵也。（七畫）	採為首義	1279	
	陵	阜部	《說文》陼高也。（七畫）	採為首義	1279	
	隥	阜部	《說文》仰也。（十二畫）	採為首義	1288	
	陋	阜部	《說文》阨陝也。　◎《說文》本作𨸏。（六畫）	採為首義又補釋之	1277	
	陝	阜部	《說文》隘也。〈註〉徐鉉曰：今俗从山作峽，非是。（七畫）	採為首義	1279	
	陟	阜部	《說文》登也。（七畫）	採為首義	1279	
	陷	阜部	《說文》高下也。一曰陊也。（八畫）	採為首義	1282	
	隰	阜部	《說文》阪下濕也。（十四畫）	採為首義	1290	
	嶇	阜部	《說文》敧也。〈徐鉉曰〉俗作崎嶇，非是。（十一畫）	採為首義	1288	
	隤	阜部	《說文》下隊也。（十二畫）	採為首義	1288	
	隊	阜部	《說文》从高隊也，失也。（九畫）	採為首義	1285	
	降	阜部	無。	不採其說	1277	採《爾雅》為首義。
	隕	阜部	《說文》从高下也。（十畫）	採為首義	1286	
	陧	阜部	《說文》危也，从𨸏从毀省。徐巡以為陧凶也。班固說：不安也。　又《說文》賈待中說：陧，法度也。（九畫）	採為首義及次義。	1285	
	阤	阜部	《說文》小崩也。（三畫）	採為首義	1274	
	隓	阜部	《說文》敗城阜曰隓。〈徐曰〉俗作隳，非。（十畫）	採為首義	1286	徐鉉語。
	陙	阜部	《說文》仄也。（十一畫）	採為首義	1288	
	陊	阜部	又《說文》亦落也。（六畫）	採為次義	1277	採《玉篇》為首義。
	阢	阜部	《說文》閩也。（四畫）	採為首義	1274	
	隤	阜部	《說文》通溝。（十五畫）	採為首義	1290	
	防	阜部	《說文》隄也。（四畫）	採為首義	1275	

阜部	隄	阜部	《說文》唐也。（九畫）	採爲首義	1284	
	阯	阜部	《說文》基也。　◎《說文》阯或作址。（四畫）	採爲首義又補釋之	1274	
	陘	阜部	《說文》山絕坎也。（七畫）	採爲首義	1279	
	附	阜部	又《說文》附婁，小土山也。（五畫）	採爲次義	1277	採《玉篇》爲首義。
	阺	阜部	《說文》秦謂陵阪曰阺。（五畫）	採爲首義	1275	
	阢	阜部	《說文》石山戴土也。（三畫）	採爲首義	1273	
	陳	阜部	《說文》厓也。十畫）	採爲首義	1286	
	阨	阜部	《說文》塞也。（五畫）	採爲首義	1275	
	隔	阜部	《說文》障也。（十畫）	採爲首義	1286	
	障	阜部	《說文》隔也。（十一畫）	採爲首義	1287	
	隱	阜部	又《說文》蔽也。（十四畫）	採爲次義	1290	採《爾雅》爲首義。
	隩	阜部	《說文》水隈崖也。（十三畫）	採爲首義	1289	
	隈	阜部	《說文》水曲也。（九畫）	採爲首義	1285	
	𨺅	阜部	《說文》𨺅商，小塊也。（九畫）	採爲首義	1285	
	隒	阜部	《說文》水衡官谷也。　又《說文》一曰小溪。（十三畫）	採爲首義及次義	1288	
	隴	阜部	《說文》天水大阪也。十六畫）	採爲首義	1291	
	陂	阜部	《說文》阪也。（六畫）	採爲首義	1278	
	陝	阜部	《說文》弘農陝也，古虢國王季之子所封也。（七畫）	採爲首義	1279	
	隃	阜部	《說文》弘農陝東陬也。（十二畫）	採爲首義	1288	
	隆	阜部	《說文》河東安邑陬也。（八畫）	採爲首義	1280	
	陭	阜部	《說文》上黨陭氏阪也。（八畫）	採爲首義	1281	
	隃	阜部	無。	不採其說	1284	以《爾雅》爲首義。
	阮	阜部	又《說文》代郡五阮關也。（四畫）	採爲次義	1274	採《玉篇》爲首義。
	陼	阜部	《說文》大阜也。　又《說文》。一曰右扶風郿有陼阜。（七畫）	採爲首義及次義	1279	
	阫	阜部	《說文》丘名。（七畫）	採爲首義	1279	
	隁	阜部	《說文》丘名。（九畫）	採爲首義	1283	
	𨺰	阜部	《說文》丘名。（二畫）	採爲首義	1273	
	隖	阜部	《說文》鄭地阪。《春秋傳》曰：將會鄭伯于隖。（十二畫）	採爲首義	1288	
	陼	阜部	又《說文》水中高者也。（九畫）	採爲次義	1283	採《爾雅》爲首義。

阜部	陳	阜部	無。	不採其說	1281	採《玉篇》爲首義。
	陶	阜部	《說文》陶丘在濟陰。　又《說文》陶丘有堯城，堯嘗所居，故堯號爲陶唐氏。（八畫）	採爲首義及次義。	1282	
	陞	阜部	《說文》耕以臿浚出下壚土也。一曰耕休田也。（八畫）	採爲首義	1280	
	阽	阜部	《說文》壁危也。（五畫）	採爲首義	1276	
	除	阜部	《說文》殿陛也。（七畫）	採爲首義	1280	
	階	阜部	《說文》陛也。（九畫）	採爲首義	1285	
	阼	阜部	《說文》主階也。（五畫）	採爲首義	1276	
	陛	阜部	《說文》升高階也。（七畫）	採爲首義	1279	
	陔	阜部	《說文》階次也。（六畫）	採爲首義	1278	
	際	阜部	《說文》壁會也。（十一畫）	採爲首義	1287	
	隙	阜部	《說文》壁際孔也。（十畫）	採爲首義	1287	
	陪	阜部	《說文》重土也。　又《說文》一曰滿也。（八畫）	採爲首義及次義。	1280	
	隊	阜部	《說文》道邊庫垣也。（九畫）	採爲首義	1284	
	陜	阜部	《說文》築牆聲也。（九畫）	採爲首義	1284	
	陴	阜部	《說文》城上女牆，俾倪也。　◎《說文》籀文作𩫨。（八畫）	採爲首義又補釋之	1282	
	隍	阜部	《說文》城池也。有水曰池，無水曰隍。（九畫）	採爲首義	1285	
	阹	阜部	《說文》依山谷爲牛馬圈也。（五畫）	採爲首義	1275	
	陲	阜部	《說文》危也。（八畫）	採爲首義	1281	
	隔	阜部	《說文》小障也。（十畫）	採爲首義	1286	
	院	阜部	《說文》堅也。（七畫）	採爲首義	1280	
	陯	阜部	《說文》山阜陷也。（八畫）	採爲首義	1281	
	阺	阜部	《說文》水阜也。（七畫）	採爲首義	1279	
	陵	阜部	《說文》水阜也。（八畫）	採爲首義	1282	
	阞	阜部	《說文》陵名。（三畫）	採爲首義	1273	
	阡	阜部	《說文》路南北爲阡。（三畫）	採爲首義	1273	
𨸏部	𨸏	阜部	《說文》兩𨸏之閒也。（八畫）	採爲首義	1283	
	𨺅	阜部	無。	不採其說	1290	採《集韻》爲首義。
	𨻶	阜部	無。	不採其說	1291	採《集韻》爲首義。
	𨻻	****	無。		****	《康熙》有燧字，無此字。

厽部	厽	厶部	《說文》絫坺土爲牆壁,象形。(四畫)	採爲首義	92	
	絫	糸部	《說文》增也。十黍之重也。(六畫)	採爲首義	851	
	垒	土部	《說文》垒墼也,積墼爲牆壁也。(六畫)	採爲首義	155	
四部	四	口部	《說文》囗,四方也。八,別也。囗中八象四分之形。(二畫)	採爲首義	144	
宁部	宁	宀部	又《說文》宁辨積物也。象上隆四周之形。(二畫)	採爲次義	209	採《爾雅》爲首義。
	貯	田部	無。	不採其說	692	採《集韻》爲首義。
叕部	叕	又部	無。	不採其說	94	採《玉篇》爲首義。
	綴	糸部	無。	不採其說	856	採《博雅》、《玉篇》爲首義。
亞部	亞	二部	《說文》醜也。象人局背之形。(六畫)	採爲首義	15	
	惡	****	無。		****	《康熙字典》不錄惡字。
五部	五	二部	無。	不採其說	14	採《增韻》爲首義。
六部	六	八部	《說文》易之數,陰變于六,正于八。(二畫)	採爲首義	55	
七部	七	一部	《說文》陽之正也,從一微陰,從中衺出也。(一畫)	採爲首義	3	
九部	九	乙部	《說文》陽之變也。(一畫)	採爲首義	11	
	馗	首部	又《說文》馗,九達道也。似龜背故謂之馗。馗、高也,故從㠯。(二畫)	採爲次義	1356	採《正字通》爲首義。
禸部	禸	禸部	《說文》獸足蹂地也。象形。九聲。(一畫)	採爲首義	776	
	禽	禸部	無。	不採其說	776	採《爾雅》爲首義。
	离	禸部	無。	不採其說	776	迨云「同魖」。
	萬	艸部	《說文》蟲也。(九畫)	採爲首義	970	
	禹	禸部	又《說文》蟲也。(四畫)	採爲次義	776	以「夏王號」爲首義。
	闂	禸部	《說文》闟本字。(二十畫)	採爲首義	776	
	禼	禸部	又《說文》蟲也。象形。(六畫)	採爲次義	776	迨云「與契、偰厸同」。
嘼部	嘼	口部	《說文》㹀也,象耳頭足厹地之形。(十二畫)	採爲首義	135	
	獸	犬部	《說文》守備者,從嘼從犬。(十五畫)	採爲首義	649	
甲部	甲	田部	無。	不採其說	686	採《易經》爲首義。

乙部	乙	乙部	無。	不採其說	11	採《爾雅》為首義。
	乾	乙部	又乾侯，地名。言其水常竭也。《說文》贅作乹。（十畫）	採為次義	12	以「易卦名」為首義。
	亂	乙部	《說文》从乙，乙治之也。（十二畫）	採為首義	12	
	尤	尢部	《說文》尤異也，从乙又聲〈徐曰〉乙欲出而見閡，則顯其尤異者也。（一畫）	採為首義	226	徐鍇語。
丙部	丙	一部	《說文》南方之位也，南方屬火，而丙丁適當其處，故有文明之象。（四畫）	採為首義	6	以《爾雅》、《說文》並為首義。
丁部	丁	一部	《說文》夏時萬物皆丁實，丁承丙，象人心。（一畫）	採為首義	3	
戊部	戊	戈部	無。	不採其說	339	採《爾雅》為首義。
	成	戈部	《說文》就也。（三畫）	採為首義	339	
己部	己	己部	又日名。《說文》己，中宮也，象萬物辟藏詘形也。已承戊，象人腹。（一畫）	採為次義	254	採《廣韻》、《韻會》為首義。
	𢀒	己部	無。	不採其說	255	採《玉篇》為首義。
	巹	己部	《說文》巹長踞也。（八畫）	採為首義	255	
巴部	巴	己部	《說文》蟲也。或曰食象蛇。（一畫）	採為首義	255	
	𢃽	巾部	《說文》𢃽摲擊也。（九畫）	採為首義	262	
庚部	庚	广部	《說文》庚位西方，象秋時萬物庚庚有實也。（五畫）	採為首義	272	
辛部	辛	辛部	《說文》秋時萬物成而熟，金剛味辛，辛痛即泣出。〈徐曰〉言萬物初見斷制，故辛痛也。（一畫）	採為首義	1178	徐鍇語。
	辠	辛部	《說文》辠，犯法也。从辛从自。自，古鼻字，言罪人蹙鼻苦辛之憂。秦以辠似皇字改為罪。（六畫）	採為首義	1179	
	辜	辛部	《說文》罪也，从辛古聲。（三畫）	採為首義	1178	
	辟	辛部	《說文》辠也。（九畫）	採為首義	1179	
	辤	辛部	《說文》不受也，从辛从受。受即為辛宜辤之也。（八畫）	採為首義	1179	
	辭	辛部	又《說文》訟辭也。（十二畫）	採為次義	1180	以「辭說也」為首義。
辡部	辡	辛部	《說文》罪人相訟也。（七畫）	採為首義	1179	
	辯	辛部	《說文》判也。（十四畫）	採為首義	1180	
壬部	壬	士部	《說文》壬位北方也。（一畫）	採為首義	171	

癸部	癸	癶部	《說文》多時水土平可揆度也。◎《說文》本作𦥑，象水从四方流入地中之形。癸承壬，象人足。（二畫）	採爲首義又補釋之	711	
子部	子	子部	《說文》十一月陽氣動，萬物滋，人以爲稱。〈徐鍇曰〉十一月夜半陽氣所起，人承陽，故以爲稱。（一畫）	採爲首義	205	
	孕	子部	《說文》懷子也。（二畫）	採爲首義	205	
	挽	子部	《說文》生子免身也，从子免。〈徐鍇曰〉會意。（七畫）	採爲首義	207	
	字	子部	《說文》乳也。又愛也。（三畫）	採爲首義	205	
	穀	子部	《說文》乳也，从子㱿聲。〈徐鍇曰〉楚人謂乳曰穀。故名子文曰穀於菟。通作穀。（十畫）	採爲首義	208	
	孿	子部	《說文》一乳兩子也。（十九畫）	採爲首義	209	
	孺	子部	《說文》乳子也，从子需聲。一曰輸也，輸尚小也。徐引史孺子可教。（十四畫）	採爲首義	209	
	季	子部	《說文》少稱也。◎《說文》从子从稚省，稚亦聲。（五畫）	採爲首義又補釋之	207	
	孟	子部	《說文》長也。（五畫）	採爲首義	206	
	孼	子部	《說文》庶子也。（十六畫）	採爲首義	209	
	孳	子部	《說文》汲汲生也，从子茲聲。（十畫）	採爲首義	208	
	孤	子部	《說文》無父也。◎〈徐鉉曰〉于文子瓜爲孤，瓜聲也。子不見父，則泣呱呱也，會意。（五畫）	採爲首義又補釋之	207	應爲徐鍇語。
	存	子部	又《說文》恤問也。◎《說文》从子才聲。俗作存。（三畫）	採爲次義又補釋之	206	採《爾雅》爲首義。
	㜽	子部	《說文》放也，謂放效也。◎《說文》㜽在子部，从爻聲。戴侗謂：㜽，人子之達道也，非但事老。隸書既興，爻與老譌，故分爲二字。《正字通》因之，以㜽與孝同，遂謂專訓傚效爲誤。（四畫）	採爲首義又補釋之	206	
	疑	疋部	無。	不採其說	696	採《廣韻》爲首義。
了部	了	亅部	無。	不採其說	13	以《增韻》、《廣韻》並爲首義。
	孑	子部	《說文》人無右臂形。（一畫）	採爲首義	205	
	孓	子部	《說文》無左臂形。（一畫）	採爲首義	205	

孨部	孨	子部	《說文》謹也，从三子。（六畫）	採為首義	207	
	孱	子部	《說文》迮也，从孨在尸下。一曰呻吟也。（九畫）	採為首義	208	
	孴	子部	《說文》盛貌。（十畫）	採為首義	208	
去部	去	厶部	《說文》不順忽出，从倒子。（一畫）	採為首義	92	
	育	肉部	《說文》養子使作善也。（四畫）	採為首義	904	
	疏	疋部	《說文》通也。本作疋，今作疏。（七畫）	採為首義	695	
丑部	丑	一部	無。	不採其說	5	採《爾雅》為首義。
	胇	肉部	無。	不採其說	903	採《集韻》為首義。
	羞	羊部	《說文》進獻也。從羊，羊所進也。從丑，丑亦聲。（五畫）	採為首義	880	
寅部	寅	宀部	《說文》寅，髕也。本作𡩟。〈徐曰〉髕擯斥之意。正月陽氣上銳而出閡於宀也。臼所擯也。象形。今作寅。東方之辰。一曰孟陬。（八畫）	採為首義	216	徐鍇語。
卯部	卯	卩部	《說文》冒也。二月萬物冒地而出，象開門之形，故二月為天門。〈徐曰〉二月陰不能制，陽冒而出也，天門萬物畢出也。（三畫）	採為首義	87	徐鍇語。
辰部	辰	辰部	《說文》辰，震也。三月陽氣動，雷電振，民農時也。（一畫）	採為首義	1180	
	辱	辰部	又儳也。《說文》辱从寸在辰下，失耕時，於封疆上儳之也。（三畫）	採為次義	1180	採《廣韻》為首義。
巳部	巳	己部	《說文》巳也。四月陽氣巳出，陰氣已藏，萬物皆成文章，故巳為蛇，象形。（一畫）	採為首義	254	
	㠯	己部	無。	不採其說	255	採《廣韻》為首義。
午部	午	十部	《說文》啎也。五月陰氣午逆陽，冒地而出也。〈徐曰〉五月陽極陰生，仵者正衝之也。（二畫）	採為首義	84	徐鍇語。
	啎	口部	《說文》逆也。（八畫）	採為首義	123	
未部	未	木部	《說文》未，味也。六月百果滋味已具，五行木老於未，象木重枝葉之形。（一畫）	採為首義	437	
申部	申	田部	無。	不採其說	686	採《爾雅》為首義。
	㩢	日部	《說文》擊小鼓引樂聲，从申柬聲。（十畫）	採為首義	432	
	臾	臼部	《說文》草器也，古象形。引《論語》荷臾而過氏之門。或作蕢。（二畫）	採為首義	931	
	曳	日部	《說文》臾曳也。　◎《說文》作𦥔。（二畫）	採為首義又補釋之	430	

酉部	酉	酉部	《說文》就也。八月黍成可爲酎酒。〈徐曰〉就，成熟也。卯爲春門萬物己出，酉爲秋門萬物己入，一閉門象也。（一畫）	採爲首義	1208	
	酒	酉部	《說文》就也，所以就人性之善惡。一曰造也，吉凶所造也。（三畫）	採爲首義	1209	
	醶	酉部	《說文》籀生衣也。（十畫）	採爲首義	1214	
	醠	酉部	《說文》斷籀也。（九畫）	採爲首義	1213	
	釀	酉部	《說文》醖也。作酒曰釀。（十七畫）	採爲首義	1217	
	醖	酉部	《說文》釀也。（十畫）	採爲首義	1214	
	酓	酉部	《說文》酒疾熟也。（五畫）	採爲首義	1210	
	酵	酉部	《說文》酒母也。（七畫）	採爲首義	1211	
	釃	酉部	《說文》下酒也。〈徐曰〉釃猶籬取之也。（十九畫）	採爲首義	1217	徐鍇語。
	酳	酉部	《說文》醮酒也。（七畫）	採爲首義	1211	
	醲	酉部	《說文》酳也。（十畫）	採爲首義	1214	
	醴	酉部	《說文》酒一宿斷也。（十三畫）	採爲首義	1216	
	醪	酉部	《說文》汁滓酒也。（十一畫）	採爲首義	1215	
	醇	酉部	《說文》不澆酒也。（八畫）	採爲首義	1212	
	醹	酉部	《說文》厚酒也。（十四畫）	採爲首義	1216	
	酎	酉部	《說文》三重醇酒也。（三畫）	採爲首義	1208	
	醠	酉部	《說文》濁酒也。（十畫）	採爲首義	1214	
	醲	酉部	《說文》厚酒也。（十三畫）	採爲首義	1216	
	醅	酉部	《說文》酒也。（十畫）	採爲首義	1214	
	酤	酉部	《說文》一宿酒也。〈徐曰〉謂造之一夜而熟，若今雞鳴酒也。（五畫）	採爲首義	1210	徐鍇語。
	醙	酉部	《說文》酒也。或作醔。（十一畫）	採爲首義	1215	
	醆	酉部	《說文》泛齊行酒也。（十四畫）	採爲首義	1216	
	釄	酉部	《說文》酒味淫也。（十七畫）	採爲首義	1217	
	酷	酉部	《說文》酒厚味也。（七畫）	採爲首義	1211	
	醶	酉部	《說文》酒味苦也。（十二畫）	採爲首義	1216	
	酏	酉部	無。	不採其說	1209	採《廣韻》爲首義。
	配	酉部	《說文》酒色也。（三畫）	採爲首義	1208	
	酖	酉部	《說文》酒色也。（三畫）	採爲首義	1208	

西部	酨	西部	《說文》爵也。（八畫）	採爲首義	1212	
	酌	西部	《說文》盛酒行觴也。（三畫）	採爲首義	1208	
	醮	西部	《說文》面焦枯小也，从面焦。（十二畫）	採爲首義	1312	
	醋	西部	《說文》歃酒也。（十二畫）	採爲首義	1215	
	酌	西部	《說文》少少歡也。（四畫）	採爲首義	1209	
	醻	西部	《說文》主人進客也。本作醻，今作醻。（四畫）	採爲首義	1216	
	醋	西部	《說文》客酌主人也。〈徐曰〉今俗作倉故切，溷酢，非是。（八畫）	採爲首義	1212	徐鉉語。
	醘	西部	《說文》歡酒俱盡也。（十畫）	採爲首義	1213	
	釂	西部	《說文》歡酒盡也。（十八畫）	採爲首義	1217	
	酣	西部	《說文》酒樂也。〈徐曰〉飲洽也。（五畫）	採爲首義	1210	徐鍇語。
	酖	西部	《說文》樂酒也。（四畫）	採爲首義	1209	
	醼	西部	《說文》私燕飲也。（十一畫）	採爲首義	1215	
	醵	西部	《說文》會飲酒也。（十三畫）	採爲首義	1216	
	酺	西部	《說文》頰也，从面甫聲。（七畫）	採爲首義	1312	
	醋	西部	《說文》醉飽也。（八畫）	採爲首義	1212	
	醉	西部	◎《說文》醉，卒也。卒其度量不至於亂也。一曰潰也。（八畫）	列於字末補釋形義	1212	採《正韻》爲首義。
	醺	西部	《說文》醉也。〈徐曰〉飲有酒氣熏熏然。（十四畫）	採爲首義	1216	徐鍇語。
	酗	西部	《說文》酌也。〈徐曰〉酒失也。（十畫）	採爲首義	1214	徐鍇語。
	酲	西部	《說文》醉營也。（五畫）	採爲首義	1209	
	酲	西部	《說文》病酒也。一曰醉而覺也。（七畫）	採爲首義	1211	
	醫	西部	《說文》治病工也。（十一畫）	採爲首義	1215	
	藚	艸部	無。	不採其說	963	採《周禮》爲首義。
	醨	西部	《說文》薄酒也。（十一畫）	採爲首義	1215	
	釀	西部	《說文》酢也。（十七畫）	採爲首義	1217	
	酸	西部	《說文》酢也。關東謂酢曰酸。（七畫）	採爲首義	1211	
	截	西部	《說文》酢醬也。（六畫）	採爲首義	1210	
	醶	西部	《說文》酢漿也。（十三畫）	採爲首義	1216	

酉部	酢	酉部	《說文》醶也。〈徐曰〉今人以此爲酬酢字，反以醋爲酢字，時俗相承之變也。（五畫）	採爲首義	1210	徐鍇語。
	酏	酉部	《說文》黍酒也。一曰甜也。（三畫）	採爲首義	1209	
	醬	酉部	《說文》醢也。 ◎《說文》本作牆。（十一畫）	採爲首義又補釋之	1215	
	醢	酉部	《說文》肉醬也。（十畫）	採爲首義	1214	
	醤	酉部	《說文》醬榆，榆醬也。（九畫）	採爲首義	1213	
	酴	酉部	《說文》醬榆也。（九畫）	採爲首義	1213	
	酹	酉部	《說文》餟祭也。（七畫）	採爲首義	1211	
	醩	酉部	《說文》擣榆醬也。（十一畫）	採爲首義	1214	
	醯	酉部	《說文》醬也。（十二畫）	採爲首義	1215	
	醂	酉部	《說文》雜味也。（八畫）	採爲首義	1212	
	醬	酉部	無。	不採其說	1216	採《玉篇》爲首義。
	醤	酉部	無。	不採其說	1210	採《玉篇》爲首義。
	酪	酉部	《說文》乳漿也。（六畫）	採爲首義	1210	
	醐	酉部	《說文》醍醐酪之精者。（九畫）	採爲首義	1213	
	酩	酉部	《說文》酩酊，醉也。詳前酊字註。（六畫）	採爲首義	1210	
	酊	酉部	《說文》酩酊，醉也。（二畫）	採爲首義	1208	
	醒	酉部	《說文》醉解也。（九畫）	採爲首義	1213	
	醍	酉部	《說文》清酒也。（九畫）	採爲首義	1213	
酉部	酉	酉部	《說文》繹酒也。從酉，水半見於上。酒久則水上見而糟少也。（二畫）	採爲首義	1208	
	奠	廾部	《說文》奠酒器也，從酉廾以奉之。或作尊。（九畫）	採爲首義	282	
戌部	戌	戈部	《說文》滅也。九月陽氣微，萬物畢成，陽下入地也。五行土生於戌，盛於戌，從戊含一。（二畫）	採爲首義	339	
亥部	亥	亠部	無。	不採其說	16	採《爾雅》爲首義。

參考文獻

（各類參考文獻以書名筆畫多寡爲序）

壹 經 學

1. 《十三經注疏》，阮　元（臺北：藝文印書館，民國六十一年九版）。
2. 《四書集註》，朱　熹（臺北：世界書局，民國七十一年二六版）。
3. 《尚書今古文注疏》，孫星衍（臺北：文津出版社，民國七十六年初版）。
4. 《尚書古文疏證》，閻若璩（上海：古籍出版社，一九八七年初版）。
5. 《詩毛氏傳疏》，陳　奐（臺北：學生書局，民國五十六年初版）。
6. 《群經平議》，俞　樾，《俞樾箚記五種》上冊（臺北：世界書局，民國七十三年再版）。
7. 《經義述聞》，王引之（江蘇：古籍出版社，一九八五年一版）。
8. 《爾雅義疏》，郝懿行（臺北：藝文印書館，民國七十六年四版）。
9. 《論語正義》，劉寶楠（臺北：文史哲出版社，民國七十九年初版）。
10. 《積微居論語疏證》，楊樹達（臺北：大通書局，民國六十三年再版）。
11. 《禮記集解》，孫希旦（臺北：文史哲出版社，民國六十二年再版）。

貳 小學

一、《說文》之屬

1. 《小學答問》，章太炎（臺北：廣文書局，民國五十九年初版）。
2. 《文字蒙求》，王　筠（臺北：藝文印書館，民國七十年五版）。
3. 《六書疏證》，馬敘倫（臺北：鼎文書局，民國六十四年初版）。
4. 《段氏文字學》，王仁祿（臺北：藝文印書館，民國六十五年再版）。
5. 《怎樣學習說文解字》，章季濤（臺北：萬卷樓圖書有限公司，民國八十三年三版）。
6. 《假借溯原》，魯實先（臺北：文史哲出版社，民國六十二年初版）。

7. 《圈點段注說文解字》，段玉裁（臺北：書銘出版社，民國六十七年初版）。

8. 《許慎與說文解字研究》，董希謙等（開封：河南大學出版社，一九八八年初版）。

9. 《說文一曰研究》，周聰俊（臺北：《師範大學國文研究所集刊》‧第二三號，頁二二五～三六六）。

10. 《說文中之古文考》，商承祚（臺北：學海出版社，民國六十八年初版）。

11. 《說文古本考》，沈　濤，《小學類編》冊四（臺北：藝文印書館）。

12. 《說文句讀》，王　筠（上海：上海古籍書店，一九八三年初版）。

13. 《說文古義》，王夫之，《船山遺書全集》冊一三，頁七一一五～七三一六（臺北‧中國船山學會‧自由出版社合印，民國六十一年初版）。

14. 《說文古籀三補》，強運開（北京：中華書局，一九八六年初版）。

15. 《說文古籀補》，吳大澂（臺北：商務印書館，民國五十七年臺一版）。

16. 《說文古籀補補》，丁佛言（北京：中華書局，一九八八年初版）。

17. 《說文重文形體考》，許錟輝（臺北：文津出版社，民國六十二年初版）。

18. 《說文段註指例》，呂景先（臺北：正中書局，民國三十五年臺初版）。

19. 《說文校議》，嚴可均（臺北：廣文書局，民國六十一年初版）。

20. 《說文省形省聲字攷》，李國英（臺北：景文書店，民國六十四年初版）。

21. 《說文通訓定聲》，朱駿聲（臺北：藝文印書館，民國六十四年三版）。

22. 《說文商兌》，蔡信發（臺北：萬卷樓圖書公司總經銷，民國八十八年初版）。

23. 《說文解字》，徐　鉉（臺北：中華書局‧「四部備要」本，民國七十五年臺四版）。

24. 《說文解字引通人說考》，馬宗霍（臺北：學生書局，民國六十二年初版）。

25. 《說文解字引經考》，馬宗霍（臺北：學生書局，民國六十年初版）。

26. 《說文解字引群書考》，馬宗霍（臺北：學生書局，民國六十二年初版）。

27. 《說文解字引論》，任學良（福州：福建人民出版社，一九八五年初版）。

28. 《說文解字注箋》，徐　灝（臺北：廣文書局，民國六十一年初版）。

29. 《說文解字研究法》，馬敘倫，《文字學發凡》收（臺北：鼎文書局，民國六十七年再版）。

30. 《說文解字約注》，張舜徽（臺北：木鐸出版社，民國七十三年初版）。

31. 《說文解字詁林正補合編》，丁福保（臺北：鼎文書局，民國七十二年二版）。

32. 《說文解字綜合研究》，江舉謙（臺中：東海大學，民國五十九年初版）。

33. 《說文解字斠詮》，錢　坫（臺北：台聯國風出版社，民國五十七年再版）。

34. 《說文解字導讀》，張舜徽（成都：巴蜀書社，一九九〇年初版）。

35. 《說文解字繫傳》，徐　鍇（北京：中華書局，一九八七年年第一版）。

36. 《說文解字釋要》，王夢華（長春：吉林教育出版社，一九九〇年初版）。

37. 《說文經字考》，陳壽祺，《小學類編》冊七（臺北：藝文印書館）。

38. 《說文補例》，張　度，《叢書集成新編》冊三七，頁八九～九三（臺北：新文豐出版公司，民國七十四年初版）。

39. 《說文義證》，桂　馥（臺北：廣文書局，民國六十一年初版）。

40. 《說文聲訓考》，張建葆（臺北：弘道文化事業有限公司，民國六十三年初版）。

41. 《說文釋例》，江　沅，《小學類編》冊七（臺北：藝文印書館

42. 《說文釋例》，王　筠（武漢：古籍書店，一九八三年初版）。

43. 《說文類釋》，李國英（臺北：書銘出版社，民國七十八年修訂五版）。

44. 《說文讀若文字通假考》，周　何（臺北：《師範大學國文研究所集刊》·第六號，頁一～二一七）。

45. 《說字》，王鳴盛，《蛾術編》卷一五～三六，頁二三一～五二七（臺北：中文出版社，民國六十八年初版）。

46. 《積微居小學述林》，楊樹達（臺北：大通書局，民國六十年初版）。

47. 《轉注釋義》，魯實先（臺北：洙泗出版社，民國六十五年初版）。

二、文字通論之屬

1. 《文字析義》，魯實先（臺北：魯實先編輯委員會印行，民國八十二年出版）。

2. 《文字源流淺說》，康　殷（北京：榮寶齋，一九七九初版）。

3. 《文字學音篇形義篇》，錢玄同·朱宗萊（臺北：學生書局，民國五十八年三版）。

4. 《文字學概說》，林　尹（臺北：正中書局，民國七十一年臺八版）。

5. 《文字學概要》，裘錫圭（北京：商務印書館，一九八八年初版）。

6. 《文字學簡編》，許錟輝（臺北：萬卷樓圖書有限公司，民國八十八年初版）。

7. 《文字學纂要》，蔣伯潛（臺北：正中書局，民國七十六年臺初版）。

8. 《中國小學史》，胡奇光（上海：上海人民出版社，一九八七年初版）。

9. 《中國文字結構析論》，王初慶（臺北：文史哲出版社，民國七十八年四版）。

10. 《中國文字構造論》，戴君仁（臺北：世界書局，民國六十八年臺再版）。

11. 《中國文字學》，唐　蘭（臺北：洪氏出版社，民國六十九年初版）。

12. 《中國文字學》，容　庚（臺北：廣文書局，民國六十九年四版）。

13. 《中國文字學》，龍宇純，自印·再訂本，民國七十一年三版）。

14. 《中國文字學》，潘重規（臺北：東大圖書有限公司，民國七十二年再版）。

15. 《中國文字學》，孫海波（臺北：學海出版社，民國六十八年初版）。

16. 《中國文字學》，顧　實（臺北：文海出版社，民國五十九年初版）。

17. 《中國文字學史》，胡樸安（臺北：商務印書館，民國七十七年臺十版）。

18. 《中國文字學通論》，謝雲飛（臺北：學生書局，民國五十四年二版）。

19. 《中國文字學叢談》，蘇尚耀（臺北：文史哲出版社發行，民國六十五年初版）。

20. 《中國文字學概要・文字形義學》，楊樹達（上海：古籍出版社，一九八八年初版）。

21. 《中國古文字學通論》，高　明（文物出版社）。

22. 《中國語言學史》，王　力（臺北：駱駝出版社，民國七十六年初版）。

23. 《中國語言學史》，濮之珍（臺北：書林出版有限公司，民國七十九年初版）。

24. 《古文字研究簡論》，林　澐（吉林：吉林大學出版社，一九八六年初版）。

25. 《古文字學初階》，李學勤（北京：中華書局，一九八五年初版）。

26. 《古文字學新論》，康　殷（臺北：華諾文化事業有限公司，民國七十五年臺一版）。

27. 《古文字學導論》，唐　蘭（臺北：洪氏出版社，民國六十七年再版）。

28. 《古文字類編》，高　明（臺北：大通書局，民國七十五年初版）。

29. 《甲骨文字研究》，郭沫若（臺北：民文出版社）。

30. 《甲骨文字詁林》，于省吾（北京：中華書局，一九九六年五月初版）。

31. 《甲骨文字釋林》，于省吾（臺北：大通書局，民國七十年初版）。

32. 《甲骨學文字編》，朱芳圃（臺北：商務印書館，民國七十二年臺四版）。

33. 《字樣學研究》，曾榮汾（臺北：臺灣學生書局發行，民國七十七年初版）。

34. 《金文詁林補》，周法高（臺北：中央研究院歷史語言研究所專刊之七，民國七十一年初版）。

35. 《漢字史話》，李孝定（臺北：聯經出版事業公司，民國六十六年初版）。

36. 《漢字的起源與演變論叢》，李孝定（臺北：聯經出版事業公司，民國七十五年初版）。

37. 《漢字學》，蔣善國（上海：上海教育出版社，一九八七年初版）。

38. 《戰國文字通論》，何琳儀（北京：中華書局，一九八九年初版）。

39. 《類篇字義析論》，孔仲溫（臺北：臺灣學生書局印行，民國八十三年初版）。

40. 《類篇研究》，孔仲溫（臺北：臺灣學生書局印行，民國七十六年初版）。

三、字書之屬

1. 《王引之校改本康熙字典》，張玉書等人，王引之校改（上海古籍出版社，一九九六年第一版）。

2. 《正字通》，張自烈，《續修四庫全書》據清康熙二十四年清畏堂刻本影印（上海古籍出版社）。

3. 《字彙、字彙補》合刊本，梅膺祚、吳任臣（上海：辭書出版社，一九九一年第一版）。

4. 《校正康熙字典》，張玉書等人，渡部溫訂正，嚴一萍校正（藝文印書館印行，

民國六十二年校正再版）。

5. 《康熙字典》，張玉書等人（文化圖書公司影印同文書局石印本，八十三年二月出版）。

6. 《康熙字典通解》，張玉書等人，王引之校改（長春：時代文藝出版社，一九九七年第一版）。

四、聲韻之屬

1. 《中國聲韻學通論》，林　尹（臺北：黎明文化事業公司，民國七十六年六版）。

2. 《音略證補》，陳新雄（臺北：文史哲出版社，民國六十九年增訂三版）。

3. 《廣韻》，陳彭年等（臺北：黎明文化事業公司，民國七十六年九版）。

4. 《實用音韻學》，殷煥先・董紹克（濟南：齊魯書社出版，一九九〇年初版）。

5. 《漢語音韻學》，董同龢（臺北：文史哲出版社，民國七十四年八版）。

五、訓詁之屬

1. 《方言箋疏》，錢　繹（上海：上海古籍出版社，一九八四年初版）。

2. 《中國訓詁學史》，胡樸安（臺北：商務印書館，民國七十七年臺一一版）。

3. 《古漢語詞義分析》，洪成玉（天津：天津人民出版社，一九八五年初版）。

4. 《音訓與劉熙釋名》，方俊吉（臺北：學海出版社，一九八八年初版）。

5. 《通假概說》，劉又辛（成都：巴蜀書社，一九八八年初版）。

6. 《訓詁通論》，吳孟復（合肥：安徽教育出版社，一九八三年初版）。

7. 《訓詁學》，郭在貽，長沙・湖南人民出版社，一九八六年初版）。

8. 《訓詁學（上冊）》，陳新雄（臺北：學生書局，民國八十八年初版三刷）。

9. 《訓詁學大綱》，胡楚生（臺北：華正書局，民國七十八年二版）。

10. 《訓詁學要略》，周大璞（臺北：新文豐出版公司，民國七十三年初版）。

11. 《訓詁學的知識及應用》，陸宗達、王寧、宋永培（北京：語文出版社，一九九〇年初版）。

12. 《訓詁學教程》，黃建中（湖北：荊楚書社，一九八八年初版）。

13. 《訓詁學基礎》，黃大榮（貴陽：貴州人民出版社，一九八七年初版）。

14. 《訓詁學概要》，林　尹（臺北：正中書局，民國七十六年臺初版）。

15. 《訓詁學概論》，齊佩瑢（臺北：漢京文化事業公司，民國七十四年初版）。

16. 《訓詁學概論》，黃典誠（福州：福建人民出版社，一九八八年初版）。

17. 《訓詁學新論》，劉又辛・李茂康（成都：巴蜀書社，一九八九年初版）。

18. 《訓詁學與清儒訓詁方法》，岑師溢成（香港：新亞書院博士論文，一九八四年

19. 《訓詁學綱要》，趙振鐸，西安・陝西人民出版社，一九八七年初版）。

20. 《訓詁學導論》，許威漢（上海：上海教育出版社，一九八七年初版）。

21. 《訓詁學簡論》，陸宗達・王　寧（臺北：新文豐出版公司，民國七十三年初版）。

22. 《廣雅疏證》，王念孫疏證・陳雄根標點（香港：中文大學出版社，一九七八年初版）。

23. 《爾雅音訓》，黃侃・箋（臺北：藝文印書館，民國七十七年初版）。

24. 《釋名疏證》，畢　沅（臺北：廣文書局，民國六十八年再版）。

25. 《釋名研究》，李維棻（臺北：大化書局，民國六十八年初版）。

參　史　學

1. 《十二朝東華錄・乾隆朝》（臺北：文海出版社）。

2. 《大清聖祖仁（康熙）皇帝實錄》（臺北：新文豐出版公司）。

3. 《史記會注考證》，日・瀧川龜太郎（臺北：漢京文化事業公司，民國七十二年初版）。

4. 《宋史》，元・脫　脫（臺北：鼎文書局，民國七十六年五版）。

5. 《後漢書》，范　曄（臺北：鼎文書局，民國七十六年五版）。

6. 《清史列傳》（北京：中華書局）。

7. 《國朝先正事略》，清儒李元度，《四部備要・史部》（臺北：臺灣中華書局據原刻本校刊）。

8. 《康熙起居注》（北京：中華書局出版，一九八四年八月第一版）。

9. 《掌故叢編》，故宮博物院掌故部編（北京中華書局，一九九〇年第一版）。

10. 《聖祖庭訓格言》，四庫全書珍本八集（臺北：臺灣商務印書館，民國六十七年初版）。

11. 《漢書》，班　固（臺北：鼎文書局，民國七十五年六版）。

肆　文集、筆記

1. 《十駕齋養新錄》，錢大昕（臺北：商務印書館，民國五十六年臺一版）。

2. 《王力文集》，王　力（山東：教育出版社，一九九〇年六月第一版）。

3. 《文字聲韻訓詁筆記》，黃　焯（臺北：木鐸出版社，民國七十二年初版）。

4. 《日知錄》，顧炎武（臺北：文史哲出版社・原抄本，民國六十八年初版）。

5. 《沈兼士學術論文集》，沈兼士（北京：中華書局，一九八六年初版）。

6. 《冷廬雜識》，陸以恬（臺北：臺灣商務印書館，民國六十六年臺一版）。

7. 《東塾讀書記》，陳　澧（臺北：中華書局・「四部備要」本，民國五十五年臺一版）。

8. 《段玉裁遺書》，段玉裁（臺北：大化書局，民國六十六年初版）。

9. 《昭明文選》，蕭　統（臺北：藝文印書館，民國八十年十二版）。

10. 《高明小學論叢》，高　明（臺北：黎明文化事業公司，民國六十九年再版）。

11. 《章氏叢書》，章太炎（臺北：世界書局，民國七十一年再版）。

12. 《問學集》，周祖謨（臺北：河洛圖書出版社，民國六十八年臺初版）。

13. 《焦氏筆乘》，焦　竑（山東：友誼書社，一九九一年十一月第一版）。

14. 《黃侃論學雜著》，黃　侃（上海：上海古籍出版社，一九八〇年初版）。

15. 《揅經室集》，阮　元（臺北：商務印書館，民國五十六年臺一版）。

16. 《夢溪筆談》，沈　括（臺北：臺灣商務印書館，民國七十二年臺五版）。

17. 《劉申叔先生遺書》，劉師培（臺北：華世出版社，民國六十四年初版）。

18. 《潛研堂文集》，錢大昕（上海：上海古籍出版社，一九八九年初版）。

19. 《戴東原先生全集》，戴　震（臺北：大化書局，民國六十七年初版）。

20. 《顏氏家訓集解》，王利器（臺北：明文書局，民國七十三年再版）。

21. 《曝書亭集》，朱彝尊（臺北：世界書局，民國五十三年初版）。

22. 《讀書雜志》，王念孫（江蘇：江蘇古籍出版社，一九八五年初版）。

23. 《觀堂集林》，王國維（臺北：世界書局，民國七十二年五版）。

伍　研究報告及碩、博士論文

1. 《字典部首通考》，金允子（民國八十二年國立臺灣師範大學國研所碩士論文）。

2. 《朱駿聲〈說文通訓定聲〉異體字之研究》，柯明傑（民國八十八年國立中央大學中研所博士論文）。

3. 《兩岸字典部首、部序之比較研究》，蔡師信發（八十三年國科會專題研究成果報告）。

4. 《許慎說文會意字與形聲字歸類之原則研究》，金鐘讚（民國八十一年國立臺灣師範大學國研所博士論文）。

5. 《〈康熙字典〉字母切韻要法探索》，吳聖雄（民國七十四年國立臺灣師範大學國研所碩士論文）。

6. 《〈說文解字〉釋義析論》，柯明傑（民國八十一年國立中央大學中研所碩士論文）。

7. 《〈說文繫傳〉板本源流考辨》，張翠雲（民國七十七年國立臺灣師範大學國研所碩士論文）。

8. 《漢字篆隸演變研究》，李淑萍（民國八十四年國立中央大學中研所碩士論文）。

9. 《歷代字書重要部首觀念研究》，呂瑞生（民國八十三年文化大學中研所碩士論文）。

10. 《歷代重要字書俗字研究——〈字彙〉俗字研究》，曾榮汾（八十四年國科會專題研究成果報告）。

11. 《歷代重要字書俗字研究——〈康熙字典〉俗字研究》，蔡師信發（八十四年國科會專題研究成果報告）。

陸 其 他

1. 《文始》，章太炎，《章氏叢書·上冊》（臺北：世界書局，民國七十一年再版）。

2. 《中國古代字典辭典概論》，錢劍夫（北京：商務印書館，一九八六年第一版）。

3. 《中國古代語言學文選》，周斌武·選注（上海：古籍出版社，一九八八年初版）。

4. 《中國古代字典詞典》，張明華（臺灣商務印書館，民國八十四年初版第二次印刷）。

5. 《中國字典史略》，劉葉秋（北京：中華書局出版，一九九二年第一版）。

6. 《中國辭書編纂史略》，林玉山（中州：古籍出版社，一九九二年第一版）。

7. 《古漢語通論》，王　力（臺北：中外出版社，民國六十五年初版）。

8. 《同源字典》，王　力（臺北：文史哲出版社，民國七十二年初版）。

9. 《清代康雍乾三朝禁書原因之研究》，丁原基（臺北：華正書局，民國七十一年初版）。

10. 《康熙字典研究論叢》，李淑萍（臺北：文津出版社，二○○六年第一版）。

11. 《康熙字典音讀訂誤》，王力（北京中華書局，一九八八年第一版）。

13. 《康熙帝的治國藝術》，王春霖、高桂蘭合著（臺北：知青頻道出版有限公司，民國八十二年第一版）。

14. 《康熙思想研究》，宋德宣（北京：中國社會科學出版社發行，一九九○年第一版）。

15. 《國學略說》，章太炎（高雄：復文圖書出版社，民國七十三年初版）。

16. 《詞詮》，楊樹達（上海：古籍出版社，一九八六年初版）。

17. 《經典釋文》，陸德明（上海：古籍出版社，一九八五年初版）。

18. 《語言文字研究專輯》（上·下）吳文琪·編（上海：古籍出版社，一九八六年初版）。

19. 《辭典部首淺說》，蔡師信發（臺北：漢光文化事業股份有限公司，民國七十六年三版）。

20. 《辭書編纂學概論》，陳炳迢（復旦大學出版社，一九九一年第一版）。

21. 《辭書學辭典》，楊祖希、徐慶凱（上海：學林出版社，一九九一年第一版）。

柒 單篇論文、期刊

1. 〈大徐說文版本源流考〉，周何，載於《慶祝高郵高仲華先生六秩誕辰論文集》（民國五十七年三月十四日，總頁四○一～四二一）。

2. 〈字典中部首歸屬問題探析——由「常用國字標準字體表」說起〉，曾榮汾（《孔孟月刊》，第二十五卷第五期，頁十三～頁廿三，民國七十六年）。

3. 〈字典部首檢字法的改進研究〉，洪固（第三屆中國文字學國際學術研討會論文集，總頁五二九～五四八，輔仁大學出版社出版，民國八十一年）。

4. 〈析論《龍龕手鑑》對近代通用字典部首的影響〉，李淑萍（「第四屆近代中國學術研討會」論文集，頁一〇五～一二八，民國八十七年三月）。

5. 〈《康熙字典》「按語」釋例〉，李淑萍（「第二屆國際暨第四屆全國訓詁學學術研討會」論文集，頁四〇一～四三三，民國八十七年十二月）。

6. 〈《康熙字典》解義釋例〉，李淑萍（「第十屆中國文字學全國學術研討會」論文集，頁一三六，民國八十八年四月）。

7. 〈康熙字典編纂理論初探〉，丰逢奉（載於《辭書研究》，上海辭書出版社，一九八八年第二期，頁七二～頁八〇）。

8. 〈《康熙字典》關於處理異體、通假字術語的運用〉，胡錦賢（載於武漢《湖北大學學報・社哲版》。），頁九九～一〇四，一九九三年三月）。

9. 〈會意字歸部辨析——對「論非形聲字的歸部及《說文解字》部首的形成」一文所析《說文解字》會意字歸部的意見〉，高一勇（載於《河北大學學報：哲社版》，保定河北大學出版社，頁一一三～頁一一八，一九九〇年四月）。

10. 〈論玉篇增刪說文部首——漢字新分部法初探〉，李孝定（《大陸雜誌》，一九八五年第七十卷第三期，頁一〇二～一一〇）。

11. 〈論非形聲字的歸部及《說文解字》部首的形成〉，薛克謬（《河北大學學報：哲社版》，保定河北大學出版社，頁八四～頁九一，一九八七年三月）。

12. 〈論部首的改良〉，林語堂（載於《中央日報》民國五十五年三月七日第六版）。

13. 〈錢玄同的一封信〉，王森然（載於《光明日報》，一九八二年三月十四日第四版）。